Elizabeth Lowell

Brandung des Herzens

Roman

Aus dem Amerikanischen
von Elke Bartels

GOLDMANN VERLAG

Die Originalausgabe erschien unter dem Titel »Only His«
bei Avon Books, New York

*Für Maggie Lichota,
die sich auf Risiko, Liebesromane
und die geschickte Kunst
des Redigierens versteht.*

Umwelthinweis:
Alle bedruckten Materialien dieses Taschenbuches
sind chlorfrei und umweltschonend.
Das Papier enthält Recycling-Anteile.

Der Goldmann Verlag
ist ein Unternehmen der Verlagsgruppe Bertelsmann

Deutsche Erstveröffentlichung Februar 1995

Umschlaggestaltung: Design Team München
Umschlagillustration: Schlück/Daeni
Satz: IBV Satz- und Datentechnik GmbH, Berlin
Druck: Elsnerdruck, Berlin
Verlagsnummer: 42829
Lektorat: SK
Redaktion: Sabine Dolt
Herstellung: Stefan Hansen
Made in Germany
ISBN 3-442-42829-7

1 3 5 7 9 10 8 6 4 2

1. Kapitel

Der Mann wirkte gefährlich, wie er da in der Eingangstür des Hotels stand. Eine dunkle, kräftige, ernste Erscheinung, die mühsam gebändigte Kraft in ihrer Reglosigkeit ausstrahlte. Als er sich bewegte, hatte das geschmeidige Muskelspiel seines Körpers etwas Raubtierhaftes, ja Zügelloses an sich.

Großer Gott, dachte Willow Moran, als sie den Mann quer durch die Halle des neu erbauten Denver Queen Hotels auf sich zukommen sah. Das kann doch nicht Caleb Black sein, der gottesfürchtige Militärexperte, den Mr. Edwards ausfindig gemacht hat, damit er mich zu meinem Bruder bringt.

Willows Bestürzung war jedoch weder in ihren haselnußbraunen Augen noch in ihrer Haltung zu erkennen. Sie wich nicht einen Zentimeter zurück, obwohl ihr Herz plötzlich heftig zu klopfen begann. Der Sezessionskrieg zwischen den Nord- und Südstaaten hatte sie eines gelehrt: Wenn ein Mädchen keine Chance hatte, wegzulaufen und sich zu verstecken, mußte es sich mit soviel Würde behaupten, wie es aufbringen konnte... und mit einer zweischüssigen Pistole, verborgen in einer speziellen Tasche seines Rockes.

Das Wissen um jenes Gewicht kalten Stahls zwischen seidenen Falten beruhigte Willow jetzt wie schon so häufig in der Vergangenheit. Unauffällig schloß sich ihre Hand um die zierliche Derringer, während sie beobachtete, wie sich der dunkle Fremde mit raschen Schritten näherte. Aus kurzer Entfernung war sein Anblick alles andere als tröstlich. Unter der Krempe seines breitrandigen, flachen, schwarzen Huts funkelten Augen von der Farbe alten Whiskys, Augen, die die Welt mit eisiger Intelligenz betrachteten.

»Mrs. Moran?«

Seine Stimme war ebenso maskulin wie der dichte Schnurrbart und die schwarzen Bartstoppeln, die die kantigen Konturen seines Gesichts eher noch betonten, statt sie zu verwischen. Und dennoch klang die Stimme nicht unangenehm. Sie war tief, ruhig, kraftvoll wie ein mitternächtlicher Fluß, der in ein unsichtbares Meer fließt. Eine Frau konnte sich verlieren in dieser dunklen, samtigen Stimme, in diesen goldbraunen Augen, in der Kraft, die unter der beherrschten Oberfläche des Mannes schlummerte.

»Ja, ich bin Mi... äh, Mrs. Moran«, erklärte Willow und fühlte, wie ihr bei der Lüge das Blut in die Wangen schoß. Der Name stimmte. Aber eine *Mrs.* war sie nicht. »Sind Sie gekommen, um mich zu Mr. Black zu bringen?«

Sie sprach heiser, fast atemlos, doch sie konnte nichts dagegen tun. Es war schon schwierig genug, überhaupt einen Ton herauszubekommen. Ihre Kehle fühlte sich plötzlich wie zugeschnürt an bei der männlichen Ausstrahlung des Fremden, die sie wie eine dunkle, bezwingende Woge einzuhüllen schien.

»Ich bin Caleb Black.«

Willow zwang sich zu lächeln. »Verzeihen Sie, daß ich Sie nicht sofort erkannt habe. Nach Mr. Edwards' Beschreibung hatte ich einen etwas älteren Gentleman erwartet. Ist Mr. Edwards auch mitgekommen?«

Sie legte eine ganz schwache Betonung auf das Wort *Gentleman*, die den meisten Männern entgangen wäre, nicht jedoch Caleb Black. Sein Mund verzog sich zu einer leicht gekrümmten Linie, die nur ein großzügiger Mensch als Lächeln bezeichnet hätte, als er mit dem Daumen über seine Schulter zurück zeigte.

»Dort draußen in den Bergen, Mrs. Moran, ist ein *Gentleman* nicht mehr nütze als eine Handvoll Spucke. Aber ich hätte auch nicht erwartet, daß eine feine Südstaatenlady wie Sie das versteht. Wir wissen ja alle, wieviel Bedeutung ihr Leute aus Virginia geschliffenen Manieren beimeßt.« Caleb schaute an

Willow vorbei zu der breiten Tür am anderen Ende der Eingangshalle. »Eddy und die Witwe Sorenson warten dort hinten auf uns.«

Eine leise Röte breitete sich auf Willows zartem, durchscheinendem Teint aus, eine Kombination aus Verlegenheit über ihre eigene versehentliche Unhöflichkeit ihm gegenüber und Ärger über Calebs offensichtlich absichtlich beleidigende Bemerkung. Sie hatte ihn nicht mit ihrer gedankenlosen Äußerung kränken wollen. Die lange Reise von ihrer zerstörten Farm in West Virginia bis hierher hatte vielleicht die Muskeln ihrer fünf Araberpferde gestählt, ihr Hirn schien sich durch die Strapazen jedoch in Pudding verwandelt zu haben.

Beschämt gestand Willow sich ein, daß sie zumindest etwas von der kühlen Mißbilligung in Calebs whiskyfarbenen Augen verdiente, Augen, die jetzt leicht geringschätzig die Paßform ihres Kleides musterten. Das Kleid war vor dem Jahre 1862 für sie geschneidert worden, bevor ihre Familie durch den Krieg ihrer Farmen und ihres Vermögens beraubt wurde. Damals hatte das Kleid genügend Platz für jede Kurve von Willows knospendem Körper gelassen. Jetzt, vier Jahre später, waren Willows Kurven üppiger geworden. Der Schnitt des Kleides war derselbe geblieben. Folglich spannte sich die blaugraue Seide über ihren vollen, hoch angesetzten Brüsten und schmiegte sich hauteng um ihre Taille.

Und dennoch war es Willows einziges Seidenkleid. Sie hatte es angezogen, weil sie erwartete, einem Gentleman zu begegnen, der ihre Geste an eine etwas kultiviertere Zeit zu schätzen wüßte. Sie hatte nicht mit einem unrasierten Revolverhelden gerechnet, der nur den schlechten Sitz ihres Kleides bemerken würde. Willow schob trotzig das Kinn vor, als sie den Mann ansah, der sie so offensichtlich nicht mochte.

»Der Krieg ist vorbei, Mr. Black.«

»Und Sie haben verloren.«

Sie schloß einen Moment die Augen, öffnete sie dann wieder. »Ja.«

Das heisere Eingeständnis verblüffte Caleb, ebenso wie der plötzliche Schatten, der Willows haselnußbraune Augen verdunkelte. Seine Überraschung über die Entdeckung, daß sein Opfer, Matthew »Reno« Moran, eine Ehefrau hatte, wich dem Verdacht, daß die junge Frau mit dem knappen Kleid und dem sinnlichen Mund nicht ganz das war, was sie zu sein vorgab. Renos *Geliebte*, höchstwahrscheinlich. Aber seine Ehefrau? Bestimmt nicht. Nichts, was Caleb über Reno erfahren hatte, seit er Jagd auf ihn machte, wies darauf hin, daß Reno zu der heiratswilligen Sorte Männer gehörte.

Caleb musterte Willow noch einmal von Kopf bis Fuß und ließ sich Zeit dabei, während er beobachtete, wie ihr erneut verlegene Röte in die Wangen kroch. Ihr Erröten reizte seine Neugier. Mädchen wie Willow konnten sich weder Gefühle noch Stolz leisten, und dennoch war deutlich erkennbar, daß sie beides besaß.

Nicht zum ersten Mal fragte Caleb sich, wie ihr sogenannter Ehemann wohl war – was für ein feiner Südstaatengentleman das sein mochte, der eine Unschuld wie Calebs Schwester Rebecca verführen und in einem so unerfahrenen jungen Ding wie Willow so viel Leidenschaft erwecken konnte, daß sie bereit war, ihrem vermißten Liebhaber bis in den tiefsten, ungezähmten Westen nachzulaufen.

Mit einem Achselzucken, bei dem sich feste Muskeln unter seiner dunklen, staubbedeckten Kleidung abzeichneten, tat Caleb seine Neugier ab. Es spielte keine Rolle, daß Willow vermutlich eine Miss statt einer Mrs. war. Es interessierte ihn im Grunde auch nicht, was für ein Mensch der schwer faßbare Matthew »Reno« Moran war. Caleb jagte jetzt seit elf Monaten dem Verführer seiner Schwester Rebecca nach.

Wenn er Reno gefunden hatte, würde er ihn töten.

»Wollen wir gehen?« fragte Caleb. »Oder haben Sie es sich inzwischen anders überlegt, was die Suche nach Ihrem... äh, Ehemann... betrifft?«

Kühle goldene Augen musterten Willows linke Hand. Eine

schlanke, langgliedrige Hand, die keinen Ring trug. Wieder errötete Willow schuldbewußt. Sie haßte es zu lügen, aber aus den Briefen ihres Bruders war klar hervorgegangen, daß er in einer wilden, unzivilisierten Gegend lebte. Es war riskant für eine junge Frau, allein in ein solches Gebiet zu reisen. Eine verheiratete Frau hatte dagegen den Schutz eines Ehemannes. Selbst ein abwesender Ehemann reichte aus, um andere Männer zögern zu lassen.

»Richtig«, sagte Willow und räusperte sich. Sie begegnete Calebs Blick mit einer Mischung aus Verlegenheit und Trotz. »Mein Mann. Haben Sie zufällig von ihm gehört?«

»Viele Männer ändern ihren Namen, wenn sie auf Gebiet westlich des Mississippi kommen. Sogar ehrbare Männer.«

Ihre Augen wurden groß. »Wie seltsam.«

»Die meisten Menschen halten Ehrbarkeit nicht für seltsam.«

Die kühle Verachtung in seinen Worten versetzte Willow einen Stich. »Das habe ich nicht damit gemeint.«

Caleb ließ seinen Blick von Willows schimmerndem blondem Haar bis hinunter zu ihren zierlichen Lacklederschuhen wandern, die unter dem langen Seidenrock hervorschauten. »Ich bin schon mal einem Mann namens Matthew Moran begegnet. Hat er einen Spitznamen?«

»Nicht daß ich wüßte. Und wenn er einen hat, so hat er jedenfalls nie etwas davon erwähnt.«

Calebs Augen verengten sich. »Sind Sie sicher?«

»Ganz sicher.«

»Wie lange sind Sie schon... verheiratet?«

Sein Tonfall ließ deutlich erkennen, daß er seine Zweifel an Willows Ehestatus hatte. Der Ausdruck seiner Augen wiederholte die Botschaft. Willow kämpfte gegen die Glut an, die sie auf ihren Wangen brennen fühlte. Es widerstrebte ihr sehr, lügen zu müssen, aber der Krieg hatte sie gelehrt, daß Überleben vieles erforderte, was zu tun sie mit Widerwillen erfüllte.

»Ist das so wichtig?« fragte sie.

Ein sardonisches Lächeln spielte um Calebs Mundwinkel. »Für mich nicht. Sie sehen nur ein bißchen jung für eine verheiratete Frau aus. Kaum dem Spielanzug entwachsen, wenn Sie mich fragen.«

»Ich bin zwanzig«, entgegnete sie bestimmt. »Viele Frauen meines Alters haben bereits Kinder.«

Caleb knurrte etwas Unverständliches vor sich hin. »Wie alt ist Ihr Mann?«

»Fünfundzwanzig«, erwiderte sie, eifrig darauf bedacht, nach Möglichkeit die Wahrheit zu sagen. »Matt ist der jüngste meiner... das heißt...« Sie korrigierte sich hastig. »Er ist der jüngste von fünf Söhnen.«

Caleb musterte Willow einen Moment mit hochgezogenen Brauen und bot ihr dann seinen Arm. Sie ignorierte den unterschwelligen Spott in seiner höflichen Geste, denn sie war überzeugt, Caleb war nicht der Mann, dessen Tun von Höflichkeit bestimmt wurde. Trotzdem legte sie ihre Fingerspitzen auf seinen Ärmel in einer graziösen Bewegung, die man ihr in den Jahren eingedrillt hatte, bevor der Krieg die Notwendigkeit feiner Manieren überflüssig machte.

»Danke, Mr. Black«, murmelte Willow.

Ihre leicht schleppende Sprechweise und der volle, rauchige Klang ihrer Stimme streiften Calebs Nerven wie eine Liebkosung. Der sanfte Druck ihrer warmen Finger auf seinem Arm erweckte heißes Verlangen in ihm. Zwischen seinen Schenkeln pulsierte es plötzlich mit einer Heftigkeit, die ihn schockierte, weil er sich niemals gestattet hatte, seiner eigenen Wollust auf Gedeih und Verderb ausgeliefert zu sein. Es ärgerte ihn, daß sein Körper mit dermaßen primitiver Bereitwilligkeit auf Willows lockende Stimme und verführerische Kurven reagierte.

Mit wesentlich mehr Interesse, als gut für ihn war, fragte Caleb sich, ob Willow sich einem Mann mit aufrichtiger Leidenschaft hingeben würde oder ob Renos »Ehefrau« schlicht und einfach eine kalte, hübsche Hure war, die für jeden hungrigen Mann mit einem Stück Silber in der Hand die Beine spreizte.

Caleb hatte nichts mit Huren im Sinn, ganz gleich, welcher Sorte.

Auf der gegenüberliegenden Seite der Halle erhob sich ein kleiner, stämmiger Mann von seinem Platz und winkte sie zu sich her. Sein Überzieher war aus stumpfer Baumwolle, sein Hemd weiß, und wie viele Männer im Westen trug er Hosen, die ursprünglich zu einer Militäruniform gehört hatten.

»Da ist Mr. Edwards«, sagte Willow erfreut.

»Sie klingen erleichtert«, stellte Caleb fest.

»Mr. Edwards hat mit sehr viel Wertschätzung von Ihnen gesprochen.«

»Und Sie sind der Meinung, er hat gelogen.«

Willow blieb abrupt stehen und nahm ihre Hand von seinem Arm. Automatisch hielt auch Caleb im Gehen inne, vermißte den sanften Druck ihrer Fingerspitzen auf seinem Unterarm.

»Mr. Black«, begann sie und brach dann ab, als sich seine forschenden, whiskyfarbenen Augen auf sie richteten. Sie holte tief Luft und begann von neuem. »Ich habe mich bereits dafür entschuldigt, Sie gekränkt zu haben. Ich wollte Sie wirklich nicht beleidigen. Ihr Äußeres hat mich nur überrascht, das ist alles. Ich hatte einen viel älteren Mann erwartet, einen Experten in Militärfragen, einen silberhaarigen, altmodischen...«

»Gentleman?« unterbrach Caleb sie.

»...einen gottesfürchtigen Mann«, schloß Willow.

»Wie kommen Sie auf die Idee, ich wäre dies nicht?«

»Ich kann mir nicht vorstellen, daß Sie sich vor irgend etwas fürchten«, gab sie zurück, »noch nicht einmal vor Gott.«

Calebs Lippen verzogen sich erneut, diesmal zu einem echten Lächeln, einem Lächeln, das die harten Linien seines Gesichts überraschend veränderte. Willow hielt verblüfft den Atem an. Wenn Caleb lächelte, war er so attraktiv, wie man es vom Teufel annahm. Impulsiv legte sie wieder ihre Hand auf seinen Arm und erwiderte sein Lächeln.

»Könnten wir nicht noch einmal von vorn beginnen?« fragte sie weich.

Willows schmelzendes Lächeln erweckte abrupt ein fast schmerzliches Gefühl der Begierde in Caleb. Die vehemente Reaktion seines Körpers auf die Geliebte eines anderen Mannes versetzte ihn in Wut. Er preßte die Lippen zu einer Linie zusammen, so schmal und scharf wie die Klinge des langen Messers, das er in seinem Gürtel trug.

»Sparen Sie sich Ihr Wimperngeklimper und das sanfte Lächeln lieber für Ihren *Ehemann* auf, Lady. Jedesmal, wenn ich Ihr elegantes Kleid und Ihr seidiges blondes Haar betrachte, muß ich daran denken, wie viele Männer auf beiden Fronten des Krieges ihr Leben gelassen haben, um Ihnen den Luxus zu erhalten, der Ihnen Ihrer Meinung nach zusteht.«

Die Verachtung in Calebs Stimme ließ Willow erstarren. In Wirklichkeit war sie weder eine Südstaatlerin noch reich und verwöhnt. Aber ihm das zu erzählen, würde wohl kaum sein Mitgefühl wecken. Im Gegenteil. Es könnte ihn nur zu leicht davon abhalten, den Auftrag anzunehmen, den sie ihm anbot. Wenn er wüßte, daß sie ihn erst bezahlen konnte, wenn sie ihren Bruder gefunden hatte, bestand durchaus die Möglichkeit, daß Caleb ihr den Rücken zukehrte.

Und das wäre eine Katastrophe. Mr. Edwards hatte ihr klargemacht, daß Caleb einer der wenigen Männer im Westen war – und der einzige in der rauhen kleinen Stadt Denver –, dem Willow ihr Leben, ihre Unschuld und ihre wertvollen Pferde anvertrauen konnte.

Schweigend wandte Willow sich von Caleb ab und ging auf Mr. Edwards zu. Sie bemerkte nichts von dem männlichen Gemurmel und den bewundernden Blicken, die ihr durch die Halle folgten. Es war schon so lange her, seit sie sich selbst als Frau betrachtet hatte, daß sie gar nicht mehr daran gewöhnt war. Für Willow war ihr eigener Körper etwas, was sie ernährte, badete und kleidete, damit es funktionierte. Nachdem ihr Vater in den Krieg gezogen war und sie allein mit ihrer kränkelnden Mutter zurückgelassen hatte, war Willow diejenige gewesen, die sich abgemüht hatte, die Nahrung aus ihrer

Farm zu erwirtschaften, die die Moran-Frauen am Leben erhalten hatte.

Willow mochte die Reaktion der Männer vielleicht nicht wahrnehmen, aber Caleb registrierte jeden anerkennenden Blick, den sie auf sich zog. Sein kaltes, drohendes Starren veranlaßte mehr als ein übereifriges männliches Wesen, sich zu zügeln. Caleb redete sich ein, daß er nicht etwa um Willows nicht existierende Tugend besorgt war; er paßte lediglich auf seine Fahrkarte zu Reno Morans Begräbnis auf. Jeder einzelne der harten jungen Burschen, die in Denvers neuestem Hotel herumlungerten, wäre glücklich gewesen, sich fünfzig Yankee-Dollar damit zu verdienen, die hübsche junge Willow in ein Land zu begleiten, so unzugänglich und wild, daß die meisten seiner Flüsse, Schluchten und Berggipfel noch nicht einmal Namen hatten.

»Mr. Edwards«, sagte Willow gedämpft, »es war sehr freundlich von Ihnen, dieses Zusammentreffen zu arrangieren.«

Eddy lächelte, ergriff Willows Hand und beugte sich darüber, bevor er sich umdrehte, um ihr seine Begleiterin vorzustellen, eine plumpe Frau von dreißig Jahren mit schwarzem Haar, roten Wangen und lebhaften blauen Augen.

»Mrs. Moran, dies ist Mrs. Sorenson. Rose, dies ist die junge Frau, über die du in den letzten drei Wochen schon soviel gehört hast.«

Willow blickte verdutzt. »Drei Wochen? Aber ich bin doch noch nicht mal drei Stunden in Denver!«

Eddy zog eine Grimasse. »Seit es diesen verflixten Telegraphen gibt, verbreiten sich Neuigkeiten in einem Tempo, daß einem Mann schwindelig werden kann. Wir haben von einer bezaubernden Südstaatenlady und ihren fünf Vollblutpferden gehört, seit Sie in St. Joseph die Postkutsche bestiegen und Ihre Pferde hinten angebunden haben.«

Rose erhob sich, nahm Willows Hand in ihre schwieligen Hände und tätschelte sie wohlwollend. »Machen Sie sich nichts daraus, Mrs. Moran. Hier draußen im Westen haben die Leute nun mal nicht viel Gesprächsstoff außer Klatsch. Jede ungewöhnliche Neuigkeit bringt uns zum Summen wie ein wild gewordener Bienenstock.«

Willow sah die Freundlichkeit im Gesicht der anderen Frau, aber auch die Falten, die Kummer und Traurigkeit hineingegraben hatten. Eine Traurigkeit, die Willow in den Zügen ihrer eigenen Mutter bemerkt hatte, nachdem Krieg und Witwenschaft ihr alle Lebensfreude genommen hatten. Kurz darauf war sie gestorben.

»Keine Sorge, Rose«, sagte Caleb, der jetzt zu der kleinen Gruppe dazukam. »Jedes Mädchen, das einem gutaussehenden jungen Burschen wie Matthew Moran quer durch Gottes Schöpfung nachjagt, muß daran gewöhnt sein, daß sich die Leute die Mäuler über sie zerreißen.«

Roses Lachen klang verdächtig nach einem Kichern. Lächelnd streckte sie dem dunklen Mann, der sie um einiges überragte, die Hand hin.

Obwohl Caleb sorgsam darauf geachtet hatte, sich aus Roses Bett fernzuhalten, seit er sie Eddy einige Monate zuvor vorgestellt hatte, freute er sich immer noch, sie zu sehen, wenn er nach Denver kam. Er bewunderte den Mut und den Humor der Witwe und vor allem die Art, wie sie es geschafft hatte, ihre fünf kleinen Kinder ohne die Hilfe und Unterstützung eines Ehemannes aufzuziehen.

Wenn die diskreten Zuwendungen einiger weniger Männer in den drei Jahren, seit Roses Ehemann tot war, mit dazu beigetragen hatten, so achtete Caleb sie deshalb nicht weniger. Er wußte, sie verwendete das Geld ausschließlich zum Wohl ihrer Kinder.

Caleb zog sich den Hut vom Kopf und beugte sich mit der Eleganz langjähriger Übung über Roses Fingerspitzen. Seine höfliche Geste zeigte Willow, wie wenig Caleb sie, Willow, respektierte. Der Mann hatte ausgezeichnete Manieren; trotzdem hatte er es nicht für nötig gehalten, in ihrer Gegenwart auch nur ein einziges Mal den Hut abzunehmen, geschweige denn, sich zur Begrüßung über ihre Hand zu beugen.

»Ich dachte, Sie hätten gesagt, Sie kennen meinen Br... meinen Ehemann nicht«, erklärte Willow, ihre Stimme so kühl und glatt wie die Seide ihres Kleides.

»Ich kenne ihn auch nicht.«

Ihre fein geschwungenen hellbraunen Brauen schossen in die Höhe. »Woher wissen Sie dann, daß Matt gut aussieht?«

»Ich bin noch keinem Mädchen begegnet, das einem häßlichen Kerl hinterhergelaufen wäre, es sei denn, er hätte Geld gehabt. Ist Ihr Ehemann reich?«

»Nein«, erwiderte sie augenblicklich, während sie an die Goldader dachte, die Matthew gefunden hatte und zu schützen versuchte. »Er hat keinen Cent.«

Aber Caleb hörte gar nicht mehr zu. Er wandte sich von Willow ab und reichte Roses Begleiter seine Hand. »Hallo, Eddy. Freut mich, dich wieder auf den Beinen zu sehen. Ich dachte schon, dieser temperamentvolle Hengst wäre dein Tod gewesen.«

»War verflucht, äh, verflixt nahe dran«, antwortete Eddy, als er Calebs Hand vorsichtig ergriff und sich dann mit offensichtlicher Erleichterung hinsetzte. »Meine rechte Hand und mein rechtes Bein sind immer noch fast taub. Nächstes Mal überlasse ich es dir, diesem Gaul die Schrullen auszutreiben.«

»Nein danke. An deiner Stelle würde ich den Hengst auf die gleiche Weise wieder loszuwerden versuchen, wie du ihn bekommen hast – bei einem Pokerspiel. Er hat ein auffallend schönes goldenes Fell.« Calebs Blick schweifte unwillkürlich zu Willows Haar. »Aber innerlich ist er so bösartig wie eine Schlange. Selbst wenn er erstklassige Fohlen zeugt, wirst du ihnen niemals trauen können. Schlechtes Blut ist und bleibt schlechtes Blut, ganz gleich, wie hübsch die Verpackung ist.«

Willow versicherte sich, daß Calebs Bemerkungen nicht beleidigend ihr gegenüber gemeint waren; er machte schlicht Konversation über ein Pferd. Sie redete sich das immer noch ein, als Caleb sich abwandte und ein solches Aufhebens darum machte, einen Stuhl für Rose zurechtzurücken, daß Eddy sich anstrengte, auf die Füße zu kommen, um Willow ebenfalls behilflich zu sein.

»Bitte bemühen Sie sich nicht«, sagte Willow leise, als sie Eddys Schwierigkeiten sah. Sie setzte sich rasch. »Ich bin durchaus in der Lage, allein Platz zu nehmen.«

»Danke, Ma'am.« Eddy seufzte und murmelte bedrückt: »Seit dieser Hengst mich abgeworfen hat, bin ich eine verdammt klägliche Erscheinung von einem Mann.«

Willow wollte Eddys verletzten Stolz wieder aufrichten und sprach mit gedämpfter Stimme, damit die anderen sie nicht hören konnten. »Alter oder Verletzungen ändern nichts am Format eines Mannes. Sie haben mir außerordentliche Freundlichkeit und Hilfsbereitschaft bewiesen.«

Calebs scharfem Gehör entging jedoch nicht ein Wort von dem, was Willow sagte. Er warf ihr einen prüfenden Blick zu, sah aber nur Mitgefühl in ihren Augen. Keine neckischen Seitenblicke einer Frau, die partout auf Verführung aus ist. Stirnrunzelnd ließ sich Caleb auf dem letzten Stuhl der kleinen Sitzgruppe nieder. Er hatte erwartet, Willow würde herrisch darauf bestehen, einen Platz angeboten zu bekommen, wie die verwöhnte Südstaatenlady, die sie war. Statt dessen hatte sie sich einfach gesetzt und dabei taktvoll Eddys Verlegenheit über seine Verletzungen überspielt, die ihn daran hinderten, auf die Füße zu springen und seinen Kavalierspflichten nachzukommen. Renos Geliebte entpuppte sich tatsächlich als Überraschung.

Caleb mochte keine Überraschungen. Er hatte zu viele Männer mit einem überraschten Ausdruck auf dem Gesicht sterben sehen.

»Hatten Sie Schwierigkeiten, in den Westen zu kommen?« fragte Rose und wandte sich erwartungsvoll an die jüngere Frau, offensichtlich erpicht, ein Gespräch zu beginnen.

»Es war ein regelrechtes Abenteuer«, gestand Willow lächelnd. »Matt hatte in seinen Briefen den Mississippi zwar erwähnt, aber erst als ich bei Sonnenuntergang an seinem Ufer stand und ihn wie ein großes goldenes Meer erglühen sah, ist mir richtig klargeworden, wie ungeheuer breit der Fluß ist und wie mächtig. Als wir ihn am nächsten Tag überquerten, war es wie ein Ritt auf einem wilden Pferd.«

Rose schauderte. »Ich erinnere mich. Hab mich fast zu Tode geängstigt, als ich vor zwei Jahren hinübergefahren bin und mein Mann auf Niedrigwasser wartete. Wenn Sie ihn im Mai überquert haben, muß der höllische Fluß eine gewaltige Strömung gehabt haben.«

»O ja. Baumstämme größer als Wagen tanzten wie Strohhalme auf den Wellen. Als eine verfaulte Eiche unsere Fähre rammte, wurden mehrere Pferde über Bord geschleudert, aber wir waren zum Glück nahe genug am anderen Ufer.«

Caleb dachte an seine eigene Überfahrt über die tosende, gefährliche Barriere, die Mississippi hieß. Er war damals erst fünf gewesen, doch die Urgewalt des mächtigen Stroms hatte ihn eher fasziniert als geängstigt. Fast glaubte er wieder seine eigene Erregung zu spüren bei der Erinnerung an das Erlebnis aus seiner Kindheit und beim Klang von Willows rauchiger Stimme, die ihm sagte, daß auch sie sich bereitwillig in die wilde Umarmung des Flusses begeben hatte.

»Wie war die Reise in der Postkutsche?« wollte Rose wissen. »Ich habe daran gedacht, in den Osten zu gehen, hab mir aber geschworen, den Weg niemals wieder zu Pferde zu machen, und ich schätze, ich werde tot sein, ehe sie die Eisenbahnlinie bis hier in den Westen ausbauen.«

Willow zögerte einen Moment, bevor sie gestand: »Die Kutsche schlingerte und holperte, der Kutscher knallte mit der Peitsche und fluchte ununterbrochen, und das Knarren der Räder war laut genug, um Tote zu erwecken. Nach ein paar Tagen in der Postkutsche begann ich mich tatsächlich zu fragen, ob die *Holladay Overland Mail & Express Line* nicht die Strecke zur Hölle bedient.«

Rose lächelte. »Es muß einem so behütet aufgewachsenen Mädchen schon eigenartig vorgekommen sein.«

»Nicht so eigenartig wie all das Land ohne Bäume«, gab Willow zurück. »Nicht ein einziger Baum. Die Postkutschenstationen waren in Hügel hineingebaut und mit Grassoden gedeckt. Matt hatte mir davon erzählt, aber ich dachte, er übertriebe.«

Eddy schüttelte lachend den Kopf, als er Willow anschaute. »Sagen Sie nicht, ich hätte Sie nicht gewarnt, Mrs. Moran.«

»O doch, das haben Sie«, gab Willow zu. »Als ich Ihren Namen in der Korrespondenz meines Vaters, äh, Schwiegervaters fand und Ihnen wegen der Suche nach Matt schrieb, haben Sie sich wirklich alles andere als ermutigend geäußert.«

»Müssen gut und gerne tausend Meilen und mehr von St. Joseph bis hierher sein«, erwiderte Eddy. »Das ist eine lange, beschwerliche Reise für eine junge Frau ohne Begleitung.«

»Es ist für jeden eine lange Reise, aber ich hatte ja meine Pferde. Mein Hengst Ishmael ist bequemer als jeder Kutschensitz. Wenn es nicht regnete, bin ich lieber geritten. Einige meiner Mitfahrer hatten es wesentlich schlechter als ich. Sie besaßen kein Pferd zum Reiten und kein Geld, um für Extraübernachtungen zu bezahlen und sich von der anstrengenden Fahrt auszuruhen. Ich bin mehreren armen Seelen begegnet, die die Reise in der Hälfte der Zeit gemacht haben.«

»Warum haben Sie nicht darauf gewartet, daß Ihr Mann kommt und Sie holt?« fragte Rose. Gleich darauf lachte sie verlegen und errötete. »Du lieber Himmel, was rede ich denn da! Es tut mir leid, Mrs. Moran. Ich bin so ausgehungert nach allem, was es östlich von Denver an Neuigkeiten gibt, daß ich meine Manieren vergesse. Viele Leute, die hierherkommen, wollen nicht über das reden, was sie hinter sich gelassen haben, oder über die Gründe, weshalb sie fortgegangen sind. Sie verraten noch nicht mal ihren früheren Namen.«

Bevor Willow antworten konnte, warf Caleb kühl ein: »Mach dir keine Sorgen um deine Manieren, Rose. Mrs. Moran ist eine so feine Südstaatenlady, daß sie von den Leuten hier draußen sowieso nicht viel Schliff erwartet.«

»Caleb Black!« rief Rose erstaunt. »Was ist nur in dich gefahren? Du fragst doch sonst nicht danach, auf welcher Seite ein Mann gekämpft hat, solange er nur Mumm genug zum Kämpfen hatte. Und deine Manieren sind besser als die jedes anderen Mannes – im Osten, Süden oder Norden!« Sie drehte sich zu Willow um und klopfte der jungen Frau begütigend die Hand. »Kümmern Sie sich nicht um Cal. Er will Sie nur aufziehen. Es ist wirklich nicht so, als haßte er Südstaatler. Meine Güte, Eddy kommt aus Texas!«

»Selbst wenn Cal tatsächlich was gegen Südstaatler hätte, wär's auch egal«, erwiderte Eddy. »Mrs. Moran ist ein waschechtes Yankeegirl. Aus West Virginia, dem Teil, der sich für den Norden erklärte.«

Caleb musterte Willow aus schmalen Augen. »Warum haben Sie mir dann erzählt, Sie hätten den Krieg verloren?«

Willow sagte sich, sie sollte besser nicht antworten. Aber es war zu spät. Die Worte sprudelten schon aus ihrem Mund hervor, so kühl und scharf akzentuiert, wie Caleb gesprochen hatte.

»Unsere Farmen lagen im Grenzgebiet«, erklärte sie. »Wenn Soldaten der Südstaatenarmeen bei uns vorbeizogen, schimpften sie uns Yankees und schleppten alles davon, was sich essen oder tragen ließ. Wenn Nordstaatentruppen vorbeizogen, schimpften sie uns Sklavenschinder und nahmen alles mit, was sich essen oder tragen ließ. Mein Vater wurde im Krieg getötet, und meine Mutter starb an gebrochenem Herzen. Bis auf fünf wurden alle unsere Pferde von der einen oder anderen Seite gestohlen oder ›beschlagnahmt‹. Unsere Felder wurden niedergebrannt, unsere Bäume abgeholzt. Eine nach der anderen verloren wir unsere Farmen, bis nichts mehr übrigblieb, noch nicht einmal ein paar schäbige Gemüsebeete. Nun sagen Sie mir, Mr. Black... inwiefern war ich in diesem glorreichen Krieg auf der Gewinnerseite?«

»Deshalb sind Sie also in den Westen gekommen«, warf die Witwe hastig ein, um die angespannte Situation zwischen der erschöpften jungen Frau und Caleb Black etwas zu entschärfen. »Sie werden sich hier in Denver gleich wie zu Hause fühlen, meine Liebe. Viele sind einfach auf und davon gegangen und haben alles hinter sich gelassen wie eine Schlange, die ihre alte Haut abstreift. Und genau dafür ist der Westen gut – für einen Neuanfang, wenn alles andere schiefgegangen ist. Werden Sie und Ihr Mann Viehwirtschaft betreiben?«

Willow riß ihren Blick von Calebs kalten, whiskyfarbenen Augen los und konzentrierte sich auf Rose. Sie hätte der liebenswürdigen Witwe gern die ganze Wahrheit erzählt, aber Matt hatte in seinen Briefen ausdrücklich darauf hingewiesen, niemandem zu vertrauen und auf keinen Fall die Landkarte zu erwähnen, die er mitgeschickt hatte. Im alltäglichen Leben waren die meisten Leute anständig und ehrlich, doch eine Goldmine stellte selbst die beste Freundschaft auf eine harte Probe. Aus diesem Grund hatte Matt nach Hause geschrieben, in der Hoffnung, einen oder mehrere seiner Brüder dazu zu bewegen, ihm bei der Ausbeutung der Mine zu helfen. Als sein Brief ankam, waren die Moran-Brüder von London bis Australien verstreut gewesen.

Willow jedoch war verfügbar gewesen.

»Ich weiß noch nicht genau, was Matt vorhat«, sagte sie schließlich, »aber ich würde gern Pferde züchten. Ishmael ist ein hervorragender Zuchthengst. Und meine vier Stuten sind mit ebensoviel Sorgfalt gezüchtet worden.«

»Wo werden Sie sich niederlassen?« wollte Rose wissen.

»Das habe ich noch nicht entschieden. Die Siedlergesetze erlauben einer Frau...«

»Siedlergesetze!« unterbrach Eddy sie. »Mrs. Moran, Sie können doch nicht ernsthaft vorhaben, ganz allein eine Farm aufzubauen. Sie sind eine viel zu feine Dame, um Ihre Hände bei der Bearbeitung dieses harten, unfruchtbaren Landes zu ruinieren. Lassen Sie lieber Ihren Mann für Sie sorgen.«

»Sie sind sehr freundlich«, erwiderte Willow, »aber ich ziehe es vor, unabhängig zu sein. Männer lassen sich so leicht ablenken. Schwenken Sie eine Fahne vor ihren Augen oder flüstern Sie ihnen etwas von Gold oder Abenteuer ins Ohr, und schon sind sie verschwunden und überlassen es ihren Frauen, sich selbst und die Kinder durchzubringen, die sie ursprünglich mit soviel Eifer gezeugt haben.«

Rose warf Willow einen schockierten Blick zu, dann lachte sie laut. »Also, wenn das nicht die reine, unverfälschte Wahrheit ist! Mein Joe war wirklich kein schlechter Kerl, aber als ein Nachbar damals vor vier Jahren in diese verdammten Berge aufbrach, überzeugt, er würde Gold finden, ging mein Joe einfach mit – ohne sich darum zu kümmern, was aus den vier Kleinen wurde, die an meinen Rockzipfeln hingen, und dem fünften, das darauf wartete, auf die Welt zu kommen. Unser Nachbar kehrte Blut hustend zurück. Mein Joe ist niemals mehr zurückgekehrt.«

»Es tut mir leid, Mrs. Sorenson«, sagte Willow leise. »Für mich war es schon schwer genug, mich nur um Mutter zu kümmern. Ich kann mir gar nicht vorstellen, wie ich mit vier Kindern und einem Baby hätte fertig werden sollen.«

»Ach, so schlimm ist es nun auch wieder nicht, meine Liebe. Männer sind unzuverlässige Geschöpfe, aber nichtsdestotrotz charmant. Ohne sie wäre das Leben doch sehr eintönig für uns«, erklärte die Witwe und warf Eddy einen liebevollen Blick zu. »Niemand, der das Strickgarn für mich hält, wenn ich es zu einem Knäuel wickle. Niemand, der eine störrische Wasserpumpe repariert, damit ich meine Haare waschen kann. Niemand, der einen Spaziergang mit mir macht, wenn der Vollmond am Himmel steht und die Luft nach Flieder duftet. Niemand, dem ich ein Lächeln schenken kann, wenn ich ein Zimmer betrete.« Rose lachte wehmütig. »Und niemand, der mich fest in die Arme nimmt, wenn es blitzt und donnert und ich mich zu Tode fürchte.«

Eine seltsame Sehnsucht überkam Willow, als sie sah, wie

Eddy und Rose sich anblickten. Es war schon lange her, seit Willow davon geträumt hatte, ihr Leben mit jemandem zu teilen. Doch damals war sie zu jung gewesen, um zu verstehen, was ein solches Miteinander wirklich bedeutete. Mit sechzehn wußte ein Mädchen noch nicht viel vom Leben. Es kannte nur die Ungeduld, endlich mit diesem Leben zu beginnen.

Aber dann war der Krieg ausgebrochen, Steven hatte den Tod gefunden, und Willow hatte gelernt, daß das Leben ein Durchhaltetest war und es keine Gewinner gab, sondern nur Überlebende.

»Sie werden die schrecklichen Kriegserlebnisse irgendwann überwinden«, fuhr Rose fort und tätschelte tröstend Willows Hand. »Sie und Ihr Mann werden ein Kind haben, und dann vergessen Sie Ihren närrischen Plan, eine Farm aufzubauen und für sich selbst zu sorgen, glauben Sie mir. Der Herrgott wußte, was Er tat, als Er die Frau für den Mann schuf.«

Caleb lehnte sich in seinem Stuhl zurück. »Spar dir dein Mitgefühl für jemanden, der es nötig hat, Rose. Alles, was Mrs. Moran braucht, ist ein Führer, der sie zu Matthew Moran bringt.«

»Wirst du es tun?« fragte Eddy.

»Sicher, warum nicht«, erklärte Caleb betont gleichmütig. »Ich will sowieso in die Gegend von San Juan.«

»Gut«, sagte Eddy sichtlich erleichtert. »Ich würde den Job ja selbst übernehmen, aber der verdammte Hengst...« Er blickte Caleb unverwandt an. »Ich bin froh, daß dich meine Nachricht erreicht hat. Ich wußte nicht genau, ob du auf dem Weg nach Yuma warst oder weiter in den Norden hinauf nach Wyoming Territory.«

»Je einsamer das Land, desto schneller spricht sich Klatsch herum«, entgegnete Caleb. »Ich war gerade mit Wolfe Lonetree auf der Jagd, als ein Kesselflicker in unser Lager kam und mir sagte, du brauchtest mich, um Mrs. Matthew Moran zu ihrem Ehemann zu begleiten.«

»Wolfe Lonetree, soso«, murmelte Eddy. »Kein Wunder,

daß du so schnell davon erfahren hast. Wenn irgendwo im Revier ein Käfer krabbelt, weiß es dieses Halbblut.« Er zog seine Taschenuhr heraus und betrachtete blinzelnd das Zifferblatt. »Rose, wenn wir jetzt nicht sofort in den Speisesaal gehen, wird uns irgendein junger Schieber unseren Tisch wegnehmen.«

Als er seine Uhr wieder einsteckte, warf er Willow einen Blick aus klugen dunklen Augen zu. »Sind Sie zufrieden mit dem Arrangement, nachdem Sie Cal jetzt kennengelernt haben, Mrs. Moran?«

Nach kaum merklichem Zögern nickte Willow stumm. Sie traute sich nicht zu sprechen, denn ihre Stimme hätte eindeutig verraten, wie unglücklich sie war. Nicht etwa, daß sie Calebs Zuverlässigkeit und Kompetenz als Geleitschutz angezweifelt hätte. Sie hatte auch keinerlei Zweifel, was seine Ehrbarkeit betraf. Es war seine Wirkung auf sie, die sie zögern ließ. Er ließ es sie spüren, daß sie eine verführerische Frau war, und dennoch machte er keinerlei Anstalten, seine Abneigung gegen sie zu verbergen. Eine äußerst beunruhigende Mischung.

Ich bin nur müde, versicherte Willow sich selbst in Gedanken. Ein Bad und ein paar Stunden Schlaf werden mich wieder beleben. Ich bin einen zu weiten Weg gekommen, um jetzt noch umzukehren. Übrigens gibt es keinen Ort mehr, an den ich zurückkehren könnte. Mama hatte recht. Die Träume, die sie und Papa hatten, sind mit dem Land untergegangen. Ich kann nicht wieder nach Hause. Ich kann nur versuchen, ein neues Zuhause zu finden und mir einen neuen Traum zu schaffen.

»Mrs. Moran«, sagte Eddy jetzt, sich langsam von seinem Stuhl erhebend. »Ich lasse Sie in guten Händen.«

»Vielen Dank. Wenn ich Ihre Freundlichkeit und Hilfsbereitschaft jemals wiedergutmachen kann...«

»Unsinn«, unterbrach Eddy sie energisch. »Der Vater Ihres Mannes hat mir damals das beste Pferd verkauft, das ich je besessen habe. Hat mir mehr als einmal das Leben gerettet. Wenn ich seiner Verwandtschaft irgendwie helfen kann, bin ich mit Freuden dazu bereit.«

Eddy zog seinen Überrock zurecht, um die Pistole in seinem Gürtel zu verdecken, und beugte sich über Willows Hand, bevor er sich an Caleb wandte. »Ich würde dir ja raten, gut auf die kleine Lady aufzupassen, aber wenn ich nicht sowieso schon wüßte, daß du behutsam mit ihr umgehen wirst, hätte ich dich ihr niemals empfohlen. Und falls ich irgendwas über einen Herumtreiber namens Reno hören sollte, werde ich dir sofort Bescheid geben.«

Caleb warf einen schnellen Seitenblick auf Willow. Sie reagierte nicht auf den Spitznamen, was bedeutete, daß sie entweder eine ausgezeichnete Schauspielerin war oder ihren »Ehemann« tatsächlich nur als Matthew Moran kannte.

»Tu das nur, Eddy.« Caleb drehte sich zu Rose um, verbeugte sich höflich vor ihr und meinte: »Kümmere dich um ihn, Rose. Und halte ihn von diesem verdammten gelben Hengst fern.«

Schweigend schauten Willow und Caleb dem davongehenden Paar nach. Trotz Eddys Bemühungen, seine Steifheit zu verbergen, merkte man ihm deutlich an, daß er Schmerzen hatte.

»Wird er wieder ganz gesund werden?« fragte Willow leise.

»Solange seine alten Feinde ihn nicht aufspüren, bis er sich wieder erholt hat, wird alles gut werden.«

»Feinde?«

»Eddy hat an einigen verrufenen Orten eine polizeiliche Dienstmarke getragen. Ein Mann, der als Gesetzeshüter fungiert, macht sich nun mal Feinde.« Caleb heftete seinen kühlen, goldenen Blick auf Willow. »Wo sind Ihre Pferde?«

»In dem Mietstall am Ende der Straße.«

»Lassen Sie sie am besten dort. Ich werde Ihnen ein Pferd besorgen, das nicht gleich schlappmacht, wenn das Vorwärtskommen schwierig wird.«

»Das ist sehr freundlich von Ihnen, aber...«

»Ich bin kein freundlicher Mann«, unterbrach Caleb sie brüsk. »Ich denke nur praktisch. Dort, wo wir hingehen, würde uns ein empfindliches, nervöses, überzüchtetes Pferd nur Ärger einbrocken.«

»Meine Araberpferde sind robust und anspruchslos und nicht überzüchtet, und ich wette mit Ihnen, daß sie es mit jedem Ihrer Pferde aufnehmen könnten«, erklärte Willow bestimmt.

Caleb knurrte leise etwas Unfreundliches vor sich hin. »In welchen Teil von San Juan wollen Sie?«

»In den gebirgigen Teil.«

»Ma'am«, erwiderte er spöttisch. »Im ganzen Bezirk von San Juan gibt es nicht ein Fleckchen, das keine Berge hätte. Welchen Gipfel haben Sie im Sinn?«

»Das sage ich Ihnen, wenn wir dort ankommen.«

»Wenn wir Ihre feinen Pferde nehmen, werden wir niemals dort ankommen, Südstaatenlady.«

2. Kapitel

Bevor Willow antworten konnte, schallte plötzlich Lärm aus dem Speisesaal herüber. Eine laute, aufgebrachte Männerstimme dröhnte durch die Stille der Hotelhalle.

»Du und deine Frau aus zweiter Hand könnt verdammt noch mal warten, bis ein anderer Tisch frei wird, Alter! Und überhaupt, wartet gefälligst so lange, bis meine Freunde und ich mit dem Essen fertig sind. Ich möchte nicht mit dieser Schlampe da im selben Raum sitzen.«

Entsetzt fuhr Willow herum und schaute zum Speisesaal hinüber. Gleich darauf sah sie, daß Eddy und Rose vier jungen Männern gegenüberstanden, alle mit Pistolen bewaffnet. Ein Murmeln ging durch die Menge, als die Gäste vor der Auseinandersetzung zurückwichen. Willow konnte aus der Flut von Beschimpfungen heraushören, wie einer der Männer etwas von Revolverhelden knurrte und von Roses Weigerung, Slaters kleinen Bruder in ihrer Pension aufzunehmen.

Caleb hörte die unflätigen Worte ebenfalls, aber er wußte bereits, was da vor sich ging. Er hatte es von dem Augenblick an gewußt, seit sich die feinen Härchen in seinem Nacken in einer instinktiven Warnung vor Gefahr aufgerichtet hatten, und er war herumgewirbelt, um zu sehen, ob seinen Freunden Ärger drohte. Wäre Eddy gesund gewesen, wäre Caleb einfach in den Speisesaal gegangen, um als inoffizieller Schiedsrichter einzuschreiten und dafür zu sorgen, daß sich die Freunde des Jungen nicht einmischten, was auch immer zwischen dem alten Gesetzeshüter und dem jungen Banditen passierte.

Aber Eddy war nicht gesund. Er war verletzt, und Johnny Slater wußte das. Eddy wußte es auch. Er hatte die Wahl – er konnte zulassen, daß Rose beleidigt wurde, oder versuchen, mit seiner verletzten rechten Hand seine Pistole zu ziehen. Er hätte vielleicht auch mit der linken Hand nach seiner Waffe greifen können, obwohl der Kolben zur falschen Seite zeigte. Ganz gleich, mit welcher Hand, er wäre höchstwahrscheinlich tot, noch bevor der Pistolenlauf aus dem Holster glitt.

»Nein!« sagte Rose eindringlich. Sie stellte sich vor Eddy und kehrte dem harten Burschen, der sie beleidigt hatte, den Rücken zu. »Du kannst noch nicht mal eine Gabel halten, geschweige denn eine Pistole!«

Bevor Rose zu Ende gesprochen hatte, grub sich Calebs große, kräftige Hand in Johnny Slaters Schulter und wirbelte ihn herum.

»Du hast ein übles Mundwerk, Junge. Die Leute in Denver sind es allmählich leid, deine Sprüche zu hören. Du hast zwei Möglichkeiten: Du kannst dich bei Mrs. Sorenson entschuldigen und deinen Hintern zur Stadt hinausbewegen oder mit einer der hübschen kleinen Kanonen loslegen, die du da mit dir herumschleppst.«

Verblüffung verwandelte sich in Bestürzung, als Johnny das finstere Versprechen in Calebs Augen sah. Es war eine Sache, aus sicherer Entfernung quer durch einen vollbesetzten Raum einem verletzten Mann zu drohen, der kaum imstande war, seine Pistole zu ziehen. Es war eine andere Sache, Gürtelschnalle an Gürtelschnalle einem Mann gegenüberzustehen, der weder verletzt war noch Angst hatte, einem Mann, der nicht einen lumpigen Cent um Kid Slaters Ruf gab, ein Revolverheld zu sein, der blitzschnell mit der Hand am Abzug war, oder um die Tatsache, daß ihm sein brutaler älterer Bruder den Rücken stärkte.

Johnny Slater brach der Schweiß aus. Er blickte hastig zu seinen Freunden hinüber, doch die standen nur mit vor der Brust verschränkten Armen da und beobachteten ihn. Offensichtlich erwarteten sie, daß er den Zwischenfall ohne ihre Hilfe regelte.

»Entscheide dich, Kid«, sagte Caleb.

Die kalte Ungeduld in Calebs Stimme ließ Johnny kaum merklich zusammenzucken. Seine Hand glitt näher an seine Pistole heran, zögerte einen Moment, schob sich dann weiter vor. Wieder blickte er in Calebs Augen und erstarrte.

Caleb schnaubte angewidert. »Dein älterer Bruder mag ja tatsächlich ein gefährlicher Wolf sein, aber du bist nichts weiter als ein Koyote. Entschuldige dich bei der Lady, Kid Coyote.«

»Ich will verdammt sein, wenn ich mich bei einer...«

Caleb schlug Johnny ins Gesicht, bevor dieser den Satz beenden konnte. Seine Ohrfeige kam so schnell, daß sie fast unsichtbar war. Sie ließ Johnnys Kopf ruckartig herumfahren und seinen Hut zu Boden fliegen. Bevor Johnny überhaupt begriff, was passierte, war es schon zu spät. Caleb ohrfeigte ihn mit langsamen, gemessenen Bewegungen, Schlägen, die ebensosehr demütigten, wie sie schmerzten; aber es waren Calebs verächtliche Worte, die am meisten verletzten.

»Kid Coyote muß den großen Helden markieren, was?« knurrte Caleb. »Dies ist für jeden Mann, den du jemals rücklings erschossen hast.« *Klatsch.* »Für jede Frau, die du jemals beleidigt hast.» *Klatsch.* »Für jedes Baby, dem du die Süßigkeiten gestohlen hast.« *Klatsch.* »Und jetzt leg deine Pistolen ab, Kid Coyote.«

»Was?« fragte Johnny und schüttelte benommen den Kopf.

»Nimm deine Pistolengurte ab und wirf sie auf den Boden.«

Johnny hantierte ungeschickt an seinem ersten Gurt herum. Seine Hände zitterten in einer Mischung aus Wut und Furcht. »Sie sind ein toter Mann, wer auch immer Sie sein mögen. Mein Bruder wird Sie für das hier töten!«

Der erste Pistolengurt fiel mit einem dumpfen Geräusch auf den Fußboden.

»Dann richte ihm aus, er solle nach Caleb Black fragen«, erwiderte Caleb ruhig.

Der zweite Gurt schlug auf dem Boden auf.

»Falls die Leute diesen Namen nicht kennen«, fuhr Caleb fort, »sag deinem Bruder, er solle sich nach dem Mann von Yuma erkundigen. Und was dich betrifft, Kid Coyote – es wäre klug von dir, niemals wieder eine Waffe zu tragen. Wer das Schwert ergreift, der soll durch das Schwert umkommen. Wenn ich dich jemals wieder mit einem Schießprügel erwische, wo auch immer und wann auch immer, werde ich auf dich zielen und dich auf der Stelle umlegen. Hast du verstanden?«

Johnny nickte dumpf.

»Es ist die einzige Warnung, die du bekommst, und eine mehr, als du verdienst.« Caleb ließ von ihm ab und drehte sich zu Johnnys Freunden um. Er betrachtete jeden einzelnen und versuchte, sich die Gesichter seiner neuen Feinde ins Gedächtnis einzuprägen. Er erkannte einen von ihnen, einen Kopfgeldjäger und Claimbetrüger aus den Bergen von San Juan. »Werft die Schießeisen weg, Jungs.«

Weitere Pistolengurte fielen polternd zu Boden.

»Ziemlich üble Gesellschaft, mit der du dich da abgibst, Kid, aber wir leben in einem freien Land. Begreife trotzdem nicht, wie du den Gestank aushältst.« Caleb wies mit einer Kopfbewegung zur Straße. »Raus mit euch.«

Wütend und frustriert marschierten Johnny und seine Freunde aus dem Saal. Erst als sich die Tür hinter dem letzten Revolverhelden geschlossen hatte, erhob sich aufgeregtes Gemurmel in der Menge, und es wurden Spekulationen und Mutmaßungen ausgetauscht über diesen neuerlichen Vorfall, der zu der wachsenden Legende um den Mann von Yuma beitrug.

Willow sagte überhaupt nichts. Sie stieß nur einen tiefen Seufzer der Erleichterung aus und zog ihre Hand aus der mit Leder eingefaßten Tasche ihres seidenen Rocks, wo sich die Derringer kalt in ihre Handfläche geschmiegt hatte.

Nach einigen Augenblicken legte sich die allgemeine Erregung, und die Leute kehrten wieder zu dem zurück, was immer sie getan hatten, bevor Caleb Johnny Slater herausgefordert hatte. Alle bis auf Willow machten einen großen Bogen um die Pistolengurte auf dem Fußboden und den großen, kräftigen Mann, dessen Augen so klar und golden brannten wie die eines Silberlöwen – oder eines Racheengels.

Caleb wandte sich zu Rose um. »Tut mir leid, daß du dies alles hören mußtest«, sagte er schlicht.

Rose versuchte zu sprechen, lächelte mit zitternden Lippen und brachte flüsternd hervor: »Du bist ein gütiger Mann, Caleb Black. An meinem Tisch wird immer ein Platz für dich sein.«

Caleb lächelte und berührte die blasse Wange der Witwe in einer sanften Geste der Zuneigung, die Willow überraschte.

»Danke«, sagte Eddy nur zu Caleb. »Ich bin dir etwas schuldig.«

Caleb schüttelte den Kopf. »Du bist das Beste, was Rose jemals passieren konnte. Damit bin ich voll und ganz entschädigt.«

»Eines Tages wird sich Johnny an dir rächen«, stellte Eddy nüchtern fest. »Du hättest ihn töten sollen, als du die Chance hattest.«

»Es waren zu viele Frauen im Raum, um eine Schießerei anzufangen. Ein Fehlschuß...«

»Du bist kein Mann, der danebentrifft.«

Achselzuckend bückte Caleb sich, um die Pistolengurte aufzusammeln. »Johnny ist ein unflätiges Stinktier, aber er hat keinen aus meiner Familie getötet. Er hat Rose beleidigt, und ich habe ihn beleidigt. Soweit es mich betrifft, ist die Angelegenheit damit erledigt.«

»Auge um Auge«, murmelte Willow, während sie Caleb beobachtete. »Ist das Ihr Kodex?«

Er richtete sich auf und fuhr mit einem schnellen, raubtierhaften Blick zu ihr herum. »Nicht mein Kodex, Südstaatenlady. Sondern Gottes. ›Auge um Auge, Zahn um Zahn, Hand um Hand, Fuß um Fuß, Leben um Leben.‹ So steht es in der Bibel.«

Die Eindringlichkeit seiner Stimme ließ Willow schaudern. »Was ist mit Vergebung?« fragte sie. »Was ist damit, auch die andere Wange hinzuhalten?«

»Das ist ein Luxus für Stadtleute, die genügend Polizisten haben, um mit Abschaum wie Kid Coyote fertig zu werden. In Denver gibt es noch nicht soviel Gesetz und Ordnung. Und dort, wo ich Sie hinbringe, gibt es überhaupt kein Gesetz. Wenn ein Mann auch seine andere Wange hinhält, bekommt er noch einen Schlag und noch einen, bis er entweder kämpft oder aufhört, sich selbst als Mann zu bezeichnen. Dort draußen in den Bergen paßt ein Mann auf sich selbst auf, weil es niemand sonst für ihn tun wird.«

»Und eine Frau?« fragte Willow widerstrebend. »Was tut die?«

»Sie bleibt in der Stadt«, erklärte Caleb brüsk. »Und wenn ihr das nicht möglich ist, findet sie einen Mann, der stark genug ist, um sie und die Kinder, die sie ihm gebären wird, zu beschützen. So hält man es hier bei uns, Südstaatenlady. Schlicht und einfach. Sie schlachten Ihr Fleisch selbst, Sie würzen es, kochen und essen es, und dann gehen Sie wieder hinaus auf die Jagd.«

Caleb betrachtete Willow aus schmalen Augen, trat dann einen Schritt näher und sagte so leise, daß niemand mithören konnte: »Wollen Sie immer noch auf die Suche nach Ihrem... Ehemann gehen?«

Willow musterte den großen Mann dicht vor sich. Er war bewaffnet, und seine Augen schimmerten wie gehämmertes Metall. Ihr erster Eindruck von Caleb Black hatte sie nicht getrogen.

Er war gefährlich.

Dann erinnerte Willow sich, wie liebevoll er Roses Wangen mit den Fingerspitzen berührt hatte. Caleb war so hart wie Stahl, doch er war auch ein anständiger, rechtschaffener Mann. Bei ihm würde sie sicher sein. Sie wußte es mit einer inneren Gewißheit, die sie nicht in Frage stellte.

»Ja«, antwortete sie.

Caleb blickte sie einen Moment überrascht an, aber dann erwiderte er nur: »Machen Sie sich fertig. Wir reiten in einer Stunde los.«

»Was? Aber es ist schon dunkel, und...«

»In einer Stunde, Lady. Seien Sie pünktlich bei dem Mietstall am Ende der Straße, sonst komme ich und schleife Sie eigenhändig aus Ihrem Zimmer heraus.«

Eine Stunde und drei Minuten später klopfte jemand ungeduldig an die Tür zu Willows Hotelzimmer. Willow war gerade dabei, einen der vielen widerspenstigen Knöpfe am Oberteil ihres Reitkostüms zu schließen, und erstarrte mitten in der Bewegung.

»Wer ist da?« fragte sie, einen Knopf durch das kleine Knopfloch in dem schweren Wollstoff schiebend.

»Caleb Black. Sie sind zu spät dran.«

Die Stimme war so tief, bezwingend und atemberaubend männlich, wie Willow sie in Erinnerung hatte. Ein eigenartiges Kribbeln breitete sich in ihrer Magengrube aus. Das Gefühl überraschte sie, denn sie hatte bisher noch nie Angst vor Männern gehabt.

Dann ging Willow auf, daß sie sich nicht wirklich vor Caleb fürchtete. Er war ganz einfach anders als alle Männer, die sie jemals gekannt hatte, und das machte es ihr unmöglich, vorauszuberechnen, was er als nächstes tun würde. Oder wie sie selbst reagieren würde. Seine Fähigkeit, Schmetterlinge in ihrem Bauch tanzen zu lassen, indem er einfach nur durch eine geschlossene Tür mit ihr sprach, war mehr als beunruhigend.

»Ich komme gleich. Bitte gedulden Sie sich noch ein paar Minuten«, erwiderte Willow, und ihre Stimme klang ungewöhnlich heiser.

»Sie werden in dreißig Sekunden herauskommen, sonst hole ich Sie.«

»Mr. Black…«

Was immer Willow hatte sagen wollen, endete in einem rauhen Laut der Bestürzung, als sie einen Schlüssel im Türschloß schaben hörte.

»Ich bin nicht angezogen!«

»Noch zwanzig Sekunden.«

Willow verschwendete keine Zeit mit Streitereien. Ihre Finger flogen über die Knöpfe. Dennoch war es ihr nicht gelungen, das Oberteil bis über ihre Brüste hinauf zu schließen, als die Tür aufging. Als sie Calebs breite Schultern den Türrahmen ausfüllen sah, war sie einen Moment lang zu schockiert, um sich zu rühren. Der feine, mit zarten Blumenstickereien verzierte Batist ihres Mieders war unverhüllt sichtbar und darüber der samtige Schatten zwischen den schwellenden Rundungen ihrer Brüste.

Willow errötete bis zu den Wurzeln ihrer goldenen Haare. Hastig ergriff sie die Kanten ihres Oberteils und zog sie über ihren Brüsten zusammen. Unter der Röte der Verlegenheit auf ihren hohen, feingemeißelten Wangenknochen brannte Zorn.

»Verlassen Sie sofort mein Zimmer!«

»Regen Sie sich nicht gleich auf, Mädchen«, sagte Caleb ungerührt, während er die Tür hinter sich schloß. »Sie haben nichts, was ich nicht schon anderswo gesehen hätte.«

Schockiert erwiderte Willow das einzige, was ihr in den Sinn kam. »Wie sind Sie an den Schlüssel gekommen?«

»Ganz einfach. Ich habe danach gefragt. Welche von diesen Reisetaschen nehmen Sie mit?«

Mehrere Augenblicke lang kämpfte Willow darum, ihre Fassung zu bewahren. Caleb mochte vielleicht nicht viel Rücksicht auf ihr Schamgefühl nehmen, aber er machte keinen Versuch, die Situation auszunutzen. Sein Blick auf ihr halb offenes Oberteil und die volle Rundung ihrer Brüste über der Spitzenkante des Mieders hatte völliges Desinteresse signalisiert. Sie hätte erleichtert sein sollen, daß er sie als verheiratet betrachtete und somit tabu für ihn.

Statt dessen ertappte Willow sich dabei, daß sie mehr als nur ein bißchen irritiert war über Calebs mangelndes Interesse an ihr als Frau. Die Unvernunft ihrer Reaktion machte sie nur noch ärgerlicher.

»Ich nehme mein ganzes Gepäck mit«, erklärte Willow.

Caleb schüttelte den Kopf. »Suchen Sie eine Tasche aus.«

»Aber...«

»Wir haben keine Zeit für lange Diskussionen«, unterbrach er sie ungeduldig. »Wir brechen jetzt auf, und wir können uns nicht mit überflüssigem Gepäck belasten. Es braut sich ein Sturm zusammen. Wenn wir schnell genug von hier wegkommen, besteht die gute Chance, daß unsere Spuren ausgelöscht sind, bevor überhaupt jemand merkt, daß wir fort sind.«

Willow fiel wieder Johnny Slaters Rachedrohung ein, und sie runzelte die Stirn. »Glauben Sie, Slaters Bruder wird versuchen, uns zu folgen?«

»Slater und jeder andere Mann, der es darauf abgesehen hat, eine Frau und teure Pferde umsonst zu bekommen. Das ergibt eine ganze Menge Männer, und keiner von ihnen gehört zu der Sorte, die sonntags den Gottesdienst besuchen.«

»Mr. Black, ich bin keine ›Frau, die man umsonst bekommt‹.«

Er zuckte die Schultern. »Schön. Sie sind eine teure Frau. Welche Tasche wollen Sie mitnehmen?«

Willow getraute sich nicht zu sprechen. Sie ging zu den kleineren Taschen, nahm aus jeder ein paar Dinge heraus und stopfte sie in die große Reisetasche.

»Diese hier«, sagte sie gepreßt.

Caleb griff nach der Tasche und wandte sich ab – ohne sich auch nur einen Seitenblick auf die verlockende Stelle zu gestatten, wo Willows Oberteil auseinanderklaffte. Der eine flüchtige Blick, den er beim Betreten des Zimmers riskiert hatte, war mehr als genug gewesen. Die sanften Kurven und verführerischen Schatten ihres Körpers hatten seinen Schaft augenblicklich erregt. Es hatte ihn ein ungeheures Maß an Selbstbeherrschung gekostet, nicht ihre Hände wegzuschieben und sich zu ihren Brüsten hinunterzubeugen, um herauszufinden, ob sie sich unter seiner Zungenspitze auch nur halb so weich und süß anfühlten, wie sie aussahen.

»Südstaatenlady«, erklärte Caleb, ohne Willow anzublicken, »wir...«

»Mein Name ist Willow Moran.«

»...wir gehen nicht auf einen Ball«, fuhr er fort, ihren Einwand ignorierend. »Dieses feine Reitkostüm, das Sie da tragen, ist so nutzlos wie ein Flush mit vier Karten. Wenn der lange, weite Rock naß wird, wird er mehr wiegen als Sie. Ziehen Sie etwas anderes an.«

»Zum Beispiel?«

»Hosen«, erklärte er kurz und bündig.

Willow blinzelte. Er war tatsächlich ein praktischer Mann.

»Das ist unmöglich«, sagte sie, gleichermaßen zu sich selbst wie zu Caleb.

»Indianerfrauen tragen immer Hosen. Wir machen keinen Sonntagsausflug. Wir werden einen Teil des rauhesten und unwegsamsten Landes durchqueren, das Gott diesseits der Hölle erschaffen hat. Das letzte, was Sie gebrauchen können, ist meterweise Stoff, der um Sie herumflattert und sich in jedem Zweig verfängt.«

»Ich werde eben einfach mein Bestes geben müssen. Ich habe sonst nichts Passendes anzuziehen.«

Gegen besseres Wissen blickte Caleb über seine Schulter zurück auf Willow. Das Licht der einzigen Lampe im Raum spiegelte sich in seinen Augen wider und ließ sie aussehen, als loderten Flammen in ihnen.

»Dann ziehen Sie wenigstens die Unterröcke aus«, sagte er brüsk.

»Das geht nicht. Sie sind in den Saum des Reitkostüms eingenäht.«

Ein Regenschauer prasselte gegen das Fenster. Donner grollte in der Ferne. Caleb betrachtete den dunklen Wasserfilm auf den Fensterscheiben, schüttelte den Kopf und öffnete die Tür. Ein schneller Blick versicherte ihm, daß sich niemand im Korridor befand. Mit einer knappen Geste bedeutete er Willow, ihm durch die Tür zu folgen.

»Was ist mit dem Rest meines Gepäcks?« wollte sie wissen.

»Es wird in Roses Pension warten, wenn Sie zurückkommen.«

Ohne ein weiteres Wort trat Willow an Caleb vorbei in den dunklen Flur und bemühte sich, ihn dabei nicht zu berühren. Es war unmöglich. Er ließ kaum Platz, als er in der Türöffnung stand. Erneut wurde sich Willow seiner Größe und Kraft bewußt, und die Erkenntnis ließ ihr das Blut in die Wangen schießen, und wieder konnte sie dieses seltsame Prickeln von ihrem Brustbein bis hinunter zu ihren Knien fühlen.

Die wenigen Flurlichter waren erst vor kurzem gelöscht worden, und die Luft war erfüllt vom Geruch schwelender Lampendochte.

»Nach links«, befahl Caleb leise.

Willow wandte sich nach links, fragte sich, wohin sie ging, denn die Hotelhalle lag zu ihrer Rechten.

»Mr. Black, wo...«

»Leise«, unterbrach er sie hastig.

Ein Blick über ihre Schulter überzeugte Willow davon, daß dies nicht der richtige Zeitpunkt war, um Caleb mit Fragen zu bestürmen. In der dunklen Reitkleidung, die er auch schon früher am Nachmittag getragen hatte, sah er wie ein riesiger Schatten aus, der sie verfolgte. Er machte auch nicht mehr Geräusche als ein Schatten. Bis auf den Glanz seiner Augen und das gelegentliche Schimmern von Metall, wo seine Jacke hinter das Pistolenholster zurückgeschoben war, war Caleb nahezu unsichtbar in der Dunkelheit.

Unsicher drehte Willow sich um und starrte in die Finsternis vor sich. Sie ging langsam, vorsichtig, versuchte, ebenso lautlos vorwärts zu schreiten wie Caleb. Das Rascheln ihrer Unterröcke unter dem schweren wollenen Rock ihres Reitkostüms verriet sie.

»Warten Sie«, flüsterte Caleb.

Sie blieb so abrupt stehen, als wäre sie gegen einen Felsen geprallt. Sie fühlte, wie Caleb sie streifte, spürte dann die Wärme, die von seinem Körper ausging, als er sich zu ihr hinunterbeugte und seinen Mund dicht an ihr Ohr brachte.

»Ich gehe zuerst«, murmelte er. »Die Treppe ist schmal, und die Stufen sind uneben. Halten Sie sich an meiner Schulter fest, damit Sie nicht fallen.«

Bevor Willow antworten konnte, wich er zurück, kehrte ihr den Rücken zu und wartete. Zögernd legte sie ihre Hand auf seine Schulter. Selbst durch die Wolljacke und das Hemd hindurch spürte sie die Hitze seines Körpers. Willow schnappte unwillkürlich nach Luft. So nahe war sie keinem Mann mehr gewesen, seit ihr Verlobter in den Krieg gezogen war.

Aber Steven hatte sie nicht dermaßen in Erregung versetzt, daß ihr Puls plötzlich zu rasen begann und ihre Knie unter ihr nachzugeben drohten.

Als Caleb sich ohne Vorwarnung vorwärts bewegte, stolperte Willow und streckte blindlings die Arme aus, um Halt zu finden. Er fuhr herum und fing sie mit derselben Schnelligkeit auf, die Johnny Slaters Verderben gewesen war. Das Gefühl von Calebs Händen um ihre Taille, die sich in ihr Fleisch gruben und sie stützten, war so entmutigend wie die Geschwindigkeit und Kraft seines Körpers. Als er sich herabbeugte, um in ihr Ohr zu flüstern, stockte Willow der Atem.

»Wenn Sie in diesem verdammten Ding nicht gehen können,

ohne zu stolpern, werde ich mein Jagdmesser nehmen und den Stoff über Ihren Knien abschneiden«, murmelte er rauh.

Instinktiv glitten Willows Hände zu seinen Oberarmen, während sie sich gegen seine überwältigende Kraft wappnete.

»Sie... Sie haben mich überrascht, das ist alles«, flüsterte sie. »Als Sie sich plötzlich vorwärts bewegt haben.«

Caleb starrte hinunter in Willows Gesicht. Es war nicht mehr als ein blasses, verschwommenes Oval in der Dunkelheit. Er war froh darüber. Wenn er ihre Augen nicht erkennen konnte, würde sie auch nicht das heftige Verlangen in seinen Augen sehen können. Sie duftete nach Lavendel und Sonnenschein. Ihre zierliche Taille fühlte sich gut unter seinen Händen an. Viel zu gut. Es kostete ihn seine gesamte Selbstbeherrschung, nicht ihr weiches Fleisch zu liebkosen, sie nicht an sich zu ziehen, bis ihre Hüften gegen seine harten Schenkel drängten, und sich an ihrem Körper zu reiben, um den Hunger zu befriedigen, der das Blut in seinen Lenden pulsieren ließ.

Abrupt ließ Caleb Willow los, griff nach ihrer Reisetasche und kehrte ihr den Rücken zu. Es dauerte einen kurzen Moment, bevor er erneut fühlte, wie sich eine kleine Hand leicht auf seine Schulter legte. Die Hitze ihrer Berührung ging ihm durch und durch. Im stillen verfluchte er sich heftig für seine ungezügelte Reaktion auf Renos Geliebte. Caleb wußte, er würde alle Qualen der Verdammnis leiden müssen, bevor er Willow das Geheimnis um Renos Versteck entlocken konnte.

Aber herausbekommen würde er es. Es gab keine andere Möglichkeit, den Mann seiner gerechten Bestrafung zuzuführen, der Rebecca verlassen und eines einsamen Todes hatte sterben lassen, wenige Tage nachdem sie das Kind ihres Liebhabers zur Welt gebracht hatte – ein Kind, das seine Mutter nur um Stunden überlebt hatte.

In den Monaten seit Rebeccas Tod hatte Caleb seine Anstrengungen, Reno ausfindig zu machen, noch verdoppelt. Es hatte nichts geholfen. Wenn er in abgelegenen Siedlungen oder an Lagerfeuern nach Informationen fragte, kam er jedesmal entweder zu spät oder auch zu früh, oder aber Reno war überhaupt niemals dort aufgetaucht. Bestechung hatte auch nichts gebracht. Mexikaner und Indianer, Siedler und Goldsucher hörten einfach auf zu sprechen, sobald Caleb Renos Namen nannte.

Reno mochte ein Schwein sein, wenn es darum ging, Jungfrauen zu verführen, aber er hatte sich auf seinem Weg die Sympathien der Menschen erworben, indem er bereitwillig Hilfe leistete oder ihnen Geld in die Hand drückte, wann immer es nötig war. Jeder, der es auf Reno abgesehen hatte, war auf sich selbst angewiesen.

Caleb hatte Reno erbarmungslos gejagt. Die Suche wurde noch erschwert durch die Tatsache, daß Renos Kurs unmöglich voraussagbar war; er hielt sich nicht an vielbefahrene Wege und tauchte nur in sehr unregelmäßigen Abständen in den einsamen Dörfern auf. Reno war auf der Jagd nach spanischen Schätzen – Gold. Er war ein Einzelgänger und hatte eine Vorliebe für das Hochgebirge und vergessene Indianerpfade, die durch ein Labyrinth von Felscanyons und eisigen Granitgipfeln führten.

In Calebs Augen waren Goldsucher Narren, er teilte jedoch Renos Vorliebe für das unberührte Hochland. Tatsächlich hatte Caleb sogar den Verdacht, daß er Reno gemocht hätte, hätte dieser nicht Calebs Schwester kaltherzig verführt und dann sitzengelassen. Aber Rebecca war tot, und Reno würde dafür sterben.

Leben um Leben.

»Vorsicht, wir sind an der Treppe angekommen«, sagte Caleb jetzt gedämpft, und seine Stimme klang kalt.

Willow fühlte, wie sich Calebs Schulter senkte, dann noch einmal, und sie begriff, daß er die Stufen hinunterging. Sorgsam prüfte sie den Weg vor sich mit der Spitze ihres Reitstiefels, versuchte, die Stelle zu finden, wo der Fußboden aufhörte und die Treppe begann. Doch sie fühlte nichts durch die harte Sohle ihres Stiefels. Caleb trat noch eine Stufe hinunter, und ihre Hand glitt von seiner Schulter.

»Warten Sie«, flüsterte sie. »Ich kann nicht erkennen, wo die Treppe anfängt.«

Sie spürte, wie Caleb sich mit entnervender Schnelligkeit zu ihr umdrehte.

»Halten Sie das hier«, murmelte er.

Er drückte ihr die Reisetasche in die Hand. Einen Augenblick später wurde Willow mit Schwung hochgehoben.

»Was tun Sie?« fragte sie atemlos.

»Still!«

Sein rauhes Flüstern brachte Willow zum Schweigen. Die Welt um sie herum verlagerte sich plötzlich und begann sich um sie zu drehen. Sie war nicht mehr auf den Arm genommen und getragen worden, seit sie ein Kind gewesen war. Das Gefühl der Hilflosigkeit war erschreckend, besonders in der Dunkelheit.

Willow drehte ihr Gesicht gegen Calebs muskulöse Brust und klammerte sich an die Reisetasche, bis ihre Finger schmerzten, während sie sehnlichst wünschte, sie hätte sich statt dessen an ihn klammern können. Nach ein paar Schritten schwand ihre Furcht, hinunterzufallen. Caleb ging die schiefe, wacklige Treppe mit der Trittsicherheit einer Katze hinunter. Willow stieß einen tiefen Seufzer der Erleichterung aus und lockerte ihren Griff um die Tasche.

Die Wärme ihres Atems streifte wie eine zarte Liebkosung über Calebs Brust. Er biß die Zähne zusammen und kämpfte mit aller Macht gegen die Versuchung an, stehenzubleiben und seine Lippen auf ihre zu pressen und die Tiefen ihrer süßen weiblichen Glut zu erforschen. Als er am Fuß der Treppe angekommen war, stellte er Willow abrupt auf die Füße, nahm ihr die Reisetasche aus der Hand und wandte sich ohne ein Wort von ihr ab.

Wieder atmete Willow zitternd aus und versuchte, nicht daran zu denken, wie sich Calebs kräftige, muskulöse Arme um ihren Rücken und unter ihren Knien angefühlt hatten. Sie bemühte sich auch, seinen erregenden Duft zu vergessen, eine maskuline Mischung aus Wolle, Leder und dem frischen, kühlen Wind, der von den Berggipfeln herunterblies. Mit zitternden Händen strich sie sich ihr Reitkostüm glatt und fragte sich bestürzt, wo ihre gewohnte Ruhe und Beherrschung geblieben waren. Sie hatte einem ganzen Trupp bewaffneter Soldaten gegenübergestanden und dabei weit weniger gezittert als in diesem Moment.

Die Seitentür des Hotels öffnete und schloß sich mit leisem Knarren hinter Willow. In der engen Gasse stank es nach Müll und Abwässern. Der Wind roch nach Holzrauch und kaltem Regen. Willow raffte ihren langen wollenen Rock, so gut sie konnte, und trat hinaus auf die Straße. Regentropfen peitschten ihr ins Gesicht, und sie wünschte, sie hätte eine nützlichere Kopfbedeckung gehabt, um sich vor dem naßkalten Wetter zu schützen, als den winzigen grünen Hut, der zu ihrem Reitkostüm gehörte.

Caleb benutzte die Hintertür zum Mietstall und drängte Willow mit deutlich spürbarer Ungeduld in das Innere. Er hegte keine große Hoffnung, daß ihr Aufbruch längere Zeit unbemerkt blieb, aber sie würden allen Vorsprung brauchen, den sie bekommen konnten, um etwaige Verfolger abzuschütteln. Auch wenn Willow die Ausdauer ihrer Araberpferde noch so energisch verteidigt hatte, so bezweifelte Caleb, daß die feinknochigen, eleganten Tiere, die er flüchtig hinter Stalltüren gesehen hatte, in der Lage sein würden, mit seinen großen Montana-Pferden Schritt zu halten.

Jed Slater und Banditen wie er besaßen ebenfalls zähe, ausdauernde Pferde, die mit Getreide gefüttert wurden und so schnell waren, daß sie jedes gewöhnliche Pferd mit einem Stadtsheriff oder einem wütenden Hilfscowboy im Sattel in einer Staubwolke hinter sich ließen. Da Caleb kaum Hoffnung hatte, den Banditen an Schnelligkeit überlegen zu sein oder die Spuren seiner eigenen beiden Pferde und der fünf von Willow bis in die Berge von San Juan verwischen zu können, mußte er die Männer, die ihnen unausweichlich auf den Fersen sein würden, eben irgendwie überlisten oder sich mit dem Gewehr vom Hals halten.

Und sie mußten damit rechnen, daß ihnen viele solcher Männer folgen würden – Abtrünnige, wie Wespen vom Honig angelockt und von der Aussicht, teure Pferde und eine Frau mit Haaren von der Farbe der Sonne in die Hände zu bekommen.

Eine Wolke zarten Lavendeldufts hüllte Caleb ein, als Willow sich an ihm vorbeischob und den Stall betrat. Er versuchte, ihren weiblichen Duft zu ignorieren. Vergeblich. Mit einem gemurmelten Fluch griff er nach den Streichhölzern auf einem Sims neben der Tür. Nachdem die Laterne angezündet war, zerdrückte er das abgebrannte Streichholz zwischen seinen Fingern, bevor er es auf den Lehmfußboden fallen ließ.

Pferde schnaubten leise und streckten ihre Köpfe über Boxentüren, als sie die vertraute Gegenwart von Menschen witterten. Willow murmelte beruhigende Worte, während sie ihre Araberpferde zur Begrüßung tätschelte. Caleb beobachtete die Pferde mit den edlen Köpfen, zarten Nüstern und den ungewöhnlich großen, dunklen, weit auseinanderstehenden Augen. Widerwillig mußte er sich selbst eingestehen, daß es wunderschöne Tiere waren. Und auch gut dressiert. Als Willow sie aus ihren Boxen führte, folgten sie ihr, ohne zu zögern oder vor den flackernden Schatten zu scheuen, die die Laterne auf Decken und Wände warf.

Selbst der Hengst verhielt sich sanft und ruhig, obwohl er ein feuriges, temperamentvolles Tier war, wie man auf den ersten Blick erkennen konnte. Auf seinem glänzenden, rostbraunen Fell blitzten bei jeder Bewegung seines Körpers rotgoldene Lichter. Eine saubere weiße Blesse reichte von seiner Stirn bis hinunter zu den Nüstern. Eine einzige weiße Fessel markierte sein rechtes Vorderbein. Seine Gangart war elastisch und federnd, sein schlanker Körper strömte verhaltene Energie aus, vibrierte vor geballter Kraft, die nur darauf zu warten schien, freigesetzt zu werden. Jahrhunderte intensiver, sorgfältiger

Zucht hatten diesen Hengst hervorgebracht, deutlich sichtbar in dem klaren Knochenbau und in jedem Muskel, der sich unter dem schimmernden Fell abzeichnete.

»Das ist wirklich ein prachtvoller Hengst«, sagte Caleb schließlich. »Sie werden Ihr Leben dabei riskieren, ihn aus Denver herauszureiten.«

»Ishmael ist nicht nur stark, sondern auch sehr friedfertig.«

Caleb knurrte. »Ich habe nicht von seinen Manieren gesprochen. Der Hengst genügt, um selbst einen Heiligen zu Todsünden zu verleiten, ganz zu schweigen von der Sorte Männer, die uns auf unserem Weg in die Berge von San Juan begegnen werden. Jeder Bandit und abtrünnige Indianer in dem Gebiet wird nur einen Blick auf Ihr Pferd werfen und sich sofort in seinem Sattel sitzen sehen.«

Darauf konnte Willow nichts erwidern. Sie hatte bereits während der Postkutschenfahrt bemerkt, daß ihre Pferde um so größere Aufmerksamkeit erregten, je weiter sie in den Westen kamen. Dennoch brachte sie es ebensowenig über sich, sich von ihnen zu trennen. Sie liebte ihre Pferde. Sie waren alles, was von ihrer Vergangenheit übriggeblieben war, und ihre einzige Hoffnung auf eine gesicherte Zukunft.

Schweigend führte Willow ihre vier Stuten aus den Boxen heraus. Zwei der Stuten waren rostbraune Füchse, so feurig wie Ishmael. Die beiden anderen hatten schimmerndes hellbraunes Fell und üppige schwarze Mähnen und Schweife. Alle vier bewegten sich mit der geschmeidigen Anmut von Gazellen.

Jedes einzelne Tier wäre es wert gewesen, einen Mord dafür zu begehen.

»Heilige Mutter Gottes«, murmelte Caleb beim Anblick der fünf edlen Vollblutpferde. »Diese Tiere nach San Juan zu bringen, ohne jeden Gangster zwischen hier und der Hölle anzulocken, wird ungefähr das gleiche sein, als versuchte man, die Morgenröte an der Nacht vorbeizuschmuggeln.«

Willow erwiderte nichts. Sie beugte sich herab und untersuchte die Hufe jedes Pferdes nach kleinen Steinchen oder losen Hufeisen. Ihre Araber machten es ihr leicht. Sie brauchte nur ein Fesselgelenk zu berühren, und schon wurde ihr ein Huf zur Inspektion präsentiert. Als sie fertig war, strich sie mit einer Bürste über Ishmaels glänzenden Rücken und legte ihm die Satteldecke auf, ohne ein Härchen durcheinanderzubringen.

Als Caleb Willow nach dem Damensattel greifen sah, war er versucht, sie daran zu hindern. Im Damensattel durch rauhes, unwegsames Gelände zu reiten, war hart für eine Frau und noch härter für ein Pferd. Ganz gleich, was für eine fähige Reiterin die Frau sein mochte, ihr Gewicht belastete den Pferderücken immer am ungünstigsten Punkt.

Trotzdem schaute Caleb weiter zu, wie Willow ihr Pferd sattelte und aufzäumte, und er sagte nichts, denn er rechnete sich aus, daß Willows Aufmachung durchaus zweckdienlich sein konnte. Jeder, der den Stall beobachtete, würde ordnungsgemäß berichten, daß eine Frau im Damensattel, mit einem weiten, knöchellangen Reitrock bekleidet, den Mietstall mitten in der Nacht verlassen hätte.

Folglich würden sich die Männer, die ihnen auf den Fersen waren, nach einer Frau in eleganten Kleidern erkundigen, einer Frau, die in einem unförmigen Damensattel ritt, wie man ihn nur selten westlich des Mississippi zu sehen bekam.

Caleb würde jedoch dafür sorgen, daß Willow diesen Sattel nach ein paar Tagen nicht mehr benutzte – und wenn er sie notfalls mit Gewalt herunterzerren und das Leder mit seinem großen Jagdmesser in Streifen zerschneiden müßte.

Dann führte Caleb seine eigenen beiden Wallache aus ihren Boxen. Beide Tiere waren bereits reisefertig. Er band Willows Reisetasche am Packsattel fest, befestigte eine Ölplane zum Schutz gegen Regen über dem Gepäck und führte die Pferde in den breiten Gang zwischen den Boxen. Ishmael blähte die Nüstern beim Anblick der beiden großen Wallache, aber seine Ohren blieben aufgerichtet. Er war eher neugierig als feindselig.

Absichtlich schüttelte Caleb einen dunklen, feingewebten

Poncho direkt vor dem Kopf des Hengstes aus. Das plötzliche Flattern von Stoff störte Willows Pferd nicht. Caleb zog den Poncho an und glitt dann mit der Handfläche über den schimmernden, muskulösen Hals des Tieres. Das Fleisch unter dem glatten Fell fühlte sich so hart wie sein eigenes an. Der Araberhengst wirkte vielleicht elegant, aber es war mehr die Eleganz eines Blitzes als die einer Rose.

Als Willow Ishmael fertig aufgezäumt und die Stuten mit einer Führungsleine aneinandergebunden hatte, trat Caleb zu den Pferden und kontrollierte sorgfältig die Hufe jedes einzelnen Tieres. Sie warfen nervös die Köpfe hoch, ließen sich seine Berührung aber gefallen. Nachdem Caleb seine Überprüfung beendet hatte, testete er die Stärke und Festigkeit von Ishmaels Sattelgurt.

»Zufrieden?« fragte Willow.

»Mit dem Ding da?« Kopfschüttelnd streifte er abgenutzte Reithandschuhe aus weichem Rehleder über. »Bin froh, daß es nicht mein Hintern ist, der auf diesem nutzlosen Stück Leder wundgescheuert wird.«

Willow warf Caleb nur einen mißbilligenden Blick von der Seite zu und machte Anstalten, ihr Pferd zu dem Aufsteigepodest zu führen. Augenblicklich schoß Calebs Hand vor, griff in die Zügel und zwang sie, stehenzubleiben.

»Auf unserem Weg wird es auch keine Aufsteigepodeste geben«, erklärte er. Er bückte sich und verschränkte seine Finger. »Nur zu. Tun Sie sich keinen Zwang an, Mädchen. Sie wollten doch auf mir herumtreten, seit Sie mich das erste Mal gesehen haben.«

Seine tiefe Stimme und das träge, sinnliche Lächeln, das er dabei erkennen ließ, erfüllte Willow mit Erregung. Sie erwiderte sein Lächeln fast schüchtern und stellte dann einen Fuß in seine verschränkten Hände, als wären sie ein Steigbügel.

Doch im Gegensatz zu einem Steigbügel war Caleb lebendig. Und hatte enorme Kräfte. Er stemmte ihr Gewicht ohne jede Anstrengung. Willow schlang ihr rechtes Bein, von Unterrökken und schwerem Wollstoff verhüllt, um den seitlich angeordneten Sattelknauf, um nicht von dem flachen Ledersitz abzurutschen. Der Sattelknauf und der einzelne Steigbügel auf der linken Seite waren der einzige Halt, den der Damensattel bot – ein Sattel, der eher für eine elegante Runde um den Park statt für ernsthaftes Reiten konstruiert worden war.

»Danke«, sagte Willow und blickte in Calebs Augen.

»Bedanken Sie sich nicht bei mir. Ich führe Sie in die schlimmste Nacht Ihres Lebens.« Er wandte sich ab, hielt dann inne und schaute sie über seine Schulter hinweg an. »Haben Sie nicht mal einen vernünftigen Hut oder einen Reitmantel?«

»Ich hatte vor, mir morgen die Dinge zu kaufen, die ich noch brauche.«

Er fluchte leise vor sich hin.

»Mein Reitkostüm ist warm«, erklärte sie. »Es wurde für den Winter gemacht.«

»Für den Winter in West Virginia«, erwiderte er spöttisch.

»Wir hatten sogar Schnee dort.«

»Wie oft, wie tief, und sind Sie den ganzen Tag im Schnee geritten?« fragte er sarkastisch.

»Es schneit ja jetzt nicht. Es regnet nur.«

Ohne ein Wort zog Caleb seinen Poncho aus und hielt ihn Willow hin. »Ziehen Sie ihn über.«

»Das ist sehr freundlich von Ihnen, aber ich kann Ihnen doch unmöglich Ihren...«

»Ich habe schon einmal gesagt, ich bin kein freundlicher Mann«, unterbrach Caleb sie in einem Ton, der einem wütenden Knurren gleichkam. »Ziehen Sie das verdammte Ding an, bevor ich Sie hineinstecke wie eine Katze in einen Sack!«

Rebellische haselnußbraune Augen funkelten Caleb einen langen Moment an, bevor Willow den Poncho ergriff, ihn sich über den Kopf streifte und an ihrem Körper herunterzog. Das Kleidungsstück war wie eine Jacke mit Armschlitzen geschnitten und hatte wie angegossen um Calebs breite Schulter und schmale Hüften gesessen. Für Willow war es viel zu groß.

»Gott, Sie sind wirklich ein winziges Ding«, murmelte er.

»Ich bin einen Meter sechzig groß, und ich war das größte Mädchen in unserem Tal.«

»Verdammt kleines Tal.«

Caleb zog eine Lederschnur aus seiner Tasche und band damit den Poncho um Willows zierliche Taille zusammen. Dann kramte er in seinen großen Satteltaschen, bis er einen langen Wollschal gefunden hatte.

»Beugen Sie sich herunter«, befahl er.

Willow beugte sich zu Caleb herab. Obwohl sie im Sattel saß, brauchte sie sich nicht tief zu bücken, denn Caleb war ein ungewöhnlich großer Mann. Er wickelte den Schal sorgsam um ihren Kopf und verknotete die Enden unter ihrem Kinn. Und er versuchte krampfhaft, nicht zu lächeln bei dem Anblick, den sie bot, mit ihrer klaren Haut, den roten Lippen und seinem schiefergrauen Schal, der ihre Augen wie Rauchkristall schimmern ließ.

Abrupt wandte Caleb sich ab und ging zu seinem eigenen Pferd. Er knüpfte eine schwere Lederweste hinter seinem Sattel los. Die Weste war wie alles andere, was er besaß – dunkel, schlicht und von erstklassiger Qualität. Zusammen mit seinem langärmligen Hemd aus dicker Wolle würde ihn die Weste vorläufig genügend wärmen. Er zog sie an, band dann die Führungsleinen der Stuten am Packsattel fest und bestieg sein großes Pferd mit der lässigen Eleganz eines Mannes, der praktisch im Sattel geboren wurde.

»Haben Sie Handschuhe?« fragte er kurz.

Willow nickte.

»Ziehen Sie sie an.«

»Mr. Black, ich…«

Er fiel ihr ins Wort. »Versuchen Sie's mal mit meinem Vornamen, Südstaatenlady. Wir sind hier nicht so förmlich.«

»Mir ist schrecklich warm, Caleb.«

Seine Mundwinkel verzogen sich zu einem Grinsen. »Genießen Sie es, Willow. Es wird nicht lange vorhalten.«

Caleb trieb sein Pferd aus dem Stallgebäude hinaus in die regengepeitschte Nacht. Sein Packpferd folgte augenblicklich, obwohl es nicht durch ein Führungsseil mit dem Leitpferd verbunden war. Nach kurzem Zögern folgten auch die vier Stuten. Ishmael wieherte gedämpft, offensichtlich bekümmert über die Trennung von seinen Gefährtinnen.

»Ist ja schon gut«, tröstete Willow den Hengst. »Alles in Ordnung, mein Junge.«

Dennoch wartete sie einen Moment unschlüssig, bevor sie ihr Pferd zur Stalltür bewegte. Ishmael kannte keine solchen Bedenken. Er trabte hinaus in die stürmische Dunkelheit und schnaubte bei dem eiskalten Regenschauer, der ihm entgegenschlug.

Es muß einfach richtig sein, was ich hier tue, redete Willow sich ein und schnappte unwillkürlich nach Luft, als eisige Regentropfen auf ihre Wangen prickelten. Denn wenn es das nicht ist, habe ich gerade den größten Fehler meines Lebens gemacht.

3. Kapitel

Noch bevor sie drei Meilen zurückgelegt hatten, waren Willows Reitrock und ihre Unterröcke völlig vom Regen durchweicht. Nasser Stoff scheuerte an ihren Beinen bei jeder Bewegung, die Ishmael machte. Caleb legte trotz des Unwetters ein hartes Tempo vor. Er wollte so weit wie möglich von Denver fort sein, bevor der Regen aufhörte, die Hufspuren der sieben Pferde auszulöschen. Denn dann würden ihre Verfolger wissen, daß sie unterwegs nach Süden waren auf dem baumlosen, ausgetretenen Pfad, der sich an den massiven Ausläufern der Rocky Mountains entlangzog.

Abwechselnd im Trab und im Galopp reitend führte Caleb Willow durch die Nacht und die heftigen Juni-Regengüsse. Er drosselte nur dann das Tempo, wenn der Boden unter den rutschigen Pferdehufen uneben wurde. Nach den ersten zwei Stunden verzichtete er darauf, alle paar Minuten besorgt über seine Schulter zurückzuspähen. Die Araberstuten hielten mühelos mit seinen Gebirgspferden Schritt, was bedeutete, daß Ishmael nicht weit dahinter war. Der Hengst würde seinen Stuten sogar bis in den Schlund der Hölle folgen, eine Tatsache, auf die Caleb gebaut hatte.

Es überraschte ihn jedoch, wie Willow es fertigbrachte, Ishmael mit Anmut und Eleganz zu reiten, trotz der flatternden, hinderlichen Röcke, des unbequemen Damensattels, trotz Sturm und Regen. Doch ganz gleich, wie gut Willow ritt, er bezweifelte, daß sie sich wohl dabei fühlte. Ihm war ganz sicher nicht behaglich zumute. Kalter Regen rann unablässig über sein Gesicht hinunter und in seinen Kragen. Obwohl sein Oberkörper relativ warm unter den Schichten von Wolle und Leder blieb, sickerte Wasser in seine Stiefel. Seine Beine waren kalt. Sie würden noch kälter werden, bevor sie sich aufwärmen konnten.

Aber Caleb dachte nicht lange über sein eigenes Unbehagen nach. Er hatte von Anfang an gewußt, daß es ein langer, beschwerlicher Ritt werden würde. Tatsächlich hatte er sogar darauf gezählt. Banditen waren im allgemeinen faule Burschen, mehr an ihrem Vergnügen interessiert als an allem anderen. Es würde sie Überwindung kosten, ihr warmes Bett und die Frau zu verlassen, die sie zusammen mit dem Zimmer gemietet hatten.

Während Caleb und Willow weiter durch die Nacht galoppierten, legte sich das Unwetter allmählich. In der Ferne zuckten zwar immer noch Blitze über den Himmel, aber der begleitende Donner war so weit weg, daß man kaum mehr als ein dumpfes Grollen hörte. Noch fiel Regen, doch die nassen Schleier wurden jetzt von Windböen zerrissen. Bald würde es keinen Regen mehr geben, um die scharfen Umrisse der Hufspuren zu verwischen, die sich hinter den sieben Pferden wie ein verschlungenes Band den Weg zurück erstreckten.

Wieder stieg das Land ein wenig an in einer der vielen langen Bodenfalten, die von dem hoch aufragenden, granitenen Gebirgsmassiv in alle Richtungen strebten. Caleb ließ seinen großen Wallach nicht wieder in Schritt zurückfallen, sondern drückte ihm statt dessen seine Kavalleriesporen aus Messing in die Flanken.

Die Sporen waren ein Überbleibsel seiner kurzen, turbulenten Tätigkeit als Armeekundschafter bei den New-Mexico-Feldzügen des Sezessionskrieges. Noch während seiner Armeezeit hatte Caleb die scharfen Spitzen der vorgeschriebenen Sporen abgefeilt, sehr zum Ärger seines vorgesetzten Offiziers. Auf diese und viele andere Arten hatte Caleb sich denjenigen Dienstvorschriften widersetzt, die ihm unvernünftig und sinnlos erschienen. Ein Pferd, das mit scharfen Sporen attackiert wurde, war ein nervöses Pferd; und ein nervöses Pferd war nutzlos in einer Schlacht – eine Tatsache, der Caleb sich bewußt war, selbst wenn der unerfahrene Oberst, der die Schwadron angeführt hatte, sich nicht darum gekümmert hatte.

»Nun komm schon, Deuce. Leg einen Schritt zu«, murmelte Caleb, als ihm ein Windstoß kalte Regentropfen ins Gesicht trieb.

Das große Pferd beschleunigte gehorsam seinen Schritt und fiel in schnellen Trab. Für den Reiter war dies die unbequemste Gangart, für das Pferd war sie jedoch über weite Strecken hinweg am wenigsten kräftezehrend.

Als Ishmael an Tempo zulegte, um mit den Stuten vor ihm Schritt zu halten, unterdrückte Willow ein Stöhnen. In dem Damensattel war es für sie wesentlich schwieriger, ihr Gewicht zu heben oder zu verlagern, als wenn sie im Herrensitz und mit zwei Steigbügeln geritten wäre. Sie konnte ihr rechtes Bein fester um den Sattelknauf krümmen und gleichzeitig ihren Körper anheben, indem sie sich mit dem linken Fuß in den einzelnen Steigbügel stellte, aber die Haltung war äußerst unbequem und schwer beizubehalten. Als Alternative blieb nur, jedesmal unsanft mit dem Po auf den Sattel aufzuprallen, wenn Ishmaels Hufe den Boden berührten. Es war nicht nur hart für Willow, es war auch hart für das Pferd.

Willow packte den Sattelknauf mit beiden Händen und streckte ihr rechtes Bein aus, bis sie rittlings auf Ishmael saß. Die Erleichterung hielt nicht lange an. Der Sattel war konstruiert worden, um asymmetrisch Gewicht zu tragen, was bedeutete, daß der Sattelknauf unmöglich plaziert war, um im Herrensitz zu reiten. Und noch schlimmer, es gab nur einen Steigbügel, um das Gewicht des Reiters auszubalancieren. Trotzdem war Willows ungünstige Haltung für Ishmael weniger belastend, als wenn seine Reiterin bei jedem Schritt auf seinem Rückgrat auf- und abgehüpft wäre.

Dank der speziellen Konstruktion des Damensattels war diese Position für Willow aber leider keine Erleichterung. Bald hatte sie Seitenstiche von der unnatürlichen Sitzhaltung. Um ihre Gedanken von den Schwierigkeiten abzulenken, fischte sie von Zeit zu Zeit eine winzige Blechdose Bonbons aus ihrer Satteltasche und steckte sich einen der aromatischen Pfefferminzdragees in den Mund. Der Geschmack ließ sie an vergangene Sommer denken, schwül und von Blumenduft erfüllt, die Sonne ein brennender Segen an einem dunstigen, silberblauen Himmel.

Als der Wind die Gewitterwolken endgültig vertrieben hatte, war Willow überzeugt, es könne nun nicht mehr lange bis zur Morgendämmerung dauern. Sie war sich so sicher, daß sie glaubte, sie müßten sich in der Dunkelheit irgendwie um ihre eigene Achse gedreht haben, als sie die Position des Mondes am Himmel sah. Verwirrt stützte sie sich auf den Sattelknauf und hielt Ausschau nach dem Großen Bären. Er war nicht dort, wo er bei Einbruch der Morgendämmerung hätte sein müssen. Tatsächlich war er sogar noch ein ganzes Stück von diesem Standort entfernt.

Es dauerte noch mindestens vier Stunden, bis der Morgen anbrach. Vielleicht auch noch fünf.

Großer Gott, will Caleb den Pferden denn niemals eine Ruhepause gönnen? dachte Willow erschöpft. Selbst die Postkutschenpferde wurden in regelmäßigen Abständen ausgetauscht, und sie hatten keine Sättel, die auf ihrer Haut scheuerten.

Caleb zügelte Deuce unvermittelt und ließ ihn im Schritt weiterlaufen, als hätte er Willows Gedanken gelesen. Willow stieß einen Seufzer der Erleichterung aus und nahm erneut eine normale Haltung im Damensattel an. Normal, aber nicht bequem. Die empfindliche Haut auf der Innenseite ihrer Schenkel war von den Knien an aufwärts wundgerieben. Der kalte, nasse Wollstoff ihres Reitkostüms störte sie mehr, als daß er sie vor der Witterung geschützt hätte.

Nach einer Weile hielt Caleb sein Pferd an und stieg ab. Willow wartete nicht erst auf eine Aufforderung. Sie glitt in einem Gewirr nasser Stoffalten aus Ishmaels Sattel. Ihre Füße stießen dabei so hart auf den Boden auf, daß sie zusammenzuckte. Sie verschwendete jedoch keine Zeit mit Jammern, denn sie wußte nicht, wie lange die Erholungspause dauern würde.

So schnell, wie ihre kalten, steifen Finger es erlaubten, begann Willow, Ishmael abzusatteln. Dann stellte sie den Sattel hochkant auf den feuchten Boden, drapierte die Satteldecke darüber und rieb Ishmael mit einer Handvoll Gras ab. Wärme stieg in dampfenden Schwaden vom Rücken des Hengstes auf, wo der Sattel und die Decke gelegen hatten, aber davon abgesehen zeigte er keinerlei Erschöpfungsanzeichen. Das Mondlicht enthüllte keine wunden Stellen auf seinem Rücken, und er zuckte auch nicht zurück, als Willow ihn mit energischen Bewegungen striegelte.

»Ich bin froh, daß dich all die Meilen von West Virginia bis hierher abgehärtet haben«, sagte sie leise zu Ishmael, während sie ihn weiter versorgte. »Ich würde mich schrecklich fühlen, wenn du von meinem ungünstigen Sitz wunde Stellen hättest. Gott allein weiß, daß meine Ungeschicklichkeit *mir* die Haut aufscheuert. Die Postkutsche war vielleicht unbequem, aber zumindest hat sie den Regen abgehalten.«

Seufzend dachte Willow an die lange Reise vom Mississippi bis Denver. Zum ersten Mal ging ihr auf, was für ein Luxus es gewesen war, von der Kutsche auf den Pferderücken überwechseln zu können und wieder zurück, sobald das Wetter umschlug.

Ishmael drehte den Kopf, wieherte leise und knabberte mit den Lippen an dem kalten, feuchten Tuch von Willows Reitkostüm.

»Nur weiter so. Friß das nutzlose Ding auf«, murmelte sie. »Ohne das Kleid bin ich bestimmt auch nicht schlechter dran als jetzt.«

Nach einer kurzen Kostprobe verlor der Hengst jedoch das Interesse an dem Stoff.

»Ich kann es dir nicht verübeln«, meinte Willow seufzend.

»Sagen Sie mir nicht, Ihr vornehmer Sattel hätte nach wenigen Stunden bereits ein Loch in die Kehrseite des Gauls gescheuert.«

Erschrocken schnappte Willow nach Luft. Sie hatte keinen Laut gehört, der sie vor Calebs Näherkommen gewarnt hätte. Sie warf ihm nur einen kurzen Blick von der Seite zu und fuhr dann fort, ihr Pferd trockenzureiben.

»Ishmaels Kehrseite ist vollkommen in Ordnung«, erwiderte sie.

»Und was ist mit Ihrer?« fragte Caleb mit einem Blick auf die schweren, durchweichten Stoffalten, die an Willows Beinen klebten.

»Entschuldigen Sie mich, ich muß mich um die Stuten kümmern«, lautete ihre einzige Antwort.

»Den Stuten geht es gut. Die kleine Fuchsstute mit den beiden weißen Fesseln hatte einen Stein in ihrem Hufeisen, aber er war nicht lange genug darin, um irgendwelchen Schaden anzurichten. Ich würde sie trotzdem für einen Tag oder so nicht reiten, nur um ganz sicherzugehen.«

»Das ist Penny, und vielen Dank, daß Sie sich die Mühe gemacht haben«, sagte Willow, gedankenverloren ihre Wange an ihrem Ärmel abwischend, während sie den Hengst striegelte. »Ich werde Dove reiten – die andere Rostbraune –, wenn wir die Pferde wechseln.«

Die Haarlocke, die naß über Willows einem Auge geklebt hatte, glitt bald wieder zurück. Wieder rieb Willow ihr Gesicht an ihrem Ärmel, um die lästige Locke zurückzustreichen. Ein stürmischer Wind fegte heulend über das Land. Fröstelnd glitt Willow noch ein letztes Mal mit dem Grasbüschel über Ishmaels blankes Fell, bevor sie sich abwandte und die Satteldecke aufhob. Sie schüttelte sie sorgfältig aus und legte sie dann mit der trockenen Seite nach unten auf den Rücken des Hengstes.

Calebs Augen wirkten dunkel im Schatten seiner breiten Hutkrempe, als er Willow schweigend zuschaute – gegen seinen Willen beeindruckt von der Tatsache, daß sie zuerst ihr Pferd versorgte, bevor sie an ihr eigenes Wohlergehen dachte. Als Willow nach dem Damensattel griff, schoß sein langer Arm vor. Er nahm ihr den Sattel ab und schwang ihn auf Ishmaels Rücken. Trotz der Tatsache, daß Caleb nur eine Hand dabei benutzte, landete der Sattel so sacht wie eine Feder auf der Kruppe des Hengstes.

»Sie sind ja ganz steif vor Kälte«, sagte Caleb kurz angebunden. »Verschaffen Sie sich ein bißchen Bewegung. Wir reiten bald weiter und werden erst kurz vor Morgengrauen wieder eine Pause einlegen.«

»Ich verstehe«, erwiderte Willow, unbewußt seufzend.

Er zögerte einen Moment, dann fügte er hinzu: »In meiner Feldflasche ist Kaffee. Hab aber keinen Becher.«

Sie hörte die unterschwellige Herausforderung in seiner Stimme und wußte sofort, was er dachte. Keine echte Südstaatenlady würde eine Feldflasche mit einem Fremden teilen. Willows Mund verzog sich zu einem kläglichen Lächeln. Sie fragte sich, was Caleb wohl von ihr denken würde, wenn er wüßte, daß sie während des Krieges mehr als eine Nacht auf Händen und Knien in ihrem verwüsteten Küchengarten gelegen und nach etwas Eßbarem gegraben hatte, irgend etwas, was die Soldaten bei ihren Plünderungen möglicherweise übersehen hatten. Sie war so hungrig gewesen, daß sie die Karotten verschlungen hatte, ohne sie zu waschen, und einfach nur die lehmige Erde an ihrem Rock abgewischt hatte.

»Kaffee klingt himmlisch«, sagte Willow schlicht.

»Die Feldflasche hängt an meinem Sattel.« Caleb sicherte den Gurt des Damensattels mit wenigen fachmännischen Handgriffen. »Passen Sie auf Deuces Hinterhufe auf. Er ist nicht bösartig, aber er ist nicht an wehende Röcke gewöhnt.«

Sorgsam raffte Willow die durchnäßten Falten ihres Reitrocks. Die ersten paar Schritte, die sie tat, waren schmerzhaft. Allmählich erwärmten sich ihre von der Kälte steifen Muskeln, und das Gehen fiel ihr leichter. Die wunden Stellen an der Innenseite ihrer Schenkel brannten, doch daran ließ sich nichts ändern, bis der Stoff getrocknet war. Und selbst dann würde die aufgescheuerte Haut jedesmal schmerzen, sobald ihre Beine gegen den Sattel rieben.

»Hallo, Deuce«, sagte sie mit ruhiger, besänftigender Stimme, während sie sich Calebs großem Wallach näherte – von der Seite, wohlgemerkt, nicht von hinten. »Ich bin weder Indianer noch Panther, der sich an dich anschleichen will. Ich bin nur ein Mädchen, das dir notfalls auch mit einem stumpfen Messer die Haut abziehen würde, nur um an die Feldflasche mit Kaffee an deinem Sattel heranzukommen.«

Deuce beobachtete sie mit halb aufgerichteten Ohren, offensichtlich unbeeindruckt von jeglicher Bedrohung, die von ihr ausgehen mochte. Willow sprach weiter beruhigend auf das Pferd ein, als sie ihren Rock in der Mitte zusammenraffte und den Stoff zwischen die Beine klemmte, damit sie die Hände frei hatte, um die Lederschnüre zu lösen, die den Tragriemen der Feldflasche am Sattel festhielten. Ihre Handschuhe waren dabei eher hinderlich als hilfreich. Sie bemühte sich angestrengt, sie auszuziehen, doch das Leder war widerspenstig und ebenso durchweicht wie ihr Reitkostüm. Schließlich grub Willow ihre Zähne in die Handschuhspitzen und zog einen Finger nach dem anderen aus. Das kalte Leder löste sich nur mühsam von ihren Händen. Sie schob die Handschuhe in eine nasse Tasche ihres Reitrocks.

Die Lederschnüre am Sattel erwiesen sich sogar als noch störrischer als ihre Handschuhe. Der kalte, feuchte Wind machte Willows Hände ungeschickt. Schließlich gab sie es auf, den Tragriemen der Feldflasche vom Sattel zu lösen. Statt dessen schraubte sie nur den Deckel ab, zog die Flasche so weit wie möglich am Riemen zu sich her und trank. Nach dem Pfefferminzdragee, das sie gerade gelutscht hatte, schmeckte der Kaffee so schwarz und bitter wie die Nacht. Es gab jedoch einen Unterschied, und es war das einzige, was zählte. Der Kaffee war fast noch heiß.

»Ahhh«, seufzte Willow, als sie die flüssige Wärme ihre Kehle hinunterrinnen fühlte.

»Die meisten Frauen mögen ihn nicht so stark.«

Willow zuckte erschrocken zusammen, wobei sie beinahe die Flasche hätte fallen lassen. »Schleichen Sie sich immer so von hinten an die Leute heran?«

»Besser so als umgekehrt.«

Sie ignorierte Caleb und trank einen zweiten Schluck Kaffee und dann noch einen, bevor sie sich zu dem großen Mann umdrehte, der wie ein düsterer Schatten hinter ihr aufragte.

»Möchten Sie auch welchen?« fragte Willow.

Sie hielt Caleb die Feldflasche hin, so gut es ging. Er nahm sie ihr aus der Hand und trank von dem Kaffee, dann warf er ihr einen durchdringenden Blick zu, bevor er die Flasche erneut an die Lippen hob und noch einen kräftigen Schluck nahm.

»Trinken Sie auch noch etwas«, sagte er, als er Willow die Flasche zurückreichte. »Er ist nicht mehr heiß, aber er hilft gegen den rauhen Wind.«

Die heisere Samtigkeit seiner Stimme strich wie eine Liebkosung über Willows Nerven. Sie nahm die Feldflasche in beide Hände und hob sie vorsichtig an den Mund. Es hatte etwas überraschend Intimes an sich, mit ihren Lippen die Stelle zu berühren, die auch sein Mund berührt hatte. Willow versicherte sich, daß sie unmöglich Calebs Geschmack an dem Metallrand spüren konnte, trotzdem durchlief sie bei der Vorstellung ein seltsamer Schauer der Erregung.

Fast widerstrebend schraubte sie die Flasche wieder zu. Als sie den Riemen erneut um den Sattelknauf schlingen wollte, blies ein heftiger Windstoß von der Ebene herüber und löste den weiten Rock, den sie zwischen den Beinen festgehalten hatte. Feuchter Stoff schlug leicht gegen Deuces linkes Vorderbein. Der Wallach schnaubte erschreckt und wich hastig zur Seite aus. Durch den plötzlichen Ruck wurde Willow die Feldflasche aus den Händen gerissen. Willow kam ins Stolpern, und wieder flatterte ihr Rock im Wind und ließ Deuce so heftig scheuen, daß er mit dem Kopf hart gegen ihre Brust schlug. Sie stürzte auf die Knie und verweilte einen Moment keuchend und nach Luft schnappend in dieser Stellung.

Calebs große Hand schloß sich um den Zaum des Wallachs, bevor das Tier erneut scheuen konnte.

»Immer mit der Ruhe, mein Sohn«, sagte er beschwichtigend. »War doch nur ein bißchen weiblicher Schnickschnack. Nichts, worüber du dich aufregen müßtest.« Er blickte Willow an, die sich mühsam aufrichtete, durch ihr schweres, nasses Reitkostüm behindert. »So nutzlos wie Zitzen an einem wilden Eber«, murmelte er. »Ich habe Ihnen gesagt, daß Deuce nicht an Röcke gewöhnt ist, richtig?«

Sie nickte, sagte jedoch nichts. Nach dem harten Stoß gegen ihre Brust hatte sie genug damit zu tun, wieder zu Atem zu kommen.

»Alles mit Ihnen in Ordnung?« fragte Caleb barsch.

Willow nickte mit geschlossenen Augen, immer noch unfähig zu sprechen.

Plötzlich wurde ihr der Boden unter den Füßen weggezogen. Willow riß entsetzt die Augen auf und klammerte sich an das erste, dessen sie habhaft werden konnte – Caleb.

»Nur die Ruhe«, sagte er, während er sie mit einem Arm

hoch gegen seine Brust gedrückt hielt und ihr mit der anderen Hand ihre Röcke um die Beine wickelte. »Ich will Sie nur aus Deuces Reichweite entfernen, bevor Sie ihn so erschrecken, daß er davongaloppiert und mich zu Fuß zurückläßt.«

Willow öffnete den Mund, aber es kamen keine Worte heraus. Sich so fest und aufrecht gegen Calebs Brust gepreßt zu fühlen, war etwas ganz anderes, als wie ein Kind auf seinen Armen getragen zu werden. Selbst als sie unwillkürlich ihre Arme um seine Schulter schlang, um das Gleichgewicht zu halten, spürte sie vom Hals bis zu den Knien Calebs harten, muskulösen Körper an ihrem. Das Gefühl war schwindelerregend und machte es ihr fast unmöglich, richtig Luft zu holen.

»C-Caleb?« sagte sie heiser und fühlte, wie sich eine eigenartige Schwäche in ihrem Inneren ausbreitete. »Ist schon in Ordnung. Stellen Sie mich auf die Füße. Ich kann ohne Hilfe gehen.«

Das atemlose Zögern in Willows Stimme zuckte wie ein Blitz durch Sturmwolken durch Calebs Körper hindurch und brachte den dunklen Donner des Verlangens mit sich.

»Sie können von Glück reden, daß Sie in diesem verdammten Kostüm überhaupt aufrecht stehen können. Wenn's nach mir ginge, würde ich...«

Er schluckte die Worte hinunter, die ihm auf der Zunge lagen – daß er ihr am liebsten den flatternden Stoff vom Körper gerissen und sie statt dessen in eines seiner überzähligen Hemden und eine Hose gesteckt hätte. Er würde Willow wie einen Truthahn für die Backröhre zusammenschnüren müssen, damit seine Kleider auf ihrem viel kleineren, zierlicheren Körper hielten. Andererseits... wozu die Mühe? Er hatte sich sehnlichst gewünscht, Willow nackt zu sehen, seit dem Moment, als er einen Blick auf die feste, volle Rundung ihrer Brüste über dem zartbestickten Miedersaum hatte werfen können.

Und dann gestand Caleb sich ein, daß sein Verlangen viel eher begonnen hatte. Es war unmittelbar in dem Augenblick in ihm entbrannt, als er Willow in der Hotelhalle erblickt und gesehen hatte, wie sie ihn mit großen, ängstlichen Augen anstarrte, den Rücken kerzengerade aufgerichtet in einem Stolz, den kein Mann jemals würde brechen können.

Sie ist doch nur ein Liebchen, die Bettgespielin eines anderen Mannes, erinnerte Caleb sich selbst grimmig und dachte wieder an die verlegene Röte zurück, die Willows Wangen hatte erglühen lassen, als sie Matthew Moran als ihren Ehemann ausgegeben hatte. Ein Mädchen, das seinem Geliebten hinterherjagt, dachte er. Etwas Besseres kann sie kaum sein, vielleicht ist sie sogar noch um einiges schlechter.

Caleb versuchte nicht daran zu denken, wie Willow ohne alle Hüllen aussehen würde, während er noch ein paar große Schritte machte, bevor er sie auf Ishmaels Rücken hob und sie reichlich unsanft in den Sattel setzte. Als Willow automatisch nach den Zügeln griff, schimmerte die zarte Haut ihrer Hände wie Perlen im Mondlicht.

»Was ist mit Ihren Handschuhen passiert?« fragte Caleb barsch.

Willow griff in die linke Tasche ihres Reitkostüms, die Tasche, die nicht die Pistole enthielt. Sie fand nur einen Handschuh. Wortlos begann sie, das feuchte Leder über ihre Hand zu streifen. Dann griff sie erneut nach den Zügeln.

»Und wo ist der andere?« fragte Caleb ungeduldig.

»Irgendwo zwischen hier und Deuce.«

Mit einem gemurmelten Wort, das Willow zusammenzukken ließ, ging Caleb suchend den Weg zurück. Es war nicht leicht, einen schwarzen Handschuh auf dunkler, feuchter Erde zu finden, und dazu noch in stockfinsterer Nacht. Ununterbrochen vor sich hin fluchend, zog er eine versiegelte Blechdose mit Streichhölzern aus seiner Tasche und zündete eines an. Er schirmte die Flamme mit einer Hand gegen den Wind ab und suchte, bis die Hitze seine Finger zu versengen drohte. Dann strich er ein neues Streichholz an.

Vier Streichhölzer später fand er den Handschuh an der Stelle, wo Deuce ihn in den aufgeweichten Erdboden getreten hatte. Die Erkenntnis, daß die großen Hufe des Wallachs statt des Handschuhs ebensogut Willows zartes Fleisch hätten treffen können, steigerte Calebs Wut noch. Er schnappte sich den demolierten Handschuh, schlug ihn hart gegen seinen Schenkel, um den Schmutz zu entfernen, und marschierte damit zurück zu Willow.

»Danke«, sagte sie leise.

»Halten Sie sich von Deuce fern«, grollte Caleb. »Er ist ein Männerpferd.«

Willow nickte und fummelte ungeschickt mit ihrem schmutzigen Handschuh herum, in der Hoffnung, Caleb würde nicht bemerken, daß ihre Hände zitterten. Mir ist nur kalt, und ich bin müde und hungrig, redete sie sich ein. Und auch ein bißchen wütend. Ganz sicher fühlte sie sich nicht verletzt durch Calebs beleidigenden Mangel an Manieren, oder?

Ohne ein weiteres Wort machte Caleb kehrt und stapfte dorthin zurück, wo Deuce wartete. Er stieg in den Sattel mit der lässigen, kraftvollen Eleganz eines Berglöwen und drückte dem Wallach behutsam seine Sporen in die Seiten. Augenblicklich setzte das Pferd zum Handgalopp an. Caleb hielt das Tempo für eine gute halbe Stunde, dann ließ er Deuce im Schritt weitergehen. Zehn Minuten später trieb er den großen Wallach zu langsamem Galopp an, dann zu schnellem.

Und nach diesem Schema ging es immer weiter durch die kalten, langen Stunden der Nacht – Galopp, Schritt, Trab, Schritt, Galopp, ohne die Chance, einen Augenblick auszuruhen. Willow tat, was sie konnte, um Ishmael zu schonen, aber es gab nichts, was sie hätte tun können, um ihre eigenen Kräfte zu sparen. Zu Anfang prüfte sie die Position des Großen Bären jedesmal, wenn das Pferd in Schritt fiel, dann immer seltener. Es war einfach zu entmutigend. Die Sterne schienen kaum weiterzuziehen am mattschwarzen Nachthimmel. Manchmal hätte Willow schwören können, daß sie sich rückwärts auf ihrer Bahn bewegten.

Nach einigen Stunden ignorierte Willow die Sterne, die sie

förmlich zu verhöhnen schienen. Sie bemerkte auch kaum noch den Unterschied zwischen Schritt und Handgalopp. Im Trab zu reiten, wurde zunehmend schmerzhafter. Grimmig versuchte Willow, Ishmaels Last zu erleichtern, aber ihren steifen, kalten Muskeln fehlte die gewohnte Schnelligkeit und Geschmeidigkeit. Als Ishmael unvermittelt stehenblieb, hätte der plötzliche Gangartwechsel sie fast aus dem Sattel geschleudert. Verdutzt blinzelnd schaute Willow erneut zu den Sternen hinauf und begriff, daß auch die längste Nacht einmal ein Ende hatte. Ein blasses, graues Licht, Vorbote der Morgendämmerung, breitete sich am östlichen Himmel aus.

Erschöpft strich sich Willow die immer noch feuchten Lokken aus dem Gesicht. Sie sah, daß Caleb sie von dem vielberittenen Weg hinunter in eine der vielen schmalen, tiefen Senken zwischen Bodenfalten in der Landschaft geführt hatte. Ein kleiner Bach, nicht breiter als ihre Hand, schimmerte im langsam heller werdenden Licht. An seinen Ufern wuchsen üppige, dichte Weidenbüsche, so hoch wie ein großer Mann, die Schutz vor dem kalten Wind boten, aber auch ein gutes Versteck abgaben. Offensichtlich war Caleb mehr an der letzteren Eigenschaft interessiert. Er begann, ein Pferd nach dem anderen flußabwärts vom Lager an den Sträuchern anzubinden, wo sie Zugang zum Wasser hatten und zu den vereinzelten Flecken von Gras, die zwischen Gruppen von Buschwerk wuchsen.

Erst als sich Caleb ihr mit einem Seil und einem Pflock in den Händen näherte, wurde Willow bewußt, daß sie immer noch unbeweglich auf Ishmael saß, zu benommen und kraftlos, um auch nur abzusteigen.

»Machen Sie sich an die Arbeit, Südstaatenlady. Sie haben einen Führer eingestellt, keinen persönlichen Sklaven. Sehen Sie zu, daß Sie ein paar trockene Zweige finden, aber versuchen Sie nicht, ein Feuer anzuzünden. Todsicher würden Sie ein Signal in die Luft hinaufschicken, das man den ganzen Weg bis zurück nach Denver sehen könnte.« Caleb wies mit dem Daumen auf einen der Packsättel, die er Trey, seinem zweiten Pferd, abgenommen hatte. »Da drüben sind Kaffee, eine Speckseite und Mehl. Können Sie kochen?«

Willow nickte stumm.

»Dann legen Sie mal los«, befahl er. »Wenn die Sonne über diesen Hügel da steigt, werde ich das Lagerfeuer löschen. Was auch immer bis dahin nicht gekocht ist, werden wir roh essen müssen, oder wir verzichten ganz darauf.«

Willow wollte absitzen, mußte jedoch feststellen, daß ihr rechtes Bein nicht gehorchen wollte. Es war eingeschlafen. Sie benutzte beide Hände, um ihr Bein über den Sattelknauf zu heben, und biß die Zähne zusammen, weil der Schmerz zurückkehrte, als das Blut wieder zu zirkulieren begann.

Caleb beobachtete sie aus schmalen Augen. Er hatte gewußt, daß der Ritt hart für Willow werden würde – wie hart, das hatte er allerdings nicht geahnt. Nur mit Mühe widerstand er dem Drang, sie von ihrem Pferd zu heben und zu einem weichen Lager im Dickicht der Weidenbüsche zu tragen. Aber es hatte länger gedauert, einen sicheren Platz zum Rasten zu finden, als er ursprünglich erwartet hatte. Wenn Willow ihm jetzt nicht zur Hand ging, würde ihre einzige Nahrung aus Schiffszwieback oder kaltem Rauchfleisch und noch kälterem Wasser aus dem Bach bestehen. Ihm selbst hätte das nichts ausgemacht, er konnte unbegrenzt lange auf diese Weise überleben – er hatte es oft genug in der Vergangenheit getan –, er bezweifelte jedoch, daß Willow auch nur zwei Tage durchhalten würde. Sie war so übermüdet, daß ihre Haut durchscheinend aussah.

Abrupt hob Caleb Willow aus dem Sattel. Als ihre Füße den Boden berührten, fühlte er, wie ihre Beine unter ihr nachgaben. Er fing Willow in seinen Armen auf und hielt sie fest, sog den schwachen Duft von Lavendel und Regen ein, der sie wie ein unsichtbarer Schleier einhüllte. In seiner Erinnerung schmeckte er wieder das Aroma von Pfefferminz, eine Frische, die ihn gleichzeitig verblüfft und erregt hatte, als ihm aufgegangen war, daß sie von Willows Lippen stammte, die unmittelbar vor seinen den Rand der Feldflasche berührt hatten.

»Können Sie noch nicht mal aufrecht stehen?« fragte er fast barsch.

Der brüske Klang seiner Stimme traf Willow wie ein Peitschenhieb, und sie straffte energisch die Schultern. Sie stieß Caleb von sich fort und machte sich dann mit ungeschickten Fingern an Ishmaels Sattelgurt zu schaffen.

»Gehen Sie Anzündholz sammeln, Südstaatenlady«, sagte er, ihre Hände beiseite schiebend. »Ich kümmere mich um Ihren Hengst.«

Südstaatenlady. Der Spitzname war wie ein Schlag ins Gesicht. Einen Moment lang hatte Willow nicht übel Lust, zurückzuschlagen, aber es fehlte ihr die Energie. Auf jeden Fall war Caleb im Moment besser in der Lage, ihrem Pferd die nötige Pflege zukommen zu lassen, als sie selbst, und Ishmaels Wohl war wichtiger als ihr Stolz.

Schweigend wandte Willow sich von Caleb ab. Sie strebte zu dem dichtesten Gebüsch, das sie finden konnte, drängte sich zwischen den Sträuchern hindurch und ging weiter, bis sie sich mit einem Blick über ihre Schulter vergewisserte, daß eine undurchdringliche Mauer von Laubwerk genügend Sichtschutz bot. Erst dann begann sie, den komplizierten Verschluß ihres langen Reitrocks zu lösen. Sie streifte nassen Wollstoff und verfilzte Unterröcke an ihren Beinen herab, während sie innerlich flehte, daß Caleb Gentleman genug war, um ihr nicht zu folgen.

Als sie fertig war, zitterte sie vor Kälte. Und dennoch war es schmerzhaft und unangenehm, den schweren Hosenrock wieder über Beine hinaufzuziehen, die vom ständigen Reiben gegen feuchtes Tuch wundgescheuert waren. Dann machte Willow sich daran, trockene Zweige und kleine, abgestorbene Äste zu sammeln – mit kurzen, breitbeinigen Schritten, um die empfindliche Haut an der Innenseite ihrer Schenkel zu schonen. Währenddessen fühlte sie, wie ihr Körper sich langsam erwärmte und etwas von seiner Steifheit verlor.

Bis sie einen kleinen Stapel Holz aufgesammelt hatte und

wieder aus dem Dickicht hervorgekommen war, hatte Caleb sämtliche Pferde an Pflöcken angebunden. Er saß in der Hocke unter den überhängenden Zweigen eines Busches und schabte trockene Holzspäne aus der inneren Rinde einer kleinen Pyramidenpappel. Sein unglaublich scharfes Jagdmesser war so lang wie sein Unterarm. Die Klinge blitzte und glänzte wie Wasser im matten Licht des Morgengrauens.

Willow ließ ihr Bündel Zweige neben Caleb auf den Boden fallen und wandte sich ab. Mit einem kaum unterdrückten Aufstöhnen kniete sie sich neben einen der Packsättel. Wenige Minuten später hatte sie alles gefunden, was sie zur Zubereitung von gebratenem Speck und Brötchen brauchte.

Als sie aufblickte, hatte Caleb gerade einen Dreifuß aus Ästen errichtet und einen kleinen Kaffeetopf daran aufgehängt. Unter dem Topf brannte ein Feuer, so winzig, daß er es mit seinem Hut hätte bedecken können. Der wenige Rauch, den die Flammen produzierten, stieg senkrecht auf und wurde von der dichten Wand der Weidenbüsche zerstreut. Falls nicht gerade jemand ganz in der Nähe vorbeiritt – und in Windrichtung –, würde niemand vermuten, daß Menschen in einer der vielen tiefen Bodenfurchen kampierten, die das Land durchzogen.

Die Abgeschiedenheit des Lagers vermittelte Willow ein Gefühl der Beruhigung und verunsicherte sie gleichzeitig. Calebs Sorgfalt sagte deutlicher als alle Worte, daß er mit Verfolgern rechnete. Selbst wenn er keine Banditen befürchtet hätte, so schien er offensichtlich der Ansicht, daß jeder, der ihnen in dem wilden Land begegnete, mit ebenso großer Wahrscheinlichkeit ein Feind wie ein Freund sein konnte.

Seine Wachsamkeit und Vorsicht spiegelten sich auch in seinem Ausdruck wider. Das kleine Feuer beleuchtete sein Gesicht von unten und ließ schwarze Schatten über seine harten Züge flackern; der Schein der Flammen wurde in seinen Augen reflektiert und verlieh ihnen einen wilden Glanz, und sein Mund sah aus, als hätte er das Lächeln gänzlich verlernt. Caleb hatte ganz und gar nichts Tröstliches an sich für eine junge

Frau, die zu müde war, um ihre Augen offenzuhalten, und so durchgefroren, daß sie bei jedem Atemzug fröstelte.

Ich habe schon Schlimmeres ausgestanden, erinnerte Willow sich im stillen. Außerdem habe ich Caleb nicht zum Trost eingestellt. Ich habe ihn angeheuert, damit er mich zu Matt bringt. Und in dieser Hinsicht gibt es nichts, worüber ich mich beklagen könnte. Wir müssen letzte Nacht mindestens vierzig Kilometer zurückgelegt haben. Je eher man anfängt, desto eher ist man fertig, wie Papa immer zu sagen pflegte.

Willow rührte Mehl in der gußeisernen Bratpfanne an, bis der Teig die richtige Konsistenz hatte, um sich von der schwarzen Oberfläche der Pfanne zu lösen. Dann richtete sie sich mit steifen Gliedern auf und trug Speck, Brotteig und Pfanne zu dem winzigen Feuer hinüber.

»Darf ich Ihr Messer benutzen?« fragte sie.

Caleb blickte scharf auf. Willows Stimme klang heiser, entweder von der klammen Kälte der endlosen Nacht oder weil sie lange Zeit nicht gesprochen hatte.

»Die Speckseite«, erklärte sie, weil sie die plötzliche Intensität seines Blickes nicht verstand.

»Setzen Sie sich«, erwiderte Caleb rauh und nahm ihr die Pfanne aus der Hand. »Ich kümmere mich um das Frühstück.«

Dankbar sank Willow auf den Boden und streckte sich aus. Es kümmerte sie wenig, daß die Erde unter ihr kalt und feucht war. Das einzige, was zählte, war, daß der Untergrund sich gnädigerweise nicht bewegte und ihr Gewicht ohne jegliche Anstrengung ihrerseits trug.

Zwei Atemzüge später, und Willow war fest eingeschlafen.

Als Caleb vom Speckschneiden aufschaute, dachte er, Willow wäre ohnmächtig geworden. Hastig sprang er auf die Füße und kniete sich dann neben sie. Die Haut ihrer Kehle fühlte sich kalt unter seinen Fingerspitzen an, aber ihr Puls schlug kräftig und regelmäßig, ihr Atem ging ruhig. Caleb schüttelte den Kopf, hin- und hergerissen zwischen Verwirrung und widerwilliger Bewunderung für ihre Zähigkeit.

»Liebchen oder nicht – aufgeben tust du jedenfalls nicht so schnell«, murmelte er vor sich hin.

Er beschäftigte sich wieder damit, Speckscheiben in die Pfanne zu schneiden, wobei er von Zeit zu Zeit einen prüfenden Blick auf Willow warf. Sobald das Kaffeewasser kochte, fügte er gemahlenen Kaffee hinzu und hängte den Topf wieder über das Feuer. Als der Kaffee fertig war, briet er den Speck, legte ihn auf ein Stück Baumrinde und tat den Brötchenteig in die Pfanne.

Während der Teig garte, begann Caleb systematisch, Weidenstöcke vom Umfang seines Daumens von dem Gehölz abzuschneiden. Er schälte die Rinde ab, goß den Kaffee in seine Feldflasche, füllte den Kaffeetopf erneut und hängte ihn über das Feuer, bis das Wasser kochte. Dann fügte er eine Handvoll geraspelter Weidenrinde hinzu und stellte den Topf beiseite.

»Wachen Sie auf, Willow.«

Calebs Stimme klang gedämpft, aber deutlich. Willow reagierte nicht. Er beugte sich über sie und rüttelte sie sanft an der Schulter. Immer noch keine Reaktion. Der Stoff ihres Reitkostüms fühlte sich kalt und feucht unter seiner Hand an. Er blickte zum Himmel hinauf und überlegte, ob sie genügend Zeit hätten, Willows Rock über dem Feuer zu trocknen. Er brauchte nur eine Sekunde, um zu entscheiden, daß er das Risiko nicht eingehen konnte.

Die Sonne war bereits aufgegangen, was bedeutete, daß inzwischen noch mehr Leute auf den Beinen wären und den Weg entlang der Bergkette benutzen würden. Es gab keine Siedlungen in dieser Gegend. Jedes Anzeichen von Rauch wäre wie ein Hinweisschild auf ihren Lagerplatz. Willow würde wohl oder übel in nassen Kleidern schlafen müssen.

Caleb löschte das Feuer, bevor er sich erneut zu ihr umdrehte.

»Wachen Sie auf, Honey«, sagte er und schüttelte sie diesmal etwas weniger sanft.

Langsam schlug Willow die Augen auf, aber sie war nicht

wirklich wach. Groß und verschleiert, waren ihre Augen mit Gold und Grün, Silber und Blau gesprenkelt. Ihre Wimpern bildeten dichte, dunkle, seidige Kränze, die die haselnußbraune Schönheit ihrer Iris noch betonten. Gegen den pastellfarbenen Schimmer des Morgenhimmels konnte sie nur die Silhouette eines flachen, breitkrempigen Huts sehen, der über einem dichten Schopf sehr dunkler Haare zurückgeschoben war.

»Matt?« flüsterte sie und streckte eine Hand aus, um ihn zu berühren. »Bist du's wirklich? Es ist so lange her, und ich habe mich so schrecklich einsam gefühlt...«

Calebs Gesichtsausdruck verfinsterte sich augenblicklich, als er Willow nach ihrem abwesenden Liebhaber rufen hörte.

»Wachen Sie auf, Südstaatenlady«, sagte er kalt. »Ich habe das Frühstück für Sie gemacht, aber ich will verdammt sein, wenn ich Sie jetzt auch noch füttern soll.« Ungeduldig zog er Willow in eine sitzende Position und drückte ihr die Feldflasche mit Kaffee in die Hand. »Trinken Sie.«

Willow gehorchte automatisch bei dem harten, befehlenden Unterton in Calebs Stimme. Der Kaffee war noch siedendheiß. Sie trank, blinzelte Tränen weg und nahm noch einen Schluck, begierig auf das starke Aroma und die lebenspendende Wärme. Beim Schlucken fühlte sie, wie die heiße Flüssigkeit den ganzen Weg bis hinunter in ihren Magen rann. Sie erschauerte vor Wohlbehagen und trank noch einmal.

»Und jetzt essen Sie«, drängte Caleb, ihr die Feldflasche aus der Hand windend.

Willow nahm die Speckscheibe und das Brötchen, die Caleb ihr in die Hand schob, und betrachtete sie ohne Interesse. Sie war immer noch so müde, daß selbst Kauen eine zu große Anstrengung schien. Seufzend legte sie sich wieder zurück.

»Nein, das werden Sie nicht tun!« knurrte Caleb und zog sie erneut hoch. »Essen Sie, oder Sie werden heute abend so schwach sein, daß ich Sie auf Ihrem Pferd festbinden muß. Und wenn es nicht anders geht, werde ich genau das tun, Südstaatenlady!«

Ein einziger Blick in sein Gesicht verriet Willow, daß es ihm durchaus ernst war. Wieder stieß sie einen Seufzer aus und blickte sehnsüchtig auf die Feldflasche, die Caleb außerhalb ihrer Reichweite abgestellt hatte.

»Noch etwas Kaffee?« fragte sie hoffnungsvoll. Ihre Stimme klang immer noch heiser.

»Nachdem Sie gegessen haben.«

»Ich bin nicht hungrig.«

»Sie werden es sein, sobald Ihr Magen kapiert, daß es etwas zu essen gibt.«

Sie wußte, Caleb hatte recht, aber das machte das Essen in ihren Augen nicht verlockender. Die ersten paar Bissen waren die mühsamsten. Danach erwachte Willows Appetit, bis sie sich ebenso hungrig wie Caleb über ihr Frühstück hermachte und sich mit verstohlener Gier die Finger ableckte.

Caleb lächelte flüchtig und stapelte weitere Speckscheiben und Brötchen in ihre Hände. Sie murmelte ein Dankeschön, während sich ihre Zähne in den krossen Speck gruben. Die Unterseite der Brötchen war knusprig von dem restlichen Speckfett in der Pfanne, ihr Inneres flockig-weich. Willow konnte sich nicht erinnern, jemals etwas Besseres gegessen zu haben; auch die zarten jungen Karotten, die sie in einem Anfall von Heißhunger in ihrem verwüsteten Küchengarten ausgegraben hatte, waren ihr nicht so köstlich vorgekommen.

Schließlich brachte Willow keinen Bissen mehr hinunter. Noch bevor sie fragen konnte, hielt Caleb ihr die Feldflasche mit Kaffee unter die Nase.

»Danke«, sagte sie weich.

Sie schloß die Augen und inhalierte den heißen Kaffeeduft. Der sinnliche Genuß, den ihr das Aroma bereitete, war so klar wie die Morgenröte, die sich über das Land stahl.

Calebs Körper verkrampfte sich, als ihn ein fast schmerzhafter Stich roher Begierde durchfuhr. Die Versuchung, sich vorzubeugen und von Willows verführerischen Lippen zu kosten, war so groß, daß er hastig den Blick abwenden mußte.

»Entschuldigen Sie«, sagte sie und stupste seine Hand leicht mit der Feldflasche an. »Ich wollte nicht so gierig sein.«

Caleb ergriff die Flasche, starrte auf den Metallrand und dachte an die weichen Lippen, die ihn unmittelbar zuvor berührt hatten. Mit einem wilden, stummen Fluch schraubte er die Flasche zu, ohne davon zu trinken, und erhob sich.

»Ich werde mich mal ein bißchen umschauen.«

Willow hörte ihn kaum. Sie lag schon wieder ausgestreckt auf dem Erdboden und schlief bereits halb.

Schweigend kletterte Caleb den Schräghang der Bodenrinne hinauf und hielt knapp unterhalb der Kuppe inne. Er legte seinen Hut ab und richtete sich dann vorsichtig auf, um über das Land hinwegzuschauen. Nichts bewegte sich, bis auf die rosig überhauchten Wolken der Morgendämmerung, die am Himmel vorbeizogen. Ebenso leise, wie er gekommen war, zog Caleb sich wieder auf den Boden der kleinen Schlucht zurück. Es war die Arbeit einiger weniger Minuten, frische dichtbelaubte Äste abzuschneiden, sie auf dem Erdboden auszubreiten und mit einer der Ölplanen zu bedecken, die die Vorräte trocken gehalten hatten.

Willow wachte nicht auf, als Caleb sie vorsichtig auf die Arme nahm und auf dem Laubbett niederlegte. Sie wurde auch nicht wach, als er sich neben ihr ausstreckte und sie beide mit einer Wolldecke und einer weiteren Ölplane zudeckte. Sie seufzte nur im Schlaf und kuschelte sich näher in die Wärme, die von seinem großen, kräftigen Körper ausstrahlte.

Verärgert erinnerte Caleb sich, wie Willow die Hand nach ihm ausgestreckt und sehnsüchtig den Namen eines anderen Mannes gerufen hatte. Doch als er jetzt ihr erschöpftes Gesicht sah und das vom Regen stumpf gewordene Gold ihrer Haare, die unter seinem Wollschal hervorschauten, fiel ihm wieder ein, was sie über den Krieg gesagt hatte... daß sie in einem Grenzgebiet gelebt hatte, ausgeplündert von beiden Seiten, ohne einen Mann, der ihr zur Seite stand, und mit einer kränklichen Mutter, um die sie sich hatte kümmern müssen.

Und Caleb fragte sich, ob er unter diesen Umständen das Recht hatte, Willow zu verurteilen, weil sie die Geliebte eines Mannes geworden war, um zu überleben. Andere Frauen verkauften ihre Dienste aus weitaus weniger zwingenden Gründen.

Und einige dumme, törichte Mädchen gaben ihre Jungfräulichkeit und ihr Leben für eine Handvoll zärtlich gemurmelter Lügen über Liebe.

»Du hast mehr Glück gehabt als Rebecca«, sagte Caleb leise, während er Willow beobachtete. »Du hast überlebt. Aber als du dich an den Verführer meiner Schwester verkauft hast, hast du dich an einen toten Mann verkauft.«

Genugtuung stieg in Caleb auf bei dem Gedanken, daß Willow niemals wieder in Matthew Morans Bett aufwachen und liebevoll seinen Namen flüstern würde.

4. Kapitel

Caleb erwachte beim ersten fernen Donnergrollen. Wolken, prall und schwer vor Regen, türmten sich am Himmel über der Schlucht auf. Auf der Unterseite schiefergrau, die Ränder weißlich und ausgefranst und von gelegentlichen Blitzen durchzuckt, raste die Gewitterfront direkt auf sie zu.

»Nur gut, daß ich nicht versucht habe, den Rock zu trocknen«, knurrte Caleb und gähnte herzhaft. »Wir werden wieder von Kopf bis Fuß durchnäßt werden, das ist so sicher, wie Gott kleine grüne Äpfel erschaffen hat.«

Willow gab keine Antwort, sondern stieß nur einen dumpfen Laut des Protests aus, als Caleb sich aus dem Bett rollte und sie abrupt seiner Körperwärme beraubte. Ein kalter Windstoß ließ sie im Schlaf frösteln.

»Raus aus dem Bett und aufgesessen, Lady«, sagte er, während er seine warmen, bestrumpften Füße in feuchtkalte, steife

Stiefel schob. »Wir müssen weiter. Dieses Gewitter wird uns die Banditen vom Leib halten und dafür sorgen, daß wir ein paar Stunden ungefährdet bei Tageslicht reiten können.«

Willow erwachte auch jetzt nicht. Sie wickelte sich nur die Decke fester um die Schultern, damit die verbleibende Wärme nicht entweichen konnte. Calebs große Hand schoß vor und grub sich in die dicke Wolle. Mit einer einzigen Armbewegung zog er Willow Decke und Ölplane weg.

»Stehen Sie auf, Willow.«

Beim Sprechen bewegte Caleb sich unwillkürlich weiter fort von dem Bett, das er mit ihr geteilt hatte. Er traute seiner eigenen Reaktion nicht, sollte Willow wieder schlaftrunken die Arme nach ihm ausstrecken und den Namen eines anderen Mannes murmeln.

Was kümmert es dich, wenn Renos Geliebte ihre Bettgefährten nicht auseinanderhalten kann? fragte eine kleine Stimme in seinem Kopf.

Caleb hatte keine Antwort auf diese Frage. Er wußte nur, daß es ihm – töricht oder nicht – durchaus nicht egal war. Er begehrte Willow mit aller Macht. Alles, was ihn davon abhielt, seine Verführungskünste auszuprobieren, war die Möglichkeit, daß sie tatsächlich mit Matthew Moran verheiratet war. Eine zugegebenermaßen geringe Chance, soweit Caleb es beurteilen konnte. Aber immerhin – die Vorstellung reichte aus, um ihn in Schach zu halten.

Sich mit der Geliebten eines anderen Mannes ein wenig der Leidenschaft hinzugeben, war eine Sache. Ehebruch dagegen war etwas völlig anderes. Ganz gleich, wie bereitwillig eine Frau sein mochte, ganz gleich, wie viele Männer sie schon vor ihm gehabt haben mochte, Caleb würde ebensowenig wissentlich Ehebruch begehen, wie er ein einmal gegebenes Versprechen brechen würde.

Das Problem bestand darin, herauszufinden, ob das betreffende Mädchen tatsächlich verheiratet war. Die Lösung dieses Problems beschäftigte teilweise Calebs Gedanken, als er den

Abhang der Schlucht hinaufkletterte, um über den Rand hinwegzuspähen und nach Verfolgern Ausschau zu halten.

In der Nähe war niemand zu sehen. Ungefähr drei Meilen weiter entfernt bewegte sich ein Reiter in nördlicher Richtung auf der inoffiziellen Straße, die an der Vorderseite der Rockies entlanglief. Ein Planwagen strebte ebenfalls nach Norden; seine Maultiere liefen in flottem Trab, in der vergeblichen Anstrengung, dem Unwetter zu entkommen. In Richtung Süden war niemand unterwegs; Caleb konnte zumindest keine Gestalten ausmachen.

Er wartete weitere zehn Minuten. Auf der Straße war keinerlei Bewegung zu sehen bis auf Wolkenschatten, die über das Land hinwegglitten. Zwischen den Wolken schwebte ein Habicht vor einem Stückchen Himmel, so strahlend blau, daß es Caleb die Tränen in die Augen trieb, als er hinaufblickte. Sonnenlicht von der Farbe geschmolzenen Goldes ergoß sich über die Landschaft. Das Licht war heiß und klar und schnitt wie ein weißglühendes Schwert durch die feuchte Kälte in Bodennähe.

Aus der Schlucht drang das sanfte Wiehern eines Hengstes, der nach seinen Stuten rief. Caleb lächelte und streckte sich wohlig, genoß den Frieden des Augenblicks und den frischen Duft von Sonnenlicht und Erde. Es war so still, daß er sogar das leicht mahlende Geräusch hören konnte, während die Pferde Gras rupften. Dann fegte plötzlich ein Windstoß über das Land, beugte Grashalme und Weiden gleichermaßen, flüsternd und murmelnd wie ein unsichtbarer Fluß, als er alles zwischen Wolken und Erde liebkoste.

Der sanft raschelnde Wind weckte Willow. Einen kurzen Moment lang glaubte sie, wieder in West Virginia zu sein – ein kleines Mädchen, das auf der Wiese schläft, während die Pferde seiner Familie rundherum friedlich grasen. Dann fiel ihr wieder ein, daß die Wiese und die Farmen unwiederbringlich zerstört waren und sie selbst kein Kind mehr war. Sie erwachte mit einem Ruck und setzte sich kerzengerade auf in dem von Sonnenlicht gesprenkelten Schatten des Dickichts.

Willow konnte sich nicht erinnern, eingeschlafen zu sein. Ganz sicher erinnerte sie sich nicht, sich auf einem Bett aus Laub, bedeckt mit einer Ölplane, ausgestreckt zu haben.

»Caleb?« rief sie leise.

Niemand antwortete.

Ängstlich stand Willow auf und trat in die winzige Lichtung zwischen den Büschen, ignorierte die Proteste ihres steifen Körpers und ihrer wundgeriebenen Beine. Ein schneller Blick bestätigte ihr, daß die Pferde immer noch flußabwärts an Pflöcken angebunden waren. Ihr Fell schimmerte in der Sonne, als sie die Hälse streckten, um an den letzten Rest von Gras innerhalb der Reichweite ihrer Pflockseile heranzukommen. Willow lauschte angestrengt, hörte jedoch keinerlei Geräusche, die darauf hindeuteten, daß Caleb vielleicht gerade dabei war, trockene Äste zu sammeln oder die Abgeschiedenheit eines Dickichts aufzusuchen.

Andererseits bewegte sich Caleb immer fast lautlos, ganz gleich, unter welchen Umständen.

Willow eilte ebenfalls so leise wie möglich hinter das dichte Buschwerk am Ufer des Baches, entledigte sich rasch ihres klammen Rocks, schlüpfte gleich darauf wieder hinein und ging dann weiter am Ufer entlang, um nach ihren Pferden zu sehen. Die Araber bewegten sich leicht und mühelos, und zwischen ihren stählernen Hufeisen und den Hufen hatten sich keine Steinchen verfangen. Ishmaels Rücken wies keine wunden Stellen auf. Der Hengst war auch nicht erschöpft. Er hatte noch genug Energie, um so zu tun, als hätte ihn Willows Auftauchen erschreckt. Er schnaubte und scheute wie ein Fohlen, dann machte er den Hals lang und wieherte leise, als wollte er Willow auffordern, bei dem kleinen Spiel mitzumachen.

»Du alter Schwindler«, sagte sie sanft, Ishmaels weiche Nase streichelnd. »Du hast die ganze Zeit gewußt, wer da kam.«

Der Hengst stupste sie spielerisch gegen die Brust. Willow zuckte zusammen. Sie hatte immer noch leichte Schmerzen von Deuces hartem Kopf.

Sie warf einen prüfenden Blick auf Calebs Pferde, hielt sich jedoch von ihnen fern. Sie wollte nicht wieder eine grobe Bemerkung von Caleb riskieren, wenn sie seine Wallache mit ihren flatternden Röcken in Panik versetzte. Nach einem letzten Streicheln über Ishmaels samtige Nüstern begann Willow, trockene Zweige für das Feuer zu sammeln, von dem sie hoffte, daß Caleb es erlauben würde.

Als Caleb von seinem Erkundungsgang durch das Gebiet rund um die Schlucht zurückkehrte, fand er Willow neben einem Haufen einigermaßen trockener Äste sitzend vor.

»Können wir gefahrlos ein Feuer anzünden?« fragte sie.

»Ein kleines.«

»Ist es denn auf dieser Seite des Mississippi überhaupt möglich, ein großes Feuer zu entfachen? Ich sehe nirgendwo Bäume.«

»Warten Sie, bis wir im Gebirge sind. Da werden Sie so viele Bäume zu sehen bekommen, bis Sie des Anblicks überdrüssig sind.«

Er beobachtete, wie Willow Zweige für ein Feuer aufschichtete. Als sie fertig war, nahm er die Hälfte wieder weg und legte sie beiseite. Erst dann entzündete er ein Streichholz und entlockte dem feuchten Brennholz ein kümmerliches Flämmchen. Sobald das Feuer richtig brannte, erhob Willow sich steif. Es gelang ihr, ein Stöhnen zu unterdrücken, als sie sich bückte und nach dem Kaffeetopf griff.

»Trinken Sie erst den Inhalt, bevor Sie den Topf benutzen«, sagte Caleb.

Sie hob den Deckel und schaute hinein. Die Flüssigkeit war dunkel, aber nicht so dunkel wie Calebs übliches Gebräu.

»Was ist das?«

»Tee aus Weidenrinde. Gut gegen...«

»Gegen Schmerzen und Fieber«, unterbrach sie ihn und schnitt eine Grimasse. »Und schmeckt außerdem abscheulich.«

Calebs Mund verzog sich zu einem leichten Grinsen. »Trinken Sie's aus, Mädchen. Danach werden Sie sich besser fühlen.«

»Ich möchte nicht gierig sein«, erwiderte Willow und warf ihm einen Blick zu, der eine unausgesprochene Bitte enthielt. »Wieviel von dem Tee ist für Sie?«

»Kein einziger Tropfen. Ich bin keine empfindliche Südstaatenlady.«

»Das bin ich auch nicht.«

Die Verwirrung in Willows Stimme ließ Calebs Grinsen noch breiter werden. »Richtig. Sie sind eine feine Lady aus dem Norden.«

»Ich bin auch keine feine Lady«, gab sie zurück. »Egal, ob Norden oder Süden.«

Calebs kühler goldener Blick schweifte über Willow, musterte ihr flüchtig mit den Fingern gekämmtes Haar und ihre feuchten, zerknitterten Kleider.

»Nein, ich schätze, das sind Sie nicht«, sagte er schleppend. »Ich wette, Ihr Liebhaber wäre überrascht, wenn er Sie jetzt sehen könnte.«

»Matt ist ebensowenig mein Liebhaber, wie Sie es sind.«

»Ach ja, richtig. Das hatte ich vergessen. Er ist Ihr... Ehemann.«

Die leichte Verachtung, mit der Caleb das letzte Wort betonte, ließ Willow das Blut in die Wangen schießen. Vergeblich wünschte sie, sie würde nicht jedesmal schuldbewußt erröten, wenn sie mit der Lüge über ihre angebliche Ehe konfrontiert wurde. Dennoch hatte Matts Brief keine Zweifel an der Notwendigkeit dieser Lüge gelassen:

»Und laßt euch um Gottes willen nicht von Willy beschwatzen, sie mitzunehmen, Jungs. Ich weiß, sie hatte schon immer ihren Spaß daran, das Land zu durchstreifen, aber hier draußen im Westen ist eine unverheiratete Frau praktisch Freiwild für jeden Mann. Und wir haben wichtigere Dinge zu tun, als unsere hübsche kleine Schwester zu bewachen.«

Mit eher grimmigem Vergnügen bemerkte Caleb die verdächtigen roten Flecken auf Willows Wangen. Er überlegte, ob jetzt der richtige Zeitpunkt war, sie unter Druck zu setzen und die Wahrheit aus ihr herauszubekommen, während er seinen langen Zeigefinger in die Uhrentasche seiner Hose schob. Es war jedoch keine Uhr, die er berührte. Es war das Medaillon, das Rebecca ihm gab, nachdem er sie endlich dazu gebracht hatte, ihm die Wahrheit zu gestehen. Die Wahrheit über die Identität des Mannes, der sie schwanger gemacht und sie dann im Stich gelassen hatte. Elendiglich war sie an Kindbettfieber gestorben, nur wenige Stunden vor dem Tod ihres Babys.

Alles, was von Rebeccas Leben übrigblieb, war ein Name – Matthew »Reno« Moran – und das Medaillon mit den Bildern von Renos verstorbenen Eltern darin. Wenn Willow Renos Ehefrau war, würde sie seine Eltern sicher wiedererkennen. Wenn ihr die Bilder nichts sagten, war das der Beweis, daß sie gelogen hatte.

»Schon lange verheiratet?« fragte Caleb mit betont neutraler Stimme.

Hektisch versuchte Willow zu entscheiden, ob es besser wäre, bereits längere Zeit verheiratet zu sein oder erst seit kurzem.

»Äh...« Sie biß sich auf die Lippen. »Nein.«

»Dann nehme ich an, Sie kennen die Eltern Ihres Mannes nicht.«

Willows Nervosität legte sich, nachdem sich das Gespräch jetzt um unverfänglichere Dinge drehte. »Aber natürlich kenne ich sie. Schon seit Jahren.«

»Nachbarn, wie?«

Sie zögerte einen Moment und beschloß dann, ihre Lügen so nahe wie möglich an der Wahrheit zu orientieren. »Nicht direkt. Matts Eltern, äh, haben mich zu sich genommen, als ich ein Kind war. Sie sind die einzigen Eltern, an die ich mich erinnern kann.«

Caleb lächelte spöttisch. Willow war keine sonderlich gute Schauspielerin, was ihm jedoch nur recht sein konnte. Er nahm an, die meisten Männer starrten nur auf ihre vollen Brüste und die schmale Taille und bemerkten nichts von der schuldbewußten Röte, die ihr bei jeder Lüge in die Wangen kroch. Männer konnten sich wirklich wie ausgemachte Dummköpfe aufführen, wenn sie das süße Lächeln und die schwellenden Rundungen einer Frau vor sich hatten.

»Es ist nur von Vorteil, daß Sie die Eltern Ihres Mannes kennen«, meinte Caleb. »Macht die Ehe rundherum weniger schwierig.«

Willow murmelte etwas Unverbindliches vor sich hin und hob erneut den rußgeschwärzten Kaffeetopf an die Lippen. Sie zog den bitteren Geschmack des heilenden Tees dem Geschmack weiterer Lügen durchaus vor. Donner hallte in der Ferne, gefolgt von Blitzen, die das helle Tageslicht jedoch nahezu unsichtbar machte. Mit angewidertem Gesicht setzte Willow den Kaffeetopf ab.

»Sie haben noch nicht alles ausgetrunken«, sagte Caleb, ohne vom Feuer aufzublicken.

»Woher wollen Sie das wissen?«

»Es gibt immer mehr bittere Medizin, als eine feine Lady zu schlucken bereit ist.«

Wären nicht ihre Lügen gewesen, hätte Willow Calebs Kommentar widersprochen. So setzte sie nur den Topf erneut an ihre Lippen und trank den restlichen Tee, bis nichts mehr übrig war. Caleb beobachtete sie aus den Augenwinkeln, während er noch ein paar Zweige ins Feuer legte. Als sie zu knistern begannen, fügte er weiteres Brennmaterial hinzu, bis die Flammen ruhig und gleichmäßig brannten und eine stetige Hitze verströmten, und dennoch war das Feuer nicht größer als sein Hut.

Sie kochten und verzehrten ihr Frühstück in völligem Schweigen. Nach und nach spürte Willow, wie der scheußliche Tee seine Wirkung tat. Sie fühlte sich zwar immer noch steif, brauchte aber nicht länger Schmerzenslaute zu unterdrücken, wenn sie ihr rechtes Bein beugte. Nur zu schnell war das Frühstück vorüber, das Kochgeschirr gesäubert und in den Satteltaschen verstaut, und Caleb war wieder dabei, sein Pferd zu satteln. Diesmal diente Deuce als Packpferd, und Trey würde Calebs Gewicht tragen.

»Wird Ihr Hengst es übelnehmen, wenn ich ihn hinter einem Wallach anbinde?« wollte Caleb wissen.

»Das glaube ich nicht.«

Er knurrte. »Wir werden's bald genug herausfinden. Welche der Stuten ist die kräftigste?«

»Die beiden Füchse. Sie sind Ishmaels Töchter. Satteln Sie Dove, die mit der einen weißen Fessel.«

Caleb sattelte Dove und hob Willow dann auf den Rücken der Stute. Obwohl Willow keinen Laut von sich gab, verzog sich ihr Gesicht sichtlich gepeinigt, als sie sich wieder auf dem Damensattel zurechtsetzte. Caleb wußte, daß der Tee geholfen hatte, aber heute würde keine Medizin Willows Beschwerden lindern, es sei denn vielleicht ein Schuß hochprozentiges Feuerwasser.

»Einen Schluck Whisky gefällig?« fragte er.

Willow blinzelte verwirrt. »Wie bitte?

»Whisky. Ist ein ausgezeichneter Schmerzkiller.«

»Ich werde es mir merken«, erwiderte sie trocken, belustigt trotz ihrer schmerzenden Glieder und dem Brennen auf der Innenseite ihrer Schenkel. »Ich schätze, ich halte mich fürs erste lieber weiter an Birkenrindentee.«

»Wie Sie wollen.«

Donner krachte erneut, als sich die Wolkenungetüme am Himmel zusammenschoben, um die Sonne auszuschließen. Regen begann herabzuprasseln, als Caleb sich auf Trey schwang und die Führung übernahm. Deuce trabte gehorsam los, und die vier Araberpferde, die durch lange Führungsleinen mit seinem Sattel verbunden waren, folgten. Während der ersten paar Meilen schnaubte Ishmael sichtlich empört und warf nervös den Kopf hoch, dann fügte er sich in sein unwürdiges Schicksal, von einem Wallach durch strömenden Regen geführt zu werden.

Abgesehen von dem grauen, verschwommenen Licht des

Spätnachmittags war der Ritt eine Wiederholung der Belastungsprobe der Nacht zuvor. Trab, Schritt, Handgalopp, Trab, und dann zur Sicherheit noch ein Stück weiter im Trab. Willow registrierte kaum, wie das Grau des Tages in das Schwarz der Nacht überging. Auf Calebs Befehl verzehrte sie widerspruchslos kalten Speck und Brötchen, trank kalten Kaffee, stieg zwischendurch immer wieder aus dem Sattel und ging eine Strecke zu Fuß, um die Stute zu schonen und ihren eigenen Blutkreislauf in Gang zu bringen, saß dann wieder auf und fügte sich erneut in die nicht enden wollende Tortur.

Erschöpfung kämpfte mit Schmerz um die Oberherrschaft in Willows Körper, während sich die Stunden endlos lange dahinzogen. Willow hatte das Gefühl, ihr Unbehagen könne sich wohl kaum noch steigern, als ein kalter Wind aufkam und sie erzittern ließ. Die eisigen Böen heulten von den Berghängen herunter, die Willow bisher nur einmal – in Denver – gesehen hatte, ihre Gipfel von Stürmen umtost, ihre steilen Flanken und messerscharfen Grate wie uneinnehmbare Festungen gegen den Himmel. Aber selbst jene steilen Wälle waren jetzt nicht zu erkennen, da Dunkelheit und dichte Regenschleier so gut wie jede Sicht nahmen.

Fröstelnd beugte Willow sich tiefer über den Sattelknauf, hielt sich mit beiden Händen daran fest und senkte den Kopf gegen den eisigen Wind. Sie war so benommen von Kälte und Müdigkeit, daß sie gar nicht merkte, wie der kleine Trupp zum Stehen kam, bis sie sich vom Rücken der Stute hinuntergehoben fühlte. Ihre nassen, schweren Röcke wischten über Calebs Gesicht.

»Caleb?« fragte sie heiser. »Ist es schon Morgen?«

»Noch lange nicht, aber ich habe allmählich genug von dieser gottverdammten Dummheit«, erwiderte er barsch.

Willow antwortete nichts, denn seine Worte ergaben für sie keinen Sinn.

Die Schlucht, die Caleb für die Rast ausgesucht hatte, war

tief genug, um den Wind abzuhalten. Ein Teil der steilen Böschung wies einen Überhang auf, der Schutz vor dem gewaltigen Unwetter bot. Ein riesiger umgestürzter Pyramidenpappelstamm reflektierte die Hitze des Feuers, das unter dem Überhang knisterte und züngelte und Dampfschwaden von der feuchten Erde aufsteigen ließ. Wie hypnotisiert starrte Willow auf die unerwartete Wärme und Schönheit der Flammen.

»Heben Sie die Arme über den Kopf«, befahl Caleb knapp.

Willow tat es und fühlte, wie ihr Körper vom Gewicht des durchnäßten Ponchos befreit wurde. Es verwirrte sie, weil sie sich im ersten Moment gar nicht daran erinnern konnte, den Poncho überhaupt übergestreift zu haben. Sie vergaß jedoch ihre Verwirrung, als sie begriff, daß Caleb dabei war, das Oberteil ihres nassen Reitkostüms aufzuknöpfen. Automatisch versuchte sie, seine Hände wegzuschieben. Es war sinnlos. Ebensogut hätte sie versuchen können, unsichtbare Berge aus dem Weg zu schieben.

»W-was f-fällt Ihnen ein!« stieß sie empört zwischen klappernden Zähnen hervor.

»Ich versuche lediglich, Sie vor einer Lungenentzündung zu bewahren«, erwiderte er grimmig, während er ihr das Reitkostüm herunterzerrte, ohne sich um Spitzen oder Knöpfe zu kümmern. »Mein Poncho kann Sie in einem solchen Unwetter nicht warm halten, nicht, wenn Sie von vornherein in nassen Kleidern aufbrechen, die zu dick und zu schwer sind, um allein durch Ihre Körperwärme zu trocknen. Was für ein kleines, zartes Ding Sie doch sind.«

Willow betrachtete die vom Feuerschein erhellten Züge des Mannes, der sie so unbeteiligt aus ihren Kleidern schälte, wie er Rinde von einem Stück Holz geschält hätte. Sein Gesicht war naß vom Regen, mit dunklen Bartstoppeln bedeckt und zu einer finsteren Miene verzogen. Sein wollenes Hemd und die Lederweste waren schwarz vor Nässe.

»S-sie m-müssen doch auch frieren«, sagte sie fröstelnd.

Calebs einzige Antwort war ein angewidertes Knurren. Er

zog sein Messer aus dem Gürtel und machte sich daran, das zu tun, was er vom ersten Moment an hatte tun wollen, seit er Willow in diesen unpraktischen, schwerfälligen Kleidern erblickt hatte. Scharfer Stahl glitt durch widerspenstiges Tuch, während er Falten nasser Wolle und nutzloser Unterröcke über Willows langen Beinen abschnitt. Als die Spitze seines Messers auf Metall traf, hielt Caleb lange genug inne, um den Inhalt der speziellen mit Leder gefütterten Tasche in Willows Rock zu untersuchen.

Die doppelläufige Derringer wirkte winzig in seiner Hand. Er öffnete das Magazin der Pistole, sah, daß sie voll geladen war, und legte sie in Willows Reichweite auf dem Stamm der Pyramidenpappel ab. Dann fuhr er fort, mit seiner langen, scharfen Messerklinge zu hantieren, und zwar mit einer lässigen Geschicklichkeit, die unter anderen Umständen faszinierend gewesen wäre. Doch weder Caleb noch Willow konnten im Augenblick Interesse dafür aufbringen – Willow war zu sehr damit beschäftigt, gegen ihr Zähneklappern anzukämpfen, und Caleb hatte alle Mühe, nicht zu bemerken, wie durchsichtig die Nässe Willows knielange Batistunterhosen gemacht hatte.

Aber Caleb hätte schon blind oder ein Heiliger sein müssen, über alle menschlichen Schwächen erhaben, um nicht das üppige goldene Haardreieck zwischen ihren Schenkeln zu bemerken oder die elegante Linie von Willows Beinen. Der feinbestickte Batist ihres Mieders war noch transparenter und enthüllte ihre vollen Brüste und die rosigen Knospen, die sich aufgrund der Kälte zu steifen Spitzen aufgerichtet hatten. Die Verlockung, seine eigenen durchnäßten Kleider abzulegen und Willows Körper von innen zu wärmen, war so überwältigend, daß es Caleb förmlich erschütterte. Er biß die Zähne zusammen und hüllte Willow fest in die weichste der schweren Wolldecken ein.

»Bleiben Sie hier, während ich mich um die Pferde kümmere«, befahl er rauh.

Willow hätte ihm nicht widersprochen, selbst wenn sie dazu in der Lage gewesen wäre. Die Hitze des Feuers brannte fast schmerzhaft auf ihren Wangen, doch es war die Erwärmung kalter Haut, die dieses unangenehme Prickeln hervorrief. Selbst im Winter, als sie und ihre Mutter sich im Einmachkeller vor Soldaten versteckt hatten, war Willow nicht derart bis auf die Knochen durchgefroren gewesen. Dankbar für jedes goldene Flämmchen, kauerte sie sich so dicht an das Feuer, daß ihr Haar und der Wollschal zu dampfen begannen.

Bis Caleb mit dem Anpflocken der Pferde fertig war und zurückkehrte, fühlte Willow sich einigermaßen aufgewärmt. In der Zwischenzeit hatte sie seinen schweren Poncho über einem abgestorbenen Ast in der Nähe des Feuers aufgehängt. Dampf stieg in silbrigen Wölkchen von der Wolle auf. Sie hatte sich den nassen Schal vom Kopf gezogen und ihn ebenfalls über einen Ast zum Trocknen drapiert. Auch die Reste ihres Reitkostüms fühlten sich schon etwas trockener an.

Caleb warf Willow einen scharfen Blick zu, sagte jedoch nichts, als er einen Armvoll Holz neben der Feuerstelle auf den Boden fallen ließ.

»Die Zweige sind naß, also legen Sie immer nur einen zur Zeit ins Feuer.«

Er begann, in dem Segeltuchsack zu kramen, der Bratpfanne und Proviant enthielt, und versuchte dabei, den seidigen Schimmer von Willows nacktem Arm zu ignorieren, als sie nach dem Stoß abgebrochener Zweige griff. Als die Decke von ihrem Arm herunterrutschte, zwang er sich, nicht die graziösen Linien ihres Halses und ihrer Schultern zu bemerken. Dann rutschte die Decke noch ein Stückchen tiefer, und Caleb bemühte sich krampfhaft, nicht auf die üppige Rundung ihrer Brüste zu starren und den Hauch von Spitze, der Willows verführerische Weiblichkeit eher noch betonte, statt sie zu verhüllen.

Die Flammen, die zischend über das Holz leckten, waren nicht heißer als Calebs Gedanken. Er griff nach seinem langen

Messer und schnitt mit raschen, fast brutalen Bewegungen Speck in Streifen, nur von dem einen Gedanken beseelt, vom Feuer wegzukommen und für Willow etwas Anständiges zum Anziehen zu finden.

Willow schaute fasziniert zu, wie die heimtückische Klinge im Feuerschein aufblitzte und einen Stapel säuberlich geschnittener Speckstreifen hinterließ. Sie hatte noch niemals eine solche Geschicklichkeit beobachtet.

»Sie sind sehr gut mit diesem Messer da.«

Calebs Lippen verzogen sich zu einem ironischen Lächeln. »Richtig, Mädchen. So heißt es allgemein.«

Sie erwiderte sein Lächeln zögerlich.

»Machen Sie sich nützlich«, befahl er, ohne aufzublicken. »Sehen Sie nach, ob das Kaffeewasser schon heiß ist.«

Die Kälte in seiner Stimme ließ Willow wieder an seine schneidende Bemerkung darüber denken, daß er nicht ihr persönlicher Sklave sei. Sie zog die Decke zurecht, um sich besser bewegen zu können, erhob sich auf die Knie und beugte sich zu dem Kaffeetopf vor. Dabei fiel eine Locke ihrer langen, goldblonden Haare nach vorn, und die wellige Haarsträhne kam gefährlich nahe an die Flammen. Bevor Willow überhaupt begriff, daß etwas nicht in Ordnung war, schnellte Calebs muskulöser Arm vor und riß sie so heftig zurück, daß sie sich in einem Gewirr von Decke und Beinen auf dem Rücken liegend wiederfand.

»Wie kann man nur so leichtsinnig sein, sich mit offenen Haaren über ein Feuer zu beugen!« sagte er vernichtend. »Verdammt, Sie richten bald mehr Schaden an als ein Fuchs in einem Hühnerstall, feine Lady.«

»Ich bin keine feine Lady, mein Haar ist zu naß, um zu brennen, und ich habe es allmählich satt, mich ständig von Ihnen heruntermachen zu lassen!«

Caleb blickte in die zornigen haselnußbraunen Augen unmittelbar vor ihm, sah die weichen Lippen, die vor Wut zitterten. Willow bebte am gesamten Körper. Sie war wütend über seine Verachtung und machte keinen Versuch, ihren Zorn zu verbergen.

»Sie sind müde, punktum«, erwiderte Caleb und ließ Willow abrupt los. »Und was das übrige betrifft – nasses Haar brennt ausgezeichnet, und ich werde sofort aufhören, Bemerkungen über Ihre Nutzlosigkeit zu machen, sobald Sie anfangen, sich nützlich zu erweisen.«

Mit entmutigender Schnelligkeit sprang er auf die Füße und ging zu der Stelle, wo die Packsättel lagen. Wenige Augenblicke später kehrte er mit einem nachtblauen Wollhemd zurück. Das Hemd war im Kavallerie-Stil geschnitten, mit einem keilförmigen Kragen an der Vorderpartie, die zu beiden Seiten geknöpft werden konnte. Die meisten Hemden dieser Art, die Willow bisher gesehen hatte, waren mit glänzenden Messingknöpfen verziert gewesen. Nicht jedoch Calebs Hemd. Knöpfe aus dunklem Horn schimmerten matt im Feuerschein.

Willow schoß der Gedanke durch den Kopf, daß nichts an Caleb hell oder glänzend war. Sattel, Zaumzeug, Kleider, Sporen, sogar der Pistolengurt, den er trug – nicht eines dieser Teile wies Silberbeschläge oder sonst irgendeine der Verzierungen auf, die Männer häufig als Blickfang benutzten. Sie bezweifelte, daß es Geldmangel war, der Caleb veranlaßte, auf diese Dinge zu verzichten. Nichts von dem, was er besaß, war zweitklassig oder gar schäbig. Die Schlichtheit und Unauffälligkeit seiner Ausstattung war ganz bewußt gewählt, weil es ihm half, das wilde Land zu durchqueren, ohne mehr Aufmerksamkeit als ein Schatten zu erregen.

»Ich weiß, es ist nicht besonders elegant«, erklärte Caleb in schleppendem Tonfall, als er Willow das Hemd hinhielt, »aber es wird Sie davor bewahren, Sittsamkeit vortäuschen zu müssen, wenn die Decke herunterrutscht.«

Da Willow nicht verstand, was er meinte, folgte sie seinem Blick. Die Decke war so weit herabgeglitten, daß nur noch ihre fest aufgerichtete Brustspitze das Tuch daran hinderte, ihre Brust völlig zu entblößen. Willow schnappte erschrocken nach

Luft, riß hastig die Decke mit beiden Händen hoch und kehrte Caleb den Rücken zu. Goldenes Licht zuckte und tanzte liebkosend über ihre Haut und ließ Willow wie ein zierlich geschnitztes Figürchen aus leuchtendem Bernstein aussehen.

An Calebs Kiefer zuckte ein Muskel, und seine Finger schlossen sich fester um das Hemd. Er warf Willow das Kleidungsstück zu und machte sich weiter an die Zubereitung des Abendessens, während er die sinnliche Verlockung ihrer Brüste und die elegante Schönheit ihres Rückens zu vergessen versuchte, der sich schlank und biegsam aus den dunklen Falten der Wolldecke erhob. Aber er war einfach nicht in der Lage, den Anblick zu vergessen. Wieder und wieder stieg das verführerische Bild vor seinem inneren Auge auf.

Wütend, weil er seine Gedanken nicht kontrollieren konnte – und schon gar nicht die harte, ungebärdige Reaktion seines Körpers –, briet Caleb schweigend Speck. Er brach sein beharrliches Schweigen auch dann nicht, als Willow auf höchst unbequeme Weise mit einer Hand den Brötchenteig zuzubereiten begann. Ihre andere Hand war vollauf damit beschäftigt, die Decke festzuhalten, um sicherzugehen, daß sie um ihre Taille und Beine gewickelt blieb. Calebs Hemd paßte ihr wie ein Überzieher; der Halsausschnitt war so weit, daß er ihre Halsgrube und die zarte Linie ihrer Schlüsselbeine enthüllte.

Mit Hilfe von Hemd und Wolldecke gelang es Willow relativ gut, ihre Blöße zu bedecken. Nur gelegentlich klaffte die Decke auseinander, um wohlgeformte Beine und samtige Schatten zu enthüllen, doch der flüchtige Anblick genügte, um brennendes Verlangen in Caleb aufsteigen zu lassen und ihn an die Schönheit zu erinnern, die unter Falten von Wolle verborgen war.

Nach dem Essen legte er mehr Holz ins Feuer, warf eine wasserdichte Plane auf den Boden und wandte sich dann zu Willow um. Sie beobachtete ihn argwöhnisch, spürte, daß er wütend war, ohne zu wissen, aus welchem Grund. Eine erfahrenere Frau hätte die Ursache für Calebs Mißstimmung erkannt, aber Willow war nicht erfahren. Sie merkte nur instinktiv, daß Caleb hart mit sich rang, um nicht die Beherrschung zu verlieren.

»Können Sie mit einer Schrotflinte umgehen?«

»Ja.«

Er streckte seinen langen Arm aus und griff um Willow herum nach dem Repetiergewehr und der kurzläufigen Schrotflinte, die er in bequemer Reichweite gegen den umgestürzten Baumstamm gelehnt hatte. Willow zuckte bei seiner Bewegung unwillkürlich zusammen, bevor ihr aufging, daß er sie nicht berühren würde. Als Caleb ihre Reaktion sah, preßte er die Lippen zu einer schmalen Linie zusammen. Er sagte jedoch nichts, sondern hob nur die Schrotflinte hoch. Mit den schnellen, geschickten Bewegungen eines Mannes, der einen bestimmten Handgriff bereits unzählige Male zuvor gemacht hat, zog er die Flinte aus ihrem schützenden Futteral aus Rehleder.

»Hier, nehmen Sie sie.«

Willow nahm ihm die Schrotflinte aus der Hand. Trotz des abgesägten Laufs war sie schwer, aber Willow hatte mit dem Gewicht gerechnet. Sie achtete darauf, daß die Mündung ausschließlich auf den Nachthimmel zeigte. Caleb nickte zufrieden. Willows Tun sagte ihm deutlicher als alle Worte, daß sie an die Handhabung einer großen Waffe gewöhnt war.

»Sie ist geladen«, sagte er kurz.

Sie lächelte ironisch. »Sonst würde sie ja auch nicht viel nützen, nicht?«

»Wissen Sie, wie man sie nachlädt?«

»Ja.«

Er warf eine kleine Schachtel in ihren Schoß. »Vierzig Patronen. Falls welche fehlen, wenn ich zurückkomme, wär's besser, ich würde eine Leiche oder Blut auf dem Boden sehen.«

»Zurückkommen? Wo gehen Sie hin?«

»Ein paar Meilen von hier ist eine Siedlung. Ich will herausfinden, ob uns jemand auf den Fersen ist.«

»Wie könnte uns denn jemand gefolgt sein? Wir sind doch ausschließlich bei Dunkelheit und Regen geritten.«

Caleb blickte Willow aus schmalen goldenen Augen an. »Jeder in Denver wußte, daß wir in die Gegend von San Juan wollen. Jeder, der oben von unten unterscheiden kann, weiß, daß die Berge von San Juan im Südwesten von Denver liegen. Das Gebiet ist verdammt leer, aber das heißt nicht, daß der Zugang leicht wäre. Es gibt nicht mehr als eine Handvoll guter Pässe, und alle Straßen führen zu ihnen.«

Er wartete gespannt. Willow sagte jedoch nichts.

»Es gibt für uns nur zwei geeignete Routen, um ans Ziel zu kommen«, fuhr Caleb mit rauher Stimme fort. »Die eine führt an Canyon City vorbei, einen Seitenarm des Arkansas River hinauf, über einen Paß und dann zum Gunnison River hinunter. Auf diese Weise gelangt man in den nördlichen Zipfel des Gebiets von San Juan. Man kann aber auch siebzig Meilen weiter südlich an den Ausläufern der Rockies entlangreiten, dann quer durch die Ebene von Sangre de Christo, zum Rio Grande del Norte in der Gegend von Alamosa hinauf und weiter in nordwestlicher Richtung. Diese Route würde uns in den südöstlichen Zipfel der San Juans bringen.«

Wieder wartete Caleb gespannt. Willow blickte ihn eindringlich an, gab aber keinen Kommentar von sich.

»Hören Sie mir überhaupt zu, Lady?« fragte er ungeduldig.

»Ja.«

»Wenn ich weiß, wohin wir reiten müssen, dann weiß es auch jeder, der hinter uns her ist«, erklärte er. »Also, welche Route sollen wir nehmen – Canyon City oder Alamosa?«

Willow runzelte die Stirn, während sie sich die Landkarte in Erinnerung rief, die Matt in einem seiner Briefe mitgeschickt hatte und die jetzt im Futter ihrer großen Reisetasche verborgen war.

Er hatte sowohl Canyon City als auch Alamosa in seinem Brief erwähnt. Und noch eine ganze Reihe anderer Städte. Ohne jedoch einer den Vorzug zu geben. Alle waren als mögliche Routen vorgeschlagen worden, je nachdem, von wo aus die Moran-Brüder aufbrechen würden. Matt war sich darüber im klaren gewesen, daß es seine Brüder in alle möglichen Winkel des Landes hatte verschlagen können, und so hatte er Reiserouten in das Gebiet von San Juan aufgezeigt, die überall zwischen West Virginia und Texas, Kalifornien und Kanada begannen.

Matt hatte jedoch mit keinem Wort erwähnt, wo sich seine Goldmine befand. Er hatte nur fünf Berggipfel im Gebiet von San Juan markiert und darauf vertraut, daß seine Brüder ihn schon finden würden.

»Matt lebt an der westlichen Wasserscheide der Rocky Mountains«, sagte Willow langsam. »Der Gunnison ist der Hauptfluß, der den Teil des Landes entwässert, in dem Matt sich aufhält.«

Caleb knurrte. »Dieser Fluß entwässert eine Menge Land. Canyon City liegt näher an der nördlichen Wasserscheide des Gunnison, aber die Alamosa-Route führt über weniger steile Pässe.«

»Sollten wir nicht einfach den schnellsten Weg nehmen?«

»Donnerwetter! Wirklich eine großartige Idee«, erwiderte er sarkastisch. »Wenn ich jetzt die Kristallkugel einer Wahrsagerin hätte, wüßte ich hundertprozentig, was zu tun ist. Aber die habe ich nun mal nicht, also werde ich ein Stückchen weiter südlich reiten und herausfinden, ob jemand weiß, wie die Pässe zwischen hier und dort beschaffen sind.«

Caleb wandte sich ab. »Lassen Sie das Feuer ausgehen. Ich habe Ishmael ein Stück weiter voraus in der Schlucht angepflockt und die Stuten ein Stück hinter uns. Falls Sie hören, daß die Pferde durch irgend etwas unruhig werden, schnappen Sie sich das Gewehr und verschwinden Sie ins nächste Gebüsch. Ich werde mich bemerkbar machen, bevor ich ins Lager zurückkomme.«

»Und woher werde ich wissen, daß Sie es sind?«

Als Caleb sich wieder zu ihr umwandte, glitt seine rechte Hand zu seiner rückwärtigen Hosentasche und dann zu seinem Mund. Die Bewegung erfolgte mit einer raschen Präzision, die Willow bei einem so großen Mann nicht erwartet hätte. Ein gedämpfter, schwermütiger Akkord, so unheimlich wie das Heulen eines Wolfes, erfüllte plötzlich die Nacht. Die kleine Mundharmonika verschwand mit derselben Geschwindigkeit, mit der Caleb sie hervorgeholt hatte.

Bevor Willow etwas sagen konnte, hatte die undurchdringliche Finsternis Caleb verschluckt. Willow hörte die Hufschläge zweier Pferde in der Schlucht verhallen, dann nur noch Stille.

Nach ein paar Minuten setzten wieder die normalen Geräusche der Nacht ein – ein leises Rascheln und Trippeln hier und da, untermalt von Grillengezirpe. Das Knistern des Feuers schien plötzlich zu laut, die Flammen viel zu hell. Behutsam zog Willow Zweige aus dem Feuer. Die Flammen wurden kleiner und kleiner und verlöschten schließlich ganz, bis auf winzige glühende Zungen, die über Holzkohle glitten. Bald darauf verlöschten auch sie zu rötlicher Glut in der Asche.

Willow rollte sich auf der Plane zusammen, die Schrotflinte direkt neben sich, den Kopf gegen den Damensattel gelehnt. Obwohl es ihr widerstrebte, in ihrer Wachsamkeit nachzulassen, schlief sie augenblicklich ein, zu erschöpft, um noch länger gegen die Bedürfnisse ihres Körpers anzukämpfen.

5. Kapitel

Caleb war äußerst vorsichtig und wachsam, als er sein Pferd kurz vor Morgengrauen durch die sturmgepeitschte Landschaft trieb. Er wußte, in der Nähe befand sich eine Siedlung, und es bestand die Gefahr, auf Männer zu treffen. Daß bei diesem Wetter irgend jemand draußen herumstreifen würde, war zwar relativ unwahrscheinlich, er konnte es sich jedoch nicht leisten, ein Risiko einzugehen. Er hatte nicht die Absicht, den ganzen Weg bis zur nächsten Siedlung zu reiten, aber er mußte Wolfes Haus erreichen, ohne Aufmerksamkeit zu erregen.

Ein Glück, daß Wolfe nicht der gesellige Typ ist, sagte Caleb sich im stillen, während er an einem kleinen Wasserlauf entlangritt, der zu dem Blockhaus führte. Da brauche ich mir wenigstens keine Sorgen zu machen, daß er allzu redselige Gäste haben könnte.

Im Fenster des Blockhauses schimmerte kein Licht. Am Korral und bei den Nebengebäuden war keine Menschenseele zu sehen.

»Suchen Sie jemanden?«

Die Stimme klang kalt und abgehackt und ertönte hinter Calebs Rücken.

»Hallo, Wolfe«, sagte Caleb. Er wandte sich langsam im Sattel um und hielt seine Hände vor dem Körper, so daß der andere sie im zunehmenden Licht der Morgendämmerung deutlich sehen konnte. »Freundlich wie immer, wie ich sehe.«

Ein leises Knacken war zu hören, als ein gespannter Gewehrhahn gesichert wurde.

»Hallo, Cal. Konnte nicht genau erkennen, wer es war – du, Reno oder irgendein anderer Riese von einem weißen Mann.«

Caleb grinste. »Hätte auch ein Indianer sein können.«

»Verdammt unwahrscheinlich. Indianer haben mehr Verstand, als in einer Nacht wie dieser spazierenzureiten.« Im Sprechen kam Wolfe aus dem Schutz einer großen Pyramidenpappel hervor. Er bewegte sich mit dem geschmeidigen, lautlosen Schritt eines Mannes, der daran gewöhnt ist, in der Wildnis zu überleben. »Steig ab und bleib ein paar Tage hier, *amigo*. Deuce könnte eine Ruhepause vertragen, nach seinem Aussehen zu urteilen. Trey ebenfalls.«

»Ich könnte weiß Gott auch eine gebrauchen. Kann aber trotzdem nicht bleiben.«

Schweigend musterte Wolfe Caleb mit Augen, so dunkel wie Obsidian. Im hellen Sonnenlicht waren Wolfes Augen indigoblau und verrieten das Erbe seines englischen Vaters. Bei Nacht jedoch sah er ganz wie der Sohn seiner Mutter aus, einer Indianerin vom Stamm der Cheyenne. Wie auch immer, Wolfe war ein Mann, um den andere lieber einen Bogen schlugen.

»Hast du Renos Spur gefunden?« fragte er schließlich in neutralem Tonfall. Er hatte sowohl Caleb als auch Reno bei verschiedenen Gelegenheiten kennengelernt und mochte beide Männer. Warum Caleb Jagd auf Reno machte, wußte er allerdings nicht. Caleb hatte es nie gesagt, und Wolfe hatte nie danach gefragt.

»Im Moment habe ich andere Sorgen. Hab eine Frau in einer Schlucht ein paar Meilen weiter nördlich von hier zurückgelassen. Sie braucht dringend trockene Kleidung.«

»Könnte ihr Name vielleicht Willow Moran sein?« erkundigte Wolfe sich milde.

Caleb zischte einen Fluch. »Nachrichten sprechen sich einfach zu verflucht schnell herum.«

»Eine Menge Leute waren froh zu erfahren, daß Johnny Slater endlich mal die Quittung gekriegt hat.« Wolfes Lächeln war wie ein blankes Messer. »Kid Coyote. Elender Mistkerl. Sieh dich vor, er hat dich auf die Abschußliste gesetzt.«

»Wenn er Glück hat, wird er mich nicht finden.«

»Er wird dich finden, wenn du die Route durch Canyon City nimmst«, erklärte Wolfe nüchtern. »Er liegt dort mit der Hälfte von Slaters Haufen auf der Lauer. Die andere Hälfte wirbelt Staub auf dem Weg zum Rio Grande auf.«

»Bist du sicher?«

»Sie haben einen Mann an der Wegkreuzung zurückgelassen. Frag ihn. Und dann frag ihn nach der Kopfprämie, die Jed Slater auf dich ausgesetzt hat. Vierhundert Yankee-Dollar für den Mann, der deinen Skalp bringt. Eintausend Dollar für den Mann, der dich lebend bei Jed Slater abliefert.«

»Hurensohn.«

»Brauchst du noch einen zusätzlichen Mann?« erkundigte Wolfe sich. »Ich habe im Moment nichts Besseres zu tun, seit Jessis Vormund mir geschrieben hat, daß in diesem Sommer niemand kommen würde.«

Einen Moment lang war Caleb versucht, Wolfes Angebot anzunehmen. Wolfe konnte mit jeder Waffe hervorragend umgehen, einschließlich seiner Fäuste, und er vereinigte die Wildheit und Heftigkeit der Schotten und der Cheyenne in sich. Aber so angenehm es auch wäre, Wolfe als Rückendeckung zu haben, Caleb konnte es doch nicht riskieren. Wenn außer ihm noch jemand wußte, daß Reno und Matthew Moran ein und dieselbe Person waren, dann wäre es Wolfe Lonetree. Falls Willow herausfand, daß Caleb hinter ihrem Geliebten her war, würde sie ihn auf keinen Fall in Matthew Morans Nähe führen.

»Ich weiß dein Angebot zu schätzen, aber es ist nicht nötig«, erwiderte Caleb. »Es gibt mehr als eine Art, einer Katze das Fell abzuziehen.«

»Ein Gebirgspaß ist keine Katze. Du schaffst es vielleicht, dich an Slaters Gang am Rio Grande del Norte vorbeizuschleichen, aber wenn du die Route über Canyon City einschlägst, wirst du nicht die geringste Chance haben.«

»Es gibt andere Pässe.«

Wolfes schwarze Augenbrauen schossen in die Höhe. »Nicht viele weiße Männer wissen von diesen Übergängen.«

»Mein Dad war in den fünfziger Jahren bei einem Aufklärungstrupp der Armee. Es gibt noch andere Pässe.«

Mit einem Achselzucken wechselte Wolfe das Thema. »Ist Willow Morans Hengst auch nur halb so phantastisch, wie die Gerüchte behaupten?«

»Das hübscheste Stück Pferdefleisch, was ich je gesehen habe«, meinte Caleb schlicht.

»Hübsch allein ist noch keine sonderlich große Empfehlung für ein Pferd oder eine Frau«, gab Wolfe trocken zurück.

»Der Gaul ist wesentlich zäher, als es den Anschein hat. Und friedlich und schnell obendrein. Gibt ein verteufelt gutes Treckpferd ab.«

»Wie steht es mit seinem Durchhaltevermögen?«

»Er kann problemlos mit meinen Pferden mithalten. Die Stuten übrigens auch.«

»Stell die Araber solange in meinem Stall unter. Sie werden dich nur behindern, besonders im Hochland.«

»Willow wollte sie nicht in Denver zurücklassen. Ich bezweifle, daß sie sie hier bei dir lassen wird, aber ich werd's ihr vorschlagen. Bete lieber, daß sie dein Angebot nicht annimmt. Slaters Gang wird wie der Blitz über dich herfallen, wenn sie wissen, daß du die Pferde hast.«

Wolfe lächelte. »Ich würde es als persönlichen Gefallen betrachten.«

Caleb schüttelte schmunzelnd den Kopf. Das war eine der Eigenschaften, die er an Wolfe besonders schätzte – der Mann war ein Kämpfer durch und durch.

»Was ist mit dem Mädchen?« wollte Wolfe wissen. »Hält sie einigermaßen durch?«

»Sie ist wie ihre Pferde«, gab Caleb zu. »Tapferes kleines Ding. Wenn ich ihr erst einmal trockene Kleider und einen vernünftigen Sattel beschafft habe, wird sie auch die Pässe meistern.«

»Dann ist es also wahr? Sie reitet tatsächlich mit einem Damensattel?«

Caleb knurrte. »Allerdings, es ist wahr.«

»Ich will verdammt sein. So ein Ding habe ich nicht mehr zu sehen bekommen, seit ich damals in England war«, erwiderte Wolfe.

»Ich werde mir das auch nicht mehr lange mit ansehen. Reiner Irrsinn, diese Konstruktion.«

Wolfe lächelte milde. »Das mag schon sein, aber die englischen Ladies sahen im Damensattel wie zauberhafte Schmetterlinge auf den Rücken ihrer großen irischen Pferde aus.«

»Zum Teufel, wenn ich gewußt hätte, daß du so darüber denkst, hätte ich dir das unnütze Ding gebracht. Deine englische Cousine hätte ihn benutzen können, wenn sie dich das nächste Mal besucht.«

»Lady Jessica Charteris zieht es vor, in halsbrecherischem Tempo und ganz ohne Sattel zu reiten.« Die Belustigung schwand aus Wolfes Stimme, als er fortfuhr: »Jedenfalls – im letzten Brief stand etwas von Heirat. Ich glaube nicht, daß Jessi wieder nach Amerika kommen wird, um mir das Leben schwerzumachen.«

Wolfe wandte den Blick ab und schaute prüfend zum Himmel hinauf, der allmählich heller wurde. Er wollte nicht wieder an das überraschende Verlustgefühl erinnert werden, das die Ankunft des Briefes in ihm ausgelöst hatte, in dem von Jessis bevorstehender Eheschließung die Rede gewesen war.

»Besser, du stellst deine Pferde hier unter«, sagte Wolfe. »Slaters Männer haben vielleicht gehört, daß du mich von Zeit zu Zeit besuchst. Er wird nach den Hufspuren von sieben Pferden Ausschau halten, nicht von zweien, aber...« Er brach ab und zuckte die Schultern.

Caleb stieg aus dem Sattel, band sein Pferd in dem dichten Unterholz neben der Straße von Cottonwood Springs an und ging dann mit Wolfe zu dem Blockhaus.

»Als Jessi mit dir ausgeritten ist, hatte sie da etwas Vernünftigeres anzuziehen als ein Reitkostüm mit flatternden Röcken und mehr Unterröcken, als ein Baum Blätter hat?«

Wolfes Lächeln blitzte auf. »Wie wär's mit Wildlederhosen und einem Hemd aus Wildleder, die meine Tante für sie geschneidert hat? Als Jessi das letzte Mal hier war, hat sie mich außerdem beschwatzt, ihr eine von diesen Levis zu kaufen, wie sie all die Goldgräber trugen. Hat mich höllisch viel Mühe gekostet, ein Paar zu finden, das klein genug war. Mit dem Sattel war's das gleiche.«

»Soso, sie hat dich beschwatzt, wie? Würde das Mädchen gern mal kennenlernen. Gehört sie zu der Sorte, die in Rage geraten würden, wenn ich ihre Kleider und ihren Sattel ausleihen und sie einem anderen Mädchen für ein paar Wochen überlassen würde?«

»Das glaube ich kaum. Übrigens... selbst wenn sie ihren verdammten blaublütigen Ehemann mit hierherbrächte, würde sie einen albernen Peer nicht damit schockieren wollen, indem sie in Hosen in der Öffentlichkeit erscheint und im Herrensitz reitet.«

Die Verachtung in Wolfes Stimme, als dieser von Jessis zukünftigem Ehemann sprach, überraschte Caleb nicht. Die temperamentvolle junge Jessica war in Wolfes Augen eine Ausnahme, er mochte sie sehr, aber ansonsten hatte er nur wenig übrig für die britische Aristokratie, die zur Hälfte sein Erbe war.

»In diesem Fall wäre ich dir dankbar, wenn ich ihre Reitausrüstung eine Weile ausleihen könnte«, sagte Caleb.

»Nimm sie dir. Jessi wird sie sowieso nie wieder benutzen. Brauchst du sonst noch etwas? Sag es ruhig. Ist doch wesentlich besser, du bekommst die Sachen von mir, statt nach Canyon City zu reiten, um dort Vorräte einzukaufen, und Slaters Bande wie einen Fliegenschwarm im Nacken sitzen zu haben.«

»Ich hatte tatsächlich vor, meine Vorräte in Canyon City zu besorgen«, gab Caleb zu.

»Sag nur, was du brauchst, und ich gebe es dir.«

»Proviant für uns und Getreide für die Pferde, falls du soviel erübrigen kannst«, erwiderte Caleb. »Für eine Weile reicht auch Gras als Futter aus, aber dort, wo wir hinreiten, werden die Pferde soviel Kraft und Durchhaltevermögen brauchen, wie es nur Getreide liefert.«

»Proviant und Futter sind kein Problem. Werden hundert Pfund Getreide genug sein?«

Caleb stieß einen Seufzer der Erleichterung aus. »Danke, *compadre*. Kannst du uns auch eine oder zwei Decken geben? Wenn dieses Unwetter nicht bald aufhört, wird es teuflisch kalt auf dem ersten Paß werden.«

»Ich habe noch etwas viel Besseres als Decken. Schlafsäcke.«

Ein halb angewidertes, halb amüsiertes Schnauben war Calebs einzige Antwort.

»Jessi hat darauf bestanden«, fuhr Wolfe fort, ohne auf die Reaktion seines Freundes einzugehen. »Nach der ersten Nacht unterwegs habe ich aufgehört, mich über die Schlafsäcke zu mokieren. Egal, wie unruhig du dich im Schlaf herumwirfst, es dringt keine kalte Luft herein.«

Caleb warf Wolfe einen Blick von der Seite zu. »Wirst auf deine alten Tage wohl noch neumodisch, was?«

Wolfe lächelte, denn sie waren auf den Tag genau gleichaltrig. Beide Männer waren Ende April dreißig geworden. »Ich hab's nun mal gern behaglich. Ich bin nicht so einer wie du, der geradewegs aus dem Alten Testament entsprungen zu sein scheint.«

Einen kurzen Augenblick lang dachte Caleb wieder an Willows Worte. *Auge um Auge, Zahn um Zahn. Ist das Ihr Kodex hier im Westen?*

»Ich denke, ich nehme doch lieber die altmodischen Wolldecken.« Caleb fischte ein Goldstück aus seiner Tasche. »Falls dies deine Unkosten nicht deckt, brauchst du's nur...«, begann er.

»Steck es weg, bevor du mich in Wut bringst, du halsstarriger Hundesohn«, fiel Wolfe ihm ins Wort.

Caleb warf dem anderen Mann einen scharfen Blick von der Seite zu, schob die Münze jedoch wieder in seine Tasche zurück.

Schweigend gingen sie zur Tür des Blockhauses. Im Inneren war es dunkel und kalt. Die Möblierung war im Western-Stil gehalten. Kaum hatte sich die Tür hinter ihnen geschlossen, da drehte Wolfe sich zu Caleb um und kam ohne Umschweife auf die eine Sache zu sprechen, die er und Caleb mit keinem Wort mehr erwähnt hatten seit damals, als das Thema aufgekommen war – den Mann namens Reno.

»Ich bin froh, daß du eine Zeitlang zu sehr mit anderen Dingen beschäftigt sein wirst, um Reno zu jagen«, erklärte Wolfe ruhig. »Du hast nie gesagt, warum du hinter ihm her bist, und ich habe auch nie danach gefragt. Aber laß mich dir eins sagen, Cal. Wenn du Reno jemals findest, solltest du einen guten Grund haben, auf ihn anzulegen, denn eine Sekunde nachdem du es getan hast, seid ihr beide höchstwahrscheinlich tot.«

Caleb erwiderte nichts. Seine Augen unter der dunklen Hutkrempe waren ausdruckslos.

Wolfe betrachtete Calebs hartes, undurchdringliches Gesicht. »Hast du mich verstanden, *amigo*? Ihr seid einfach zu ebenbürtige Gegner, du und Reno.«

»Ich habe dich verstanden.«

»Und?«

»Dann soll es eben so sein.«

Ishmaels durchdringendes Wiehern ließ Willow mit heftigem Herzklopfen erwachen. Gleißend helles Sonnenlicht fiel in die Schlucht, aber Willow nahm kaum Notiz von seiner Schönheit. Mit einer Hand schnappte sie sich das Gewehr, mit der anderen die Decke, dann rannte sie in das schützende Dickicht, wobei sie so wenig Geräusche wie möglich machte. Als sie nicht noch tiefer in das dichte Gebüsch eindringen konnte, drehte sie sich herum und kauerte sich bewegungslos auf die Erde, während sie angestrengt nach dem Ausschau hielt, was ihren Hengst aufgeschreckt hatte.

Ein geisterhafter Laut schnitt durch die Stille, ein Laut, der wie das wilde Heulen eines Wolfes klang.

Eine Minute später ritt Caleb in Sicht, Trey an einem Führungsseil hinter sich.

Willow brauchte einen Moment, um zu erkennen, was plötzlich so anders an dem Packpferd war – Trey trug jetzt einen Reitsattel statt des vertrauten Packsattels. Zwei prallgefüllte Getreidesäcke waren mit einem Lasso auf dem Sattel festgeschnürt, dahinter eine umfangreiche Bettrolle. Zuoberst lag eine dicke Schaffelljacke.

»Hat Sie irgendwas beunruhigt?« fragte Caleb, als er Willow aus dem Dickicht herauskommen sah.

»Nicht bis vor einer Minute, als Ishmael Sie gewittert hat.«

»Aus diesem Grund bin ich mit dem Wind in die Schlucht hineingeritten. Um Sie zu warnen.« Caleb saß ab, streckte seine steifen Glieder und machte sich dann mit flinken, fast ärgerlichen Handbewegungen daran, Ausrüstungsgegenstände von Deuces Rücken abzuladen. »Es ist niemand in der Nähe. Während ich Deuce trockenreibe, können Sie schon mal Kaffee kochen über dem kleinsten Feuer, das zu errichten Sie imstande sind.«

Willow begann, auf Trey zuzugehen, um Caleb zu helfen, der müde aussah. Auf einen brüsken Wink von ihm wich sie wieder zurück.

»Kümmern Sie sich um das Feuer, feine Lady. Flammen erschrecken nicht vor flatternden Röcken oder Decken. Aber meine Pferde.«

Nachdem Caleb mit Deuce fertig war, machte er sich daran, Trey zu versorgen. Der Wind trug den Geruch von Gerste und Kleie bis hinunter zu den vier Stuten, als Caleb die Säcke vom Sattel losband. Die Araberpferde wieherten freudig. Er löste einen der 50-Pfund-Säcke mit Korn, hob ihn mühelos hoch und ging dann damit von Pferd zu Pferd, wobei er jedem Tier einen kleinen Haufen Körner ins Gras schüttete. Die feinen, samtigen Mäuler der Stuten und ihr genüßlicher Appetit erinnerten Caleb an ihre Herrin, die sich beim Essen verstohlen sämtliche Fingerspitzen ableckte, um auch noch den letzten Geschmack von gebratenem Speck auszukosten.

Das Bild von Willows rosiger Zungenspitze ließ einen Schauer der Erregung durch Calebs Körper prickeln. Er verdrängte es unbarmherzig aus seinen Gedanken und konzentrierte sich statt dessen auf das, was vor ihnen lag – lange, beschwerliche Wege durch die Wildnis, steile Bergpässe, Stürme und heißer Sonnenschein, Entbehrung und Erschöpfung, Slaters Bande und Willows Geliebter.

Mit einer Grimasse rieb Caleb sich den verspannten Nacken und strebte dann zum Lagerfeuer. Es brannte lodernd, und der Kaffee auf dem dreibeinigen Gestell darüber brodelte und dampfte. Willow kniete ein Stückchen weiter entfernt auf dem Boden. Sie trug Calebs Hemd, die Ärmel bis zu den Ellenbogen aufgerollt, und hatte sich die Wolldecke fest um die Hüften gewickelt. Ihr langes Haar war zu einem Zopf geflochten und mit einem schmalen Streifen Spitze von einem ihrer Unterröcke zusammengebunden. Es war nicht unbedingt eine Kostümierung, die sie sonderlich anziehend hätte machen sollen.

Aber als sie zu Caleb kam und sich neben ihn kniete, ihre Hände voller köstlich duftender Brötchen, mußte er seine gesamte Selbstbeherrschung aufbringen, um Willow nicht in seine Arme zu ziehen. Er hätte eigentlich viel zu müde sein müssen, um sinnliches Verlangen zu empfinden, aber der Beweis für seine Fähigkeit zeichnete sich fest und hart unter seiner Hose ab.

Mit einem gemurmelten Fluch griff Caleb nach seinem Kaffeebecher.

»Caleb?« fragte Willow unsicher, weil sie nicht verstand, was der plötzlich so freudlose Ausdruck in seinen Augen zu bedeuten hatte.

»Die Pässe sind offen, solange man nicht von einem Unwetter überrascht wird. Slaters Bande hat sich aufgeteilt. Die eine Hälfte wartet irgendwo am Ufer des Rio Grande auf uns, die andere am Arkansas River«, erklärte er brüsk.

Was Caleb nicht erwähnte, war, daß Slater auch eine Prämie auf seinen Kopf ausgesetzt hatte – eine ansehnliche Summe harten Bargelds, genug, um jeden Banditen zwischen Wyoming und Mexiko sich aufs Pferd schwingen und gierig die Hände reiben zu lassen.

»Und was werden wir tun?«

Calebs trostloser, goldener Blick fiel auf den Damensattel. Er ergriff ihn mit einer wütenden Geste und schleuderte ihn in den kleinen Fluß, der am Lager vorbeiströmte. Willows zerschnittenes Reitkostüm folgte gleich hinterher.

»Caleb! Was, um Himmels willen, f...«

»Sie suchen nach einem Mädchen, das dumm genug ist, auf einem Damensattel in die Rockies zu reiten«, unterbrach Caleb sie mit kalter Stimme, während er in Willows erschrockene haselnußbraune Augen starrte. »Ich kenne kein Mädchen, das so töricht wäre. Sie vielleicht?«

Willow öffnete den Mund, doch es kam kein Wort heraus.

»Gut.« Er nickte knapp. »Sie halten Ausschau nach einem Mädchen, das so dumm ist, elegante, weitgeschnittene Röcke aus schwerer Wolle zu tragen, die niemals zwischen zwei Unwettern trocknen. Ich kenne kein Mädchen, das so töricht ist. Sie etwa?«

Willow verschränkte nur die Finger, sagte jedoch nichts.

Caleb knurrte etwas vor sich hin und fuhr dann fort. »Sie suchen nach einem Mädchen, das es sich in den Kopf gesetzt hat, fünf edle Rassepferde an jedem gottverfluchten Banditen zwischen hier und der Hölle vorbeizuschmuggeln. Ich kenne kein Mädchen, das so stur und dickköpfig ist. Sie etwa?«

»Meine Pferde gehen mit mir«, antwortete Willow, ohne zu zögern. »Das war Teil unseres Abkommens, Caleb Black. Wollen Sie etwa Ihr Wort brechen?«

Kaum hatte sie die Worte ausgesprochen, da wünschte sie, sie hätte sie zurücknehmen können. Aber es war zu spät. Sie hatte sie gesagt, und jetzt blieb ihr nichts anderes übrig, als sich Calebs Zorn zu stellen.

»Ich halte grundsätzlich mein Wort, sogar bei einer verwöhnten Südstaatenlady, die weiß Gott keine Heilige ist«, erwiderte Caleb eisig.

Ohne seinen Blick von Willow abzuwenden, zerrte er an der Verschnürung der dicken Bettrolle und rollte sie mit einer heftigen Handbewegung auseinander. Ein Stapel Kleidung kam zum Vorschein. Er packte eine Handvoll Wildleder, Denim und Flanell.

»Fangen Sie mit den langen Unterhosen aus Flanell an«, befahl er mit kalter Stimme. »Ziehen Sie die Lederhosen darüber an. Anschließend die Levis. Und zuoberst...«

Willow fiel ihm ins Wort. »Ich ziehe mich schon seit Jahren selbst an. Glauben Sie mir, ich kann oben von unten unterscheiden.«

Caleb drückte ihr die Kleidungsstücke in die Hand. »In Wolfes Schaffelljacke sind auch ein Hut und eine Jacke für Sie eingewickelt. Er hatte keine Regenjacke für Jessi. Tut mir leid.«

»Was ist mit Ihnen?«

»Wolfe und ich hassen Regenjacken. Sie nützen kaum etwas, es sei denn, man sitzt im Inneren eines Zelts.«

Neugier verdrängte schließlich Willows Vorsicht. »Wer ist Wolfe? Ist Jessi seine Frau?«

»Sein Name ist Wolfe Lonetree. Jessi ist die Cousine seiner Stiefmutter oder etwas in der Art.«

»Wo lebt er? Ich möchte mich gern persönlich bei ihm für die Sachen bedanken.«

»Ich bezweifle, daß Sie sich seine nähere Bekanntschaft wünschen würden.«

»Warum?«

»Sein Daddy war ein englisches Blaublut, seine Mutter hingegen die Tochter eines Schamanen der Cheyenne.«

»Eine Medizinfrau?« erkundigte sich Willow interessiert.

Caleb betrachtete sie aus Augen, die zu Schlitzen zusammengezogen waren. Er sah jedoch nur Neugier in ihrem Ausdruck, nicht die Verachtung, die viele Menschen für einen Mann mit Mischlingsblut empfanden.

»Ich habe ihn nie danach gefragt«, erwiderte er. »Warum wollen Sie das wissen?«

»Sie würde die Heilpflanzen hier im Westen kennen«, erklärte sie. »Ich habe einige Arten erkannt, die es auch bei uns zu Hause in West Virginia gibt, aber nicht viele.«

»Sie würden sich auf die medizinischen Kenntnisse einer Indianerin verlassen?«

»Warum nicht? Sie leben schon länger hier als ich.«

»Sie sind die unglaublichste Südstaatenlady, die ich jemals getroffen habe.«

»Wahrscheinlich liegt es daran, daß ich keine Südstaatenlady bin«, gab sie zurück.

Caleb lächelte leicht. »Ihre schleppende Sprechweise würde einen aber auf den Gedanken bringen, daß Sie aus dem tiefen Süden kommen. Ihnen zuzuhören ist, als leckte man Honig von einem Löffel.«

»Nur weil ich keine Stimme wie ein tiefer, steiniger Fluß habe...«

Caleb schnitt ihr das Wort ab. »Sie können mich ein andermal beleidigen. Im Moment haben wir bessere Dinge zu tun.«

Mit raschen Handgriffen warf Caleb die Decken, die Wolfe ihm gegeben hatte, auf die Ölplane, legte seinen Sattel als Kopfkissen ans obere Ende und kroch in das selbstfabrizierte Bett.

Willow blickte sich suchend um, konnte jedoch keine anderen Decken sehen. »Und wo ist mein Bett?«

»An derselben Stelle wie letzte Nacht.« Er hob die Decken an und wies auf die leere Hälfte auf der Ölplane. »Genau hier.«

Sie sah so schockiert aus, wie ihr zumute war. »Ich habe neben Ihnen geschlafen?«

»Und ob Sie das getan haben.«

»Aber ich... ich kann mich gar nicht daran erinnern.«

»Sie waren so erschöpft, daß Sie's noch nicht mal bemerkt hätten, wenn ein Büffel unter die Decke gekrochen wäre und in Ihr Ohr geschnaubt hätte«, gab Caleb zurück. »Und jetzt können Sie sich neben mich legen und warm bleiben, oder Sie können allein schlafen und frieren. Sie haben die Wahl, feine Lady. Aber wie auch immer – löschen Sie das Feuer, nachdem Sie Ihre Kleider gewechselt haben.«

Bevor Willow eine passende Antwort einfallen konnte, hatte Caleb sich den Hut über die Augen gezogen und sie ausgeschlossen. Innerhalb von wenigen Augenblicken änderte sich sein Atemrhythmus, wurde ruhiger und langsamer.

Willow beobachtete Caleb noch eine Weile, sah, wie sich seine breite Brust bei jedem Atemzug hob und senkte. Er schien eingeschlafen zu sein. Dennoch dachte Willow daran, sich zum Umziehen in die Büsche zu begeben, obwohl es ihr andererseits widerstrebte, die herrlich trockenen Kleider in das tropfnasse Weidendickicht mitzunehmen. Außerdem würde es empfindlich kalt sein, wenn sie sich weiter von dem fröhlich knisternden Feuer entfernte.

»Caleb?« flüsterte sie.

Er gab keine Antwort und rührte sich auch nicht.

Abrupt traf Willow ihre Entscheidung. Mit langsamen, geräuschlosen Bewegungen, um Caleb nicht zu wecken, zog sie ihre Stiefel aus und legte die Kleider auf dem Stück Plane ab, die er frei gelassen hatte. Dann zerrte sie die langen Flanellunterhosen aus dem Kleiderstapel, kehrte Caleb den Rücken zu und öffnete die Decke, die sie um die Hüften geschlungen hatte. Sie fummelte nervös an den Bändern herum, die ihre Batistunterhosen in der Taille hielten. Der dünne Baumwollstoff glitt an ihren Beinen herab, bis er sich unter der Decke um ihre Knöchel bauschte. Willow trat aus dem hauchzarten Wäschestück heraus und brachte es irgendwie fertig, in die Flanellunterhosen zu steigen, ohne die Decke völlig fallen zu lassen.

Es war nicht ganz leicht. Wer auch immer die frühere Besitzerin der Unterwäsche sein mochte, sie mußte etwas kleiner als Willow sein. Was ein lose sitzendes Kleidungsstück hätte sein sollen, schmiegte sich wie eine zweite Haut um Willows Körper. Das langärmlige Unterhemd saß ebenso eng und knapp wie die Hose. Das Ergebnis war nicht etwa unbequem, sondern schlicht unerwartet.

Für Caleb war es atemberaubend, besonders da Willow es über bekommen hatte, mit der Decke zu kämpfen, und sich ihrer entledigt hatte, um das Oberteil zurechtzuziehen. Als sie fertig war, ließ sie ihre Hände mit einem Laut des Wohlbehagens über den weichen, warmen Flanell gleiten. Caleb biß die Zähne zusammen, um ein erregtes Stöhnen zu unterdrücken. Er hätte einiges dafür gegeben, seine Hände über denselben Stoff gleiten zu lassen und Willow bei der liebkosenden Berührung verzückt seufzen zu hören.

Grimmig schloß Caleb wieder die Augen und rollte sich lautlos auf die Seite. Willow bemerkte nichts davon, daß er seine Lage verändert hatte und ihr jetzt den Rücken zukehrte, als sie sich wieder zu den neuen Kleidern hinunterbeugte und fasziniert die Wildlederhosen befühlte. Sie waren weicher als Samt und unglaublich geschmeidig.

Mit einem leisen Murmeln des Entzückens ließ sie ihre Handfläche über das schmiegsame Material gleiten, bevor sie die Hosen über ihre langen Unterhosen zog. Auch diesmal war der Sitz eng, ohne unbequem zu sein. Das Oberteil mit dem Fransenbesatz und der Lederverschnürung über den Brüsten war so weich wie die Hosen und schmiegte sich ebenso eng um ihren Körper. Wie die Unterwäsche duftete auch der Wildlederdreß nach dem Leinensäckchen mit getrockneten Rosenblüten, das in den Falten gesteckt hatte. Willow machte probeweise ein paar Schritte, und ihr war zumute, als könnte sie davonschweben ohne das gewohnte Gewicht ihres schweren feuchten Wollrocks und der vielen Unterröcke. Es war beinahe erstaunlich, wieviel Bewegungsfreiheit ihr die Hosen gaben.

Mutter würde vor Entrüstung die Hände über dem Kopf zusammenschlagen, wenn sie mich in Hosen sähe, dachte Willow in einer Mischung aus Belustigung und Traurigkeit. Aber Bettler dürfen nun mal nicht wählerisch sein.

Außerdem sind die Hosen schön warm, und sie bedecken ebensoviel von mir wie ein Rock, fügte sie in Gedanken hinzu. Sie verhüllen mich nur nicht ganz auf die gleiche Art.

Nun blieben nur noch die Levis und die wollene Holzfällerjacke mit dem großen Karomuster in leuchtendem Rot und Schwarz übrig. Die Levis saßen weiter als die anderen Kleidungsstücke; auch die Jacke war sehr großzügig geschnitten. Die Derringer paßte so gut in eine der großen Vordertaschen der Jacke, daß Willow sie gleich dort ließ.

Daß die Levis nicht seitlich geknöpft wurde, sondern einen Hosenschlitz wie eine Männerhose hatte, verblüffte Willow einen Moment, bevor ihre Finger mit den störrischen Metallknöpfen kämpften. Schließlich schob sie ihre Arme in die Jakkenärmel. Die Jacke war für einen Mann gemacht worden, was bedeutete, daß die Knöpfe auf der falschen Seite waren. Sowohl die Levis als auch die Jacke waren oft genug getragen worden, um das Material weich und griffig zu machen.

Dann griff Willow nach dem perlgrauen, flachen, breitkrempigen Hut, der in das Kleiderbündel eingerollt gewesen war und die Ausstattung vervollständigte. Ein paar geschickte Handgriffe gaben dem zerbeulten Hut wieder seine ursprüngliche Form zurück. Sie setzte ihn auf den Kopf, zog den Kinnriemen fest und wünschte, sie hätte einen Spiegel gehabt.

»Ist vielleicht ganz gut, daß ich keinen habe«, murmelte sie. »Meine Haare müssen so verfilzt wie Seetang sein.«

Die Wärme der Kleider drang durch ihre Haut und machte ihr bewußt, wie lange es her war, seit sie sich richtig trocken und warm gefühlt hatte. Fast furchtsam blickte sie zum Himmel hinauf. Es waren keine Wolken zu sehen, aber das war keine Garantie, daß es nicht später noch regnen würde. Gegen Abend, wenn das Tageslicht verblaßte, sammelten sich oft schwere Wolken um die Berggipfel, und dann prasselte der Regen nur so herab, und eine Gewitterfront folgte auf die andere.

Der Wind heulte mit einem langgezogenen, einsamen Schrei über die Landschaft und erinnerte Willow an die eisige Nacht, die sie hatte aushalten müssen. Knisternde Funken sprangen von den Flammen hoch. Rasch zog Willow die brennenden Äste auseinander, und das Feuer flackerte und verlöschte schließlich. Als sie die wenigen noch glühenden Kohlestückchen mit Asche bedeckte, bedauerte sie den Verlust der Wärme. Sie betrachtete den schmalen Streifen Ölplane, den Caleb übriggelassen hatte, und wieder fiel ihr auf, was für ein enorm großer, kräftiger Mann Caleb Black war. Der Gedanke war entmutigend, aber nicht so bestürzend wie die Vorstellung, sich in ihren trockenen Kleidern auf den kalten, nassen Boden zu legen.

Mit nicht mehr Bewegungen als unbedingt nötig, legte Willow Hut, Jacke und Levis ab, ließ sich auf die Plane nieder und schlüpfte unter die Decke. Das Gefühl von Calebs Körper so dicht an ihrem war zermürbend, doch als er keinerlei Reaktion auf ihre Nähe zeigte, entspannte Willow sich allmählich und genoß die Wärme, die von ihm ausströmte. Mit einem tiefen Seufzer auf den Lippen schlief sie ein.

Caleb brauchte wesentlich länger, um sich zu entspannen, aber schließlich schlief auch er ein. Wie es seine Angewohnheit war, wachte er in gewissen Zeitabständen auf, lauschte auf die gedämpften Geräusche um sich herum und schlief dann erneut wieder ein. Es gab einen Moment, irgendwo zwischen Schlafen und Wachen, da ertappte er sich dabei, daß er einen Arm um Willow gelegt hatte. Ihr Kopf ruhte an seiner Schulter, und ihr Arm lag quer über seiner Brust. Lächelnd zog Caleb die Decke über ihrer beider Köpfe, um das Tageslicht auszuschließen und eine Welt zu schaffen, deren einzige Bewohner er selbst und das Mädchen waren, das so vertrauensvoll in seinen Armen schlief. Als Caleb erneut eindöste, hüllte ihn der zarte Duft von Rosenblüten ein, Rückstand aus Kleidern, die einmal von einer englischen Aristokratin getragen worden waren.

Als Caleb zum letzten Mal wach wurde, war die Schlucht vom milden, goldenen Licht der Spätnachmittagssonne erfüllt. Willow schlief immer noch; sie hatte ihm den Rücken zugekehrt und sich fest an ihn gekuschelt. Beide lagen auf der linken Seite. Sein Arm war um ihre Taille geschlungen und hielt sie an sich gedrückt. Sein Körper reagierte augenblicklich mit heftiger, verzehrender Erregung auf das warme Gewicht ihrer Hüften, das sich auf höchst intime Weise in seinen Schoß schmiegte.

Bewegungslos bis auf das heftige Pulsieren seines Bluts, zählte Caleb sich in Gedanken all die Gründe auf, warum er ein gottverdammter Narr wäre, wenn er seine Hände unter Willows Kleider schieben und erforschen würde, ob sich ihre Knospen unter den liebkosenden Händen eines Mannes ebenso hart aufrichteten, wie sie es als Reaktion auf eisig kalten Regen taten. Keiner der Gründe, die dafür sprachen, lieber die Finger von ihr zu lassen, klang im schläfrigen, intimen Zwielicht unter der Decke so einleuchtend und vernünftig, wie er bei vollem Tageslicht und im Zustand mißtrauischer Wachsamkeit geklungen hatte.

Reg dich ab, Junge! befahl Caleb sich selbst energisch. Immerhin möglich, daß sie verheiratet ist. Und selbst wenn sie's nicht wäre, sie ist eine Frau, ganz allein in einem mächtig einsamen Land. Ich werde es nicht dazu kommen lassen, daß sie mir hinterher vorwirft, ich hätte die Situation ausgenutzt. Wenn sie mich will, dann muß sie mir schon geradewegs in die Augen blicken und es mir in klaren, unmißverständlichen Worten sagen.

Bevor sein Verlangen überhand nehmen und seinen Verstand völlig ausschalten konnte, rollte Caleb sich aus dem einladenden, nach Rosen duftenden Nest von Decken heraus. Willow murmelte etwas im Schlaf und drehte sich herum, suchte die Wärme seines Körpers, die einen Augenblick zuvor noch so nahe gewesen war.

»Wachen Sie auf«, sagte Caleb, während er in seine Stiefel trat. »Dies ist kein feines Hotel. Wenn Sie Frühstück haben wollen, dann müssen Sie dafür schon Ihren Hintern in Bewegung setzen.«

Haselnußbraune Augen öffneten sich und beobachteten ihn unter langen, dichten, geschwungenen Wimpern hervor. Sie gähnte, rollte dabei die rosige Zunge wie ein Kätzchen, und stieß dann einen Seufzer aus. Dichte dunkelbraune Wimpern senkten sich erneut.

»Es ist mein voller Ernst, Südstaatenlady. Wenn ich von meinem Erkundungsgang zurückkehre, sollten Sie besser Äste für ein Feuer zurechtgelegt und frisches Wasser in den Topf gefüllt haben. Ihr Hengst könnte ein bißchen Fellpflege gebrauchen. Falls Sie keine Kardätsche in Ihrer dicken Reisetasche haben, finden Sie eine in meiner Satteltasche.«

»Ich wünsche Ihnen auch einen guten Morgen.«

Willow wartete, bis Caleb außer Sichtweite marschiert war, bevor sie die Decke zurückwarf, ihre Stiefel anzog und sich daranmachte, trockene Äste für ein Feuer aufzuschichten. Die ungewohnte Bewegungsfreiheit, die ihre Hosen ihr gaben, überraschte sie zwischendurch immer wieder aufs neue.

Die Luft war warm und fast bewegungslos, nur hin und wieder strich eine laue Brise durch die Schlucht. Vögel sangen versteckt im Laub der Büsche und hielten nur kurz in ihrem Gesang inne, als Willow zu dem schmalen Flüßchen hinunterging. Wolken segelten am Himmel dahin. Einige von ihnen waren auf der Unterseite schiefergrau, aber nicht alle.

»Vielleicht regnet es heute abend nicht«, murmelte Willow hoffnungsvoll vor sich hin.

Das Rascheln von Blättern unter einem Windstoß war die einzige Antwort. Seufzend machte sie sich auf den Weg in irgendein dichtes Gebüsch, wo sie feststellen mußte, daß ihre neuen Kleider auch einen Nachteil hatten. Im Gegensatz zu ihren Batisthosen waren die langen Flanellunterhosen im Schritt zusammengenäht. Einem Mann, der den Drang verspürte, sich zu erleichtern, hätte das keine besonderen Umstände gemacht. Für eine Frau dagegen bedeutete es, sich aus sämtlichen Hüllen schälen zu müssen. Murrend entblößte Willow ihre Kehrseite dem sanften Wind.

Auf dem Weg zurück zum Lager schimpfte sie immer noch leise über die Unbequemlichkeit von Männerkleidern an einem Frauenkörper vor sich hin. Sie war versucht, das Feuer anzuzünden, ließ es dann aber. Wenn Caleb Wert darauf gelegt hätte, hätte er es ihr gesagt. Und was Willow selbst betraf, so hatte sie zu viele Jahre in Furcht gelebt, um gedankenlos ein Feuer zu entfachen, das jedem in Sichtweite oder Reichweite des Rauches ihre Anwesenheit verriet.

Willow begann, das Lager aufzuräumen; sie schüttelte Dekken aus und rollte sie ordentlich zusammen, legte kleine Stückchen Anmachholz neben die Feuerstelle und holte frisches Wasser vom Fluß. Als sie damit fertig war, fand sie Calebs Kardätsche in einer der Satteltaschen und machte sich daran, die Pferde zu striegeln. Deuce und Trey ließen sich die Prozedur dankbar und ohne jede Nervosität gefallen, denn jetzt gab es kein flatterndes Tuch mehr, was sie erschreckt hätte. Ishmael benahm sich wie immer wie ein Gentleman. Willow beschäftigte sich gerade mit Penny, einer der zierlichen Fuchsstuten, als das Pferd zu schnauben begann und über Willows Schulter blickte. Erst da merkte Willow, daß Caleb ein paar Schritte entfernt stand und sie mit ruhigen goldenen Augen betrachtete.

Abrupt fragte sie sich, was Caleb von ihrem Aufzug – ganz in Wildleder gekleidet wie eine Indianerin, ihr Haar offen und bis zu den Hüften herabwallend – denken mochte. Wenn er den Kleidungswechsel bemerkte, so sagte er jedenfalls nichts. Er starrte auch nicht auf ihre Beine, die sie noch vor keinem Mann jemals zuvor auf diese Weise entblößt hatte.

»Haben Ihnen meine Pferde Schwierigkeiten gemacht?« wollte Caleb wissen, während er sich fragte, ob Willow überhaupt daran gedacht hatte, nach seinen Tieren zu sehen.

Erleichtert, daß er ihre Bekleidung ohne Kommentar akzeptierte, erklärte Willow: »Trey und Deuce waren sanft wie die Lämmer, während ich sie gestriegelt habe. Sie haben bereitwillig die Füße hochgehoben, als ich ihre Hufe säuberte, und haben auch nicht versucht, mich zu stoßen oder zu beißen.«

Calebs Augen weiteten sich unwillkürlich, als ihm aufging, daß sie sich tatsächlich um seine Tiere gekümmert hatte. Das war beinahe ein ebenso großer Schock für ihn wie der Moment, als er Willow zum ersten Mal in den Wildlederhosen erblickt hatte, die sich wie ein heller, samtiger Schatten um ihren Körper schmiegten und jede verführerische weibliche Kurve enthüllten. Allmählich begann er zu glauben, daß es eine schlechte Idee gewesen war, Willow Hosen tragen zu lassen – schlecht für seinen Seelenfrieden, nicht für ihren.

Das Oberteil, das sie anhatte, war auch nicht besser. Es spannte sich so liebevoll wie eine Männerhand um ihre Brüste.

»Auf der Straße ist ein Frachtwagen unterwegs. Richtung Süden. Fährt mit ziemlicher Geschwindigkeit«, sagte Caleb nach einer Weile. »Der Wind kommt aus Westen. Wenn wir das Feuer klein halten, wird niemand auf dem Wagen den Rauch riechen. Und wenn der Mond aufgeht und ein kalter Wind von den Gipfeln herunterbläst, werden wir froh über eine Kanne Kaffee und einen Hutvoll kalter Brötchen sein.«

In Willows Gesicht blitzte ein Lächeln auf. »Können wir jetzt auch Kaffee haben?«

Calebs Mundwinkel verzogen sich fast gegen seinen Willen zu einem Lächeln, als er gestand: »Ich habe mich auch schon darauf gefreut.«

Als Willow mit der Pflege der Pferde fertig war, nahm sie ihr Mieder und die Batistunterhosen und wusch sie in dem winzigen Fluß mit einem Stückchen Seife aus ihrem persönlichen Gepäck. Sorgsam schüttelte sie die Wäschestücke aus und drapierte sie über den Pappelstamm in der Nähe des Feuers, weil sie wußte, der dünne Stoff würde dort schnell trocknen.

Caleb häufte schweigend Speck und Brötchen auf Teller, die aus einer dicken Weidenholzscheibe gefertigt waren. Willow füllte den Kaffee in die Feldflasche, dann setzte sie sich und begann zu essen. Als sie nach einem Stück in der Pfanne gebackenen Brötchens griff, brachte Caleb einen kleinen Topf Honig zum Vorschein, eine der vielen luxuriösen Köstlichkeiten, die Wolfe mit in den Proviantsack geschmuggelt hatte.

»Mmmm!« rief Willow entzückt. »Jetzt geht's ans Naschen!«

»Werden Sie nicht frech, kleine Lady«, erwiderte Caleb trocken.

Als sie seine Anspielung begriff, wurde sie rot und erwiderte: »Caleb Black, Sie wissen ganz genau, daß ich den Inhalt des Topfes gemeint habe und nicht Sie.«

»Ich bin gekränkt.«

»Und ich bin Salome mit den sieben Schleiern.«

Caleb warf einen vielsagenden Blick auf das fast durchsichtige Batistmieder und die feinen, knielangen Unterhosen aus Baumwolle, die zum Trocknen über dem Pyramidenpappelstamm ausgebreitet lagen. »Sieht von hier aus eher wie zwei Schleier aus.«

»Honig, bitte«, sagte Willow nur.

»Wie kann ich widerstehen, wenn Sie mich so reizend bitten?« erwiderte er und reichte ihr das Honigglas.

Willow gab einen Laut von sich, der fast ein Kichern war. Calebs fröhliches Grinsen ließ ihr plötzlich ganz leicht ums Herz werden. Einen flüchtigen Moment lang hatte Willow fast wieder das Gefühl, zu Hause zu sein, in dem Heim, das nur noch in ihren Erinnerungen und Träumen existierte – prasselndes Kaminfeuer, ihre Eltern, ihre Brüder, die sich gegenseitig mit rüden Scherzen aufzogen, und Matts liebevolle Neckereien gegenüber der jüngeren Schwester, die ihn förmlich anbetete.

Schweigend schraubte Willow das Glas auf und tröpfelte einen winzigen Strom von Honig auf das Brot. Die dicke Flüssigkeit schimmerte leuchtend gelb wie Bernstein in der Sonne, als sie langsam in den lockeren Teig einsickerte. Willow leckte ein paar heruntertropfende Fäden der Süßigkeit ab, bevor sie ihre Zähne in die unerwartete Köstlichkeit grub. Der volle Geschmack des Honigs breitete sich in ihrem Mund aus. Ein gedämpfter Laut des Wohlbehagens entrang sich Willows Kehle, ohne daß sie sich dessen bewußt war. Es war drei Jahre her, seit sie zum letzten Mal das reiche, sonnendurchtränkte Aroma von Honig gekostet hatte.

Caleb beobachtete aus den Augenwinkeln, wie sie sich genüßlich die Lippen leckte und ihre schnelle kleine Zunge vorstreckte, um flüchtige Tropfen von Honig aufzufangen. Er sagte sich, daß sie es sicher nicht absichtlich tat. Sie setzte sich nicht für ihn in Szene. Sie genoß ganz einfach den Honig mit einer sinnlichen Intensität, die ihn ebensosehr erregte und seinen Schaft fest werden ließ, wie ihn Willows Anblick in der fast durchsichtigen Unterwäsche erregt hatte.

Hätte Willow ihn bewußt gereizt, hätte Caleb keine Schwierigkeiten gehabt, ihre Einladung zu ignorieren oder auch anzunehmen, je nachdem, wie er sich in dem Moment fühlte. Aber er spürte, sie hatte keineswegs die Absicht, ihn herauszufordern, wodurch sich Caleb eindeutig im Nachteil befand. Denn er begehrte sie heftig. Sie dagegen begehrte ihn nicht.

Oder wenn sie es tat, dann verbarg sie ihr Verlangen besser als jede andere Frau, der er jemals begegnet war.

Vielleicht ist sie tatsächlich Renos Ehefrau, dachte Caleb. Nicht jeder Mann kauft seiner Frau einen Ring.

Warum errötet sie dann jedesmal so schuldbewußt wie ein Kind, das beim Äpfelstehlen erwischt wurde, sobald das Wort *Ehemann* fällt? überlegte er weiter.

Es gab keine andere Antwort als die, die auf der Hand lag – Reno war nicht Willows Ehemann.

Gedankenverloren befühlte Caleb das Medaillon, das er sicher in seiner Uhrentasche aufbewahrte. Dann blickte er zum Himmel hinauf und prüfte den Stand der Sonne. Noch ungefähr drei Stunden Tageslicht. Weniger, falls ein Unwetter heraufzog. Aber es sah nicht aus, als bliese der Wind aus der richtigen Richtung für ein Unwetter. Ein paar Regenschauer hier und da vielleicht, aber keine Gewitterstürme wie letzte oder auch vorletzte Nacht.

Mit einem Widerwillen, den Caleb sich nicht erklären konnte, zog er das Medaillon aus der Tasche, ließ es aufklappen und betrachtete die beiden Bilder in seinem Inneren. Nach dem, was Willow gesagt hatte, war sie mit Renos Eltern vertrauter als mit ihren eigenen. Caleb brauchte nichts weiter zu tun, als ihr das Medaillon zu zeigen. Wenn sie die Fotografien erkannte, war sie Renos Ehefrau. Wenn ihr die Bilder nichts sagten, war sie's nicht. So einfach war das.

Zeig ihr die Fotos, drängte eine kleine Stimme in Calebs Kopf. *Finde heraus, ob Willow noch zu haben ist.*

Was, wenn sie's nicht ist?

Die Frage versetzte Caleb einen schmerzhaften Stich, machte ihm bewußt, wie sehr er die Frau mit dem goldenen Haar und dem perlenden Lachen begehrte.

Du sollst nicht begehren deines Nächsten Weib.

Das war leicht gesagt. Es war auch leicht zu befolgen gewesen, bevor Caleb Willow kennengelernt hatte. Jetzt war er sich nicht sicher, ob er dem biblischen Gebot gehorchen konnte.

Was du nicht weißt, macht dich nicht heiß, richtig? sagte die Stimme in seinem Kopf.

Falsch, Dummkopf. Was ich nicht weiß, kann...

»Was ist das?« fragte Willow unvermittelt und unterbrach damit Calebs Gedanken.

Er fuhr mit einem so heftigen Ruck zu ihr herum, daß sie zusammenzuckte.

»Entschuldigen Sie«, sagte sie hastig. »Ich wollte Sie nicht erschrecken.«

Caleb ließ seinen Blick von Willows klaren, haselnußbraunen Augen zu den beiden ovalen goldenen Hälften des Medaillons wandern, das offen in seiner Handfläche lag. Zwei ernste Gesichter starrten zu ihm auf. Mit einer lässigen Beiläufigkeit, die ihn einige Mühe kostete, streckte er seine Hand aus, so daß Willow die Bilder sehen konnte.

»Nur ein Medaillon«, sagte er.

Sie beugte sich in der Taille vor und berührte seine Fingerspitzen. Er reagierte auf den leichten Druck, indem er seine Hand ein wenig zur Seite neigte, um ihr einen besseren Blick auf die Fotos zu geben.

Der Mann hatte ein wenig bemerkenswertes Gesicht, helle Augen, dunkles Haar, einen Schnurrbart und die am stärksten abstehenden Ohren, die Willow jemals gesehen hatte. Die Frau hatte ebenfalls ein wenig bemerkenswertes Gesicht, helle Augen, dunkles Haar, keinen Schnurrbart und fast genauso abstehende Ohren wie der Mann. Willow warf Caleb einen verstohlenen Blick von der Seite zu und fragte sich, ob das Paar mit ihm verwandt sei. Doch sie konnte keinerlei Ähnlichkeit mit den beiden in den Linien seines Gesichts, der Form seiner Augen, dem Schwung seiner Lippen feststellen.

Und ganz besonders nicht an seinen Ohren.

Sie räusperte sich, schluckte das belustigte Lachen, das ihrem Mund zu entschlüpfen drohte, hinunter und murmelte: »Gleich und gleich gesellt sich gern...«

Calebs Mundwinkel verzogen sich zu einem Grinsen. »Ja, genau das habe ich auch gedacht, als ich die Bilder zum ersten Mal sah.«

»Dann sind diese Leute, äh, nicht mit Ihnen verwandt?« erkundigte Willow sich vorsichtig.

»Das gleiche wollte ich Sie auch fragen.«

Sie hob die Hände und strich ihr dichtes, schweres Haar hinter die Ohren zurück. »Na, was denken Sie?«

Caleb dachte, daß er liebend gerne an ihren hübschen kleinen Ohrläppchen geknabbert hätte, behielt den Gedanken jedoch für sich. Statt dessen sagte er nur: »Was ist mit Ihrem Mann?«

Willow kämpfte gegen die schuldbewußte Röte an, die ihr in die Wangen kroch, und blickte hastig weg. »Matts Ohren liegen so flach an wie meine.«

»Also sind es auch nicht seine Eltern, wie?« fragte Caleb betont leichthin, so als wollte er sie necken.

Goldenes Haar flog, als Willow energisch den Kopf schüttelte. »Nein. Ich habe diese Leute noch niemals in meinem Leben gesehen.«

»Sicher?« fragte er, und auf seinen Lippen erschien ein langsames, träges Lächeln.

»Glauben Sie, ich würde diese Ohren vergessen?«

Er lachte leise, und auf einmal erwachte ein ganz neues Lebensgefühl in ihm und verdrängte die Trostlosigkeit, die er empfunden hatte, als er aufgewacht war und verzehrende Begierde für eine Frau verspürt hatte, die die Ehefrau eines anderen Mannes hätte sein können.

»Nein, Südstaatenlady, das glaube ich nicht. Ich selbst habe auch noch niemals so vertrackte Ohren gesehen, außer bei einem Missouri-Maulesel.«

Willow wunderte sich über Calebs plötzlich so schmelzendes Lächeln und die honigsüße Befriedigung in seiner Stimme, konnte jedoch nicht anders, als darauf reagieren. Sie lachte weich, erfreut, daß es ihr für wenige Augenblicke gelungen war, seine barsche Reserviertheit zu untergraben. Erst als sich Calebs Hand über ihrer schloß, begriff sie, daß ihre Fingerspitzen immer noch seine berührten.

Ein Schauer sinnlichen Bewußtseins lief durch Willows Körper, erschreckte sie. Instinktiv zog sie ihre Hand zurück. Caleb, der sowohl ihre Reaktion als auch ihren Argwohn spürte, gab Willows Finger mit einer liebkosenden Geste frei, die seine Kraft und seine Zurückhaltung nur noch betonten. Nachdem er sich jetzt ziemlich sicher über ihren Familienstand sein konnte, war er bereit, eine sorgfältige Verführungskampagne zu beginnen, eine, die erst dann enden würde, wenn Willow ihn eindeutig und unmißverständlich anflehte, sie zu nehmen.

Das würde nicht an diesem Tag geschehen oder vielleicht auch nicht am nächsten oder übernächsten Tag. Aber passieren würde es. Der Jäger in Caleb war sich seines endgültigen Sieges so sicher, wie er überzeugt war, den Mann namens Reno zu finden und zu töten.

Den Mann, der *nicht* Willows Ehemann war.

»Besser, Sie schlüpfen jetzt in Ihre Levis, Mädchen«, sagte Caleb, indem er aufsprang und Willow gleichzeitig auf die Füße zog. »Wir haben einen langen, harten Ritt vor uns, bevor wir Slater und seine Bande loswerden.«

6. Kapitel

Die unsichtbaren Berggipfel warfen bereits lange, dunkle Schatten, als Willow neben Ishmael stand und unschlüssig ihren neuen Sattel betrachtete. Der Hengst hatte nicht dagegen protestiert. Zwar blähte er leicht die Nüstern bei dem ungewohnten Geruch, schien aber ansonsten keinen Unterschied zu bemerken.

Willow bemerkte den Unterschied jedoch sehr wohl. Als sie sich bückte, um den Sattel zum ersten Mal vom Boden aufzunehmen, verblüffte sie sein unerwartetes Gewicht so sehr, daß sie ihn prompt wieder fallen ließ. Caleb griff an ihr vorbei, hob den Sattel mit einer Hand hoch und befestigte ihn ordnungsgemäß auf Ishmaels Rücken.

»Hinauf mit Ihnen.« Er verflocht seine Finger ineinander und bedeutete ihr mit einer Kopfbewegung, ihren Fuß hineinzustellen, um sie als Steigbügel zu benutzen.

Willow blickte von Calebs lederumhüllten Händen hinauf in sein Gesicht. Seine whiskyfarbenen Augen musterten sie mit soviel unverhülltem männlichem Interesse und derart abschätzend, daß es ihr einen Schreck versetzte. Dann blinzelte er, verdrängte das leidenschaftliche Feuer, das Willow unter seiner beherrschten Oberfläche brennen fühlen konnte.

»Sollte ich nicht besser lernen, ohne Hilfe aufzusteigen?« fragte sie heiser.

Schwarze Augenbrauen schnellten in die Höhe. Caleb zuckte die Achseln und trat einen Schritt beiseite. »Wie Sie wollen.«

Willow ergriff Zügel und Mähne mit der linken Hand, hob den linken Fuß – weit hinauf – zum Steigbügel und packte mit der rechten Hand den Sattelknauf. Auf halbem Weg nach oben hielt sie plötzlich inne, weil ihr einfiel, daß sie ihr rechtes Bein diesmal über den Rücken des Hengstes schwingen mußte statt über den Sattelknauf. Ein kräftiger Schubs von Calebs Handfläche verhinderte, daß sie das Gleichgewicht verlor und wie ein Ziergegenstand vom Steigbügel herabbaumelte.

»Danke«, murmelte Willow, als sie sich im Sattel zurechtsetzte, hochrot im Gesicht bei der fühlbaren Erinnerung an seine große Hand auf ihrem Po.

»War mir ein Vergnügen«, erklärte Caleb ernst.

Er verbarg sein Lächeln, als Willow den linken Fuß aus dem Steigbügel nahm. Falls er hörte, wie sie heftig nach Luft schnappte, als er seine Hand um ihren Fußknöchel schloß, um ihr Bein von dem Steigbügel wegzuziehen, so zeigte er es jedenfalls nicht. »Ich glaube, ich verlängere den Steigbügelriemen lieber um ein paar Löcher. Ich habe Jessi nie gesehen, aber sie muß ein noch kleinerer Leckerbissen sein als Sie.«

Die verlegene Röte in Willows Wangen verstärkte sich noch um eine Schattierung, als sie an die hautenge Paßform der untersten beiden Schichten ihrer Kleidung dachte. »Ich bin nicht klein«, murmelte sie.

Lächelnd duckte Caleb sich unter Ishmaels Hals, zog Willows rechten Fuß sacht aus dem Steigbügel und verlängerte den Riemen um zwei Löcher, obwohl er sehr gut wußte, daß ein Loch vollauf genügt hätte. Anschließend schob er ihren Fuß wieder mit einer Sorgfalt in den Bügel, die an eine Liebkosung grenzte.

»Stellen Sie sich in den Steigbügeln auf, Mädchen.«

Willow gehorchte.

Caleb ließ seine Hand über das Leder unter ihrem Po gleiten, um den Abstand zwischen Sattel und Frau zu prüfen. Seine Hand hatte nicht genug Platz, um sich ungehindert zu bewegen. Sie bewegte sich jedoch.

Bei Calebs intimer Berührung atmete Willow scharf ein und richtete sich auf Zehenspitzen auf. »Caleb!«

»Ja, ich sehe schon«, erwiderte er betont nüchtern. »Ich muß die Riemen um ein Loch kürzer schnallen. Setzen Sie sich wieder hin.«

Langsam zog Caleb seine Hand zurück und begann, wieder an dem Lederriemen zu hantieren. Willow starrte auf ihn hinunter, konnte jedoch nur die schwarze Krempe seines Huts sehen. Allmählich beruhigte sich ihr Herzschlag, und das Gefühl, völlig atemlos zu sein, schwand. Sie holte zitternd Luft und bemühte sich, den atemberaubenden Augenblick zu vergessen, als sie seine große Hand zwischen ihre Schenkel hatte gleiten fühlen und eine Woge höchst beunruhigender Gefühle in ihrem Körper aufgestiegen war.

Es war unmöglich, derartige Empfindungen zu vergessen.

»Stellen Sie sich noch mal auf.«

»Ich bin sicher, die Steigbügel sind jetzt in O-Ordnung«, sagte sie fast verzweifelt.

Ihre gedämpfte, bebende Stimme wirkte auf Caleb ebenso erregend, wie ihn der Druck ihres strammen kleinen Pos gegen seine Handfläche erregt hatte. Er sehnte sich danach, Willow noch einmal zu fühlen, seine Hand um ihre Weiblichkeit zu schmiegen und sie zu streicheln, bis sie vor Lust aufstöhnte.

Aber Willow bat ihn nicht darum, sie zu liebkosen. Sie bat ihn, sie *nicht* zu berühren.

»Ganz wie Sie meinen, feine Lady«, erwiderte er brüsk und wandte sich ab. »Aber jammern Sie mir nur nichts vor, wenn Ihre zarte Kehrseite Striemen bekommt, weil die Steigbügel nicht die richtige Länge haben.«

Bevor Willow eine passende Antwort einfallen konnte, hatte Caleb sich mit einer raschen, fast heftigen Bewegung auf Deuces Rücken geschwungen und den großen schwarzen Wallach auf der Hinterhand herumgezogen.

Sie folgten der Schlucht direkt nach Westen, bis die Öffnung zu schmal wurde. Es herrschte bereits völlige Dunkelheit, als sie aus der Senke herausritten. Ein heller, silbriger Mond glänzte am Himmel, nur gelegentlich von Wolken verschleiert, die der Wind vor sich hertrieb.

Willow konnte zwischen den Wolken gerade so viel von den Sternenkonstellationen sehen, um zu erkennen, daß Caleb jetzt eher Richtung Westen strebte statt nach Süden, wie er es bei ihrem Aufbruch aus Denver getan hatte. Sie richtete sich in den Steigbügeln auf und spähte nach vorn, um einen Blick auf die massiven steinernen Wälle der Rockies zu erhaschen, die sie bisher noch nie vollständig vom Fuß bis zum Gipfel gesehen hatte. Dunkelheit und Wolken machten ihre Absicht zunichte.

Ishmael holte zu schnellem Handgalopp aus und folgte den Pferden vor ihm, als Caleb sie in den Schutz einer weiteren flachen Schlucht führte. Willow paßte sich mühelos der neuen Gangart an. Im Herrensitz zu reiten, war eine Erleichterung für sie, besonders wenn Ishmael im Schritt ging oder steile Abhänge hinauf- oder hinunterklettern mußte.

Nach den ersten paar Stunden war Willow in der Lage, das Gleichgewicht zu halten, so als wäre sie schon immer im Herrensattel geritten. In einem Punkt hatte Caleb jedoch recht gehabt. Der Sattel war tatsächlich härter als Willows Hinterteil.

Plötzlich kam Calebs Pferd aus der Finsternis auf sie zu. Als die Pferde Seite an Seite standen, beugte Caleb sich vor, bis seine Lippen so dicht an Willows Wange waren, daß sie seinen warmen Atem über ihre Haut streifen fühlte.

»Ich rieche ein Lagerfeuer weiter voraus«, flüsterte er. »Ich werde einen Weg um die Schlucht herum auskundschaften. Halten Sie Trey so lange, bis ich zurück bin. Und passen Sie auf, daß Ishmael nicht laut zu wiehern anfängt, wenn er andere Pferde wittert.«

Nachdem Caleb ihr die Führungsleine des Packpferdes in die Hand gedrückt hatte, verschwand er lautlos in der Dunkelheit.

Willow wartete mit wachsender Unsicherheit und Beklommenheit, fühlte, wie die Minuten so langsam dahinschmolzen wie Eis an einem kühlen Frühlingstag. Gerade als sie überzeugt war, es müßte etwas passiert sein, tauchte Caleb vor ihr auf, so leise und unhörbar wie die Nacht selbst. Schweigend bedeutete er ihr, ihm zu folgen, und sie ritten den Weg zurück durch die Senke, den sie gekommen waren. Nach ungefähr hundert Metern zog Caleb sein Pferd an den Zügeln herum und hielt neben Willow an.

»Ärger?« fragte sie leise.

Seine Hand schoß vor und zog Willow noch näher zu sich heran. Als er antwortete, war seine Stimme kaum mehr als die Andeutung eines Flüsterns, das man schon einen halben Meter weiter entfernt nicht mehr hätte hören können.

»Zwei Männer mit schmutzigen Kleidern, sauberen Gewehren und schnellen Pferden. Sie haben herumgeprahlt, was sie mit all dem Geld anfangen werden, das ihnen der Verkauf Ihrer verfluchten Rassepferde einbringt.«

Einer der Männer hatte sich auch laut Gedanken darüber gemacht, ob Willow es wert wäre, auf eine andere Art geritten zu werden, doch das behielt Caleb für sich. Alles, was ihn davon abgehalten hatte, auf den Mann zu schießen, war die Tatsache, daß Schüsse weithin zu hören waren, und es konnte durchaus sein, daß noch andere Revolverhelden in der Nähe kampierten.

»Gehören sie zu Slaters Bande?« erkundigte Willow sich.

»Das bezweifle ich. Es waren Männer aus dem Norden. Slater ist durch und durch Südstaatler.« Caleb horchte einen Moment angestrengt, bevor er fortfuhr. »Ein paar hundert Meter weiter befindet sich noch eine Senke. Wir werden absteigen müssen, damit sich unsere Silhouetten nicht gegen den Himmel abzeichnen. Können Sie im Dunkeln gehen, ohne über Schatten zu stolpern? Es bläst kein Wind, der etwaige Geräusche überdecken könnte.«

»Ich habe mich an mehr als einem Soldaten vorbeigeschlichen«, erklärte Willow. »Einmal bin ich geschnappt worden. Ich habe mich danach nie wieder schnappen lassen.«

Caleb dachte an das, was einem Mädchen passieren konnte, das Soldaten in die Hände fiel, und fühlte kalte Wut in seiner Magengrube aufsteigen. Er fragte sich, ob das der Grund war, weshalb Willow Renos Geliebte geworden war – hatte ein Mädchen seine Unschuld einmal verloren, ganz gleich, auf welche Weise, dann war und blieb dieser Verlust unwiderruflich. Und nach dem ersten Mal war es für einen Mann unmöglich zu wissen, wie viele Männer es vor ihm gegeben hatte, also konnte ein Mädchen auch ebensogut das Beste aus einer schlimmen Situation machen. Mehr als eine Witwe hatte es so gemacht.

Mit einer flinken Bewegung streifte Caleb sich den Tragriemen seines Gewehrs über den Kopf und hängte es Willow um, so daß der Lauf der Waffe nach unten zeigte. Ein einziger Handgriff würde genügen, um das Gewehr in Schußposition zu bringen.

»Es ist geladen«, erklärte er knapp. »Sollte Ihnen ein Mann auf den Pelz rücken, pusten Sie ihn geradewegs in die Hölle. Haben Sie verstanden?«

»Ja«, murmelte Willow nur verängstigt.

Ein flüsterndes Geräusch ertönte, als Caleb sein Holster aufknöpfte und den Revolver ein paarmal probeweise aus dem Futteral heraus- und wieder hineingleiten ließ, um sicherzugehen, daß er nicht hängenblieb, falls er schnell ziehen mußte.

Dann drückte er Deuce die Fersen in die Seiten und hielt auf eine Stelle zu, die sich als schmaler Schatten in der mondbeschienenen Landschaft zeigte. Im Schrittempo, eine Hand am Revolverschaft, die Augen wachsam auf den Weg vor ihnen gerichtet, führte Caleb seinen kleinen Trupp durch die Dunkelheit. Hinter ihm stieg das Getrappel von sechs anderen Pferden in die stille Nachtluft auf. Eine leichte Brise wehte, aber sie reichte nicht annähernd aus, um das Stampfen so vieler Hufe auf den Boden zu übertönen.

Als versuchte man, die Morgenröte an der Nacht vorbeizuschmuggeln, dachte Caleb grimmig.

Er warf einen mißmutigen Blick zum Himmel hinauf. Die Wolken ballten sich nicht dichter zusammen; der Mond wurde nicht blasser. Und die Bodensenke, in die sie hinabritten, war schmal und kaum eineinhalb Meter tief.

Als Caleb abstieg, zog er sein Repetiergewehr aus dem Futteral. Das Gewehr in der linken Hand haltend, schritt er geräuschlos vorwärts. Deuce folgte ihm ohne Aufforderung. Da die Stuten zusammengebunden waren, mußten sie so dicht nebeneinandergehen, daß sie fast übereinander stolperten. Es war unvermeidlich, daß sie auf diese Weise mehr Geräusche machten als ein einzeln laufendes Pferd.

Willow kam es vor, als wäre die halbe Nacht verstrichen, bevor Caleb die unzulängliche Deckung verließ und zurückkehrte, um sie auf Ishmaels Rücken zu heben.

»Möchten Sie das Gewehr behalten?« fragte er mit gedämpfter Stimme.

»Ja, bitte. Wenn es Ihnen nichts ausmacht...«

»Ich hole das Futteral.«

Wenige Minuten später führte Caleb die Pferde in schnellem Schritt in nördlicher Richtung weiter. Kaum waren sie außer Hörweite der beiden Männer, da berührte Caleb Deuce mit seinen Sporen und ließ ihn galoppieren. Er behielt das Tempo bei, solange das Gelände und die Beleuchtung es gestatteten. Als sich eine dicke Wolkenschicht vor den Mond schob, fiel Deuce in Trab zurück. Nur wenn das Land steil anstieg, gestattete Caleb ein etwas langsameres Tempo.

Nicht ein einziges Mal saß er ab, um den Pferden eine Ruhepause zu gönnen. Bevor der Morgen graute, wollte Caleb soviel Land wie möglich zwischen Willow und die beiden Männer legen, die müßig an ihrem kleinen Feuer gehockt und mit Sinnen, geschärft vom jahrelangen Leben außerhalb des Gesetzes, auf die Geräusche der Nacht gelauscht hatten.

Während sich die dunklen Stunden der Nacht scheinbar endlos lange dahinzogen, klammerte Willow sich müde und benommen an den Sattel, hielt sich mit Hilfe von Sattelknauf und Steigbügeln im Gleichgewicht, versuchte, Ishmael die Strapaze zu erleichtern, indem sie sich mit ihm bewegte statt gegen ihn. Die ersten schwachen Anzeichen der Morgendämmerung waren niemals willkommener gewesen. Eifrig beobachtete Willow jeden Hinweis auf die bevorstehende Morgendämmerung.

Als Caleb den ausgetretenen Pfad verließ und sie an einen kleinen Bach führte, stöhnte Willow beinahe vor Wohlbehagen bei dem Gedanken an warmes Essen und eine Möglichkeit, sich der Länge nach auf dem Boden auszustrecken. Fast schwerfällig stieg sie aus dem Sattel und lehnte sich danach einen Augenblick erschöpft gegen ihren geduldigen Hengst, bevor sie langsam in ein nahegelegenes Dickicht verschwand.

Caleb sah die Steifheit von Willows Bewegungen und dachte daran, länger als die wenigen Minuten Rast zu machen, die er eingeplant hatte. Dann erinnerte er sich an die muskulösen, temperamentvollen Pferde, die neben dem Lagerfeuer der Banditen angepflockt gewesen waren, und er wußte, er durfte das Risiko nicht eingehen. Jene Pferde hatten eine breite, kräftige Brust und lange Beine und waren in hervorragendem Zustand, fähig, den ganzen Tag zu laufen. Seine eigenen Pferde hatten Tage harten, anstrengenden Ritts hinter sich.

Nachdem Caleb Willows Sattel auf eine der Fuchsstuten gelegt hatte, lud er die Ausrüstung von seinen eigenen großen Pferden ab und vertauschte Reitsattel gegen Packsattel. Bis

Willow aus dem Gebüsch zurückkehrte, war er bereit, erneut loszureiten. Als sie begriff, daß sie nach einem langen, die ganze Nacht dauernden Ritt nicht kampieren würden, mußte sie sich auf die Lippen beißen, um ihren Protest zu ersticken.

Willows erste Anstrengung, aufzusitzen, scheiterte. Bevor sie es noch einmal versuchen konnte, hatte Caleb sie in den Sattel gehoben.

»Für uns besteht nur dann Hoffnung, den beiden Männern zu entkommen, wenn wir mehr Stunden im Sattel verbringen als sie«, erklärte er, als er sein eigenes Pferd bestieg.

»Glauben Sie, sie haben uns gehört?« wollte Willow wissen.

Er blickte eindringlich in ihre haselnußbraunen Augen, versuchte, ihre Kraft abzuschätzen. Das schwache Morgenlicht zeigte die dunklen Ringe unter ihren Augen, stumme Zeugen ihrer Erschöpfung.

»Mit zwei Pferden hätten wir es vielleicht geschafft, uns an dem Lagerplatz vorbeizuschleichen. Möglicherweise auch noch mit dreien«, erwiderte Caleb schließlich. »Aber mit sieben? Nicht die geringste Chance. Sobald der Morgen graut, werden die Männer nach unseren Spuren Ausschau halten. Sollte sie nicht mehr als zehn Minuten kosten, sie zu finden. Der Boden ist feucht, genau richtig, um Hufabdrücke zu halten. Sieben Pferde hinterlassen eine Fährte, der selbst ein blindes Greenhorn folgen könnte. Und diese Männer sind keine Greenhorns. Sie werden uns mühelos aufstöbern, wenn sie ein ordentliches Tempo vorlegen.«

Willow betrachtete ihre Pferde und wußte augenblicklich, was Caleb nicht sagte. Ohne die Araber hätten sie eine wesentlich bessere Chance, ihren Verfolgern zu entkommen. Zusätzliche Pferde mitzuführen verlangsamte nicht nur das Tempo, sondern hinterließ auch auffällige Spuren im Gelände.

»Unsere einzige Chance, einen Vorsprung zu behalten vor jedem, der uns auf den Fersen ist«, fuhr Caleb fort, »ist zu reiten und immer weiterzureiten und zu beten, daß ein kräftiges Unwetter aufkommt, um unsere Spuren zu verwischen.«

Er verlagerte sein Gewicht im Sattel, griff hinter sich in die Satteltasche und zog ein dunkles Halstuch hervor, in das die Reste ihrer letzten Mahlzeit eingebunden waren. »Hier, das ist von unseren Brötchen und dem gebratenen Speck übriggeblieben«, sagte er und warf ihr das zusammengeknotete Tuch in den Schoß. »Essen Sie, wenn sich die Chance bietet. In der Feldflasche an Ihrem Sattel ist frisches Wasser.«

»Und was essen Sie?«

»Das gleiche, was Sie essen werden, wenn die Reste da vertilgt sind. Kaltes Rauchfleisch.«

Bevor Willow noch etwas sagen konnte, drückte Caleb seinem Pferd die Sporen in die Seiten und galoppierte davon.

Die Verwandlung von Nacht in Tag ging so allmählich vonstatten, daß Willow nicht sicher sein konnte, wann das eine endete und das andere begann. Die Wolken hatten sich in einem Ausmaß verdichtet, daß die Sonne nur als matte Scheibe durchschimmerte und ihre Strahlen keine Schatten warfen. Von den Bergen war nichts weiter zu sehen als flache, mit Kiefern bewachsene Kämme, Ausläufer des gewaltigen Felsmassivs; die Gipfel trugen dicke Wolkenkappen.

Das Land stieg mehr und mehr an, die Wolkendecke senkte sich immer tiefer, bis der Abstand zwischen den Pferden und den Nebelschleiern am Himmel nicht mehr als einige hundert Meter betrug. Regen fiel gelegentlich, aber niemals ausreichend, um die Hufspuren von sieben Pferden auszulöschen, während sie sich höher und höher in die erste Bergkette der Rocky Mountains hinaufarbeiteten.

Bäume wuchsen nun häufiger auf den Hängen. Dies waren nicht die Pyramidenpappeln, die Willow überall verstreut entlang der Flußläufe hatte wachsen sehen, sondern Eiben, die ihre eleganten Arme in einen grauen Himmel reckten, der fast zum Berühren nahe schien. Die Hufspuren, die die Pferde unter den Bäumen hinterließen, würden weniger leicht zu verfolgen sein. Die Erkenntnis tröstete Willow, wenn auch nicht sehr.

Für Caleb war sie offensichtlich überhaupt kein Trost, denn er behielt ein hartes Tempo bei und ließ die Pferde trotz des steilen Geländeanstiegs nur selten ausruhen. Dicke, jahrhundertealte Schichten von Kiefernnadeln dämpften den Aufprall von Pferdehufen auf den Boden, erzeugten eine Stille, die der vorbeiziehenden Pferdekolonne fast etwas Gespenstisches verlieh. Abgesehen vom Knirschen der Sättel und dem gelegentlichen Schnauben eines Pferdes war das einzige Geräusch ein entferntes, sporadisches Grollen, das Donner oder auch das Rauschen eines Wasserfalls hätte sein können, von einem unberechenbaren Wind davongetragen.

Und einmal war Willow überzeugt, Gewehrschüsse zu hören.

Als das Land anstieg, wurde die Luft kälter und bewegter. Der Wind verstärkte sich zu einem ständigen Heulen. Willow zog den Kinnriemen ihres Huts fester und kauerte sich tiefer in den Sattel, um sich gegen die Kälte zu schützen. Durch die Bäume erhaschte sie einen Blick auf Land, das steil in die Tiefe fiel. Die Pferde atmeten jetzt schwer, das unwegige Gelände kostete sie selbst im Schritt große Anstrengung. Schließlich hatten sie die Schulter eines Berges erklommen, dessen obere Hälfte von Schleiern von Nebel und Regen verhüllt war.

Caleb zog ein glänzendes Fernglas aus Messing aus einer seiner Satteltaschen und schaute den Weg zurück, den sie gekommen waren. Willow dirigierte Ishmael neben Calebs Pferd. Sie schnappte vor Überraschung nach Luft, als sie sah, wie weit man ihren Weg von diesem Aussichtspunkt aus zurückverfolgen konnte. Das Land war so leer wie der Wind. Kein Rauch stieg aus bewaldeten Gebieten auf. Keine Karrenpfade oder deutlich sichtbare Wege führten durch die Wiesen. Keine Häuser oder bestellte Äcker. Keine Baumstämme oder Stümpfe, die das Zeichen einer Stahlaxt trugen.

»Was ist das?« fragte sie schließlich, als sie einen dunklen Streifen über hellerem Wiesengras bemerkte, ungefähr dreihundert Meter unter ihnen.

»Dort haben sieben Pferde das Gras platt getrampelt«, erklärte Caleb grimmig. »Selbst wenn die beiden Revolverhelden miserabel im Fährtenlesen sind, werden sie unsere Spuren auf jeder Wiese finden, die wir durchqueren mußten. Wir können verdammt von Glück reden, wenn wir es schaffen, auch den Ute aus dem Weg zu gehen. Gewöhnlich habe ich keine Schwierigkeiten mit ihnen, aber gewöhnlich ziehe ich auch nicht ein fürstliches Lösegeld in Form von Pferden hinter mir her.«

»Ich wußte ja nicht...«, begann Willow und hielt bestürzt inne. Keine ihrer bisherigen Erfahrungen hatte sie auf ein Land vorbereitet, so wenig bereist, daß Fußspuren wie Signalfeuer brannten, bis schwere Regenfälle sie auslöschten.

Caleb setzte sein Fernglas gerade lange genug ab, um das besorgte Gesicht der jungen Frau zu mustern, die so dicht neben ihm stand, daß er ihr langsames Ein- und Ausatmen hören konnte. Im düsteren Licht des Morgens schimmerten ihre Augen fast silbern, mit nur einer Andeutung der warmen Sprenkel von Gold und hellem Blaugrün, die sich sonst darin fanden. Ihre Lippen hatten eine zart rosige Tönung, dieselbe Schattierung von Rosa, die der Wind auf ihre Wangen gezaubert hatte, und ihre Zöpfe waren von der Farbe der Sonne, die jetzt hinter Wolken verborgen war. Caleb fragte sich, wie es sich wohl anfühlen mochte, wenn Willows seidiges Haar über seine nackte Haut streifte.

Mit einem stummen Fluch über seine wilden, ungebärdigen Sehnsüchte ließ Caleb das Fernglas sinken und trieb sein Pferd erneut vorwärts. Die Route, die er wählte, führte sie hauptsächlich durch Wald, umgebende Wiesen und die saftig grünen, parkähnlichen Lichtungen, die Willow in einem so wilden Land gar nicht erwartet hätte. Um sie herum stieg das Gelände mit jeder Meile immer steiler an. Bäche stürzten weißlich schäumend über Abhänge herab.

Nach einer Weile begann es heftig zu regnen. Zuerst begrüßte Willow die Wolkenbrüche als Mittel, um ihre Spuren zu verwischen, bemerkte jedoch bald, daß der Regen ihr Vorwärtskommen langsamer und schwieriger machte. In einer sanft hügeligen Landschaft durch ein Unwetter zu reiten, war eine Sache. Sich in einer steil ansteigenden Landschaft über schlüpfrigen Felsboden durch Sturm und Regen zu kämpfen, war dagegen eine völlig andere.

Die schwere Wolljacke, die Willow trug, hielt den größten Teil des Wassers ab, aber allmählich wurde sie so naß wie ihre Levis. Wasser tropfte von ihrer Hutkrempe herab auf den Sattel. Tiefhängende Eibenzweige trugen noch das Ihrige zu dem mühseligen Ritt bei, indem sie bei der leichtesten Berührung wahre Sturzbäche von Regentropfen herabsandten.

Von Zeit zu Zeit sah man die gespenstischen, schlanken Stämme von Espen zwischen den dunkelgrünen Eiben. Die Espenblätter waren auf der Vorderseite hellgrün, auf der Unterseite silbergrau und zitterten bei jedem Regentropfen, der sie berührte. Oft wuchsen die Stämme so dicht nebeneinander, daß Caleb die Wäldchen umging, wo immer es ihm möglich war, weil er wußte, das Packpferd und die Stuten würden in den schmalen Zwischenräumen zwischen den Bäumen scheitern.

Ein kalter Wind fegte heulend den Abhang herunter und zerriß die Wolkendecke. Willow nahm kaum Notiz davon, denn der Weg war extrem steil geworden, während sie sich um die Schulter eines Berges herumarbeiteten. Ein ganzes Stück unter ihnen und zur Linken gab es einen Fluß. Zwar war er unsichtbar unter den Regenschleiern, aber Willow war überzeugt, dort unten müsse ein Fluß sein. Die ungeheuren Wassermassen, die den Berg hinunterströmten, garantierten es.

Ohne Warnung teilten sich die Wolken plötzlich. Sonnenlicht ergoß sich über das Land und ließ die unzähligen Regentropfen auf dem Laub der Bäume in allen Farben des Regenbogens funkeln und schillern.

Caleb blickte auf, hatte jedoch wenig Sinn für die unerwartete Schönheit der Landschaft. Er wußte, was als nächstes kam, und er wußte auch, daß Willow dagegen ankämpfen würde.

Aber ihm blieb keine andere Wahl. Er hatte gewußt, daß dieser Augenblick kommen würde, seit Willow sich geweigert hatte, ihre Pferde in dem Mietstall in Denver unterzustellen, und später auch nicht bereit gewesen war, sie in Wolfe Lonetrees Obhut zurückzulassen.

Entschlossen trieb Caleb sein Pferd vorwärts zum Rand einer parkähnlichen Lichtung im Wald. Es gab viele solcher Orte in den Rockies, einige so hoch gelegen, daß dort eher Tundra als Gras wuchs. Während Caleb wartete, daß Willow aufholte, beobachtete er die Umgebung und hielt nach verdächtigen Bewegungen Ausschau. Auf der gegenüberliegenden Seite der Lichtung stand ein Rudel Rehe und beobachtete wiederum ihn. Nach einigen Minuten alarmierten Mißtrauens beruhigten sich die anmutigen Tiere und fuhren fort, am Waldrand zu äsen.

Mit dem saftiggrünen Gras, den in der Sonne wie Diamanten funkelnden Regentropfen im Laub und dem kristallklaren Band von Wasser, das sich quer durch ihre grasbewachsene Mitte schlängelte, war die kleine Waldlichtung so bezaubernd, daß Willow einen verzückten Laut ausstieß, als sie ihr Pferd neben Caleb zügelte. Dann blickte sie von der Wiese zu den Berggipfeln, die endlich frei von Wolken waren, und erstarrte.

Die Berge waren überwältigend. Schneebedeckt, sturmumtost, nackt und kahl in ihrer trostlosen granitenen Höhe, dominierten die Gipfel Himmel und Erde gleichermaßen. Willow hatte in ihrem ganzen Leben noch niemals etwas so Atemberaubendes gesehen.

»Es ist, als sähe man das Angesicht Gottes«, sagte sie mit leicht zitternder Stimme.

Caleb empfand die gleiche Ergriffenheit wie Willow, und seine Emotionen spiegelten sich in seinen Augen wider. Er liebte die Berge auf eine Weise, wie er nichts sonst liebte; es war das innige, tief in seiner Seele verwurzelte Gefühl, zu ihnen zu gehören und sie zu ihm. Aber ebenso tief wie seine Liebe war auch sein Wissen und Verständnis um die Rockies. Die Berge waren für die Menschen etwas ganz Besonderes.

Die Menschen waren nichts Besonderes für die Berge.

Caleb stieg aus dem Sattel und machte sich systematisch daran, die Führungsseile der Stuten um ihre Hälse zu binden und sie so von dem unaufhörlichen Zerren an ihrem Kopfgeschirr zu befreien.

»Hat Ishmael eine Lieblingsstute?« fragte er.

»Dove. Die Fuchsstute, die Sie geführt haben.«

»Steigen Sie ab. Ich werde sie für Sie satteln, es sei denn, Sie glauben, Ishmael wird uns gar nicht mehr folgen, wenn er nicht angeleint ist.«

»Ich verstehe nicht.«

»Ich weiß.« Caleb preßte die Lippen zu einem schmalen Strich zusammen. Was er tun würde, gefiel ihm ganz und gar nicht, aber das änderte nichts an der Sache. Es mußte einfach getan werden. »Ihre Araber sind zäh und flink und gut abgerichtet. Jetzt werden wir herausfinden, ob sie auch klug sind. Wenn sie's sind, werden sie uns ohne Führungsseil folgen, egal, wie erschöpft sie sind oder wie beschwerlich der Treck wird. Wenn sie nicht klug sind...« Er zuckte die Achseln. »Dann kann man eben nichts daran ändern. Ich werde für kein Pferd der Welt unser beider Leben aufs Spiel setzen, und wenn es noch so edle Tiere sind.«

»Das Unwetter hat doch sicher unsere Spuren ausgelöscht«, sagte Willow eindringlich. »Wir werden auch weiterhin unseren Vorsprung vor den Banditen halten können, es sei denn, sie kennen die Gegend so gut wie Sie.«

»Ich bezweifle, daß sie sich so gut auskennen, aber ob sie die hohen, wenig benutzten Pässe kennen oder nicht, spielt keine Rolle.«

»Was?«

»Es spielt keine Rolle«, erwiderte Caleb kategorisch. »Von jetzt an werden wir die Pferde nicht mehr führen. Es ist zu gefährlich. Von hier ab wird der Weg nämlich verdammt hart.«

»*Wird* hart?« wiederholte Willow ungläubig und entsetzt zugleich.

»Ganz richtig, Südstaatenlady.« Er fixierte sie mit grimmigen, goldenen Augen. »Was wir bisher bewältigt haben, waren ein paar kleine Buckel in der Landschaft, verstreut zwischen Tälern und Parks. Nicht der Rede wert. Ein Pferd kann den Halt unter den Hufen verlieren, in die Knie gehen, sich ein bißchen das Fell abwetzen, wieder auf die Beine kommen und seinen Weg fortsetzen.«

Caleb nahm seinen Hut ab und fuhr sich mit den Fingern durchs Haar. »Wo wir jetzt hingehen, herrschen völlig andere Verhältnisse. Dort oben kann Sie jeder Ausrutscher das Leben kosten. Es gibt Stellen, wo man beim Abstürzen eine ganze Weile schreien könnte, bevor man unsanft landet.«

Willow wandte sich ab und betrachtete schweigend ihre Pferde. Die ungewohnte Höhe und der tagelange harte Ritt hatten bei allen Tieren ihre Spuren hinterlassen. Sie waren magerer geworden, weniger wachsam, und sie grasten hungrig auf jedem Fleckchen Gras in ihrer Reichweite. Die Araber waren stark und willig, aber sie waren völlig zermürbt. Auch Willow fühlte sich am Ende ihrer Kräfte, obwohl sie wenig mehr getan hatte, als sich am Sattelknauf festzuhalten.

Schweigend blickte Willow zurück auf den Park und die steilen, majestätischen Gipfel, die den Himmel verdeckten, ganz gleich, in welche Richtung sie sich wandte.

»Gibt es wirklich einen Weg durch die Berge?« flüsterte sie.

»Ja. Von unserem Standort aus ist er nicht zu erkennen, aber es gibt ihn dennoch. Die Route zu finden ist kein Problem. Das Problem besteht darin, dort oben hinaufzukommen, bevor die beiden Revolverhelden über uns herfallen.«

Große haselnußbraune Augen forschten in Calebs Gesicht. »Glauben Sie nicht, daß der Regen unsere Spuren getilgt hat?«

»Vielleicht. Vielleicht auch nicht. Hängt davon ab, wie gut die beiden im Fährtenlesen sind. Ich möchte lieber nicht Ihr Leben darauf verwetten.«

Willow schloß die Augen, versuchte, sich nicht anmerken zu lassen, wie schwer es ihr fiel, die Fassung zu bewahren. Sie hätte mit Caleb gestritten, doch sie wußte, es hatte keinen Sinn. Sie hatte sich geweigert, ihre Pferde zurückzulassen. Jetzt mußte sie mit den Konsequenzen ihrer Weigerung leben.

Zumindest gab es in dieser Gegend natürliche Nahrung in Hülle und Fülle. Selbst wenn die Araber ohne Führungsleine nicht folgen würden, brauchten sie nicht zu verhungern. Sie und Matt konnten später zurückkommen und sie holen.

An diesen mageren Trost klammerte Willow sich, als sie sich von Ishmaels Rücken schwang. »Ich werde Dove holen.«

Caleb beobachtete unter seiner Hutkrempe hervor, wie Willow zu ihren Stuten ging, die Tiere nacheinander berührte und liebkosend mit der Hand über ihr warmes, geschmeidiges Fell strich, während sie mit leiser Stimme zu ihnen sprach. Er hatte angenommen, Willow würde über seine Anordnung in Wut geraten, aber sie hatte kein Wort geäußert. Sie hatte nur die Gipfel betrachtet, danach ihn angeschaut mit einem Blick, der ihm einen schmerzlichen Stich versetzte, dann war sie von ihrem Hengst abgestiegen und hatte sich darangemacht, das zu tun, was getan werden mußte.

Caleb brauchte nur einen Moment, um Ishmael den Sattel abzunehmen und ihn auf Doves Rücken zu legen. Trotz der Höhe und des langen, beschwerlichen Wegs hatte die Stute noch genug Energie, um spielerisch an Calebs Jackenärmel zu knabbern. Er lächelte und schob das weiche Maul weg, nur um es gleich darauf wieder an seinem Ärmel zu fühlen. Während er den Sattelgurt festzog, schnüffelte Dove an dem dichten, flauschigen Pelz, mit dem seine Schaffelljacke verbrämt war.

»Du bist wie deine Herrin«, murmelte er und streichelte die samtigen Nüstern der Stute. »Klein, aber mutig.«

»Ich bin nicht klein«, erwiderte Willow hinter Calebs Rükken.

Er fuhr herum, umfing ihr Kinn mit einer Hand und hob ihr Gesicht sanft zu sich empor. »Falls Ishmael nicht folgen wird, wollen Sie dann lieber ihn statt Dove reiten?«

Willow wußte, was Caleb fragte, ohne es in Worte zu fassen:

Wenn die Pferde nicht mitkamen, welches wollte sie dann retten?

Sie schloß die Augen. Einen Moment lang zuckten ihre langen, geschwungenen Wimpern auf ihren Wangen, während sie die Tränen zurückzudrängen versuchte, die hinter ihren Lidern brannten.

»Ich… ja«, erklärte Willow rauh und drehte den Kopf weg, ohne Calebs Blick zu begegnen. »Ishmael.«

»Es wäre sicher besser so«, stimmte auch Caleb zu. »Es gibt hier in der Gegend wilde Pferde. Die Stuten werden nicht lange allein bleiben. Irgendein Hengst wird seine Herde hierher zum Grasen führen. Er wird sich um Ihre Stuten kümmern und sie beschützen. Ishmael würde es versuchen, aber er ist auf der Koppel aufgewachsen. Er weiß nichts von Hochgebirgsschnee und Berglöwen.«

Willow nickte nur stumm.

Caleb verschränkte seine Hände, um ihr beim Aufsitzen behilflich zu sein. »Es wird Zeit. Wir müssen weiter.«

Willow wollte ihm sagen, daß sie ohne seine Hilfe aufsteigen konnte, aber die Worte hätten sie zuviel Anstrengung gekostet. Sie stellte ihren Fuß in seine Hände und fand sich blitzschnell im Sattel wieder.

Die Lichtung lag schon ein ganzes Stück hinter ihnen, bevor Caleb bei einem kleinen Bach anhielt und zurückblickte, um zu sehen, wie gut die Araber folgten. Seine Lippen verzogen sich zu einem schmalen Strich, als er feststellte, daß Willow als sechste in der Reihe ritt, um die frei laufenden Stuten zwischen sich und dem Packpferd zu halten, während Ishmael das Schlußlicht bildete.

Caleb mußte insgeheim zugeben, daß die Stuten recht willig folgten, aber das machte ihm Willows Position so weit hinten in der Reihe nicht sympathischer. Ishmaels überraschende Verwandlung nahm ihm jedoch etwas von seiner Besorgnis. Es war eine gute Idee gewesen, dem Hengst das Führungsseil abzunehmen. Er trabte jetzt wie auf Sprungfedern dahin, tänzelte nach rechts und links, wenn der Pfad es erlaubte, hob alle paar Minuten witternd den Kopf und benahm sich ganz allgemein wie ein wilder Hengst, der ein wachsames Auge auf seine Herde hat. Falls eine der Stuten auf die Idee kam, ein bißchen zu trödeln, so verging ihr die Lust dazu augenblicklich, wenn Ishmael warnend die Ohren anlegte und Anstalten machte, die Nachzüglerin in die Kehrseite zu zwicken.

Als die Stuten Caleb eingeholt hatten, reihten sie sich neben seinem Wallach am Bachufer auf und tranken durstig. Er zog kalten Speck aus seiner Satteltasche und reichte ihn Willow.

»Wenn wir von hier aufbrechen, reiten Sie unmittelbar hinter mir«, befahl Caleb. »Die Männer, die uns verfolgen, könnten uns jederzeit bis Sonnenuntergang einholen.«

Willow kaute nervös auf ihrer Unterlippe und blickte auf die Stuten.

»Keine Sorge«, versicherte Caleb. »Ihr rotbrauner Hengst wird die Stuten zusammenhalten. Wirklich ein Teufelskerl von einem Pferd. Jedes andere Flachlandpferd hätte nach den Strapazen der letzten Tage längst schlappgemacht. Nicht der Bursche da drüben. Er hat immer noch Feuer in den Augen und Donner in den Hufen. Müßte interessant sein, ihn mit einer meiner Montana-Stuten zu paaren und zu sehen, wie das Ergebnis ist.«

Willow musterte Deuce und Trey. Ein kleines Lächeln spielte um ihre Lippen. »Äh, ich weiß nicht, wie ich es Ihnen beibringen soll, Caleb, aber Ihre Montana-Pferde sind Wallache, keine Stuten.«

Caleb warf ihr einen ungläubigen Blick zu, dann lachte er herzhaft. Willows Sinn für Humor kam für ihn ebenso überraschend wie der unverwüstliche Kampfgeist der Araber. Er beugte sich im Sattel vor und zog spielerisch an einem ihrer goldenen Zöpfe.

»Woher kennen Sie den Unterschied?« fragte er grinsend. »Los, heraus mit der Sprache, Honey.«

Willow lachte und errötete gleichzeitig.

Der Klang ihres weichen Lachens vermischte sich mit dem Murmeln des Bachs und dem Seufzen des Windes, wurde Teil der Schönheit dieses wilden Landes. Ein seltsames Gefühl stieg in Calebs Brust auf, ganz ähnlich der Rührung, die er empfunden hatte, als er das erste Mal die Gipfel der Rockies aus der Ferne erblickt und sofort gewußt hatte, daß er dazu geboren war, zwischen diesen ehrfurchtgebietenden Bergen zu leben.

Langsam gab Caleb Willows schimmernden goldenen Zopf frei, ließ ihn zwischen seinen Fingern hindurchgleiten und wünschte sich, er hätte seine Handschuhe ausgezogen, um die seidige Beschaffenheit ihrer Haare fühlen zu können. Als er erneut sprach, klang seine Stimme tief, fast grollend.

»Falls Sie zurückfallen bei dem Versuch, Ihre Stuten hinter mir herzutreiben, komme ich und hole Sie. Und dann werden Sie mir dafür büßen.«

Bevor Willow antworten konnte, drückte Caleb seinem großen Wallach die Sporen in die Flanken und strebte in flottem Galopp über die Wiese.

Am anderen Ende der Lichtung stieg das Land erneut steil an und zwang die Pferde zu klettern, bis Willow überzeugt war, ihr Kopf müsse an die Wolken stoßen. Sie kamen jetzt nur noch im Schritt weiter. Willow ertappte sich dabei, wie sie alle paar Minuten unsicher über ihre Schulter zurückspähte, in der Erwartung, Reiter auf dunklen Pferden hinter sich auftauchen zu sehen.

Es wurde Mittag, doch sie ritten ohne Unterbrechung weiter. Die Bergschulter, die sie hinaufkletterten, war so steil, daß Caleb die Steigung in langen Zickzacklinien nahm. Selbst die Montana-Pferde atmeten jetzt schwer und machten nur kleine Schritte, weil ihre Hufe auf Geröll und feuchten Kiefernnadeln keinen rechten Halt fanden. Bodenfalten in der Landschaft wiesen winzige, schäumende Bäche auf, verkümmerte Weiden und Espen, so schlank und geschmeidig, daß sie wie blasse, grüne Flammen auf weißen Dochten aussahen.

Falls irgendwo weiter voraus ein Paß war, so konnte Willow jedenfalls kein Anzeichen dafür entdecken. Der Berg, dessen Flanke sie bezwangen, reckte sich höher und immer höher hinauf, bis sein Gipfel in Dunstschleiern verschwand. Die Steilwand des Berges war von Geröllawinen bedeckt, an deren Rändern dunkles, niedriges Buschwerk und Espensämlinge wuchsen. Ein Stückchen dahinter und noch unterhalb der Wolkendecke ragten weitere Gipfel auf, ordentlich aneinandergereiht wie Karten in der Hand eines Glücksspielers.

Es gab keine ebenen Flächen, keine einladenden Täler oder Wasserscheiden, die sich zwischen massiven Felsformationen hindurchwanden, keinen sichtbaren Einschnitt in den mächtigen steinernen Wällen. Immer häufiger führte sie die Route, die Caleb einschlug, über mit Felsbrocken übersätes Gelände, so unfruchtbar, daß nur noch Unkraut gedieh, magere Pflänzchen, die ihre hellrosafarbenen Spitzen in den bewölkten Himmel reckten. Schließlich gab es nur noch Fels; nichts als zerklüfteter Stein und ein Stück weiter voraus ein einziges Grüppchen dunkler Fichten und blasser Espen, die in einer geschützten Bodenspalte wuchsen.

Mitleidig beobachtete Willow, wie Dove unter ihrem Gewicht mühsam nach Atem rang. Zum hundertsten Mal unterdrückte Willow ihr Bedürfnis, eine Verschnaufpause von Caleb zu verlangen, bis Dove wieder normal atmete.

Caleb ist kein grausamer Mann. Er sieht ja selbst, wie erschöpft Dove von der endlosen Kletterei ist. Wenn er es für ungefährlich hielte, Rast zu machen, würde er anhalten.

Willow wiederholte sich diese Worte wieder und wieder während der nächsten Stunde, denn so lange brauchten die Pferde, um den steilen Pfad bis hinauf zu der kleinen Baumgruppe zwischen den Felsen zu bezwingen. Sobald Caleb das Wäldchen erreicht hatte, stieg er aus dem Sattel, zog sich die Stiefel von den Füßen und schlüpfte statt dessen in kniehohe Mokassins.

Bis Dove die anderen eingeholt hatte, hatte Caleb bereits sein

Repetiergewehr aus dem Futteral gezogen und prüfte den Schußmechanismus, um sicherzugehen, daß während des Ritts keine Feuchtigkeit eingedrungen war. Seine Handschuhe steckten in seiner Jackentasche. Trotz der kalten Luft bewegten sich seine Finger beim Inspizieren des Gewehrs schnell und sicher. Als er aufblickte, vermittelte der Ausdruck seiner Augen ebensowenig Trost wie der kalte Glanz des Gewehrlaufs.

»Wie reagieren Ihre Pferde auf Schüsse?« erkundigte er sich.

»Sie sind durch den Krieg an Geschützfeuer gewöhnt. Machen wir jetzt endlich Rast?«

»Wir haben keine andere Wahl. Wir haben eine halbe Stunde gebraucht, um vier Kilometer zurückzulegen und zweihundert Meter an Höhe zu gewinnen. Und wir müssen noch vierhundert Meter höher hinauf. Ohne Ruhepause werden Ihre Stuten es überhaupt nicht mehr schaffen.«

Willow widersprach ihm nicht.

»Ich will den Weg überwachen, den wir gekommen sind«, fuhr Caleb fort. »Ich rate Ihnen, sich in der Zwischenzeit auch etwas auszuruhen. Sie sehen aus, als könnte ein Windstoß Sie umpusten.«

Er marschierte davon, bewegte sich geräuschlos und ohne zu zögern über den lockeren Schotterboden, denn durch die weichen Sohlen seiner Mokassins konnte er bei jedem Schritt prüfen, ob der Boden sicher war, bevor er ihm sein Gewicht anvertraute. Er ging weiter, bis er eine niedrige Anhäufung von Felsblöcken erreichte, die ihn vor Blicken schützen würde und ihm gleichzeitig freies Schußfeld über die offenen Abschnitte des Pfades darunter gab. Caleb kauerte sich hinter die Felsen, schob das Repetiergewehr in einen Spalt zwischen zwei Felsblöcken und suchte dann über den Gewehrlauf hinweg die Landschaft ab.

Fünfzehn Minuten verstrichen, bevor er Willows leise Stimme hörte.

»Caleb? Wo sind Sie?«

»Hier drüben«, erwiderte er.

Willow kletterte zwischen die Felsblöcke, nur um festzustellen, daß in dem steinernen Nest nur sehr wenig Platz war. Calebs breite Schultern füllten die Lücke fast vollständig aus.

»Warum ruhen Sie sich nicht aus?« wollte er wissen.

»Ich dachte, Sie wären vielleicht durstig.« Außer Atem trotz des kurzen Wegs zwängte sie sich neben ihn und reichte ihm die Feldflasche. »Sie haben sich nicht die Zeit zum Trinken genommen.«

Er schraubte die Feldflasche auf, hob sie an seine Lippen und kostete einen Hauch von Pfefferminz. »Aber Sie.«

»Was?« fragte Willow, als sie sich vorsichtig auf den felsigen Boden niederließ.

»Sie haben getrunken. Ich kann es schmecken.«

Sie warf ihm einen irritierten Blick zu.

»Minze«, erklärte er schlicht.

Verlegene Röte kroch in ihre Wangen, als sie begriff, was er meinte. »Tut mir leid. Ich wollte nicht…«

Er legte zart seinen Daumen auf ihre Lippen und erstickte damit ihre gemurmelte Entschuldigung. »Ich mag Ihren Geschmack, Willow.«

Einen Moment lang war die Stille so intensiv, daß Willow überzeugt war, Caleb müsse das wilde Klopfen ihres Herzens hören können. Sein Schnurrbart hob sich in der Andeutung eines Lächelns. Seine Berührung wurde fester, drückte gegen die Innenseite ihrer Unterlippe in einer Liebkosung, die ebenso unerwartet wie sinnlich war. Dann zog er seine Hand fort und ließ Willow mit einem Gefühl der Verwirrung zurück. Er hob seinen Daumen an seinen Mund, leckte einmal daran und lächelte.

»Minze.«

Willow holte zitternd Luft, verwundert und erschrocken über die Gefühle, die sie plötzlich durchströmten. Die ebenmäßige Reihe weißer Zähne unter Calebs Schnurrbart wirkte übermäßig anziehend. Seine goldenen Augen glühten wie Feuer, beobachteten sie intensiv.

Unvermittelt wandte Caleb sich ab und zog das Fernglas aus seiner Jackentasche, bemüht, seine Gedanken in eine andere Richtung zu lenken. Methodisch begann er, den Weg unter ihnen nach allen Richtungen abzusuchen. Nach ein paar Augenblicken stieß er die Luft in einem gezischten Fluch aus.

Ein ganzes Stück unterhalb ihres Verstecks näherte sich ein Reiter in rasantem Tempo. Er nahm denselben Weg über das Land, den auch Caleb und Willow genommen hatten. Die Entfernung war jedoch so groß, daß Caleb den Mann auch durch das Fernglas nicht identifizieren konnte. Caleb wartete eine Weile. Ein zweiter Mann kam aus dem Wald heraus. Auch er ritt ein dunkles, langgliedriges Pferd.

Caleb beobachtete weiter angestrengt das Gelände, aber im Blickfeld des Fernglases tauchten keine weiteren Gestalten auf. Zwei Männer, zwei dunkle Pferde, die Anzeichen eines langen, harten Ritts aufwiesen. Es waren dieselben Männer, die er letzte Nacht gesehen hatte. Caleb war sich dessen so sicher, wie er sich des glatten Messingrohres in seiner Hand bewußt war.

»Die Höhe hat ihr Tempo etwas beeinträchtigt, aber nicht sehr«, erklärte er.

»Die Höhe?«

»Wir sind mehr als zweitausendvierhundert Meter hoch. Daran liegt es, daß Sie nach wenigen Schritten schon außer Atem sind. Den Pferden macht die dünne Luft genauso stark zu schaffen, bis sie sich daran gewöhnt haben. Deuce und Trey sind Gebirgspferde. Die beiden Tiere dort unten ebenfalls. Ihre nicht.«

»Was werden wir tun?« fragte Willow ängstlich.

Caleb hob sein Gewehr und spähte durch das Visier. Die Männer waren immer noch außer Schußweite. Trotzdem senkte er den Gewehrlauf nicht. Er wartete einfach.

Willow beobachtete, wie eine Ruhe und Unbeweglichkeit über Caleb kam, vergleichbar mit der absoluten Konzentration einer Katze, die zum Sprung ansetzt. Weiter unten durchquerten die beiden Reiter gerade die entfernte Lichtung in hartem

Galopp. Caleb schob eine Patrone in die Gewehrkammer und begann, den zweiten der beiden Reiter anzuvisieren.

»Wollen Sie sie etwa erschießen, ohne überhaupt herauszufinden, wer sie sind?« fragte Willow mit gepreßter Stimme.

»Ich weiß, wer sie sind.«

»Aber...«

Caleb fiel ihr grimmig ins Wort. »Schauen Sie den Berg hinauf. Sehen Sie irgendeine Deckung, irgendeine Stelle, wo sich eine Person verstecken könnte, ganz zu schweigen von sieben Pferden, wenn von unten jemand zu schießen anfängt?«

»Nein«, antwortete sie bedrückt.

»Lassen Sie sich das mal durch den Kopf gehen, Südstaatenlady. Sobald wir dieses Wäldchen verlassen, sind wir lebende Zielscheiben.«

Willow verflocht ihre Finger ineinander und versuchte, das Zittern ihrer Hände zu beherrschen, während Caleb kaum merklich seine Position veränderte, wobei er die beiden Männer keine Sekunde aus den Augen ließ.

»Na, was meinen Sie?« fragte er, ohne seinen Blick von den Banditen abzuwenden. »Glauben Sie allen Ernstes, daß die zwei da unten gottesfürchtige Kirchgänger sind, die nur ganz zufällig einen langen Ritt über einen schwierigen, kaum bekannten Paß unternehmen, der zu nichts anderem führt als zu einem weiteren langen, beschwerlichen Ritt über einen weiteren kaum bekannten Paß? Wollen Sie es wirklich darauf ankommen lassen?«

»Nein«, flüsterte sie.

Er lächelte bitter. »Sie brauchen nicht so traurig zu klingen, Honey. Bei dieser Reichweite kann ich froh sein, wenn ich nahe genug herankomme, um sie zu erschrecken.« Er nahm den zweiten Mann ins Visier, machte jedoch keine Anstrengung, den Abzug zu spannen. »Ich wünschte bei Gott, Wolfe wäre hier. Der Bursche ist höllisch gut mit einem Gewehr.«

Ein feiner Regen hatte eingesetzt, als die beiden Reiter in dem Wald verschwanden, der die Lichtung umgab. Wenn sie den Spuren folgten, würden sie in ungefähr zwanzig Minuten am Fuß des Abhangs wieder herauskommen. Caleb senkte sein Gewehr und drehte sich zu Willow um.

»Gehen Sie lieber wieder in das Wäldchen zurück. Wenn einer der Männer eine Sharps-Büchse hat, könnte es hier gleich ganz schön turbulent zugehen.«

»Bei dieser Entfernung?«

»Ich habe gesehen, wie Männer aus sechshundert Metern Entfernung von einer großen Sharps getötet wurden. Ich habe von Männern gehört, die aus achthundert Metern Abstand erschossen wurden.«

»Wie weit hinunter ist es bis zu der Lichtung?« wollte Willow wissen.

»Weniger als dreihundert Meter senkrecht in die Tiefe. Dort, wo sie wieder zwischen den Bäumen herauskommen werden, sind sie vielleicht sechshundert Meter entfernt. Für Wolfe wäre das kein Problem, aber ich bin nur ein mittelmäßiger Schütze mit einem langen Gewehr. Los, bewegen Sie sich, Mädchen.«

Willow rappelte sich mühsam auf, nur um von Caleb blitzschnell wieder hinabgezerrt zu werden.

»Die verdammten Schwachköpfe kommen senkrecht herauf! Scheinen Angst zu haben, sie könnten uns im Regen verlieren!«

Die beiden Männer preschten in ungefähr achthundert Metern Entfernung zwischen den Bäumen heraus und trieben ihre Pferde in scharfem Galopp diagonal über eine Geröllawine. Caleb verfolgte den zweiten Mann im Visier seines Gewehrs, drückte jedoch nicht ab. Sie würden diesen Erdrutsch und noch mehrere andere im Zickzack überqueren müssen, bevor sie die Deckung des Wäldchens erreichten, wo sieben Pferde verborgen waren. In normalem Tempo würden die Männer eine halbe Stunde brauchen, um zu der Stelle zu gelangen, wo Caleb und Willow sich versteckten, dennoch waren die Männer weniger als siebenhundert Meter entfernt, und sie kamen schnell näher.

»Halten Sie den Kopf unten«, befahl Caleb.

Willow kauerte sich zwischen die kalten Felsen und beobachtete das einzige, was sie von dort aus sehen konnte – Caleb Black. Er rührte sich nicht, wirkte aber völlig entspannt und hielt das Gewehr leicht in der Hand, während er darauf wartete, daß die beiden Banditen noch näher kamen. Seine Augen ähnelten dem eines Raubvogels, durchdringend und klar. In seinen Händen oder seinem Gesicht war keinerlei Anspannung zu erkennen. Willow fragte sich, wie oft er im Krieg so wie jetzt im Hinterhalt gelegen hatte, absolut unbeweglich, während er beobachtete, wie sich seine menschliche Beute mit jeder Sekunde mehr näherte.

Caleb blinzelte gegen die Regenschleier an, zielte tief, um die Steigung des Abhangs auszugleichen, und drückte den Abzug. Der Rückstoß ließ das Gewehr in seiner Hand zucken. Bevor die Berghänge das Echo des Knalls zurückwerfen konnten, feuerte er erneut in schneller Folge und schob Patronen in die Gewehrkammer nach, wobei er den Gewehrlauf ständig auf das Ziel gerichtet hielt.

Der zweite Mann schrie auf und hielt sich den rechten Arm. Der erste Mann zog sein Gewehr aus der Sattelscheide, war jedoch gezwungen, die Waffe fallen zu lassen und sich mit beiden Händen am Sattelknauf festzuklammern, als sein Pferd Anstalten machte, den Hang hinunterzustürmen. Kugeln pfiffen durch die Luft und prallten von Felsen ab, ließen einen Hagel scharfer Steinsplitter um die Hufe der Pferde fliegen und wie Nadeln in ihre Bäuche stechen.

Die Tiere bockten, von Angst erfüllt, schlitterten auf der Hinterhand und sträubten sich bei jedem Schritt heftig gegen ihre Reiter in dem Versuch, den Berghang hinunterzufliehen.

Caleb fluchte unterdrückt vor sich hin, weil er einen der Männer verfehlt hatte und es ihm nicht gelungen war, den anderen ernsthaft zu verletzen, während er fortfuhr, Patronen in die Gewehrkammer nachzuschieben und Schuß auf Schuß abzufeuern. Als ein Querschläger von einem Felsblock in der Nähe abprallte, drückte der unverletzte Reiter seinem Pferd brutal die Sporen in die Seiten. Es geriet in Panik, verlor den Halt unter den Hufen und rollte Hals über Kopf den Berg hinunter.

Der Reiter schaffte es nicht, rechtzeitig seine Füße aus den Steigbügeln zu ziehen. Als das Pferd wieder auf die Beine kam und weiter den Abhang hinunterraste, blieb der Reiter der Länge nach auf der felsigen Schräge liegen. Sein Kumpan schaute kurz zurück, ritt jedoch unbeirrt weiter und überließ seinen Partner seinem Schicksal.

Caleb atmete tief aus, zielte erneut und drückte den Abzug sehr behutsam. Das Gewehr zuckte in seiner Hand, als der Schuß losging. Der flüchtende Reiter sackte einen Moment im Sattel vornüber, richtete sich dann aber mühsam wieder auf. Die bewaldete Flanke des Berges schien sich zu öffnen und verschluckte Pferd und Reiter, noch bevor Caleb wieder schießen konnte. Das Gefecht hatte insgesamt weniger als eine Minute gedauert.

»Pest und Hölle!«

Stille kehrte zurück, fast überwältigend nach dem ohrenbetäubenden Gewehrfeuer.

Willow blickte auf und schüttelte den Kopf, leicht benommen von der Anzahl der Male, die Caleb geschossen hatte. Sie hatte von Repetiergewehren gehört, hatte aber vorher noch nie eines in Aktion gesehen.

Es war angsteinflößend, wie viele Kugeln ein einzelner Mann innerhalb kurzer Zeit abfeuern konnte.

»Sie sind ja eine 1-Mann-Armee mit diesem Gewehr«, sagte sie leise.

»Eine gottverlassene Armee!« knurrte Caleb und starrte trostlos den Berghang hinunter, während er methodisch Patronen in die Gewehrkammer schob, um die gebrauchten zu ersetzen. »Nicht in der Lage, die Breitseite einer Scheune auf sechshundert Meter zu treffen!«

»Bei diesem Licht könnten Sie schon von Glück sagen, die Scheune überhaupt zu *sehen.*« Willow verlagerte ihr Gewicht, bis sie durch einen Spalt zwischen den Felsen spähen konnte. »Sieht aus, als hätten Sie einen von ihnen getroffen.«

»Seine eigene Dummheit hat ihn niedergestreckt, nicht ich. Verdammter Idiot. Hat seinem Pferd die Sporen gegeben, als es ohnehin schon so in Panik war, daß es glatt über den Mond gesprungen wäre. Das Tier ist in die Tiefe gestürzt und er desgleichen.«

»Lebt er?«

Caleb zuckte nur die Achseln und fuhr fort, über seinen Gewehrlauf hinweg den Abhang zu beobachten und nach verdächtigen Bewegungen auszuspähen, die ankündigten, daß ein Pferd zurückkehrte oder sich ein Mann am Waldrand hinaufbewegte, um Calebs Schüsse zu erwidern.

Das Trommeln galoppierender Pferdehufe hallte den Hang hinauf. Die Hufschläge klangen dumpf und verzerrt in der Stille, die dem scharfen, deutlichen Knall des Repetiergewehrs gefolgt war.

»Es wird Zeit für uns«, sagte Caleb. »Wir müssen weiter.«

»Was ist mit ihm?« fragte Willow mit einem Blick auf den unbeweglich daliegenden Reiter.

»Der grübelt über den Lohn der Sünde nach. Stören wir ihn nicht in seinen Gedanken.«

7. Kapitel

Caleb führte seinen kleinen Trupp weiter den Berg hinauf und quer über den rutschigen, steilen Felshang in einem Tempo, das an Selbstmord grenzte. Selbst seine großen Gebirgspferde keuchten vor Anstrengung, bevor sie den Kamm erreichten und sich auf der anderen Seite wieder hinunterzuschlängeln begannen. Auf dieser Seite des Berges wuchs der Wald dichter und umfing Caleb und Willow fast augenblicklich. Wieder mischten sich Fichten mit Tannen und Espen. Der Regen hatte inzwischen nachgelassen und war nun kaum mehr als ein nasses Flüstern. Espenstämme schimmerten in gespenstischer Helle zwischen den dunkleren Tannen und Fichten.

Es gab viele mögliche Pfade den Berg hinunter. Caleb ignorierte die augenfälligen, als er die Bergschulter umrundete und die steilsten Abschnitte in Zickzacklinien bewältigte, wobei sie immer weiter in die Tiefe kletterten.

Im Reiten zog er das Tagebuch seines Vaters aus der Satteltasche und verglich Landmarken mit denjenigen, die sein Vater in seinen Aufzeichnungen beschrieben hatte.

Als Caleb schließlich das Signal zum Halten gab, blickte Willow benommen zur Sonne hinauf. Es würde noch mehrere Stunden dauern, bis die Sonne nach einem Tag unterging, der der längste ihres bisherigen Lebens geworden war. Willow war vor Erschöpfung in eine grimmige, verbissene Art von Gleichgültigkeit gefallen. Sie brauchte einige Minuten, um zu erkennen, daß Caleb verschwunden war. Sie zog das Gewehr aus seinem Futteral, klammerte sich an den Sattelknauf und wartete, daß er wieder aus dem Wechselspiel von Wald und Lichtungen hervorkam.

Der milchige, kühle Nebel der höheren Lagen war einer lockeren Wolkendecke gewichen. Ein unablässiger Wind strich durch die Eiben und ließ Espenblätter mit einem Geräusch wie sanfter Regen erzittern. Als die Sonne durch die Wolken brach, brannte sie mit einer reinen, intensiven Hitze, die Willow schon bald dazu brachte, ihre dicke Jacke auszuziehen, die Verschnürung an ihrem Wildlederhemd zu öffnen und verstohlen das weiche rote Flanellhemd darunter aufzuknöpfen, um die milde Brise kühlend über ihre Haut streichen zu lassen.

Der gedämpfte, unheimliche Klagelaut der Mundharmonika sagte Willow, daß Caleb zurückgekehrt war. Erleichtert schob sie ihr Gewehr wieder in sein Futteral und trieb Dove vorwärts. Caleb kam auf Trey aus dem Waldstück herausgeritten. Er hatte sich längst seiner Schaffelljacke und der Lederweste entledigt und auch mehrere Knöpfe an seinem Wollhemd geöffnet.

»Falls jemand in der Nähe ist, so hinterläßt er weniger Spuren als ein Schatten«, sagte Caleb. »Kommen Sie. Nach Dads Tagebuch gibt es ein kleines Stück weiter voraus einen guten Lagerplatz.«

»Werden wir wirklich so früh Rast machen?« fragte sie und bemühte sich vergeblich, die Hoffnung aus ihrer Stimme herauszuhalten.

»Die Araber sind mutig und ausdauernd, aber sie sind nicht an derartige Höhen gewöhnt. Wenn wir ihnen keine Ruhepause gönnen, werden Sie morgen um diese Zeit zu Fuß laufen müssen. Und das wäre eine Schande, denn morgen um diese Zeit werden wir Gottes eigenes Unwetter erleben.«

Erschöpft und benommen musterte Willow den Himmel. Er hatte schon wesentlich bedrohlicher ausgesehen und hatte auch nur ein paar Tropfen vergossen.

»Es wird regnen, Südstaatenlady. Glauben Sie mir. Wenn wir noch tausend Meter höher wären, würde sogar Schnee fallen.«

»Schnee?« fragte sie ungläubig, während sie sich gedankenverloren mit dem Saum ihres Wildlederhemds fächelte, um sich mehr Kühlung zu verschaffen.

»Schnee, richtig«, wiederholte er.

Was Caleb für sich behielt, war, daß sie besser ohne Pause weitergeritten wären, denn ein Unwetter konnte leicht jeden der Pässe zwischen ihrem augenblicklichen Standort und dem Gebiet von San Juan für einen Tag oder sogar eine ganze Woche unpassierbar machen. Aber Caleb wußte, Willow brauchte ebenso dringend Ruhe wie ihre Pferde. Sie sah zu bleich aus, fast wächsern, und unter ihren Augen waren violette Ringe.

Reno hat schon so lange auf meine Kugel gewartet, sagte Caleb sich im stillen. Er kann auch ebensogut noch eine Weile länger warten. Für Rebecca wird es todsicher keinen Unterschied machen.

Willow bemerkte den plötzlich so bitteren Zug um Calebs Mundwinkel und sagte nichts weiter über das Wetter. Ob

Sonne, Regen oder Schnee, es spielte keine Rolle für sie. Ihre Pferde brauchten dringend Ruhe und sie ebenfalls. Sie wußte nicht, woraus Caleb gemacht war – aus ungegerbtem Leder und Granit höchstwahrscheinlich –, doch selbst er mußte irgendwann die Strapazen eines endlosen Trecks und wenig Schlaf spüren. Eine halbe Stunde später führte Caleb Willow zu der großen Wiese, die sein Vater erwähnt hatte. Rehe sprangen in langen Sätzen davon, als die Reiter aus dem Wald hervorkamen und über die Lichtung trabten. Caleb wartete jedoch, bis sie die gegenüberliegende Seite erreicht hatten und unter hohen Bäumen verborgen waren, bevor er abstieg und sein Pferd abzusatteln begann.

Aus den Augenwinkeln sah er Willow schmerzlich das Gesicht verziehen, als sie ihr Bein über den Sattel hob. Er eilte auf sie zu, weil er wußte, was passieren würde. Ihre Knie gaben unter ihr nach, seine Hände schossen vor, und er fing sie gerade noch rechtzeitig auf, bevor sie zu Boden stürzte.

»Immer mit der Ruhe«, sagte er tröstlich, während er Willow mit einem Arm an sich gedrückt hielt und ihr Gewicht gegen seine Hüfte stützte. »Jetzt versuchen Sie mal zu stehen.«

Allmählich akzeptierten Willows Beine ihr Gewicht.

»Gehen Sie ein Stückchen.«

Er half Willow, die verkrampften Muskeln in ihren Beinen zu lockern, indem er sie fürsorglich stützte und ein paar Schritte mit ihr auf und ab ging. Nach ein paar Minuten war sie in der Lage, ohne Hilfe zu gehen.

»In Ordnung?« fragte er und ließ sie widerstrebend los.

»Ja«, erwiderte sie heiser. »Danke.«

Sie holte tief Luft und wandte sich zu Dove um. Das heiße, goldene Licht, das schräg zwischen Wolken hindurchstrahlte, brachte alles mit einer Energie zum Leuchten, von der Willow wünschte, sie könnte sie teilen.

»Ich werde mich um Dove kümmern«, sagte Caleb. »Pflokken Sie Ihre anderen Stuten am Rand der Lichtung an. Lassen Sie den Hengst frei herumlaufen. Er wird besser als jeder Jagdhund verdächtige Gerüche wittern, und er geht nirgendwohin, wo nicht auch seine Stuten sind.«

Bis Willow mit dem Anpflocken der Pferde fertig war, hatte Caleb die restlichen Tiere von ihrem Gepäck befreit. Dann ging er von Pferd zu Pferd und schüttete jedem ein Häufchen Getreide ins Gras. Bald vermischte sich das mahlende Geräusch kräftiger Zähne auf harten Getreidekörnern mit dem seidigen Wispern des kleinen Bachs, der sich hundert Meter entfernt durch die Wiese wand.

»Setzen Sie sich und ruhen Sie sich aus, während ich Feuer mache«, drängte Caleb.

Willow stieß einen Seufzer der Erleichterung aus. »Ich hatte schon befürchtet, wir würden wieder ohne Feuer kampieren müssen.«

Er lächelte dünn. »Selbst wenn die beiden Revolverhelden Freunde hatten, wird kein Mann heute über diesen Berg kommen, ohne sich bei jedem Schritt zu fragen, ob ich vielleicht irgendwo im Hinterhalt liege, um ihm einen Kugelhagel zu verpassen.«

Trotz ihrer Erschöpfung sammelte Willow genügend trokkenes Holz für ein Feuer, bevor sie sich gestattete, sich auszuruhen. Caleb hatte die Sättel über einen umgestürzten Baumstamm gelegt. Willow lehnte sich gegen einen der Sättel, seufzte einmal und war mit dem nächsten Atemzug bereits eingeschlafen.

Als Caleb aus dem Wald zurückkehrte und sah, daß Willow schlief, deckte er sie mit einer Wolldecke zu, um sie gegen die Bodenkälte zu schützen. Sie wachte nicht auf, als er erneut in den Wald ging und mit einem riesigen Armvoll frischer junger Eibenzweige zurückkam. Noch rührte sie sich nicht, während er in ein nahegelegenes Dickicht junger Eiben ging, die Zweige für ein Lager aufschichtete und dann die elastischen jungen Bäume darüber zurechtbog, bis sie ein natürliches Zeltdach bildeten.

Sein langes, tödlich scharfes Messer schnitt rasch noch mehr

Zweige, um sie mit den lebenden Ästen zu verflechten und Lücken auszufüllen, bis er ein überraschend regenfestes Dach geschaffen hatte. Die Öffnung darunter war klein und geschützt und duftete nach Wald und Harz. Eine Ölplane wurde über dem Geflecht aus Ästen befestigt. Die andere legte Caleb auf das Lager aus Eibenzweigen. Er schüttelte die Baumwollflanelldecke als Bettlaken aus, breitete zwei schwere Wolldekken darüber aus, und fertig war das behagliche Waldbett.

Als Caleb wieder zwischen den Bäumen auftauchte, schlief Willow immer noch tief und fest.

»Willow«, sagte er leise und ging neben ihr in die Hocke.

Sie rührte sich nicht.

Er beugte sich langsam hinunter und streifte zart mit den Lippen über ihre Wange, atmete tief ihren Duft ein und fragte sich, wie eine Frau, die einen mehrere Tage dauernden, anstrengenden Ritt hinter sich hatte, immer noch nach Rosenknospen duften konnte.

»Ich komme gleich wieder«, flüsterte er, während er ihr behutsam goldene Haarsträhnen aus den Augen strich.

Willow seufzte im Schlaf und schmiegte ihr Gesicht vertrauensvoll in seine Hand. Vorsichtig hob er sie auf seine Arme und richtete sich auf. Ihr kaum spürbares Gewicht versetzte ihm einen schmerzhaften Stich, erinnerte ihn daran, wie klein und zart sie war und wie stark der harte Treck an ihren Kräften gezehrt hatte. Er selbst war so müde, wie er es nicht mehr seit dem Krieg gewesen war. Er konnte sich vorstellen, wie erschöpft Willow sein mußte.

Behutsam, um Willow nicht zu wecken, trug Caleb sie in den duftenden Unterschlupf, den er gebaut hatte.

»Schlaf noch ein bißchen«, flüsterte er.

Er strich mit dem Handrücken über ihre weiche Wange und zog sich so lautlos aus dem Dickicht zurück wie das Sonnenlicht, das langsam hinter die Berge zurückwich.

Köstliche Gerüche weckten Willow – Brot und Zwiebeln und Fisch und Kaffee, vermischt mit dem harzigen Geruch der Eiben und der frischen Kühle eines Abends in den Bergen.

»Ich träume wohl«, murmelte sie und rieb sich die Augen.

Sie atmete tief ein. Das verlockende Aroma hing immer noch in der Luft.

»Wollen Sie essen oder schlafen?« fragte Caleb dicht vor der Öffnung des Unterschlupfs.

Willows Magen knurrte laut.

Er lachte und ging zum Feuer zurück. »Raus aus den Federn, Honey.«

Wenige Augenblicke später kam Willow aus dem Unterschlupf hervor. Der Himmel leuchtete scharlachrot und golden. Die Berggipfel ringsherum ragten fast schwarz ihm entgegen. Die Pferde grasten friedlich am Rand der Wiese. Das einzige Geräusch war das gedämpfte Knistern des kleinen, sorgsam abgeschirmten Feuers.

Caleb reichte Willow einen zerbeulten Blechteller und eine Blechgabel mit einer einzigen verbogenen Zinke. Verblüfft blickte sie ihn an.

»Ich weiß, eine feine Südstaatenlady ist was Besseres gewöhnt«, begann er bissig, »aber...«

»Ach, nun seien Sie schon still«, unterbrach ihn Willow. Sie nahm den Teller und die Gabel und setzte sich mit überkreuzten Beinen neben das Feuer. »Ich war nur überrascht, einen Teller und eine Gabel zu sehen. Ich wußte ja nicht, daß Sie noch andere Dinge bei sich haben außer einem Messer, länger als mein Unterarm, einer Bratpfanne und einem Kaffeetopf mit zerbrochenem Henkel. Plötzlich kommen alle möglichen Dinge zum Vorschein. Gabeln und Messer und Eibenzelte.«

»Völlig überflüssig, das Besteck für Brot und Speck herauszukramen«, erwiderte Caleb, ohne sich seine Belustigung anmerken zu lassen. Höflich reichte er ihr eine Blechtasse. »Achten Sie auf den Rand. Sonst verbrennen Sie sich Ihren hübschen, zarten Mund daran.«

Haselnußbraune Augen blitzten im Feuerschein auf, als Willow ihm einen irritierten Blick zuwarf. »Ich habe schon öfters aus Blechtassen getrunken.«

»Wußte gar nicht, daß ihr feinen Südstaatenfrauen eine Vorliebe für Blech habt.«

Was immer Willow hatte erwidern wollen, war vergessen, als sie den Inhalt der Pfanne sah.

»Forelle?« fragte sie, kaum fähig zu glauben, was sie da sah. »Wo, um alles in der Welt, haben Sie die denn her?«

»Aus dem kleinen Bach am anderen Ende der Wiese.«

»Ich wußte ja nicht, daß Sie eine Angel im Gepäck hatten.«

»Hatte ich auch nicht.«

»Wie...?«

»Die kleinen Teufel haben das Speckfett gerochen und sind geradewegs in meine Pfanne gesprungen.«

Willow öffnete den Mund, schloß ihn wieder und schüttelte den Kopf, während sie auf die knusprigen, goldbraunen Fische starrte. »Caleb Black, Sie sind so erstaunlich, daß es zum Verrücktwerden ist.«

Lächelnd nahm er ihr den Blechteller aus der Hand, beugte sich über die Pfanne und benutzte geschickt die Spitze seines großen Jagdmessers, um zwei Fische auf ihren Teller zu befördern.

»Kräuter?«

Willow nickte stumm. Caleb häufte ein paar Löwenzahnblätter neben die Forellen.

»Wie wär's mit Gebirgszwiebeln und indianischem Sellerie?«

»Bitte«, sagte sie schwach.

Der Fisch schmeckte sogar noch besser, als er duftete. Willow und Caleb aßen schnell, bevor die abendliche Kälte das Essen zu sehr abkühlen ließ. Trotz ihrer Hast und ihres Vorsprungs war Caleb vor Willow fertig. Er beobachtete, mit wieviel Appetit sie ihren Fisch verzehrte, und lächelte in dem Wissen, ihr eine unerwartete Freude bereitet zu haben.

»Honig?« fragte er, als Willow ihren Teller abstellte.

»Was?«

»Möchten Sie Honig auf Ihr Brot?«

»Ich dachte, wir hätten das Glas leer gegessen.«

»Ich habe einen Honigbaum entdeckt. Die Bienen hatten sich schon zur Nachtruhe zurückgezogen, deshalb waren sie nicht allzu sehr verärgert, als ich etwas von ihren Waben gestohlen habe.«

»Sind Sie gestochen worden?« erkundigte Willow sich sofort, während sie Calebs Gesicht forschend musterte.

»Ein- oder zweimal.«

Mit einem bestürzten Laut kniete Willow sich neben Caleb. »Wo?«

»Hier und da«, sagte er achselzuckend.

Er fühlte Willows Finger leicht über seine bärtigen Wangen streichen, seine Stirn, seinen Nacken und nach möglichen Stichen suchen. Die Besorgnis in ihrem Ausdruck ließ seinen Atem stocken. Es war schon lange, lange her, seit sich jemand um die kleinen Wunden gesorgt hatte, die das tägliche Leben auf seinem dicken Fell hinterließ.

»Wo?« fragte sie hartnäckig.

»Hals und Hand«, erwiderte er heiser und starrte dabei auf ihre Lippen.

»Lassen Sie mich mal sehen.«

Gehorsam streckte Caleb seine linke Hand aus. Willow nahm sie zwischen ihre und beugte sich näher zum Feuer. Unter den schwarzen Haaren auf seinem Handrücken war eine leichte Schwellung zu erkennen.

»Zeigen Sie mir den anderen Stich«, verlangte sie.

Wortlos knöpfte Caleb sein Wollhemd auf. Seitlich an seinem Hals, dort, wo das lockige schwarze Haar auf seiner Brust anfing, war noch eine kleine Schwellung zu sehen.

»Kommen Sie näher ans Feuer«, sagte Willow. »Sie sind so groß, daß ich nicht sehen kann, ob der Stachel noch drinsteckt.«

Caleb beugte sich dichter zu den Flammen. Als er Willows warmen Atem über seine Haut streifen fühlte, war er drauf und dran, sie in seine Arme zu reißen und ihr den Teil seines Körpers zu zeigen, der ihm im Moment wesentlich mehr Beschwerde bereitete als sein Hals.

»Tut es weh?« fragte sie.

Seine Mundwinkel krümmten sich, aber er schüttelte langsam den Kopf.

»Ich kann keinen Stachel finden.« Willow blickte auf und stellte erschrocken fest, wie nahe sie Caleb war. Seine Augen waren nur Zentimeter von ihren entfernt, und sie reflektierten den goldenen Schein der Flammen.

»Werden Sie die Stelle küssen und draufpusten, damit's nicht mehr weh tut?« fragte er und beobachtete sie mit einer Intensität, die sein Verlangen enthüllte.

Willows Wangen färbten sich rot. »Dafür sind Sie schon ein bißchen zu alt, nicht?«

»An dem Tag, an dem ich zu alt für den Kuß einer Frau bin, werden sie hoffentlich die Heilige Schrift an meinem Grab verlesen.«

Einen Augenblick lang bezwang Caleb Willow allein mit der Kraft seines Blickes. Sie erwiderte seinen Blick mit einem Ausdruck, der Begierde, aber auch Furcht hätte sein können. Caleb wartete die Zeitspanne eines langen Atemzugs, bevor er Willow freigab, indem er sich abwandte. Er hatte ihr die sinnliche Verlockung angeboten. Sie hatte sie zurückgewiesen. Soweit es ihn betraf, war die Sache damit erledigt. Liebchen oder nicht, sie hatte ein Recht, sich ihre Männer auszusuchen.

»Gehen Sie schlafen, Willow.«

Calebs Stimme war so kühl wie der Wind, der durch die Berge heulte. Sie blinzelte, überrascht über den plötzlichen Wechsel von sinnlicher Wärme zu unpersönlicher Kälte.

»Backsoda«, erklärte sie.

»Was?«

»Backsoda würde helfen, die Stiche zu lindern.«

»Ich würde lieber Ihre warme kleine Zunge über meine Wunden lecken fühlen.«

Willow schnappte hörbar nach Luft.

»Gehen Sie schlafen, Südstaatenlady. Jetzt *sofort.*«

Der Schein des Feuers ließ Calebs Augen in einem Goldton brennen, der klarer und heißer als die Flammen war. Willow wagte einen Blick in seine Augen und konnte sich nicht entscheiden, ob sie vor Caleb weglaufen oder sich ihm nähern sollte. Die Sehnsucht, sich in seine Arme zu werfen, war so zermürbend, daß Willow sich hastig erhob und in einem großen Bogen um Calcb herum zu der Schlafstelle im Eibendickicht ging.

Doch auch, als Willow auf dem duftenden Bett ausgestreckt lag, konnte sie nicht einschlafen. Immer wieder hörte sie in Gedanken Calebs Worte, sah die Leidenschaft in seinen Augen flackern, fühlte die gleiche Leidenschaft tief in ihrem eigenen Körper brennen. Eine ganze Weile lag sie ruhig da, horchte auf den Nachtwind, der einen frischen Hauch über das Land brachte, und fragte sich, was wohl passiert wäre, wenn sie die sinnliche Herausforderung in Calebs Augen angenommen hätte.

Gerade als Willow in Schlaf hinüberglitt, schwebten die ersten weichen, schwermütigen Klänge der Mundharmonika zum Mond hinauf. Sie erkannte das Lied, ein Klagelied für einen jungen Mann, der im Krieg gefallen war, auf Anhieb. Die Töne weinten leise, Kummer verwandelte sich in Musik und spielte mit schmerzlicher Süße. Tränen brannten hinter Willows Lidern, während sie sich an vergangene Sommer erinnerte, an eine Zeit, als das Haus der Morans von fröhlichen männlichen Stimmen und dem Lachen ihrer Mutter erfüllt gewesen war, glücklich und zufrieden, ihren Ehemann, ihre fünf großen Söhne und eine Tochter um sich zu haben, deren Haar so golden war, daß es einen Engel hätte neidisch machen können.

Andere Balladen folgten auf »Danny Boy«, alte Lieder, die

Calebs Vorfahren vor über einem Jahrhundert nach Amerika gebracht hatten, Balladen und Klagelieder aus England und Irland, Schottland und Wales. Caleb kannte sie alle. Er ließ sie in der samtschwarzen Dunkelheit erklingen, mit einer Geschicklichkeit, die Willow bezaubert lauschen ließ. Sie konnte ihn durch die Öffnung unter dem grünen Baldachin am Feuer sitzen sehen; ein matter Lichtschein beleuchtete sein Gesicht, Schatten zuckten bei jeder Bewegung seines Körpers über seine Züge.

Als Willow langsam eindöste, verschwamm Caleb zu einer überirdischen Vision vor ihren Augen, kraftvoll und stark, ein Erzengel, dessen harmonische Stimme so rein war wie sein Körper bezwingend; doch am bezwingendsten war die leidenschaftliche Verheißung, die in seinem Inneren loderte, ein dunkles Feuer, das Willow verlockte, ihr Himmel und Hölle zugleich versprach, zwei Körper, die zu einer einzigen hellen Flamme miteinander verschmolzen.

Der Geruch von Regen und Wald durchdrang alles. Wasser prasselte herab und rann von der Ölplane herunter, die Caleb über den Eibenästen befestigt hatte. Der Unterschlupf bot genug Platz, um aufrecht unter dem grünen Baldachin sitzen zu können, aber Caleb war so groß, daß er mit dem Kopf an die untersten Zweige stieß. Gelegentliche Windböen ließen den Wald aufseufzen und rüttelten an dem Astdach. Bis jetzt hatte es gehalten. Regenrinnsale krochen an Fichtenästen herunter und tropften in die strategisch plazierte Blechtasse, mehrere Teller und den Kaffeetopf. Zwar waren weder Caleb noch Willow naß, aber besonders behaglich und trocken war ihnen auch nicht zumute.

»Drei von der gleichen Sorte«, sagte Caleb und breitete seine Karten fächerförmig auf seinem Sattel aus, der ihm als Tisch diente.

Stirnrunzelnd betrachtete Willow ihre eigenen Karten. Eine schwarze Königin, ein roter Bube und drei Karten mit verschieden hoher Punktzahl blickten ihr entgegen.

»Nichts«, sagte sie. »Ich glaube, mir fehlt irgend etwas bei diesem Spiel.«

Caleb schaute Willow unter dichten schwarzen Wimpern hervor an, während er die feuchten Karten einsammelte und sie mit schnellen, geschickten Bewegungen neu mischte.

»Alles, was Ihnen fehlt, sind vernünftige Karten«, sagte er und teilte rasch aus. »Ich weiß, Sie werden mir nicht glauben, aber gewöhnlich haben Anfänger das meiste Glück.«

»Hmm. Ich würde es eher Pech nennen.« Willow nahm ihre Karten auf, betrachtete sie und lachte mit ehrlicher Belustigung. »Wie viele muß ich behalten?«

»Mindestens zwei.«

»So viele, wie?«

Ein Lächeln spielte um Calebs Mundwinkel. Viele Frauen – und noch mehr Männer –, mit denen er bisher Karten gespielt hatte, wären verärgert über die Pechsträhne gewesen, die Willow verfolgte, aber sie schmollte nicht. Sie nahm die Karten mit ebensoviel Gelassenheit hin, wie sie den harten Treck, schlechtes Wetter und einen notdürftigen Unterschlupf hingenommen hatte. Als Caleb Willow beobachtete, mußte er seine gesamte Selbstbeherrschung aufbringen, um nicht die Arme nach ihr auszustrecken und sie über den Sattel in seinen Schoß zu heben. Die Leidenschaft, die immer dicht unter seiner Oberfläche schwelte, wenn Willow in der Nähe war, hatte sich in Klauen roher Begierde verwandelt, die sich in ihn gruben, ihn schüttelten, ihn bei jedem Atemzug schmerzten.

Caleb biß die Zähne zusammen gegen das Feuer, das in seinem Blut brannte, und griff nach seinen eigenen Karten.

»Eene, meene...«, sagte Willow leise.

Caleb lachte trotz der pulsierenden Erregung zwischen seinen Schenkeln. Willow hatte sich auf dem anstrengenden Treck als gute Gefährtin erwiesen, geduldig, klaglos, mit einem ausgeprägten Sinn für Humor, der ihn immer wieder aufs neue überraschte. Sie entsprach ganz und gar nicht dem Bild, das er sich von einer feinen, verwöhnten Lady gemacht hatte.

»So klappt das nicht, Honey.«

»Alles andere hat nicht funktioniert«, erwiderte Willow vernünftig. Sie legte drei Karten verdeckt auf den Sattel. »Noch drei, bitte.«

Kopfschüttelnd teilte Caleb ihr die Karten aus, die sie verlangt hatte, und schob die zurückgewiesenen zuunterst unter den Kartenstapel.

Willow beobachtete bewundernd seine geschickten Hände. Seine Schnelligkeit verblüffte sie immer wieder, weil sie automatisch annahm, ein so kraftvoller, starker Mann müsse irgendwie tolpatschig sein. Sie griff nach ihren Karten, musterte sie und versuchte, das Pokergesicht beizubehalten, das Calebs Ansicht nach zum wahren Verständnis des Spiels dazugehörte.

»So schlimm, hmmm?« fragte er mitfühlend.

»Es wird Sie fünfzehn gute Fichtennadeln kosten, das herauszufinden.«

Caleb erinnerte sich an Willows störrische Weigerung, um Geld zu spielen, und zählte lächelnd fünfzehn Nadeln von dem Häufchen vor sich ab.

»Sagen Sie an«, befahl er.

»Sieben, sechs«, zählte Willow, während sie die roten und schwarzen Karten aufdeckte, »fünf, vier und zwei.«

»Ich habe zwei Buben.«

»Ist das besser als das, was ich habe?«

»Mädchen, alles ist besser als das, was Sie haben.«

Caleb blickte von seinem Gewinnerblatt auf Willows wertlose Karten. »Sie müssen Glück in der Liebe haben, denn beim Kartenspiel sind Sie eine Niete.«

»Und Sie sind sehr gut.« Willow senkte ihre Wimpern, beobachtete Caleb unter ihrem seidigen Schutz hervor, als sie beiläufig fragte: »Heißt das, Sie haben Pech in der Liebe?«

»So wär's wahrscheinlich, wenn es so etwas wie Liebe gäbe. Noch eine Runde?«

Einen Moment lang war Willow zu überrascht, um zu antworten. »Sie meinen, Sie glauben nicht an Liebe?«

»Und Sie meinen, Sie glauben daran?« gab er trocken zurück, während er die Karten mit einer Geschwindigkeit mischte, daß ihre Umrisse vor den Augen verschwammen.

»Wenn Sie nicht an Liebe glauben, woran dann?« fragte Willow zurück.

»Zwischen einem Mann und einer Frau?«

Sie nickte.

»Leidenschaft«, erwiderte Caleb kurz und bündig und fühlte, wie ihn sein eigenes Verlangen mit rotglühenden Klauen peinigte.

Die Karten bogen sich zwischen seinen Fingern und schoben sich blitzschnell ineinander, nur um wieder geteilt, vermischt und danach aufs neue ineinandergeschoben zu werden.

»Ist das alles? Nur Leidenschaft?« fragte Willow, ihre Stimme kaum mehr als ein Flüstern.

»Es ist mehr, als die meisten Männer von einer Frau bekommen.« Er zuckte die Achseln und begann, Karten auszuteilen. »Frauen wollen einen Mann, damit er für sie sorgt. Männer wollen eine Frau, um sich das Bett von ihr wärmen zu lassen. Frauen nennen dieses Arrangement Liebe. Männer haben eine andere Bezeichnung dafür.« Er blickte auf. »Sie brauchen mich nicht so schockiert anzustarren, *Mrs.* Moran. Sie wissen genausogut wie ich, wie das Spielchen zwischen Mann und Frau gespielt wird.«

Willow haßte es, wie ihre Wangen bei der Erwähnung ihres Ehestandes jedesmal zu glühen begannen, konnte jedoch nichts gegen die schwuldbewußte Röte tun, die ihr auch jetzt wieder ins Gesicht kroch. Schweigend nahm sie ihre Karten auf und breitete sie fächerförmig in ihrer Hand aus. Sie starrte auf die Zahlen und Bilder, sah aber nichts.

Der Regen hörte so plötzlich auf, wie er begonnen hatte. Die Stille war fast betäubend. Wind kam auf und erschütterte den Unterschlupf. Mit einer abrupten Bewegung leerte Caleb den Inhalt der Blechtasse in den Kaffeetopf und stellte die Tasse wieder unter die tropfende Stelle.

»Wie viele?« fragte er, seine Stimme so hart wie sein Schaft.

Blinzelnd konzentrierte Willow ihren Blick auf Caleb, als hätte sie ihn niemals zuvor gesehen. »Bitte?«

»Wie viele Karten wollen Sie?« fragte er ungeduldig.

»Keine«, erklärte sie und legte ihr Blatt beiseite. »Es hat zu regnen aufgehört. Machen wir uns jetzt wieder auf den Weg?«

»Können es wohl kaum erwarten, Ihren... Ehemann wiederzusehen, was?«

»Ja«, flüsterte Willow, schloß die Augen und blockte Calebs verächtliches goldenes Starren ab. »Ich möchte Matthew sehr gerne wiedersehen.«

»Ich nehme an, er versteht eine Menge von Liebe.« Calebs Stimme klang bösartig, verurteilend.

Willow öffnete die Augen und atmete scharf aus, als hätte sie einen Schlag bekommen. »Ja. Matthew liebt mich.«

Caleb starrte sie an. Diesmal schoß kein Blut in ihre Wangen, und sie wich seinem Blick auch nicht verlegen aus. Die Anspielung auf ihren angeblichen Ehestand ließ sie vielleicht erröten, aber einer Sache war sie sich offensichtlich ganz sicher: daß Matthew Moran sie liebte.

Der Gedanke tröstete Caleb nicht im geringsten.

»Wie lange ist es her, seit Sie ihn das letzte Mal gesehen haben?« wollte er wissen.

»Zu lange.«

»Wie lange, feine Lady?« drängte Caleb. »Einen Monat? Sechs Monate? Ein Jahr? Länger?« Es gelang ihm nur mit Mühe, die Frage zu unterdrücken, die ihm auf der Zunge brannte: *Wo waren Sie, als Reno meine unschuldige Schwester verführte, seinen Samen in sie pflanzte und sie im Stich ließ?*

Aber wenn Caleb diese Frage stellte, würde ihn Willow mit eigenen Fragen bestürmen. Und seine Antworten würden garantieren, daß sie ihm niemals verriet, wo sich ihr Geliebter verkrochen hatte, um auf die Ankunft seiner Bettgespielin und eines Vermögens in edlen Pferden zu warten.

Angewidert warf Caleb die Karten hin.

Willow beobachtete ihn, sagte jedoch nichts. Sie begriff nicht, was ihm so hart zusetzte, aber sie spürte die Wildheit unter seiner Oberfläche mit aller Deutlichkeit.

»Antworten Sie«, knurrte er.

»Warum ist es so wichtig, wann ich Matthew das letzte Mal gesehen habe?«

Das leichte Zittern ihrer Hände strafte die Beherrschtheit ihrer Stimme Lügen, doch Caleb schaute nicht auf ihre Hände. Er schaute auf ihren Mund. Ihre Lippen waren weich und voll, so rosig wie ihre Zunge. Ihre geschwungenen Konturen faszinierten ihn. Es gab noch andere Kurven, die zu berühren, zu kosten er sich verzehrte; er sehnte sich danach, ihre weichen Brüste zu liebkosen, aber am meisten drängte es ihn, ihr Wildleder und Flanell vom Körper zu streifen und das Nest goldener Haare zu erforschen, das das Geheimnis ihrer Weiblichkeit verbarg. Die Erinnerung an jenes dichte Dreieck, das sich unter ihren regendurchnäßten Batistunterhosen abzeichnete, hatte ihn unbarmherzig verfolgt.

In dem Augenblick wußte Caleb, wenn er noch eine Minute länger mit Willow in der erzwungenen Intimität des Unterschlupfes zusammensaß, würde er mehr als nur nutzlose Informationen von ihren weichen Lippen fordern. Noch vor wenigen Minuten wäre sie vielleicht bereit gewesen, ihm den Kuß zu gewähren, nach dem er hungerte – und noch einiges mehr. Aber nicht jetzt. Jetzt machte sie fast den Eindruck, als hätte sie Angst vor ihm. Jetzt sehnte sie sich nach dem Geliebten, der ihr Lügen über Liebe erzählte.

Caleb wußte, daß er einzig und allein sich selbst die Schuld zuschreiben mußte. Er hatte zugelassen, daß der Hunger, der in seinem Inneren brannte, seine Selbstkontrolle untergrub, bis er seinen eigenen Körper kaum noch in der Gewalt hatte. Ausgesprochen dumm von ihm. Reno hatte seine Mädchen nicht mit bissigen Bemerkungen verführt – er hatte ihnen zärtliche Lügen zugeflüstert, während er Spitzenbänder aufknüpfte und die weiche Glut darunter plünderte. Das war's, was Willow vermißte, all die glatten Lügen und geschliffenen Manieren eines Gentlemans.

Wenn Caleb Willows Körper besitzen wollte, würde er seine heftige Wut auf ihren Liebhaber zügeln müssen. Dann wäre er – vielleicht – in der Lage, seine Leidenschaft und sein Verlangen zu beherrschen, die sich bis in seine Knochen fraßen.

Mit einem gemurmelten Fluch griff Caleb nach seinem Hut und Gewehr und glitt in einer geschmeidigen Bewegung aus dem Unterschlupf heraus. Hinter ihm atmete Willow langsam aus, fragte sich, warum Caleb jedesmal so bissig und aufs äußerste gereizt auf das Thema Ehe und Matthew Moran reagierte.

»Ich will die Gegend auskundschaften«, sagte er jetzt von draußen. »Ich werde mehrere Stunden fortbleiben. Zünden Sie kein Feuer an.«

»In Ordnung«, antwortete Willow.

Sie wartete, lauschte angestrengt, wagte kaum zu atmen, als sie sich an die Wildheit in Calebs Stimme erinnerte. Aber sie hörte nur die Windböen, die die letzten Reste des Unwetters vertrieben. Als sie vorsichtig aus dem Dickicht schlüpfte, war sie allein, und die Sonne ergoß einen Katarakt goldener Hitze über das Land. Wolken wichen mit jeder Minute weiter zurück und enthüllten mit frischem Schnee bedeckte Gipfel.

»Caleb hatte recht«, sagte Willow laut vor sich hin, in der Hoffnung, der Klang ihrer Stimme würde die Einsamkeit bannen. »Weiter oben in den Bergen hat es geschneit. Aber andererseits behält Caleb immer recht, nicht? Deshalb habe ich ihn auch als Führer eingestellt.«

Willows Körper durchlief ein Schauder bei der Erinnerung an die Grimmigkeit in Calebs Stimme, als er sie über Matthew ausgefragt hatte. Es war, als fühlte sich Caleb irgendwie durch die bloße Existenz ihres Bruders beleidigt.

»Nicht meines Bruders«, korrigierte sie sich selbst hastig. »Meines Ehemannes. Ich darf das nicht vergessen. Matthew ist mein Mann, nicht mein Bruder.«

Und dennoch konnte Willow an nichts anderes denken als an das erregende Funkeln in Calebs Augen, als er zugeschaut hatte, wie sie sich den Honig von den Fingern leckte, an den rauchigen Klang seiner Stimme, als er sie fragte, ob sie seine kleine Verletzung küssen würde, um sie zu lindern. Es hatte sie verlockt, so sehr verlockt, und er hatte es deutlich gemerkt. Er begehrte sie, sie fühlte sich zu ihm hingezogen, und er glaubte, sie wäre verheiratet.

Flammende Röte kroch plötzlich von Willows Brüsten bis hinauf zu ihren Haarwurzeln, als sie begriff, daß Caleb sie wahrscheinlich bestenfalls als Flirt betrachtete und schlimmstenfalls als...

Liebchen.

Sie holte tief Luft, um sich zu beruhigen. Es wäre ja nur noch für ein paar Tage. Eine Woche vielleicht. Dann würden sie bei den fünf Gipfeln angekommen sein, und Matthew würde sie finden, und sie könnten alle über ihre notwendige Tarnung als verheiratete Frau lachen. Aber bis dahin brauchte Willow ihre Tarnung nötiger als jemals zuvor.

Caleb war ein wildes, süßes Feuer in ihrem Blut.

8. Kapitel

Ein neugieriger, prickelnder Schauer der Erregung überlief Willow bei dem Gedanken an den Mann, dessen unberechenbares Naturell und spitzbübisches Lächeln sie ständig aus der Fassung brachten. Doch sie zwang sich energisch, an etwas anderes zu denken, konzentrierte sich statt dessen auf das Sonnenlicht, das rein und intensiv vom Himmel strahlte und die Dunstschleier über der regennassen Landschaft auflöste. Obwohl der Boden kühl war, erwärmte sich die Luft rasch, bis es fast heiß wurde.

Die Pferde waren aus dem Schutz des Waldes hervorgekommen und grasten am Rand der Lichtung. Sie fraßen hungrig, hoben von Zeit zu Zeit wachsam die Köpfe, waren aber ansonsten entspannt. Ihre Ruhe gab Willow die Gewißheit, daß niemand in der Nähe herumschlich. Eine Weile beobachtete sie, wie ihr nasses Fell in der sich rapide erwärmenden Luft dampfte, fühlte sich getröstet von der vertrauten Gegenwart ihrer Araber. Innerhalb einer Stunde würden die Pferde und auch die Wiese wieder trocken sein.

Willow kroch in den Unterschlupf und holte das Gewehr, eine Decke, Lavendelseife, Calebs Kavalleriehemd und ihr sauberes Mieder und die langen Batistunterhosen. Wieder forschte sie bei Ishmael nach irgendwelchen Anzeichen dafür, daß sie nicht allein auf der Wiese wäre, doch der Hengst schien keine Gefahr zu wittern. Beruhigt ging Willow zu dem kleinen Bach und folgte ihm ein Stück stromabwärts, wo sie eine von dichten Weidenbüschen umstandene Stelle direkt am Ufer fand. Hinter dem schützenden Schirm von Büschen zog sie sich aus, bis sie nur noch die scharlachroten Flanellunterhosen trug.

Als sie sich hinkniete und probeweise eine Hand in das Wasser tauchte, konnte sie nur mit Mühe einen Aufschrei unterdrücken. Der Bach war wesentlich kälter als die Flüsse, die sie von West Virginia her gewöhnt war, ganz zu schweigen von den sonnenerwärmten Teichen auf der Farm, wo sie gebadet hatte, wann immer sie sich hatte davonstehlen können.

»Die Sonne wird dich aufwärmen«, redete sie sich laut ein. »Jetzt mach, daß du ins Wasser kommst, bevor Caleb zurückkehrt.«

Willow versuchte, sich an die eisige Temperatur zu gewöhnen, indem sie entgegen ihrer sonstigen Gewohnheit erst ihr Haar zu waschen begann, statt sich gleich auszuziehen. Immer noch bekleidet, feuchtete sie ihr Haar an und rieb es mit Seife ein. Die Seife schien kaum Schaum zu bilden, wo sie auf Wasser traf. In aller Eile hatte Willow ihr Haar gesäubert und es zweimal mit klarem Wasser ausgespült. Sie wrang ihre langen Lokken aus und schüttelte sie über die Schultern zurück, damit sie trockneten. Dann streifte sie ihre Flanellhosen herunter und wusch sich unter Zähneklappern und erschrockenem Luftschnappen, wann immer kaltes Wasser eine besonders empfindliche Stelle ihres Körpers berührte.

Nachdem sie sich so gut wie möglich mit dem Flanell abgetrocknet hatte, schlüpfte Willow in ihre Batisthosen und das Mieder. Sie schüttelte Calebs großes Hemd aus, zog es sich über den Kopf, sammelte dann ihre Sachen ein und verließ das Dickicht auf der Suche nach einem warmen, sonnigen Plätzchen am Bachufer, um ihre Kleider zu waschen.

Hundert Meter weiter hob Ishmael ruckartig den Kopf und stellte die Ohren auf, als er Willow aus dem Gestrüpp hervorkommen sah. Eine Weile beobachtete er, wie sie dem Bachlauf folgte, und fuhr dann fort zu grasen. In dem sicheren Gefühl, daß sich niemand unbemerkt an sie heranschleichen konnte – außer vielleicht Caleb –, kniete Willow sich an den Bach, legte ihr Gewehr in Reichweite ab und machte sich daran, ihre Flanellunterwäsche zu waschen. Anschließend breitete sie die Wäsche auf dem Gras aus, um sie trocknen zu lassen.

Die Hitze der Sonne erstaunte sie. Jetzt schon begann der Schnee auf den Gipfeln sichtbar zu schmelzen, und die Schneegrenze wich mit jeder Minute, die verstrich, höher hinauf. Die Luft war fast heiß. Ihre seidige Trockenheit war wie ein belebendes Tonikum nach den Tagen voller Kälte und Regen. Willow konnte kaum glauben, daß sie nach Sonnenuntergang wieder das Bedürfnis nach dicker Kleidung verspüren würde. Im Augenblick war ihr trotz ihrer nassen Haare so warm, daß sie daran dachte, Calebs schweres Wollhemd auszuziehen, sich auf die Decke zu legen und ein Sonnenbad zu nehmen, während ihr Haar trocknete. Sie schloß einen Kompromiß, indem sie eine der Knopfreihen öffnete und das Kavalleriehemd auf der rechten Seite aufklappen ließ.

Die Pferde grasten weiterhin ruhig, gaben Willow das tröstliche Bewußtsein, daß niemand in der Nähe war. Sie schüttelte die Decke aus, legte das Gewehr daneben und begann, verhedderte Stellen aus ihrem hüftlangen Haar herauszukämmen. Es war eine mühevolle Tätigkeit, aber bald hing der größte Teil der vom Wasser dunkel gefärbten Strähnen glatt über ihren Rücken herab. Mit einem Seufzer der Erleichterung streckte Willow sich auf der Decke aus, um die Sonne ihr Werk vollenden und ihr Haar vollständig trocknen zu lassen. Danach würde sie ihre dichte Mähne noch einmal mit der Bürste glätten.

Die leichte Brise, das Summen der Insekten über der Wiese, das gedämpfte Zwitschern der Vögel und die heiße Sonne entspannten Willow und machten sie schläfrig. Es dauerte nicht lange, und sie war eingedöst.

Als Ishmael wieherte, schreckte sie mit einem Ruck aus dem Schlaf hoch. Ihre Hand schloß sich automatisch um das Gewehr, bevor sie erkannte, daß es Caleb war, der sich mit langen, leichtfüßigen Schritten näherte. Hastig setzte sie sich auf und schlang sich die Decke um die Beine. Ihr Haar glitt in einem ungezähmten Schwall goldblonder Locken über ihre Schultern nach vorn. Nervös tastete sie um sich herum den Boden ab, konnte aber ihre Bürste und den Kamm nicht finden.

»Nur gut, daß niemand in der Nähe ist«, sagte Caleb zur Begrüßung. »Bei Ihrem roten Hengst und der scharlachroten Unterwäsche, die auf dem Gras ausgebreitet liegt, müßte ein Mann schon blind sein, um uns zu übersehen.«

»Sie haben nichts davon gesagt, daß ich die Pferde im Wald halten sollte«, murmelte Willow, während sie die Wolldecke um ihre nackten Füße wickelte.

»Ich habe Ihnen auch nicht gesagt, Sie sollten Ihre Hosen anbehalten.«

Calebs Stimme klang neutral, ließ keinen Hinweis auf seine augenblickliche Stimmung erkennen. Willow spähte vorsichtig unter dem dichten Kranz ihrer dunkelbraunen Wimpern hervor zu ihm auf. Sein Lächeln ließ seine weißen Zähne unter dem dunklen Schnurrbart aufblitzen.

»Keine Sorge, Honey. Wenn ich Wert darauf gelegt hätte,

daß die Pferde im Wald bleiben, hätte ich sie selbst dort angepflockt. Und was Ihre Kleider betrifft«, sagte er, und in seinen Augenwinkeln bildeten sich Lachfältchen, »die fallen nicht annähernd so ins Auge wie der rote Hengst.«

Willow schenkte Caleb ein erleichtertes Lächeln. Der Tag war zu warm und zu unerwartet herrlich, um die Zeit mit Streitereien zu verschwenden. Calebs Mund verzog sich zu einem breiten Grinsen, als er sich bückte und die Bürste und den Schildpattkamm aufhob, die zwischen den langen Grashalmen hervorschauten.

»Haben Sie die hier gesucht?«

»Ja, danke.«

Statt sie in ihre ausgestreckte Hand zu legen, trat Caleb hinter Willow, ging in die Hocke und machte sich in aller Ruhe daran, ihr Haar zu kämmen. Nachdem er ihre erste erschrokkene Reaktion ignoriert hatte, akzeptierte Willow die kleine Geste der Intimität.

Für einen so großen Mann waren Calebs Hände erstaunlich leicht und sanft. Geduldig kämmte er die restlichen Knoten aus Willows langem, von der Sonne erwärmtem Haar. Mit einem unbewußten Seufzer des Wohlbehagens entspannte sie sich unter seinen Händen.

Calebs Augen verengten sich, als er ihre Reaktion bemerkte. Er achtete jedoch sorgfältig darauf, daß Willow nichts von seiner eigenen Reaktion sehen konnte, denn er zweifelte an seiner Fähigkeit, den Hunger in seinen Augen und die Erregung seines Körpers verbergen zu können. Behutsam strich er mit dem Kamm durch das strahlende Gold ihrer Haare und löste alle verhedderten Stellen, bevor er zu der Bürste überwechselte, ohne den langsamen Rhythmus seiner Hände dabei zu unterbrechen.

»Sie machen das sehr gut«, sagte Willow nach einer Weile des Schweigens.

»Ich hatte auch viel Übung, als ich ein Junge war. Meine Mutter erwartete damals ein weiteres Baby und hatte unter starken Beschwerden zu leiden. Die meiste Zeit war sie so krank, daß sie noch nicht mal ihr Haar waschen und auskämmen konnte.«

»Sie haben das für Ihre Mutter gemacht?«

Caleb bekundete seine Zustimmung mit einem knurrenden Laut. »Mom hatte keine Töchter und keine anderen lebenden Kinder, bis Rebecca zur Welt kam.«

»Ihre Schwester?«

»Ja, meine kleine Schwester. Sie war so hübsch, so geschmeidig und flink wie ein Nerz. Alle Jungen waren hinter ihr her, aber sie wollte nichts von ihnen wissen, bis...«

Willow hörte die Traurigkeit und auch den Zorn in Calebs Stimme und ahnte, daß das Mädchen namens Rebecca keine glückliche Wahl mit ihrem Mann getroffen hatte.

»Es tut mir leid«, flüsterte sie und berührte zart Calebs Hand, die auf ihrer Schulter ruhte. »Es ist sicher sehr hart für Sie, nicht bei Ihrer Familie zu sein.«

Caleb hegte keinerlei Zweifel, daß Willow jedes ihrer Worte ehrlich meinte. Er bezweifelte auch nicht, daß sie keinen Zusammenhang herstellte zwischen sich selbst und einem Mädchen namens Rebecca Black. Nachdem er eine Weile darüber nachgegrübelt hatte, ging ihm auf, daß Willows Unwissenheit kaum überraschend war. Reno würde ganz sicher nicht eine Eroberung mit der anderen diskutieren.

Ärger wallte in Caleb auf, aber sein Zorn war im Moment kein gleichwertiger Gegner für die Begierde, die jeden Zentimeter seines großen, kraftvollen Körpers in Flammen versetzte. Er hob eine Faustvoll von Willows dichtem Haar hoch und ließ es in einer seidigen, goldenen Kaskade aus seinen Fingern gleiten. Zarter Lavendelduft stieg zu ihm auf. Er wußte, daß ihre Kleider nach derselben Lavendelseife riechen würden, die sie für ihr Haar benutzt hatte. Er atmete tief ein, ließ den blumigen Duft seine Lungen füllen. Aus irgendeinem Grund mochte er Lavendel sogar noch mehr als die Leinensäckchen mit getrockneten Rosenknospen, die Jessica Charteris bevorzugt hatte. Lavendel erfrischte und verlockte seine Sinne gleichermaßen.

»Mein Vater war Landvermesser bei der Armee«, sagte Caleb fast abwesend, während er auf die glänzende Haarflut starrte, die über Willows schmalen Rücken hinabfloß. »Er war viel unterwegs und nur selten zu Hause. Ich tat, was ich konnte, um Mutter behilflich zu sein. Am liebsten mochte ich es, ihr Haar zu bürsten. Es war schwarz und glatt wie meines. Wenn Licht auf ihr Haar fiel, sah es aus, als schimmerten blauweiße Regenbögen darin. In meinen Augen war es das weichste, schönste Haar auf der Welt. Bis jetzt.«

Willow erschauerte, als Calebs Handfläche liebkosend von ihrer Stirn bis zu ihrem Nacken hinunterstrich und sich in ihrer Haarfülle vergrub. Er hob die Hand und ließ die glatten Strähnen zwischen seinen Fingern hindurchgleiten.

»Weich wie das Fell eines jungen Kätzchens«, murmelte er heiser. »Und so golden wie die Sommersonne. Meine Mutter hat mir früher häufig Märchen über Prinzessinnen mit Haaren wie Ihre vorgelesen. Ich habe die Geschichten nie geglaubt, bis heute. Ihr Haar zu berühren, ist, als berührte man Sonnenlicht.«

Caleb fuhr fort, Willows seidige Locken mit sanften Handbewegungen zu glätten. Strähnen von Gold bewegten sich und knisterten unter seiner Berührung. Als wären sie lebendig, hoben sich einzelne Haarfäden und blieben an seinen Händen haften, in einer schweigenden Aufforderung, die sanften Liebkosungen fortzusetzen. Strähnen folgten seinen Fingern, legten sich auf seine Schultern und breiteten sich in stummer Einladung fächerförmig auf seiner Brust aus. Caleb kämpfte gegen die Versuchung an, sein Hemd aufzuknöpfen, um die seidige Berührung auf seiner nackten Haut zu fühlen. Sein Hemd blieb zugeknöpft, aber er konnte sich selbst nicht daran hindern, eine Handvoll ihres duftenden Haars an seiner Wange zu reiben. Er inhalierte tief, zwang dann seine Finger, die goldschimmernde Pracht loszulassen.

»Ich glaube, die K-Knoten sind raus«, sagte Willow zögernd. »Sollte ich mich jetzt nicht besser anziehen?«

Das sinnliche Erschauern in ihrer Stimme ließ Caleb lächeln. »Hat keine Eile. Wir werden heute nirgendwohin gehen. Ich dachte, ich fange noch eine Portion Forellen und sammle noch ein paar Kräuter, bevor das Wetter wieder umschlägt.«

»Noch mehr Regen?«

»Wahrscheinlich.«

»Wann?«

»Nach Sonnenuntergang.«

Willow seufzte. »Man hat mir erzählt, die Prärie wäre trokken.«

»Das ist sie auch. Allerdings sind wir jetzt in den Bergen. Aber verglichen mit der Gegend, aus der Sie gekommen sind, ist es sehr trocken hier. Deshalb lecken Sie sich auch ständig die Lippen.«

»Tue ich das?«

»Und ob Sie das tun, Honey. Falls Sie irgendwelches Öl in Ihrer dicken Reisetasche mit sich herumschleppen, sollten Sie etwas davon auf die Lippen auftragen. Speckfett leistet gute Dienste, aber man bekommt den Geschmack sehr schnell über.«

Mehrere Augenblicke lang hörte man nur das Flüstern weicher Borsten, die durch Willows langes Haar glitten. Willow schloß die Augen und genoß den unerwarteten Luxus, ihr Haar von jemand anderem bürsten zu lassen. Dann schoß ihr ein Gedanke durch den Kopf.

»Wie werden Sie die Forellen fangen?«

»Auf dieselbe Art wie gestern abend.«

»Und wie war das?«

»Mit meinen Händen.«

Sie wandte sich um und blickte ihn mit großen, haselnußbraunen Augen über ihre Schulter hinweg an. »Sie wollen mich foppen, was?«

»Ein bißchen vielleicht.« Wieder sog Caleb genüßlich ihren

Duft ein. *Aber nicht so sehr wie mich selbst.* »Machen Sie die Augen zu, Sie lenken mich ab.«

»Wenn ich die Augen schließe, erzählen Sie mir dann, wie Sie wirklich Forellen fangen?«

»Sicher.«

Lange, braune Wimpern senkten sich, bis sie auf Willows zarten Wangen ruhten. Sonnenschein verfing sich in den dichten Wimpernkränzen, erzeugte winzige, irisierende Lichtblitze. Caleb sah es voller Faszination und sehnte sich danach, mit seiner Zungenspitze über die seidigen Fransen zu gleiten.

»Meine Augen sind geschlossen«, crklärte Willow, als Caleb nicht sprach.

»Ich hab's bemerkt. Wie haben Sie so lange Augenwimpern bekommen, Honey?«

»Ich habe sie einem Kalb gestohlen.«

Er lachte leise und schüttelte belustigt den Kopf über ihre Schlagfertigkeit.

»Caleb«, meinte sie schmeichelnd, »wie fangen Sie Forellen mit Ihren bloßen Händen? Ich habe noch von keinem gehört, der so etwas kann.«

»Selbst Matthew Moran nicht?«

Sie schüttelte den Kopf. »Selbst Matt nicht.«

Mit einem zufriedenen Brummlaut machte Caleb sich wieder daran, Willows Haar zu bürsten, bewunderte seinen Glanz und seine Weichheit. Als er erneut zu sprechen begann, lag ein subtiler Unterschied in seiner Berührung; er verweilte ein wenig länger auf der schlanken Kurve ihres Nackens, zeichnete die langen Haarlocken nach, die sich ihren Arm hinunterringelten, ließ die Bürste in einer sinnlichen Liebkosung über ihren Rücken hinabgleiten, die Willow ermutigte, sich seiner warmen Handfläche wie eine Katze entgegenzubäumen.

»Zuallererst«, sagte er heiser, »muß man Forellen finden, die nicht total verschreckt worden sind von einer Südstaatenlady, die in ihrem Wohnzimmer ein Bad genommen hat.«

Willow kicherte hinter vorgehaltener Hand.

»Es ist wahr«, fuhr er fort, während er spielerisch an einer Haarlocke zog. »Forellen sind wie schöne Mädchen – nervöse, flatterhafte Geschöpfe, die viel Besänftigung brauchen, bevor sie sich einfangen lassen.«

Die Bürste wanderte liebkosend von Willows Oberkopf zu ihrem Nacken hinunter, gefolgt von Calebs Hand. Lange Finger glitten zwischen die dichten Haarsträhnen und streichelten die schlanke Wölbung ihres Nackens. Sie erschauerte, fragte sich, ob die Berührung nur zufällig war. Wieder strichen seine Fingerspitzen über ihren Nacken und zeichneten den Haaransatz in einer Liebkosung nach, so leicht wie ein Atemzug.

»Also schleicht sich ein Mann, der es auf Forellen abgesehen hat, ganz leise und vorsichtig zum Bachufer«, fuhr Caleb fort, und seine Stimme klang so träge und sanft murmelnd wie der Wind. »Dann kniet er sich langsam hin und taucht seine Hand hinter einer Forelle ins Wasser.«

Im Sprechen raffte er mit einer Hand Willows goldene Haarflut zusammen und hob sie hoch, um die Unterseite zu bürsten. Einige der Strähnen entglitten seinen Fingern und verfingen sich in den großen Knöpfen des Kavalleriehemds, das Willow trug. Caleb legte die Bürste ins Gras und begann, die schimmernden Locken zu entwirren. Kaum hatte er eine Strähne von der Knopfreihe befreit, da wand sich auch schon die nächste aus seinem Griff, fiel nach vorn und verhakte sich in den Knöpfen.

»Verdammt«, knurrte er leise und versuchte, Willows seidige Mähne mit beiden Händen zusammenzuraffen. Vergeblich. »So funktioniert es nicht. Heben Sie Ihre Arme, Honey. Höher. Ja, so ist es gut.«

Caleb schälte Willow mit so betont sachlicher Miene aus dem Hemd, daß sie nicht auf die Idee kam zu protestieren, bis es zu spät war.

»Caleb, ich…«

»Man taucht also seine Hände ins Wasser«, fuhr er fort, ohne auf Willows Einwand einzugehen, »und verhält sich dann eine

Zeitlang absolut ruhig, so als hätte man nichts anderes im Sinn, als am Bachufer zu sitzen und zu träumen.«

Wieder glitt die Bürste durch Willows Haar, ließ lustvolle Schauer über ihre Kopfhaut rieseln, die von der sanften Hand, die jedem Bürstenstrich folgte, nur noch verstärkt wurden. Die Strähnen, die nach vorn fielen, verhakten sich nun nicht mehr an Knöpfen, sondern breiteten sich statt dessen als ein goldener Schleier über ihrem Mieder aus. Unter dem feinen Batist zeichnete sich die volle Rundung ihrer Brüste ab.

Willow beobachtete, wie Haarlocken von ihren Brüsten glitten, so daß ihre Kuppen nur knapp bedeckt waren. Sie biß sich verlegen auf die Lippen, fragte sich, ob ihr Haar genügend von den Umrissen ihres Körpers verhüllte.

»Ist schon in Ordnung«, sagte Caleb, der ihre Anspannung spürte, besänftigend. Er streichelte das glänzende Haar, das über ihre Schultern und ihren Rücken fiel. »Ihr Haar bedeckt Sie ebensogut, wie es mein Hemd getan hat. Oder frieren Sie?«

Sie schüttelte den Kopf. Die Bewegung ließ Lichtfunken auf ihrem Haar tanzen. »Die Sonne ist fast heiß.«

»Das ist sie.«

Calebs Stimme klang so tief und gedämpft, daß sie sich wie das Schnurren einer großen Katze anhörte. Ohne seinen Rhythmus zu unterbrechen, fuhr er fort, Willows Haar mit langsamen, sanften Strichen zu bürsten, bis sie aufseufzte und sich erneut entspannte, sich einem Vergnügen hingab, so köstlich, daß sie ein wohliger Schauer durchrieselte.

»Wie gut sich das anfühlt«, flüsterte sie.

»Für mich auch«, erwiderte Caleb, während er zart mit der Hand über ihren Kopf streichelte. Er lachte leise. »Ich glaube, Ihr Haar mag mich genausosehr, wie ich es mag.«

Willow gab einen fragenden Laut von sich.

»Sehen Sie nur«, murmelte er.

Die Bürste folgte einer dicken Haarsträhne, die über Willows rechte Schulter gefallen war und sich fächerförmig auf ihrer Brust ausbreitete.

»Sehen Sie?« Er hob die Bürste langsam an. Glänzende Haarsträhnen hoben sich träge, blieben an der Bürste und an seiner Handkante haften. »Es folgt mir.«

Einen Moment lang war Willow zu schockiert, um zu sprechen. Das Gefühl der weichen Bürstenborsten auf ihrer Brust hatte ihre Knospen abrupt zum Leben erweckt und ein sinnliches, erregtes Prickeln auf ihrer Haut ausgelöst, das sie schwach machte. Sie schloß die Augen, als sich plötzlich eine seltsame, ungekannte Glut in ihrer Magengrube ausbreitete. Die Empfindung war gleichzeitig durchdringend und süß, anders als alles, was sie jemals zuvor gefühlt hatte.

»Wir wollen mal sehen, ob mich die andere Seite auch so mag«, sagte Caleb rauh.

Die Bürste strich sanft über den goldenen Haarschleier, der Willows linke Brust verhüllte. Als sich die Bürste hob, folgten Fäden schimmernden Haares, schmiegten sich knisternd an die Borsten und die männliche Hand, die den Griff umfaßt hielt.

»Ja«, murmelte er heiser und starrte auf die volle Brust, deren feste Knospe den Haarschleier in der Mitte teilte. »Ich glaube, sie mag mich.«

Willow war zu keiner Erwiderung fähig. Der Atem stockte ihr in der Kehle, als ihr Körper unter einem neuerlichen Ansturm lustvoller Gefühle erbebte. Caleb hörte, wie sie scharf die Luft einsog, und sein eigener Körper reagierte mit schokkierender Heftigkeit darauf, sein Herz begann zu hämmern, bis er jeden Pulsschlag in dem harten Fleisch zwischen seinen Schenkeln spüren konnte. Er hatte erwartet, Willow würde aufspringen und brüsk seine Hände wegschieben oder ihn wütend anfahren, weil er es wagte, sie auch nur mit der Bürste zu berühren.

Er hatte nicht damit gerechnet, daß ihre Brüste unter einer einzigen Liebkosung aufblühen würden, bis sich ihre Knospen fest und hart gegen die fast durchsichtige Spitze des Mieders drängten. Die intensive Sinnlichkeit ihrer Reaktion war ebenso erschreckend wie die Intensität seiner eigenen Leidenschaft für

Willow, einer Leidenschaft, die ihn so stark erzittern ließ, daß er den schlanken Griff der Bürste mit aller Macht festhalten mußte, um sie nicht an die Wildheit zu verlieren, die seinen Körper erschütterte.

Caleb war unfähig zu sprechen, kaum in der Lage zu atmen, doch er zwang sich, weiter mit langsamen, verführerischen Strichen über Willows Haar zu bürsten, während er ihre Kopfhaut, ihren Nacken, die schlanke Länge ihres Rückens liebkoste. Er verzehrte sich danach, noch einmal über den goldenen Haarschleier auf ihren Brüsten zu gleiten, aber er traute sich nicht, die Bürste wegzulegen und statt dessen seine Hände unter Willows Mieder zu schieben, bis er ihre harten, samtigen Knospen gegen seine Handflächen drücken fühlen konnte. Er sehnte sich so intensiv danach, daß seine Hände zitterten.

Aber er wußte, es war noch zu früh. Selbst die vertrauensvollste Forelle ließ sich nicht im Sturm nehmen. Und Willow vertraute ihm nicht völlig. Caleb spürte die Widersprüchlichkeit ihrer Gefühle ganz deutlich. Wenn er jetzt ihre Brüste streichelte, würde Willow unweigerlich davonlaufen. Einzig und allein das Wissen um ihr Mißtrauen veranlaßte ihn, seine Hände dort zu lassen, wo sie waren, und mit langsamen, bedächtigen Strichen über die Haarflut auf ihrem Rücken zu bürsten, die nichts von dem leidenschaftlichen Flackern in seinen Augen ahnen ließen.

»Ich halte also meine Hände absolut still im Wasser und warte ab, bis sich die Fische beruhigt haben«, begann Caleb erneut. »Dann rücke ich langsam näher an die Forelle heran. Ich muß es so behutsam und vorsichtig tun, daß die Fische meine Anwesenheit als normal akzeptieren. Während ich mich allmählich näher heranbewege, muß ich das Verhalten der Forelle entschlüsseln. Wird sie unruhig? Hat sie Angst?«

»Woher wollen Sie wissen, was eine Forelle fühlt?« fragte Willow mit rauchiger Stimme.

»Wie mein Daddy früher immer zu sagen pflegte: ›Du mußt die kleinen Biester sehr, sehr sorgfältig beobachten.‹«

Willow lächelte über Calebs Imitation des schottischen Akzents. Sie seufzte lautlos und entspannte sich wieder ein wenig mehr mit jedem sanften Bürstenstrich.

»Verstehen Sie«, fuhr Caleb mit tiefer, träger Stimme fort, »die Forelle muß denken, meine Hand wäre nur ein Teil des Bachs, nicht mehr als eine Strömung, die über sie hinwegfließt. Wenn ich mich zu hastig bewege, flieht die Forelle. Dann muß ich wieder ganz von vorn anfangen. Geduld ist der Schlüssel. Das und die Tatsache, daß Forellen das Gefühl des Wasserstroms, der über ihre schlanken Körper gleitet, von Natur aus lieben.«

»Tun sie das wirklich?« fragte Willow in ungewöhnlich heiserem Tonfall.

»Warum sollte eine Forelle sonst die schnellste Strömung aufsuchen und wie hypnotisiert an der Stelle verharren, während das Wasser sie von allen Seiten liebkost?«

Das Gewicht von Willows Mähne hob sich, als Caleb ihr Haar erneut auf der Unterseite zu bürsten begann. Er sammelte alle seidigen Strähnen ein und schlang ihre Haare fest um sein Handgelenk. Ein wohliges Gefühl durchströmte Willow, als sie die warme Sonne auf ihrem entblößten Nacken fühlte.

»Stellen Sie sich das Gefühl vor«, flüsterte Caleb an ihrem Hals. Im Sprechen streifte seine Wange ganz sacht über ihren Nacken. »Der rasch dahinfließenden Strömung ausgesetzt...«

Zuerst dachte Willow, es wäre ihre eigene weiche Bürste, die so köstlich über ihre Haut flüsterte. Dann spürte sie Calebs warmen Atem und wußte, es war sein Bart, der sie liebkoste.

»...all die empfindliche Haut, die gestreichelt wird... überall gleichzeitig... am ganzen Körper...«

Willows Herz begann so wild zu hämmern, daß sie sicher war, Caleb müsse es hören. Er wiederholte die köstliche Liebkosung und entlockte Willow ein leises Stöhnen.

Der Laut war wie ein Messer, das durch Calebs Selbstkontrolle schnitt. Der unterdrückte weibliche Aufschrei hätte Leidenschaft bedeuten können. Aber auch Furcht. Caleb konnte es nicht herausfinden, ohne Willow noch intimer zu berühren, und er war ein zu erfahrener Jäger, um sich jetzt schon zu derartigen Zärtlichkeiten hinreißen zu lassen. Wenn es Leidenschaft war, die sie erbeben ließ, dann würde weitere Verführung sie nur um so begieriger machen. Wenn es Angst war, wäre weitere behutsame Verführungstaktik angebracht.

Es war noch keinem Mann gelungen, die Forelle zu verspeisen, die ihm entwischte.

Als Caleb Willows Haar freigab und wieder die Bürste zu benutzen begann, zitterte Willow zu heftig, um es verbergen zu können.

»Sind die K-Knoten noch nicht h-heraus?« fragte sie erschauernd.

»Nicht ganz, Honey. Es sind noch ein paar übrig, die ich herausbürsten muß. Danach werde ich Ihr Haar flechten. Die Ehefrau eines Armeeangehörigen hat mir einmal gezeigt, wie man einen eleganten französischen Zopf flechtet.«

Willow erhob keine weiteren Einwände, weil sie nicht so recht wußte, was sie tun sollte. Caleb hatte nichts getan, was ihr mißfiel. Noch hatte er sie zu größerer Intimität gedrängt. Es gab allerdings noch ein Problem. Wenn Willow jetzt aufstand, um zu gehen, würde sie den Schutz der Decke verlieren, die ihre nackten Beine verhüllte.

Vor allem aber würde sie – wie sie sich insgeheim eingestand – des puren Vergnügens beraubt, Calebs große, sanfte Hände über ihr Haar streicheln zu fühlen, und des Bewußtseins, daß er die Liebkosungen ebensosehr genoß wie sie.

Seufzend gab Willow sich erneut der köstlichen Empfindung hin, seine Finger durch ihr Haar gleiten und sanft, fast liebevoll an den Strähnen ziehen zu fühlen. Ihre Nervosität legte sich mehr und mehr, denn sie war sicher, wenn sie Caleb bitten würde, aufzuhören, würde er es tun.

Und mit dieser Sicherheit sah sie keine Veranlassung, ihn darum zu bitten.

Das Unbehagen, das Willow erfaßt hatte, schwand, hinterließ eine Art von innerem Frieden und Wohlbehagen, das sich mit jeder sanften Bewegung von Calebs Hand weiter in ihrem Körper ausbreitete. Lächelnd schloß Willow die Augen und fragte sich, ob einer Forelle wohl auch so wohl und gelöst zumute war, wenn sie sich der liebkosenden Strömung eines Flusses aussetzte.

»Und nachdem die Forelle Ihre Hand als Teil des Wassers akzeptiert hat«, murmelte sie, »was passiert dann?«

Caleb atmete mit einem unhörbaren Seufzer aus. Er spürte, wie Willow sich entspannte, und wußte jetzt, ihr Zittern war ebensosehr Mißtrauen wie Leidenschaft gewesen. Das Wissen machte ihn nachdenklich und verstärkte gleichzeitig die Intensität seiner eigenen Begierde. Willow war besorgt, unsicher, beinahe verängstigt, und dennoch konnte sie sich seinen sinnlichen Verlockungen ebensowenig verweigern, wie die Forelle der Intimität der liebkosenden Strömungen widerstehen konnte.

»Dann streichelt man die Forelle langsam und sanft«, erklärte Caleb mit tiefer Stimme und legte die Bürste beiseite. »Bis sie vor Wohlbehagen verwirrt ist.«

»Ist das möglich?« flüsterte Willow. »Kann man soviel sinnliches Vergnügen empfinden, daß man darüber seine Angst vergißt?«

»Es ist möglich.« Er faßte ihr Haar erneut zusammen und küßte sie zart auf den Nacken. »Es erfordert nur viel Geduld und Behutsamkeit.«

Er gab ihr Haar frei, so daß es über seine eigene Schulter fiel. Vorsichtig, langsam, als könnte er Willow durch seine Handflächen absorbieren, ließ er seine Hände von ihren Schultern bis zu ihren Fingerspitzen hinuntergleiten und wieder hinauf, wobei er die empfindliche Haut an der Innenseite ihrer Oberarme streichelte.

»Caleb?« flüsterte Willow zitternd.

»Ist ja schon gut, kleine Forelle.« Er hob Willow hoch und drehte sie herum, bis sie ihn anschaute. Sein Daumen strich über ihre Unterlippe und preßte ihn dann einen Moment in einer sinnlichen Berührung auf ihren Mund, die fast einem Kuß gleichkam. »Ich werde so sanft wie Sonnenlicht mit dir sein.«

Leuchtende, haselnußbraune Augen blickten Caleb an. Fasziniert beobachtete er, wie sich die Farbe ihrer Iris veränderte, zwischen Sprenkeln von Blau und Grün und Gold wechselte, niemals gleich, bezaubernder mit jeder Minute, die er in ihre Augen schaute

»Hast du Angst vor mir?« fragte er heiser.

Willow schüttelte langsam den Kopf; die Bewegung ließ goldene Lichter in ihrem Haar aufblitzen und heftige Begierde in dem Mann entbrennen, der so dicht vor ihr kniete.

»Manche Männer sind grob«, murmelte Caleb, während er sich langsam zu Willows Mund herabbeugte und einen knappen Zentimeter vor ihren Lippen innehielt. »Ich gehöre nicht dazu. Ich habe noch niemals eine Frau bedrängt, die mich nicht wollte. Und das werde ich auch nie tun. Schenk mir ein paar Küsse, Südstaatenlady. Wenn du dann entscheidest, daß du mich nicht willst, werde ich von dir lassen.« Er beugte seinen Kopf noch ein wenig mehr und flüsterte dicht an ihren Lippen: »Glaubst du mir?«

Calebs warmer, liebkosender Atem ließ Willow erschauern. »Ja«, seufzte sie.

Das plötzliche leidenschaftliche Aufflackern in seinen Augen ängstigte sie. Sie senkte ihre Wimpern, schirmte sich vor dem goldenen Feuer ab. Als seine Lippen mehrmals zart über ihre streiften, zitterte sie. Dies hier war so völlig anders als die wenigen Male, die sie in der Vergangenheit geküßt worden war. Die Jungen waren übereifrig wie junge Hunde gewesen und ebenso tolpatschig.

Calebs Kuß oder seine schlanken Hände, die ihr Gesicht so behutsam hielten, daß sie die Berührung kaum spürte, hatten ganz und gar nichts Ungeschicktes. Wieder und wieder streifte er mit seinem Mund über ihren, langsam, rhythmisch, lehrte sie, den nächsten warmen Druck seiner Lippen zu erwarten, den nächsten Schauer der Erregung, wenn sein Schnurrbart den zunehmend empfindlichen Punkt an ihrer Oberlippe streichelte.

Als sich die erwartete Erregung nicht einstellte, öffnete Willow die Augen und flüsterte Calebs Namen.

»Ja?« fragte er und zwang sich, nicht den Mund zu küssen, der so verführerisch unter seinen Lippen bebte.

»Würdest du... mich noch einmal küssen?«

»Das waren keine Küsse.«

»Nicht?«

»Ebensowenig, wie eine Handvoll Sonnenlicht einen ganzen Tag ausmacht. Möchtest du, daß ich dich küsse?«

Sie nickte, und die Kopfbewegung ließ duftendes, seidiges Haar über seine Hände gleiten.

Lächelnd beugte Caleb sich wieder zu Willow herab. Wieder streiften seine Lippen in einer Liebkosung über ihre, nach der sie rapide süchtig geworden war. Dann glitt seine Zungenspitze zwischen ihre zitternden Lippen. Willows Atem entwich in einem winzigen, schockierten Laut, und sie versteifte sich.

»Liebling? Ich dachte, du wolltest, daß ich dich küsse.«

»D-das will ich ja auch.«

Caleb blickte forschend in ihre Augen, fragte sich, was auf einmal nicht stimmte. »Warum bist du dann zurückgewichen?«

»Ich... ich bin nicht an Küsse gewöhnt. Es ist... schon Jahre her.«

Schwarze Wimpern senkten sich rasch, verhüllten das Auflodern von Leidenschaft in Calebs goldenen Augen. Die Erkenntnis, daß Willow so lange nicht mehr von einem Mann berührt worden war, ließ ein tiefes Gefühl der Befriedigung in Caleb aufsteigen. Sie war vielleicht ein lockeres Weibchen, aber sie verschenkte ihre Gunst nicht wahllos.

»Ist schon in Ordnung, Liebling. Wir werden langsam und vorsichtig an die Sache herangehen, so als wäre es für dich das erste Mal.«

Calebs lange Finger gruben sich tiefer in Willows Haar, suchten die Wärme ihrer Kopfhaut, massierten sie sanft. Willow seufzte wohlig. Caleb senkte erneut den Kopf und streifte langsam und behutsam mit seinen Lippen über ihre, verstärkte den Druck allmählich, bis sich ihre Lippen teilten. Dieses Mal wich Willow nicht zurück, als seine Zungenspitze ihre Oberlippe berührte. Als er zärtlich mit der Zunge die Konturen ihres Mundes nachzeichnete, seufzte Willow lustvoll unter der unerwarteten Liebkosung. Er wiederholte die aufregend sinnliche Berührung, bevor er seine Zunge in ihren Mund gleiten ließ und dic weiche Innenseite ihrer Lippen streichelte.

»Minze«, flüsterte er lächelnd an ihrem Mund. »Laß mich mehr davon schmecken.«

Sie zögerte, flüsterte dann: »Wie?«

»Leck über deine Lippen.«

Mechanisch gehorchte Willow. Sie verstand nicht, warum sich Calebs goldene Augen plötzlich verengten, als er sie dabei beobachtete.

»Noch einmal.«

Im Sprechen beugte er den Kopf, bis er der zögernden Bewegung ihrer Zunge mit seiner eigenen folgen konnte. Willow zitterte und umklammerte mit beiden Händen seine muskulösen Unterarme, aber sie wich nicht zurück.

»Minze«, murmelte er rauh. Verzehrende Leidenschaft erfaßte ihn, Begierde marterte seinen Körper. »Gott, ich werde niemals wieder Minze schmecken, ohne mich an diesen Kuß zu erinnern. Leck meine Lippen, Süße. Dein Geschmack macht mich wahnsinnig.«

»Caleb«, flüsterte Willow.

Mehr brachte sie nicht heraus.

»Weißt du nicht mehr, wie?« murmelte er. »Ist schon in Ordnung. Ich zeige es dir mit Freuden.«

Leicht, ganz leicht, ließ er seine Zunge über Willows bebende Lippen gleiten, bevor er sie sanft in ihren Mund schob, die weiche Innenfläche ihres Lächelns in einer Liebkosung streichelte, die Willow zum ersten Mal bewußtmachte, wie empfindlich ihre Lippen sein konnten. Bewegungslos bis auf das heftige Klopfen ihres Herzens gab sie sich seinem Kuß hin, wünschte, dieser Augenblick würde niemals enden.

Er dauerte zumindest eine kleine Ewigkeit.

»Jetzt bist du an der Reihe«, murmelte Caleb schließlich dicht an Willows Mund.

Ein enttäuschter Laut entrang sich ihrer Kehle, der Caleb sagte, wie sehr sie das zärtliche Spiel seiner Zunge genossen hatte.

»Irgendwas nicht in Ordnung?« fragte er neckend.

»Ich habe mir gewünscht, der Kuß würde niemals aufhören«, gestand sie leise.

»Das war immer noch nicht das, was ich einen Kuß nennen würde.«

»Nicht?«

»Nein.« Einen flüchtigen Moment lang streifte Calebs Mund über ihren. Seine Zunge schnellte vor, kostete von ihr. »Aber wir kommen der Sache schon näher, Liebling. Immer näher. Jetzt leck meine Lippen.«

Zögernd gehorchte Willow. Zuerst wagte sie Caleb kaum zu berühren. Die ängstliche Liebkosung hätte auf Schüchternheit beruhen können oder auf dem Wissen einer erfahrenen Frau, die es versteht, einen hungrigen Mann zu reizen und hinzuhalten. Caleb rührte sich nicht, wartete mit der Geduld eines Jägers, wohl wissend, daß sinnliches Necken bei einem Mädchen von Willows Leidenschaftlichkeit in jedem Fall funktionierte.

Und an ihrer Leidenschaftlichkeit zweifelte er nicht. Die Glut, die sie andeutungsweise enthüllt hatte, war eine größere Verlockung für ihn als ihr goldenes Haar und die süßen Kurven ihres Körpers. Die Leidenschaft in ihr rief unerbittlich nach ihm, ein Sirenengesang von Ekstase und Verzückung.

Nach ein paar schnellen Berührungen wurde Willow mutiger. Ihre Zungenspitze verweilte einen Moment länger auf Calebs Mund, zeichnete sein träges, sinnliches Lächeln nach. Sie entdeckte, daß sich seine Lippen so glatt und warm wie Sonnenstrahlen auf Seide anfühlten. Die Konturen seines Mundes waren so empfindlich wie ihre eigenen, denn sie fühlte deutlich den erregten Schauer, der durch seinen Körper lief, wenn sie ihre Zungenspitze um seine Lippen kreisen ließ. Die Erkenntnis, daß sie Calebs kraftvollen Körper in diesem Ausmaß erregen konnte, ließ etwas tief in ihrem Inneren erwachen und sich strecken wie eine Katze, die aus dem Schlaf aufwacht. Glut durchströmte sie pulsierend, als ihr Verlangen wuchs.

Ohne es zu wissen, lehnte Willow sich näher an die verführerische Kraft und Hitze des Mannes, der ihr Gesicht so sanft zwischen seinen Händen hielt. Wieder liebkoste ihre Zunge ihn langsam, sorgfältig, glitt dann mutig zwischen seine geöffneten Lippen, spürte die samtige Oberfläche seines Gaumens, kostete ihn und gleichzeitig sich selbst, genoß den pikanten Geschmack von Minze, vermischt mit der Hitze eines Mannes.

Als Willow schließlich den Kopf hob, waren Calebs Augen bis auf einen glitzernden Spalt von Gold geschlossen.

»War das ein Kuß?« flüsterte sie.

»Nicht ganz«, murmelte er heiser.

»Habe ich etwas versäumt?«

»Öffne den Mund, und ich zeige es dir.«

»Was?«

»So ist es richtig«, hauchte er. »Genau so.«

Mit einer einzigen, schnellen Kopfbewegung beugte Caleb sich herab und umfing Willows Mund mit seinem. Seine Zungenspitze glitt über die Innenfläche ihrer Lippen in einer Liebkosung, die mit jedem Mal aufregender wurde. Als seine Zunge zwischen ihre Zähne glitt und sie mit neuer Intimität kostete, versteifte Willow sich und atmete dann zitternd aus.

»Wir sind fast da«, murmelte Caleb dicht an ihren Lippen. »Öffne deinen Mund für mich, Honey. Laß mich deine süße, verführerische kleine Zunge kosten.«

Einen Moment lang zögerte Willow, aber die Verlockung von Calebs Mund war stärker als ihre Scheu.

»Noch ein wenig mehr«, schmeichelte er, blickte mit einem Hunger auf ihre blutroten, feuchten Lippen, den er nicht verbergen konnte. »Nur noch ein bißchen mehr... ja, so. Laß mich dich sehen, dich kosten...«

Calebs Worte endeten in einem erregten Stöhnen, als sich sein Mund nahtlos über Willows geöffneten Lippen schloß. Das samtige Eindringen seiner Zunge war ein Schock und gleichzeitig eine lustvolle Enthüllung für sie. Als er seine Zunge langsam zurückzog, um sie gleich darauf noch tiefer in ihren Mund zu schieben, entrang sich ihrer Kehle ein winziger Schrei.

Der Laut ließ jeden Muskel in Calebs kraftvollem Körper anspannen. Langsam, behutsam fuhr er fort, Willows Mund zu liebkosen, ihre Zunge zu streicheln, sie in seinen eigenen Mund zu locken, ihr zu zeigen, wie aufregend und verführerisch ein Kuß sein konnte. Der träge Tanz von Verführung und Rückzug hielt an, bis Willow alles um sich herum vergaß. Einzig das Hämmern ihres Herzens und Calebs Geschmack, der sich wie ein Feuer nach einem Leben ewiger Kälte in ihr ausbreitete, nahm sie noch wahr. Sie ließ ihre Hände von seinen Unterarmen zu seinen Schultern hinaufgleiten und von dort um seinen Hals, um ihn fester an sich zu ziehen. Seine Arme schlangen sich um sie und preßten sie an seine Brust, bis sich ihre Knospen an harte Muskeln schmiegten.

Brennende Lust durchströmte Willows Körper, als ihre Knospen sich abrupt erregt aufrichteten und ein sinnlicher Schauer sie erzittern ließ. Der Druck von Calebs Händen verstärkte sich, zog Willow fester und fester in seine Umarmung, während er seinen Körper mit verführerischen Bewegungen an ihr rieb. Wieder entrang sich ihrer Kehle ein lustvoller Laut, und sie öffnete ihren Mund instinktiv weiter, wollte mehr von seinem Geschmack, seiner Hitze, der süßen Berührung seiner Zunge. Calebs Kraft war eine unglaubliche Verlockung für sie, stachelte die bisher ungeahnten Begierden ihres eigenen Körpers an.

Der Kuß veränderte sich, vertiefte sich mit jedem gebrochenen Atemzug, den Willow tat, mit jeder hilflosen Bewegung ihres Körpers. Ihre Sinnlichkeit drang durch Calebs Haut, erschütterte ihn bis ins Innerste. Er hatte noch niemals eine Frau gekannt, die so vollkommen auf einen Kuß reagierte, die ein solches Feuer in ihm entfachte, daß er nahe daran war, völlig die Kontrolle über sich zu verlieren. Noch hatte er bis jetzt gewußt, zu welch intensiver Leidenschaft er selbst fähig war, während wilde Glut und Hunger ihn überwältigten und die Welt aus seinem Bewußtsein verbannten.

Caleb vergaß das Spiel von Verführung und Rückzug, das er gespielt hatte, vergaß seine Vorsicht, vergaß alles bis auf das Mädchen, das sich wie Feuer in seinen Armen wand und ihn bei lebendigem Leib zu verbrennen drohte. Seine Hände glitten von ihrem Rücken zu ihren Hüften hinunter, liebkosten und streichelten sie mit langsamen Bewegungen. Seine Zunge verschmolz mit ihrer in einem wilden Tanz, und seine Finger wanderten tiefer, suchten ihre verlockende Weiblichkeit.

Die Kleider, die Willow trug, stellten für Calebs leidenschaftliche Suche kein Hindernis dar, denn ihre Batistunterhosen hatten keinen Saum zwischen den Beinen. Mit einem dumpfen Laut der Befriedigung schob Caleb seine Fingerspitzen zwischen Schichten dünner Baumwolle. Er liebkoste das weiche, heiße Nest von Haaren zwischen ihren Schenkeln und berührte dann das noch weichere, noch heißere Fleisch darunter.

Willow versteifte sich augenblicklich, wand sich in Calebs Umarmung, preßte die Beine zusammen und packte seine Hand in dem Versuch, ihn von sich zu stoßen. Es war, als hätte sie versucht, einen Berg fortzuschieben.

»Nein, Caleb, bitte, tu das nicht!«

»Ist ja schon gut«, sagte er gedämpft. »Ich werde dir nicht weh tun. Du bist so weich, so heiß, so perfekt für mich.«

Seine Hand streckte sich, und seine Fingerspitzen glitten mit schockierender Intimität über sie.

»Nein, du hast gesagt, nur Küsse. O Gott, Caleb, bitte, bitte, *nein*!«

Einen Moment lang starrte Caleb hinunter in Willows erschrockenes, aufgewühltes Gesicht, während sie beide die Nutzlosigkeit ihres Kampfes gegen seine wesentlich größere Kraft abschätzten. An der Stelle, wo er Willow berührte, war sie weich und üppig, nachgiebig, weinte leidenschaftlich nach ihm. Die Versuchung, Willow trotz ihres Sträubens einfach zu nehmen, war so groß, daß er fühlen konnte, wie ihn sein Verlangen zu überwältigen drohte.

Willow spürte die enorme Kraft seiner stahlharten Muskeln, blickte in seine wild lodernden, goldenen Augen und betete stumm, daß er ein Mann war, der sein Wort hielt.

»Caleb«, flüsterte sie. »Du hast es versprochen. Bitte. Hör auf.«

Abrupt gab Caleb sie frei und sprang auf die Füße, wütend auf Willow, weil sie ihm verweigerte, was ihr Körper so offensichtlich wollte, wütend auf sich selbst, weil er sie so sehr begehrte, daß er in seiner Leidenschaft den Kopf verloren hatte. Einen langen, knisternden Moment schaute er sie an.

»Feine Lady«, stieß er zwischen zusammengebissenen Zähnen hervor. »Es kommt der Tag, da wirst du wieder auf den Knien vor mir liegen – *aber dann wirst du mich nicht anflehen aufzuhören.*«

Caleb machte auf dem Absatz kehrt und ging davon, und sein brüskes, kaltes Versprechen hallte in der Stille wider.

9. Kapitel

Gegen Abend ging wieder Regen über den Bergen nieder, wie Caleb es vorausgesagt hatte. Das Geräusch war Willow nur willkommen, denn die Stille war regelrecht bedrückend geworden.

Caleb war nicht im Camp gewesen, als sie schließlich ihre trockenen Kleider eingesammelt und allen Mut zusammengerafft hatte und zum Feuer zurückgekehrt war. Alle sieben Pferde grasten noch auf der Wiese, was Willow die Gewißheit gab, daß Caleb – wo auch immer er hingegangen sein mochte – zurückkehren würde. Wann das war, stand jedoch in den Sternen. Willow machte sich daran, eßbare Pflanzen auf der Wiese zu sammeln, und versuchte zu vergessen, was für ein Gefühl es gewesen war, von Caleb Black geküßt zu werden, bis die Welt von einer Feuersbrunst verzehrt wurde und er der Mittelpunkt des Flammenmeeres war.

Vergessen war unmöglich. Bruchstücke von Erinnerungen und Gefühlen stiegen in den seltsamsten Momenten in Willow auf und ließen sie vor Lust und Sehnsucht erschauern.

Regen setzte ein, während im Westen die letzten Streifen des Abendrots am Himmel verblaßten. Willow zog sich in den Schutz des Eibenzelts zurück und schlüpfte wieder in ihre Flanellunterwäsche und den wildledernen Anzug. Dann hockte sie sich in die Türöffnung und hielt Ausschau nach einer großen Gestalt, die durch das Zwielicht über die Lichtung schreiten würde. Es kam niemand. Nach einer Weile rollte sie sich vor dem Eingang des Unterschlupfs zusammen und schlief ein.

Als Willow erwachte, lag sie zwischen Decken, und Caleb schärfte sein Messer, während Fleischstücke über dem Feuer brieten. Der Himmel schimmerte im rosigen Licht der Morgenröte, die Luft war frisch und klar nach dem Regen. Obwohl Willow weder ein Geräusch noch eine Bewegung machte, um Caleb mitzuteilen, daß sie wach war, wußte er es irgendwie. Er wandte sich um und blickte zu dem Unterschlupf hinüber.

»Kaffee ist fertig«, sagte er mürrisch und schaute dann wieder auf den Schleifstein in seinen Händen. Die große Klinge seines Jagdmessers blitzte, als er sie an dem Stein wetzte. »Du hast fünfzehn Minuten, bis wir aufbrechen. Hast du gehört?«

Willow sank das Herz bei dem kalten, distanzierten Klang seiner Stimme. »Ja, ich habe gehört.«

Als sie aus dem Wald zurückkehrte, reichte ihr Caleb einen Stock, auf den ein Stück gebratenes Fleisch aufgespießt war. Dann machte er sich erneut schweigend daran, sein Messer zu schärfen. Mechanisch biß Willow in das Fleisch.

»Frisches Rehfleisch«, meinte sie überrascht.

Caleb knurrte etwas Unverständliches vor sich hin.

»Aber ich habe keinen Schuß gehört«, sagte sie und fragte sich, wie weit Caleb gegangen sein mochte, um Rehe zu jagen. Gewehrschüsse hallten meilenweit zwischen den Granitgipfeln wider.

»Ich habe kein Gewehr benutzt.«

»Aber wie hast du dann...?« Sie funkelte ihn an. »Caleb Black, du wirst mir doch wohl nicht einreden wollen, du hättest das Reh auf die gleiche Art gefangen wie die albernen Forellen!«

»Nicht ganz, Südstaatenlady.« Stahl knirschte hart auf Stein. »Ich habe mein Messer benutzt.«

»Du hast es geworfen?«

»Das wäre verdammt dumm, und obwohl es gestern abend vielleicht so ausgesehen hat, bin ich kein verdammter Narr.«

Willow errötete und setzte zu einer Entschuldigung an. »Caleb, ich wollte nicht...«

»Ich habe mich an den Rehbock herangeschlichen, bis ich nahe genug war, um ihm die Kehle durchzuschneiden«, fuhr er fort, ohne auf ihren zaghaften Versöhnungsversuch zu reagieren.

Ihre Augen wurden vor Verblüffung groß. »Du hast was getan?«

»Du hast mich gehört.«

»Aber das ist unmöglich.«

»Rede dir das nur ruhig weiter ein, während du dein Rehfleisch ißt. Aber laß dir nicht zuviel Zeit dabei. Wir müssen heute einen hohen Paß überqueren, bevor es wieder zu regnen anfängt.«

Gelassen testete Caleb die Klinge des Messers an den Haaren

auf seinem Unterarm. Die Klinge war scharf genug, um sich damit zu rasieren. Zufrieden schob er das Messer wieder in die Lederscheide, griff nach seinem Gewehr und begann, es methodisch auseinanderzunehmen und alle Teile zu säubern.

Willow frühstückte, während sie Caleb beim Reinigen seines Repetiergewehrs, der Büchse und des sechsschüssigen Revolvers zuschaute. Er war ganz eindeutig ein Mann, der sich mit Waffen auskannte. Er arbeitete schnell und dennoch gründlich, mit einem sparsamen Bewegungsaufwand, der sie faszinierte. Die Geschicklichkeit, Präzision und Anmut seiner großen Hände weckte erneut Erinnerungen in Willow, überrieselte sie mit einem Kaleidoskop von Gefühlen.

»Caleb«, begann sie heiser.

»Südstaatenlady, glaubst du, du könntest dich dazu aufraffen, deinen Hintern in Bewegung zu setzen und dein Pferd selbst zu striegeln? Die Küsse waren soweit ganz nett, aber dein Dienstmädchen bin ich deswegen nicht.«

Calebs Stimme brannte wie ein Peitschenschlag, machte Willow wütend auf sich selbst und auf ihn. »Das ist gut, weil ich mich nämlich auch nicht nach deinen Diensten sehne.«

Sie ließ ihr halb aufgegessenes Stück Fleisch ins Feuer fallen und marschierte auf die Wiese hinaus.

Willow unternahm keinen weiteren Versuch, mit Caleb zu sprechen. Sie verließen die Lichtung in einem Schweigen, das nur vom Knirschen der Sättel und dem rhythmischen Klappern der Hufe unterbrochen wurde. Nach einer Stunde zügelte Caleb seinen Wallach auf dem Kamm eines langen Höhenzugs und ließ die Pferde verschnaufen, während er das Gelände vor sich sorgfältig mit seinem Fernglas absuchte. Dann holte er sein Tagebuch hervor und füllte weitere leere Stellen auf der Landkarte aus, auf der er seit Canyon City täglich ihre Route verzeichnet hatte. Als er fertig war, hatte Willow immer noch nicht aufgeholt. Ungeduldig wendete er Trey und ritt zu ihr zurück.

»Komm mit nach oben, wo du etwas sehen kannst«, drängte er.

Willow trieb Dove hinauf zur Kuppe des Hügels. Die Aussicht von dort aus war atemberaubend. Willow saß in verzücktem Schweigen da und betrachtete die Landschaft.

Vor ihr erstreckte sich eine Lichtung im Wald, die sich kilometerlang zwischen weit auseinanderliegenden Bergketten dahinzog. Espen und Eiben säumten die Bodenfalten und die Flanken der Berge, aber der größte Teil der offenen Fläche war von Gras und Wildblumen bedeckt. Ein kobaltblauer Fluß schlängelte sich träge durch die Lichtung. Biberteiche schimmerten in Schattierungen von Smaragdgrün und Blau. Über all dem ragten dunkle, von Eiskappen gekrönte Gipfel auf, die sogar die unberührte Schönheit des Himmels dominierten. Eine Schneedecke überzog die höheren Lagen, verdichtete sich nach und nach zum glitzernden Weiß ganzjähriger Gletscherfelder.

»Siehst du dort links die beiden Gipfel, die wie ein Hund mit einem abgekauten Ohr aussehen?« fragte Caleb.

»Ja.«

»Ich möchte, daß du am linken Rand der Lichtung entlangreitest und weiter zu dem Gipfel, der so zerfressen aussieht. Falls du irgend etwas siehst, was dir nicht gefällt, flieh in den Wald. Falls dich jemand verfolgt, benutze dein Gewehr und schieß auf alles, was in Reichweite ist.«

Willow ließ ihren Blick von den Bergen zu dem Mann wandern, der nur wenige Schritte von ihr entfernt auf seinem Pferd saß. Dennoch schienen in diesem Augenblick selbst die Gipfel in der Ferne näher zu sein.

»Wo...« Ihre Stimme brach. Sie räusperte sich und setzte zu einem neuen Versuch an, zwang sich zur Ruhe, als sie am ganzen Körper zu zittern begann bei dem Gedanken, daß Caleb sie im Stich ließ. »Und wenn ich den Gipfel hinter mir habe, wohin reite ich dann?«

Die Angst in Willows Stimme war zu stark, als daß sie sie völlig hätte verbergen können.

»Keine Sorge, ich haue nicht ab«, sagte er kalt. »Vielleicht benehmen sich so die Männer, an die du gewöhnt bist, aber ich bin nicht einer deiner Liebhaber, nicht wahr? Wenn ich einmal mein Wort gegeben habe, dann halte ich es auch.«

Willow nickte stumm, schaute überallhin, nur nicht in Calebs wilde gelbe Augen.

»Als ich gestern abend auf der Jagd war, habe ich Überreste eines toten Rehs gefunden«, fuhr er barsch fort. »Vielleicht einen Tag alt, vielleicht auch mehr. Wölfe hatten sich darüber hergemacht, aber ich habe sofort erkannt, daß es von Menschen getötet wurde.«

»Indianer?«

»Renegaten, Abtrünnige«, erklärte er ohne Umschweife. »Einige Pferde waren beschlagen, andere trugen keine Hufeisen. Der einzige Haufen dieser Sorte, die ich kenne, sind Comanchero-Händler. Die Bezeichnung Banditen trifft die Sache schon eher. Sie führen eine große Menge von Taos Erleuchtung mit sich.«

»Was ist das?«

»Feuerwasser, Tarantelsaft, Fusel«, erklärte er ungeduldig.

»Ach so, Whisky.«

Er knurrte. »Nenn es, wie du willst, sie hatten so viel davon, daß sie einen Viertelliter in einer der Flaschen zurückgelassen haben.«

Willow runzelte nachdenklich die Stirn. Sie hatte von Comancheros gehört, und zwar nur Schlechtes. Sie waren tatsächlich Renegaten der übelsten Sorte – ein bunt zusammengewürfelter Trupp von weißen und mexikanischen Banditen, Indianern, die keinem Stamm angehörten, und Mischlingen, die sich weder dem Gesetz der Weißen noch dem der Indianer beugten.

»Bleiben Comancheros nicht gewöhnlich weiter im Süden?« fragte sie hoffnungsvoll.

»Nur, wenn die Armee sie dorthin jagt. In der mexikanischen Wüste gibt's verdammt wenig zu stehlen und eine Menge Comancheros, die scharf darauf sind. Die Armee hatte bis jetzt zuviel damit zu tun, gegen Rebellen zu kämpfen, um ihre Zeit auf Indianer und Banditen zu verschwenden, aber nachdem der Krieg zwischen den Staaten nun vorbei ist, kommt die Armee zurück. Es wird ganz schön turbulent zugehen, bevor die Ute in irgendein Reservat getrieben werden. Während die Armee beschäftigt ist, werden die Comancheros weiter am Rande herumschleichen und auf Beute aus sein wie die Koyoten.«

Unsicher betrachtete Willow die offene Fläche, die sich vor ihr ausdehnte, Kilometer für Kilometer saftiges Grasland, das ohne Zweifel einen natürlichen Sammelpunkt für Leute darstellen mußte, die durch die zerklüfteten Berge ritten und nach einem weniger beschwerlichen Durchgang suchten.

»Schön, nicht?« meinte Caleb, während er das Land mit einer Andeutung von Besitzerstolz betrachtete. »Du kannst es von hier aus nicht sehen, aber es gibt einen Fluß, der von jenem Felsgrat dort hinunterkommt und das ganze Jahr über nicht austrocknet. Ein Mann könnte dort ein Haus bauen und nach drei Seiten völlig freies Schußfeld haben und Land, das nur eine Bergziege auf allen vieren durchqueren könnte. Das Wasser ist süß und reichlich.«

Das innige Gefühl, das in Calebs Stimme mitschwang, ließ Willow ihren Blick von der Landschaft abwenden und Caleb ansehen. Er liebte dieses Land. Selbst als er seine Gefahren beschrieb, liebkoste seine Stimme dessen Möglichkeiten.

»Wenn ein Mann ein Haus an der richtigen Stelle bauen würde, brauchte er nicht jedesmal sein Leben zu riskieren, wenn er einen Eimer Wasser holt«, fuhr er fort. »Vieh könnte im Sommer im Hochland grasen, und in den tieferen Lagen könnte man Heu für den Winter machen. Nach ein paar Jahren harter Arbeit würde ein Mann ebensogut dastehen wie jeder Gentleman aus Virginia.«

Willow betrachtete wieder das Land, versuchte, es mit Calebs Augen zu sehen, und sie entdeckte Orte, die sich als Versteck oder Hinterhalt anboten, Orte, die verteidigt, und andere, die nur zu leicht gestürmt werden konnten.

»Denkst du immer so?« fragte sie.

»Ich trage mich schon seit zehn Jahren mit der Absicht, Vieh zu züchten. Das einzige Problem ist, die richtige Gegend zu finden und das Geld für den Start zusammenzubekommen.«

Caleb warf Willow einen Blick von der Seite zu, der teils belustigt war, zum größten Teil jedoch ungläubig. »Südstaatenlady, jeder, der hier draußen überleben will, denkt so. Es geht einem einfach in Fleisch und Blut über. So wie man sich Landmarken vor *und* hinter sich einprägt, denn auf dem Hinweg sieht alles anders aus als auf dem Rückweg. Aber egal, ob man kommt oder geht, dieses Land ist eines der schönsten, das Gott jemals erschaffen hat, und so wild, daß sich selbst der Teufel heimisch fühlt. Wenn hier ein Mann nicht ständig die Augen offenhält und die Ohren spitzt, wird er bald als Leiche enden.«

»Warum willst du dann hier eine Ranch aufbauen?«

Calebs Lächeln bot weder Trost noch echten Humor. »Weiter im Osten und in Kalifornien besitzen schon andere Männer das gute Land. Nicht hier. Hier kann ein Mann soviel gutes Land haben, wie er zu erkämpfen bereit ist. Ich bin kein schlechter Kämpfer, Willow, und ich habe auch keine schlechte Hand mit Vieh.«

»Ist es das, was du dir wünschst – dich hier anzusiedeln und Rancher zu werden?«

Caleb nickte nachdenklich, ließ seinen Blick erneut über das Land schweifen, statt die Frau anzusehen, die ihn aus großen, haselnußbraunen Augen anschaute.

»Man findet auch Berge und Lichtungen wie diese hier ein paar Tagesritte weiter südlich des Gebiets von San Juan«, sagte er. »Das Weideland ist gut, aber man müßte sich jeden Morgen erst die Apachen und Komantschen vom Hals schaffen, und das Vieh würde mehr Pfeile im Rücken stecken haben als ein Stachelschwein Stacheln. Macht nicht viel Spaß. Bringt auch nicht viel Profit.«

Eine Weile blickte Willow auf die fernen Berggipfel. Dann musterte sie wieder den Mann mit den harten Zügen, der jede

Richtungsänderung der Brise durch Wald und Gras registrierte, dessen scharfer Blick jede Bewegung prüfte auf der Suche nach einer, die von Menschen stammte. Oder eher von Männern.

Comancheros.

Unbehagen erfaßte Willow. Sie hatte nicht erwartet, daß der Westen zivilisiert sein würde, war sich aber auch nicht wirklich darüber im klaren gewesen, was solch ein völliger Mangel an Zivilisation bedeutete. In gewisser Weise war es, als befände man sich im Krieg. Ständige Wachsamkeit war erforderlich, weil Unaufmerksamkeit tödliche Folgen haben konnte. Das bekümmerte Willow nicht sonderlich, denn sie hatte sich während des Krieges daran gewöhnt, immer auf der Hut zu sein. Sie hatte eine gewisse Fertigkeit darin entwickelt, auf Geräusche zu lauschen, leicht zu schlafen und beim ersten Anzeichen von Gefahr mit ihrer Mutter im Wald zu verschwinden.

Aber dieses weite, wilde, außergewöhnliche Land war nicht wie ihre Farm. Hier war sie von Calebs Kraft, seiner Geschicklichkeit im Kampf, seinem Wissen in einem Ausmaß abhängig, das sie ängstigte.

Er hat mich vor dem gewarnt, was kommen würde, sagte sie sich im stillen. Er hat mir die Gefahren klargemacht.

Sie fröstelte unwillkürlich, als die Worte einer vergangenen Unterhaltung in ihrem Gedächtnis widerhallten. *Dort, wo ich Sie hinbegleite, gibt es überhaupt kein Gesetz. Dort draußen in den Bergen paßt ein Mann auf sich selbst auf, weil es sonst keiner für ihn tun wird.*

Und eine Frau? Was tut sie?

Eine Frau findet einen Mann, der stark genug ist, sie und die Kinder, die sie ihm gebären wird, zu beschützen.

Es schien weit länger als ein paar Tage her zu sein, seit Willow Calebs Warnung gehört und mißachtet hatte – in dem trügerischen Gedanken, das, was vor ihr lag, könne nicht gefährlicher als der Krieg sein, den sie bereits überlebt hatte. Es schien Jahre her zu sein, seit sie Denvers simple Bequemlichkeit hinter sich gelassen hatte und in ein Land hinausgeritten war, das mit jedem Schritt gen Westen wilder und unbezähmbarer wurde.

Und dennoch, auch mit diesem Wissen hätte sie keinen jener Schritte gegen die Sicherheit des Ostens eingetauscht, den sie verlassen hatte. Trotz der Gefahr hatte die wild zerklüftete Silhouette der Rockies etwas an sich, was ihr Blut schneller in den Adern pulsieren ließ und ihre Seele beschwingte.

Willow schloß die Augen und lauschte auf die gedämpften Geräusche des Landes um sich herum. Eines der Pferde schnaubte und stampfte mit den Hufen. Ein Sattel knirschte, als Caleb sein Gewicht verlagerte. Ein Vogel rief weit draußen auf der Wiese. Es gab keine Gerüche nach Rauch, gesägtem Holz oder frisch gepflügter Erde. Der Wind brachte nur Gerüche heran, die unverdorben von Menschenhand waren, wurde zu einem Fluß des Lebens, der sanft über sie hinwegglitt und sie liebkoste.

»Verdammt, Willow, ich habe gesagt, ich würde zurückkommen. Glaubst du mir nicht?«

Erschrocken riß sie die Augen auf. »Natürlich glaube ich dir.«

»Was hast du denn dann?«

»Nichts«, erwiderte sie und lächelte fast traurig. »Es ist nur...« Ihre Stimme brach. »Mir ist nur plötzlich klargeworden, daß ich dieses herrliche, wilde Land liebe, auch wenn es nicht sehr sicher ist.« Sie lächelte mit Lippen, die beben wollten.

Caleb musterte Willows Gesicht mit einer plötzlichen, grimmigen Intensität, sagte aber nur: »Wenn du das Bedürfnis nach Sicherheit hast, hättest du besser zu Hause bleiben sollen.«

»Ja«, flüsterte sie. »Ich weiß. Keine Sorge, Caleb. Was immer passiert, geht auf meine Verantwortung, nicht deine. Ich habe vielleicht nicht gewußt, was mich erwartet, aber ich wußte, was ich zurückließ.«

Caleb wartete.

Willow sagte nichts weiter. Sie schaute nur schweigend über

das Land und dachte über die bittersüße Freude nach, ihren Traum, ein neues Zuhause zu finden, teilweise verwirklicht zu haben, nur um zu entdecken, daß es für eine Frau in diesem Land vielleicht nicht möglich war, allein zu leben. Es war nicht wie das aus weicherem Stoff gemachte Land ihrer Kindheit. Dennoch war der Grund und Boden dieses friedlichen Landes so verwüstet worden, daß die Wiederherstellung über Willows Kräfte gegangen war.

»Was denkst du gerade?« fragte Caleb ruhig.

»Ich war es müde, das zerstörte, erschöpfte Land zu sehen«, erwiderte sie langsam. »Ich wollte den Mississippi wildschäumend und gewaltig in einen unbekannten Ozean hinabströmen sehen. Eine baumlose Ebene, die sich von Horizont zu Horizont erstreckt, mit Büffelherden, die sich wie ein breiter brauner Fluß durch schulterhohes Präriegras winden. Ich wollte die Rockies wie einen gigantischen steinernen Stulpenhandschuh in der Ebene daliegen sehen.«

Willows Stimme verblaßte, als sic an andere Dinge dachte, die sie sich gewünscht hatte – auf jemanden zu treffen, der mit ihr verwandt war oder zumindest kein Feind, ihren Lieblingsbruder zu sehen, mit ihm zu lachen und sich an eine Zeit zu erinnern, als sie nicht einsam und allein gewesen war. Sie wünschte sich... sie schüttelte den Kopf, denn sie wollte Dinge, die sie nicht benennen konnte. Es war einfach eine Sehnsucht, so tief wie ihre Seele und so unendlich wie die Zeit.

Willow atmete langsam aus und akzeptierte, daß sie sich hier – ganz gleich, was geschah – lebendiger fühlte, als wenn sie in West Virginia geblieben wäre. Nichts hatte sie jemals auf die gleiche Weise berührt, wie es die Berglandschaft tat oder der Mann, der neben ihr ritt. Caleb war wie die Berge – hart, unberechenbar, oft brüsk. Und wie die Berge offenbarte seine Nähe auch Augenblicke von Wärme und wilder Schönheit. Willow drehte sich zu ihm um und schenkte ihm ein weiches Lächeln.

»Tu, was du tun mußt«, sagte sie leise. »Ich komme schon zurecht.«

Caleb zögerte einen Moment, bevor er eine große Taschenuhr aus seiner Jackentasche zog und sie Willow reichte. »Gib mir fünfzehn Minuten Vorsprung. Komm dann in flottem Trab hinterher.«

Willows Finger schlossen sich um die Uhr. Das Metall war glatt und poliert und übertrug die Hitze von Calebs Körper in ihre kalte Hand. Erinnerungen drängten mit Macht an die Oberfläche, Erinnerungen an Küsse, an seinen Bart, der über ihre empfindliche Haut streifte, an seinen kraftvollen Körper, der sich an ihren drängte, an seine Hand zwischen ihren Schenkeln, schockierend und liebkosend zugleich. Ein Schauer der Erregung prickelte ihren Rücken herab und ließ sie erzittern.

Dem Land und dem Mann so nahe gekommen zu sein und dann zu wissen, wie leicht man beide wieder verlieren konnte... Willow biß sich auf die Lippen und senkte den Kopf.

»Keine Sorge«, sagte Caleb, gegen seinen Willen innerlich berührt von Willows Angst und ihrer Anstrengung, dagegen anzukämpfen. »Ich werde nicht weit weg sein. Wenn du Gewehrfeuer hörst, versteck dich irgendwo und warte, bis ich dich gefunden habe.«

»Was, wenn... wenn du nicht kommst?«

»Das werde ich. Ich habe nicht so lange gelebt, um mich von einem gottlosen Comanchero umbringen zu lassen.«

Caleb zog seinen Hut in die Stirn und hob die Zügel. Sein großes Pferd preschte im Galopp davon, ließ Willow allein zurück. Bewegungslos wartete sie, während Caleb entlang der Lichtung nach Spuren suchte, vor- und zurückritt, bis er in einer Senke in dem breiten, sanft hügeligen Waldstück verschwand. Ein paar Minuten später tauchte er wieder auf, nur um erneut außer Sicht zu verschwinden.

Als die Viertelstunde verstrichen war, zog Willow das Gewehr aus seinem Futteral, legte sich die Waffe auf den Schoß und strebte in schnellem Trab am linken Rand des Kessels hinunter. Die Pferde reihten sich hinter ihr auf, angespornt von Ishmael, der dafür sorgte, daß alle Schritt hielten.

Es dauerte zwei Stunden, bis sich Caleb dem kleinen Trupp wieder anschloß und neben Willow durch das hohe Gras am Waldrand herritt. Das Land war immer noch offen, immer noch unendlich weit, ein breiter Fluß von Gras, der zwischen hohen Dämmen von Stein dahinfloß.

»Hast du irgendwas entdeckt?« wollte Willow wissen.

»Spuren«, erwiderte er bedächtig. »Vier Pferde. Eins davon beschlagen. Möglich, daß sie Rehe jagen. Vielleicht auch uns. Vielleicht auch jemand anderen.«

»Wo sind sie jetzt?«

»Sie haben sich geteilt. Reiten jetzt jeweils zu zweit. Ein Spurenpaar ist hinter uns nach links abgeschwenkt. Das andere verlief nach rechts und dann an einem Seitenarm des Flusses entlang. Am Oberlauf dieses Arms ist ein guter Paß. Wenn die beiden Revolverhelden nicht gewesen wären, hätte ich uns auch auf diesem Weg hergeführt. Er liegt näher an dem Gebiet, in das wir wollen. So, wie's momentan aussieht, werden wir in ein paar Tagen über die Wasserscheide kommen.«

»Die große nordamerikanische Wasserscheide?« fragte Willow atemlos.

Caleb lächelte über ihre freudige Erregung. »Überall schleichen Comancheros herum, aber du zuckst kaum mit der Wimper und gerätst bei der Aussicht auf noch einen Gebirgspaß in Begeisterung.«

»Mein ganzes Leben lang habe ich nur Flüsse gekannt, die in den Atlantik flossen. Wasser zu sehen, das zum Pazifik fließt...« Sie lachte entzückt. »Ich weiß, es ist dumm, aber ich kann nichts dafür. Ich bin mit Briefen meiner Brüder aufgewachsen, die von China erzählten, wo es eine ganze Stadt aus Dschunken gibt, die im Hafen aneinandergebunden sind, und von den Sandwich-Inseln, wo die Wellen höher als die Scheune waren, bevor die Rebellen sie niederbrannten, und von Australien, wo es ein Meeresriff gibt, das größer ist als die dreizehn Südstaaten zusammengenommen. Und alles, was ich jemals zu sehen bekommen habe, waren die Sonnenuntergänge in West

Virginia, Hühner, die im Küchengarten scharrten, und einen Regenbogen über den Hügeln.«

Caleb grinste, fasziniert von Willows Aufregung. »Klingt, als läge die Wanderlust bei euch in der Familie. Kein Wunder, daß du den Mumm hattest, dich auf die Suche nach deinem Liebhaber zu machen, als er dir schrieb.«

»Ich wäre auf jeden Fall gekommen«, gestand Willow. »Ich konnte es zu Hause nicht mehr aushalten. Es war nichts mehr übriggeblieben, nur Erinnerungen an bessere Zeiten.«

Danach fiel Willow in Schweigen. Caleb versuchte gar nicht erst, sie zum Weitersprechen zu bewegen. Es war sicherer so. Besser für seine eigene Wachsamkeit und um die dringend notwendige Distanz zwischen sich und Renos Liebchen zu wahren. Es war zu leicht, Willow zu mögen, sich an ihrem Lachen und ihrem Schweigen zu erfreuen, sich an das Gefühl zu erinnern, wie ihr verlockender Körper in seinen Armen nachgegeben und sich in warmen, süßen Honig verwandelt hatte.

Ein Liebchen. Mehr ist sie nicht. Großer Gott, warum vergesse ich das immer wieder, sobald ich sie anschaue? Warum ist sie unter meiner Haut und in meinem Blut?

Die Antwort war so einfach und so unauslöschlich wie der Augenblick, als er mit der Hand zwischen Schichten von Baumwolle geglitten war und ihre heißblütige weibliche Hitze an seinen Fingerspitzen gespürt hatte. Noch niemals zuvor hatte er eine Frau dazu gebracht, ihn so heftig, so schnell, so heiß zu begehren. Die Erinnerung daran ließ das Blut in einem bittersüßen Schwall zwischen seinen Schenkeln pulsieren und seinen Schaft hart werden, machte ihm schmerzhaft bewußt, wie sehr er ein Mann sein konnte bei einer Frau wie Willow Moran.

Caleb riß seine Gedanken gewaltsam von dem los, was er nicht haben konnte, und konzentrierte seine Aufmerksamkeit statt dessen auf den riesigen Gebirgspark, der sich nach drei Seiten ausdehnte. Von Zeit zu Zeit drosselte er das Tempo und ritt im Schritt weiter, um ihre Position anhand der Gipfel zu überprüfen. Einmal holte er einen Kompaß, einen Bleistift und das zerfledderte, in Leder gebundene Tagebuch seines Vaters aus der Satteltasche. Nach ein paar Minuten zog er sein eigenes Tagebuch hervor. Er verglich die Kompaßangaben mit den Zeilen, die er vor drei Jahren niedergeschrieben hatte, verglich seine Zeichnungen mit dem Gipfel zur Linken und nickte dann zufrieden. Obwohl er zum ersten Mal auf dieser Seite der Berge entlangritt, wußte er, wo er war.

»Wo reiten wir hin?« wollte Willow wissen, als sie neben ihm aufschloß.

Es war das erste Wort, das sie nach Stunden des Schweigens wieder miteinander wechselten. Keiner von ihnen hatte das Schweigen als unbehaglich empfunden. Sie waren daran gewöhnt, allein zu sein.

»Sag du es mir«, erwiderte Caleb trocken. »Die San Juans liegen südwestlich von uns. Wir könnten ein paar Tage lang zwischen Bergketten ziemlich gerade nach Süden reiten und nördlich des San-Luis-Gipfels über die Berge gehen. Wir könnten aber auch westlich von hier über die Wasserscheide reiten und dann weiter in südlicher Richtung. Oder wir könnten von beidem etwas tun.«

»Welcher Weg ist schneller?«

Er zuckte die Achseln. »Nach Süden zu reiten, könnte weniger beschwerlich sein, würde aber länger dauern. In westlicher Richtung zu gehen, wäre leicht für einen Tag. Anschließend kommt eine lange Klettertour über die Wasserscheide und eine mühsame Zickzackroute auf der anderen Seite. Hängt davon ab, ob dein Mann tatsächlich an einem der Nebenarme des Gunnison ist oder ob er sich vielleicht am Animas oder dem Dolores oder dem San Miguel oder an irgendeinem der anderen zehn Flüsse aufhält, die einen Namen lohnen.«

Willow zögerte. »Der Gunnison ist der einzige Fluß, den Matt erwähnt hat, aber ich bin nicht sicher, ob sich Matt an einem direkten Seitenarm aufhält. Er hat allerdings geschrieben, es gäbe dort eine heiße Quelle und einen Bach und ein hohes, winziges Tal, das rundherum von Berggipfeln eingeschlossen ist, bis auf einen sehr steilen Aufstieg zum Eingang des Tals.«

Caleb schnaubte angewidert. »Du hast gerade eine Beschreibung der gesamten verdammten Region von San Juan geliefert. Berge und heiße Quellen. Zum Teufel, hier gibt es auch überall heiße Quellen, und wir sind noch nicht einmal dort angekommen.«

»Was ist mit dem Tal?«

»Man nennt es ein hängendes Tal, und die Rockies sind voll von solchen Tälern.«

»Ein hängendes Tal?« fragte sie stirnrunzelnd. »Was ist das?«

»Siehst du die Bergkette dort rechts, in gleicher Linie mit dem Biberteich?«

»Ja.«

»Schau von dort aus geradewegs hinauf.«

Nach einer Minute meinte Willow: »Alles, was ich sehen kann, ist ein Wasserfall, der den Abhang hinunterstürzt.«

»Genau das ist es. Hängende Täler sind versteckt, aber die Bäche, die sie entwässern, sind es nicht.«

»Ich verstehe nicht.«

Caleb legte seine Stirn in Falten. »Es ist so ähnlich, als hätte jemand ein Tal in Hälften oder Viertel zerteilt, die Stücke stufenförmig am Berghang angeordnet und sie dann alle mit einem Bach zusammengeschnürt. Da die Täler bis auf einen Wasserfall oder eine steile Kaskade keinen Eingang oder Ausgang haben und sie einen Überhang über dem Park darunter bilden, nennt man sie hängende Täler. Gute Stellen, um Vieh im Sommer dort weiden zu lassen, wenn man einen Weg findet, um die Tiere hinzuschaffen. Im Winter die reinste Hölle. Schneefall setzt früh ein, der Schnee liegt hoch und bleibt lange bis in den Frühling liegen.«

Willow dachte über Calebs Erklärung nach und schüttelte dann den Kopf. »Das klingt nicht nach Matt. Er haßte Kälte und Schnee.«

»Ist er Farmer?«

»Wenn er es wäre, wäre er in West Virginia geblieben«, erwiderte sie trocken. »Wir... das heißt, die Morans... besaßen mehrere große Farmen vor dem Krieg.«

»Ist er Viehzüchter?«

Sie schüttelte den Kopf.

»Fallensteller?«

Wieder verneinte Willow stumm.

Caleb knurrte. »Es heißt, in einigen von den Hochgebirgsbächen ist Gold gefunden worden.«

Willow zuckte zusammen.

»Grundgütiger Himmel«, sagte Caleb angewidert. »Das hätte ich mir eigentlich denken können. Dein Liebhaber ist hinter Gold her.«

Willow sagte nichts.

»Das erklärt natürlich einiges«, murmelte er.

»Was?«

»Warum er dich verlassen hat«, erwiderte er brüsk. »Ein Mann, der von dem gelben Metall besessen ist, schert sich um nichts anderes mehr – Ehefrau, Kinder... nichts zählt mehr. Nur die goldene Hure.«

Und am allerwenigsten würde ihn ein unschuldiges Mädchen kümmern, das ihm seine Liebe und seinen Körper schenkte, ohne jemals einen Gedanken an die Zukunft zu verschwenden, dachte Caleb erbittert. Arme kleine Rebecca. Sie hatte niemals eine Chance.

»Matt ist nicht so«, sagte Willow.

»Warum hat er dich dann so lange allein gelassen, daß du vergessen hast, wie man einen Mann küßt? Er hätte kommen und dich holen sollen, als der Krieg anfing«, gab Caleb unumwunden zurück. »Und du weißt es genausogut wie ich.«

Andere Gedanken gingen ihm durch den Kopf, Gedanken, die er nicht auszusprechen wagte. *Wenn Reno während des Krieges bei Willow geblieben wäre, wäre er nicht in New Mexico gewesen und hätte meine kleine Schwester nicht verführen können. Er hätte seine eigene Geliebte gehabt, um seine Gelüste zu befriedigen.*

Willow sah die Verdammung in Calebs Gesichtsausdruck nur zu deutlich. Sie wurde rot, sagte jedoch nichts. Wenn sie Matts Frau gewesen wäre, hätte Caleb mit seinen Worten durchaus recht gehabt. Aber sie war nur Matts Schwester. Wie seine Brüder war Matt mehr als zehn Jahre lang von zu Hause fort gewesen, mit nur einigen wenigen Stippvisiten zwischen seinen Reisen. Er fühlte keine Bindungen an Norden oder Süden. Er war besessen von seiner Liebe zum wilden, ungezähmten Westen und dem Gold, das wie Sonnenlicht in schäumenden Gebirgsbächen glitzerte.

Wieder breitete sich Schweigen aus, bis Caleb abrupt sein Pferd zügelte, sein Fernglas an die Augen hob und einen gedämpften Fluch ausstieß. Er ließ seinen Blick über die Landschaft schweifen, suchte gründlich den Horizont ab, sah aber keine anderen Männer. Die beiden, die er entdeckt hatte, trabten offen auf ihn zu, machten keinen Versuch, ihre Anwesenheit zu verbergen.

»Was ist?« fragte Willow nach einem Moment.

»Comancheros. Zwei von ihnen. Hol das Gewehr heraus. Mach kein großes Aufhebens davon, sondern halte es immer so, daß es zwischen die beiden Männer zielt. Falls sie sich aufteilen, behalte den Mann auf der Linken im Visier. Wenn er eine Waffe zieht, feure beide Läufe auf ihn ab. Und zwar schnell. Hast du gehört?«

»Ja«, erwiderte Willow gepreßt. »Aber ich... ich habe noch niemals einen Menschen erschossen.«

Calebs Lächeln war wie eine rasiermesserscharfe Klinge. »Keine Sorge, Südstaatenlady. Das da sind keine Menschen. Das sind Koyoten, die auf ihren krummen Hinterbeinen herumspringen.«

Er zog sein Gewehr aus der Sattelscheide, löste den Lederriemen von seinem sechsschüssigen Revolver und wartete. Zwischen ihm und Willow fiel kein weiteres Wort, während sie beobachteten, wie die Reiter im Näherkommen von erbsengroßen Tupfern auf Lebensgröße anwuchsen. Willow dachte, die Comancheros würden geradewegs über sie hinweggaloppieren, aber im letzten Moment zogen sie so scharf die Zügel an, daß sich ihre Ponies hart auf die Hinterhand setzten.

Die Ponies waren klein, nicht beschlagen und so dürr wie Zaunlatten. Dennoch keuchten oder schwitzten sie nicht von dem langen Galopp über die Lichtung. Wie die Pferde waren auch die Reiter klein, drahtig, zäh und von Mischlingsblut. Die Männer waren außerdem schmutzig, nervös und bis an die Zähne bewaffnet. Der Mann auf der Rechten war blond und blauäugig unter der mehrere Monate alten Dreckschicht. Der Mann zur Linken war ein Mestize.

Als sie noch ungefähr zwanzig Meter entfernt waren, rief der blauäugige Mann: »*Ola*, Yuma-Mann.«

»Ich sehe dich, Neunfinger«, antwortete Caleb. »Schon eine ganze Weile her, seit wir uns das letzte Mal getroffen haben.«

Der Comanchero lächelte und enthüllte dabei einen goldenen Schneidezahn im Oberkiefer und eine schwarze Lücke darunter. Er blickte Willow an. Die nackte Wollust in seinen Augen ließ ihr eine Gänsehaut den Rücken herunterrieseln.

»Wieviel willst du für sie?« erkundigte sich Neunfinger.

»Sie ist nicht zu verkaufen«, gab Caleb zurück.

»Ich gebe dir einen fetten Klumpen Gold.«

»Nein.«

Wieder musterte Neunfinger Willow anerkennend von oben bis unten. »Wie wär's dann, wenn ich sie einfach für eine Weile miete?«

Caleb verlagerte unmerklich sein Gewicht im Sattel. Als Neunfinger seinen Blick von Willow abwandte, hatte Caleb plötzlich einen sechsschüssigen Revolver in der rechten und ein Gewehr in seiner linken Hand. Auf diese kurze Entfernung war der Revolver die tödlichere der beiden Waffen.

»Du bist mächtig nervös«, stellte Neunfinger fest.

»Richtig.«

Calebs Stimme war milde trotz der Wut, die seinen Magen zu einem Knoten zusammenschnürte. Keine Frau, noch nicht einmal eine, die alles andere als eine Heilige war, verdiente, was in Neunfingers blaßblauen Augen zu lesen war. Der Gedanke, daß der Comanchero Willow auch nur anschaute, geschweige denn, sie mit seinen schmutzigen Händen betatschte, ließ Caleb seinen Finger fester um den Revolverabzug spannen.

»Na ja, ich schätze, ich wäre wohl auch nervös, wenn ich mit einem erstklassigen Stück Weiberfleisch und sieben Stück erstklassigen Pferdefleischs durch die Gegend reiten würde.«

Der andere Comanchero sprach abrupt zu Caleb. »Du willst Reno? Hab ihn gesehen. Ich bring dich hin.«

»Nein danke. Ich habe im Moment einen anderen Job zu erledigen.«

Neunfinger lachte blechern und sagte etwas zu seinem Freund über den Yuma-Mann, der ein gelbmähniges Pony länger und härter ritte als ein Weißauge, das vor Comancheros flieht.

Caleb warf Willow einen schnellen Blick von der Seite zu und fragte sich, ob sie die obszöne Bemerkung in einer Mischung aus Spanisch und Indianisch verstanden hatte. Ihr Ausdruck hatte sich nicht verändert.

»Regeln wir die Sache doch freundschaftlich, *amigo*. Wie wär's, wenn wir das gelbe Pony für dich reiten«, schlug Neunfinger vor und trieb sein Pferd im Sprechen näher heran. »Dann hast du Zeit genug, um Reno zu jagen.«

Das Klicken des Revolverhahns, der gespannt wurde, war erschreckend deutlich zu hören. Neunfinger riß sein Pferd an den Zügeln zurück. Der andere Comanchero sagte hastig: »Du nicht schießen, Yuma-Mann. Schlechte Männer in der Nähe. Sehr schlecht. Hören Schuß und kommen fix angerannt. Verdammt fix.«

»Das wird nicht dein Problem sein«, sagte Caleb und musterte die beiden Comancheros aus schmalen Augen. »Du wirst tot sein, bevor das erste Echo von den Bergen zurückhallt.«

Neunfinger lächelte. »Short Dog sagt dir die Wahrheit, Yuma-Mann. Jed Slater sucht nach dir. Hat sich vor Wut bepißt über die Art, wie du mit seinem kleinen Bruder umgesprungen bist. Kid Coyote.« Neunfinger lachte mit echter Belustigung. »Old Jed hat sich geschworen, dich zur Hölle zu schicken.«

Caleb zuckte die Achseln. »Er ist nicht der erste.«

»Er redet ständig von einer dicken Prämie für deinen Skalp.«

»Koyoten reden viel, wenn der Tag lang ist.«

Neunfinger fuhr fort: »Das hier ist was anderes. Jeder Kopfgeldjäger zwischen hier und dem Sangre de Christo wird wie der Teufel hinter der armen Seele hinter dir her sein, in der Hoffnung, deinen Skalp anzulüften. Vierhundert Yankee-Dollar für den Mann, der dich tötet. Tausend Yankee-Dollar für den Mann, der dich Jed lebend bringt.«

»Es steht dir frei, es zu versuchen«, erwiderte Caleb.

»Viel Geld«, meinte Short Dog.

»Viel Ärger«, gab Caleb zurück. »Tote Männer geben keine Dollars aus.«

Neunfinger lachte herzlich und blickte seinen Kumpan an. *»Es muy hombre, no?«*

Short Dog grunzte und starrte auf den Lauf des Gewehres, das Willow auf einen Punkt zwischen den beiden Männern gerichtet hielt. Er trieb sein Pferd ein paar Schritte nach rechts. Der Gewehrlauf folgte ihm.

»Wenn Short Dog die Hände bewegt, erschieß ihn«, sagte Caleb zu Willow, ohne seinen Blick von Neunfinger abzuwenden.

Willow sagte nichts. Sie spannte nur den Gewehrhahn mit einer schnellen Bewegung an, die von Vertrautheit mit der Waffe sprach. Die Comancheros tauschten schweigend einen Blick.

»Jetzt mal immer mit der Ruhe«, meinte Neunfinger, während er Willow intensiv beobachtete. »Wir jagen keine Grabsteine. Aber überleg es dir, kleine Lady. Wenn du immer schön friedlich mit uns mitkommst, werden wir dich auch so behandeln. Wenn du wartest, bis es deinem Kerl das Lebenslicht ausgepustet hat, um nett zu uns zu sein, werden wir nicht auf dein Geflehe hören. Wir werden dich nehmen, dich nackt ausziehen, und wenn wir dich satt bekommen haben, verkaufen wir dich an den höchsten Bieter zwischen hier und Sonora.«

Willow ließ Short Dogs Hände keine Sekunde aus den Augen.

Neunfinger lächelte widerwillig. »Gehorcht gut auf Befehle, wie? Gefällt mir an einer Hure.«

»Reite oder stirb«, sagte Caleb ruhig.

»Adios.«

Die Comancheros rissen ihre Ponics auf der Hinterhand herum und galoppierten in die Richtung davon, aus der sie gekommen waren – dieselbe Richtung, die Caleb und Willow nehmen mußten, um über die große Wasserscheide zu gelangen und ihren Weg in das Gebiet von San Juan fortzusetzen.

Caleb wartete, bis die Comancheros querfeldein zum rechten Rand der Lichtung abschwenkten und in einer Senke in dem hügeligen Land verschwanden. Als er seinen Revolver in das Holster zurückschob und den Lederriemen zuschnallte, hallte der Knall von drei kurz aufeinanderfolgenden Pistolenschüssen über die Lichtung zurück. Caleb stieß einen leisen Fluch aus und wartete, lauschte angespannt. Das weit entfernte Echo eines dreifachen Gewehrschusses kam von rechts. Wenige Augenblicke später hörte man von hinten und von rechts das schwache Donnern weiterer Gewehrschüsse.

»Das verdirbt alles«, knurrte Caleb. »Steck dein Gewehr weg und mach dich bereit, loszureiten, als hetzten sämtliche Höllenhunde hinter uns her – denn das werden sie, sobald Neunfinger auf seine Freunde trifft.«

10. Kapitel

Mehrere Meilen lang trieb Caleb seinen kleinen Trupp in gestrecktem Galopp vorwärts, während er jede sich bietende Deckung ausnutzte und ein wachsames Auge auf die sanft hügelige Parklandschaft zur Rechten behielt. Wasser spritzte nach allen Seiten, als sie quer durch einige schmälere und drei breite Flüsse hindurchtrabten. Am Ufer des vierten großen Stroms zügelte Caleb seinen Wallach, zog seinen Kompaß zu Rate und wandte sich dann nach Westen, um dem Fluß zurück zur Quelle inmitten der aufragenden Berggipfel zu folgen.

Trotz der geänderten Richtung blieb die Landschaft eine Weile unverändert. Es gab immer noch grasbewachsene, sanft ansteigende Bodenerhebungen, Fichten- und Espenwäldchen hier und da und schneeverkrustete Gipfel in der Ferne. Allmählich wurde deutlich, daß der Fluß, dem Caleb zu folgen beschlossen hatte, tief in die Bergkette einschnitt. Bewaldete Bergkämme begannen zu beiden Seiten immer enger zusammenzurücken. An einigen Stellen schrumpfte die Breite der Lichtung auf weniger als einen Kilometer zusammen. Bisweilen ergoß sich der Wald in langen, ausgefransten Streifen von den Hängen herab, die fast aneinanderstießen und die Wiesen zu verschlucken drohten.

Caleb drosselte das Tempo auf einen schnellen Kanter, eine Geschwindigkeit, die er auch beibehielt, nachdem Schweiß das Fell der Pferde dunkel färbte und Schaum in dünnen weißen Strängen auf Schultern und Flanken glänzte. Die Montana-Pferde atmeten tief, aber ohne Mühe. Den Arabern fiel es wesentlich schwerer, das harte Tempo beizubehalten. Dove begann, hörbar zu keuchen, während sich ihre Nüstern beim Luftholen zu Faustgröße weiteten. Dennoch rannte sie aus Leibeskräften weiter, einzig und allein angetrieben von Willows Stimme, die sanft in ihr Ohr sprach und sie immer wieder lobte und ermutigte.

Nach einer Zeitspanne, die Willow wie eine Ewigkeit vorkam, erlaubte Caleb den Pferden, in Schritt zurückzufallen. Es war nicht Freundlichkeit, die diesen Wechsel der Gangart erzwang, sondern pure Notwendigkeit. Wieder rückten die Berge dicht zusammen, und das Land stieg jetzt so steil unter den Pferdehufen an, daß alles andere als Schrittempo töricht gewesen wäre, es sei denn, die Alternative wäre sofortiger Tod. Bisher war es noch nicht dazu gekommen, aber Caleb wettete insgeheim darauf, daß es bald soweit sein würde.

»Steig ab«, befahl er, während er sich von Treys Rücken schwang. »Wir werden die Pferde wechseln. Geh in die Büsche, falls du das Bedürfnis verspürst. Die nächste Gelegenheit dazu bekommst du erst wieder, wenn es völlig dunkel ist.«

Willow war mehr um ihre erschöpften Pferde besorgt als um sich selbst. Ihre Füße hatten kaum den Boden berührt, als sie auch schon am Sattelgurt zerrte und den Sattel abnahm, damit Dove etwas leichter atmen konnte.

Caleb blickte auf, sah, daß Willow sich um Dove gekümmert hatte, und ging zu Deuce.

»Leg deinen Sattel auf Ishmael«, sagte er. »Von jetzt ab wird der Ritt noch härter.«

Sie blieb stehen und starrte Caleb ungläubig an. »Meinst du nicht, wir hätten die Comancheros inzwischen abgehängt?«

»Nein. Ich habe den nächsten Paß aus diesem Becken heraus gewählt, den ich kenne. Ich kann nicht garantieren, daß wir die Wasserscheide hinter uns haben werden, bevor sie uns einholen. Also bleibt uns nichts anderes übrig, als zu rennen und nochmals zu rennen. Aber deine Pferde sind immer noch nicht an die Höhe gewöhnt. Die Comancheropferde sind es.«

»Wir sind nach Süden geritten, nicht?«

Caleb nickte.

»Die Comancheros sind Richtung Süden abgeschwenkt.«

»Das sind sie, allerdings.«

»Was, wenn wir ihnen über den Weg laufen, noch bevor wir auf den Pfad zum Paß stoßen?«

»Dann können wir nur noch beten.«

Willow biß sich auf die Lippen. »Aber wenn wir vor ihnen auf dem Paßpfad sind, dann kann uns nichts passieren, oder?«

»Es sei denn, sie sind zuerst da.«

»Aber wie sollten sie wissen, welchen speziellen Weg wir einschlagen? Dann müßten sie doch den ganzen Weg bis hierher zurückkommen und unsere Spuren verfolgen, nicht?«

»Es ist der einzig brauchbare Paß im Umkreis von sechzig Meilen«, erwiderte Caleb. »Selbst ein betrunkener Comanchero kann sich mühelos ausrechnen, wo wir zu finden sein werden. Ungefähr zehn Meilen weiter diesen Bach hinauf gibt es eine Stelle, wo eine andere Route von Süden her einmündet und sich mit dem Paßpfad vereinigt. Wir müssen sie bis zu dieser Gabelung abgehängt haben.«

Willow schloß einen Augenblick die Augen. *Zehn Meilen.* Ihre Pferde konnten nicht noch zehn Meilen laufen. Die Araber hatten wesentlich härter zu kämpfen als Calebs Pferde, obwohl sie nicht soviel Gewicht trugen.

Caleb zerrte Deuce den Packsattel vom Rücken und legte den Reitsattel auf. »Das Problem ist, daß wir wahrscheinlich die Stuten verlieren werden, wenn wir weiter in diesem Tempo reiten. Ishmael ist stärker, du wirst also ihn reiten. Wenn die Stuten nicht mit uns Schritt halten, bleiben sie allein zurück.«

Er blickte Willow an, nagelte sie mit der Intensität seines goldenen Blicks förmlich auf der Stelle fest. »Sag es mir jetzt, Willow. Wenn es absolut keine andere Möglichkeit mehr gibt, was wäre dir lieber – tot zu sein oder Gefangene der Comancheros?«

Willow dachte an Neunfingers eiskalte blaue Augen und den gierigen Blick, mit dem er sie gemustert hatte. Galle stieg in ihrer Kehle auf.

»Tot«, sagte sie ohne Zögern.

Caleb schaute sie eine lange Weile schweigend an. Sie erwiderte seinen Blick ruhig und ohne mit der Wimper zu zucken.

»Dann soll es so sein«, sagte er gedämpft. »Du würdest ohnehin bald tot sein. Weiße Frauen überleben bei den Comancheros nicht länger als ein paar Monate, besonders nicht Blondinen. Zu viele Männer sind lüstern auf blondes Haar. Aber du solltest wenigstens die Wahl haben.«

Willow wandte sich wortlos ab. Es gab auch nichts, was sie darauf hätte sagen können.

Als sie aus dem Wald zurückkam, waren die Pferde gesattelt. Dove atmete immer noch schwer, aber der Schweiß auf ihrem Körper begann zu trocknen. Caleb stand neben Ishmael und wartete, um Willow beim Aufsitzen behilflich zu sein.

»Das ist nicht mehr nötig«, sagte sie. »Ich kann allein aufsteigen.«

»Ich weiß.«

Er verschränkte seine Hände, formte mit seinen Fingern einen Steigbügel für sie. Sie stellte einen Fuß hinein und ließ sich in den Sattel heben. Einen flüchtigen Moment lang fühlte sie Calebs Handfläche liebkosend an ihrer Wade herabstreichen, die Berührung war jedoch so kurz und er hatte sich so schnell wieder abgewandt, daß Willow überlegte, ob es nicht nur Einbildung gewesen war. Sein Gesicht hatte einen so grimmigen Ausdruck zur Schau getragen.

»Caleb?«

Er drehte sich zu ihr um.

»Ganz gleich, was passiert«, sagte Willow hastig, »du darfst dir nicht die Schuld daran geben. Du hast mich bereits in Denver davor gewarnt, daß meine Pferde nicht mithalten könnten. Du hattest recht.«

Ein einziger großer Schritt brachte Caleb wieder an Willows Seite zurück. »Komm her«, sagte er heiser.

Als sie sich herunterbeugte, umfingen seine langen Finger ihr Gesicht, hielten sie einen flüchtigen Atemzug lang, dann ergriff er mit einem schnellen, heftigen Kuß Besitz von ihren Lippen, einem Kuß, der zu Ende war, noch bevor Willow reagieren konnte.

»Deine Pferde haben sich bis jetzt hervorragend geschlagen.

Tatsächlich haben sie sich sogar als Riesenüberraschung entpuppt«, murmelte Caleb dicht an Willows Lippen. »Und du übrigens auch. Bleib direkt hinter mir, Honey. Es sind prächtige Stuten, aber du darfst ihretwegen nicht dein Leben aufs Spiel setzen.«

Bevor Willow etwas erwidern konnte, hatte sich Caleb von ihr gelöst und schwang sich in den Sattel. Er schlug einmal kurz mit den Zügeln, und der große Wallach sprang mit einem Satz vorwärts. Zu Calebs Überraschung hängten sich die Stuten auch ohne Ishmaels Ansporn wie Kletten an die Flanken des Hengstes und liefen frei wie Mustangs. Wenn sie zurückblieben, sprach Willow sanft auf sie ein und bekam ein aufmerksames Zucken der Ohren und ein schnelleres Tempo zur Antwort.

Viele Male während der nächsten zehn Meilen hörte Caleb Willow mit ihren Arabern sprechen und sah die Stuten darauf reagieren, sich noch mehr ins Zeug legen und ihre letzten Kräfte mobilisieren, um das grausame Tempo beizubehalten. Als die Meilen unter den Pferdehufen dahinrasten, ertappte Caleb sich dabei, wie er innerlich flehte, die Stuten mögen durchhalten, denn jetzt endlich verstand er, warum Willow sich geweigert hatte, sie zurückzulassen. Zwischen Willow und ihren Pferden bestand eine Bindung, die man nicht beschreiben konnte. Sie hätten sich für Willow zu Tode gehetzt, ohne daß jemals eine Peitsche oder Sporen ihre Flanken berührten.

»Wir sind fast da«, sagte Caleb und drehte sich im Sattel herum, bis er Willow ansehen konnte. »Siehst du die Bäume dort? Jetzt brauchen wir nur noch...«

Seine Worte endeten abrupt, als Gewehrschüsse die Bergesstille zerrissen. Deuce stolperte und stürzte zu Boden. Caleb packte sein Gewehr und riß hastig die Füße aus den Steigbügeln. Drei weitere Schüsse kamen in rascher Folge, dann war es wieder ruhig, bis auf das Donnern von Pferdehufen, als die Araber vorbeifegten. Caleb tauchte hinter einen umgestürzten Baum, als ein vierter Schuß durch die Stille hallte.

Willow zog ruckartig die Zügel an und zerrte Ishmael so hart herum, daß dicke Erdklumpen unter seinen Hufen aufflogen. Es blieb keine Zeit zum Nachdenken, keine Zeit, um abzuwägen, nichts als das Wissen, daß Caleb zu Fuß an einem Ort war, wo es den sicheren Tod bedeutete, kein schnelles Pferd unter sich zu haben.

Sie beugte sich tief über Ishmaels schlanken Hals und trieb ihn den Weg hinunter zurück zu Caleb, feuerte den Hengst an, alles zu geben, was er hatte. Als der Araber an dem umgestürzten Baum entlangpreschte, rief sie Caleb zu:

»Los, steig hinter mir auf!«

Das Gewehr in der rechten Hand, sprang Caleb so behende vom Boden auf wie eine Gebirgskatze. Als Ishmael vorbeidonnerte, packte Caleb mit der freien Hand den Sattelknauf und schwang sich hinter Willow auf den Rücken des Hengstes. Trotz der wesentlich größeren Last hatte Ishmael innerhalb von drei langen Sprüngen wieder sein volles Tempo erreicht.

Willow erwartete, von Gewehrkugeln umschwirrt zu werden, aber es tat sich nichts; nur das Trommeln von Hufen zerschnitt die Stille, als Ishmael an den verwirrten Stuten vorbeiraste und sie in seinem Kielwasser mit sich zog. Trey erschien an seiner Seite, hart galoppierend, um Schritt zu halten. Als Caleb zurückschaute, war Deuce wieder auf den Füßen und galoppierte verzweifelt hinter seinem Treckkameraden her.

Ein Gewehr ging in unmittelbarer Nähe los, und der Knall ließ Willow entsetzt zusammenzucken, bevor sie begriff, daß Caleb geschossen hatte.

»Rechts rüber!« schrie er.

Augenblicklich zog Willow den Hengst hart nach rechts. Das Pferd hatte kaum den neuen Kurs eingeschlagen, als Kugeln vorbeizischten und Erde aufspritzen ließen an der Stelle, an der Ishmael gewesen wäre, hätte Willow ihn nicht vom Weg gelenkt.

»Los, auf den Kamm des Hügels da vorne, bevor sie neu laden können!« brüllte Caleb.

Willow beugte sich weit über Ishmaels Hals und feuerte ihren erschöpften Hengst an. Er antwortete mit einem kraftvollen Satz vorwärts und noch größerem Tempo trotz des steilen Geländeanstiegs und des Gewichts zweier Reiter.

»Ich werde oben auf dem Hügel zwischen den Felsblöcken abspringen«, sagte Caleb. »Treib die Pferde weiter zwischen die Bäume. Hörst du?«

»Ja«, antwortete Willow laut.

»Nur noch hundert Meter«, murmelte Caleb, während er zu der Ansammlung von Felsblöcken hinaufblickte, die das Ende der Bodenerhebung markierten. »Lauf, du roter Teufel!«

Ishmaels stahlbeschlagene Hufe gruben sich in den Berghang, rissen große Erdbrocken heraus, während er die steile Schräge hinaufstürmte. Als der Hengst die Kuppe des Hügels erreicht hatte, war sein Atem nur noch ein gequältes Stöhnen.

Caleb sprang ab und rannte davon, das Gewehr in der Hand. Er ging in Deckung hinter den Felsen, als nur wenige Meter entfernt eine Kugel heulend von Granit abprallte. Drei weitere Schüsse folgten, aber keine der Kugeln kam nahe genug, als daß Caleb hätte hören können, wo sie einschlugen.

»Zuviel Eifer, Jungs«, knurrte er. »Ihr müßt euch schon die Zeit nehmen und richtig zielen. Besonders wenn ihr alle nur einschüssige Büchsen habt.«

Seinem eigenen Rat folgend wählte Caleb sein Ziel sorgfältig aus unter den sieben, die sich anboten. Eine Sekunde nachdem er den Abzug gedrückt hatte, wurde er von einem überraschten, schmerzgequälten Aufschrei ein Stück weiter den Abhang hinunter belohnt, als einer der Comancheros die Hände hochwarf und von seinem Pferd stürzte. Die anderen sechs zerstreuten sich nach rechts und links und suchten Deckung auf der Wiese. Caleb stand auf und feuerte Schuß auf Schuß ab, weil er wußte, eine bessere Gelegenheit, die Anzahl seiner Feinde zu verringern, würde sich ihm nie wieder bieten.

Aber die Entfernung betrug fünfhundert Meter und vergrößerte sich noch mit jeder Sekunde. Am Ende schaffte Caleb es nur, zwei weitere Männer zu treffen, bevor er selbst wieder in Deckung gehen mußte. Als er sich hinter die Felsblöcke warf, zählte er im Geist die Kugeln, die noch in seinem Gewehr steckten. Fünf. Er würde die restlichen Comancheros verdammt nahe an sich herankommen lassen und sie dann mit seinem Revolver erledigen müssen. Diese Waffe konnte er zumindest mit Munition aus seinem Patronengurt nachladen. Und wenn ihm die Patronen für den Revolver ausgingen, hatte er ja immer noch sein Messer.

Caleb lächelte spöttisch über seine eigenen Gedanken. Die Banditen waren gierig, aber nicht vollkommen dumm. Sie würden es ihm ganz sicher nicht leichtmachen. Entweder würden sie bis Einbruch der Dunkelheit warten und dann über ihn herfallen, oder sie würden sich verteilen und aus allen Richtungen gleichzeitig auf ihn einstürmen. Gut möglich, daß sie noch Verstärkung bekamen. Die Comancheros waren auf jeden Fall im Vorteil, was ihre Anzahl, die Zeit und die geographische Lage betraf. Sie hatten quer über der Route Deckung bezogen, die zu dem einzigen Paß im Umkreis von vielen Meilen führte.

Deuces helles Wiehern schallte den Abhang herauf und wurde von Trey beantwortet. Wie die Araber waren auch die Montana-Pferde zusammen aufgezogen worden. Wenn sie irgendwie konnten, würden sie dicht beieinanderbleiben. Mühsam hinkend kämpfte Deuce sich den Berg hinauf trotz der Schußwunde, die rot auf seiner Brust schimmerte.

Caleb dachte sehnsüchtig an die zusätzliche Munition in den Satteltaschen, die Deuce trug. Er überlegte, ob er versuchen sollte, an die Taschen heranzukommen, gab die Idee jedoch wieder auf. Wenn er das Pferd zu sich herpfiff, würden die Banditen wissen, daß er sich mehr Munition oder Waffen zu verschaffen versuchte, und würden Deuce erschießen, bevor er nahe genug herankommen konnte. Wenn er, Caleb, versuchte, zu Deuce zu gelangen, würde er erschossen werden. Das Pferd war noch hundert Meter von den schützenden Felsblöcken entfernt, und dazwischen gab es keinerlei Deckung außer Gras.

Caleb beobachtete, wie Deuce unter den Bäumen verschwand, dann konzentrierte er seine Aufmerksamkeit wieder auf die Banditen. Nichts rührte sich. Die Männer waren untergetaucht, wo auch immer sie Deckung gefunden hatten. Methodisch begann Caleb, das Schußfeld nach allen Richtungen zu überprüfen, spähte nach möglichen Stellen aus, die Deckung boten, und schätzte die Entfernung ab.

Als Deuce auf seinen Treckkameraden zulahmte, ergriff Willow die Zügel und sprach besänftigend auf das verängstigte Tier ein. Sobald Deuce es zuließ, schnallte sie die Satteltaschen ab, weil sie wußte, daß Caleb darin seine zusätzliche Munition aufbewahrte. Sie hätte am liebsten den Sattelgurt etwas gelokkert, um Deuce das Atmen zu erleichtern, wagte es jedoch nicht. Es konnte sein, daß sie ohne Vorwarnung wieder aufsitzen und weiterreiten mußten.

Deuce war zu nervös, um Willow nahe an seine Brust heranzulassen, aber sie sah auch so genug. Die Verletzung war relativ oberflächlich, ein furchenartiger Streifschuß, der leichte Verbrennungen verursacht hatte. Es war vielmehr die Schwellung am linken Vorderbein des Wallachs, die Schwierigkeiten verhieß. Willow bezweifelte, daß Deuce überhaupt in der Lage wäre, einen Reiter zu tragen, und schon gar nicht einen von Calebs Größe und Gewicht.

Auch die Stuten konnten Caleb nicht tragen. Nicht sofort. Sie keuchten immer noch, zitterten, waren am Ende ihrer Kräfte. Ishmael war völlig erschöpft. Trey ebenfalls.

Denk nicht an die Pferde, sagte Willow sich grimmig. Du kannst jetzt nichts für sie tun. Was du tun kannst, ist, Caleb diese Patronen zu bringen.

In aller Eile durchsuchte Willow die schweren Satteltaschen und fand fünf Schachteln mit Munition unterschiedlicher Form und Größe. Aber sie wußte nicht, welche Patronen in Calebs Gewehr und welche in seinen Revolver paßten. Das Fernglas, ein Kompaß und andere unverzichtbare persönliche Dinge befanden sich ebenfalls in den Taschen.

Am Ende beschloß Willow, alles mitzunehmen, weil sie nicht wußte, was Caleb davon nützlich sein könnte. Sie legte sich die schweren Satteltaschen über die Schulter, nahm das Gewehr und schlich vorsichtig zum Rand des Wäldchens. Caleb war dreißig Meter von ihr entfernt und fast genau auf gleicher Höhe, durch eine flache Bodenrinne von ihr getrennt. Die Entfernung war zu groß, um ihm die Munitionsschachteln hinüberzuwerfen, von den schweren Satteltaschen ganz zu schweigen. Aber wenn ich auf allen vieren krieche und mich beeile, dürfte ich von unten kaum mehr als wenige Sekunden zu sehen sein, überlegte Willow.

»Caleb«, rief sie leise. »Erschrick nicht. Ich komme jetzt zu dir.«

Er fuhr herum, wollte ihr sagen, sie solle nichts derartig Riskantes tun.

Es war schon zu spät. Willow hatte sich bereits auf Hände und Knie niedergelassen und kroch auf ihn zu, die flache Bodenrinne als einzige Deckung.

Rasch wandte sich Caleb wieder um und begann auf Stellen zu schießen, wo er Banditen hatte untertauchen sehen, in der Hoffnung, sie an Ort und Stelle festnageln zu können, während Willow die Furche durchquerte. Als Willow begriff, was er tat, rappelte sie sich hastig auf und rannte auf die Felsen zu. Sie hatte sich kaum neben Caleb auf den Boden geworfen, als ein Kugelhagel einsetzte und pfeifend von den Felsblöcken rechts und links abprallte.

»Du verdammte Närrin!« sagte Caleb heftig. »Du hättest getötet werden können!«

»Ich...« Der Drang, Luft zu bekommen, schnitt Willows Erklärung ab. Keuchend vor Anstrengung und Furcht rang sie nach Atem.

Caleb nahm ihr das kurzläufige Gewehr aus der Hand, zielte auf den Abhang und wartete auf irgendeine Bewegung. Als sie kam, feuerte er beide Läufe gleichzeitig ab. Er rechnete nicht damit, auf diese Entfernung jemanden zu töten, aber ganz sicher konnte er mit dem groben Schrot Striemen auf ihren Kehrseiten produzieren. Zumindest würden es die Comancheros ein oder zwei Minuten lang nicht wagen, ihre Köpfe hervorzustrecken.

Als Caleb auf der Suche nach mehr Munition in die Satteltasche griff, wurde ihm die richtige Schachtel in die Hand gedrückt. Er lud rasch nach, feuerte, lud erneut nach und schaute über seine Schulter zurück, um zu sehen, wie Willow zurechtkam. Sie hatte zwei weitere Munitionsschachteln aus der Tasche genommen und griffbereit für ihn geöffnet und versuchte nun stirnrunzelnd herauszufinden, wie Calebs Gewehr nachgeladen wurde. Obwohl sie es vor ihm zu verbergen versuchte, zitterten ihre Hände, wenn sie sie gerade nicht benutzte.

»Ich mache das«, sagte Caleb. »Nimm die Büchse und setz dich mit dem Rücken zu mir. Wenn du irgend jemanden den Abhang heraufschleichen siehst, verlier keine Zeit damit, es mir zu sagen. Schieß einfach.«

Willow nickte und nahm die Büchse, erleichtert, daß sie etwas hatte, um ihre Hände zu beschäftigen. Sie kreuzte die Beine und spähte nach rechts und links, in der Hoffnung, sie würde keinen Mann anschleichen sehen.

Das da sind keine Menschen. Das sind Koyoten, die auf ihren krummen Hinterbeinen herumspringen.

Im stillen sagte Willow sich Calebs grimmige Bestätigung immer wieder vor, während sie nach verdächtigen Bewegungen Ausschau hielt. Automatisch zählte sie die Patronen, die Caleb mit einer Geschwindigkeit in sein Gewehr lud, die von großer Vertrautheit sprach.

»Du bist wirklich eine 1-Mann-Armee«, sagte sie schließlich.

»Du bist offensichtlich nicht halb so überrascht, wie die Comancheros es waren«, sagte Caleb mit wölfischem Grinsen. »Sie waren todsicher, sie hätten mich, nachdem ich diesen einen Schuß abgefeuert hatte. Trotzdem wird ihre Vorsicht nicht lange anhalten. Früher oder später werden sie jemanden finden, der ihnen Repetiergewehre verkauft. Dann können sich die zivilisierten Leute auf höllische Zeiten gefaßt machen.«

Nachdem Caleb sein Gewehr neu geladen hatte, veränderte er seine Position, bis er durch einen Spalt zwischen zwei Felsblöcken sehen konnte. Die drahtigen, mageren kleinen Ponies der Banditen waren über die Wiese verstreut und grasten hungrig, völlig ungerührt vom Krachen der Gewehrschüsse um sie herum.

»Wie schwer ist Deuce verletzt?« wollte Caleb wissen.

»Er hat eine Brandwunde an der Brust. Sein linkes Vorderbein ist angeschwollen, wahrscheinlich hat er sich bei dem Sturz eine Sehne gezerrt. Ich glaube nicht, daß er in der Lage sein wird, einen Reiter sehr weit zu tragen.«

»Du wärst überrascht, Honey. Blutet er stark?«

»Nein.«

»Und die anderen Pferde? Ist noch eines verletzt?«

»Die Stuten sind erschöpft«, erwiderte Willow und versuchte, ihre Stimme so emotionslos wie Calebs klingen zu lassen. »Sie werden uns folgen, solange sie können, aber...«

Eine große Hand legte sich auf Willows Schulter und drückte sie sanft. »Was ist mit Ishmael?«

»Er ist müde, aber immer noch kräftig genug, um mich überall hinzutragen, wohin ich ihn schicke.«

»Was für ein unglaublich zäher, mutiger Hengst«, sagte Caleb bewundernd. »Allmählich begreife ich, warum Wolfe so auf seine Mustangs schwört.«

»Was meinst du?«

»Mustangs sind Abkömmlinge der spanischen Pferde, die aus arabischer Vollblutzucht stammen. Beurteile nicht alle Mustangs nach den Ponies da unten. Die dort sind ebensolche Bastarde wie ihre Reiter. Aber zäh. Verflucht zäh. Gib ihnen einen Hutvoll Heu und noch weniger Wasser, und sie werden hundert Meilen und mehr pro Tag laufen, und das über Wochen.«

Im Sprechen griff Caleb in seine Satteltasche und holte das

Fernglas heraus. Methodisch begann er, den Abhang vor sich abzusuchen, indem er das Fernglas abschnittsweise von Seite zu Seite schweifen ließ. Jeder Grashalm, jeder Wechsel von Sonne zu Schatten, jeder verdächtige Sprenkel von Farbe oder Bewegung war deutlich zu erkennen. Caleb setzte das Glas einen Moment ab, dann schaute er wieder hindurch, während er sich im Geist die Position jedes Comancheros notierte, die das Fernglas hervorhob.

Das Fernglas bestätigte, was Caleb bereits geahnt hatte. Die Comancheros hatten sich so verteilt, daß so gut wie keine Chance bestand, sich zwischen ihnen hindurchzuschleichen, um auf den Paßpfad zu gelangen – besonders nicht mit sieben erschöpften Pferden.

Caleb drehte sich um, hob erneut das Fernglas an die Augen und betrachtete prüfend das Land hinter sich, suchte nach irgend etwas, was nach einem möglichen Fluchtweg aussah oder nach Feinden, die sich von hinten näherten. Er konnte keine menschliche Bewegung ausmachen, auch nicht nach mehreren sorgfältigen Schwenkern. Dennoch ließ ihm etwas keine Ruhe, etwas, was mit der Form der Landschaft an sich zu tun hatte.

»Dads Tagebuch«, flüsterte er unvermittelt.

»Was?«

»Laß uns die Plätze tauschen.«

Willow krabbelte um Caleb herum.

»Wenn sich da unten am Abhang irgendwas rührt, schießt du sofort«, befahl er.

Während Willow die Comancheros im Auge behielt, nahm Caleb das Tagebuch seines Vaters aus der Satteltasche und blätterte eilig die Seiten durch. Er studierte erst eine Seite, dann eine zweite, dann wieder die erste, blätterte vor und zurück und prüfte die Gipfel, die sich hinter den Felsblöcken erhoben.

»Es gibt noch einen Paß«, sagte er gedämpft. »Ein Bastard, der es in sich hat, über dreitausendfünfhundert Meter hoch, aber ein Pferd kann ihn erklimmen.«

»Wissen die Comancheros von diesem Paß?«

»Das bezweifle ich. Nach Dads Aufzeichnungen wußte niemand von dem Übergang, als er ihn zufällig entdeckte. Er ist aus der Zeit, bevor die Indianer Pferde hatten – als ein Umweg von zwanzig Meilen zu einem leichteren Paß einen großen Zeitverlust bedeutete.«

Die Stille wurde von einem einzigen Schuß zerstört, der pfeifend von den Felsen abprallte, die Caleb und Willow als Dekkung dienten. Willow zuckte unwillkürlich zusammen und gab einen leisen, verängstigten Laut von sich.

»Ist ja schon gut«, sagte Caleb beruhigend, während er das Tagebuch beiseite legte und über den Lauf seines Gewehres hinwegspähte. »Sie wollen nur sehen, ob wir hier oben noch wach sind.«

Das Gewehr ruckte, und der Knall ließ Willow erneut zusammenfahren. Noch bevor das Echo zurückkam, gab Caleb noch einen Schuß ab und dann weitere in rascher Folge, ließ Kugeln auf die Stellen niederregnen, wo er Banditen durch sein Fernglas gesehen hatte. In den Pausen zwischen den Schüssen schob er Patronen in die Kammer nach und pries in Gedanken Winchesters Klugheit, eine Waffe zu konstruieren, die sich fast genauso schnell nachladen ließ, wie man sie abfeuern konnte.

Mehrere erstickte Schreie sagten Caleb, daß er gut gezielt hatte. Er schoß unentwegt weiter, bis einer der Comancheros aus seinem Versteck hervorkam und davonrannte, um eine bessere Deckung zu finden. Wieder zielte Caleb sorgsam und schoß. Der Läufer machte noch einen Schritt und stürzte dann mit dem Gesicht nach unten zu Boden. Er rührte sich nicht wieder. Zwei Schüsse kamen als Antwort, nicht mehr. Die restlichen Comancheros hatten offensichtlich keine Eile, die Prämie auf Calebs Skalp einzukassieren.

Ein dumpfes Grollen ertönte und ließ Willow im selben Moment zusammenzucken, bevor sie erkannte, daß es kein Gewehrfeuer, sondern Donner war, was die Berge hinunterrollte. Unmittelbar darauf ergossen sich wahre Sturzbäche vom Himmel, verkündeten den Beginn der nachmittäglichen Gewitter.

Innerhalb von Minuten regnete es so stark, daß Willow nicht weiter als dreißig Meter in jeder Richtung sehen konnte.

»Nimm das Gewehr und lauf zu den Pferden«, sagte Caleb, während er erneut den Hügel hinunterfeuerte und hoffte, die Schüsse würden die Comancheros davon abhalten, im Schutz des Regens den Abhang heraufzuklettern.

»Was ist mit dir?«

»Lauf!« befahl er.

Willow rannte, so schnell sie konnte.

Calebs Schüsse krachten in ununterbrochener Folge hinter ihr, doch bis zu dem Zeitpunkt, als Willow die Pferde sah, hatte er sie eingeholt und lief direkt neben ihr.

»Achte auf Comancheros«, befahl Caleb knapp.

Während Willow den Abhang im Auge behielt, zerrte Caleb Deuce den Reitsattel herunter, um dem verletzten Tier etwas Erleichterung zu verschaffen. Einen Moment lang erwägte er, eine der Stuten als Packpferd zu benutzen, aber ein einziger Blick auf ihre hängenden Köpfe und den Schaum an ihren Mäulern und auf ihrem Fell, der sich unter dem prasselnden Regen aufzulösen begann, sagte ihm, daß die Stuten in noch schlechterer Verfassung als Deuce waren. Mit raschen Handgriffen lud er soviel Gepäck wie möglich in die Satteltaschen und die Bettrollen um, die hinter den Reitsätteln befestigt waren. Als er fertig war, trug Deuce weniger als dreißig Pfund Gewicht, und nichts davon war unverzichtbar für ihr Überleben.

Caleb zog seine Schaffelljacke an und hob Willow in Ishmaels Sattel.

»Es wird eine verdammt harte, mühsame Klettertour werden«, sagte er eindringlich. »Bleib dabei und reite weiter, selbst wenn Deuce und die Stuten nicht mehr mithalten können. Versprich es mir.«

Willow biß sich auf die Lippen und nickte unglücklich.

Caleb strich zärtlich mit den Fingerspitzen über ihre Wange, hinterließ eine Spur von Wärme in dem kalten Regen. Dann schwang er sich auf Treys Rücken.

»Ich werde nicht unterhalb des Gipfels anhalten«, sagte er. »Wir brauchen jedes Fünkchen Tageslicht, um über den Paß zu kommen.«

Willow wollte etwas erwidern, doch Caleb drückte seinem Wallach die Fersen in die Seiten und verschwand im Regen. Die Pferde schlossen sich in einer Reihe an; Deuce hinkte als letzter hinterdrein.

Nach der ersten halben Stunde gab Willow es auf, alle paar Minuten über ihre Schulter zurückzublicken und auf Comancheros zu horchen. Nach einer weiteren Stunde verzichtete sie darauf, sich ständig zu vergewissern, daß die Araber folgten. Sie hielten bis jetzt recht gut Schritt, doch Willow wußte nicht, wie lange ihre Stuten noch zu laufen imstande waren. Trotz des langsamen Tempos schnauften sie mühsam, als hätten sie einen mehrere Stunden dauernden Galopp hinter sich. Wie Caleb es vorhergesagt hatte, schritt Deuce trotz seines verletzten Beins tapfer aus und lief sogar schnell genug, um die langsamste Stute zu überholen.

Der Weg kletterte unaufhörlich, unerbittlich weiter bergauf, bis Willow sich kaum noch an eine Zeit erinnern konnte, als das Land nicht steil vor ihr angestiegen war. Willows Zustand wechselte von Kopfschmerzen zu einer dumpfen Benommenheit, die sie ernstlich um ihre Gesundheit fürchten ließ. Zwischen schweren Regenvorhängen tauchten immer häufiger die dunklen Silhouetten von Kiefern zwischen Espen und Fichten auf. Alle paar Minuten spähte Willow durch die dichten Regenschleier nach vorn zu Caleb, klammerte sich an seine Gegenwart als die einzige Sicherheit in einer bleigrauen, trostlosen Welt.

Donner grollte gelegentlich, erschreckte Willow jedoch nicht mehr. Sie wateten durch einen Bach und kletterten einen bewaldeten, hügeligen Kamm auf der gegenüberliegenden Seite hinauf. Nach und nach wurde die Route wieder etwas flacher und stieg dann zu einer weiteren grasbewachsenen Lichtung an. Ein kristallklarer, reißender Bach sprudelte durch die Mitte der Lichtung zwischen von Buschwerk gesäumten Ufern. Caleb durchquerte das Wasser und wandte sich flußaufwärts. Wieder stieg das Land beständig unter den Pferdehufen an, machte selbst einen gemächlichen Trott zu einer Anstrengung.

Einmal, als es extrem steil wurde, stieg Caleb aus dem Sattel. Willow folgte seinem Beispiel, bevor sie Ishmaels Zügel ergriff und ihn zu den in Regenschleier gehüllten Gestalten weiter voraus führte. Nach dreißig Schritten taumelte sie plötzlich benommen und sank auf die Knie.

Caleb tauchte aus dem Regen auf und fing Willow in einer Umarmung auf. »Du solltest im Sattel sitzen, Honey. Du bist nicht an die Höhe gewöhnt.«

»Sie hat mir nichts ausgemacht... jedenfalls nicht so sehr... damals in Denver«, brachte Willow keuchend hervor.

»Denver liegt über zweitausend Meter tiefer. Wir sind hier fast dreitausend Meter hoch.«

Sie blickte Caleb mit glasigen Augen an. »Kein Wunder... meine Pferde...«

»Ja«, meinte er. »Aber sie laufen trotzdem unermüdlich weiter. Genau wie du.«

Jetzt erst bemerkte Willow die Quetschwunde auf seiner Stirn. »Du bist ja verletzt!«

»Mit mir ist alles in Ordnung. Dir ist schwindeliger als mir, und du hast keine Schramme abbekommen.«

Die Erleichterung in Willows haselnußbraunen Augen war so deutlich und intensiv, wie es ihre Besorgnis gewesen war. Caleb drückte sie noch ein wenig fester an sich, genoß ihre Fürsorge. Es war schon lange, lange her, seit sich jemand Sorgen um ihn gemacht hatte.

»Danke«, sagte er leise.

»Warum bedankst du dich bei mir?« fragte sie verwundert.

»Weil du zu mir im dicksten Kugelhagel zurückgekommen bist. Weil eine ganze Menge Männer die Beine in die Hand genommen hätten und geflohen wären. Weil du die Klugheit hattest, zu wissen, daß ich die Satteltaschen brauchen würde, und den Mut, sie mir zu bringen. Weil du an Stellen gelacht hast, wo andere Frauen gejammert oder geweint oder mich angeschrien hätten. Weil du eine phantastische Treckpartnerin bist.«

Willows Augen wurden einen Moment groß, bevor sie ihren Blick irritiert von Caleb abwandte. Die Glut seiner whiskyfarbenen Augen wärmte sie mehr, als es jedes Feuer vermocht hätte.

»Das ist sehr freundlich von dir«, erwiderte sie heiser.

»Ich bin kein freundlicher Mann.«

»Doch, das bist du. Ich weiß, daß ich dich ständig in Schwierigkeiten bringe. Wegen meiner Sturheit mit den Pferden hast du wieder und wieder dein Leben riskieren müssen.« Sie lächelte traurig und blickte unter dichten Wimpern hervor zu ihm auf. »Deshalb erinnere ich mich jedesmal daran, wie es ohne dich wäre, wenn mir nach Schreien oder Jammern oder Weinen zumute ist, und halte lieber so meinen Mund.«

Caleb lachte und zog Willow noch fester in seine Arme. Er hörte ihr gebrochenes Seufzen, fühlte, wie sich ihr Körper vertrauensvoll an seinen lehnte, und er versuchte, nicht an einen Mann namens Reno zu denken.

Sie ist viel zu schade für einen Herumtreiber wie Matthew Moran.

Kaum war ihm der Gedanke gekommen, als er sich zu einem heimlichen Schwur in Calebs Kopf verdichtete. Eine Frau wie Willow mit einer solchen Fähigkeit zu Mut, Loyalität und Leidenschaft verdiente etwas Besseres als einen Mann, der junge Mädchen verführte und sie dann im Stich ließ. Besonders Willows intensive Sinnlichkeit verdiente etwas Besseres als einen Mann, der sie so lange allein ließ, daß sie vergessen hatte, wie man küßt.

Aber nicht, wie man auf Küsse reagiert. Das hatte sie nicht vergessen. Die Erinnerung an ihre Leidenschaft und ihren weichen, üppigen Körper erweckte erneut einen schmerzlichen, wilden Hunger in Caleb.

Keine Frau, die einen anderen Mann aufrichtig liebt, könnte so reagieren – so schnell, so leidenschaftlich. Sie wird mir gehören, bevor sie ihren Liebhaber wiedersieht. Ich werde Willow so gründlich verführen, daß sie sich mir zuwenden wird, wenn er tot ist, statt einem Liebhaber nachzutrauern, der nicht eine einzige ihrer Tränen wert ist.

Sie kann ihn nicht lieben. Unmöglich. Es kann einfach nicht sein.

Caleb beugte den Kopf und preßte seine Lippen auf ihre, besiegelte seinen heimlichen Schwur. Sein Kuß war anders als alle, die er jemals einer Frau geschenkt hatte, zärtlich und dennoch von einer solchen Glut und Innigkeit, daß er das Gefühl hatte, in Willow zu versinken und von ihrer Seele zu trinken. Als er schließlich den Kopf hob, bebte Willow am ganzen Körper. Er trug sie zu Ishmael und setzte sie behutsam in den Sattel. Der Blick, den er ihr zuwarf, war so intensiv, wie es sein Kuß gewesen war.

»Bleib dicht hinter mir«, sagte er rauh.

Caleb hatte sich wieder abgewandt, noch bevor Willow antworten konnte. Er schwang sich auf Trey, lenkte den großen Wallach flußaufwärts und steuerte dann auf die weit entfernte, komplizierte Einkerbung in dem steinernen Bergwall zu, die sein Vater *Black Pass* genannt hatte.

Wind heulte von steilen Gipfeln herunter und zerzauste die Mähnen der Pferde. Caleb wußte, was sie auf der anderen Seite des Passes erwartete, denn sein Vater hatte förmlich geschwärmt von der Kette von Hochtälern, die sich zu einer immensen Lichtung hinabsenkten. Weiße Männer wußten von der Lichtung, weil sie einen wesentlich flacheren und weniger beschwerlichen Durchgang zwischen hohen Graten und Bergketten bot als der Black Pass. Die Nebentäler, die zum Black Pass hinaufführten, waren jedoch keinem weißen Mann bekannt. Selbst die Indianer vermieden sie, denn Wild fand sich auch an zugänglicheren Stellen. Alte Stämme hatten den Paß jedoch aus eigenen Gründen benutzt – Gründe, die niemand wußte. Aber den gespenstischen Pfad gab es immer noch, und er flüsterte von Männern, die lange, lange tot waren.

Caleb bog von dem Fluß ab, weil hier Biber ihre Dämme gebaut und die Wiese dadurch in einen flachen See verwandelt hatten. Kiefern waren umgestürzt, und die Espen ungefähr fünfhundert Meter in allen Richtungen bis auf den Stumpf abgenagt. Mehrere Bäche mündeten in den kleinen See. Ein paar Meilen weiter abwärts schloß sich ein anderes Tal an das erste an und isolierte den Höhenzug, dessen Flanke sie gefolgt waren, um nicht unversehens in den Sumpf zu geraten, der an den Biberteich angrenzte.

Nach einer Stunde hatten sie die Biberdämme hinter sich gelassen. Die Wiese verengte sich auf nicht mehr als fünfzig Meter an der breitesten Stelle, dann auf vierzig, dann auf zehn. Die Route schlängelte sich aufwärts, während sich der Fluß unter ihnen seinen Weg durch massiven Fels bahnte und einen Canyon bildete, so steil, daß ihn ein Pferd nicht mehr erklettern konnte. Der Wald wurde spärlicher, verschwand schließlich völlig, bis nur noch dichtes Gestrüpp den Boden bedeckte, und erschien dann wieder, als sie in ein weiteres Tal hinabkletterten, wo sie wieder neben dem Fluß herreiten konnten.

Bald stieg der Weg erneut steil an. Berge rückten auf beiden Seiten näher, und das Land neigte sich schräg aufwärts unter den Pferdehufen. Der Wald wurde dichter, aber irgendwie fand Caleb immer einen Weg um abgestorbenes Unterholz und Espenhaine, wo die Baumstämme so fest miteinander verwoben waren, daß sie keinen Durchgang für einen Menschen ließen, geschweige denn für ein Pferd. Das Rauschen des Flusses wurde lauter und gurgelnder und der Weg noch steiler.

Caleb warf jedesmal einen prüfenden Blick auf seinen Kompaß, wenn ein Nebenarm einmündete, während er nach dem schmalen, schäumenden Band von Wasser suchte, das zu einem anderen, höhergelegenen Tal führte und von dort aus zu weiteren Tälern, bis schließlich der höchste Punkt der Einkerbung erreicht und die Wasserscheide überschritten war.

Es gab jetzt keine Kiefern mehr, nur Fichten, Espen und eine verkümmerte Form von Weiden, die auf Geröllawinen wuchs und auf den kleinen, sumpfigen Wiesen, die der Strom durchschnitt. Caleb spürte, wie das Land um ihn herum zunehmend offener wurde, die kleineren Gipfel und Kämme immer weiter zurückwichen, als die Pferde das Rückgrat des Kontinents hinaufkletterten. Sein Vater hatte gesagt, der Ausblick von der Spitze aus wäre so atemberaubend wie die Höhe. Caleb hatte keine Möglichkeit, die Beobachtungen seines Vaters nachzuprüfen. Regen fiel unaufhörlich, ließ alles, was weiter als fünfzig Meter entfernt war, hinter grauen Schleiern verschwinden.

Blitze zuckten über die Steilwände eines in Wolken gehüllten Gipfels, schickten Donnergrollen den Berg hinunter, gewaltige Kanonaden, die wie eine Mischung aus Explosionen und Gewehrfeuer klangen. Mit gesenkten Köpfen und flach angelegten Ohren kämpften sich die Pferde durch das Unwetter, während dunkle Eiben über ihnen im Sturm erzitterten und stöhnten. Der umgebende Wald schützte sie vor dem schlimmsten Wind, aber nicht vor dem eisigen Regen.

Sie kletterten weiter bergauf, während um sie herum das Unwetter tobte und Donner und Blitz auf sie herabschickte, bis Willow vor Angst schrie. Doch das Krachen des Donners übertönte selbst ihre Schreie und vermittelte Willow das Gefühl, in einem Hexenkessel von Lärm gefangen zu sein, so überwältigend, daß er zu einer Art quälender Stille wurde. Die Luft wurde dünner, bis Willow zu keuchen begann, obwohl sie nur auf Ishmael saß und nichts weiter tat, als sich mit Händen festzuklammern, die taub vor Kälte und Nässe waren.

Und immer noch stieg der Pfad weiter an. Schneeregen verwandelte sich in dicke weiße Schneeflocken, die wie winzige Flöckchen aus Eisspitze im Wind wirbelten. Der Donner war jetzt weniger häufig und aus immer weiterer Entfernung zu hören, schwoll schließlich zu einem gedämpften Murmeln in der Luft ab. Schnee fiel, bis er knöcheltief lag. Der Fluß nahm einen dunklen, öligen Glanz an.

Caleb prüfte seinen Kompaß, lenkte Trey nach links und ritt in einer langen, stetig ansteigenden Diagonale über den Berghang. Der alte, verlassene Pfad schimmerte in einer anderen Schattierung von Weiß als der Schnee auf dem Boden, den noch niemals der Fuß eines Menschen betreten hatte. Caleb betrachtete den gespenstischen Faden, der sich weiter und immer weiter bis in die tiefhängende Wolkendecke hinaufschlängelte, und fragte sich verzweifelt, ob auch nur eines der Pferde noch die Kraft hatte, ihn zu bewältigen.

Die Espen verschwanden zuerst, dann die Fichten, schließlich die Kiefern, bis der Wald nicht mehr als ein schwarzweißer Fransensaum war, der sich mehrere hundert Meter unter ihnen an geschützten Schluchten entlangzog. Für Caleb und Willow gab es nichts weiter als das Bleigrau des Himmels und das Weiß des Erdbodens. Schneeschleier hoben und kräuselten sich dann und wann, enthüllten und verhüllten die weite Landschaft. Tief unter ihnen war der Fluß als schwarzes Band zu sehen, das sich durch eine steile, schmale schneebedeckte Schlucht wand.

Windböen zerrissen die Schneeschleier, ließen eine graue Wolkendecke über zerklüfteten Bergen sehen, deren Spitzen immer noch Nebelkappen trugen. Zum ersten Mal konnte Caleb erkennen, wo die steile Kletterpartie endete... eine ganze Strecke weiter voraus. Sie mußten noch mindestens eine weitere Meile hinaufsteigen auf einem Geisterpfad, der sich quer über schartige Felsen wand und höher und höher klomm, bis schließlich der letzte eisverkrustete Grat erklettert war und geschmolzener Schnee nach Westen hinunterfloß, nicht nach Osten.

Caleb zügelte seinen Wallach und stieg ab. Ishmael und Deuce waren knapp fünfzig Meter hinter ihm. Die Stuten waren bei dem mühsamen Weg den Berg hinauf ein ganzes Stück zurückgefallen. Die letzten beiden Stuten waren in dem Schneegestöber verschwunden, durch das die anderen sich durchgekämpft hatten. Caleb wartete eine Weile, aber es tauchten keine weiteren Pferde auf. Dann heulte eine Windböe über das Land, zerriß die Schneeschleier und gab den Blick auf zwei Stuten frei, die sich eine Meile tiefer langsam den Berg hinaufarbeiteten.

Ishmael ging die letzten Meter zu Trey und blieb dann mit gesenktem Kopf stehen, während er heftig schnaubte und um jeden Atemzug in der dünnen Luft kämpfte. Caleb half Willow aus dem Sattel und stützte sie mit einem Arm, um mit der anderen Hand den Sattelgurt zu lockern. Als der Wind einen Moment nachließ, stieg Dampf in dichten Schwaden vom Fell der Pferde auf, und ihr keuchender Atem ging rasselnd in der Stille.

»Ich... ich werde zu Fuß weitergehen«, sagte Willow.

»Noch nicht.«

Caleb hob Willow auf Treys Rücken, band Ishmael an ein langes Seil und befestigte es an Treys Sattel. Schweigend ergriff er die Zügel und begann den großen Wallach den Pfad hinaufzuführen. Willow blickte über ihre Schulter zurück, sah Ishmael folgen und Deuce nicht weit dahinter mühsam hinterherlahmen und betete, daß die Stuten nicht aufgeben würden.

Die Route wurde steiler, der Schnee tiefer, bis Caleb bei jedem Schritt bis zu den Knien einsank. Den Pferden erging es nicht besser. Alle dreißig Meter hielt Caleb an und ließ die Tiere einen Moment verschnaufen. Selbst Trey hatte jetzt große Mühe. Er keuchte wie ein Pferd, das lange und hart geritten wurde. Willow konnte es nicht ertragen, ihn sich so quälen zu sehen. Sie wußte, ihr Gewicht machte es noch schlimmer. Trotz ihrer stechenden Kopfschmerzen und der Übelkeit, die in ihrem Magen aufstieg, machte sie Anstalten, abzusteigen.

»Bleib, wo du bist«, befahl Caleb knapp. »Trey ist... viel... stärker als du.«

Seine Worte wurden von schnellen, tiefen Atemzügen unterbrochen, die dennoch nicht den Hunger seines Körpers nach Sauerstoff befriedigen konnten. Caleb war zwar besser an das Hochland gewöhnt, aber nicht an Gipfel über dreitausend Meter. Die dünne Luft und der tagelange harte Ritt hatten ihn ebenso erschöpft wie die Pferde.

Bis sie den Fuß des letzten, steilen Abhangs erreichten, blieb Caleb alle paar Meter stehen, um zu Atem zu kommen und sich nach den Pferden umzuschauen, die jetzt mehrere Meilen weit den Pfad hinunter verstreut waren. Die Wolkendecke war auseinandergerissen zu einzelnen Gebilden, die zwischen Graten eingebettet hingen. In der Ferne glänzte helles, goldenes Licht, wo die Spätnachmittagssonne in Täler zwischen wolkenverhüllten Gipfeln hinunterschien.

Trey stand mit gesenktem Kopf da, sein Atem ging stöhnend, seine Flanken zitterten. Er war vielleicht in der Lage, noch eine Strecke weiterzulaufen, konnte aber kein Gewicht mehr tragen, auch keine so leichte Reiterin wie Willow. Caleb lockerte den Sattelgurt und zog Willow von Treys Rücken. Er legte sich die schweren Satteltaschen und die Bettrolle über die linke Schulter, stützte Willow mit seinem rechten Arm und begann, den Pfad hinaufzuklettern. Nur einmal blieb er stehen und stieß einen schrillen Pfiff aus. Trey hob den Kopf und setzte sich widerstrebend wieder in Bewegung.

Der Wind hatte den Schnee fortgeblasen, um die felsigen Knochen des Berges zu enthüllen. Die Felsen waren dunkel, fast schwarz, verwittert von der Last der Zeit und des Eises. Der geisterhafte Weg verlor sich, aber es gab keinen Zweifel an ihrem Ziel. Caleb konzentrierte seinen Blick auf den nackten Grat, der sich vor ihm erhob und ein beträchtliches Stück des Himmels verdeckte. Er bemerkte kaum, wie die Wolken weiter zurückwichen und strahlendes, goldenes Licht über das Land strömte.

Willow versuchte, ohne Hilfe zu gehen. Es gelang ihr zwanzig Atemzüge lang, dann sechzig, dann hundert. Sie glaubte, immer noch zu gehen, als sie Calebs Arm fester um ihre Taille gleiten fühlte. Vage wurde ihr bewußt, daß sie gestürzt wäre ohne seine Unterstützung. Sie versuchte, sich zu entschuldigen.

»Sag nichts«, keuchte er. »Geh weiter.«

Nach mehreren zitternden Atemzügen brachte Willow noch

ein paar Schritte zustande. Caleb, der ebenfalls hart nach Luft rang, blieb an ihrer Seite, stützte sie, drängte sie vorwärts. Gemeinsam kämpften sie sich den steilen Felsgrat hinauf, und sie hörten nichts bis auf ihren eigenen hämmernden Puls und das Rasseln ihrer überanstrengten Lungen. Alle paar Minuten blieb Caleb gerade lange genug stehen, um wieder einen schrillen Pfiff den Pfad hinunterzuschicken und Trey und Deuce anzuspornen, die alle Stuten weit hinter sich zurückgelassen hatten.

Caleb verlagerte das Gewicht der Satteltaschen und der Bettrolle auf die andere Schulter, legte seinen freien Arm fest um Willow und machte sich wieder an den Aufstieg. Alle dreißig Schritte hielt er inne, um zu Atem zu kommen, dann alle zwanzig, doch selbst das reichte nicht für Willow. Der lange, harte Ritt, die Ungewißheit, der Kampf gegen die Comancheros, die Höhe, alles das hatte stark an ihren Kräften gezehrt.

Verbissen kämpfte sich Willow weiter hinauf, wobei sie versuchte, sich nicht auf Caleb zu stützen. Es war unmöglich. Ohne seine Kraft hätte sie noch nicht einmal mehr stehen können.

»Fast... da«, sagte Caleb keuchend.

Willow gab keine Antwort. Sie konnte es nicht. Ihre Schritte waren nur noch Zentimeter auseinander, hatten mehr Ähnlichkeit mit unbeholfenem Gestolpere als wirklichem Gehen.

Caleb blickte den Weg vor sich hinauf und erinnerte sich plötzlich mit unnatürlicher Klarheit der Worte, mit denen sein Vater den Black Pass in seinem Tagebuch beschrieben hatte: *Steil, rauh und kälter als die Titten einer Hexe. Aber es gibt diesen Paß, und er läßt sich bezwingen von jedem Mann, der genug Mumm hat, es mit ihm aufzunehmen. Er windet sich weiter hinauf und über die große kontinentale Wasserscheide hinweg, bis du in Gottes Auge schaust, hoch genug, um die Engel singen zu hören, falls du noch etwas anderes hören kannst außer dem Hämmern deines Herzens und dem Keuchen deines Atems.*

Ganz plötzlich waren Caleb und Willow am Ziel angekommen, standen am Rande des Himmels, während ihre Herzen hämmerten und ihr Atem keuchte und die Engel um sie herum sangen. Caleb löste seinen Griff um Willows Taille, erlaubte ihr, auf den Boden zu sinken. Er ließ die Satteltaschen und die Bettrolle fallen, setzte sich neben sie und zog sie an seine Brust.

Dankbar und erleichtert schmiegte sich Willow an ihn. Lange Zeit rang sie verzweifelt nach Luft. Schließlich ging ihr Atem wieder langsamer. Sie merkte, daß Caleb sie mit seinen Armen umschlungen hielt, sanft ihre Wangen und ihr Haar streichelte und ihr wieder und wieder tröstlich versicherte, daß das Schlimmste überstanden war... sie hatten endlich den höchsten Punkt des Passes erreicht. Willow stieß einen langen, zitternden Seufzer aus und öffnete die Augen.

Caleb sah die Farbe in Willows Wangen zurückkehren und fühlte eine so große Erleichterung in sich aufsteigen, daß es fast schmerzte. Er zog sie noch fester an sich und schob sie ein wenig herum, bis sie in die untergehende Sonne schauen konnte. Die Wolken hatten sich fast völlig aufgelöst bis auf einige zarte goldene Banner, die von den höchsten Gipfeln flatterten. Der Schnee begann bereits zu schmelzen und rann in stummen schwarzen Tränen den Berggipfel hinunter.

»Schau nur«, sagte Caleb und zeigte nach vorn.

Willow blickte auf den handtellergroßen Schneefleck ganz in der Nähe, der in der untergehenden Sonne glitzerte und Tränen von Gold weinte. Sie sah, wie sich ein Tropfen bildete, sich langsam von dem noch gefrorenen Schnee löste und abwärts rollte auf dem ersten Schritt seiner langen Reise zurück ins Meer.

Das Wasser floß nach Westen, dorthin, wo die Sonne unterging.

11. Kapitel

Willow erwachte, als warme Sonnenstrahlen ihr Gesicht liebkosten und Ishmaels aufgeregtes Wiehern in ihr Bewußtsein drang. Sie fuhr erschrocken hoch. Es dauerte einen Moment, bis sie sich wieder erinnerte, wo sie war – in einem winzigen hängenden Tal am westlichen Abhang der Rocky Mountains. Das ganze Tal bestand aus knapp zehn Quadratkilometern Weideland, auf drei Stellen von steilen, bewaldeten Hängen umgeben. Die vierte Seite fiel so abrupt ab, daß der Fluß, der das Tal entwässerte, als Wasserfall in die Tiefe stürzte.

»Caleb?«

Niemand antwortete auf Willows Ruf. Verspätet fiel ihr ein, daß Caleb lange vor dem ersten Morgenlicht mit Trey aufgebrochen war, um die vier Stuten zu suchen, die gegen Mitternacht immer noch nicht den Weg in das kleine Tal gefunden hatten. Willow hatte Caleb begleiten wollen, war jedoch nur drei Schritte weit gekommen, bevor sie kraftlos zu Boden gesunken war. Caleb hatte sie zu den Decken zurückgetragen. Sie hatte geträumt, sie folgte ihm, und war jedesmal in Tränen ausgebrochen, wenn sie zwischendurch aufwachte und feststellen mußte, daß sie ganz allein war und ohne ihre Stuten.

Jetzt hielt Willow nichts mehr unter den warmen Decken. Sie kroch eilig aus der Bettrolle, ergriff das Gewehr, das Caleb für sie dagelassen hatte, und machte sich auf, um nachzusehen, was Ishmael so beunruhigte. Die Position der Sonne am Himmel sagte ihr, daß es Spätnachmittag war. Sie hatte die ganze Nacht und den größten Teil des Tages geschlafen.

Ishmael schnaubte und zerrte aufgeregt an dem Seil, mit dem er angepflockt war.

»Immer mit der Ruhe, Junge«, sagte Willow und blickte in die Richtung, in die der Hengst starrte. »Was ist denn los?«

Wieder zerschnitt Ishmaels Ruf die Stille.

Mit dem Wind kam ein schwaches Wiehern als Antwort. Ein

paar Minuten später trotteten drei der vermißten Stuten erschöpft über die Wiese. Willow befreite den Hengst von dem Pflockseil und führte ihn zu einem Felsblock. Mit dem Gewehr in der Hand sprang sie von dem Felsen auf Ishmaels nackten Rücken. Wenige Augenblicke später galoppierte er freudig auf die Stuten zu und wieherte einen Willkommensgruß. Willow blickte angestrengt auf den Waldrand hinter den Stuten, sah jedoch kein Anzeichen von Caleb, seinem großen Montana-Pferd oder Dove, der einzigen noch fehlenden Stute.

Mit wachsender Besorgnis wartete Willow, während Ishmael dic Stuten beschnupperte und sich vergewisserte, daß sie tatsächlich dieselben waren, die er verloren hatte. Nach ein paar Augenblicken begannen die Stuten, hungrig zu grasen und ignorierten den entzückten Hengst.

»Nun ist es genug, Ishamel. Laß uns lieber nachschauen, was mit Caleb passiert ist.«

Willow hatte kaum den Rand der Wiese erreicht, als Ishmael die Ohren aufstellte und leise wieherte. Ein antwortendes Wiehern schallte aus dem Wald. Trey trottete in die Lichtung. Eine Seite aus Calebs Tagebuch war herausgerissen worden und am Sattelknauf befestigt. Willow löste das Blatt und faltete es auseinander.

»Ich versuche, Dove zum Weitergehen zu bewegen. Die anderen Stuten wurden wieder munter und zerrten an ihren Führungsleinen, sobald sie unterhalb dreitausend Meter kamen. Sie strebten in die richtige Richtung, also habe ich sie freigelassen und Trey ebenfalls. Gib ihnen etwas Getreide.

Dove ist erledigt, aber immer noch tapfer. Ich werde bei ihr bleiben, solange sie noch aushält.«

Tränen strömten über Willows Wangen bei dem Gedanken an ihre erschöpfte Stute. Es war Dove gewesen, die Willows Gewicht während der langen Tage des Trecks getragen hatte – mehr als irgendeins der anderen Pferde. Deshalb war sie jetzt so völlig ausgebrannt.

Ein prüfender Blick auf den Stand der Sonne sagte Willow,

daß sie sich besser an die Arbeit machen sollte, trotz der Müdigkeit, die ihre Kraft beeinträchtigte. Das Tal lag mehr als zweitausend Meter hoch – tiefer als der Black Pass, aber nicht annähernd in der Tiefe, an die sie gewöhnt war. Sie führte Trey ins Lager, nahm ihm den Sattel und das Gepäck ab und ließ ihn frei auf der Wiese grasen. Als sie jedem Pferd ein Häufchen Getreide hinschüttete, wälzte Trey sich in dem dichten Gras, trank durstig aus dem Fluß und machte sich dann völlig ausgehungert über das Getreide her. Willow wußte, wie sich der Wallach fühlte. Es war mehr als einen Tag her, seit sie selbst zuletzt etwas gegessen hatte, und dann auch nur ein Stückchen Speck.

Caleb würde einen Bärenhunger haben, wenn er zurückkehrte, denn er hatte keinen Proviant mitgenommen.

Willow arbeitete so schnell sie konnte, hielt nur von Zeit zu Zeit inne, um Atem zu holen, während sie die Sättel und das Gepäck unter den Felsvorsprung zog, der den Lagerplatz auf einer Seite schützte. Sie schleppte abgestorbene Äste zum Lager, zündete ein Feuer an, stellte einen Dreifuß zum Kochen auf und holte Wasser, und dabei keuchte sie, als wäre sie mit Gepäck beladen einen Berg hinaufgestürmt. Die schwere Jacke und die Levis hatte sie schon lange ausgezogen. Jetzt öffnete sie das Wildlederhemd, knöpfte das Flanellhemd darunter auf und dachte sehnsüchtig an ein Bad. Aber es gab noch zu viele andere Dinge zu erledigen, und die Zeitspanne, bevor die Sonne hinter drohenden Gipfeln unterging, war knapp bemessen.

Gerade als sich der letzte Sonnenstrahl aus dem Hochtal zurückzog, strebten Caleb und Dove aus dem Wald. Ihr plötzliches Erscheinen schreckte Rehe auf, die ihre Deckung verlassen hatten, um in der Nähe der Pferde zu grasen. Nach ein paar Sekunden hatten sich die Rehe beruhigt und ästen weiter. Es war schon so lange her, seit sie von Menschen gejagt worden waren, daß sie ihre Angst vor menschlichen Wesen fast gänzlich verloren hatten.

Dove kümmerte sich weder um die Rehe noch um sonst irgend etwas; sie sah nur das Gras und den Fluß. Sie stupste Calebs Hand mit ihrem weichen Maul an, bat ihn schweigend, sie von dem Druck des Halfters zu befreien, an dem er sie Schritt für Schritt mit sich gezogen hatte, lange nachdem sie aufgeben wollte. Caleb streichelte ihren Hals, sprach beruhigend auf sie ein und ließ sie dann frei, um sich den anderen Stuten anzuschließen.

Willow griff nach der Feldflasche, goß Kaffee hinein, nahm sich eine Handvoll frisch gebackener Brötchen und eilte über die Wiese. Sie war außer Atem, als sie Caleb erreichte, der Dove gerade eine Portion Getreide ins Gras geschüttet hatte.

»Geht es ihr gut?« erkundigte sich Willow besorgt.

»Sie ist völlig entkräftet, aber ihr fehlt nichts, was Ruhe und Futter nicht kurieren könnten. Ihr Atem geht nicht rasselnd, also haben ihre Lungen keinen Schaden erlitten.«

»Gott sei Dank«, hauchte Willow glücklich. Sie hielt ihm die Feldflasche und die Brötchen hin. »Hier. Du mußt ja fast verhungert sein. Danke, daß du die Stuten geholt hast. Ich habe geträumt, ich wäre unterwegs, um sie zu suchen, aber als ich aufwachte, war ich immer noch hier, und ich wußte nicht, wie ich...«

Caleb zog Willow in seine Arme und küßte sie lange und innig. Als er sich wieder aufrichtete, lächelte er trotz der Erschöpfung, die harte Linien in sein Gesicht gezeichnet hatte. Er gab einen verzückten Laut von sich und leckte sich die Lippen.

»Du schmeckst nach Kaffee und Brötchen«, sagte er nekkend. »Und nach etwas anderem...«

»Rehgulasch«, gestand sie lachend und errötete. »Ich habe alles in den Topf getan, was noch übrig war.«

»Du schmeckst himmlisch«, korrigierte er und streifte noch einmal mit seinen Lippen ihren Mund. »Wie der reine, süße Himmel.«

Caleb streckte sich und gähnte, versuchte, neue Kraft zu sammeln. Willow schraubte die Feldflasche auf und reichte sie ihm. Das köstliche Aroma des Kaffees stieg auf. Er nahm die

Flasche und trank durstig. Die Flüssigkeit war stark und schwarz und noch so heiß, daß sie dampfte. Er seufzte wohlig und trank noch einen Schluck, fühlte, wie sich Wärme in ihm ausbreitete. Dann nahm er ein Brötchen, stopfte es sich ganz in den Mund und kaute. Zwei weitere Brötchen verschwanden auf die gleiche Weise, um mit noch mehr Kaffee hinuntergespült zu werden.

»Komm mit ins Lager«, drängte Willow sanft. Ihre klaren, haselnußbraunen Augen maßen Calebs Erschöpfung an der Langsamkeit seiner Reflexe und den dunklen Rändern unter seinen goldenen Augen. »Du hast seit Tagen kaum geschlafen. Iß etwas warmes Gulasch und leg dich schlafen. Ich werde Wache halten.«

»Ist nicht nötig«, erwiderte er gähnend. »Siehst du die Rehe dort?«

Sie nickte.

»Wir sind die ersten Menschen, die sie je gesehen haben«, sagte Caleb.

»Aber ich habe Rauchspuren von anderen Feuern auf den Felsen entdeckt.«

»Das sind Feuer, die vor langer, langer Zeit brannten, noch bevor die Spanier Pferde in dieses Land brachten. Zumindest war mein Dad dieser Überzeugung, und er wußte mehr über Indianer und wildes Land als jeder andere lebende Mensch.« Calebs Blick suchte die Berge ab, die das kleine Tal von drei Seiten umschlossen. »Er war sicher, innerhalb von Jahrhunderten der einzige Mensch zu sein, der diesen Ort betreten hatte.«

»Warum haben die Indianer das Tal gemieden?«

»Wegen der Pferde, vermute ich. Nach Dads Tagebuchaufzeichnungen ist der Weg aus diesem Tal heraus fast genauso steil wie der über den Gipfel. Nicht weiter schlimm für einen Mann zu Fuß, der an große Höhen gewöhnt ist, aber verflucht hart für ein Pferd.« Caleb grinste schief. »Es geht schneller und ist ein ganzes Stück weniger anstrengend, die niedrigen Pässe zu benutzen und ein Pferd die Arbeit machen zu lassen. Der Mensch ist nun mal ein faules Geschöpf.«

»Du nicht«, erwiderte Willow. »Wenn du nicht gewesen wärst, wären meine Stuten in den Felsen auf der anderen Seite des Passes hilflos ihrem Schicksal ausgeliefert gewesen.«

»Sie sind uns so tapfer den ganzen Weg von Denver gefolgt, daß ich sie nicht einfach aufgeben konnte«, sagte Caleb schlicht. »Wie geht es Deuce?«

»Er muß sich eine Zerrung am linken Bein zugezogen haben, als er nach dem Streifschuß stürzte. Es ist unterhalb des Knies geschwollen.«

»Belastet er das Bein?«

»Er schont es, aber er läuft schon etwas besser, seit ich es mit einem Streifen Stoff bandagiert habe.«

Caleb knurrte. »Wenigstens dazu taugt das verdammte Ding. Was ist mit der Schußwunde?«

»Ich hatte Angst, sie wäre infiziert, aber sie sieht so sauber aus wie der Bach, der durch die Wiese fließt.«

»In dem Punkt hat Dad also auch recht behalten«, meinte er gähnend. »Hier oben infizieren sich Wunden nicht so schnell. Muß mit der dünnen Luft zusammenhängen, schätze ich, oder mit dem Mangel an Menschen. Wieviel von dem Gulasch hast du noch für mich übriggelassen?«

»Ungefähr den halben Topf voll.«

Sie lächelte und nahm seine Hand, zog ihn zum Lager zurück. »Ich habe Unmengen von Brötchen gebacken.«

Im Lager beobachtete Willow aus den Augenwinkeln, wie Caleb kurzen Prozeß mit Fleisch, Brötchen, Kaffee und Wildgemüse machte.

»Keine Forelle?« fragte er träge, während er den letzten Rest Fleischsoße mit dem letzten Brötchen aufnahm.

Willow lächelte und schüttelte den Kopf. »Sie sind alle vor mir geflohen.«

»Schätze, ich muß dir wohl noch einmal ganz neu beibringen, wie man sie fängt, was?«

Röte brannte auf Willows Wangen bei der Erinnerung an das letzte Mal, als Caleb ihr vom Forellenfang erzählt hatte.

»Keine Sorge, Honey«, murmelte er und streckte sich wohlig seufzend auf der Bettrolle aus. »Im Moment bin ich viel zu fertig, um mich an meinen eigenen Schatten anzuschleichen.«

Mit dem nächsten Atemzug war Caleb bereits eingeschlafen. Willow wartete, bis er tief und fest schlief, bevor sie ihm vorsichtig die Stiefel auszog, ihm den Revolvergurt und das Jagdmesser abnahm und ihn mit zwei dicken Wolldecken zudeckte. Sie rollte den Revolvergurt zusammen und legte ihn in Reichweite neben ihn, genauso, wie Caleb es getan hätte, wäre er nicht zu müde gewesen.

Willow legte das Gewehr dicht neben ihre Seite des Bettes und kroch neben Caleb unter die Decke. Obwohl sich die Sonne erst vor weniger als einer halben Stunde aus dem Tal zurückgezogen hatte, fühlte sich der Boden bereits kalt an. Die Hitze, die Calebs Körper ausstrahlte, war wundervoll, lockte Willow näher und näher an ihn heran, bis sie sich mit einem Seufzer entspannte und an seinen kräftigen Körper kuschelte. Caleb drehte sich herum und zog sie noch fester in seinen Arm, hielt sie an sich gedrückt, als fröre auch er. Lächelnd schlang Willow ihren Arm um ihn und döste dann ein mit dem vertrauten Gefühl von Calebs Herzschlag unter ihrer Wange.

Willow erwachte auf der Seite liegend, Calebs warme Brust an ihrem Rücken, ihr Kopf auf seinem Oberarm, ihr Po fest in die Beuge seiner Schenkel geschmiegt... und auf einer ihrer Brüste fühlte sie Calebs rechte Hand, die zwischen Wildleder und Flanell geglitten war, um die seidige Wärme darunter zu suchen.

Als Willow sich der Intimität von Calebs Berührung bewußt wurde, begann ihr Herz heftig zu klopfen. Sie versteifte sich, hin- und hergerissen zwischen dem Wissen, daß sie zurückweichen sollte, und dem herrlichen Gefühl, so eng neben Caleb zu liegen, während Sonnenschein in das winzige Tal strömte und es im Überfluß mit goldenem Licht füllte.

Nach ein paar Minuten legte sich Willows Herzrasen, nicht jedoch die Gefühle, die ohne Vorwarnung über sie hinwegschwemmten, ihren Atem stocken und ihre Brust unter Calebs Griff fest werden ließ, bis die harte Spitze gegen seine breite Handfläche drängte. Ein seltsamer Schmerz erfaßte ihren Körper, eine Sehnsucht, sich gegen seine Handfläche zu bäumen, wie eine Katze, die gestreichelt werden möchte. Das Gefühl war so stark und so völlig unerwartet, daß Willow den Atem anhielt und sich verwundert fragte, was mit ihr los was. Sie versuchte, sich aus Calebs Griff zu befreien, ohne ihn zu wecken, aber er hatte sich zu tief in ihren Kleidern verfangen.

Durch Willows vorsichtigen Rückzug erwachte Caleb halb; er gab einen tiefen, schläfrigen Laut von sich und drückte sie dann mit einem Arm noch fester an sich. Seine freie Hand bewegte sich, suchte die Wärme und Seidigkeit ihres Körpers, entschied sich dann jedoch für die weiche Rundung ihrer anderen Brust, verhüllt unter Schichten von Kleidern.

Willow schnappte entsetzt nach Luft, als sie sich durch Stoff hindurch umfangen und liebkost fühlte, bis auch diese Brust in einem schmerzhaften Ansturm von Erregung fest wurde und ihre Knospe sich aufrichtete. Ein köstliches Prickeln lief über ihre Haut, und sie kämpfte gegen das Verlangen an, sich langsam unter Calebs Hand zu winden, den Druck seiner Berührung auf ihren Brüsten zu verstärken.

Ich scheine den Verstand zu verlieren, dachte Willow erschauernd.

Aus Angst, Caleb zu wecken und sie beide in Verlegenheit zu bringen, blieb Willow stocksteif liegen, wagte es nicht, sich zu rühren, während sie auf die normalen Bewegungen wartete, die Caleb im Schlaf machte, um sich aus dem unbeabsichtigten, sinnlichen Käfig seiner Umarmung zu befreien.

Die Erleichterung kam nicht. Dafür wuchs ihre innere Anspannung um so mehr. Unfähig, noch eine Sekunde länger auszuhalten, schob Willow die Decke von ihrem Körper in einem ersten Schritt zu ihrer Befreiung. Aber die Decke zurückzuschlagen erwies sich als Fehler. Der Anblick von Calebs einer großen Hand auf ihrer Brust und der anderen, die tief zwischen Lederfransen und einem Spalt in ihrem Flanellhemd vergraben war, ließ Willow das Atmen vergessen. Verzweifelt schloß sie die Augen. Nachdem der erste Ansturm von Verlegenheit vorüber war, schlug sie die Augen wieder auf.

Nichts hatte sich geändert. Der Kontrast zwischen seiner sonnengebräunten Hand und dem milchigen Weiß ihrer eigenen Haut war so lebendig wie zuvor. Der Unterschied zwischen der schlanken, feingliedrigen Kraft seiner Finger und der weichen Rundung ihrer Brust war immer noch...

Unglaublich aufregend.

Ich verliere tatsächlich den Verstand.

Willow befahl sich, entweder sofort das Bett zu verlassen oder erneut die Decke bis zum Kinn hinaufzuziehen, um sich den Anblick von Calebs Hand – auf so intime Weise in ihren Kleidern vergraben – zu ersparen. Sie tat weder das eine noch das andere. Sie blieb ganz einfach bewegungslos liegen, während Schauer der Erregung durch ihren Körper prickelten – mit jedem Atemzug, jedem Heben und Senken ihrer Brüste unter Calebs Händen.

Ein Vogel zwitscherte süße Melodien von den Felsen, und auf der gegenüberliegenden Seite der Wiese ertönte die Antwort. Ein Windzug strich durch hohes Gras, in einem Hauch wie Geisteratem. Sonnenlicht liebkoste das Land so sanft, wie Willow mit jedem Atemzug liebkost wurde. Caleb bewegte sich erneut im Schlaf, zog Willow noch näher an sich und schloß seine Hand noch fester um ihre nackte Brust unter den Kleidern.

Willow sog scharf die Luft ein. Vorsichtig hob sie Calebs rechte Hand von ihrer Brust und schob sie auf ihre in Wildleder gehüllte Hüfte. Dann ließ sie ihre eigene Hand in ihr Mieder gleiten in dem Versuch, Calebs andere Hand fortzunehmen, ohne ihn zu wecken. Es war einfach nicht genug Platz für ihrer beider Hände in dem knapp sitzenden Wildlederhemd.

Mit angehaltenem Atem löste Willow die Lederverschnürung an ihrem Oberteil und knöpfte das Flanellhemd auf, bis es weit offenstand. Das Wildlederhemd ließ sich jedoch nur bis zu ihren Rippen öffnen, was ihr wenig Manövrierraum ließ.

Langsam legte Willow ihre Finger auf Calebs Hand und zog ganz behutsam. Seine Hand bewegte sich auf ihrer nackten Brust, rieb mit der schwieligen Handfläche über ihre Knospe. Köstliche Glut breitete sich zwischen Willows Schenkeln aus, und ihr Atem kam in einem unterdrückten Stöhnen. Ihr Rükken bog sich ihm in sinnlichem Reflex entgegen, wiederholte die Liebkosung, liebkoste seine Hand als Antwort.

Willow biß sich erschrocken auf die Lippen und zog noch einmal vorsichtig an Calebs Hand, versuchte, sich zu befreien, ohne ihn zu wecken. Er murmelte schlaftrunken vor sich hin und verstärkte seinen Griff um ihre Brust erneut, wobei er ihre feste Spitze zwischen seinen Fingern fing.

Der leise, zitternde Laut, der sich Willows Kehle entrang, machte Caleb augenblicklich hellwach. Er fühlte die biegsame, schlanke Kurve ihres Körpers an seinem, die weiche Rundung ihrer Hüfte unter seiner einen Hand und die seidige Nacktheit ihrer Brust, die sich in seine andere schmiegte. Lächelnd bewegte er beide Hände, schwelgte in dem Gefühl von Willows aufreizend weiblichem Körper.

»Caleb?« fragte sie ängstlich, und ihre Stimme war kaum mehr als ein Flüstern. »Du... du bist nicht wach, oder?«

»Ich werde es allmählich.«

Schamröte kroch über ihre Wangen in einer so heftigen Aufwallung, daß Caleb die Hitze bis über ihre Brüste ausstrahlen fühlen konnte.

»Ich wollte dich nicht wecken«, flüsterte sie. »Ich... ich habe nur versucht, deine... deine Hand wegzuschieben.«

»Diese?« fragte Caleb, indem er seine Finger auf ihrem Po spreizte und ihn sanft, ganz sanft streichelte.

Willow schnappte nach Luft. »Nein... ich meine, ja, aber mehr die andere Hand.«

»Die andere?« Er lächelte in ihr Haar. »Wo ist sie denn? Ich kann nichts sehen.«

»Ich aber, und das ist das Problem.« Willow hörte ihre eigenen Worte und hätte sich am liebsten auf die Zunge gebissen.

»Du kannst meine Hand sehen? Soso. Dann sag mir, wo sie ist.«

»Caleb Black, du weißt sehr gut, wo deine Hand ist!«

»Wie sollte ich? Sie ist eingeschlafen«, log er lächelnd und vergrub seinen Mund in ihrem Haar, um die empfindliche Kurve ihres Nackens zu suchen. »Du siehst also, ich kann sie nicht bewegen, bis ich weiß, wo sie ist. Sag es mir, Honey.«

»Auf meiner... meiner...« Ihre Stimme erstarb.

»Schulter?« schlug Caleb vor.

Sie schüttelte den Kopf.

Durch die Kopfbewegung teilte sich Willows Haar und enthüllte ihren Nacken. Er preßte seine Lippen auf ihre Haut, streifte behutsam mit seinem Schnurrbart über ihren Nacken und bedeckte ihn mit sanften kleinen Küssen, und er fühlte dabei jeden lustvollen Schauer, der durch ihren Körper lief. Willows Reaktion ließ heftige Begierde in Caleb aufflammen. Noch niemals zuvor hatte er eine Frau in den Armen gehalten, die so intensiv auf die leiseste seiner Berührungen reagierte.

»Ist meine Hand auf deinen Rippen?« fragte Caleb heiser, während er wieder sanft seine Zähne über Willows Nacken gleiten ließ, ihr Erschauern fühlte und am liebsten aufgestöhnt hätte unter der süßen Qual seines eigenen Verlangens, das heiß zwischen seinen Schenkeln pulsierte.

»N-nicht auf meinen Rippen«, flüsterte sie, kaum in der Lage, einen klaren Gedanken zu fassen.

»Auf deiner Taille?«

Aber diesmal brachte Willow überhaupt kein Wort heraus, denn Caleb grub seine Zähne zart in ihren Nacken, in einer so leidenschaftlichen, erregenden Liebkosung, daß Willow schwindelig wurde. Sie schloß die Augen und versuchte, einen überraschten Aufschrei zu unterdrücken, als Verzückung sie erfaßte und ihr ganzer Körper sich anspannte. Als sich seine Finger zärtlich um ihre Brustspitze schlossen und behutsam an dem festen Fleisch zogen, stöhnte sie unterdrückt auf.

»Jetzt sehe ich, wo das Problem liegt«, sagte Caleb und stützte sich auf einen Ellenbogen, um über Willows Schulter zu schauen.

»Wo?« flüsterte sie.

»Hier.« Er bewegte seine Hand unter ihren Kleidern, und sie bäumte sich ihm unbewußt entgegen. »Siehst du? Wir haben uns völlig in deinen Kleidern verfangen. Lieg ruhig, Liebling. Ich befreie uns.«

Willow beobachtete ihn aus rauchigen, haselnußbraunen Augen und wartete mit angehaltenem Atem. Seine Hand bewegte sich unter dem Flanell und umfing ihre ganze Brust, während sein Daumen träge Kreise um ihre Knospe zog. Ihr Körper versteifte sich abrupt.

»Sachte, Liebling«, murmelte er. »Tue ich dir weh?«

Aus Willows Kehle stieg ein seltsamer kleiner Laut auf, als sein Daumen ihre feste Knospe rieb. Er lächelte und rieb noch ein wenig intensiver, liebte die samtige Härte, die sich so bereitwillig unter seiner Berührung erhob.

»Ich habe uns fast befreit«, sagte Caleb. Langsam drehte er Willow auf den Rücken, liebkoste sie mit sanft kreisenden Bewegungen seines Daumens. »Ganz vorsichtig, Honey. Nur noch ein bißchen mehr, und du bist frei. Heb deine Schulter ein wenig. Ja, so. Und jetzt hol tief Luft. Ja, so ist es gut.« Ein überwältigendes Zittern lief durch seinen Körper, als er auf ihre entblößten Brüste hinunterblickte. »O Gott, du bist wunderschön, so perfekt wie eine Rosenknospe«, murmelte er heiser.

Caleb beugte sich hinunter, bewegte seinen Kopf langsam über Willows Brüste, ließ die rauhe Seide seines Schnurrbarts liebkosend über ihr weiches Fleisch gleiten und ihre Knospen sich noch härter aufrichten. Willow schnappte nach Luft und umfaßte seinen Kopf mit beiden Händen.

»Ja«, flüsterte er erregt. »Zeig mir, was du möchtest.«

Schockiert und verlegen versuchte Willow, seinen Kopf wegzuschieben, aber die Armbewegung ließ ihre harte Knospe über seine Lippen streifen.

»Ja«, flüsterte er. »Genau das will ich auch.«

Behutsam zog er Willows feste Brustspitze in seinen Mund und verstärkte den Griff seiner Hände, machte es ihr unmöglich, sich seinen Zärtlichkeiten zu entziehen, während er sie mit Zunge und Lippen liebkoste. Ein eigenartiges, wildes, brennendes Gefühl wallte in Willow auf und entlockte ihr einen erstickten Schrei.

»Honey?« fragte Caleb heiser und blickte auf. »Habe ich dir weh getan?«

»Wir... wir sollten das hier nicht tun.«

Er schloß die Augen und kämpfte gegen die Verweigerung, die in ihm aufstieg, eine Verweigerung, die ebenso heftig und wild war wie sein Hunger für dieses Mädchen, dessen entblößte Brüste an seinen Lippen lagen.

»Habe ich dir weh getan?« fragte er noch einmal.

Im Sprechen pustete er behutsam auf die Knospe, die immer noch feucht von seinem Mund schimmerte. Der weiche Lufthauch auf ihren Brüsten ließ ein Zittern über Willows Haut prickeln, und ihre Hüften schoben sich vor und zurück in einer unbewußten Reaktion, die sie nicht verstand.

Caleb verstand.

»Sag es mir, Willow.« Er küßte die feste Rosenknospe, die unter seinen Lippen aufgeblüht war. »Habe ich dich verletzt?«

Willow versuchte zu sprechen, brachte jedoch kein Wort heraus. Sie schüttelte schweigend den Kopf.

»Hast du es gemocht?«

Schamröte kroch über ihre Wangen. Sie drehte den Kopf zur Seite und verbarg ihr Gesicht an seiner Brust.

Sanft, ganz sanft rieb Caleb seine bärtige Wange noch ein letztes Mal an ihren Brüsten, bevor er sich abwandte, weil er nicht wußte, ob seine Selbstbeherrschung standhalten würde beim Anblick ihrer nackten, vollen Brüste zwischen Falten von

Wildleder, ihre Knospen hart und rosig von der sinnlichen Glut seines Mundes.

»Ist schon in Ordnung, Honey. Ich werde dich nicht zwingen.«

Caleb stand auf und ging zum Feuer. Nach ein paar Minuten kam Willow nach. Sie frühstückten in einem Schweigen, das nicht ganz frei von Unbehagen war. Caleb erwähnte die morgendlichen Intimitäten mit keinem Wort. Er gestattete auch nicht, daß Willow davon anfing. Er hatte Angst, sie würde ihm in Zukunft ihren honigsüßen, seidigen Körper zu verweigern versuchen. Und er wollte – und konnte – nicht zulassen, daß das geschah.

Scheue, ängstliche kleine Forelle. Es ist schon zu lange her, seit sie die Berührung eines Mannes gefühlt hat. Alles, was ich brauche, ist Geduld, und sie wird geradewegs in meine Hände schwimmen. Man hat mir immer versichert, ich sei ein geduldiger Mann. Warum fällt es mir dann so schwer, mit ihr Geduld zu haben?

Warum fällt es mir so verdammt schwer, zum Teufel noch mal? fragte Caleb sich ungeduldig. Ich kann von Glück reden, wenn ich genügend Disziplin aufbringe, um mich nicht auf sie zu stürzen.

Willow beobachtete Caleb scheu unter langen Wimpern hervor, während er die Vorräte wieder in Rucksäcken verstaute und Sattelgurte und Zaumzeug überprüfte, um sich zu vergewissern, daß der lange Ritt nichts anderes als Fleisch und Knochen strapaziert hatte. Als er mit einem neuen Beutel Getreide auf die Wiese hinausging, schloß Willow sich ihm an.

Ein Pfiff ließ Trey bereitwillig zur Inspektion antraben und Deuce ein wenig mühsam hinterherhinken. Caleb schüttete zwei Häufchen Getreide auf den Boden und begutachtete seine Pferde, während sie hungrig fraßen, überprüfte Hufe und Eisen auf Schäden und sprach die ganze Zeit beruhigend auf sie ein, lobte ihr Durchhaltevermögen und ihre Sanftmütigkeit.

Willow schaute zu, fasziniert von Calebs Kraft und Geschicklichkeit und maskuliner Grazie. Wie präzise und behutsam seine Hände waren! Er war so vorsichtig, daß Deuce noch nicht einmal zusammenzuckte, als seine Wunde inspiziert wurde, obwohl Caleb seine Sache sehr gründlich machte.

»Immer noch sauber«, sagte er ruhig. Er streichelte die muskulöse Schulter des Pferdes, fühlte die rauhen Stellen auf dem Fell, wo Schaum mehr als einmal hinabgetropft und wieder getrocknet war. »Ich würde dich ja striegeln, mein Junge, aber ich habe den Verdacht, du möchtest lieber für ein oder zwei Tage in Ruhe gelassen werden. Ich nehm's dir auch nicht übel. Ganz bestimmt nicht. War ein höllischer Treck.«

Eine der Stuten witterte das Aroma von Getreide und trabte über die Wiese heran. Sie wieherte sanft zur Begrüßung. Caleb lächelte und zupfte spielerisch an ihren seidigen Stirnfransen.

»Hallo, Penny. Geht's dir jetzt besser, nachdem du ordentlich gefressen hast?« fragte er.

Penny stupste den Getreidesack mit ihrem Maul an.

Willow lachte. »Hör auf, sie zu quälen. Sie weiß, was sie erwartet.«

Caleb warf Willow einen Blick von der Seite zu und lächelte spitzbübisch.

»Das Warten macht es nur noch besser, hast du das nicht gewußt?«

Willow hielt klugerweise den Mund, konnte jedoch nichts gegen die verlegene Röte tun, die in ihre Wangen schoß. Sie erschauerte unwillkürlich, als sie sich die Leidenschaft ins Gedächtnis zurückrief, die sie am Morgen gekostet hatte.

Ishmael galoppierte quer über die Wiese auf sie zu. Seine Ohren waren aufgerichtet, sein Schritt federnd und gleichmäßig, sein Körper geschmeidig.

»Er sieht gut aus«, meinte Caleb.

»Er atmet ein bißchen mühsam.«

»Das liegt an der Höhe. In ein oder zwei Wochen wird er sich wieder ganz erholt haben.«

»Der lange Weg, der noch vor uns liegt, macht mir Sorgen«, gestand Willow seufzend und rieb ihre Schläfen.

Caleb schüttete weitere Häufchen Körner auf den Boden, als nach und nach alle Araber herankamen, angelockt von dem reichen Aroma.

»Wir werden es langsam angehen und unsere Kräfte schonen, bis du an die Höhe gewöhnt bist«, versicherte er ihr.

»Nur zwölf Stunden am Tag unterwegs statt achtzehn?« murmelte Willow leise vor sich hin.

Aber Caleb hatte es gehört. Sein Gehör war so scharf wie das eines Rehs. Er schaute auf und sah, wie Willow mit geschlossenen Augen dastand und sich die Schläfen rieb. Er schüttete den Pferden noch ein paar Getreidekörper hin, band den Sack mit einem Lederriemen zu und stellte ihn beiseite, bevor er zu Willow ging.

»Kopfschmerzen?« fragte er leise.

Sie senkte fast schuldbewußt den Kopf. »Nur noch ein bißchen. Gestern auf dem Paß waren sie schlimmer.«

»Hier. Laß mich mal.«

Ganz gleich, welche Einwände Willow auch gehabt haben mochte, sie schwanden unter Calebs langsamen, kreisenden Daumenbewegungen auf ihren Schläfen.

»Entspann dich, wenn du kannst«, sagte er. »Je verkrampfter deine Muskeln sind, desto mehr schmerzt es.«

Willow gab einen kleinen Laut von sich, der mehr ein Ausdruck des Wohlbehagens war als ein Wort, als Caleb seine Finger über ihren Kopf gleiten ließ und ihre Kopfhaut massierte. Starke, behutsame, geschickte Hände rieben Schmerz fort, bis Willow erleichtert aufseufzte. Mit einer sanften Bewegung seiner Fingerspitzen zog er Willow näher zu sich heran, bis sie sich an ihn lehnte. Ihre Stirn glitt tiefer und tiefer und schmiegte sich schließlich an seine Brust.

Zu spät erkannte Willow, daß Caleb in der Hitze der Hochgebirgssonne sein Hemd aufgeknöpft hatte. Ihre Stirn ruhte auf nacktem, warmem Fleisch. Der dunkle Haarpelz auf seiner

Brust kitzelte sie an Nase und Mund. Als sie einatmete, erfüllte der Duft nach Wollhemd und Pferd und Mann ihre Sinne. Seufzend rieb sie ihr Gesicht an ihm, genoß das Gefühl seiner maskulinen Kombination aus glatter Haut und rauhem Haar an ihrer Wange.

»Wie gut sich das anfühlt!« murmelte sie, während sie langsam ihren Kopf hin und her bewegte und den Druck von Calebs Händen verstärkte, die den Schmerz fortmassierten.

»Für mich auch«, sagte er, während er in der Wärme ihres Atems auf seiner nackten Haut schwelgte.

Eine Zeitlang herrschte Schweigen. Dann seufzte Willow erneut. »Ich werde das wohl niemals wiedergutmachen können.«

Caleb lachte. »Du kannst ja meinen Kopf massieren, wenn ich Schmerzen habe.«

»Nein, ich meine, was du für die Stuten getan hast. Danke, Caleb.«

»Sie hatten es nicht verdient, wegen irgend etwas draufzugehen, was nicht ihre Schuld war.«

»Ich weiß«, sagte sie leise. »Es war meine.«

Caleb glitt liebkosend mit dem Handrücken über Willows Schläfen. »Du hast diese Berge nicht erschaffen, Honey. Sie sind Gottes Werk.«

Sie lächelte traurig. »Aber ich habe einen Bergführer eingestellt und mich dann geweigert, auf seinen Rat zu hören. Ich war ziemlich nahe daran, meine wunderschönen Stuten zu töten, die nichts anderes getan hatten, als mir gehorsam zu folgen. Sie hätten den Tod gefunden, wenn du nicht zurückgegangen wärst und sie gesucht hättest. Ich hätte es nicht tun können. Ich hab's versucht, aber…« Ihre Stimme brach.

»Ruhig, Liebes. Es ist nicht deine Schuld.«

Sie schüttelte den Kopf und flüsterte: »Ich war nicht stark genug. Du warst es. Du hättest nicht zurückzugehen brauchen, das war nicht deine Aufgabe, aber du hast es getan, obwohl du seit Tagen so gut wie keinen Schlaf bekommen hattest.«

Calebs Hand hielt einen Moment auf Willows Schläfen inne,

bevor er fortfuhr, langsam ihre Stirn zu massieren. Ihre Bereitschaft, die Verantwortung für ihre Entscheidungen zu übernehmen, überraschte ihn ständig aufs neue. Ihm waren nur wenige Männer und noch weniger Frauen begegnet, die nicht die Schuld auf andere geschoben hatten, wenn die Dinge eine schlechte Wendung nahmen, und das Lob für sich beansprucht hatten, wenn eine Sache gut lief.

Je mehr Zeit Caleb mit Willow verbrachte, desto deutlicher ging ihm auf, daß sie nicht nur daran gewöhnt war, für sich selbst zu sorgen, sondern auch jedem andern in ihrer Nähe ihre Fürsorge schenkte. Sie war alles andere als die verwöhnte Südstaatenlady, für die er sie anfangs gehalten hatte.

Gott muß geschlafen haben, als Er Willow zu einem Schwein wie Reno gehen ließ. Sie ist viel zu schade für ihn. Sie kann nicht wissen, wie Reno wirklich ist, sonst hätte sie sich ihm niemals hingegeben. Ich tue ihr nur einen Gefallen, wenn ich diesen Hundesohn begrabe.

Sie wird meine Geliebte sein, bevor sie ihn wiedersieht. Ich verlasse dieses Tal nicht eher, bis Willow mir gehört – auf eine Weise, an der nichts und niemand etwas ändern kann, selbst der Tod ihres Liebhabers nicht.

»Danke, daß du meine Stuten gerettet hast, Caleb«, wiederholte Willow leise und schmiegte ihren Kopf wieder an seine Brust. »Ich schulde dir mehr, als ich jemals zurückzahlen kann.«

»Willow«, flüsterte Caleb.

Sie öffnete die Augen und bog ihren Kopf zurück, bis sie ihn anschauen konnte. Niemals zuvor hatte Caleb das Farbenspiel in ihren Augen hinreißender gefunden als in diesem Augenblick.

»Du hast mir das Leben gerettet, als Deuce angeschossen wurde«, sagte er. »Du hast mir die Munition gebracht und danach an meiner Seite gekämpft. Du schuldest mir nichts.«

»Und wie viele Male hast du mir das Leben gerettet, seit wir Denver verlassen haben?«

»Das ist etwas anderes.«

»Ach ja?«

»Ja.« Caleb beugte den Kopf und streifte mit seinem Mund zart über Willows Lippen. »Aus dem Grund hast du mich ja eingestellt.«

»Du machst deine Arbeit sehr gut... und auch noch einige andere Dinge.«

Willow hatte seinen fürsorglichen Umgang mit den Pferden gemeint, aber kaum waren die Worte ihrem Mund entschlüpft, da fielen ihr noch andere Dinge ein, die er geradezu atemberaubend gut beherrschte. Verlegene Röte breitete sich auf ihren Wangen aus.

Caleb grinste spitzbübisch und reizte ihre Lippen mit seiner Zungenspitze. »Wirklich?« fragte er. »Welche zum Beispiel?«

»Du weißt sehr gut, was ich meine«, schimpfte sie.

»Nein, das weiß ich nicht«, erwiderte er und schüttelte den Kopf. Die Bewegung ließ Küsse über ihre Lippen streifen. »Sag es mir.«

Willow schaute zur Seite und wünschte, sie würde lernen, erst zu überlegen, bevor sie sprach. Vor ihrer Begegnung mit Caleb war sie niemals besonders impulsiv gewesen. Doch seit sie ihn getroffen hatte, rutschten ihr ständig Bemerkungen heraus, die sie erröten ließen.

»Ich wette, du meinst, daß ich gut darin bin, aus dem Nichts heraus Reitkleider für dich zu beschaffen«, schlug er vor.

Willows Lippen verzogen sich zu einem kleinen Lächeln. Sie warf ihm einen Blick unter dichten, geschwungenen Wimpern zu. »Das ist eines der Dinge.«

»Und Sättel aufzutreiben.«

Ihr Lächeln wurde breiter. »Ja, das auch.«

»Und Forellen zu fangen.«

Röte überzog ihre Wangenknochen.

»Ist es das, Willow?« fragte Caleb. Seine Hände wanderten liebkosend von ihren Schläfen bis zu ihren Rippen herab. Harte

Muskeln spielten unter seiner Haut, als er Willow langsam hochhob, bis ihrer beider Augen auf gleicher Höhe waren. »Ist das eines der Dinge, die ich deiner Meinung nach gut kann? Forellen fangen?«

Sie nickte und murmelte heiser: »Das kannst du ganz besonders gut.«

Mehrere Pulsschläge lang blickte Caleb hungrig auf Willows volle, rosige Lippen. Dann beugte er den Kopf und preßte seinen Mund in einem schnellen, verzehrenden Kuß auf ihren, einem Kuß, der so leidenschaftlich war, daß sich Willows Körper überrascht anspannte. Seine Zunge glitt zwischen ihre Lippen und traf auf die glatte Oberfläche ihrer zusammengebissenen Zähne.

»Öffne dich für mich«, flüsterte er. »Laß mich all deinen warmen Honig kosten.«

Er knabberte zart an ihrer Unterlippe. Als sie verblüfft nach Luft schnappte, ergriff er Besitz von ihrem Mund, reizte ihre Zunge mit seiner, bis Willow zwischen seinen Händen bebte. Schließlich seufzte sie und berührte seine Zunge ganz leicht mit ihrer Zungenspitze, erwiderte scheu seinen Kuß. Willows seltsame Kombination von Zurückhaltung und glutvoller Reaktion erinnerte Caleb an das Versprechen, das er sich selbst gegeben hatte – wenn er Willow das nächste Mal küssen würde, dann deshalb, weil sie ihn dazu aufforderte.

Aber er hatte nicht warten können, bis es soweit war, hatte seine Ungeduld nicht zügeln können. Langsam, widerstrebend hob Caleb den Kopf, verfluchte im stillen die Leidenschaft, die Willow so mühelos in ihm erweckte. Als er die Augen öffnete, blickte sie fasziniert auf seine Lippen.

»Gehört küssen auch zu den Dingen, die ich gut kann?« fragte Caleb hungrig.

Willows Gesicht überzog sich mit einer Röte, die so intensiv wie die Farbe ihrer Lippen war. »Caleb!«

»Wenn ich nicht gut bin, dann sag mir, was ich falsch mache. Ich möchte dir gefallen, Willow. Ich möchte dir Lust und Vergnügen schenken, dich bis ins Innerste deiner Seele berühren. Das wünsche ich mir«, flüsterte er dicht an ihrem Mund. »Es ist mein innigster Wunsch.«

Das Zittern von Willows Lippen unter seinen, als sie seinen Namen flüsterte, war das Süßeste, was Caleb jemals gefühlt hatte. Trotz seiner Begierde, die heiße Wogen der Erregung durch seine Lenden schickte, küßte er Willow betont sanft, rücksichtsvoll, nahm sich nichts, was sie ihm nicht zuerst gab.

Der keusche Kuß verblüffte Willow, denn sie konnte die Anspannung in Calebs hartem Körper deutlich fühlen. Seine Zurückhaltung vermittelte ihr ein Gefühl der Sicherheit, so wie es seine Bereitschaft, sie nicht weiter zu drängen, getan hatte. Er war auch nicht ärgerlich gewesen, als sie ihn an diesem Morgen gebeten hatte, aufzuhören. Ärgerlich war er das andere Mal gewesen, als er ihr Haar gebürstet und sie so wild geküßt und das weiche Fleisch liebkost hatte, das noch kein Mann jemals zuvor berührt hatte. Damals hatte es ihn wütend gemacht, aufzuhören.

Aber nicht heute. Heute reagierte Caleb überhaupt nicht verärgert. Heute rann Sonnenschein und Honig durch Willows Adern.

Ihre Hände wanderten von Calebs hartem Bizeps zu seinen Schultern hinauf. Die Wolle seines Hemds unter ihren Fingerspitzen zu fühlen, genügte ihr nicht mehr. Sie suchte die vitale Wärme darunter und seufzte verzückt auf, als sie sie fand. Weich und behutsam streichelte sie seine straffen Muskeln, schwelgte in dem Gefühl der Haare, die in schwarzen Wirbeln auf seiner Brust wuchsen.

Caleb wartete darauf, daß Willow ihre Lippen öffnete, ihm einen leidenschaftlichen Kuß anbot, der ebenso keusch wie seiner zuvor war, dann seufzte sie und streichelte und liebkoste ihn, bis er beinahe vor Lust gestöhnt hätte. Das Gefühl ihrer zarten Hände auf seiner Haut ließ Flammen in ihm züngeln, ebenso wie das offensichtliche Vergnügen, das Willow an seinem Körper empfand.

Dennoch machte sie keine Anstalten, ihren Kuß zu vertiefen, ihre Lippen erneut mit seinen verschmelzen zu lassen in einem Vorspiel zu einer intimeren Form von Vereinigung.

Irritiert fragte Caleb sich, ob Reno zu der Sorte von Männern gehörte, die Lust empfanden, wenn sie Frauen im Bett Schmerzen zufügten. Das würde Willows plötzliche Angst erklären, als sie Calebs Hände zwischen ihren Schenkeln gespürt hatte, aber es erklärte nicht, warum Rebecca sich so hartnäckig geweigert hatte, die Identität ihres Liebhabers preiszugeben. Rebecca war behütet und sehr verwöhnt aufgewachsen, war voller Schalk und Liebe und Leben gewesen. Ein Mann, der sie grausam behandelte, hätte niemals ihr Herz, ihre Unberührtheit, ihre Loyalität gewinnen können. Es hätte schon einen Gentleman erfordert, bevor sie sich hingab.

Abrupt ging Caleb auf, daß er selbst ganz sicher nicht der Definition eines Gentlemans entsprach, besonders nicht in diesem Augenblick. Er roch nach Pferd und harter Arbeit und Kleidern, die zu lange getragen worden waren. Willow dagegen duftete nach Lavendel und Wiesengras und Sonnenschein. Kein Wunder, daß sie sich sträubte, ihm näher zu kommen. Als Caleb jetzt darüber nachdachte, wurde ihm bewußt, daß er seine eigene Nähe auch nicht als angenehm empfand.

»Es gibt noch etwas, was ich gut kann«, sagte er, während er Willow wieder auf die Füße stellte und einen Schritt zurücktrat. »Ich kann mit einer Wünschelrute Wasser finden.«

»Tatsächlich?«

Er brummte etwas Zustimmendes. »Ich kann fast überall heiße Quellen ausfindig machen.«

Die Vorstellung ließ Willow verblüfft die Augen aufreißen und lenkte sie von der Enttäuschung darüber ab, so abrupt von Calebs Armen losgelassen zu werden.

»Du kannst warmes Wasser finden? Sogar hier?«

»Besonders hier. Mein siebter Sinn sagt mir, daß es direkt an der Einmündung des Tals eine warme Quelle gibt und daß der Teich groß genug ist, um darin zu schwimmen.«

Willow lächelte, als ihr das Tagebuch einfiel, das Calebs Vater über seine Reisen in den Westen geführt hatte. »Du bist ein wandelndes Wunder, Caleb Black.«

»Manchmal dauert es eine Weile, bis ich bestimmte Dinge verstanden habe, aber ich bemühe mich zu lernen.«

»Wollen wir eine Münze werfen?«

Er blinzelte verwirrt. »Wozu?«

»Um zu sehen, wer als erster baden darf.«

Caleb war drauf und dran, ein gemeinsames Bad vorzuschlagen, aber er fing sich gerade noch rechtzeitig, bevor ihm diese ungeschickte Bemerkung herausrutschte. *Denk an die Forelle! Immer schön langsam und vorsichtig. Keine plötzlichen Bewegungen. Keine Ungeduld. Du hast alle Zeit der Welt.*

»Du badest als erste, Honey. Ich werde inzwischen die Pferde striegeln.«

»Das ist unfair dir gegenüber.«

»Ich arbeite gern mit Pferden.«

»Dann wasche ich unsere Kleider. Abgemacht?« fragte Willow und streckte ihm die Hand hin.

Caleb ergriff ihre Hand, zog sie an seine Lippen und biß sanft in die weiche Wölbung unterhalb von Willows Daumen. »Abgemacht.«

Er gab ihre Hand frei und begann, sein Hemd aufzuknöpfen.

»Was tust du da?« fragte sie.

»Ich ziehe meine Kleider aus. Es sei denn, du willst sie waschen, während ich noch drinstecke...?«

»Äh, nein.«

Aber der Gedanke reizte Willow. Die verdächtige Röte auf ihren Wangen bewies es. Caleb lächelte und zog sich das Hemd über den Kopf, und er genoß es, wie Willows Augen groß wurden und ihre Wangen sich noch dunkler färbten, als sie ihn anschaute. Es widerstrebte ihr vielleicht, mit ihm zu schlafen. Möglich, daß sie sogar Angst davor hatte. Doch sie machte keine Anstrengung, die Faszination zu verbergen, die er als Mann auf sie ausübte.

Voller Neugier auf ihre Reaktion begann Caleb, seine Hosen zu öffnen. Willow stieß einen schockierten Laut aus und riß ihren Blick hastig von ihm los.

»Das gleiche Problem wie mit dem Hemd«, erklärte Caleb betont nüchtern.

Willow schluckte hart. »Ich werde dir eine Decke holen.«

Sie wandte sich ab und rannte über die Wiese zum Lager zurück, und Calebs tiefes Lachen folgte ihr auf jedem Schritt des Weges.

12. Kapitel

Willow schwamm in dem herrlich warmen Teich und fragte sich entzückt, ob sie gestorben und geradewegs im Himmel gelandet wäre trotz ihrer ausgesprochen irdischen Beschaffenheit. Drei Meter über ihr rauschte Wasser aus einem Spalt in dem schwarzen Fels des Berges. Der Spalt verlief in Form eines langen, schmalen »V«, das in einem Wasserfall endete. An der Spitze des V war das Wasser so heiß, daß es dampfte. Bis es über zahlreiche Felsvorsprünge in Kaskaden in das tiefe Becken hinuntergeplätschert war, hatte es sich genügend abgekühlt, um nackte Haut nicht zu verbrühen. Zu Willows Überraschung enthielt der Teich kristallklares Süßwasser, nicht etwa schwefelhaltiges, wie sie eigentlich erwartet hatte.

»Caleb ist wirklich ein geschickter Wünschelrutengänger«, sagte Willow laut vor sich hin. »Wenn Matt ein Tal wie dieses gefunden hat, wundert es mich nicht, daß er nie auf die Farm zurückgekehrt ist. Alles, was wir hatten, waren eiskalte Bäche und schlammige Teiche.«

Die Eiben und Espen in der Nähe rauschten zustimmend mit ihren Zweigen und erzählten Willow wispernd von der verführerischen, wilden Schönheit des Landes. Sie flüsterte zurück, aber es war Caleb, an den sie dabei dachte, nicht das Land. Der

Gedanke an die Freiheiten, die sie ihm erlaubt hatte, ließ sie erröten... und die Leidenschaft, die er in ihr erweckt hatte, ließ eine schmerzliche, ungekannte Sehnsucht in ihr aufsteigen.

»Was hat er nur mit mir angestellt?« flüsterte Willow erschauernd.

»Nicht genug«, antwortete sie sich selbst leise. »Lieber Gott, nicht annähernd genug!«

Wäre Caleb nicht so behutsam mit ihr gewesen, hätte Willow sich gefürchtet vor ihren eigenen Gedanken, vor ihrem Hunger, vor dem verzehrenden Verlangen, hier in dem quellfrischen, warmen Wasser zu liegen und Calebs Hände auf ihrer Haut zu fühlen, überall dort, wo auch das Wasser sie streichelte.

Eine süße Spirale der Erregung wand sich durch Willows Körper, als wäre es nicht das warme Wasser, sondern Calebs Mund, der ihre Brüste liebkoste. Wieder erschauerte Willow, jedoch nicht vor Furcht. Nachdem der Schock des Neuen, Unbekannten abgeklungen war, genoß sie die Empfindungen, die er in ihrem Körper wachrief.

»Ich könnte nein zu einem Mann sagen, der grausam oder ein Feigling oder dumm oder egoistisch wäre«, vertraute sie dem Teich flüsternd an. »Doch Caleb ist nichts von alledem. Er ist ein harter Mann, aber ein weicher Mann würde hier draußen in der Wildnis auch nicht lange überleben. Und Caleb ist nicht härter als unbedingt nötig. Er hat keine Freude an Schießereien und Töten. Er behandelt seine Pferde gut. Nicht ein einziges Mal hat er sie mit einer Peitsche oder scharfen Sporen angetrieben.

Er hat nicht viel von mir gehalten, als er mich das erste Mal sah«, gestand Willow dem sprudelnden Wasser. »Und trotzdem ist er nicht grob mit mir umgesprungen. Und er war freundlich zu der Witwe Sorenson, obwohl ich den Verdacht habe, daß Eddy ihr Liebhaber ist. Caleb scheint es zu wissen, und doch hat er sie beide verteidigt, als sie sich nicht selbst verteidigen konnten.

Aber am meisten beeindruckt mich an ihm«, murmelte Willow, und wieder erschauerte sie bei der Erinnerung, »daß er mich nicht genommen hat, ganz gleich, wie heftig sein Blut kochte. Andere Männer hätten sich einfach auf mich gestürzt. Abgesehen vom ersten Mal war er noch nicht einmal verärgert, als ich nein gesagt habe. Er ist ein Gentleman, selbst wenn ich nicht immer eine Lady bin.«

Es war eine Erleichterung für sie, daß Caleb sich so gut im Griff hatte. Immer noch fröstelte sie unwillkürlich, wenn sie an die kaum verhüllte Wut in seinen Augen dachte, als sie ihn angefleht hatte, sie nicht so intim zu berühren.

Liebchen, es kommt der Tag, da liegst du wieder auf den Knien vor mir – aber dann wirst du mich nicht anflehen, von dir abzulassen.

Sie hatte noch niemals einen Mann so wütend und gleichzeitig so beherrscht erlebt. Und sie war dankbar für Calebs eiserne Disziplin. Sie gestattete ihr, sich in die süßen, schäumenden Wasser der Leidenschaft zu wagen, ohne Angst vor dem Ertrinken haben zu müssen.

Und dennoch ... die Vorstellung, in Calebs Armen zu ertrinken, erfüllte Willow mit einer Lust, die fast schmerzhaft war, der Schmerz eines Hungers, der geweckt und angestachelt, aber nicht gelindert wurde von Calebs Lächeln, seinen Händen, seinem Mund, der über sie glitt, sich durch ihre Hemmungen hindurch in die tiefe Leidenschaft darunter einbrannte. Willow wollte mehr von seinen Küssen, seinen Liebkosungen, seinem Geschmack, der intensiven Sinnlichkeit, die unter seiner beherrschten Fassade loderte.

Unfähig, ihre eigenen Gedanken noch länger zu ertragen, rollte sich Willow im Wasser herum und tastete mit den Füßen nach dem felsigen Boden des Teichs. Langsam, halb schwimmend, halb gehend, strebte sie zu dem langen Felssims, der in das Becken hinunterragte. Er fühlte sich warm und glatt von dem Wasser an, das beständig über ihn hinwegspülte. Der Stein selbst war blankgeschrubbt von den Wasserkaskaden, die unaufhörlich den dunklen Fels hinunter in den Teich sprangen.

Nachdem Willow ihr Haar ausgewrungen und sich abgetrocknet hatte, schlüpfte sie in ihr Mieder und die Batistunterhosen, die sie zum Teich mitgenommen hatte. Abgesehen von dem verwaschenen Alltagskleid, das sie noch in letzter Minute in ihre Reisetasche gestopft hatte – ein Kleid, so oft getragen, daß sie es nicht mehr sehen mochte –, war die feine Baumwollunterwäsche die einzige saubere Kleidung, die sie noch besaß. Sie hatte noch nicht einmal Calebs Hemd, um es über die durchscheinende Baumwolle zu ziehen, denn das Hemd lag zusammen mit den anderen Kleidungsstücken, die sie gewaschen hatte, zum Trocknen auf der Wiese ausgebreitet.

Willow schüttelte die Baumwolldecke aus, die sie und Caleb als Laken benutzt hatten, und wickelte sie fest um ihren Körper. Dann raffte sie die Decke wie einen langen Rock und bahnte sich einen Weg durch das kleine Waldstück zur Wiese zurück, wo Caleb die Pferde striegelte, eine der schweren Wolldecken um die Hüften geschlungen.

Zumindest hoffte Willow, daß er sich in eine Decke gehüllt hatte. So heiß, wie es an diesem Tag war, hätte sie es ihm nicht verübeln können, wenn er sich bis auf die Unterwäsche ausgezogen hätte.

Welche Unterwäsche? Ich habe doch sämtliche Teile gewaschen und auf der Wiese zum Trocknen ausgebreitet.

Der Gedanke, Caleb nackt zwischen den Pferden anzutreffen, war gleichzeitig entmutigend... und aufregend.

Willows nasses Haar fühlte sich kühl auf ihren erhitzten Wangen an, als sie in die Wiese hinaustrat und sorgsam darauf achtete, vom Lager aus gut sichtbar zu sein. Die Pferde hoben aufmerksam die Köpfe, als sie sie entdeckten. Ishmael schnaubte freudig, nachdem er den vertrauten Duft von Lavendel gewittert hatte.

Caleb ließ die Kardätsche noch ein letztes Mal über den Rükken des Hengstes gleiten, bevor er sich bückte und die Wolldecke aufhob, die er hatte fallen lassen, sobald Willow in dem Wäldchen verschwunden war. Er wickelte sich die Decke um die Hüften und fuhr fort, den Hengst zu striegeln. Es war nicht sein eigenes Schamgefühl, das Caleb veranlaßte, sich wieder in die Decke zu hüllen, sondern Willows. Sie war wie eine Jungfrau errötet beim Anblick seiner nackten Brust. Sie würde glutrot werden, wenn sie den Rest von ihm nackt sähe.

»Du bist dran mit Baden«, sagte sie, als sie auf Caleb zukam.

Er nickte nur, ohne seine Tätigkeit zu unterbrechen.

Willow bemühte sich, nicht bewundernd auf Calebs breite, kräftige Schultern, seine langen, muskulösen Arme und die schmalen Hüften zu starren, während er den Hengst striegelte. Sie versuchte auch, nicht das geschmeidige Spiel von gebräunter Haut und Muskeln zu bewundern oder den dunklen, lockigen Brustpelz, der über seinem flachen Bauch zu einer schmalen Linie auslief und dann erneut breiter wurde an der Stelle, wo die Decke ziemlich tief auf seinen Hüften saß.

Sie bemühte sich wirklich sehr, ihn nicht anzustarren, aber ihre Anstrengungen waren vergebens. Als Caleb Willow dabei ertappte, wie sie ihn beobachtete, blickte sie hastig weg.

»Es stört mich nicht«, sagte er.

»Was?«

»Es macht mir nichts aus, wenn du mich anschaust.«

Im Sprechen wurde Caleb bewußt, daß seine Worte die schlichte Wahrheit waren. Er hätte niemals vermutet, wie befriedigend es sein konnte, von einer Frau angeschaut zu werden – scheu vor Bewunderung und mit sinnlichem Hunger in den Augen. Vielleicht lag es daran, daß die wenigen Frauen, die er gekannt hatte, ältere Witwen gewesen waren, für die ein Männerkörper nichts sonderlich Bemerkenswertes darstellte. Sie hatten seine Kraft bei häuslichen Arbeiten gerühmt und seine Selbstkontrolle im Bett, aber sie hatten ihn niemals so angesehen, wie Willow es jetzt tat, so als ginge die Sonne in seinen Augen auf und als hielte er den Mond in den Händen.

»Tatsächlich«, fuhr Caleb fort, »mag ich es sogar, wenn du mich ansiehst. Es gibt mir das Gefühl, etwas Besonderes zu sein.«

»Das bist du auch«, erwiderte Willow schlicht.

Sein spitzbübisches Lächeln blitzte flüchtig auf, als er den Kopf schüttelte. »Ich bin nur ein Mann, Honey. Klüger als manch anderer, dümmer als andere und härter als die meisten.«

»Ich finde, du bist etwas ganz Besonderes«, flüsterte sie.

Caleb hörte die leisen Worte. Seine Hand hielt im Striegeln inne. »Du bist diejenige, die etwas Besonderes ist, Willow.« Bevor sie antworten konnte, gab er dem Hengst einen freundschaftlichen Klaps auf die Hinterbacken. »So, jetzt geh und friß weiter, Junge. Ein bißchen mehr Fett auf den Rippen könnte dir nicht schaden.«

Ishmael trabte davon, um seine Stuten zu zählen und sie an seine muskulöse Anwesenheit zu erinnern. Caleb nickte ihm nach und meinte dann versonnen: »Behalte sie lieber im Auge, Sohn. Sie sind so feurig, wie sie anmutig sind. Und verdammt zäh obendrein. Ich weiß von keinem einzigen Flachlandpferd, das so tapfer standgehalten hätte wie diese Stuten.«

»Sie sind auf Durchhaltevermögen, Loyalität und Mut gezüchtet worden«, erklärte Willow.

»Wie haben die Araber das fertiggebracht?«

»Mit ziemlich brutalen Methoden«, antwortete sie, während sie beobachtete, wie ihre Stuten den herumstolzierenden Hengst ignorierten.

Caleb riß seinen Blick von Ishmael los und schaute Willow an, gefangen von der rauchigen Intensität ihrer Stimme, als sie von den Pferden sprach, die sie liebte.

Doch dann lächelte er und wechselte das Thema. »Hast du schon einmal einen Mann rasiert?«

»Schon oft.«

»Gut. Komm in ungefähr zehn Minuten zum Teich und bring mein Rasiermesser mit«, sagte er und wandte sich abrupt ab. Er fragte sich verwundert, warum es ihn so irritierte, daß Willow schon andere Männer rasiert hatte, wenn ihm ihre Fähigkeit jetzt so gelegen kam. »Ich habe die Klinge gewaltig geschärft, also sei vorsichtig und paß auf deine Finger auf.«

»Und auf dein Gesicht?« fragte sie unschuldig.

Caleb lächelte trotz seiner Verwirrung. Er blickte über seine Schulter zurück auf das Mädchen, das auf der Wiese stand und nur wenig mehr als sein langes Haar und eine dünne Baumwolldecke trug.

»Wenn du mich nicht schneidest, dann bürste ich dir anschließend die Haare trocken«, sagte er.

Bevor Willow antworten konnte, wandte sich Caleb erneut ab und schritt eilig auf das Wäldchen zu. Willow starrte ihm nach, und ihre Gedanken überschlugen sich bei der Vorstellung, einen nackten Mann in einem warmen Teich zu rasieren.

Das hat er sicher nicht damit gemeint, redete sie sich beruhigend ein. Oder?

Sie ging auf die Wiese und drehte die Kleidungsstücke um, die auf dem Gras trockneten. Dabei mußte sie Trey förmlich von ihren Levis wegscheuchen – der große Wallach war anscheinend fasziniert von dem Geruch frisch gewaschener Kleider. Willow erging es ähnlich. Ob Denim, Wolle oder Flanell, der Stoff duftete nach Sonnenschein und einem Hauch Lavendel. Sie inhalierte tief, genoß die Mischung von Düften.

Bis Willow zum Lager zurückgekehrt war, das zusammenklappbare Rasiermesser gefunden und erneut die Wiese überquert hatte, waren mehr als zehn Minuten verstrichen. Sie eilte barfuß durch den Wald, wobei sie auf Steine unter dem dicken Teppich von Kiefernnadeln achtete. Als sie den Teich zwischen den Bäumen schimmern sah, blieb sie stehen.

Caleb war immer noch im Wasser.

»Caleb?« rief sie. »Bist du fertig?«

»Sicher. Komm zur anderen Seite des Teichs.«

Mit langsamen Schritten näherte Willow sich dem flachen Wasserbecken. Caleb saß auf der gegenüberliegenden Seite, wo ein Felsvorsprung eine Art unebener Sitzbank bildete. Direkt hinter ihm schoß das Wasser aus der verborgenen heißen Quelle in Sturzbächen in den Teich hinab und umspielte in schäumenden Strudeln seine Brust.

»Willst du nicht herauskommen?« erkundigte sie sich.

»Mich würde es ja nicht stören, aber du würdest wahrscheinlich von Kopf bis Fuß erröten«, erwiderte er gelassen.

»Oh.« Willow holte zitternd Luft. »Soll ich weggehen, damit du dir die Decke umwickeln kannst?« fragte sie hastig.

»Das brauchst du nicht. Das Wasser bedeckt mehr von mir, als die Decke es tun würde.«

Willow versuchte zu sprechen, aber ihre Stimme versagte. Sie atmete tief ein. »Caleb?«

»Hmmm?«

»Ich bin noch nie...« Sie brach abrupt ab, als ihr einfiel, daß sie ja offiziell eine verheiratete Frau war. Wenn sie Caleb anvertraute, daß sie noch niemals vor einem nackten Mann gestanden hatte, würde er sich wahrscheinlich fragen, was für eine Art von Ehe sie führte. »Das heißt, es ist schon lange her, seit ich...«

Caleb beendete den Satz für sie. »Seit du einen Mann rasiert hast? Keine Sorge, Honey. Ich werde auch ganz still sitzen.«

Willow zögerte und kaute unsicher auf ihrer Unterlippe. Caleb wartete. Er konnte die Widersprüchlichkeit ihrer Gefühle an ihrer Körperhaltung erkennen. Sie war drauf und dran, kehrtzumachen, dennoch blickte sie ihn mit einem Ausdruck an, der fast Sehnsucht gleichkam.

Mißtrauische kleine Forelle. Sie spürt, wie ich immer näher und näher komme, und weiß, sie sollte schnell fortschwimmen. Aber sie genießt das Gefühl meiner Hände auf ihrem Körper zu sehr.

Großer Gott, ich auch!

Was hat dieser elende Bastard Reno ihr angetan, daß sie so nervös in der Nähe eines Mannes ist?

»Hör auf, deine Unterlippe zu malträtieren, Liebes«, sagte Caleb schließlich. »Ich wollte dich nicht in die Enge treiben. Laß das Rasiermesser einfach da. Ich werde mich selbst rasieren. Es wäre nicht das erste Mal.«

»Aber du hast keinen Spiegel.«

»Ich werde eine Stelle finden, wo das Wasser ruhig ist.«

»Meine... meine Hände zittern«, sagte Willow, um zu erklären, warum sie ihn nicht rasieren würde.

»Das sehe ich. Geh zurück ins Lager. Ich komme in ein paar Minuten nach.«

Willow holte tief Luft, konnte sich jedoch nicht dazu überwinden zu gehen. Sie wollte zu gerne bleiben. Sie raffte den Saum der Decke und schaute ausschließlich auf ihre Füße, während sie durch den lauwarmen Bach watete, der vom Teich in die Wiese floß. Unter Calebs aufmerksamen Blicken ging sie um den Teich herum, bis sie das Klappmesser innerhalb seiner Reichweite am Rand ablegen konnte. Sie befahl sich selbst, nicht hinzuschauen, konnte aber der Versuchung nicht widerstehen, einen einzigen schnellen Blick auf Caleb zu riskieren. Was er gesagt hatte, stimmte. Das Wasser bedeckte mehr von ihm, als die Decke es vermocht hätte.

Meistens jedenfalls.

Aber manchmal, nur für einen kurzen Moment, trieb der Schaum fort und gab einen verlockenden Blick auf den Mann unter der sprudelnden, silbrigen Wasseroberfläche frei. Bevor Willow erkennen konnte, was genau sie gesehen hatte, wirbelten die Strudel wieder um ihn herum und verhüllten alles bis auf Calebs breite Schultern, die aus dem Teich aufstiegen.

Langsam ließ Willow sich am Rand nieder und zog die Decke zurecht, damit sie bequem sitzen konnte, ohne mehr als ihre nackten Füße zu zeigen. Nach einem Augenblick angespannten Schweigens griff Caleb nach der Seife, die er mitgebracht hatte, und begann, sich den nassen Bart einzuschäumen. Als er fertig war, streckte er die Hand nach der Rasierklinge aus. Willow legte eine Hälfte des zusammengeklappten Messers in seine offene Handfläche, hielt die andere Hälfte jedoch fest.

»Wenn du mir vertraust, daß ich dich nicht schneide, würde ich dich gern rasieren.«

Caleb schloß die Augen, weil er befürchtete, Willow würde

den Ausdruck nackten Hungers in ihnen sehen. »Das wäre schön.«

»Ich glaube nicht, daß ich von hier aus an dich herankomme. Kannst du näher an den Rand kommen?«

»Nicht, ohne daß du rot wirst.« Er zögerte, bevor er nüchtern hinzufügte: »Hier auf dem Vorsprung ist Platz genug für dich, um vor mir zu stehen, wenn es dir nichts ausmacht, wieder naß zu werden. Dein Haar wird alles bedecken, was das Wasser nicht verhüllt.«

Willow musterte Caleb mißtrauisch. Er hatte die Augen geschlossen, und sein Körper wirkte entspannt auf dem breiten Sims, als hätte das warme Wasser die beständige Wachsamkeit fortgewaschen, die so sehr Teil von ihm selbst war. Beruhigt durch Calebs nüchterne Gelassenheit zog Willow ihr langes Haar nach vorn, bis es ihre Brüste bedeckte, ließ die Decke fallen und legte sie auf die Felsen, außerhalb der Reichweite des tanzenden Wassers. Sie hatte auf der anderen Seite gebadet, wo der Boden sich allmählich absenkte. Hier fiel er relativ abrupt ab.

Ihr Fuß rutschte aus, und sie schnappte überrascht nach Luft. Augenblicklich schlossen sich Calebs Hände um ihre Taille.

»Halte dich fest«, befahl er. Er hob Willow hoch und setzte sie seitlich auf seine Knie, dann verlagerte er ihr Gewicht und hielt sie ein Stück von sich ab. »Irgendwo in der Nähe meiner Füße ist noch ein Vorsprung. Fühlst du ihn?«

Nachdem Willow einen Moment mit ihren Zehen den Boden abgetastet hatte, nickte sie. Sie wagte es nicht, Caleb anzusehen. Der kurze Moment, als sie seine nackten Beine unter ihrem nassen Po gefühlt hatte, hatte genügt, um ihren Herzschlag rasant zu beschleunigen.

»Kannst du stehen?« fragte er.

Sie versuchte es, aber das Wasser reichte ihr fast bis zu den Brüsten, und es war ziemlich aufgewühlt, weil sie in der direkten Strömung der Kaskade stand. Nach einigen Versuchen gelang es ihr schließlich, sich zwischen dem Felssims und Calebs Knien abzustützen.

»Gut so?« fragte er.

»Ich glaube schon.«

Er lächelte leicht, lehnte sich zurück und schloß die Augen. »Paß nur ja auf, daß du nicht abrutschst, Honey. Ich habe nur eine Kehle.«

Willow lachte und fühlte sich sofort besser. Caleb ging so nüchtern und gelassen mit der delikaten Situation um, daß ihr ihre eigene Nervosität plötzlich töricht vorkam.

»Halt still«, warnte sie ihn.

Wie schon bei dem Kampf gegen die Comancheros hörten Willows Hände sofort zu zittern auf, sobald sie etwas hatte, um sie zu beschäftigen. Sie rasierte Caleb mit raschen, geschickten Bewegungen und wusch die Klinge nach jedem Strich im Wasser aus. Der Seifenschaum verschwand innerhalb von Sekunden, wurde von den Wirbeln auseinandergerissen, die auf der glitzernden Wasseroberfläche tanzten.

Caleb saß bewegungslos da. Aber nicht aus Angst, geschnitten zu werden, sondern weil er befürchtete, wenn er sich bewegte, dann, um die Forelle zu packen, die so nahe an ihn herangekommen war. Das Bewußtsein seiner eigenen Nacktheit und der Anblick von Willows Körper so dicht vor ihm erregte ihn heftig. Willows sanfte, behutsame Hände wirkten ebenfalls erregend auf ihn, aber auf andere Weise. Sie gaben ihm das Gefühl, liebevoll umsorgt zu werden, ein Gefühl, das seine Selbstkontrolle eher stärkte als schwächte.

»Fast fertig«, sagte Willow. »Den Schnurrbart möchtest du sicher behalten, nicht?«

»Worauf du dich verlassen kannst«, erwiderte er trocken.

»Gut. Ich mag es, wie er meine Haut streichelt«, erwiderte sie, ohne auf ihre Worte zu achten, weil sie ganz in ihre Arbeit vertieft war. »So. Das wär's. Jetzt sind deine Wangen wieder glatt und sauber.«

Sie spülte die Klinge ab, klappte sie zusammen und blickte

auf in das goldene Feuer von Calebs Augen. Er nahm das Messer und legte es auf einen Felsen, ohne seinen Blick auch nur eine Sekunde von Willow abzuwenden.

»Ist das wahr?« fragte er gepreßt.

»Was denn?«

»Daß du es magst, wenn mein Schnurrbart deine Haut streichelt?«

Willow hörte das Echo ihrer eigenen unüberlegten Worte. Eine leise Röte flammte auf ihren Wangen auf. »Mach die Augen zu.«

»Warum? Ich habe dich schon öfters erröten sehen.«

»Ich möchte dir den Schaum vom Gesicht waschen.«

Sie schöpfte warmes Wasser mit der hohlen Hand und versuchte, seine Wangen damit zu benetzen, aber der größte Teil des Wassers rann zwischen ihren Fingern hindurch, noch bevor er mit Calebs Gesicht in Berührung kam.

»Warte«, sagte Caleb. Er schob seine Hände unter Willows und tauchte sie ins Wasser. Dann beugte er den Kopf und bewegte sein Gesicht hin und her, rieb seine Wangen an Willows Händen. Als der letzte Rest von Schaum abgespült war, hob er ihre Hände und küßte zart ihre Handflächen. »Danke, Willow. Keine andere Frau hat sich jemals die Mühe gemacht, mich zu rasieren.«

Wie von selbst wanderten Willows Finger über seine Wangen in sein Haar hinauf und gruben sich sanft in die dicken, feuchten Strähnen. »Ich schneide dir auch die Haare, wenn du möchtest.«

»Mir wäre es lieber, wenn ich dich küssen dürfte. Erlaubst du es mir?« fragte er.

Sie lächelte. »Ja, ich glaube schon. Ich mag deine Küsse, Caleb. Sehr sogar.«

Ein erregtes Prickeln lief über seine Haut. »Es ist gefährlich, so etwas zu mir zu sagen.«

»Warum?«

»Komm her, und ich erkläre es dir.«

Willow lehnte sich näher an ihn, nur um zum zweiten Mal den Halt auf dem schlüpfrigen Felsvorsprung zu verlieren. Es spielte keine Rolle. Calebs Hände hatten sich bereits um ihre Taille geschlossen. Er beugte sich vor und hielt Willow aufrecht in dem schäumenden Wasser. Als er seinen Schnurrbart über ihre Lippen streifen ließ, lief ein Schauer der Erwartung durch ihren Körper.

»Ich möchte dich kosten«, murmelte er dicht an ihrem Mund. »Öffne deine Lippen für mich. Laß mich dich so küssen, wie wir es beide wollen.«

Seine Zähne gruben sich in Willows Unterlippe in einer Liebkosung, die fordernd und zärtlich zugleich war. Willow seufzte leise und öffnete ihren Mund, von ebenso heftiger Begierde getrieben wie Caleb. Das langsame Eindringen und Zurückweichen seiner Zunge erregte sie so stark, daß sie unwillkürlich ihre Fingernägel in Calebs Oberarme grub. Sie wollte mehr von seinem Geschmack kosten, mehr von seinen Zärtlichkeiten, mehr von ihm. Alles in ihr drängte danach, ihm so nahe zu sein wie das ungezähmte Wasser.

Ein erstickter, hungriger Laut entrang sich ihrer Kehle, als sie seinen Kuß auf die einzige Art erwiderte, die sie kannte, die Art, die Caleb sie gelehrt hatte – in einem verlockenden Tanz von Zunge an Zunge, Wärme an Wärme, Hunger, der Hunger begegnete, bis heißblütiges Verlangen sie einhüllte und die Welt sich um sie herum zu drehen begann.

Nur vage war Willow sich bewußt, wie sie hochgehoben und herumgedreht wurde, bis sie rittlings auf Calebs Schenkeln saß, denn ihr einziges Bestreben war, ihn noch tiefer in den Kuß hineinzulocken und so innig mit ihm zu verschmelzen, daß der Kuß niemals enden würde.

Langsam, behutsam und unendlich widerstrebend löste sich Caleb aus ihrer Umarmung, rang um die Selbstbeherrschung, die er mit jedem seidenweichen Streicheln von Willows Zunge mehr hatte dahinschwinden fühlen. Als er sie anblickte, brannte ein nackter Hunger in seinen Augen.

»Willow«, murmelte er rauh. »Mein Gott...«

Erschauernd schloß er die Augen vor dem Bild, das sie bot – ihre Lippen gerötet von seinem leidenschaftlichen Kuß, ihr Rücken über seinen Arm zurückgebeugt, ihre Schenkel auf seinem Schoß gespreizt. Ihr Haar floß in goldenen Wellen über ihre Schultern, und ihre Brüste waren unverhüllt sichtbar unter der nassen Spitze ihres Mieders. Die Erinnerung an die Stelle, wo ihre Batistunterhosen sich öffneten, ließ wilde Begierde in ihm aufflammen. Wenn er sich nur ein paar Zentimeter vorwärts bewegte, würde er ungehindert an das Nest goldener Haare stoßen.

Als Willows Blick seinem folgte, wurde ihr bewußt, daß sie von der Taille an aufwärts ebensogut nackt hätte sein können. Ihr Unterkörper war vom Wasser bedeckt, so wie Calebs. Die meiste Zeit jedenfalls. Sie schaute hinunter und blickte dann schockiert wieder auf, als die Wasserstrudel in eine andere Richtung abdrifteten und den harten Beweis seiner Leidenschaft enthüllten.

»Ruhig, Liebling, hab keine Angst. Ich werde nichts tun, was du nicht möchtest. Zum Teufel«, grollte Caleb. »Dich nur zu küssen macht mich heißer, als läge ich bei einer anderen Frau. Du bist mir schneller als Whisky zu Kopf gestiegen.«

Willow holte tief Luft, sah, wie Calebs Augen sich verengten, als er auf ihre Brüste starrte, und erinnerte sich, wie es sich angefühlt hatte, von seinen Händen und seinem Mund liebkost zu werden. Sie wußte, er hatte es ebenfalls genossen, dennoch machte er jetzt keine Bewegung in ihre Richtung. Er hielt sie nur in seinen Armen und blickte sie mit einem Hunger an, der ein Gefühl der Schwäche in ihr auslöste. Trotz seines offensichtlichen Verlangens hatte er sich unter Kontrolle.

Ich werde nichts tun, was du nicht möchtest.

Mit der Gelassenheit einer Jungfrau, die nichts von der Macht der Leidenschaft ahnte, entschied Willow, daß sie noch ein wenig mehr von dem Knistern und den sinnlichen Schwingungen zwischen sich und Caleb spüren wollte.

»Heißt das, du möchtest mich wieder küssen?« fragte sie mit leuchtenden Augen.

»Ja«, erwiderte er und zog sie langsam näher, »ich möchte dich küssen, Willow.«

Sie grub ihre Finger in sein Haar mit einem Hunger, den sie nicht verstand, voller Ungeduld, erneut die Intimität seines Kusses zu spüren. Doch Caleb streifte nur mit seinen geöffneten Lippen über ihre, liebkoste sie, ohne zu fordern, bedeckte ihre Stirn, ihre Haare und Wangen mit hastigen kleinen Küssen, aber nicht mit Lippen, die vor Verlangen bebten.

»Caleb«, flüsterte sie schließlich. »Ich dachte, du wolltest mich küssen.«

»Das tue ich doch auch.«

»Ja, und es ist sehr nett, aber diese Art von Küssen macht mich, äh, unruhig.«

Er lächelte träge. »Tatsächlich?«

Sein unglaublich maskulines Lächeln steigerte Willows Unruhe noch mehr.

»Du reizt mich«, sagte sie vorwurfsvoll.

»Gott, Honey, das hoffe ich doch sehr!«

»Aber warum?«

»Weil ich noch niemals etwas Süßeres erlebt habe, als dich in meinen Armen zu halten, während das Wasser wild um uns herum sprudelt und schäumt. Wenn du also mehr von mir willst, als ich dir gebe, dann mußt du es mir deutlich sagen. Ich möchte dich nicht verschrecken, Willow. Ich wünsche mir, daß das hier noch lange, lange andauert.«

»Ich will auch nicht, daß es aufhört«, gestand sie leise, während sie die Umrisse seines Kinns mit der Fingerspitze nachzeichnete, das jetzt wieder sichtbare Grübchen streichelte und ihre Hände dann hinuntergleiten ließ, um noch einmal die Kraft und Geschmeidigkeit seiner Schultern zu spüren. »Du fühlst dich so gut an.«

Caleb schloß die Augen und fragte sich, wieviel mehr er noch aushalten konnte, bevor er endgültig die Kontrolle über sich verlor und Willow mit seinem sinnlichen Heißhunger abschreckte.

»Sag es mir, Honey. Sag mir, was du möchtest.«

Sie betrachtete die harten Linien seines Gesichts, fühlte, wie sich sein Körper vor Anspannung versteifte, und flüsterte: »Weißt du es nicht?«

Er öffnete die Augen. Heiße Leidenschaft flackerte in ihren goldenen Tiefen. Vorsichtig beugte er den Kopf und biß sie sanft in die Unterlippe. Seine Liebkosung ließ Willow erschauern und sich noch näher an ihn drängen, bis ihre Brüste seine Brust streiften und sich ihre Hüften so eng an ihn schmiegten, daß er erneut fühlte, wie seine Selbstbeherrschung dahinschwand. Mit aller Macht drängte er die Begierde zurück, die ihn am ganzen Körper erzittern ließ.

»Ich weiß, was du möchtest, aber ich weiß nicht, wie sehr du es dir wünschst«, murmelte er und biß sie wieder in die Unterlippe. »Wenn du zu schüchtern bist, um es mir zu sagen, dann zeig es mir. Mach mit mir, was du willst. Du kannst alles mit mir tun, Honey. Alles.«

Die Versuchung war außergewöhnlich, die Verlockung unwiderstehlich. Willow nahm die Herausforderung an, näherte sich mehr und mehr dem Punkt, an dem Flucht nicht nur unmöglich, sondern auch unerwünscht sein würde.

»Ich darf mit dir tun, was ich will?« hauchte sie.

»Was du willst, wie auch immer du es willst.«

»Ich will... alles«, flüsterte sie, auf Calebs Mund blickend.

Mit einem Aufstöhnen zog Caleb sie enger an sich und gab ihr, wonach sie verlangte, ergriff im selben Moment Besitz von ihrem Mund, als Willow seinen nahm. Der Kuß war wie der Teich selbst, heiß und wild, und er lehrte Willow, wie intim ein Kuß sein konnte. Sie schmiegte sich fester und immer fester an Calebs Körper, während sie lustvolle kleine Laute ausstieß und ihre Hände rhythmisch an seinen Armen hinauf- und hinuntergleiten ließ, seine männliche Kraft mit einem Hunger erforschte, den sie nicht erklären konnte.

Fiebernd vor Erregung vergrub Willow ihre Finger in dem dunklen Haar auf Calebs Brust. Als sie über seine Brustwarzen streifte, vertiefte sich sein Kuß noch mehr. Instinktiv kehrte Willow zu den empfindlichen Spitzen zurück, fasziniert von ihrer plötzlichen Härte und der intensiven Reaktion, die sie Caleb entlockte.

Dann fühlte Willow Calebs Hände auf ihren Brüsten, fühlte, wie er ihre Knospen liebkoste, bis sie sich fest aufrichteten. Sinnliche Blitze zuckten durch ihren Körper, ließen sie aufstöhnen. Als er seine Hände zurückzog, seufzte sie enttäuscht.

»Was ist?« flüsterte er an ihrem Mund. »Sag es mir, Willow.«

»Mach das noch mal.« Ihre Worte klangen zittrig, so hungrig wie die rosigen Knospen, die gegen den hauchdünnen Stoff ihres Mieders drängten. »Noch mal, Caleb. *Bitte.*«

Lange Finger wanderten über die Bänder an Willows Mieder. Der durchsichtige Stoff teilte sich in der Mitte und trieb auf der sprudelnden Wasseroberfläche.

»Heb dein Haar, Liebes.«

Sie hob die Arme, raffte die langen, goldenen Strähnen zusammen und schob sie über ihre Schultern zurück. Bei der Bewegung wurden ihre Brüste in dem silbrig schimmernden Wasser sichtbar. Calebs Augen verengten sich hungrig, als er Willow anschaute. Seine Lippen öffneten sich, ließen seine weißen Zähne aufblitzen, und sie wußte, daß er sich danach verzehrte, sie erneut zu küssen, nur anders diesmal. Sie dachte wieder daran, wie es sich angefühlt hatte, als seine Zunge ihre Brüste gereizt hatte, als seine Zähne sie sanft liebkost und mit ihren Knospen gespielt hatten, während sie sich innerlich bereitmachte, seine süßen Forderungen zu erfüllen.

»Caleb«, flüsterte sie heiser.

Er schaute auf, voller Sorge, er würde Furcht in ihren Augen lesen. Statt dessen sah er Feuer.

»Würdest du ... würdest du mich noch einmal so küssen, wie du es heute morgen getan hast?« bat sie.

Langsam verstärkte Caleb den Griff seiner Hände, hob

Willow aus dem Wasser, bis eine ihrer Brüste gegen seinen Schnurrbart streifte. Er fühlte den sinnlichen Schauer, der sie durchlief und ihre Knospe sich versteifen ließ, bis sie an seine Lippen stieß. Seine Zunge schnellte vor, umkreiste sie, saugte an ihr, bis Willows Atem stoßweise kam und ihre Finger sich hart in seine Schultern gruben. Caleb lächelte träge und biß sanft, ganz sanft, in ihre Brust. Willow schnappte keuchend nach Luft, als sie sich ihm entgegenbäumte, sich langsam unter seinen Liebkosungen hin und her wand und alles um sich herum vergaß bis auf seine zärtlichen Lippen und den wilden Gesang der Leidenschaft tief im Inneren ihres Körpers.

Caleb sehnte sich schmerzlich danach, das dunkle Gold zwischen ihren Schenkeln zu erforschen, die geschmeidige Tiefe ihrer Weiblichkeit zu ertasten, herauszufinden, ob sie ihn ebensosehr begehrte und brauchte, wie er sie brauchte. Aber als er sie schon einmal auf diese Weise berührt hatte, war Willow in Panik geraten und hatte ihn angefleht, aufzuhören.

Jetzt kniete sie breitbeinig auf seinen harten, muskulösen Schenkeln, und ihre Hüften bewegten sich im Rhythmus seiner Zunge auf ihren Brüsten. Er hätte es nicht ertragen, wenn sie ihn jetzt wieder zurückstieße.

Seine Zähne schlossen sich noch einmal zart um ihre samtige Knospe und entlockten ihr einen wollüstigen Schrei. Dann löste Caleb sich von Willow und betrachtete die Verwandlung, die die Leidenschaft in ihrem Körper bewirkt hatte. Ihr Atem ging jetzt so schnell und keuchend wie seiner, ihre elfenbeinweißen Brüste waren gerötet vor Hitze und den zärtlichen Spuren seines Mundes, ihre Lippen waren feucht und rot und bebten, und ihre Pupillen hatten sich geweitet, bis ihre Augen fast schwarz schimmerten.

Willow war das Schönste, was Caleb jemals gesehen hatte.

»C-Caleb?«

Er schloß die Augen, weil er es nicht aushalten konnte, Willow noch länger anzuschauen, ohne das seidige Fleisch zwischen ihren Beinen zu berühren.

»Ich... ich will... mehr. Aber ich weiß nicht... was.« Ein Zittern überlief sie. »Hilf mir, Caleb. Bitte hilf mir.«

Er öffnete die Augen, und eine innere Ruhe überkam ihn, als er begriff, daß Willow die schlichte Wahrheit sagte. Leidenschaft marterte ihren Körper, und sie wußte tatsächlich nicht, wie sie Erleichterung finden sollte.

»Die Berührung, die du dir von mir wünschst, hat dich schon einmal in Panik geraten lassen.«

Caleb beobachtete, wie Verstehen in Willows Augen dämmerte, sah sie erschauern und die Augen schließen. Einen zitternden Atemzug lang blieben sie geschlossen. Dann legte Willow ihre Hände auf seine und zog sie langsam an ihrem Körper hinab, ließ sie von ihren Brüsten zu ihrer Taille hinuntergleiten und tiefer über die schwellenden Kurven ihres Unterleibs. Kurz unterhalb ihres Nabels verließ sie der Mut.

»Laß deine Hände auf meinen«, flüsterte Caleb dicht an ihren Lippen, als sie Anstalten machte, ihre Hände zurückzuziehen. »Auf diese Weise werde ich wissen, daß du es auch willst.«

Ihre Hände ruhten auf seinen, während er seine Handflächen behutsam an ihrem Körper hinabstreichen ließ und den verlokkenden Schwung ihrer Hüften suchten. Der hauchzarte Batist ihrer Unterhosen stellte kaum ein Hindernis für seine Berührung dar. Er legte seine Handfläche auf ihre Hüften und drückte sie sanft. Willow schnappte erregt nach Luft und erschauerte heftig.

»Hast du Angst?« fragte er leise.

»Es fühlt sich so... so seltsam an.«

»Unangenehm?«

»Nein, ich... ich spüre nur ein Brennen und Pochen an den merkwürdigsten Stellen.«

»Tatsächlich? Wo?«

Willows Atem kam in einem unterdrückten Stöhnen, als Calebs große Hände sie erneut streichelten und sie sich plötzlich deutlich der wohlgerundeten Kurve ihrer eigenen Hüften bewußt wurde.

»Ist das die Stelle, wo es pocht?« fragte er und lächelte leicht.
Sie schüttelte den Kopf.

»Wo, Honey?«

Willow biß sich auf die Lippen und blickte Caleb an, hin- und hergerissen zwischen Scham und Leidenschaft. »Weißt du es nicht?«

»Ich glaube allmählich, daß ich überhaupt nicht viel von dir weiß«, gestand er leise. Wieder liebkoste er ihre Hüften, und sein gesamter Körper versteifte sich bei dem wollüstigen Erzittern, das seine Berührung in Willow auslöste. »Wo brennt und pocht es denn, Süße? Wenn du es mir nicht sagen magst, nimm meine Hand und zeig es mir.«

Einen Moment lang bezweifelte Willow, ob sie den Mut fände, selbst das zu tun. Dann wand sich köstliche Glut durch ihren Körper, ließ Flammen der Lust in ihrem Inneren auflodern, um noch schmerzlichere, drängendere Begierde zu hinterlassen. Zögernd ergriff Willow Calebs Hand und führte sie von ihren Hüften zu ihrem Nabel hinunter und von dort aus zu dem warmen, weichen Dreieck zwischen ihren Schenkeln.

»Da?« fragte Caleb leise.

Willow versuchte, ihn anzuschauen, war aber nicht dazu fähig. Sie schloß die Augen und nickte. Seine Handfläche bedeckte sie, während seine langen Finger die Öffnung in ihrer Hose suchten und zart nach ihrem weichen Fleisch tasteten, es fanden und sie dann so eng umschlossen, daß auch das schäumende Wasser des Teichs nicht zwischen sie dringen konnte. Ihr Atem kam in einem leisen Stöhnen. Instinktiv versuchte Willow, ihre empfindlichste Stelle zu schützen, indem sie die Beine schloß. Es war unmöglich. Sie kniete mit gespreizten Schenkeln auf Calebs Schoß und mußte sich an seinen Schultern festhalten, um im Gleichgewicht zu bleiben.

»Ruhig, Liebste. Ich werde dir nicht weh tun.«

Willow hörte kaum Calebs leise gemurmelte Worte. Seine Hand bewegte sich langsam, behutsam, besänftigte sie und verstärkte zugleich den sinnlichen Schmerz. Lust wand sich unter seiner Berührung wie eine wilde, heiße Spirale durch ihren Körper, vertrieb ihre Unsicherheit, hinterließ nur eine Verzükkung, die Willow atemlos machte. Dann fühlte sie, wie seine Finger sie sanft erforschten, und sie versteifte sich abrupt, als hätte er ihr einen Peitschenhieb versetzt.

»Caleb.«

Er biß die Zähne zusammen und schloß die Augen, zwang sich, sich aus dem geschmeidigen, weichen Schoß zurückzuziehen, den er gerade entdeckt hatte. Aber er konnte sich nicht dazu überwinden, Willow ganz loszulassen. Sie fühlte sich zu gut in seiner Handfläche an, zu weich, zu heiß. Noch konnte er seine Finger daran hindern, in trägen, liebkosenden Bewegungen über ihr Fleisch zu gleiten, die sie noch weicher, noch heißer machten. Ganz unabsichtlich drang er zart mit einem Finger in sie ein. Willow erschauerte, wich jedoch nicht zurück.

»Willst du, daß ich aufhöre?« fragte Caleb, seine Stimme heiser vor Leidenschaft und Beherrschung.

Willows einzige Antwort war ein Stöhnen, als sich etwas tief in ihrem Inneren einmal und dann noch einmal zusammenzog und ihren Körper dazu brachte, sich lustvoll an Calebs Hand zu reiben.

»Willow?«

»Ich weiß keine Worte für das, was ich möchte«, stieß sie zitternd hervor. »Aber ich mag es, wie du mich berührst. Es ist wundervoll, dich an mir zu fühlen... und in mir. Magst du es auch, in mir zu sein?«

Caleb focht einen stummen, heftigen Kampf mit seinem Körper aus. Das einzige, was ihn noch in die Lage versetzte, sich zurückzuhalten, war die fast sichere Gewißheit, daß Willow nicht das war, wofür er sie anfangs gehalten hatte.

»Ja, ich mag es«, sagte er fast brüsk. »Aber ich dachte, du hättest es nicht gern. Du hast dich ganz steif gemacht.«

Willow hörte den Hunger und die Beherrschung in seiner Stimme und noch etwas anderes, eine Unsicherheit, die sie noch niemals zuvor an ihm bemerkt hatte.

»Ich konnte einfach nicht anders«, gestand sie leise. »So berührt zu werden...«

»Habe ich dir weh getan?«

Sie schüttelte den Kopf. »Es war nur so unerwartet.«

»Hat es dir gefallen?«

»Ja«, sagte sie. »Es hat Hitze durch meinen Körper geschickt, überallhin, aber besonders da, wo du mich jetzt berührst. Ich liebe deine Hände, Caleb. Sie sind wie ein köstliches Feuer auf meiner Haut.«

Er versuchte zu sprechen, doch seine Stimme versagte. Verzehrende Leidenschaft überwältigte ihn, erschütterte seinen Körper, riß ihn hinab bis an den Rand der Ekstase und ließ ihn dort zitternd zurück. Er hatte noch bei keiner Frau zuvor die Kontrolle über sich verloren, aber jetzt war er nur noch einen Herzschlag davon entfernt.

»Halte dich an mir fest, Willow. Halt dich ganz fest. Ich möchte dich noch einmal berühren. Es gibt da etwas, was ich wissen muß.«

Willow wollte fragen, was Caleb meinte, aber die Bewegung seiner Hand raubte ihr den Atem. Zärtlich und behutsam schob er zwei Finger in ihre enge, geschmeidige Mitte. Ihre Nägel gruben sich hart in seine nackten Schultern. Zuerst glaubte Caleb, er täte Willow weh. Dann fühlte er, wie sie erschauerte, fühlte das heißblütige Pulsieren ihrer Lust. Er lächelte leicht und drang vorsichtig noch weiter in sie ein, suchte die Tiefen ihres Schoßes. Die straffe, zerbrechliche Barriere ihrer Jungfräulichkeit hinderte ihn daran.

Caleb stieß zischend die Luft zwischen zusammengebissenen Zähnen aus, als er den Beweis für Willows Unschuld entdeckte. Er wußte, er sollte sich aus ihr zurückziehen, ihre Jungfräulichkeit intakt, wenn auch nicht unberührt lassen.

Und gleichzeitig wußte er, daß es über seine Kräfte ging, jetzt von Willow abzulassen.

Die Erkenntnis, daß Willow niemandes Geliebte war, machte es Caleb unmöglich, sich von ihr zu lösen. Sie hatte nichts von den Küssen eines Mannes gewußt, hatte noch niemals zuvor die Hände eines Mannes auf ihren Brüsten gefühlt, hatte nicht die süßen, wilden Feuer der Leidenschaft gekannt. Und dennoch kniete sie jetzt fast nackt vor ihm, akzeptierte seine Berührung in ihrem jungfräulichen Schoß, und ihr weiches Fleisch liebkoste ihn wieder, drängte ihn, die Geheimnisse zu erforschen, die noch kein Mann zuvor erforscht hatte.

Sie war sein, gehörte nur ihm allein, und er wußte, er sollte sie nicht nehmen.

»Willow.«

Ihr Name war ebensosehr ein Stöhnen wie ein Wort, aber sie begriff. Sie gab einen murmelnden Laut von sich, eine Mischung aus Verzückung und Frage.

»Du bist noch Jungfrau«, sagte Caleb dumpf.

Willow öffnete den Mund. Ein lustvolles Keuchen entrang sich ihrer Kehle, als er seine Finger in ihr bewegte.

»Ich… das heißt…« Sie erschauerte und warf den Kopf zurück, vergaß völlig, was sie hatte sagen wollen.

»Spar dir die Mühe, es abzustreiten. Ich berühre gerade den Beweis deiner Unschuld.« Caleb öffnete die Augen. Verlangen ließ sie fast wie Opale schimmern, wie gehämmertes Gold. Seine Stimme war so rauh, wie seine Liebkosung sanft war. »Was ist er für dich?«

»Wer?«

»Matthew Moran.«

Willow blinzelte und versuchte angestrengt, ihre Gedanken zu sammeln. »Mein Bruder. Matt ist mein Bruder.«

Einen Augenblick lang erstarrte Caleb, bevor er den Atem in einem gezischten Fluch ausstieß, so als hätte ihm jemand einen heftigen Schlag versetzt. Willows Liebhaber zu töten, war eine Sache. Ihren Bruder zu töten, war eine völlig andere.

Willow würde ihm niemals verzeihen.

Ihr Bruder. Rebeccas Verführer, der Mann, der meine Schwester so sicher getötet hat, als hätte er ihr einen Revolver an die Schläfen gepreßt und abgedrückt.

Willows Bruder!

Caleb schloß die Augen und kämpfte gegen den verzehrenden Hunger an, der seinen Körper mit glühenden Klauen gepackt hielt, um einen klaren Gedanken fassen zu können. Aber alles, wozu er fähig war, war ein stummer innerlicher Schrei über den brutalen Trick des Schicksals, das ihm endlich eine Frau geschenkt hatte, deren Leidenschaft ebenso stark und tief und verzehrend wie seine eigene war, nur um es ihm unmöglich zu machen, sie ganz zu besitzen. Ein Gefühl der Trostlosigkeit und der Leere breitete sich in seinem Inneren aus, so intensiv, wie er es noch niemals zuvor empfunden hatte.

Langsam begann Caleb, sich aus Willows Körper zurückzuziehen, und ihm war zumute, als würde er in zwei Teile zerrissen. Und dennoch wußte er, wenn er Willow jetzt nahm, würde sie sich selbst hassen, wenn sie ihn über der Leiche seines Bruders stehen sah.

Der Mörder ihres Bruders.

Ihr Liebhaber.

Willow.

Caleb war sich nicht bewußt, daß er ihren Namen laut ausgesprochen hatte, bis er Willows warmen Atem über seine Lippen streifen fühlte.

»Ist schon in Ordnung«, sagte sie eindringlich. »Ich verstehe. Jetzt verstehe ich endlich.« Ihre Küsse waren hastig, fiebrig, fast verzweifelt, als sie Calebs Finger aus ihrem Schoß gleiten fühlte und die Berührung erneut Flammen in ihr auflodern ließ. »Hör mir zu«, sagte sie mit zitternder Stimme. »Du hast mir gesagt, eines Tages würde ich auf den Knien vor dir liegen und dich anflehen, nicht aufzuhören. Du hattest recht. Ich bitte dich jetzt darum, Caleb. Hör nicht auf. Wenn du aufhörst, mich zu berühren, sterbe ich. Bitte, Caleb. Ich flehe dich...«

Mit einem gequälten Aufstöhnen nahm Caleb Willows Mund, erstickte die flehentlichen Bitten, die weiter anzuhören einfach zu schmerzlich für ihn waren. Er küßte sie tief und innig, sehnte sich danach, so vollständig mit ihr zu verschmelzen, daß sie nicht mehr fähig wäre, sich von ihm abzuwenden, ganz gleich, was er tat, ganz gleich, wer starb.

Der Kuß war nicht genug. Er würde niemals ausreichen. Willow wußte es ebensogut wie Caleb. Ihre Hand wanderte zögernd an seinem Körper herab, blindlings forschend, um die Vereinigung zu vollenden, auf die er sie vorbereitet hatte. Schlanke Finger fanden Caleb, betasteten ihn vorsichtig, liebkosten ihn dann mit einer Aufrichtigkeit, die ihn so überwältigte, daß er knapp davor war, alle Vorsicht zu vergessen. Er erzitterte unter dem Ansturm der Leidenschaft, die sein Inneres aufwühlte und darauf drängte, von aller Zurückhaltung befreit zu werden.

Mit einem erstickten Laut der Begierde legte Caleb seine Hand auf ihre, als er Willow auf seine Schenkel herabzog und sein schmerzendes Fleisch gegen ihren Schoß drückte, behutsam die weichen Blütenblätter teilte und noch weicheres Fleisch darunter berührte, während er einen Fingerbreit in sie eindrang, bevor er seine Selbstbeherrschung wiederfand und sich zwang, innezuhalten.

Aber er konnte sich nicht dazu zwingen, sich ganz aus ihr zurückzuziehen.

»Willow«, murmelte er dumpf. »Stoß mich weg.«

Sie schloß die Hand um seinen Schaft, aber nicht, um seiner Aufforderung zu gehorchen. Der Druck seines harten Fleisches in ihrem Schoß war köstlich. Sie wollte mehr von ihm, viel mehr. Instinktiv zog Willow die Knie hoch und schob ihn noch ein wenig tiefer in ihren Körper.

»Nein!« rief Caleb und packte Willows schmale Taille mit beiden Händen, um sie an ihren aufreizenden Bewegungen zu hindern. »Wenn ich dir deine Unschuld nehme, wirst du dich selbst eines Tages ebensosehr hassen, wie du mich hassen wirst.«

Erschauernd schloß Willow die Augen und schob ihre Hüften noch ein Stückchen weiter vor, zog Calebs Schaft noch tiefer in sich hinein.

»O Gott!« stöhnte er. »Tu's nicht, Willow.«

»Ich kann nichts dagegen tun. Ich habe dich mein ganzes Leben lang gebraucht, und ich wußte es noch nicht einmal. Ich liebe dich, Caleb Black.« Sie beugte sich vor und küßte ihn sehnsüchtig. »Ich liebe dich.«

Qual erfaßte Calebs Herz, schien ihn innerlich zu zerreißen, bis er am liebsten seinen Protest gegen die Grausamkeit des Schicksals laut herausgeschrien hätte. Willow liebte ihn ... und sobald er Reno gefunden hatte, würde sich ihre Liebe in Haß verwandeln.

Aber es war zu spät für Bedauern, zu spät für Erklärungen, zu spät für alles, als die süße Macht der Leidenschaft Besitz von ihnen ergriff und sie alles um sich herum vergessen ließ.

»Öffne die Augen, Willow. Ich will dich sehen. Ich möchte mich später daran erinnern, wie es war, von dir geliebt zu werden, weil du mich eines Tages hassen wirst, so sicher wie Sonne und Mond.«

Calebs Stimme klang rauh vor Erregung. Langsam schlug Willow die Augen auf. Liebe leuchtete aus ihnen, Leidenschaft verschleierte ihren Blick. Sie schaute Caleb in die Augen, als er tiefer in sie eindrang. Er wollte sie fragen, ob er ihr Schmerzen bereitete, aber seine Stimme versagte. Er hatte Frauen mit Zuneigung genommen, mit Zärtlichkeit, mit Lust, und dennoch hatte er niemals zuvor die erschütternde Intimität des Liebesaktes auf die Weise erlebt, wie er sie jetzt mit Willow erlebte – freimütig und offen, während sie einander in die Augen blickten und er den exakten Moment sehen und spüren konnte, als er ihr die Unschuld nahm und sie zur Frau machte. Er hörte ihre lustvollen kleinen Schreie, als er noch tiefer in sie eindrang und sie vollständig ausfüllte, fühlte jedes elementare Erschauern ihres Körpers ebenso intensiv, als wäre es sein eigener Körper, der vor Lust erbebte.

Alles in ihm drängte danach, ihr zu sagen, wie bezaubernd und schön sie war, wieviel ihm das Geschenk ihrer Unschuld bedeutete, aber er konnte kein Wort hervorbringen. Willow schmiegte sich glatt und fest um ihn, und der Honig ihrer Leidenschaft war heißer als das Wasser. Sanft stieß Caleb in sie hinein, hörte, wie ihr der Atem stockte, und zwang sich, in seiner Bewegung innezuhalten.

»Tue ich dir weh?« fragte er gedämpft.

»Nein«, keuchte Willow. »Es fühlt sich wundervoll an... so wundervoll. Wie züngelnde Flammen. O Gott, ich kann es nicht ertragen. Hör nicht auf... du darfst niemals mehr aufhören!«

Willows gebrochene Worte ließen die Welt um sie herum zurückweichen, ließen nur das Feuer der Leidenschaft zurück, das sie beide verzehrte. Caleb fand ihren Mund in einem Kuß, der zärtlich und fordernd zugleich war. Seine Finger gruben sich fest in ihre Hüften, fühlten, wie das überwältigende Zittern, das durch Willow hindurchlief, seinen eigenen Körper erfaßte und seine Selbstkontrolle mit jedem heißen Pulsieren weiter dahinschwinden ließ. Blindlings tastete sein Finger in Willows feuchtem, seidigem Haargeflecht, suchte ihre empfindlichste Stelle, fand sie fest und voll erblüht. Er umfing die glatte Knospe mit seinen Fingerspitzen und liebkoste sie, während er sich in ihr bewegte, mit jedem kräftigen Stoß tiefer in sie eindrang.

Calebs Name entrang sich Willows Kehle, als die Leidenschaft sie überwältigte. Ihr wollüstiger Schrei ging ihm unter die Haut, zog ihn noch tiefer in ihren Schoß hinein, brachte sie beide noch näher zum Gipfel der Ekstase. Er trank ihre Schreie, so wie er sich danach sehnte, ihre sinnliche Verzückung zu trinken, jeden Zentimeter ihres Körpers zu erforschen, bis ins Innerste ihrer Seele zu sinken.

Caleb wußte, er sollte sich zurückhalten, dennoch brauchte er Willow zu sehr, um die Macht seiner Leidenschaft noch länger kontrollieren zu können, während er hungrig ihr weiches Fleisch streichelte und alles von ihr forderte, was sie ihm geben konnte.

»Verzeih mir, Liebste«, stöhnte er, als er Willow wieder liebkoste, ihren Lippen erneut lustvolle Schreie entlockte. »Ich kann nicht aufhören. Es ist noch niemals so gewesen wie jetzt mit dir. Ich kann nicht aufhören. Ich kann... nicht.«

Willow bäumte sich auf, und Calebs Name kam in einem gebrochenen Schrei über ihre Lippen mit jedem keuchenden Atemzug, den sie tat, mit jeder Bewegung, die er machte. Plötzlich wurde die sinnliche Verzückung zu intensiv, um sie noch länger zu ertragen, die Folter der Leidenschaft zu hart, um sie noch länger auszuhalten. Sie flehte stöhnend um Erlösung von der Lust, die fast Schmerz gleichkam.

Und dann kam die Erlösung, verzehrte sie noch intensiver, als die Lust es vermocht hatte, während Ekstase ihren Körper erschütterte, bis Willow in Tränen ausbrach.

Willows gebrochene Schreie machten den letzten Rest von Calebs Selbstbeherrschung endgültig zunichte. Wieder und wieder stieß er in sie hinein, während Erleichterung ihn ebenso süß und heftig und vollkommen verzehrte, wie es bei Willow gewesen war. Mit einem erschöpften, triumphierenden Schrei ergoß er seinen Samen in ihren weichen, erschauernden Körper.

Und dann schloß er Willow in seine Arme, wiegte sie hin und her, weinte stumm ihren Namen, unfähig zu glauben, daß er die unschuldige Schwester des Mannes verführt hatte, den zu töten er sich geschworen hatte.

13. Kapitel

»Ist alles mit dir in Ordnung?« fragte Caleb schließlich leise, voller Furcht, die Augen zu öffnen und zu sehen, wieviel Schmerz seine ungezügelte Leidenschaft Willow bereitet hatte.

Willow war noch zu sehr im köstlichen Nachspiel der Ekstase gefangen, um zu antworten, und so gab sie nur einen murmelnden Laut von sich und rieb ihre Wange an Calebs Brust.

»Willow?«

Sie bog den Kopf zurück, bis sie in die goldenen Augen ihres Geliebten blicken konnte.

»Verzeih mir«, sagte Caleb heiser. »Ich wollte dir nicht weh tun.« Er schüttelte den Kopf in einer Geste der Verwunderung. »Ich habe noch niemals so völlig die Kontrolle über mich verloren.«

Willows langsames, frauliches Lächeln ließ Hitze durch Calebs Venen pulsieren.

»Wenn du darauf wartest, daß ich dich ausschimpfe, dann wirst du lange warten müssen«, sagte sie lächelnd und küßte ihn auf die Schulter.

Ein kräftiger Finger hob Willows Kinn, bis Caleb ihr direkt in die Augen sehen konnte. Er sah keinen Schmerz, keine dunklen Schatten, nichts als das Strahlen einer Frau, die Erfüllung in der elementaren Vereinigung von Mann und Frau gefunden hatte.

»Dann habe ich dich nicht verletzt?« fragte er noch einmal.

»Nun, zu Anfang hättest du es beinahe. Du bist, äh...«

»Zu wild«, sagte er brüsk.

Sie warf ihm einen überraschten Blick zu. »Das habe ich nicht damit gemeint.«

Er wartete.

»Caleb«, sagte sie ungeduldig, »du mußt doch wissen, daß du ein großer, kräftiger Mann bist. Große Hände, große Füße, kräftige Schultern, ein... na ja, eben groß, alles in allem.«

Er sah die verlegene Röte auf Willows Wangen und das Lachen, das in ihren schönen haselnußbraunen Augen glitzerte. Das Herz tat ihm weh bei dem Gedanken, ihr Schmerz zuzufügen, egal auf welche Weise. Sanft küßte er ihre Lippen und wünschte, sie wäre alles andere, nur nicht Renos Schwester – sogar ein Liebchen, das schon viele Männer gehabt hatte.

Aber Willow war noch Jungfrau gewesen, und sie würde immer Renos Schwester bleiben.

Es hat keinen Sinn, über verschüttete Milch zu weinen, sagte sich Caleb energisch. Was geschehen ist, ist geschehen, und auch wenn ich dazu in der Lage wäre, würde ich es nicht wieder ungeschehen machen. Selbst in meiner Todesstunde werde ich mich noch daran erinnern, wie es war, Willow zu nehmen, ihre süßen Seufzer zu hören, ihre Lust zu spüren. Eine Jungfrau, und ihre Glut hat mich bei lebendigem Leibe verbrannt!

Vielleicht habe ich Glück, dachte er. Vielleicht wird dieser Hundesohn von Indianern umgebracht oder bricht sich das Genick auf der Suche nach Gold. Vielleicht ist er schon tot, noch bevor ich ihn aufspüre.

Der Gedanke wirkte wie lindernder Balsam auf Calebs wundes Herz. Aber das Leben hatte ihn nicht gelehrt, an die einfachste Lösung für ein Problem zu glauben. Es hatte ihn gelehrt zu tun, was getan werden mußte, weil zu viele Leute einfach wegschauten und die Schmutzarbeit anderen überließen.

Menschen wie Caleb Black wußten, daß die simple Gerechtigkeit von »Auge um Auge, Zahn um Zahn« niemals simpel und nur selten gerecht war.

Wenn Reno nicht tot ist, bevor ich ihn zu fassen kriege, wird er es bald darauf sein. Oder ich. Oder wir beide.

Caleb zog Willow fester an sich und hielt sie einfach nur in seinen Armen, denn seine Gedanken ließen ihm keine Ruhe.

»Was ist denn?« erkundigte sie sich. »Hast du nicht genossen, was wir getan haben?«

Er lächelte traurig und vergrub sein Gesicht in ihrem nach Lavendel duftenden Haar. »Wenn ich es noch mehr genossen hätte, wäre ich gestorben.«

Willow lachte, doch ihre Stimme klang stockend. »So war es tatsächlich, nicht? Als stürbe man, aber doch nicht ganz. Als würde man neu geboren und wäre dennoch nicht mehr derselbe Mensch.« Ihre Arme schlossen sich fester um Caleb. »Ich werde niemals mehr wie vorher sein. Du bist jetzt ein Teil von mir.«

»Denk immer daran«, sagte er mit rauher Stimme und ergriff ihre Hand. »Vergiß es nicht, wenn du mich anschaust und den

Mann siehst, der dir die Unschuld genommen hat. Ich hätte mich beherrschen sollen. Ich habe es nicht getan. Ich konnte es nicht. Ich habe mich noch niemals so bei einer Frau benommen. Es tut mir leid, Willow.«

»Mir nicht. Ich liebe dich.«

Willow wartete mit angehaltenem Atem, wartete darauf, daß Caleb ihr ebenfalls seine Liebe gestand.

Es kam nichts. Nur das Flüstern des Wassers, das um ihre miteinander verschmolzenen Körper spielte, war zu hören, als Caleb den Kopf wandte und Besitz von ihren Lippen ergriff – in einem Kuß, so zärtlich und intensiv, daß Willow zitterte, als er sich wieder von ihr löste.

»Eines Tages wirst du dich an die Worte erinnern, die du eben ausgesprochen hast, und du wirst dir wünschen, du hättest deine Zunge im Zaum gehalten«, sagte er ruhig. »Aber ich bin froh, daß du es gesagt hast. Ich bin froh zu wissen, daß ich dir Genuß bereitet habe.«

Furcht zog Willows Herz zusammen. »Caleb, was hast du? Ich verstehe nicht.«

»Ich weiß.« Er holte tief Luft und versuchte, Willow von seiner toten Schwester zu erzählen und dem Mann, der sie verführt hatte, aber er brachte es nicht über sich, zu sprechen und das glückliche Leuchten in Willows Augen erlöschen zu sehen. Er konnte es einfach nicht, ebensowenig, wie er sich selbst daran hatte hindern können, das Geschenk ihres unberührten Körpers zu nehmen. »Wenn wir deinen Bruder gefunden haben, wirst du verstehen.«

Calebs leidenschaftlicher Kuß erstickte die Fragen, die Willow hatte stellen wollen. Sie verstand nicht die Sehnsucht in ihm oder die Bedrückung. Sie verstand nicht die Traurigkeit, die sie in ihm spürte, wenn sie von Liebe sprach, und dennoch wußte sie, alle diese Empfindungen existierten so sicher wie das Gefühl seines Körpers in ihrem, der sich erneut zu regen begann.

Willow verstand nur eines – daß sie sich wünschte, Caleb

Fröhlichkeit und Lachen zu schenken, die Sonne zu sein, die die Dunkelheit aus seinem Leben verbannte.

Widerstrebend beendete Caleb den Kuß. »Wenn du nicht von meinem Schoß heruntergehst«, knurrte er und biß Willow eine Spur brutal in die Lippe, »dann werden meine guten Absichten im Handumdrehen zur Hölle fahren.«

»Welche guten Absichten?«

»Ich versuche, dich nicht wieder zu verführen.«

»Nie mehr?« fragte Willow, unfähig, ihre Bestürzung zu verbergen.

Caleb schloß die Augen und gestand sich schweigend ein, daß es tatsächlich besser wäre, wenn er niemals wieder in Willows weichen Körper eindrang, in ihr versank, sich selbst in den überwältigenden Strömen der Leidenschaft verlor, die zwischen ihnen flossen. Aber der Gedanke, Willow niemals mehr zu nehmen, war unerträglich für ihn.

Nie zuvor war er einer Frau wie Willow begegnet. Sie schenkte ihm Befriedigung, wie es noch keine andere Frau vermocht hatte, machte ihm bewußt, wie hungrig er gewesen war, bevor er sie gefunden hatte.

Und er hatte gerade erst begonnen, die Tiefen ihrer Leidenschaft zu ergründen.

»Ich versuche, dich nicht jetzt sofort wieder zu verführen«, gestand er mühsam beherrscht.

»Warum nicht?«

»Es ist zu bald für dich. Ich will dir nicht weh tun.«

Willow lächelte leise. »Du tust mir nicht weh.«

»Ich bewege mich auch nicht in dir. Aber es wird ganz schnell soweit sein, wenn du nicht aufstehst.«

Caleb legte seine Hände um Willows Taille und hob sie langsam hoch. Das Gefühl ihres weichen Fleisches, das an seinem harten Schaft entlangglitt, raubte ihm den Atem. Er hörte Willows ersticktes Seufzen, und der Griff seiner Hände verstärkte sich, erforschte die schlanke Geschmeidigkeit ihrer Taille. Ihr Seufzen ging in einen kehligen Laut der Verzückung über.

»Hör auf damit«, befahl Caleb und beugte den Kopf, bis er in die glatte Haut auf Willows Schulter beißen konnte.

»Aufhören? Womit?« murmelte sie, als sie ihre Finger durch sein Haar gleiten ließ.

»Mich zu verlocken, in diesem Teich zu bleiben und dich zu lieben, bis ich so schwach bin, daß ich ertrinke.«

»Schwach?« Schlanke Hände liebkosten Calebs Schultern und die harten Muskeln seines Bizeps. »Du fühlst dich ungefähr so schwach an wie ein Felsen.«

»Hast du das nicht gewußt? Eine Frau zu lieben, schwächt einen Mann.«

Willow lachte und bewegte ihre Hüften, um seine erregte Männlichkeit zu spüren. »Sag es mir. Wann?«

Er holte scharf Luft.

»Wann macht es dich schwach?« flüsterte sie, als sie ihre Hüften erneut bewegte.

Calebs träges Lächeln ließ Willow vor Erwartung erschauern.

»Du wirst die erste sein, die es erfährt«, versprach er. Dann biß er die Zähne zusammen und hob sie von seinem Schoß, und er unterdrückte ein Aufstöhnen, als sein hartes Fleisch endgültig aus ihr herausglitt. »Nach dir fühlt sich das Wasser kalt an.«

Als Willow die Bedeutung seiner Worte begriff, holte sie zitternd Luft. »Und ich fühle mich leer. Ist es… ist es normal, dich so zu begehren, sich zu wünschen, bis in alle Ewigkeit so miteinander vereinigt zu sein?«

Calebs goldene Augen leuchteten auf, als sich die Glut in seinem Körper verstärkte, erneut entfacht durch das Wissen, daß Willow es wirklich genoß, ihn in sich zu fühlen.

»Wie kommt es, daß du so lange deine Unschuld bewahrt hast?« fragte er.

»Andere Männer haben nie diese Gefühle in mir geweckt. Nur du«, erklärte sie schlicht. »Auch mein Verlobter nicht. Wenn Steven meine Hand hielt oder mich auf die Wange küßte, war es nett, aber es bewirkte nicht, daß mein Herz einen Satz machte und sich meine Brust so eng zusammenschnürte, daß ich kaum noch atmen konnte.«

»Dein Verlobter?« fragte Caleb schroff. »Du bist verlobt?«

»Er starb vor drei Jahren.«

Caleb entspannte sich sichtlich. »Im Krieg?«

Willow nickte.

»Liebst du ihn immer noch?«

»Nein. Ich weiß jetzt, daß ich ihn nie geliebt habe. Nicht wirklich. Nicht auf die Weise, wie ich dich...«

Calebs schneller, heftiger Kuß erstickte Willows Worte. »Raus aus dem Wasser mit dir, Frau. Meine guten Absichten schrumpfen mit jeder Sekunde mehr in sich zusammen.«

»Schrumpfen? Ich würde eher das Gegenteil behaupten«, murmelte sie leise.

Caleb brach in schallendes Gelächter aus. »Raus mit dir!« befahl er.

Er unterstrich seinen Befehl, indem er seine Hand auf Willows glatten Po legte und ihr einen Klaps gab. Kurz bevor seine Handfläche von ihr abglitt, verwandelte sich seine Berührung in eine Liebkosung, die die schattige Kurve zwischen ihren Hüften nachzeichnete.

Atemlos krabbelte Willow aus dem warmen Teich heraus und hob die Baumwolldecke auf, die sie auf den Felsen abgelegt hatte. Sie drehte sich gerade in dem Moment wieder um, als Caleb aus dem Wasser stieg. Silbrige Bäche liefen an seinem Körper herab, betonten jeden schwellenden Muskel, jede straffe Fläche. Der Anblick seines hart aufgerichteten Schafts war erregend.

»Jetzt ist es zu spät zum Weglaufen«, bemerkte Caleb trokken, während er beobachtete, wie Willows Augen groß wurden, als sie ihn maßen.

»Wir haben zusammengepaßt wie eine Hand, die in einem Samthandschuh steckt, und du hast jede einzelne Sekunde genossen.«

Sie schluckte hart, wurde tiefrot vor Verlegenheit und murmelte mit schwacher Stimme: »Entschuldige, ich wollte dich nicht anstarren.«

»Du starrst immer noch.«

»Oh.« Schuldbewußt schloß sie die Augen.

Caleb trat einen Schritt vor, beugte sich herab und küßte Willow leicht auf die Wange. »Schau nur, soviel du möchtest. Ich will dich doch nur necken. Es ist so süß, dich zu necken. Als kostete man Honig.«

Er hob sein Rasiermesser und seine eigene Decke auf und reichte Willow seine freie Hand. »Komm. Ich habe versprochen, dir die Haare trocken zu bürsten.«

Willows Augen öffneten sich. »Und du hältst immer, was du versprochen hast, nicht?«

»Immer. Sogar dann, wenn es Versprechen sind, die ich lieber nicht erfüllen möchte.« Calebs Lippen preßten sich zu einer schmalen Linie zusammen. »Besonders solche.«

Auge um Auge.

»Du brauchst mir nicht die Haare zu bürsten, wenn du es nicht möchtest«, sagte sie zögernd. »Ich weiß, es ist mühsam, all die Knoten herauszubekommen.«

Caleb lächelte und verflocht seine Finger noch fester mit ihren. »Ich liebe es, dein Haar zu bürsten. Es ist, als glitte man über Sonnenlicht.« Er sah Willow frösteln und drückte ihre Hand. »Komm mit. Auf der Wiese ist es wärmer.«

Ishmael hob abrupt den Kopf, als sie aus dem Schutz des Wäldchens auf die Wiese hinaustraten. Der Hengst beobachtete Willow und Caleb einige Augenblicke lang, bevor er zu grasen fortfuhr.

»Er ist sehr wachsam für ein Pferd, das niemals in freier Wildbahn gelebt hat«, meinte Caleb.

»Seine Wachsamkeit hat mir mehr als einmal während des Krieges das Leben gerettet. Er witterte die Soldaten, sobald sie sich unserer Farm näherten, und veranstaltete einen Höllenspektakel. Mama und ich sind dann sofort in den Wald geflohen, wenn sie einigermaßen wohlauf war, oder in den Keller, wenn es ihr nicht gutging.«

Calebs Hand schloß sich fester um Willows Finger. Er hob ihre Hand an seinen Mund und ließ zärtlich seinen Schnurrbart über ihre Handfläche gleiten.

»Ich hasse die Vorstellung, du könntest in Gefahr geraten, könntest verletzt sein, verängstigt, hungrig.« Er zögerte, verblüfft darüber, wie stark sein Drang war, Willow zu beschützen. »Der Gedanke beunruhigt mich.«

»Vielen Frauen ist es im Krieg weitaus schlimmer ergangen als mir. Ich hatte Glück. Der einzige Soldat, der mich jemals aufspürte, schaute schnell in eine andere Richtung.«

»Vielleicht hatte er eine Schwester.«

Etwas in Calebs Stimme erinnerte sie daran, daß er ebenfalls eine Schwester hatte. »Ja, vielleicht. So wie du.«

»Rebecca ist tot.«

Willow zuckte zusammen, als sie die kaum unterdrückte Härte spürte, die in Calebs Worten mitschwang. »Es tut mir leid.«

»Sie wurde von einem Mann verführt und dann im Stich gelassen. Ich habe ihren Liebhaber zu finden versucht, um ihn zurückzubringen und ihn zu zwingen, sie zu heiraten. Sie starb an Kindbettfieber. Ihr Baby starb wenige Stunden danach. Ich habe es erst einen Monat später erfahren.«

»Großer Gott«, sagte Willow erschrocken. »Es tut mir so leid, Caleb.«

Er blickte in ihre klaren, mitfühlenden Augen und fragte sich, was sie wohl sagen würde, wenn sie erführe, daß das Baby ihre Nichte gewesen war.

»Ich habe mir geschworen, ihn zu töten«, fuhr er fort.

Willow sah den finsteren, freudlosen Ausdruck in Calebs Augen und bezweifelte nicht eine Sekunde, daß er sein Vorhaben ausführen würde. Dann erinnerte sie sich an ihren ersten Eindruck von Caleb. Gefährlich. Und an ihren zweiten. Ein unversöhnlicher, düsterer Engel der Gerechtigkeit.

Auge um Auge, Zahn um Zahn, Leben um Leben.

Ein kalter Schauer lief über Willows Haut. Caleb strömte eine Intensität und Kraft aus, die fast furchteinflößend war.

»Du frierst«, sagte er stirnrunzelnd. Er legte fürsorglich seine Decke um Willows Schultern und führte sie über die Wiese, dann breitete er die Baumwolldecke, die sie trug, auf dem Boden aus. »Leg dich auf die Decke. Hier im hohen Gras wird dir wärmer werden, weil es dich vor dem Wind schützt. Ich werde deine Bürste und deinen Kamm holen.«

Caleb eilte davon, bevor Willow ihm sagen konnte, daß ihr nicht kalt war, nicht auf die Art und Weise, die er gemeint hatte. Nach einem Moment des Zögerns streckte sie sich auf dem Bauch aus und versuchte, nicht an die Schwester zu denken, die Caleb verloren hatte, und den Mann, den er aus Rache zu töten geschworen hatte.

Bald erkannte sie, daß Caleb recht gehabt hatte mit seinem Vorschlag, sich ins schützende Gras zu legen. Bevor er die hundert Meter zum Lager zurückgelegt hatte, war Willow bereits so warm, daß sie die Wolldecke beiseite warf. Der dünne Baumwollstoff und die Spitze ihrer Unterwäsche trockneten schnell in der direkten Sonnenbestrahlung. Innerhalb von Minuten strömte Hitze durch ihren Körper und ließ sie schläfrig werden. Willow reckte sich wohlig und lächelte aus purer Freude am Leben.

»Du siehst aus wie eine Katze, die gerade den Sahnetopf entdeckt hat«, sagte Caleb.

»Genauso fühle ich mich auch«, gestand Willow lächelnd.

Sie schlug die Augen auf, als Caleb sich neben sie kniete. Ein einziger Blick sagte ihr, daß er immer noch nackt war, wie Gott ihn erschaffen hatte, und immer noch erregt. Als ihre Blicke sich trafen, schenkte er ihr ein Lächeln, das amüsiert und bedauernd zugleich war.

»Du hast eine seltsame Wirkung auf mich«, sagte er.

»Das habe ich bemerkt.«

»Keine Angst mehr?«

Sie schüttelte den Kopf.
»Verlegen?«
»Also, ich...« Aber sie war unfähig, die Röte zu leugnen, die über ihren Hals hinaufkroch.
Caleb lachte leise und strich sanft mit dem Handrücken über Willows glühende Wange. »Du wirst dich an mich gewöhnen, meine Kleine. So, wie ich mich daran gewöhnt habe, nackt in deiner Gegenwart zu sein.«
Sie warf ihm einen verwirrten Blick zu.
»In gewisser Weise«, gestand er, »ist diese Art von Spiel für mich genauso neu wie für dich.«
Willow blinzelte. »Wirklich?«
Caleb zögerte einen Moment, fragte sich, wie er ihr etwas erklären sollte, von dem er nicht sicher war, ob er es selbst verstand. Willow sollte wissen, daß er in ihr zum ersten Mal eine Frau gefunden hatte, deren Sinnlichkeit seine eigene noch steigerte, während sie mit jeder Liebkosung, jedem Seufzer, jedem Kuß voneinander lernten und einer den anderen höher und höher hinaufführte zum Gipfel der Lust.
»Keine der Frauen, die ich bisher kannte, hat in mir den Wunsch geweckt, nackt mit ihr auf einer sonnigen Wiese zu sitzen«, sagte Caleb schließlich. »Ich bezweifle, ob sich eine von ihnen gewünscht hätte, nackt mit mir zusammenzusein. Nicht eine konnte mich mit einem einzigen Wort, einem Blick, einer beiläufigen Berührung hart machen.« Er gab einen verblüfften Laut von sich und fügte reumütig hinzu: »Es ist verflucht beunruhigend, wenn du die Wahrheit wissen willst. Du weckst Empfindungen in mir, von deren Existenz ich bisher noch gar nichts gewußt habe.«
»Du hast dieselbe Wirkung auf mich.«
Willows heiseres Eingeständnis erweckte in Caleb den Drang, sie wild und schonungslos zu nehmen und sie gleichzeitig zu behüten und zu beschützen. Die Macht seiner widersprüchlichen Gefühle ließ ihn einen Moment bewegungslos verharren. Dann stieß er den Atem in einem lautlosen Fluch

aus, griff nach der Wolldecke und begann, Willows Haar zu trocknen. Er arbeitete schnell und dennoch behutsam, berührte sie auf die einzige Weise, die er sich selbst gestattete.

Bald breitete sich Willows Haar in einem schimmernden, seidigen Fächer über ihren Schultern aus. Die Strähnen waren längst trocken, doch Caleb fuhr unentwegt fort, mit der Bürste durch die glänzende Haarflut zu streichen, denn er genoß das Gefühl, wenn die weichen Locken durch seine Hände glitten und die empfindliche Haut zwischen seinen Fingern liebkosten.

»Du hast wundervolles Haar«, sagte er, als er schließlich die Bürste beiseite legte.

Willow seufzte und räkelte sich wohlig, bevor sie sich mit einer geschmeidigen Bewegung aufsetzte und die Beine anzog. Ihr Haar knisterte vor Elektrizität und klebte an ihrem Körper, während es sich über ihren Brüsten teilte und auf ihre Hüften herabfiel. Caleb strich ihr eine Handvoll flüchtiger Strähnen aus dem Gesicht zurück. Sie küßte seine schlanken Finger, die sanft mit den goldenen Seidenfäden verwirrt waren.

»Danke.« Sie lächelte, als ihr eine Bemerkung von ihm einfiel. »Ich weiß, du verachtest die Vorstellung, aber ich denke trotzdem, du würdest eine hervorragende Zofe abgeben.«

Calebs Lächeln ließ seine weißen Zähne unter dem Schnurrbart aufblitzen. »Südstaatenlady. Mein Gott, du hast dich wirklich als Überraschung entpuppt!«

»Südstaaten stimmt nicht«, entgegnete Willow. Dann betrachtete sie die feine Spitze, die an ihrem Körper klebte, den feuchten Baumwollstoff, der ihre Brüste, ihre Taille, das schattige Geheimnis zwischen ihren Schenkeln eher noch betonte, statt sie zu verhüllen. »Und Lady auch nicht.«

»Still«, murmelte Caleb und legte einen Finger auf Willows Mund. »Was geschehen ist, war nicht deine Schuld. Es war meine. Aber ich kann keine Scham empfinden über das, was wir getan haben. Es war zu schön für Scham oder Reue. Selbst wenn ich dir deine Unschuld zurückgeben könnte, würde ich es nicht tun. Noch nie habe ich ein so kostbares Geschenk bekommen. Mach dich deshalb nicht schlechter, als du bist.«

Willows Lächeln war so bezaubernd und verlockend wie ihre Augen, als sie den Mann anschaute, den sie liebte, den Mann, der immer noch nicht von Liebe zu ihr gesprochen hatte. Dennoch war Caleb sehr sanft mit ihr, trotz der Strenge, von der sie wußte, daß er dazu fähig war – ein düsterer Engel der Gerechtigkeit, gefährlich, tödlich.

Aber nicht mit ihr. Ob er jemals von Liebe sprach oder nicht, er schätzte und umsorgte sie.

Willow küßte Calebs Hand und gestand sich schweigend ein, daß er recht hatte mit dem, was sie miteinander verband. Die Erinnerung an ihre Intimitäten, der Anblick seiner Nacktheit, das deutliche Bewußtsein ihrer eigenen Nacktheit unter dem Hauch von Baumwolle und Spitze hätte sie eigentlich verlegen machen müssen. Aber sie war nicht peinlich berührt. Im Gegenteil, sie hatte sich noch nie so lebendig gefühlt und dennoch so mit sich selbst in Frieden und Einklang, wie sie sich in Calebs Nähe fühlte. Seine Geliebte zu sein, schien ganz einfach gut und richtig, und es war ein Gefühl, das aus ihrem tiefsten Herzen kam.

»Ich würde meine Unschuld auch nicht zurücknehmen«, flüsterte Willow und küßte die schwieligen, maskulinen Finger, die sich auf ihre Lippen preßten. »Ich würde niemals einen besseren Mann finden, dem ich sie schenken könnte, als dich.«

Harte Linien erschienen um Calebs Mundwinkel, als er Willows zärtliche Worte hörte und die Wärme ihrer Lippen spürte, die Küsse auf seine Hand hauchten.

»Wie fühlst du dich?« fragte er. »Ist dir immer noch kalt?«

Sie schüttelte den Kopf. Goldenes Haar floß schimmernd um ihre Schultern, glitt wie flüchtiges Sonnenlicht über seine Hände.

»Keine Wehwehchen?«

Trotz der verlegenen Glut auf Willows Wangen war ihr leises Lächeln so alt wie Evas. »Keine.«

»Auch keine Schmerzen?«

»Keine, die nicht geheilt werden könnten. Was ist mit dir? Hast du Schmerzen?«

Im Sprechen schob Willow ihre Hand unter einen Schleier goldener Haare hervor, bis sie das harte Fleisch zwischen Calebs Schenkeln berühren konnte. Er zuckte unwillkürlich zusammen bei der Liebkosung und schnappte heftig nach Luft. Erschrocken zog Willow ihre Hand zurück.

»Es tut mir leid«, sagte sie hastig. »Ich wollte dir nicht weh tun.«

Caleb atmete langsam aus, versuchte, das wilde Hämmern seines Herzens zu beruhigen. »Du hast mir nicht weh getan.«

»Du... du bist zusammengezuckt.«

»Hast du schon jemals einen Blitzschlag aus so unmittelbarer Nähe erlebt, daß du fühlen konntest, wie die elektrischen Strömungen deinen Körper durchzuckten? Genauso hat es sich angefühlt, als du mich berührt hast. Nur daß es Lust war, die mich von Kopf bis Fuß durchströmte, nicht Schmerz, und ihre Urgewalt hat mich überrascht, das ist alles.«

Willows Augen wurden groß.

Caleb lächelte trotz des Feuers, das immer noch durch seine Lenden pulsierte. »Mach weiter, Liebste. Erforsche mich. Du wirst mich nicht noch einmal überraschen.«

»Ich will dir nicht weh tun«, wiederholte sie zögernd.

»Dann solltest du mich lieber wieder streicheln, weil ich mich so sehr danach sehne, deine weichen Hände auf meiner Haut zu spüren.«

Willow ließ ihren Blick von Calebs wildem Lächeln zu seiner Brust hinunterwandern und dann weiter an seinem Körper herab. Er hockte auf den Fersen neben ihr, seine Schenkel gespreizt, um sein Gewicht zu tragen. Die langen, kräftigen Muskeln an seinen Beinen ragten deutlich hervor... so wie das erregte männliche Fleisch zwischen seinen Schenkeln, das so empfänglich für ihre Berührungen war. Willow konnte seine Pulsschläge zählen, ohne ihre Finger auf ihn zu pressen.

Trotz ihres Liebesspiels im Teich war Calebs Körper in vielerlei Hinsicht immer noch ein Mysterium für Willow. Zögernd gestattete sie ihrer Hand, sich auf Calebs Schenkel zu legen, neugierig auf die elementaren Unterschiede zwischen Mann und Frau. Das Haar auf seinen Beinen war dicht, schwarz, schimmernd, heiß von der Sonne. Seine Haut wies eine dunklere Schattierung als ihre auf und fühlte sich warm und geschmeidig an, die Muskeln darunter schockierend hart. Auf der Innenseite seiner Schenkel war seine Haut viel zarter als auf seiner Brust.

»Du arbeitest oft mit nacktem Oberkörper, nicht?« fragte Willow, ohne aufzublicken.

»Manchmal.«

Calebs Stimme klang rauh vor Begierde. Zu seiner Überraschung entdeckte er, daß Willows Blicke auf seinem Körper fast ebenso erregend auf ihn wirkten wie ihre Liebkosungen. Die Sinnlichkeit, Neugier und Bewunderung in ihren Augen gaben ihm das Gefühl, so imponierend wie ein Berg zu sein. Und so hart.

»Aber nie ganz nackt«, sagte sie, während sie die feine, bleiche Haut betrachtete, die noch niemals zuvor mit Sonnenlicht in Berührung gekommen war.

»Ich hab's dir doch schon gesagt, Honey. In gewisser Weise ist dies alles genauso neu für mich wie für dich.«

Sie lächelte. »Das gefällt mir. Ich mag den Gedanken, daß ich dich auf eine Art berühre, wie es noch keine Frau zuvor getan hat.«

»Du berührst mich ja kaum«, erwiderte Caleb hungrig. »Aber trotzdem hast du recht. Keine Frau ist jemals so wie du gewesen, Willow. Du machst alles zu etwas ganz Neuem für mich.«

Lächelnd zeichnete Willow mit der Fingerspitze den schwellenden Muskel auf seinem Schenkel nach. Sie blickte in Calebs Gesicht, sah, wie sich seine Augen verengten, fühlte die Anspannung in seinen Beinen, hörte, wie er zischend den Atem einsog, als sie sich Zentimeter für Zentimeter der harten, pulsierenden Realität seiner Begierde näherte. Ihre Finger ergründeten das dichte Haarpolster, das seine Männlichkeit umgab. Erst zögernd, dann mit wachsender Sicherheit glitten ihre Finger über seinen erregten Schaft, genossen die Hitze und die glatte Beschaffenheit seiner Haut. Als sie die Spitze berührte, stieß sie einen überraschten, erfreuten Laut aus.

»Kein Wunder, daß du mich nicht verletzt hast. Du fühlst dich wie Seide an, ganz warm und geschmeidig und glatt.«

Calebs Antwort war ein Aufstöhnen, als eine wilde Woge des Begehrens durch seine Adern hämmerte. Hätte er nicht schon auf dem Boden gehockt, hätten ihn Willows Worte und die behutsame Liebkosung ihrer Fingerspitzen in die Knie gezwungen. Er konnte die potente Reaktion seines Körpers nicht verhindern, noch konnte er etwas gegen den seidigen Tropfen tun, der auf Willows Fingerspitze glänzte und von der unkontrollierbaren Leidenschaft zeugte, die sie in ihm erweckte.

Willows Hand hielt inne.

»Entschuldige«, murmelte Caleb. »Ich wollte dich nicht schockieren.«

»Das hast du auch nicht«, gab sie leise zurück.

»Ich bin über mich selbst verdammt schockiert«, sagte er brüsk.

Willow schaute verblüfft zu ihm auf.

»Ich bin es nicht gewöhnt, so die Kontrolle über mich zu verlieren.«

»Oh.«

»Ich bin das hier überhaupt nicht gewöhnt.«

»Magst...« Sie schluckte. »Magst du es, wenn ich dich berühre?«

Caleb lächelte. »Was glaubst du?«

Willow seufzte zitternd. »Ich glaube, ich habe noch niemals etwas so Faszinierendes berührt. Du machst mich schamlos, Caleb. Und es kümmert mich noch nicht einmal.«

Er beugte sich herab und küßte sie sanft. »Zwischen uns beiden gibt es nichts, dessen wir uns schämen müßten. Scham ist für Leute, die betrügen und stehlen und zerstören. So zusammenzusein wie jetzt, ist Teil der Schöpfung, und es ist gut und richtig.«

»Ja«, flüsterte Willow. »Es ist gut und richtig. Schloß und Schlüssel. Zwei Hälften eines wundervollen Ganzen. Mein ganzes Leben lang habe ich das gewußt, ohne wirklich zu *wissen*.« Sie lächelte Caleb strahlend an. »Wie langweilig die Welt wäre, wenn Männer und Frauen ein und dasselbe wären.«

Caleb lachte, dann hielt er erregt den Atem an, als Willows schlanke Hand zwischen seine Beine glitt, um den entscheidenden Unterschied zwischen Mann und Frau noch näher zu ergründen. Caleb genoß ihre Neugier und spreizte die Schenkel noch ein wenig weiter, erlaubte ihr zu finden, wonach sie suchte. Er wurde von einer zärtlichen Liebkosung belohnt, die ein so köstliches Gefühl in ihm aufsteigen ließ, daß er erneut nahe daran war, die Kontrolle zu verlieren. Er stöhnte erstickt, versuchte, das überwältigende Pulsieren der Lust zurückzudrängen. Es gelang ihm nur kläglich.

Mit einem leisen Aufseufzer berührte Willow die flüssige Seide der Leidenschaft noch einmal.

»Wie lange, glaubst du, wird es dauern, bis du dich daran gewöhnt hast, die Kontrolle zu verlieren?« fragte sie weich.

»Ich weiß es nicht«, gestand er zerknirscht, »aber ich habe das Gefühl, du willst es herausfinden.«

»Macht es dir etwas aus?« Willows Stimme war so sanft wie ihre Finger, die sich behutsam um ihn schlossen und ihn mit langsamen, kreisenden Bewegungen liebkosten, während sie ihn in der hohlen Hand hielt. »Ich stelle fest, daß ich es mag, dich dort zu berühren, wo du am meisten Mann bist. Ich mag es, wie deine Augen sich verengen und sich dein ganzer Körper anspannt, wenn du um Beherrschung ringst. Du bist so stark, Caleb. Ich liebe deine Kraft.«

Willows Fingerspitzen streichelten das harte, seidige Fleisch, dessen Glätte und Hitze sie faszinierte. Ein einzelner Tropfen bildete sich unter ihrer Berührung. Willow erbebte sichtlich, als ihr eigener Körper insgeheim darauf reagierte. Ihre Hände bewegten sich liebevoll, umschlossen ihn, erforschten, verlockten und bewunderten ihn.

Caleb erschauerte als Reaktion auf Willows aufrichtige Sinnlichkeit. Begehren durchzuckte ihn erneut wie ein Blitzschlag. Er hörte, wie ihr Atem schneller ging, fühlte, wie ihre Fingerspitzen über sein heißes Fleisch wanderten, das rhythmische Pulsieren genossen, das sich endgültig seiner Kontrolle entzog.

»Macht es dir etwas aus?« flüsterte sie wieder.

»Berühre mich, wie auch immer du möchtest. Erlaube mir, dich auf die gleiche Weise zu berühren«, keuchte Caleb, und die Worte strömten ihm gewagt über die Lippen, als Willows Hände Lüste in ihm erweckten, von deren Existenz er bisher kaum etwas geahnt hatte. »Laß mich dir alles zeigen, was ich jemals mit einer Frau tun wollte, und dann laß mich dir Dinge geben, die du dir noch nicht einmal vorstellen kannst.«

»Ja«, flüsterte Willow und zog ihre Fingernägel ganz behutsam über sein hartes Fleisch. »Solange ich dich weiter berühren kann.«

Caleb stöhnte unterdrückt, als sich ihre Hand zärtlich bewegte, ihm Lust bereitete, ihn mit einer Aufrichtigkeit genoß, die ihn so heftig erregte, daß es an Qual grenzte.

»Wenn du so weitermachst, verliere ich die Kontrolle«, sagte er fast barsch. »Ist es das, was du willst?«

Willow blickte in seine goldenen Augen, fühlte seine Kraft, spürte das Pulsieren in dem prallen Fleisch, das sie so intim mit den Fingern umschlossen hielt, und wußte plötzlich, daß sie Caleb auf genau diese Weise begehrte. »Ist diese Art von Vergnügen... erlaubt?«

Caleb begegnete Willows Blick, und es traf ihn wie ein Schock, als er begriff, daß er ihr geben würde, was sie wollte. Ihre Sinnlichkeit untergrub seine Selbstbeherrschung auf eine Art, die ihn wütend gemacht hätte, hätte ihre Aufrichtigkeit ihn nicht gleichzeitig so vollkommen entwaffnet.

»Neugierige kleine Katze«, sagte Caleb heiser. »Mach nur weiter. Ist vielleicht auch gut so.«

»Was meinst du?«

Sein Lachen war zu kurz, zu hart. »Fühle mich, Honey. Ich will dich, aber für dich ist es noch zu früh, mich wieder in dir aufzunehmen. Ich würde dich verletzen.«

Willow ließ ihren Blick von dem topasfarbenen Feuer in Calebs Augen zu dem hungrigen Fleisch hinunterwandern, das sie streichelte. Er war hart, heiß, prall, und sie konnte seinen Herzschlag heftig pulsieren fühlen.

»Und was die Dinge angeht, die erlaubt sind...«, fügte Caleb hinzu. »Ich habe mich noch niemals an überflüssige Beschränkungen und unsinnige Regeln gehalten. Alles, was du möchtest, ist erlaubt. Ich meine es ernst, Willow. Alles.«

»Selbst das hier?« fragte sie, als sie der Verlockung nachgab, der zu widerstehen unerträglich geworden war.

Sie beugte sich hinunter und ließ ihr Haar über seine nackten Schenkel gleiten und über das weitaus empfindlichere Fleisch, das sie in ihren Händen hielt. Die kühlen goldenen Strähnen waren ein erregender Gegensatz zu Calebs eigener Hitze, aber nichts war so unglaublich erregend wie der fast quälende Augenblick, als sich Willows Lippen öffneten und ihre Zungenspitze dieselbe seidige Oberfläche liebkoste, die sich so faszinierend unter ihren Fingern angefühlt hatte.

Völlig überrascht und verwirrt kämpfte Caleb um die Kontrolle über seinen eigenen Körper. Vergeblich. Die wilde kleine Liebkosung war das letzte, was er von Willow erwartet hätte. Sie machte seine gesamte Abwehr zunichte und ließ ihn nackt und hilflos in ihren Händen zurück. Er fühlte die ersten zukkenden Pulse der Erleichterung in seinem Körper. Mit einem leisen Aufstöhnen gab er sich ganz der Ekstase hin und dem Mädchen, das ihn mit Staunen in den Augen beobachtete.

Als Caleb wieder atmen konnte, zog er Willows Hände an seine Lippen und küßte sie.

»Jetzt weißt du es«, sagte er.

Willows Lächeln war wie eine weitere Liebkosung. »Ja.«

»Und jetzt bin ich an der Reihe, dich auf die gleiche Weise zu erforschen.«

Ihre Augen wurden groß. »Ich verstehe nicht.«

»Du wirst bald verstehen.«

Calebs Hand legte sich sanft auf Willows Lippen, erstickte ihre Fragen mit einer sinnlichen Berührung, bevor er zu ihrer Halsgrube herabglitt. Ihr heftiger Pulsschlag war Beweis genug, daß es sie erregt hatte, ihm Lust zu bereiten. Seine Hand glitt unter goldene Haarsträhnen, bis sie zwischen der vollen Rundung ihrer Brüste innehielt.

»Keine Einwände?« fragte er leise.

Willow schüttelte den Kopf, und die Bewegung ließ Lichter auf ihrem Haar tanzen.

Calebs andere Hand wanderte unter ihr Haar, streifte ihr langsam das Mieder vom Körper. Willow protestierte nicht. Als die feine Spitze zu Boden fiel, schaute er Willow offen und freimütig an, schwelgte in dem Anblick ihrer elfenbeinweißen Brüste, fühlte eine wilde Befriedigung, als sich ihre Brustspitzen als Reaktion auf seinen Blick zu festen, rosigen Knospen aufrichteten.

»Was denkst du gerade?« wollte er wissen.

Noch vor kurzem wäre es Willow peinlich gewesen, auf diese Frage zu antworten. Jetzt nicht mehr. Caleb hatte sich ihr ohne Einschränkung oder Zögern hingegeben. Sie konnte und wollte ihm nicht weniger gewähren.

»Ich habe gedacht, daß ich gern geküßt werden möchte«, erwiderte sie schlicht.

»Hier?« Er berührte die samtige Spitze einer Brust.

Sie zitterte, als Lust prickelnd in ihrem Körper aufstieg. »Ja.«

»Und hier?«

Die andere Knospe richtete sich hart auf unter seiner Liebkosung.

»Ja«, flüsterte sie.

»Ich habe auch daran gedacht.«

Caleb beugte sich tiefer und küßte Willows Brüste, ließ langsam und wieder und wieder seinen Schnurrbart über ihre Haut streifen, genoß es, wie sie bei jeder Berührung gebrochen aufseufzte. Seine langen Finger streichelten ihre Taille und wanderten dann tiefer über ihren Körper, um das letzte Kleidungsstück zu entfernen.

»Ich habe auch daran gedacht, dich hier zu küssen«, murmelte Caleb und drückte behutsam eine Fingerspitze in ihren Nabel.

Die unerwartete Zärtlichkeit ließ Flammen in Willows Magengrube auflodern. Sie schnappte überrascht nach Luft. Calebs Hand glitt tiefer, entlockte ihren Lippen einen erregten Laut. Willow war weich, heißblütig, bereit.

»Und hier.«

Sie keuchte atemlos, ein Laut, der Verzückung und Überraschung in einem war.

»Öffne dich für mich«, flüsterte Caleb, beugte sich hinunter und ließ seine Zungenspitze in ihrem Nabel spielen.

Die sanfte Liebkosung von Calebs Fingerspitzen zwischen ihren Schenkeln war köstlich. Willow stieß einen gebrochenen Seufzer aus und spreizte die Beine, erlaubte ihm mehr Freiheit. Die gleitende, forschende Intimität seiner Finger ließ sie erregt nach Luft schnappen. Die flüssige Glut, die seine Finger mühelos in sie hineingleiten ließ, war eine süße Enthüllung für sie beide.

»Heiße kleine Katze«, murmelte Caleb, bevor er seine Zähne sanft in ihren Bauch grub. »Ich kann fühlen, wie sehr du es genossen hast, mich dazu zu bringen, die Kontrolle zu verlieren. Und ich werde es genießen, das gleiche mit dir zu tun.«

Sanft drückte Caleb Willow zurück, bis sie wieder auf der Decke lag.

»Sag es mir, wenn ich dir weh tue«, murmelte er, während er tiefer in sie eindrang. »Du bist so klein…«

Willow erschauerte.

»Hat dir das weh getan?«

»Nein.«

»Du hast gezittert.«

»Ich habe mich nur erinnert.«

»Woran?«

»An dich. In meinem Schoß.«

Caleb lächelte und biß Willow eine Spur weniger sanft, entlockte ihrer Kehle damit einen weiteren kleinen Schrei. Sein Daumen bewegte sich, und glühende Splitter durchbohrten ihr Inneres, schmolzen sie in einem Ansturm sinnlicher Hitze. Willow fühlte die flüssige Wärme ihrer Reaktion und versteifte sich schockiert.

»Caleb, ich wollte nicht…«

»Ist schon in Ordnung«, unterbrach er sie und lächelte leise, als er die Hitze von Willows Lust auf seiner Hand spürte. »Im Teich ist es auch passiert, aber du konntest es nicht fühlen. Ich aber. Es hat mich geradewegs zum Höhepunkt gebracht.«

Er legte seine Wange gegen das goldene Haarnest, das ihre Weiblichkeit abschirmte.

»Öffne dich noch mehr für mich«, flüsterte Caleb.

Wieder spreizte Willow die Beine, machte ihm Platz, damit er sich zwischen sie knien konnte. Ein harter Daumen umkreiste die seidige Knospe, die nun nicht länger verborgen war. Lust durchzuckte Willow wie ein Blitz. Als Caleb seinen Daumen wegnahm, stöhnte sie protestierend. Er lächelte und verstärkte seine Berührung, massierte sie sinnlich, reizte sie mit der Erinnerung an das eine Mal, als er sie vollständig ausgefüllt hatte. Die Hitze ihre Reaktion ergoß sich auf seine Hand.

»So ist es richtig, kleine Katze«, murmelte Caleb, während er sich zu ihr herunterbeugte. »Zeig mir, daß du meine Hände ebensosehr magst, wie ich deine mochte.«

Seine Zungenspitze umkreiste die seidige Knospe, ließ Feuerzungen über ihren Schoß lecken. Die Liebkosung erregte Willow mehr, als sie ertragen konnte. Wieder erschütterte eine Woge von Verzückung ihren Körper, löste einen heißen Regen aus, den Willow hilflos mit Caleb teilte.

»Süße Frau«, flüsterte er, während er sie kostete.

»Caleb«, sagte sie eindringlich, denn die Anspannung wurde unerträglich. »Ich...«

Noch einmal rollte eine Woge der Lust über Willow hinweg und raubte ihr den Atem. Caleb gab einen gedämpften Laut der Befriedigung und Ermutigung von sich, forderte sie auf, ihm noch mehr zu geben, lockte sie höher und höher hinauf zum Gipfel der Ekstase mit jedem heißblütigen Vorschnellen seiner Zunge, während er Willow auf eine Weise genoß, wie er noch keine Frau zuvor genossen hatte. Seine Zähne schlossen sich sanft um die hochempfindliche Knospe, hielten sie gefangen für seidige Liebkosungen, die intensiver, feuriger, anders waren als alles, was Willow sich jemals erträumt hätte.

Plötzlich wußte Willow, wie es war, von einem Blitz getroffen zu werden. Ein Laut qualvoller Verzückung entrang sich ihrer Kehle, als sich ihr gesamter Körper anspannte und aufbäumte. Wieder rief sie Calebs Namen, und ihr Schrei wurde beantwortet von einer Zärtlichkeit, deren Intimität die Welt um sie herum zurückweichen ließ und sie in wilde, abgrundtiefe Ekstase stürzte.

Nach einigen weiteren Augenblicken gab Caleb widerstrebend Willows erschauerndes Fleisch frei und bedeckte ihren Körper mit hastigen kleinen Küssen. Ihre Augen öffneten sich, verschleiert von der Lust, deren Nachwirkungen sich immer noch in sanften Wellen in ihrem Körper ausbreiteten.

»So wunderschöne Augen«, flüsterte Caleb. »Wunderschöne Lippen, wunderschöne Brüste, wunderschöne... Frau.«

Willow sah Bewunderung in Calebs Augen leuchten und erschauerte erneut. Sie schlang ihre Arme um ihn, drängte ihn, sich in seiner gesamten Länge auf sie zu legen, sehnte sich danach, das Gefühl seines starken Körpers an ihrem zu spüren. Caleb verstand ihr Bedürfnis, denn es war auch sein eigenes, stützte sein Gewicht auf den Ellenbogen ab und hob sich behutsam auf sie, bis er jeden Zentimeter ihres Körpers bedeckte.

Seufzend drückte Willow ihn noch fester an sich, dann und wann gebrochen aufstöhnend, immer noch gefangen in der Ekstase, die er ihr geschenkt hatte. Wie gut es sich anfühlte, das Gewicht und die Beschaffenheit seines Körpers auf ihrem zu fühlen! Ohne nachzudenken, rieb Willow sich leicht an ihm, schwelgte in seiner Hitze und seiner Kraft. Caleb legte sich noch ein wenig fester auf sie, um sie seinen gesamten Körper spüren zu lassen. Als sie sein hartes, männliches Bedürfnis spürte, stockte ihr der Atem.

»Du hast die verfluchteste, unglaublichste Wirkung auf mich«, knurrte Caleb grimmig. »Also hör auf zu zappeln und umarme mich, bis es aufhört.«

»Funktioniert das so?«

»Keine Ahnung. Ich habe dieses Problem bisher noch nie gehabt.«

»Nicht?«

»Nein«, gestand er und biß Willow sanft ins Ohrläppchen. »Erst bei dir.«

Willow schnappte nach Luft und umschlang seinen kraftvollen Körper noch fester. Die Hitze und die Kraft in Caleb ließ erneut einen Schauer der Verzückung über ihre Haut prickeln. Instinktiv veränderte sie ihre Haltung, um ihn noch enger an sich zu spüren. Caleb versuchte, ein Aufstöhnen zu unterdrükken, aber es gelang ihm nicht sonderlich gut.

»Caleb?« fragte sie heiser.

»Halt still, Liebes.«

»Ich habe eine bessere Idee.«

Willows Beine spreizten sich, bis sie seine harte Männlichkeit gegen ihre empfindlichste Stelle drücken fühlen konnte. Langsam bewegte sie ihre Hüften, sehnte sich nach einer anderen Art von Nähe. Calebs lustvolles Murmeln sagte ihr, daß er sich ihres heißblütigen, einladenden Schoßes ebensosehr bewußt war wie sie.

»Verdammt, Willow. Ich will dich nicht verletzen.«

»Verletzt der Schlüssel das Schloß?« flüsterte sie.

»Nicht, wenn sie füreinander gemacht sind. Bist du für mich erschaffen worden, kleine Katze?«

»Ja«, murmelte sie zitternd. »Nur für dich. Nimm dir, was dein ist, Caleb. Gib mir, was mein ist.«

Einen langen, brennenden Moment lang blickte er hinunter in Willows haselnußbraune Augen, gebannt von ihrer Aufrichtigkeit. Gewißheit stieg in seinem Inneren auf, die Erkenntnis, daß er sich ebensowenig von ihr abwenden könnte, wie ein Fluß vom Meer zurückströmen konnte.

Caleb hauchte Willows Namen, als er sich herabbeugte, um sie zu küssen. Langsam nahm er in Besitz, was sein war, gab ihr, was ihr gehörte, vereinigte ihrer beider Körper in einem einzigen, verzückten Augenblick, fühlte die Verschmelzung bis ins Innerste seiner Seele. Willows Atem entwich in einem langen, zerrissenen Seufzer, der sein Name war. Er wollte fragen, ob er ihr weh täte, aber bevor er die Worte finden konnte, antwortete ihr Körper. Die winzigen, geheimen Kontraktionen ihrer Lust zogen ihn tiefer in ihren Schoß, vergoldeten ihn mit ihrer Reaktion. Er antwortete mit einem seidigen Strom, der sich mit ihrer flüssigen Glut vermischte, ihm den Weg noch mehr erleichterte, bis ihre Vereinigung tief und vollkommen war.

Das Gefühl war exquisit. Willow schlug die Augen auf, als sie fühlte, wie sie langsam den Höhepunkt der Lust erreichte und Ekstase ihren Körper erfaßte. Sie flüsterte Calebs Namen, versuchte, ihm die Lust zu schildern, die er ihr schenkte, aber sie kannte keine Worte, um die Verwandlung zu beschreiben, die in ihrem Körper vor sich ging. Sein Kuß sagte ihr, daß er auch ohne Worte verstand, daß er die gleiche wundersame Verwandlung erlebte. Sie hörte, wie er ihren Namen an ihren Lippen hauchte, spürte, wie Ekstase seinen Körper durchzuckte und sich sein heißer Strom in sie ergoß.

Das Wissen, daß Caleb ebenso langsam und vollkommen den Gipfel der Lust erreichte wie sie selbst, ließ eine neue Woge der Verzückung über Willow hinwegrollen, die sie und auch Caleb verzehrte, sie zu einer Einheit verschmolz, die gleichermaßen primitiv und erhaben war. Keiner von beiden wußte mehr, wo sein eigenes Ich endete und der andere begann, denn es gab kein Ich mehr, nur ein strahlendes Ganzes, wo einmal zwei Hälften gewesen waren.

14. Kapitel

»Wie geht es ihm?« wollte Willow wissen.

»Er ist so gut wie neu. Alles, was Deuce gebraucht hat, war, eine Zeitlang nichts anderes zu tun, als tüchtig zu grasen.«

Caleb gab Deuce einen Klaps auf die Flanke, und das große Pferd trottete wieder hinaus in die abendliche Stille der Wiese. Die Schußwunde war sauber verheilt. Die Sehnenzerrung am Vorderbein hatte länger gebraucht, aber jetzt war kein Zögern mehr im Gang des Wallachs zu bemerken.

»Er bewegt sich gut«, sagte Willow. »Er lahmt kein bißchen mehr.«

Die Traurigkeit in ihrer Stimme bildete einen seltsamen Widerspruch zu ihren Worten, doch Caleb verstand, was sie meinte. In den achtzehn Tagen, die er mit Willow in dem versteckten kleinen Tal verbracht hatte, war er dem Himmel näher gekommen, als er jemals zu hoffen gewagt hätte. Jetzt, da Deuce wieder gesund war und die Araber sich besser an die dünne Gebirgsluft gewöhnt hatten, gab es keine Entschuldigung mehr zum Verweilen.

»Wir könnten noch länger bleiben«, sagte Caleb abrupt und sprach damit den Gedanken aus, der ihn immer häufiger gequält hatte, seit er Willows Unschuld entdeckt hatte. »Wir brauchen nicht hinter deinem verdammten Bruder herzujagen. Wenn es uns bestimmt ist, ihn zu finden, dann werden wir ihn finden, ganz gleich, wo er sich versteckt. Wenn es uns nicht bestimmt ist, dann soll es eben so sein.«

Willow zuckte unwillkürlich zusammen bei dem scharfen

Unterton in Calebs Stimme. Sie war an sein Lachen gewöhnt, seine Sanftheit, seine ungezügelte Sinnlichkeit. Nicht ein einziges Mal während der vergangenen achtzehn Tage hatte sie den düsteren Erzengel gesehen, der ebenfalls ein Teil von Calebs Persönlichkeit war. Fast hatte sie vergessen, daß er existierte.

»Wenn es nur um mich ginge, würde ich dieses Tal niemals verlassen«, erwiderte sie unglücklich. »Aber Matt muß Hilfe brauchen, sonst hätte er nicht an unsere Brüder geschrieben. Es war nur sein Pech, daß zu Hause niemand mehr war außer mir.« Sie lächelte Caleb an und fügte mit weicher Stimme hinzu: »Aber es war mein Glück, denn es hat mich zu dir geführt.«

Caleb schloß die Augen und versuchte, den übermäßigen Zorn in Schach zu halten, der sich durch seine Adern wand – Zorn auf Willow, auf sich selbst, doch vor allem auf die simple Tatsache, daß Willow unwiederbringlich für ihn verloren war, sobald er Reno aufgespürt hatte.

»Ich würde lieber im Paradies bleiben«, erwiderte Caleb barsch.

»Ich auch, mein Liebster«, sagte sie leise und trat auf ihn zu. »Ich auch.«

Willow schlang ihre Arme um Caleb und drückte ihn an sich, schwelgte in der vertrauten Wärme und Kraft seines Körpers. Seine Arme schlossen sich ein wenig heftig um sie und hoben sie hoch. Er küßte sie hart und tief, bevor er sie wieder auf die Füße stellte und sie mit einem so wilden, grimmigen Blick festnagelte, daß sie einen Laut des Protests von sich gab.

»Vergiß nur eines nicht«, sagte er brüsk. »Du bist diejenige gewesen, die nach ihm suchen wollte. Ich war bereit, es Gott zu überlassen.«

»Was meinst du?«

Sein Lächeln war so dünn und scharf wie die Klinge seines großen Messers, das er immer bei sich trug, er sagte jedoch nichts weiter.

»Caleb?« fragte sie ängstlich.

»Hol deine Landkarte heraus, Südstaatenlady.«

Wieder zuckte Willow zusammen, als sie den bissigen Klang seiner Stimme hörte und den Spitznamen, den er nicht mehr benutzt hatte, seit sie in das Tal gekommen waren. »Meine Landkarte?«

»Landkarte, richtig. Die, die du irgendwo in deiner großen Reisetasche versteckt hast«, erwiderte er. Er wandte sich von ihr ab und ging in Richtung Lager zurück.

»Woher hast du das gewußt?« fragte sie verwirrt.

»Kinderleicht. Dummköpfe, die hinter Gold her sind, zeichnen immer Karten, damit andere Dummköpfe nachkommen.«

Die Härte in Calebs Stimme erschreckte Willow. Sie blickte ihm einen Moment unsicher nach, bevor sie ihm folgte.

Als sie im Lager ankam, stocherte Caleb gerade in der Asche ihres Frühstücksfeuers herum. Er schaute noch nicht einmal auf, als sie zu der dicken Reisetasche trat, die ihr einziges Gepäck war, und den Inhalt zu durchsuchen begann. Er gönnte Willow auch keinen Blick, während sie einen Teil des Leinenfutters aufriß und ein gefaltetes Stück Papier herauszog. Er hatte überhaupt keinen Blick für Willow übrig, bis sie sich langsam dem Feuer näherte, die Landkarte in der Hand.

»Ich hätte sie dir schon eher gezeigt«, begann Willow ruhig, »aber die Karte ist wirklich nicht sehr hilfreich.«

Caleb warf ihr einen Blick von der Seite zu, so scharf, daß er Rinde von einem lebenden Baum hätte abschälen können. »Du hast mir nicht vertraut, und wir beide wissen es.«

Verlegene Röte überzog ihre Wangenknochen. »Es stand mir nicht zu, dir davon zu erzählen. Es war nicht mein Geheimnis, sondern Matts, und er hat uns in seinen Briefen eingeschärft, niemandem die Karte zu zeigen. Aber ich zeige sie dir jetzt.« Sie drückte ihm das Stück Papier in die Hand. »Hier. Sieh sie dir an. Matt war schon immer ein mißtrauischer Mensch. Er hat sie so gezeichnet, daß kein Fremder etwas damit anfangen kann, falls sie gestohlen wird. Das Dumme ist, daß ich auch nicht viel damit anfangen kann.«

Wortlos nahm Caleb die Karte, faltete sie auseinander und warf einen prüfenden Blick auf das Papier. Die wichtigsten Landmarken waren leicht wiederzuerkennen, die Flüsse und die Anhäufung von Gipfeln im Gebiet von San Juan. Diverse Pässe in das Herz des Landes waren markiert, kein Paß war jedoch besonders hervorgehoben. Ganz gleich, von wo aus man aufbrach, ob von Kalifornien, Mexiko, Kanada oder auch östlich des Mississippi – Matthew Moran hatte sämtliche Möglichkeiten berücksichtigt und die entsprechenden Routen nach San Juan eingezeichnet.

Caleb blickte Willow fragend an.

»Matt wußte nicht genau, wo jeder einzelne von uns war«, erklärte sie. »Der Brief kam auf unsere größte Farm und enthielt Anweisungen, ihn weiterzuleiten, wohin auch immer es die Moran-Brüder verschlagen hatte. Ich habe den Brief abgeschrieben und jeweils eine Kopie an die letzte Adresse geschickt, die ich von jedem meiner Brüder hatte.«

»Und wo war das?«

»Australien, Kalifornien, die Sandwich Inseln und China. Aber die Adressen waren schon mehrere Jahre alt. Meine Brüder könnten jetzt überall sein, sogar hier in Amerika.«

Caleb hob die Augenbrauen und betrachtete wieder die Karte. Er knurrte. »Dein Bruder hat viel Geschick im Kartenzeichnen.« Er runzelte die Stirn. »Aber ein Detail hat er ausgelassen. Wo zum Teufel ist das Basislager?«

»Es ist nicht verzeichnet, soweit ich es sehen kann.« Willow holte tief Luft. »Ich glaube, Matt war so vorsichtig, weil er Gold gefunden hat.«

»Das nehme ich doch an. Irgendein verdammter Idiot findet gewöhnlich welches.«

Willow starrte ihn an, unfähig zu glauben, wie gleichgültig Calebs Stimme klang. »Hast du etwas gegen die Goldsuche?«

Er zuckte die Achseln. »Ich würde lieber Vieh züchten. Wenn die Zeiten hart werden, kann man es immer noch essen. Gold kann man nicht essen.«

»Man kann es benutzen, um Nahrung damit zu kaufen«, gab Willow spitz zurück.

»Sicher. Falls du nicht von hinten abgeknallt wirst von irgendeinem Revolverhelden, der sich ausrechnet, daß es leichter ist, deine Ausbeute an sich zu raffen, statt selbst seinen Claim abzustecken.« Kalte topasfarbene Augen bohrten sich in Willows. »Ich habe genügend Goldsuchercamps gesehen. Sie haben den Gestank der Hölle an sich. Nichts als Gier und Mord und Huren.«

»Matthew ist nicht so. Er ist genauso anständig und rechtschaffen wie du.«

Caleb erwiderte nichts, aber sein Mund preßte sich zu einer schmalen Linie zusammen bei der Vorstellung, mit dem Mann verglichen zu werden, der Rebecca verführt und im Stich gelassen hatte. Er starrte düster auf die Landkarte. An einem Punkt, tief im Herzen der San-Juan-Berge, waren fünf exakt gezeichnete Dreiecke angeordnet, um verschiedene Berggipfel zu markieren. Trotz der Tatsache, daß es in dem Gebiet noch viele andere Gipfel gab, waren keine weiteren Dreiecke zu sehen.

Quer über die Landkarte stand geschrieben: *Zünde ein Feuer an, und ich werde kommen.* Darunter befand sich eine Zeile in Spanisch. Caleb übersetzte sie in Gedanken. *Drei Punkte, zwei Hälften, eine Anhäufung.*

Willow trat einen Schritt näher und sah, daß Caleb die Schrift betrachtete.

»Das war noch etwas, woraus ich nicht schlau werden konnte«, sagte sie. »Warum hat Matt die Zeile in Spanisch geschrieben?«

»Kannst du Spanisch?«

»Nein.«

»Vielleicht ist das der Grund«, erwiderte Caleb rundweg.

Er schaute sich wieder die Dreiecke an. Willow folgte seinem nachdenklichen Blick.

»Wo sollen wir denn das Feuer anzünden?« fragte sie nach einer Weile. »Jedes dieser Dreiecke könnte Matts Lager sein.«

»Das eine ist genauso nutzlos wie das andere. Das hier sind Berggipfel, keine Lager. Wir könnten fünf Jahre lang suchen und würden dennoch nichts anderes als wildes Land vorfinden.«

»Du brauchst nicht so erfreut zu klingen«, murmelte Willow mißmutig. »Warum willst du Matt nicht finden?«

Caleb schaute sie einen Moment fast böse an, bevor er sprach. »Es ist ein wildes, hartes Land. Laß mich dich zu Wolfe Lonetree zurückbringen. Er wird dich und die Araber beschützen, während ich nach deinem Bruder suche.«

»Wenn ich dich nicht begleite, wirst du niemals auch nur in Matts Nähe kommen. Wenn er nicht gefunden werden will, dann hättest du noch eher die Chance, Mondschein auf Wasser einzufangen, als ihn aufzuspüren.«

Caleb unterdrückte einen Fluch. Genauso war es gewesen, hinter Reno herzujagen – als versuchte man, Mondschein auf Wasser einzufangen.

Aber damals wußte ich auch nicht, wo sich der Hundesohn versteckte. Jetzt weiß ich es.

Willow musterte stirnrunzelnd die Karte. »Ich verstehe nicht, warum Matt nicht bessere Hinweise gegeben hat. Er ist kein nachlässiger Mensch. Er war derjenige, der mir beibrachte, wie man seinen Weg anhand der Sterne findet, wie man die Sternbilder liest und Linien zieht und die Winkel an den Schnittpunkten berechnet.« Sie kaute unschlüssig auf ihrer Unterlippe. »Ich kann mir das nur so vorstellen: Wenn wir auf einem der fünf Gipfel ein Feuer anzünden, wird Matt uns sehen können. Du kennst das Land. Du kannst eine Stelle finden, die weithin sichtbar ist, und dort werden wir ein Feuer entfachen und...«

»... und fünf Minuten später wird jemand unsere törichten Hirne mit Kugeln durchsieben«, unterbrach Caleb sie barsch. »Niemand zündet ein Signalfeuer in diesem Land an, es sei denn, er legt es darauf an, daß sein Skalp angelüftet wird. Dein Bruder weiß das ebenfalls, sonst wäre er schon lange tot.«

»Aber warum hat er es dann geschrieben?«

»Es ist eine Falle.«

»Das ergibt keinen Sinn. Matt würde nicht wollen, daß seinen Brüdern etwas passiert.«

»Sind deine Brüder Dummköpfe?«

Willow lachte. »Wohl kaum. Matt ist der jüngste. Eine Menge von dem, was er weiß, hat er von seinen älteren Brüdern gelernt.«

»Dann wäre keiner deiner Brüder so verdammt dumm, ein Feuer auf indianischem Gebiet anzuzünden und wie eine angepflockte Ziege auf das zu warten, was kommt.«

Willow wollte ihm widersprechen, wußte jedoch, daß es nichts nützen würde. Caleb hatte recht. Keiner der Moran-Brüder würde so töricht sein.

»Eine Falle«, wiederholte sie bekümmert.

»Dein Bruder ist ein vorsichtiger Mann.«

»Dann werden wir eben jeden einzelnen Gipfel ersteigen müssen, bis wir sein Lager finden«, sagte Willow und nahm Caleb die Karte aus der Hand.

Er hörte die Entschlossenheit in ihrer Stimme und wußte, sie würde die Suche nach ihrem Bruder nicht eher aufgeben, bis sie ihn gefunden hatte oder dabei umkam. Reno hatte um Hilfe geschrieben, und Willow hatte auf die einzige Weise geantwortet, die ihr möglich war.

»Du wirst deinen Bruder finden, komme was da wolle, wie?«

»Wenn du an meiner Stelle wärst, würdest du dich da weniger bemühen?« fragte sie zurück, verwirrt und verunsichert über Calebs deutlich spürbare Feindseligkeit, sobald die Rede auf ihren Bruder kam.

Caleb schloß die Augen und fühlte den Schmerz, den die Zukunft bringen würde, hörte in Gedanken Willows Schreie, wenn sie zuschauen mußte, wie sich ihr geliebter Bruder und der Mann, den sie liebte, über den Lauf ihrer Waffe hinweg anstarrten, hörte im Geist Gewehrschüsse von den Bergen widerhallen und Tod wie Donner über sie herabkommen.

Paß nur auf, daß du einen guten Grund hast, auf Reno zu schießen, denn eine Sekunde nachdem du auf ihn angelegt hast, werdet ihr beide wahrscheinlich tot sein.

»Dann soll es so sein«, sagte Caleb trostlos.

Furcht durchzuckte Willow wie ein schwarzer Blitz. »Caleb?« fragte sie zittrig. »Was hast du? Was ist los?«

Er gab keine Antwort. Er ging zu seinen Satteltaschen, nahm sein Tagebuch heraus, einen Bleistift und ein Lineal und kehrte zu der Stelle zurück, wo Willow wartete, die Landkarte in der Hand und Angst in ihrem Herzen. Schweigend nahm er die Karte und begann, Linien zu ziehen.

»Was machst du da?« fragte sie schließlich.

»Ich bin dabei, deinen gottverdammten Bruder zu finden.«

Willow zuckte zusammen. »Aber wie?«

»Er ist ein vorsichtiger Mann. Er war besonders vorsichtig bei der Art und Weise, wie er diese Dreiecke zeichnete, obwohl er sie so plaziert hat, daß sie auf dem Papier in verschiedene Richtungen zeigen.«

»Ich verstehe nicht.«

»Die Dreiecke sind alle gleich; jedes hat einen Winkel von neunzig Grad und zwei von fünfundvierzig Grad.«

Willow starrte auf die Zeichnung und erkannte, daß Caleb recht hatte.

»Wenn du den 90-Grad-Winkel mit einer Linie halbierst, die die Grundseite schneidet, bekommst du zwei gleiche Dreiecke«, erklärte Caleb, während er rasch arbeitete.

»Und?«

»Und dann legst du ein Lineal an die Mittellinie an und verlängerst sie bis zum Rand der Karte. Und so machst du es mit allen Dreiecken. Dann müßten sich die Linien irgendwo schneiden. ›Drei Punkte, zwei Hälften, eine Anhäufung.‹ Es müßte ungefähr...«

»Da!« unterbrach Willow ihn und zeigte aufgeregt auf die Karte, wo die Linien sich in einem Punkt kreuzten. »Caleb, du hast es geschafft! Das ist der Ort, wo Matt ist!«

Caleb sagte nichts. Er prägte sich nur das Gebiet ein, wo sich die Linien überschnitten, merkte sich die entsprechenden Landmarken und warf das Papier dann ins Feuer. Willow schnappte entsetzt nach Luft, als sich Flammen hungrig in die Karte fraßen. Bevor sie etwas dagegen tun konnte, krümmte sich das Papier an den Rändern, rollte sich zusammen und verwandelte sich in Asche.

»Nur gut, daß deine Araber wieder in guter Verfassung sind«, sagte Caleb gepreßt. »Wir haben einen höllisch anstrengenden Ritt vor uns.«

Er wandte seinen Blick vom Feuer ab und schaute Willow an. Im Zwielicht wirkten ihre Augen geheimnisvoll, schimmerten in der Farbe von Herbstregen. Der Gedanke, sie zu verlieren, bohrte sich wie ein Messer in sein Herz. Schweigend streckte er Willow die Hand hin. Sie ergriff sie, ohne zu zögern. Sie verstand nicht die Trostlosigkeit, die sie in seinen Augen las, sie wußte nur, daß er sie brauchte. Als er sie näher zu sich herzog, kam sie willig, von dem gleichen Bedürfnis getrieben wie Caleb. Eine ganze Weile hielten sie einander stumm umschlungen, klammerten sich aneinander fest, als befürchteten sie, im nächsten Moment auseinandergerissen zu werden.

»Liebster«, flüsterte Willow schließlich und hob den Kopf, um Caleb anzusehen. »Was hast du? Was bedrückt dich?«

Seine einzige Antwort war ein Kuß, der nicht endete, bis Caleb tief in ihrem Schoß war und Willow erschauerte, als sie die Erfüllung erlebte, die mit jedem Mal, das sie sich liebten, verzehrender wurde. Nachdem Caleb die Tränen der Ekstase von ihren Wimpern geküßt hatte, begann er von neuem, gab und nahm und teilte mit Willow, bis es kein Gestern mehr gab, kein Morgen mehr, nichts als den zeitlosen Augenblick, wenn zwei Menschen zu einem Wesen verschmelzen.

Als Willow einschlief, war sie immer noch mit Caleb vereint. Lange Zeit horchte er auf ihre ruhigen Atemzüge, fühlte ihre kleinen Bewegungen, beobachtete, wie Mondlicht auf ihren Wangen schimmerte. Als er es nicht länger ertragen konnte, sie anzuschauen, schloß er die Augen und schlief ein, und sein letzter Gedanke war ein stummes Flehen, daß Reno bereits tot wäre.

Willow richtete sich in den Steigbügeln auf und schaute über Ishmaels gespitzte Ohren hinweg. Das Land vor ihr fiel in so vielen verschiedenen Schattierungen von Grün ab, daß sie keine Worte gewußt hätte, um jede einzelne zu beschreiben. Die Landschaft war weder eben noch richtig gebirgig. Obwohl am Horizont gelegentlich Gruppen steiler Gipfel aufragten, bestand das Land zwischen den Berggruppen Meile für Meile aus zerzaustem Wald und Grasland, so als hätte jemand eine Patchworkdecke über einen unebenen Fußboden geworfen. Die Falten waren lange, hohe Kämme, wo Buscheichen, Kiefern und Espen wuchsen. Die Vertiefungen zwischen den Felsen waren ebenso lange, breite Parks, von Flüssen durchzogen.

Willow holte tief Luft und kostete die kühle Frische der Luft, dankbar, daß sie sich endlich an die Höhe gewöhnt hatte. Caleb hatte ihr erklärt, daß das Land sogar auf dem tiefsten Punkt noch fast zweitausend Meter hoch war. Viele der Gipfel waren mehr als doppelt so hoch. Es war, als ritte man auf dem grünen Dach der Welt, während die steilen Berge in der Ferne wie steinerne Schornsteine in den Himmel ragten. Das Gefühl der Offenheit und Freiheit war berauschend.

Nirgendwo war Rauch zu sehen, nirgendwo sah man Gebäude, Straßen, Zäune oder irgendein Anzeichen dafür, daß Menschen hier auf Dauer lebten. Dennoch gab es Menschen in dieser Gegend, irgendwo. Caleb hatte Spuren an Stellen entdeckt, wo Berge das Grasland zu Wasserscheiden zusammenfalteten, die natürliche Durchgänge für Reisende bildeten. Einige der Spuren hatten nach Norden oder Osten geführt. Die meisten jedoch verliefen auf die Berge von San Juan zu.

»Dorthin werden wir reiten«, sagte Caleb und zeigte nach vorn. »Zu dem am weitesten entfernten Gipfel, den du von hier aus sehen kannst.«

Von Willows Platz aus sah die Berggruppe eher wie eine flache, spitzzackige, purpurfarbene Krone aus, mit zerbrochenen Perlen besetzt. Das Land zwischen ihr und den Bergen von San Juan war so wild, wie es schön war.

»Wie lange werden wir brauchen, um dorthin zu kommen?« wollte sie wissen, nachdem sie gelernt hatte, daß nicht die Entfernung, sondern die Reisezeit das einzige Maß war, das im Westen zählte.

»Zwei Tage, wenn wir den direkten Weg nehmen würden. So, wie's aussieht, können wir von Glück reden, wenn wir es in vier Tagen schaffen.«

»Warum?«

»Indianer«, erklärte Caleb. »Die Ute haben es verdammt satt, bei jeder Gelegenheit über Weiße zu stolpern. Außerdem gibt es immer noch Slater und seine Männer.«

»Glaubst du nicht, wir hätten sie inzwischen abgehängt?«

»Es ist schwer, jemanden abzuhängen, der weiß, wohin man geht«, sagte Caleb sardonisch.

»Aber werden sie denn nicht aufgeben, nachdem sie seit fast drei Wochen keine unserer Spuren mehr gefunden haben?«

»Würdest du aufgeben?« fragte er zurück.

Willow wandte ihren Blick ab von dem freudlosen Ausdruck in Calebs goldenen Augen. Obwohl er sie kein einziges Mal mehr gedrängt hatte, die Suche nach Reno abzubrechen, wußte sie, daß er es immer noch wollte. Doch wenn sie ihn nach dem Grund fragte, wechselte er jedesmal so abrupt das Thema, daß es ihr einen Stich versetzte.

»Jed Slater hat einen Groll gegen mich«, erklärte Caleb und schaute von Willow fort. »Er gehört zu der Sorte Männer, die nicht eher von ihrem Zorn ablassen, bis einer von uns beiden tot ist. Entweder er oder ich.«

»Ist das der Grund, weshalb du Matt nicht finden willst?« erkundigte Willow sich, als ihr einfiel, daß der ältere der beiden Slater-Brüder ein gefürchteter Revolverschütze war. »Weil du weißt, daß Slater dir bis dorthin folgen wird?«

Caleb warf Willow einen undurchdringlichen Blick zu. »Nur ein Narr sucht nach Ärger. Man bekommt schon reichlich davon, ohne nach mehr Ausschau halten zu müssen.«

Er drückte Deuce leicht die Sporen in die Seiten und ließ den Wallach in die lange, gewundene Lichtung hinuntertraben, die schließlich in ein grasiges Tal abfallen würde, vierhundert Meter unterhalb ihres augenblicklichen Niveaus. Bedrückt schaute Willow zu, wie Calebs breiter Rücken den Pfad hinunter verschwand, und sie wünschte, sie hätte ihre Frage etwas taktvoller formuliert. Kein Mann gab gern zu, daß er nach Möglichkeiten suchte, um einen Kampf zu vermeiden.

Stirnrunzelnd trieb Willow Ishamel vorwärts, während ihre Gedanken mehr um den Mann kreisten, den sie liebte, und weniger um die Route, die vor ihnen lag. Caleb war nachdenklich und in sich gekehrt, seit sie gestern das kleine Tal verlassen hatten. Er hatte ein hartes Tempo vorgelegt, und sein Benehmen glich dem eines Mannes, der eine unangenehme Aufgabe so schnell wie möglich hinter sich bringen will. Und nicht ein einziges Mal – weder im Tal noch später – hatte er davon gesprochen, wie es mit ihnen beiden weitergehen würde. Caleb hatte auch kein Wort über Liebe und Heirat geäußert. Willow wußte noch nicht einmal, ob er weiter mit ihr zusammensein wollte, wenn sein Versprechen, sie zu ihrem Bruder zu bringen, endlich erfüllt wäre.

Dennoch war Willow an diesem Morgen erwacht und hatte Caleb dabei ertappt, wie er sie mit einer Sehnsucht anschaute, so groß, daß ihr Herz einen Sprung tat. Dann war er wortlos aufgestanden und hatte Willow mit Tränen in den Augen zurückgelassen und einer unbestimmten Furcht, die wie ein kalter Stein in ihrer Magengrube lag.

Die Erinnerung verfolgte und quälte Willow den ganzen langen Tag hindurch, prickelte wie ein eisiger Schauer auf ihrer Haut, machte die Schönheit des Landes bittersüß.

Der lange Abstieg vom Hochland herunter endete, wie schon so viele andere zuvor, in einem breiten Tal, das sich zwischen Bergketten hindurchwand. Ihr Weg führte Caleb und Willow an einem Fluß entlang, der kaum dreißig Meter breit war. Das Wasser war klar und sauber und rauschte geschwind dahin. Espen und eine Baumart, die wie Pappeln aussah, wuchsen am Flußufer und reckten Äste mit Unmengen zitternder, silbergrüner Blätter zum Himmel hinauf. Blumen in allen Farben leuchteten im Gras und erzählten von einem Frühling, der seine Kraft noch nicht erschöpft hatte.

Und wie immer brannte die Sonne heiß vom Himmel herunter. Willow trug nur ihre Levis und das Wildlederhemd, dessen Verschnürung sie ein ganzes Stück geöffnet hatte. Die Flanellunterwäsche, die sich im Hochgebirge so wohlig warm angefühlt hatte, war jetzt zusammengefaltet und in eine Decke hinter ihrem Sattel eingerollt, zusammen mit der schweren Wolljacke. Das silbrige Murmeln des Flusses war zu einem Sirenengesang für Willow geworden, der kühles, reines Wasser versprach, um ihren quälenden Durst zu lindern.

Gerade als Willow überzeugt war, Caleb würde über die Abendbrotzeit hinaus weiterreiten, ohne Rast zu machen, zügelte er seinen Wallach, stieg ab und kam die wenigen Schritte zu ihr zurück.

»Wir werden hier eine Weile ausruhen.«

Willow machte Anstalten, abzusitzen, nur um schwungvoll von Ishmaels Rücken gehoben zu werden. Caleb stellte sie langsam auf die Füße, ließ sie dabei herausfordernd an seinem Körper herabgleiten. Der Ausdruck seiner Augen und die deutlich sichtbare Erregung seines Körpers ließen Willows Herz rasen. Die Unsicherheit, die sie den ganzen Tag gepeinigt hatte, wich einem schwindelerregenden Gefühl der Erleichterung und dann einem prickelnden Ansturm von Erwartung. Hitze strömte durch sie hindurch, verwandelte sie. Innerhalb von wenigen Atemzügen veränderte sich ihr Körper, machte sich bereit für die bevorstehende Vereinigung.

»Ausruhen?« fragte Willow lächelnd, von dem einzigen Drang beseelt, die Düsterkeit aus Calebs Augen zu vertreiben.

Sie ließ eine Hand liebkosend an seinem Körper hinabwandern. »Bist du sicher, daß das alles ist, was du im Sinn hast?«

Er holte scharf Luft. »Ich dachte, ich könnte vielleicht eine Forelle zum Abendessen fangen.«

»Das könntest du«, erwiderte sie, während sie ihre Hand langsam zwischen seine Schenkel schob, ihn im selben Atemzug maß und ihm Lust bereitete und in dem Feuer in seinen Augen schwelgte, aus denen plötzlich alle Trostlosigkeit verschwunden war. »Hängt von dem Köder ab. Oder ist es die Angelrute?«

»Du bist eine reichlich freche kleine Forelle«, murmelte er heiser.

»Aber ich beiße jedesmal auf deinen Köder an.«

»Nein, Liebes. Ich beiße auf deinen an.«

Willows leises Lachen war so sinnlich wie die zärtlichen Bewegungen ihrer Hand. »Sollen wir uns darum streiten?«

Calebs Lächeln war träge und hungrig zugleich. »Ja, ich denke, das sollten wir.« Ungeduldige Finger machten sich an dem Verschluß ihrer Levis zu schaffen. »Zwei Siege bei drei Versuchen?«

»Du bist stärker als ich«, erwiderte sie.

»Und härter.« Calebs Hand glitt zwischen Schichten von Stoff. »Aber jetzt ist es zu spät, um kalte Füße zu bekommen.«

Die einzige Antwort, die Willow geben konnte, war ein kehliges, lustvolles Stöhnen, als seine langen Finger sie berührten. Rasch kniete Caleb sich hin und zog ihr die Levis und die Stiefel aus. Für seine eigene Kleidung hatte er keine Geduld mehr. Er knöpfte nur hastig seine Hosen auf und zog Willow mit sich auf den Boden herab, kniete sich über sie, von einer wilden Begierde getrieben, die er nicht kontrollieren konnte.

»Gott!« stöhnte er, während er sie reizte und erforschte, »du fühlst dich jedesmal weicher an. Heißer. Süßer.«

Willow versuchte zu antworten, aber das Gefühl von Calebs Körper, der mit einem kräftigen Stoß tief in ihren Schoß eindrang, raubte ihr den Atem. Der Hunger in ihm hatte fast etwas

Brutales, so als wollte er sie auf irgendeine elementare Weise verschlingen, jeden Zentimeter ihres Körpers kennen, sie überall gleichzeitig berühren. Die erste erschütternde Woge der Verzückung überrollte Willow, als sich ihre Körper vollkommen vereinigten, aber es war der verzweifelte Hunger in ihm, der die Welt um sie herum versinken ließ, bis nur noch Caleb und die Ekstase zurückblieben, die sie im selben, endlosen Moment zerstörte und neu erschuf. Leise Schreie entrangen sich ihrer Kehle, als sie sich mit Leib und Seele dem Mann hingab, den sie liebte.

Die Intensität und Schnelligkeit von Willows Reaktion wirkte ebenso erregend auf Caleb wie die Glut ihres Körpers, die ihn seidenweich umschloß, ihm sagte, daß sie seine Geliebte war, ihm gehörte und nur ihm. Das war es, was er brauchte, wonach er sich gesehnt hatte während der langen Stunden, als seine Gedanken wieder und wieder um das Dilemma mit Reno Moran gekreist waren und keine Lösung gefunden hatten, keine Gnadenfrist außer dieser Vereinigung, die anders war als alles, was Caleb jemals erlebt hatte. Die Leidenschaft in Willow war so heiß wie die Sonne und so endlos wie die Zeit, hatte eine Intensität, die ihn bis ins Innerste seiner Seele berührte.

Und bald würde sie ihn hassen – mit einer Leidenschaft, so tief und intensiv, wie es ihre Liebe gewesen war.

Willows Name kam in einem gebrochenen Schrei über Calebs Lippen, denn die Leidenschaft, die er in ihr erweckt hatte, hatte auch von ihm Besitz ergriffen, lieferte ihn mit jedem heißen Pulsieren der Ekstase noch vollständiger an Willow aus, in einer elementaren Selbstaufgabe, die ihrer eigenen glich.

Er hielt Willow in seinen Armen, flehte innerlich, daß sie Reno niemals finden würden... und wußte gleichzeitig, daß die Begegnung mit ihm unausweichlich war.

»Noch mehr Spuren?« fragte Willow.

Caleb nickte. Er hatte sich nicht mehr rasiert, seit sie das versteckte Tal verlassen hatten, aber selbst sechs Tage alte Bartstoppeln konnten seinen grimmigen Ausdruck nicht verbergen.

»Beschlagen?«

Er nickte noch einmal.

»Wie viele Pferde?«

Obwohl Willows Stimme kaum mehr als ein Flüstern war, hörte Caleb sie überdeutlich. Manchmal glaubte er, sie in der Stille seiner Gedanken hören zu können, eine Frau, deren Schreie Leidenschaft enthüllten, Liebe, Kummer, Haß.

»Nicht weniger als zwölf Pferde«, antwortete Caleb brüsk, weil er die unangenehme, bestürzende Wahrheit von Feinden den Gedanken vorzog, die ihn peinigten, ganz gleich, wie rücksichtslos er sie zu verdrängen versuchte. »Nicht mehr als sechzehn. Es ist schwer zu sagen. Sie wurden nicht einzeln angepflockt.«

Willow blickte sich stirnrunzelnd um. Lange Tage harten, mühsamen, gefährlichen Ritts hatten sie in die Großartigkeit der Berge von San Juan geführt. Im Augenblick befanden sie sich in der Mitte eines hochgelegenen, grasbewachsenen Bekkens, das ungefähr drei Kilometer breit war, umgeben von schneebedeckten, zerklüfteten Gipfeln von atemberaubender Wildheit und Höhe. Schlanke Espen wuchsen in den welligen Bodenfalten des Beckens und boten Deckung für Rehe und Leute wie Caleb und Willow, die nicht das Bedürfnis hatten, von nahegelegenen Gipfeln oder Bergrücken aus entdeckt zu werden.

Aber bald würde das Becken eine Veränderung erfahren, so wie sich alle anderen Lichtungen und Wiesen durch den steilen Anstieg des Bodens verändert hatten. Zerklüftete Gipfel würden näher und näher heranrücken, die Wiese würde schrumpfen, und die Bäche würden zwischen dunklen Felswänden dahinrauschen, bis eine höhergelegene Wiese erreicht war, eine noch kleinere, und dieses Schema würde sich mehrfach wiederholen, bis sie zur Quelle eines winzigen Bächleins auf dem höchsten Punkt eines weiteren Passes gelangten. Von da ab würde der Weg wieder in die Tiefe führen, das Schema würde sich in umgekehrter Reihenfolge wiederholen, während Bäche zu Flüssen wurden und Wiesen erneut zu breiten Lichtungen und riesigen Parks.

»Gibt es noch einen anderen Paß, den wir nehmen könnten?« wollte Willow wissen.

»Es gibt immer noch einen anderen Paß, irgendwo.«

Sie kaute auf ihrer Unterlippe. »Aber nicht in der Nähe, willst du das damit sagen?«

»Richtig. Wir würden ein paar Stunden zurückreiten müssen zu der Stelle, wo sich der Bach gabelte. Dann würden wir einen Umweg von drei Tagen machen müssen, um von der anderen Seite jenes Berges dort hereinzukommen.« Caleb zeigte mit dem Daumen über seine Schulter zurück, schaute Willow an und wartete.

»Sind wir jetzt in der Nähe von Matt?« fragte sie schließlich.

»Wenn er die Karte richtig gezeichnet hat und wir sie richtig gelesen haben – ja.«

»Als du die Strecke vor uns ausgekundschaftet hast, dachte ich, ich hätte Gewehrfeuer gehört«, meinte sie.

»Du hast gute Ohren«, erwiderte Caleb. Nichts im Klang seiner Stimme enthüllte, daß er gehofft hatte, sie hätte die Schüsse nicht gehört.

»Hast du geschossen?« fragte sie.

»Nein.«

»Matt?«

»Das bezweifle ich. Ich vermute eher, daß einer von Slaters Männern ein Reh gesehen hat. Ein ganzer Haufen bewaffneter Männer braucht sich nicht übermäßig Sorgen zu machen, sie könnten Ute-Indianer anlocken, indem sie frisches Fleisch schießen.«

»Matt ist allein.«

»Er ist daran gewöhnt.«

»Ich habe fünf Schüsse gehört. Wie viele Schüsse braucht man, um ein Reh zu erlegen?«

Caleb sagte nichts. Er wußte, mehr als ein oder zwei Schüsse deuteten gewöhnlich auf einen Kampf hin, nicht auf eine Jagd.

»Es ist möglich, daß Matt verletzt ist«, sagte Willow eindringlich. »Caleb, wir müssen ihn finden!«

»Ich fürchte eher, daß wir auf Slaters Trupp treffen, wenn wir diese Anhöhe da hinaufreiten«, erwiderte Caleb ausdruckslos. Dennoch wendete er sein Pferd noch im Sprechen und strebte in den Canyon, der zu beiden Seiten des Flusses aufstieg. »Ich reite voraus. Du hältst das Gewehr schußbereit. Wenn wir nicht Satans eigenes Glück haben, werden wir es dringend brauchen.«

Trotz Calebs grimmiger Warnung fanden sie an diesem Nachmittag nichts außer Spuren. Das Land begann, langsam unter ihren Füßen anzusteigen. Der Fluß rauschte schneller dahin, wurde schmaler, führte Geröll in seinem Bett mit, und Berge rückten zu beiden Seiten näher. Willow merkte am Keuchen der Pferde, daß sie jetzt auf einem höheren Niveau waren als in dem kleinen Tal, und sie kletterten mit jedem Schritt noch weiter bergauf.

Der Wasserlauf, dem sie gefolgt waren, gabelte sich, als das Land erneut anstieg. Die Spuren beschlagener Pferde folgten der rechten Abzweigung. Caleb nahm die linke, denn sie führte zu der Stelle, wo sich die fünf Linien auf der Landkarte getroffen hatten, der Karte, die er zu Asche verbrannt hatte, während er sich heimlich wünschte, er könnte die Vergangenheit mit ihr verbrennen.

Aber es war nun mal unmöglich, das bittere Gestern zu verbrennen.

Dann soll es eben so sein.

Die Worte explodierten wie Gewehrfeuer in Calebs Gedanken. Ihr Echo kam als Wolfes Warnung zurück:

Hast du mich gehört, amigo? Du und Reno seid zu ebenbürtige Gegner.

Und Calebs eigene Antwort, die einzige, die es für ihn gab, Auge um Auge, Zahn um Zahn, Leben um Leben, die Vergangenheit, die bis in die Gegenwart nachhallte und den tödlichen Kreis schloß:

Dann soll es eben so sein.

Außer, daß es nicht sein konnte. Caleb wollte Willow nicht allein in den Bergen zurücklassen, ohne jeden Schutz, eine Frau, die unfreiwillig von ihrem Liebhaber verlassen wurde, aber nichtsdestoweniger verlassen...

Wird sie auf die gleiche Weise sterben, wie Rebecca starb, in Todesangst und Erschöpfung, das dem Tode geweihte Kind ihres Liebhabers unter dem Herzen?

Auge um Auge, Zahn um Zahn, Leben um Leben.

Galle stieg in Calebs Kehle auf, während er gegen den bloßen Gedanken rebellierte, Willow zu verletzen. Er konnte das nicht dem Mädchen antun, dessen einzige Sünde darin bestand, zu innig zu lieben. Sie hatte nichts getan, um einen solchen Verrat zu verdienen.

Noch hatte Rebecca Schuld auf sich geladen. Dennoch war sie verraten worden, hatte qualvoll sterben müssen. Der Mann, der ihr Leiden und Tod gebracht hatte, lief frei herum, konnte jederzeit eine andere Unschuld verführen, sie im Stich lassen und einen weiteren brutalen Kreis von Verrat und Rache erschaffen.

Gepeinigt von einer Qual, die mit jedem Schritt vorwärts größer wurde, suchte Caleb nach einem Ausweg aus der Falle von Pflicht und Begehren und Tod. Er fand keine Lösung, außer der, den Verführer am Leben zu lassen und damit irgendein unbekanntes Mädchen dazu zu verdammen, verführt und im Stich gelassen zu werden – und dann noch ein Mädchen und dann noch eines und immer so weiter, denn die Begierde eines Mannes erwachte mit der Sonne und fand nur in der dunklen Wärme eines Frauenschoßes Ruhe.

Als Caleb in den dunklen Canyon hineinritt, fragte er sich verzweifelt, wie er Reno am Leben lassen konnte und sich trotzdem weiter als Mann bezeichnen durfte.

15. Kapitel

Felswände ragten drohend zu beiden Seiten der schmalen Schlucht auf, verdeckten alles bis auf einen dünnen Streifen Himmel über ihnen. Hoch oben war der Berggipfel immer noch in klares Sonnenlicht gebadet, aber auf dem Boden der Schlucht krochen bereits dunkle Vorboten der Nacht aus jeder Felsspalte. Die dichten Schatten waren genau das, was Caleb gesucht hatte. Er stieg aus dem Sattel und ging zu Willow zurück.

»Kein Feuer«, sagte er gedämpft.

Willow nickte, zum Zeichen, daß sie verstanden hatte. Sie hatte das Gewehrfeuer vor einer halben Stunde deutlich gehört. Zwei Schüsse. Es war jedoch unmöglich gewesen, die Richtung der Schüsse zu bestimmen, weil das Echo zu oft von steinernen Wänden widergehallt war, bevor es ihre Ohren erreicht hatte.

»Wie nahe?« erkundigte sie sich leise.

Caleb wußte, sie fragte wegen der Schüsse, die sie beide gehört hatten. Er blickte zum Rand der Schlucht hinauf und zuckte die Achseln. »Vielleicht gleich im benachbarten Canyon. Könnte aber auch ein ganzes Stück weiter weg sein, eine Meile quer durch das Becken und dann einen anderen Gipfel hinauf. Schwer zu sagen. Der Schall trägt hier oben sehr weit.«

Während Caleb die Pferde zwanzig Meter weiter flußabwärts anpflockte, füllte Willow die Feldflasche in dem schmalen Bach, der aus einer Einkerbung hoch oben in der Felswand heruntersprudelte. Das Wasser war so kalt, daß ihre Hände schmerzten. Ein eisiger Wind wehte von dem versteckten Gipfel herab und blies durch die Schlucht, ließ Willow frösteln trotz ihrer dicken Wolljacke.

»Ich habe noch niemals Wasser getrunken, das so kalt war«, sagte sie, als sie Caleb die Feldflasche reichte. »Meine Zähne haben davon geschmerzt.«

»Schmelzwasser«, erklärte Caleb knapp. Er nahm Willows

Hände und rieb sie zwischen seinen eigenen, um ihr von seiner eigenen Körperwärme zu spenden. »Fast wie Eis.« Er hauchte seinen warmen Atem über ihre Fingerspitzen, bevor er seine Schaffelljacke öffnete und ihre Hände hineinzog. Dann lächelte er zärtlich auf Willow hinunter. »Besser?«

»Viel besser.«

Willow erwiderte sein Lächeln und gab einen murmelnden Laut des Wohlbehagens von sich, während sie ihre Hände über Calebs warme Brust gleiten ließ. Wenige Augenblicke später hatte sie den Hemdknopf über seiner Gürtelschnalle geöffnet und eine Hand unter den Stoff geschoben, um die Hitze seiner Haut zu kosten. Er sog zischend den Atem ein, als sich ihre Finger zärtlich in den schmalen Streifen von Haar gruben, der seinen Unterkörper hinablief.

»Du bist besser als jedes Feuer«, flüsterte Willow und drehte ihre Hand um, um auch die Außenseite zu wärmen. »Hitze, aber kein Rauch, der uns verraten könnte.«

»Mach weiter so, und es könnte welchen geben.«

»Wirklich?« Sie lachte zu ihm auf. »Wo?«

»Führe mich nicht in Versuchung, Honey.«

»Warum nicht? Ich bin doch so gut darin.«

Calebs Augen verengten sich zu Schlitzen, und sein Herz begann zu hämmern. In der plötzlichen intimen Stille zwischen Caleb und Willow klang das Murmeln des winzigen Bachs wie das Rauschen eines Flusses, aber es war nicht laut genug, um Calebs Aufseufzen zu übertönen, als Willows kühle Finger unter seinen Gürtel wanderten. Der breite Revolvergurt verhinderte ihren Versuch, Caleb zu berühren.

Lächelnd schnallte Caleb den Revolvergurt und das große Jagdmesser ab und legte beides beiseite. »Versuch es jetzt mal.«

Willow knabberte an dem Grübchen in seinem Kinn und den Bartstoppeln, die erneut nachgewachsen waren. Caleb fing ihre Lippen in einem harten, leidenschaftlichen Kuß, der ihn einige Augenblicke lang die trostlose Zukunft vergessen ließ, die bedrohlich näher rückte mit jedem Moment, den sie nach Reno suchten. Als kühle Finger in den Taillenbund seiner Unterhose glitten, stieß Caleb einen hungrigen Laut aus.

»Viel, viel besser«, flüsterte Willow erfreut, während sie ihre Fingernägel über die langen Muskeln seines Unterkörpers wandern ließ.

»Ich habe eine Idee, wie man es noch besser machen könnte.«

Caleb lächelte, als er Willows Jacke aufknöpfte und die Verschnürung ihres Wildlederhemds öffnete, bis er seine Finger zwischen Knöpfe und Falten von Stoff schieben konnte, um das seidige Fleisch darunter zu streicheln. Willow hielt den Atem an und ließ ihn dann in einem lustvollen Seufzer entweichen.

Dennoch bereitete es ihr noch größere Lust, Calebs Reaktion auf sie zu beobachten. Sie liebte es zu sehen, wie unter ihrer Berührung all die Düsterkeit und Anspannung aus Calebs Zügen wich und einem verzückten Ausdruck Platz machte. Sie liebte es, die Schatten aus seinen Augen verschwinden zu lassen und sie durch Glut zu ersetzen. Sie liebte es, ihn zu liebkosen, zu fühlen, wie sich sein Körper unter ihren Zärtlichkeiten veränderte. Sie liebte es, ihm Lachen und Erfüllung zu schenken. Sie liebte... Caleb.

Und irgendwann in naher Zukunft würde er erkennen, daß er sie ebenfalls liebte. Willow war sich dessen absolut sicher. Kein Mann konnte eine Frau mit so intensiver Leidenschaft, so überwältigender Zärtlichkeit nehmen, ohne sie nicht wenigstens ein bißchen zu lieben.

Lächelnd stellte Willow sich auf die Zehenspitzen, während sie Caleb in die Augen schaute, nach seinem Mund verlangte, sich danach sehnte, ihn erneut zu kosten, um die kleine Erfüllung seines Kusses zu genießen. Mit einem hungrigen Knurren nahm Caleb sich, was sie ihm anbot, gab ihr, was sie brauchte, während ihre Lippen in einem glutvollen Kuß miteinander verschmolzen.

»Aha«, sagte eine sardonische Stimme hinter Willow. »Jetzt

weiß ich, was du die ganzen Wochen über getan hast, die du vermißt wurdest.«

Es war zu spät für ihn, nach seinem Revolvergurt zu greifen, und Caleb wußte es.

»Matt?« schrie Willow. Sie wirbelte zu der Stimme herum.

Das Mann war in Windrichtung der Pferde näher gekommen, so daß sie seinen Geruch nicht wittern konnten, und hatte Willow und Caleb überrascht. Willow spähte angestrengt in die Schatten, dann schluchzte sie unterdrückt auf und stürzte sich in die Arme des Fremden.

»Matt!« rief sie glücklich und drückte ihn an sich. »Oh, Matt, bist du's wirklich?«

»Ich bin's wirklich, Willy.« Reno schlang fest die Arme um sie, aber in seinem Ausdruck spiegelte sich sowohl Ärger als auch Erleichterung. Nach einigen Augenblicken löste er sich von Willow und musterte den großen Mann mit den harten Zügen, der sich gerade seinen Revolvergurt wieder um die Hüften schnallte. »Caleb Black.«

Caleb ignorierte die Frage, die in den zwei Worten versteckt war. Er rückte nur seinen Revolvergurt mit einer geschickten Bewegung zurecht und stellte sich der bitteren Zukunft. »Matthew Moran.«

Renos hellgrüne Augen wurden schmal bei dem unversöhnlichen Haß, der in Calebs Stimme mitschwang, bei der indirekten Drohung in der Haltung des anderen Mannes – er stand mit leicht gespreizten Beinen da, die Hände locker und entspannt an den Seiten, bereit, in Sekundenschnelle den sechsschüssigen Revolver zu ziehen, dessen Holsterriemen bereits gelöst war.

»Sieht aus, als hätte sich Wolfe in seinem Urteil über dich geirrt«, sagte Reno verbittert. »Aber sosehr ich auch Lust hätte, dir den Schädel einzuschlagen, weil du aus meiner Schwester eine...«

»Sprich es nicht aus!« unterbrach Caleb ihn in einem Ton, der so gefährlich wie das Aufblitzen in seinen Augen war. *»Wehe, du denkst es auch nur.«*

Mit wachsendem Entsetzen beobachtete Willow das Verhalten der beiden Männer, die sie liebte. Sie versuchte zu sprechen, doch die Worte blieben ihr in der Kehle stecken. Sie hatte Freude erwartet, nicht Zorn, wenn sie ihren Bruder nach langer Zeit zum ersten Mal wiedersah.

»Matt?« fragte sie schließlich ängstlich und forschte im Gesicht ihres Bruders, der so groß wie Caleb war, so stark wie Caleb und ebenso wütend. »Was ist los?«

»Bist du mit ihm verheiratet?« fragte Reno barsch.

Der eiskalte Wind ließ Willow schaudern, erinnerte sie daran, daß ihre Jacke immer noch offenstand. Sie knöpfte sie zu und hob dann stolz den Kopf, als sie ihrem Bruder in die Augen sah, trotz der verlegenen Röte, die auf ihren Wangenknochen brannte.

»Nein«, erwiderte sie.

»Bist du ihm versprochen?«

Verärgert setzte Caleb zum Sprechen an.

Willow schnitt ihm das Wort ab. »Nein.«

»Jesus! Und du fragst mich, was los ist! Was ist mit dir passiert, Willy? Was wird Mama sagen, wenn sie weiß, daß...«

»Mama ist tot.«

Reno starrte sie einen Moment ungläubig an, dann schloß er die Augen, holte zitternd Luft und fragte tonlos: »Wann?«

»Bevor der Krieg zu Ende war.«

»Wie?« fragte er rauh.

»Sie war nie besonders widerstandsfähig. Nachdem Papa getötet wurde, hat sie einfach aufgegeben.«

»Wo sind Rafe und...«

»Ich weiß es nicht«, unterbrach Willow ihn brüsk. »Ich habe meine Brüder seit Jahren nicht mehr gesehen. Die einzige Familie, die ich noch hatte, waren meine Erinnerungen.«

Der Ausdruck auf Renos Gesicht veränderte sich; alle Wut wich, bis nur noch Traurigkeit übrigblieb. Wieder zog er seine Schwester fest in seine Arme und drückte sie an sich. Er legte seine Wange an Willows Haar und wiegte sie sanft hin und her.

»Es tut mir leid, Willy«, sagte er leise. »Es tut mir so schrecklich leid. Wenn ich davon gewußt hätte, wäre ich zurückgekommen. Es war nicht richtig, daß du mit allem allein fertig werden mußtest.«

Willow schluchzte unterdrückt auf und warf ihre Arme um Reno. Caleb beobachtete die beiden aus Augen, die zu Schlitzen zusammengezogen waren, während in seiner Erinnerung ein Bild aufstieg, das Bild eines Mädchens, das im Halbschlaf sehnsüchtig die Arme nach ihm ausstreckte.

Matt, bist du's wirklich? Ich habe mich so einsam gefühlt ...

Eine ganze Weile später löste sich Reno sanft von seiner Schwester, tupfte ihr mit seinem dunklen Halstuch die Tränen von den Lidern ab und küßte sie auf die Wange. Dann musterte er Caleb über ihren Kopf hinweg.

»Wir beide werden uns später unterhalten«, versprach Reno kalt. »Im Moment gibt es dringendere Probleme. Da draußen warten zehn Männer, und sie brennen darauf, mich, Willow und ihren rotbraunen Hengst in die Finger zu kriegen. Sie sind auch auf ein Stück von deiner Kehrseite scharf, aber da werden sie sich schön brav anstellen müssen. Ich bin als erster dran, mit dir abzurechnen.«

»Keine Bange. Ich werde keine Sekunde von deinen Fersen weichen.«

Renos linke Augenbraue hob sich in einem dunklen Bogen, er sagte jedoch nichts, auch dann nicht, als Willow zu Caleb zurückging, seine rechte Hand in ihre Hände nahm und seine schwielige Handfläche küßte, bevor sie ihre Finger fest mit seinen verflocht. Sie öffnete den Mund, um etwas zu sagen, kam aber nicht dazu, denn im selben Moment warf Ishmael alarmiert den Kopf hoch. Mit steil aufgerichteten Ohren und geblähten Nüstern sog der Hengst den Wind ein, der in die schmale, dicht mit Unterholz bewachsene Schlucht wehte.

Calebs rechte Hand zuckte, aber seine Finger waren mit Willows verflochten. Reno hatte keine derartigen Probleme. Mit schockierender Schnelligkeit erschien eine Pistole in seiner linken Hand. Willow starrte ihn an, unfähig zu glauben, was sie gerade gesehen hatte. Im einen Moment hatte Reno noch ruhig dagestanden, seinen Arm locker an der Seite; im nächsten hielt er eine Waffe mit gespanntem Hahn in der Hand. Willow hatte nichts weiter als eine verschwommene Bewegung wahrgenommen.

»Matt...?« flüsterte sie verblüfft.

Reno bedeutete seiner Schwester mit einer knappen Geste zu schweigen. Dann wandte er sich ab und begann, langsam auf die Büsche zuzuschleichen. Calebs Hand schoß vor und hielt Reno an der Schulter zurück.

»Keine Schießerei«, sagte Caleb gedämpft. »Es gibt eine leisere Methode.«

Er schlüpfte aus seinen Stiefeln, zog ein langes Jagdmesser aus dem Gürtel und glitt auf bestrumpften Füßen und mit der muskulösen Lautlosigkeit eines Pumas in das Gestrüpp.

Eine Bewegung von Willow erregte Renos Aufmerksamkeit. Er beobachtete, wie sie ein Gewehr ergriff und sich dann aufstellte, mit dem Rücken zu ihm. Gemeinsam warteten sie auf Calebs Rückkehr, während jeder einen anderen Weg aus der Schlucht hinaus bewachte.

Die langen Minuten des Wartens gaben Reno reichlich Gelegenheit zu erkennen, in wie vielfältiger Hinsicht seine Schwester sich verändert hatte. Die Willow, an die er sich erinnerte, war ein lachender, übermütiger Wirbelwind gewesen, ein Mädchen, das sich von seinen älteren Brüdern vor dem launischen Naturell des Vaters beschützen ließ. Die Schwester, die ihm jetzt den Rücken zukehrte, war eine ernste junge Frau, bereit, selbst um ihr Leben zu kämpfen. Und um das ihres Liebhabers.

Willow konnte sich später nicht mehr erinnern, wie lange es gedauert hatte, bis das unheimliche Heulen eines Wolfs durch die Schlucht trieb, das Signal, das Calebs Rückkehr ankündigte. Sie fuhr in die Richtung herum, aus der der Laut kam, gerade als Caleb aus dem schützenden Gebüsch trat. Rasch lief sie zu ihm, und ihre Blicke glitten suchend über ihn wie Hände.

Als sie das Blut auf seiner Schaffelljacke sah, schnappte sie erschrocken nach Luft.

»Ruhig, Honey. Ruhig. Mit mir ist alles in Ordnung«, murmelte Caleb und nahm ihr das Gewehr aus den plötzlich zitternden Händen.

»Blut«, sagte sie.

»Nicht meines.« Er beugte sich hinab, schloß Willow in seine Arme und küßte sie heftig. »Nicht meines, Liebste.«

Sie nickte, um zu zeigen, daß sie verstanden hatte, und klammerte sich an ihn.

Renos blaßgrünen Augen entging keine der Schwingungen, die deutlich spürbar zwischen seiner Schwester und dem Mann mit dem harten Gesicht flossen, der sie mit so überraschender Zärtlichkeit in den Armen hielt. Widerwillig gestand sich Reno ein, daß Wolfe recht gehabt hatte – Caleb war ein harter Mann, sogar schonungslos, was seine Feinde betraf, aber er ging behutsam mit jenen um, die schwächer als er waren.

»Alles klar«, sagte Caleb über Willows Kopf hinweg zu Reno.

Renos dunkle Brauen hoben sich fragend. »Wie viele?«

»Nur einer. Ich wollte ihn schon gehen lassen, aber er war dabei, die Spuren der Pferde zu verfolgen.«

Willow fragte nicht erst, was passiert war. Sie hatte keine Zweifel, was das Schicksal des Mannes anging.

»Hast du ihn gekannt?« wollte Reno wissen.

Caleb nickte. »Hatte in Denver schon mal eine Auseinandersetzung mit ihm. Er hat seine Wahl getroffen. Dann soll es eben so sein.«

Ein halb belustigtes, halb wildes Lächeln spielte um Renos Lippen. »In dem Punkt hat Wolfe auch recht behalten.«

»In welchem Punkt?«

»Daß du ein Mann bist, der geradewegs aus dem Alten Testament entsprungen scheint. War das da draußen Kid Coyote?«

»Nein. Nur irgendein unbedeutender Goldräuber aus Kalifornien.«

Eine plötzliche Starre überkam Reno. »Ein Goldräuber?«

»Wie er im Buche steht.« Das Lächeln auf Calebs Lippen war scharf wie eine Messerklinge. »Ich nehme an, er hatte es auf irgendeinen Idioten abgesehen, der hier Gold gefunden hat.«

Reno warf Willow einen kühlen Blick zu. »Du hast es ihm gesagt.«

»Das war gar nicht nötig«, gab Caleb schroff zurück. »Es gibt nur einen Grund, warum ein Mann seinen Hintern auf diesen verfluchten Gipfeln riskiert. Wegen der goldenen Hure.«

»Gold hat nichts Schmutziges, Gemeines an sich«, gab Reno ruhig zurück. Seine Stimme klang weich, seine grünen Augen leuchteten hell in seinem gebräunten Gesicht. »Die Indianer glauben, daß Gold von den Tränen des Sonnengottes stammt. Ich bin geneigt, mich ihrer Überzeugung anzuschließen.«

Caleb schnaubte verächtlich. »Höchstwahrscheinlich kam das Wasser aus einer Körperregion unterhalb des Gürtels.« Er schaute Willow an. »Entschuldige, Liebes. Ich weiß, du bist müde, aber wir sollten besser anderswo unser Lager aufschlagen. Ich habe dem Pferd des Goldräubers Sattel und Zaumzeug abgenommen und es den Berg hinuntergeschickt, aber Jed Slater ist ein guter Spurenleser. Früher oder später wird er uns finden, es sei denn, wir bleiben in Bewegung oder es kommt ein ordentlicher Regen herunter.«

»Es wird heute abend nicht regnen«, warf Reno ein.

»Vielleicht gegen Morgen«, sagte Caleb und betrachtete prüfend den Himmel.

»Vielleicht.« Reno zuckte die Achseln. »Uns bleibt keine andere Wahl, als von hier zu verschwinden. Ich habe ein Lager ganz in der Nähe. Wir werden dort auf Wolfe warten.«

»Was macht Wolfe hier oben?«

»Er fing an, sich Sorgen zu machen, weil deine Chancen nicht gerade günstig standen«, erklärte Reno. »Vor ungefähr drei Wochen tauchte er in meinem Lager auf und erzählte mir, du brächtest meine ›Ehefrau‹ zu mir und würdest möglicherweise alle Hilfe brauchen, die du bekommen könntest.«

Wortlos schluckte Caleb die Tatsache, daß Wolfe gewußt hatte, wo sich Matthew Moran verkroch, ihm, Caleb, jedoch nichts davon gesagt hatte.

Ihr seid ebenbürtige Gegner.

Caleb mußte sich widerwillig eingestehen, daß Wolfe mit seiner Einschätzung recht gehabt hatte. Reno war schneller als der Blitz mit der Hand am Abzug seines Revolvers. Die Chance, daß einer von ihnen im Duell überleben würde – in einer Verfassung, die es ihm erlaubte, Willow aus den Bergen hinauszuführen –, war verdammt gering.

Und wenn sie starben, würde auch Willow unweigerlich den Tod finden. Nur keinen schnellen, sauberen Tod. Sie würde grausam durch die Hand von Banditen sterben, die nichts auf ihr Lachen, ihre Schlagfertigkeit, ihren Mut gaben.

»Wo ist Wolfe jetzt?« wollte Caleb wissen.

»Da draußen. Macht Jagd auf Slater. Wolfe dachte, wenn Slater dich vor mir fände, würdest du Hilfe brauchen. Wenn er gewußt hätte, daß du Willows Unschuld ausnützen würdest...« Reno schluckte ein Schimpfwort hinunter und starrte auf seinen Revolver. »Dann hätte Wolfe mit der Peitsche in der Hand nach dir gesucht. Er war so überzeugt, du wärst ein ehrbarer, anständiger Mann. Ist das erste Mal, daß er sich getäuscht hat.«

Willow holte scharf Luft und wollte etwas sagen, doch Caleb kam ihr zuvor.

»Du hast keinerlei Recht, dich als Richter aufzuspielen, wenn es um die Verführung unschuldiger Mädchen geht, und du weißt es auch verdammt gut!« herrschte Caleb Reno an. »So, und was nun? Verschwinden wir jetzt von hier, oder willst du darauf warten, daß Slater uns findet und uns wie Fische in einer Regentonne abknallt? Oder hast du vielleicht vor, deinen Revolver da gleich jetzt auf mich abzuschießen, und zur Hölle mit Willows Sicherheit?«

Reno schob seinen sechsschüssigen Revolver mit einer geschmeidigen Handbewegung wieder in sein Holster zurück. »Ich werde warten. Slater nicht. Laßt uns weiterreiten.«

Die Landschaft verbarg Renos provisorisches Lager so gut, daß Willow sich fragte, wie er es ursprünglich überhaupt gefunden hatte. Die schmale, dicht mit Espen und Fichten bewachsene Schlucht, die sich auf einen wild dahinrauschenden Bach öffnete, sah auf den ersten Blick unpassierbar aus. Noch gab es irgendeinen ersichtlichen Grund, sich mit Gewalt Zugang zu der Schlucht zu verschaffen. Es gab viele solcher blind endenden Canyons am Berghang, Orte, wo Wasser nur nach der Schneeschmelze oder nach einem besonders heftigen Unwetter floß. Es war nichts an dieser speziellen Schlucht, das sie von anderen unterschieden hätte. Und ganz sicher hätte niemand vermutet, daß sie sich schließlich auf eine hohe, schmale Bank öffnete, wo ein Teil des Berghangs von dem Granitkoloß abgerutscht war.

Bevor sie die Schlucht betraten, hatten Willow, Caleb und Reno ihre Pferde eine ganze Strecke durch den eisigen Gebirgsstrom geführt, in der Hoffnung, etwaige Verfolger abzuschütteln. Dennoch war es unmöglich, die Spuren von acht Pferden vollständig auszulöschen; nur die Zeit und kräftige Regengüsse wären dazu imstande.

Es führte kein Pfad in die Schlucht, kein zerknicktes Unterholz oder vernarbte Bäume deuteten darauf hin, daß Menschen bis hierher gelangt waren. Reno stieg von seinem Pferd ab und ging zum Eingang der Schlucht. Dort löste er im Geäst versteckte Lederriemen, mit denen er auf raffinierte Weise zwei Fichten zusammengebunden hatte. Die Stämme der Fichten wuchsen fast parallel zum Boden, niedergedrückt vom Gewicht der ungeheuren Schneemassen im Winter. Sobald die Riemen gelöst waren, sprangen Fichtenzweige auseinander und enthüllten einen schummrigen Durchgang in die Schlucht.

»Den Rest des Weges werdet ihr zu Fuß gehen müssen«, sagte Reno.

Caleb saß ab und ging zu Willow, um ihr aus dem Sattel zu helfen. Er kam jedoch nicht dazu, denn Reno hatte sie bereits von Ishmaels Rücken heruntergehoben. Es war nicht das erste

Mal, daß Reno sich zwischen seine Schwester und den Mann drängte, der offensichtlich ihr Liebhaber und nicht ihr Ehemann war.

Caleb preßte die Lippen zu einer dünnen Linie zusammen, aber er sagte nichts. Er wollte nicht, daß Willow dabei war, wenn er und Reno das Problem Schwester und Verführer ausdiskutierten.

Auge um Auge, Zahn um Zahn.

Leider fühlte sich Caleb in seiner Rolle als Willows Verführer keineswegs besser durch die Tatsache, daß die Situation eine gewisse rohe Gerechtigkeit barg.

Ich flehe dich an, Caleb. Bitte, hör nicht auf. Wenn du jetzt aufhörst, mich zu berühren, sterbe ich.

Er fragte sich, ob es Rebecca genauso ergangen war, ob sie auch von einem so verzehrenden Hunger überwältigt worden war, daß sie Reno förmlich angefleht hatte, sie zu nehmen. Hatte Reno versucht, sich ihr zu verweigern, nur um festzustellen, daß er es nicht konnte?

Willow. Stoß mich weg. O Gott, Willow, tu's nicht!

Ich kann nicht anders. Mein ganzes Leben lang habe ich dich gebraucht, ich habe es nur nicht gewußt. Ich liebe dich, Caleb. Ich liebe dich.

Caleb schloß die Augen und senkte den Kopf, als Erinnerungen ihn durchströmten, Himmel und Hölle zugleich.

Tue ich dir weh?

Nein. Es ist wundervoll... so wundervoll. Es ist, als loderten Flammen in meinem Schoß. Hör nicht auf... du darfst niemals mehr aufhören.

Und er hatte nicht aufgehört.

Als er die Augen öffnete, beobachtete Reno ihn, sah, daß sich Calebs Fäuste so hart um die Zügel schlossen, daß sich das Leder verbog, sah die whiskyfarbenen Augen, wo Ekstase und Qual wie Flamme und Schatten miteinander verschmolzen.

Reno bedeutete Caleb mit einem knappen Wink, als erster sein Pferd durch die enge Schlucht zu führen.

Nachdem alle Pferde in dem winzigen Tal waren, gingen Reno und Caleb zum Eingang der Schlucht zurück, um so gut wie möglich alle Hufspuren zu verwischen. Als sie das Lager erreichten, hatte sich die Dämmerung bereits herabgesenkt. Willow war gerade dabei, das letzte Pferd im hohen Gras anzupflocken. Als Caleb und Reno ins Lager schritten, war sie verblüfft über die Ähnlichkeit zwischen den beiden Männern. Beide waren breitschultrig, hatten lange, muskulöse Arme und Beine, und beide bewegten sich mit der geschmeidigen Kraft gesunder Tiere.

Die Erinnerung an Renos Schnelligkeit im Umgang mit seinem Revolver stieg wieder in ihrem Gedächtnis auf und sagte ihr, daß die zwei Männer auch noch eine andere Eigenschaft gemeinsam hatten. Beide waren gefährlich.

Der Gedanke flößte ihr Angst ein.

»Caleb«, sagte Willow, »ich mache mir Sorgen wegen der Hufeisen an meinen Arabern. Würdest du mal für mich nachschauen?«

Überraschung zeigte sich flüchtig in Calebs Miene, er sagte jedoch nichts. Obwohl er Willow immer bei der Versorgung ihrer Pferde half, war es das erste Mal, daß sie ihn darum gebeten hatte.

»Sicher.« Caleb warf Reno einen schnellen Blick zu und konzentrierte seine Aufmerksamkeit dann wieder auf Willow. Liebevoll strich er mit dem Handrücken über ihre glatte Wange. »Ich werde nicht weit weg sein, Liebes. Wenn du der Gesellschaft überdrüssig wirst, komm und hole mich.«

Sie lächelte trotz ihrer Furcht. »Ist schon gut, Liebster.«

Reno wartete, bis Caleb außer Hörweite war, bevor er sich zu seiner Schwester umwandte.

»In Ordnung, Willy. Was, zum Teufel, ist passiert?«

Das eisige Grün seiner Augen verriet Willow, wie intensiv sein Zorn war und wie sehr er sich bis jetzt bemüht hatte, sich nichts anmerken zu lassen. Benommen überlegte sie, wie sie anfangen sollte.

»Erinnerst du dich an die Sommerabende?« fragte sie schließlich mit gedämpfter, eindringlicher Stimme. »Erinnerst du dich, wie wir alle um den Abendbrottisch saßen und die Luft von Stimmen und Gelächter erfüllt war und wie du und Rafe miteinander gewetteifert habt, wer von euch beiden mich als erster zum Kichern bringen konnte? Erinnerst du dich an das Zirpen der Grillen und den Duft von frisch gemähtem Heu?«

»Willy, ich...«

Willow ging über Renos Versuch, sie zu unterbrechen, einfach hinweg und sprach unbeirrt weiter. »Erinnerst du dich an die warmen Nächte, wenn du und Papa und die anderen auf der Veranda gesessen und über Pferdezucht und Ernte und fremde Länder gesprochen habt? Weißt du noch, wie ich dann oft hinausgeschlichen bin und mich still in eine Ecke gesetzt und zugehört habe, und alle haben so getan, als wäre ich nicht da, weil sich Mädchen eigentlich nicht für Pferde und Ernte und ferne Länder interessieren sollten?«

»Was hat das alles zu tun mit...«

»Erinnerst du dich?« fragte Willow mit einer Stimme, die von unterdrückten Emotionen bebte.

»Zum Teufel, ja, natürlich erinnere ich mich.«

»Das war alles, was mir noch geblieben war. Erinnerungen und eine Schachtel voller Yankee-Banknoten und Besatzungsgeld der Konföderierten, das völlig wertlos war, außer daß man damit ein Feuer anzünden konnte. Der Mond ging abends immer noch auf, aber die Heuwiesen und die weiß umzäunten Koppeln waren verschwunden. Unsere Veranda und das Haus sind eines Winterabends abgebrannt. Die kleine Kirche, wo Mama und Papa geheiratet hatten und wir alle getauft wurden, brannte ebenfalls nieder, und nichts blieb übrig, bis auf ein paar schiefe Fundamentreste, die sich wie Geister aus dem Unkraut erhoben.«

»Willy«, begann Reno unglücklich, aber sie ließ ihn nicht zu Wort kommen.

»Nein, laß mich ausreden, Matthew. Ich konnte nicht nur von Erinnerungen leben. Ich bin ein Mädchen, aber auch ich habe meine Träume. Ich hatte alle deine Briefe aufgehoben. Als der letzte kam, der Brief, in dem du um Hilfe gebeten hast, habe ich alles verkauft, was von dem zerstörten Land übriggeblieben war, habe an Mr. Edwards geschrieben und bin dann in Richtung Westen aufgebrochen. Das Geld reichte gerade für die Reise. Caleb Black war bereit, mein Führer zu sein und mich in die Berge von San Juan zu bringen.« Sie lächelte traurig. »Aber ich kann ihm nicht die versprochenen fünfzig Dollar bezahlen.«

»So ist das also gelaufen? Hast du dich verkauft, nur um...«, begann Reno wutentbrannt.

»Nein!« unterbrach Willow ihn. »Nein, so ist es nicht«, wiederholte sie in etwas ruhigerem Ton. Sie schloß einen Moment die Augen, bevor sie ihren Bruder unverwandt anschaute. »Ich wünschte, Caleb hätte mir auf unserer Farm in West Virginia den Hof machen können. Er hätte Papa Komplimente über seine edlen Vollblüter gemacht und Mama über ihr Spinettspiel und mir über meine Backkünste. Nach dem Dinner hätte Caleb mit meinen Brüdern auf der Veranda gesessen und sich mit ihnen über die Ernte und Pferde und das Wetter unterhalten...«

Reno setzte zum Sprechen an, nur um festzustellen, daß er keine Worte fand, die der Sehnsucht in Willows Augen gleichkamen.

»Aber es sollte nicht sein«, fuhr sie fort. »Mama und Papa sind tot, fast alle meine Pferde wurden von Soldaten gestohlen, das Land ist zerstört, und meine Brüder sind über die ganze Welt verstreut.«

Reno streckte die Hand nach Willow aus, doch sie wich aus.

»Ich weiß nicht, was die Zukunft für mich bereithält«, sagte sie leise. »Aber eines weiß ich. Wenn es sein muß, werde ich die Vergangenheit hinter mir lassen, sie abstreifen wie eine Schlange ihre alte Haut. Die gesamte Vergangenheit, Matthew. Sogar dich.«

»Willy...«, flüsterte Reno und streckte die Arme nach ihr aus. »Bitte weich nicht vor mir zurück.«

Ein erstickter Laut entrang sich Willows Kehle, als sie zu ihrem Bruder trat, ihn mit beiden Armen umschlang und seine Umarmung mit aller Kraft erwiderte.

»Es wird alles wieder gut werden, Willy«, murmelte Reno tröstend und schloß die Augen, um die kalte Entschlossenheit in seinem Blick zu verbergen. »Alles wird wieder gut. Ich sorge dafür, Willy.«

Als Caleb ins Lager zurückkehrte, teilte Willow gerade das letzte Rehfleisch aus, das sie während ihres Aufenthalts in dem kleinen, versteckten Tal durch Räuchern haltbar gemacht hatten. Reno nahm sich ein Stück, kaute darauf herum und stieß einen überraschten Laut aus.

»Wild.«

Willow nickte. »Wir haben es in dem kleinen Tal geräuchert, während Deuce seine Verletzungen auskurierte.«

»Wundert mich, daß Caleb es riskiert hat, ein Reh zu schießen.«

»Das habe ich nicht«, erwiderte Caleb hinter Renos Rücken. »Ich habe mich an das Reh angeschlichen und ihm dann die Kehle durchgeschnitten.«

Reno fuhr mit einer Schnelligkeit herum, die erschreckend war. Seine dunklen Brauen hoben sich überrascht. »Für einen Mann deiner Größe bewegst du dich wirklich enorm leise. Ich werd's mir merken.«

»Warum?« fragte Willow scharf. »Du bist ja kein Reh.«

Das Lächeln, das Reno Caleb zeigte, war alles andere als beruhigend. Es sollte auch nicht so wirken. Doch als sich Reno erneut zu Willow umdrehte, war sein Lächeln wieder freundlich und sanft.

»Zünde ein kleines Feuer an«, schlug er vor. »Es ist verflucht lange her, seit ich ein gutes Brötchen gegessen habe. Selbst als Kind konntest du schon die besten Brötchen weit und breit backen.«

Willow blickte auf. »Bist du sicher?«

»Verdammt sicher. Ich weiß noch, wie ich von der Arbeit auf den Feldern zum Abendessen nach Hause gegangen bin und meine Nase schnuppernd in den Wind gereckt habe wie einer von Papas Jagdhunden. Wenn ich Brötchen roch, bin ich in die Küche geflitzt und habe einen Hutvoll davon versteckt, bevor Rafe hereinkam. Ich konnte nie soviel auf einmal essen wie er.«

Willow lachte bei der Erinnerung. Dann verblaßte ihr Lachen, als sie sich an andere Male erinnerte, die unwiderruflich vorbei waren, und an die Menschen, die ebenso unwiderruflich der Vergangenheit angehörten. »Ich meinte, ob du sicher wegen des Feuers bist. Ist es nicht zu riskant?«

»Heute abend nicht. Und morgen abend?« Reno zuckte die Achseln. »Mach am besten gleich einen ganzen Berg Brötchen, Willy. Es könnte eine Weile dauern, bevor wir wieder ein Feuer haben.«

»In Ordnung.«

Schweigend schauten Caleb und Reno Willow bei der Arbeit zu. Das Essen war bald fertig, und beide Männer aßen schnell und mit großem Appetit, bis kein Krümel mehr übrig war.

Später, als Reno anfing, Willow nach Familienangelegenheiten auszufragen, stand Caleb auf, um eine Schlafstelle herzurichten. Die gedämpften Stimmen von Bruder und Schwester folgten ihm in die Dunkelheit, leises Lachen und gemurmelte Worte, Erinnerungen an eine Zeit, die niemals wiederkehren würde.

Das Bewußtsein, wie innig Willow ihren attraktiven, grünäugigen Bruder liebte, war wie ein eisiger Hauch, der Caleb innerlich frösteln ließ und seine Hoffnung zunichte machte, daß sie verstehen würde, was er zu tun gezwungen war. Willow hatte niemals die unbekümmerte Seite an Reno gesehen, die Gedankenlosigkeit, die ihn dazu verleitete, sich das Leben auf Kosten Schwächerer bequem zu machen. Auch Wolfe hatte diesen Teil von Renos Persönlichkeit nicht gesehen. Nur Rebecca – und sie hatte das bittere Wissen mit ihrem Leben und dem ihrer neugeborenen Tochter bezahlt.

Grimmig schnitt Caleb Eibenzweige und stapelte sie übereinander, machte eine Matratze hinter einer Ansammlung von kleinen Tannen, die Schutz vor dem Wind boten. Irgendwann wurde er sich der Stille der Nacht bewußt; die murmelnden Stimmen waren verstummt, nur der Wind und das Rauschen des kleinen Bachs waren noch zu hören. Gleich darauf spürte er, wie sich Reno fast geräuschlos auf ihn zubewegte.

Caleb fuhr mit der schnellen, tödlichen Lautlosigkeit einer angreifenden Schlange herum. Reno stand im Mondlicht am Rande der kleinen Wiese und betrachtete das Bett, das Caleb gemacht hatte.

»Wo schläfst du?« erkundigte sich Reno kalt.

»Hier.«

»Du siehst nicht aus wie ein Mann, der eine Matratze braucht.«

»Willow mag es so. Unter all der Entschlossenheit ist sie ein sanftes, empfindliches kleines Ding.«

Selbst der Mondschein vermochte die harten Linien der Wut in Renos Gesicht nicht zu mildern. »Fordere mich nicht heraus, du Hurensohn!«

Calebs Lächeln blitzte bedrohlich. »Wenn es dich stört, dann geh mir gefälligst aus dem Weg.« Er glitt näher, sein Gang war lautlos, erinnerte an ein Raubtier. »Ich hatte gehofft, Willow wäre schon eingeschlafen, bevor wir unsere Unterhaltung hätten, aber dann soll es eben so sein.«

»Ich sollte dich töten.«

»Versuch es nur«, erwiderte Caleb ruhig.

Seine Stimme kochte vor kaum unterdrücktem Zorn. Der Gedanke, daß ein übler, hinterhältiger Verführer wie Reno sich um die Tugend seiner kleinen Schwester sorgte, machte Caleb wütend. Aber er konnte nichts sagen, denn Reno reagierte nur genauso, wie Caleb reagiert hatte, als die Tugend seiner Schwester zur Debatte stand.

Wie auch immer, Caleb hatte sich indirekt gerächt, indem er Renos unschuldige kleine Schwester verführte.

Auge um Auge, Zahn um Zahn, Leben um Leben.

Die Vorstellung tröstete Caleb nicht.

Reno beobachtete Caleb mit Augen, die wie Silber im kalten Mondlicht schimmerten. »Ein Schuß wird Slater wie ein Unwetter über uns hereinbrechen lassen«, knurrte er.

»Das ist der Grund, weshalb du noch am Leben bist. Ich will Willow nicht wegen einer Ratte wie dir in Gefahr bringen.«

Der unverblümte Haß in Calebs Stimme schockierte Reno. Er verwirrte ihn auch.

»Ich weiß, warum ich dich am liebsten töten würde«, sagte Reno langsam. »Aber ich weiß beim besten Willen nicht, warum du mich so haßt. Es geht um mehr als Willow, richtig?«

»Ja.« Unmittelbar darauf sog Caleb scharf die Luft ein, als ihm klarwurde, daß es nicht stimmte. Jetzt nicht mehr. Ihm blieb nur noch sehr wenig Zeit mit Willow. Und wenn es sein mußte, würde er um jede einzelne Minute kämpfen, mit allen Mitteln und mit seiner ganzen Kraft. »Stell dich nicht zwischen mich und Willow, Reno. Du wirst nur verletzt werden, und das wiederum wird Willow verletzen. Aber sie ist meine Geliebte. Wenn sie neben mir schlafen will, dann wird sie niemand daran hindern.«

Willows Stimme tönte gedämpft vom Feuer herüber. »Caleb? Matt? Stimmt mit den Pferden irgendwas nicht?«

»Alles in Ordnung. Es geht ihnen gut, Liebste«, rief Caleb zurück.

»Bist du zu müde, um Mundharmonika zu spielen? Reno hat eine wunderbare Stimme.«

»Ich werde gerne für dich spielen.«

Reno warf Caleb einen frustrierten Blick zu und sagte leise: »Sobald sie eingeschlafen ist, reden wir.«

»Verlaß dich drauf.«

Caleb drängte sich an Reno vorbei und eilte zu dem winzigen Feuer zurück und zu dem Mädchen, das lächelnd die Arme nach ihm ausstreckte und ihn mit einer Mischung aus Besorgnis und Erleichterung in den Augen beobachtete. Sie fühlte sich unbehaglich, wann immer ihr Bruder und Caleb allein miteinander waren.

»Bist du wirklich nicht zu müde?« fragte sie Caleb.

Er beugte sich zu ihr herab und drückte einen schnellen, harten Kuß auf ihre Lippen. »Ich bin niemals zu müde, um dir eine Freude zu machen.«

Willow klammerte sich an ihn und flüsterte hastig: »Matt meint es nur gut. Bitte, sei nicht böse.«

Caleb umarmte sie flüchtig, dann löste er sich von Willow und setzte sich ein paar Schritte vom Feuer entfernt auf den Boden. Bevor Willow noch etwas sagen konnte, stiegen die klagenden Töne einer alten Ballade über den Flammen auf, erzählten die Geschichte eines jungen Mädchens, das überzeugt war, die Liebe seines Lebens gefunden zu haben. Nach wenigen Sekunden brach Caleb abrupt ab. Erst als er die schwermütigen Klänge hörte, wurde ihm bewußt, was er da spielte. Sein Herz zog sich schmerzlich zusammen bei dem grausamen Trick, den ihm sein Unterbewußtsein gespielt hatte. Das Lied war eines von Rebeccas Lieblingsliedern gewesen, denn die Worte berichteten von einem Mädchen, das zum ersten Mal verliebt war und an die Zukunft dachte, die bald die ihre sein würde.

Ich weiß, wohin ich gehe.

Ich weiß, wer mit mir geht.

Willow und Matt sangen eine Harmonie, die durch ihre Einfachheit nur um so süßer und eindringlicher wirkte. Die Schönheit von Willows Stimme überraschte Caleb, weil sie bisher noch nie gesungen hatte, wenn er im Tal Mundharmonika spielte. Sie hatte sich einfach neben ihm zusammengerollt und mit einem verträumten Lächeln der Verzückung in die Flammen gestarrt.

Das nächste Lied, das Caleb spielte, war ebenfalls eine Liebesballade, doch die Frau ging fort, überließ es dem Mann, sich seiner Zukunft zu stellen, die keine Kinder oder die Sanftheit einer Frau für ihn bereithielt. In der dritten Ballade war es der Mann, der auf und davon ging, die Frau, die ihm nachtrauerte.

Ohne zu zögern sangen Reno und Willow jedes Lied, und ihre Stimmen verschmolzen mühelos zu einer Einheit, denn die Moran-Familie hatte manch kalten Winterabend damit verbracht, gemeinsam vor dem Kaminfeuer zu singen.

Beide, Bruder und Schwester, brachen schließlich im Laufe des vierten Liedes ab und verstummten. Die sanfte Stimme der Mundharmonika weinte in schmelzenden Akkorden, die keine menschliche Stimme mitzusingen vermochte.

Willow lauschte auf die schwermütige Melodie und fühlte eine Gänsehaut über ihre Haut prickeln. Sie hatte das Lied schon viele Male zuvor gehört, hatte es als Mädchen selbst oft gesungen, und sie hatte dabei gelächelt, denn die tragischen Worte hatten ihr eigenes Leben im Gegensatz dazu nur noch süßer erscheinen lassen. Doch als diesmal die letzten Töne zitternd in der Dunkelheit verklangen, kam kein Lächeln über ihre Lippen. Tränen glitzerten an ihren Wimpern und hinterließen schmale Silberspuren auf ihren Wangen.

Schweigend erhob sich Caleb und streckte ihr seine Hand hin. Willow stand auf und ergriff sie wortlos. Erleichterung durchströmte ihn. Erst in dem Augenblick ging ihm auf, wie sehr er befürchtet hatte, die Gegenwart ihres Bruders würde Willow davon abhalten, zu ihm zu kommen.

»Gute Nacht, Matt«, sagte sie.

Reno nickte nur knapp, denn er traute seiner Stimme nicht. Hätte er nicht die unverhüllte Liebe in Willows Augen gesehen, als sie Caleb anblickte, wäre er dem anderen Mann an die Kehle gegangen. Aber die Liebe zwischen den beiden existierte ohne jeden Zweifel. Es machte Reno vielleicht wütend, daß Willow nicht mehr unschuldig war, dennoch konnte er nichts mehr daran ändern. Noch wollte er ihr Glück zerstören, weil er wußte, daß sie in den vergangenen Jahren nur wenig davon erfahren hatte.

Caleb wartete neben dem Bett aus Eibenzweigen, das er bereitet hatte, und lauschte einen langen Augenblick. Er hörte keinerlei Geräusche hinter ihnen. Reno war ein Mann, der sein

Wort hielt – er würde die Entscheidung nicht erzwingen, bevor Willow eingeschlafen war.

»Ist schon in Ordnung«, sagte Willow, als sie Jacke und Stiefel auszog und unter die Decken glitt. »Matt ist nicht sonderlich erfreut, aber er hat es akzeptiert.«

»Das glaube ich nicht, meine Kleine«, erwiderte Caleb und streckte sich unter der Decke aus.

Doch als Willow sprechen wollte, nahm er ihren Mund in einer besitzergreifenden Geste, die ebenso sanft wie vollkommen war. Als er schließlich den Kopf hob, geschah es nur, um wieder und wieder seine Lippen auf ihre zu pressen, als wären sie eine köstliche Quelle und er ein Mann, der lange, viel zu lange, ohne Wasser gewesen war.

»Caleb«, flüsterte Willow zitternd. »Was ist denn? Was hast du?«

Seine einzige Antwort war ein weiterer leidenschaftlicher Kuß, dann noch einer und noch einer, bis Willow ihre Frage vergessen hatte. Sie konnte nur fühlen, wie Hunger und Beherrschung in Calebs Innerem miteinander kämpften. Er hielt Willow leicht in seinen Armen, beschützte sie eher mit seinem Körper, als daß er irgend etwas von ihr gefordert hätte. Mit jedem Kuß war ihm bewußt, er sollte aufhören. Er wollte nicht, daß Reno Willow am nächsten Morgen ansah und wußte, sie und Caleb hatten sich in der Nacht geliebt. Er wollte Willow nicht beschämen.

Dennoch begehrte er sie heftiger als jemals zuvor.

Schließlich hob Caleb den Kopf, nur eine Idee, so daß er sprechen konnte, ohne den Kontakt mit Willows Lippen zu verlieren. »Wir sollten schlafen.«

»Früher oder später, ja.«

»Willow«, flüsterte er und ließ seine Hand an ihrem Körper herabgleiten, weil er sie zu sehr begehrte, um sein Verlangen vor sich selbst leugnen zu können. »Willst du mich?«

»Ja«, hauchte sie dicht an seinem Mund. »Ich will dich immer, Caleb. Ich liebe dich.«

Ihre Worte endeten in einem gedämpften, kehligen Laut der Lust, als Caleb erneut Besitz von ihren Lippen ergriff. Trotz des unbändigen Drangs, den sie in seinem Körper fühlen konnte, war der Kuß zärtlich, langsam, eine süße Erfüllung, Verheißung einer noch vollkommeneren Vereinigung. Seine Hände bewegten sich fiebrig über ihren Körper, entfernten Kleider, brachten die intensivere Wärme seiner Handflächen, die ihre nackte Haut liebkosten. Mit seinem eigenen Körper geschah dasselbe, seine Kleider wurden von Willows Händen hastig heruntergezerrt, und ihre Haut fühlte sich ebenso heiß und glatt an wie seine.

Vertraute und doch jedesmal wieder neue Gefühle pulsierten durch Willow hindurch – die erregende Glut von Calebs Küssen, die köstlichen Liebkosungen in ihrem Schoß, sein Mund, der sie verzehrte. Als er sie anflehte, ihm ihre flüssige Leidenschaft zu schenken, gab Willow ihm, was er begehrte, badete sie beide in dem Feuer, das er mit jeder Berührung, jeder intimen Liebkosung seiner Zunge und seiner Fingerspitzen in ihr erweckte. Dann kam der Punkt, an dem die Lust zu intensiv wurde, um sie noch länger zu ertragen, und Willow gab sich der Ekstase hin. Caleb legte sanft eine Hand auf ihren Mund und erstickte ihre wilden Schreie der Erfüllung.

Schließlich hob er seine Handfläche von ihren Lippen, küßte Willow sanft, machte jedoch keine Bewegung, um seinen Körper mit ihrem zu vereinigen.

»Caleb«, flüsterte sie. »Willst du mich nicht?«

»Ich...«

Sein Atem stockte, als Willow seinen Schaft fand und ihn so zärtlich gefangenhielt, wie sie selbst gehalten worden war.

»Du überraschst mich immer wieder«, flüsterte sie, während sie behutsam mit den Fingernägeln an ihm herabglitt. »So glatt. So hart.«

»Und du so weich.« Seine Fingerspitzen streichelten ihr üppiges, feuchtes Fleisch, liebten sie. »Ich will dich, Willow. Mehr und immer mehr mit jedem Mal. *Ich will dich.*«

Vor Lust erschauernd blickte Willow in das vom Mondschein beleuchtete Gesicht des Mannes, den sie liebte, als er das Geschenk ihres Körpers nahm und ihr seinen eigenen Körper zum Geschenk machte, bis sie ganz miteinander verschmolzen waren.

»Und schöner mit jedem Mal«, murmelte Caleb verzückt.

Mit jeder langsamen Bewegung spürte er das Erschauern seiner Geliebten, ein feines Zittern, das Erwartung ausstrahlte, so intensiv wie seine eigene. Er fühlte ihren warmen Atem an seinem Mund, kostete ihren süßen Kuß, sah ihre Augen, silbrig verschleiert vor Leidenschaft, ahnte die lustvolle Anspannung, die sich erneut in ihrem Körper ausbreitete. Trotz seiner Begierde, die ihn mit grausamen Klauen marterte, bewegte er sich behutsam in Willows Schoß, drang abwechselnd sanft in sie ein und zog sich ebenso sanft wieder zurück, von dem einzigen Wunsch beseelt, ihr noch größere Lust zu bereiten, als sie jemals zuvor in seinen Armen genossen hatte.

Die leisen, verzückten Laute, die Willows Lippen entglitten, gelangten nicht weiter als bis zu Calebs Mund, als sie unter ihm noch einmal den Gipfel der Ekstase erreichte. Er bewegte sich auch weiterhin langsam, behutsam, liebkoste sie mit seinem ganzen Körper, liebte sie sanft und unablässig, während er heiße Flammen durch Fleisch züngeln ließ, das immer noch unter einem zärtlichen Ansturm der Erfüllung erschauerte.

»Caleb«, flüsterte sie. »Ich...« Sie bäumte sich ihm entgegen, als erneut brennende Lust durch ihren Körper zuckte.

»Noch einmal«, flüsterte Caleb. »Noch einmal, Willow. Bis es nichts mehr gibt außer dir und mir. Keine Brüder. Keine Schwester. Kein Gestern. Kein Morgen. Nur du und ich, wir beide und die Art von Vergnügen, für die du sterben könntest.«

Willows Augen öffneten sich, als süße, köstliche Glut sie verzehrte. Sie versuchte zu sprechen, doch ihre Stimme versagte. Sie vergaß alles um sich herum, vergaß das Gestern, das Morgen, bis es nur noch Caleb für sie gab und die Art von Vergnügen, für die sie hätte sterben können.

16. Kapitel

Willow bewegte sich unruhig und erwachte abrupt aus ihren Träumen, weil sie plötzlich Calebs tröstliche Wärme neben sich vermißte. Schlaftrunken setzte sie sich auf. Sie wollte gerade seinen Namen rufen, als sie seine Stimme vom Lagerfeuer her hörte, wo ihr Bruder sich eine Schlafstelle bereitet hatte. Renos Stimme antwortete. Keiner der beiden Männer klang freundlich.

Adrenalin schoß in einem heftigen Schub durch Willows Adern und machte alle Chancen, wieder einzudösen, zunichte. Hastig schlüpfte sie in ihre Kleider, weil sie befürchtete, daß es zwischen Reno und Caleb zum Streit kommen würde, wenn sie sie allein ließ.

»Du hast dir verdammt viel Zeit gelassen«, sagte Reno.

»Ich wollte ganz sicher sein.«

»Darauf wette ich.« Renos Stimme triefte vor Sarkasmus. »Schläft sie endlich?«

»Dämpfe deine Stimme, wenn du willst, daß sie auch weiterhin schläft.«

»Sag du mir nicht, was ich zu tun habe, du Hundesohn. Ich nehme keine Befehle von dir entgegen«, knurrte Reno.

»Wenn es um Willow geht, schon«, gab Caleb zurück, und sein Ton war ebenso hart und unversöhnlich wie der von Reno.

Reno machte eine abrupte Bewegung und baute sich drohend vor Caleb auf, seine Silhouette vom blendend hellen Silberlicht des Mondes eingerahmt. Jeder Muskel seines Körpers war in Alarmbereitschaft, als wartete er nur darauf, Caleb einen Faustschlag zu verpassen.

»Du solltest dich besser mit dem Gedanken vertraut machen, Willow zu einem Priester zu bringen, und zwar ganz schnell«, knurrte Reno. »Falls dir die Idee nicht behagt, kannst du auch die Kanone ziehen, die du da trägst. Ehrlich gesagt, mir wär's lieber, du würdest dich für den Revolver entscheiden.«

»Sei kein verdammter Narr«, erwiderte Caleb kalt. »Beim ersten Schuß würden Slater und sein Haufen wie der Blitz über uns herfallen. Selbst wenn wir so stumm wie Steine sind – wir haben Spuren von hier bis zur Hölle und wieder zurück hinterlassen. Slater ist kein Dummkopf. Er rückt ununterbrochen näher an uns heran. Wir werden schon mindestens zu zweit sein müssen, um uns den Weg frei zu schießen.«

»Das wird mein Problem sein, nicht deines. Du wirst dann tot sein.«

»Und was ist mit Willow?« fragte Caleb schroff. »Weißt du, was Slater und seine Leute mit ihr tun würden?«

»Dasselbe, was du getan hast.«

Wut loderte in Calebs Innerem auf, stellte seine Selbstbeherrschung auf eine harte Probe. »Ich habe Willow nicht mit Gewalt genommen. Sie wollte es ebensosehr wie ich.«

Reno holte scharf Luft. »Halt dein unflätiges Maul!«

»Nein«, widersprach Caleb tonlos. »Ich habe es satt, dich daherreden zu hören, als hättest du nie bei einem Mädchen gelegen.«

»Ich habe niemals eine Jungfrau verführt!«

»Lügner.«

Caleb glitt in einem einzigen, raubtierhaften Satz auf den anderen Mann zu, bevor er erneut die Kontrolle über sich gewann.

»Meine Schwester war ebenso unschuldig wie Willow«, sagte er mit leiser, gefährlicher Stimme. »Du hast meine Schwester verführt, und dann hast du sie im Stich gelassen, und sie hat ihre Tage damit verbracht, sich die Augen auszuweinen und die Straße zu beobachten, während sie auf den Mann wartete, der ihr geschworen hatte, er liebte sie und würde zurückkommen und sie heiraten. Er ist niemals zurückgekommen, und geliebt hat er sie todsicher nicht. Alles, was er liebte, war das Vergnügen, das er zwischen ihren Beinen genoß, und das konnte ihm jede Frau verschaffen. Als ihn der Goldrausch packte, ging er auf und davon, und er hat niemals zurückgeschaut.«

Zehn Schritte von den Männern entfernt stand Willow wie erstarrt in der Dunkelheit, die Hand vor Entsetzen vor den Mund gepreßt. Sie konnte nicht fassen, was sie soeben belauschte.

Du hast meine Schwester verführt, und dann hast du sie im Stich gelassen...

Geliebt hat er sie todsicher nicht. Alles, was er liebte, war das Vergnügen, das er zwischen ihren Beinen genoß, und das konnte ihm jede Frau verschaffen...

»Meine Schwester starb, nachdem sie deinen Bastard auf die Welt gebracht hatte«, sagte Caleb bedrohlich, und seine Augen versprachen Rache für ihren Tod.

Reno fühlte die kaum kontrollierte Wut in Caleb, und er hatte keine Zweifel, daß der andere Mann vom Wahrheitsgehalt seiner Geschichte überzeugt war.

Reno hatte auch keine Zweifel, daß es nicht die Wahrheit war.

»Wann?« fragte er tonlos.

»Letztes Jahr.«

»Wo?«

»Hör zu, du...«

Reno fiel Caleb ins Wort. »Wo?« fragte er eindringlich.

Was Reno wirklich erfahren wollte, war der Name des Mädchens, aber er wußte, wenn er danach fragte, würde Caleb seinen Revolver ziehen. Noch vor einer Minute hätte Reno den Kampf mit Freuden herausgefordert.

Jetzt nicht mehr.

Caleb hatte recht. Solange Slater und seine Männer in der Nähe waren, wäre die wirkliche Verliererin in jedem Kampf einzig und allein Willow.

»Arizona Territory«, antwortete Caleb, und er spuckte die Worte förmlich aus.

Renos Augen wurden groß vor Überraschung, als er die Fakten zu einem schlüssigen Ganzen zusammenfügte. »Du bist der Mann aus Yuma!«

»Todrichtig, Reno Moran. Und ich bin schon lange auf der Jagd nach dir.«

Willow zuckte zusammen beim haßerfüllten Klang von Calebs Stimme. Sie erinnerte sich plötzlich an etwas, was Eddy gesagt hatte, eine Bemerkung darüber, daß er Caleb Bescheid geben würde, wenn er irgend etwas über einen Mann namens Reno hörte. Eine neue Angst schnürte Willows Brust zusammen, eine Angst, so groß, daß sie kaum atmen konnte.

Ob Caleb die ganze Zeit gewußt hat, daß mein Bruder Reno genannt wird? Ist das der Grund, weshalb er mich verführt hat? Auge um Auge...

Der Gedanke erfüllte Willow mit einer plötzlichen Qual, so intensiv wie ihre Liebe. Sie betete stumm, daß Caleb den Spitznamen ihres Bruders erst an diesem Abend erfahren hatte.

»Du irrst dich, Yuma-Mann. Ich habe deine Schwester nie berührt. Marty hat sie verführt. Er war verrückt nach ihr.«

Tödliche Stille herrschte, als sich die beiden Männer über die Asche des erkalteten Lagerfeuers hinweg gegenseitig mit Blikken maßen. Die Versuchung, Reno Glauben zu schenken, war so groß, daß es Caleb regelrecht erschütterte und ihm klarmachte, wie sehr er sich wünschte, Willows Bruder nicht töten zu müssen.

»Wer«, fragte Caleb ruhig, »ist Marty?«

»Martin Busher, mein Partner. Zumindest war er das, bis er Becky Black traf. Ich sah, wie sich die Dinge entwickelten, und bin weitergezogen.«

»Wo ist er jetzt?«

»Er ist tot.«

Calebs Atem kam in einem langen Seufzer. »Bist du sicher?«

»Er sollte hier vor ungefähr acht Monaten mit mir zusammentreffen«, erwiderte Reno. »Wir wollten uns die Schürfarbeit teilen. Er ist niemals aufgetaucht. Ich habe zwei Wochen gewartet und bin dann alleine auf die Suche nach Bodenschätzen gegangen. Ich dachte mir damals, er hätte geheiratet und wäre seßhaft geworden.« Renos Ausdruck veränderte sich, wurde hart. »Eines Tages hörte ich Schüsse. Ich habe mich aufgemacht, um nachzuschauen. Als ich ankam, war der Kampf bereits beendet. Marty war tot.«

»Ute-Indianer?«

»Wahrscheinlich. Keines der Pferde war beschlagen.«

Caleb zögerte einen Moment, bevor er mit seiner linken Hand ganz langsam in seine Tasche griff, darauf achtete, daß jede seiner Bewegungen im Mondlicht gut sichtbar war.

»Kein Grund, nervös zu werden, Reno. Dies ist nicht meine Schußhand. Ich habe hier etwas, was du dir mal ansehen solltest.«

Vom Hörensagen und durch eigene Beobachtungen wußte Reno, daß Caleb tatsächlich mit der rechten Hand schoß, aber er behielt ihn trotzdem sorgsam im Auge. Mehr als ein Mann war gestorben, weil er die falsche Hand beobachtet hatte.

Alles, was aus Calebs Tasche zum Vorschein kam, war ein goldenes Medaillon. Er benutzte seinen Daumennagel, um die beiden Hälften aufschnappen zu lassen.

»Zünde ein Streichholz an«, befahl er.

Reno tat es, und zwar mit der rechten Hand, denn er handhabte seine Waffe mit der linken.

Gold glänzte hell und reflektierte das Aufflammen des Streichholzes. Willow sah das Medaillon, und ihr fiel wieder ein, wie Caleb es ihr gezeigt und gefragt hatte, ob die Leute auf den Fotos die Eltern ihres »Ehemannes« seien. Furcht erfüllte sie, erstickte sie fast. Mit einem winzigen Laut tat sie das, was sie während des Krieges getan hatte, wenn sie in einem Versteck hockte und Soldaten so dicht an ihr vorbeigezogen waren, daß ihre Angst sie zu überwältigen drohte – sie biß sich in die Hand, bis mit dem physischen Schmerz auch ihre Selbstkontrolle zurückkehrte.

»Erkennst du sie?« wollte Caleb wissen.

Ein schneller Blick war alles, was Reno für die beiden Bilder übrig hatte. Mehr brauchte er auch nicht. »Müssen Martys Leute sein.«

»Müssen? Warum?«

»Die Ohren«, erklärte Reno unverblümt. »Marty hatte Ohren wie Topfhenkel. Hätten jede Milchkanne neidisch gemacht.«

Über Calebs Lippen kam ein gedämpfter Laut, der halb Lachen, halb Erleichterung war. Trotzdem verstand er immer noch nicht, warum ihm dieses Mißverständnis passieren konnte.

»Als ich Becky fragte, wer der Vater des Kindes sei«, fuhr Caleb langsam fort, »sprach sie von einem Mann namens Reno, einem Mann, dessen wirklicher Name Matthew Moran war.«

Die Worte hallten in Willows Kopf wider – es waren ihre schlimmsten Befürchtungen, ausgesprochen von dem Mann, den sie liebte.

Dem Mann, der sie nicht wiederliebte.

Der Mann, der Matthew Moran, genannt »Reno«, gejagt hatte. Aber Caleb hatte Reno nicht aus eigener Kraft gefunden. Also hatte er das benutzt, was sich ihm gerade geboten hatte, und das war ein Mädchen gewesen, das ihn zu Reno führen konnte.

Ein eiskalter Schauer überlief Willow, als sie begriff, daß Caleb tatsächlich das war, was sie in Denver in ihm gesehen hatte, ein düsterer Engel der Vergeltung.

Auge um Auge, Zahn um Zahn.

Schwester um Schwester.

Der leicht salzige Geschmack von Blut breitete sich in ihrem Mund aus, aber der Schmerz ihrer Hand war nichts im Vergleich zu der trostlosen Erkenntnis, daß sie verführt worden war, um die gnadenlosen Waagschalen einer Gerechtigkeit auszubalancieren, die so hart war wie Caleb Black.

»Becky sagte, ihr Liebhaber hätte ihr das Medaillon geschenkt, als er hinausritt, um Gold zu suchen und als reicher Mann zu ihr zurückzukehren.«

Reno fluchte unterdrückt. »Deine Schwester hat gelogen, was mich betrifft, Yuma-Mann.«

»Das denke ich inzwischen auch«, gestand Caleb ruhig. »Aber warum?«

»Was wolltest du tun, wenn du den Verführer deiner Schwester gefunden hättest?«

»Ihn grün und blau prügeln und ihn dann zusammen mit Rebecca vor einen Priester hinstellen«, erklärte Caleb.

Reno lächelte grimmig. »Exakt meine Gefühle. Wußte sie, was du vorhattest?«

»Sie kannte mich.«

»Dann hat sie wahrscheinlich versucht, ihren Liebhaber zu schützen, indem sie dir einen falschen Namen nannte. Marty kann damals nicht älter als siebzehn gewesen sein. Er war ein guter Junge, aber er hätte es niemals mit dir aufnehmen können, ganz gleich, bei welcher Art von Kampf.« Reno lächelte hart. »Ich kann es. Ich weiß, was mit einem Mann zu tun ist, der sich gewaltsam auf ein unschuldiges Mädchen gelegt hat.«

»Ich habe Willow nicht gezwungen, und du weißt es auch.«

»Zur Hölle mit dir, Yuma-Mann. Du warst allein mit ihr. Sie war deiner Gnade ausgeliefert, und du...«

»Sag es ihm, Willow«, befahl Caleb, und seine Stimme klang wie ein Peitschenhieb.

Ohne seinen Blick von Reno abzuwenden, streckte Caleb seine linke Hand nach dem Mädchen aus, das bewegungslos in der Dunkelheit verharrt und angestrengt versucht hatte, keinen Laut von sich zu geben. Caleb hatte Willow diese Auseinandersetzung ersparen wollen, doch jetzt war es zu spät.

»Erzähl deinem Bruder, wie es zwischen uns gewesen ist, ganz von Anfang an«, sagte Caleb.

»Geh weg von ihm, Willy.«

Willow sprach kein Wort. Sie nahm nur die Hand vom Mund und kam langsam aus den Schatten hervor, bis ihre Stiefel auf der Asche des erkalteten Lagerfeuers knirschten. Sie ignorierte Calebs ausgestreckte Hand, bis er sie langsam sinken ließ, und stellte sich zwischen die beiden Männer, ohne einen von ihnen anzusehen oder zu berühren. Ein einzelner Tropfen

Blut rann von ihrer Hand, schimmerte wie eine schwarze Träne im Mondlicht.

Zu echten Tränen war Willow nicht fähig. Tränen entsprangen Furcht oder Hoffnung, und Willow fühlte weder das eine noch das andere. Nicht mehr. Alles, was sie empfand, war eine schreckliche innere Kälte.

»Ich habe ihn angefleht, mich zu nehmen.«

Im ersten Moment begriffen weder Caleb noch Reno die Bedeutung von Willows Worten. Sie waren zu schockiert über ihre Stimme, um sich auf ihre Worte zu konzentrieren. Der rauchige Klang und das unterschwellige Lachen, die sonst immer darin mitschwangen, waren verschwunden. Geblieben war nichts, nur eine dumpfe Tonlosigkeit, die kaum als menschlicher Laut zu erkennen war.

»Ich kann es einfach nicht glauben, Willy. Du bist nicht erzogen worden, um...«

»Genug!« Caleb schnitt Reno brüsk das Wort ab. »Du hast gefragt, sie hat geantwortet, und damit ist die Sache erledigt.«

Sanft streichelte Caleb über Willows Haar, versuchte schweigend, sie an sich zu ziehen. Willow blieb bewegungslos stehen, als würde sie von nichts anderem als kaltem Mondlicht berührt. Lange Finger glitten liebkosend über ihre Wange. Sie drehte abrupt den Kopf weg. Mit einem gemurmelten Fluch zog Caleb seine Hand zurück und wandte sich wieder zu Reno um.

»Du kannst jetzt von deinem hohen Roß herunterkommen«, sagte er barsch zu Reno. »Ich werde Willow heiraten, sobald wir irgendwo einen Priester finden.«

Schweigen breitete sich zwischen ihnen aus, bis Reno einen langen Seufzer ausstieß. Seine Körperhaltung veränderte sich kaum merklich, als die sprungbereite Wachsamkeit von ihm abfiel und seine Muskeln sich entspannten. Seine linke Hand ballte sich kurz zur Faust, lockerte sich dann wieder.

»Verdammt guter Einfall, Yuma-Mann.«

Willow sah die Reaktion ihres Bruders, beobachtete, wie er

sich entspannte. Sie erinnerte sich an die unglaubliche Schnelligkeit, mit der ihr Bruder seinen Revolver gezogen hatte, und plötzlich verstand sie, warum Caleb bereit war, sie zu heiraten. Wut entfaltete sich in ihrem Körper, eine unsägliche Wut, so kalt, wie ihre Leidenschaft heiß gewesen war.

»Gut?« wiederholte Willow ruhig. »Ein Lügner zieht es vor, mich zu heiraten, statt sich meinem Bruder zu stellen – der zufällig ein Revolverschütze namens Reno ist –, und das soll gut sein?«

An Renos Kiefer begann ein Muskel zu zucken, und seine Haltung nahm erneut etwas Wachsames an. »Willst du damit sagen, daß sich Caleb mit Lügen in dein Bett geschlichen hat?«

»Inwiefern habe ich dich belogen?« fragte Caleb gleichzeitig. Seine Stimme klang sanft, dennoch übertönte sie Renos Frage. »Sag es mir, Willow. Erzähl mir, wie ich dich mit Lügen verführt habe. Habe ich dir versprochen, dich zu heiraten?«

Der Laut, der sich Willows Kehle entrang, konnte kaum als Lachen bezeichnet werden, und doch war er das. Ein trostloses, verächtliches Schnauben. »Nein. Du hast keinerlei Versprechungen gemacht.«

»Habe ich dir all die Lügen über Liebe erzählt, die ein Mann benutzt, wenn er ein Mädchen herumkriegen will?«

Willow holte scharf Luft. »Nein. Kein Wort von Liebe.«

»Inwiefern habe ich dich dann belogen? *Sag es mir.*«

Das Geräusch, als Willow gegen den Kloß in ihrer Kehle schluckte, war schmerzlich mit anzuhören. Ihre Augen schlossen sich für einen kurzen Moment. Caleb hatte recht, und sie wußten es beide. Er hatte nicht lügen müssen. Sie war in seine Hände gefallen wie ein reifer Pfirsich, köstlich weich und erhitzt von der Sonne. Die Mühelosigkeit dieser Eroberung mußte ihn überrascht haben. Kein Wunder, daß er sie für ein Liebchen gehalten hatte.

Für ihn war sie nichts anderes.

»Du hast mir nicht gesagt, daß du hinter meinem Bruder her warst«, sagte Willow schließlich, ohne Caleb dabei anzusehen.

»Ich habe gedacht, du wärst Renos Geliebte«, entgegnete er barsch. »Du warst meine einzige Hoffnung, mich für Rebeccas Tod rächen zu können. Dein Bruder ist verflucht schwer aufzuspüren. Ich mochte den Gedanken nicht, eine Frau zu benutzen, um an Reno heranzukommen, aber unter den gleichen Umständen würde ich dasselbe noch einmal tun.«

Willow wandte sich um und blickte Caleb zum ersten Mal an, seit sie aus einer Art von Dunkelheit herausgekommen und in eine andere eingetreten war, eine, deren Ende sie nicht sehen konnte.

»Ich hoffe, Marty hat deine Schwester angelogen«, sagte sie mit einer Stimme, so weich und kalt wie Schnee. »Ich hoffe, sie hat tausend zärtliche Lügen von ihrem Liebhaber zu hören bekommen. Ich hoffe, sie hat noch im Tod an jede einzelne dieser Lügen fest geglaubt. Es würde den Erinnerungen etwas von ihrer… Schande nehmen.«

»Es ist nichts Schändliches an dem, was wir getan haben«, erwiderte Caleb wütend, und er fühlte, wie seine Selbstkontrolle mit jedem Wort, das Willow sagte, dahinschwand. Sie hatte schon immer diese Wirkung auf ihn gehabt, indem sie die Verteidigung, die andere Leute so uneinnehmbar fanden, mühelos untergrub. »Wir sind nicht der erste Mann und die erste Frau der Schöpfung, die nicht auf einen Priester warten konnten, um ihre Heirat zu besiegeln.«

»Welche Heirat?« fragte sie.

»Die, die stattfinden wird, sobald wir hier herauskommen«, gab er heftig zurück.

»Ich werde dich nicht heiraten, Yuma-Mann.«

Caleb war zu überrascht, um etwas darauf zu sagen.

Reno war es nicht. »Du kannst ihn heiraten oder ihn begraben. Die Wahl bleibt dir überlassen, Willy.«

Caleb warf Reno einen harten Blick zu, aber als er sprach, klang seine Stimme nüchtern. »Kugeln sind nicht wie Worte. Du kannst sie nicht mehr zurücknehmen, wenn sich deine Wut gelegt hat.«

Eine Weile starrte Willow weiterhin durch Caleb hindurch, als existierte er nicht. Schließlich kam ihr Atem in einem gebrochenen Seufzer. »Richtig. Mein Bruder ist unglaublich schnell mit seinem Revolver, nicht?«

Es war nicht das, was Caleb gemeint hatte, aber der Klang ihrer Stimme verstörte ihn zu sehr, um gegen ihre Bemerkung zu protestieren. Ihre Stimme schien einer Frau zu gehören, die viel älter und lange nicht so sanft wie das Mädchen war, das sich ihm so süß und so vollkommen hingegeben hatte.

»Ja, er ist ziemlich schnell«, erwiderte Caleb gelassen.

Stille breitete sich aus, als Willow den großen Mann anschaute, den sie im Grunde schon geliebt hatte, bevor sie ihn wirklich kannte. Aber sosehr dieser Fehler auch schmerzte, sie wußte, es war ihr Werk, nicht Calebs. Möglich, daß er ihre Unwissenheit unterstützt hatte, geschaffen hatte er sie jedoch nicht. Er hatte sie nicht belogen. Das war gar nicht nötig gewesen.

Sie selbst war es, die sich so erfolgreich belogen hatte.

Dumme kleine Forelle, kennst du nicht den Unterschied zwischen Wollust und Liebe, hast einen Stauwasserstrudel irrtümlich für den Strom des Lebens gehalten.

Willow schloß die Augen und sah im Geist wieder den verblüffenden Augenblick vor sich, als Renos Revolver wie durch Zauberei in seiner Hand erschienen war. Es hatte keine Vorwarnung gegeben, kein Zaudern, nichts als Schnelligkeit und eine kalte Waffe aus Stahl, bereit zu töten.

Ihre Finger verflochten sich fest miteinander, lockerten sich wieder. Die kleine Wunde auf ihrem Handrücken protestierte dagegen und weinte noch eine schwarze Träne. Willow spürte sie kaum. Ihre Gedanken waren zu schmerzlich, um irgend etwas anderes wahrzunehmen als den stummen Schrei, der ihr die Kehle zusammenschnürte.

Caleb liebt mich nicht, aber er wird mich eher heiraten, als sich der Waffe meines Bruders zu stellen.

Caleb, der Willow mehr als einmal das Leben gerettet hatte

auf dem langen Weg in die Berge von San Juan. Caleb, der sie nicht dazu gezwungen hatte, seine Geliebte zu werden. Wenn überhaupt, dann hatte sie ihn mehr oder weniger gezwungen, ihn auf eine Art und Weise in Versuchung geführt, die sie zu der Zeit noch nicht einmal verstanden hatte.

Natürlich liebt Caleb mich nicht. Ein Mann von der alttestamentarischen Art liebt keine Liebchen. Aber er benutzt sie... um des Vergnügens willen, das er zwischen ihren Beinen findet.

Die Erinnerung an ihre eigene schamlose Sinnlichkeit rollte in einer Welle der Demütigung über Willow hinweg, die ihre Wangen brennend rot färbte und nur langsam abebbte, bis ihre Haut wieder so kalt und farblos wie ihre Stimme war.

»Also, Willy«, sagte Reno ungeduldig. »Was soll nun werden? Willst du eine Heirat oder ein Begräbnis?«

Willow wußte, sie mußte sich entscheiden, aber keine der beiden Möglichkeiten war eine Wahl, mit der sie hätte leben können. Sie konnte Caleb nicht zum Tod durch die Hand ihres Bruders verurteilen. Sie konnte sich nicht selbst zu einem Leben mit einem Mann verurteilen, der sie bestenfalls als eine Verpflichtung betrachtete, die er sich eingehandelt hatte, als er den Tod seiner Schwester rächen wollte. Und schlimmstenfalls...

Als Hure.

Schlimmstenfalls würde Willow sich selbst zu einer Ehe mit einem Mann verdammen, der nichts als Verachtung für sie empfand und eine Wollust, die er zwischen den Beinen jeder Frau befriedigen konnte.

Langsam öffnete Willow die Augen und blickte erst den Bruder an, der sie nicht verstand, und dann den Mann, der sie nicht liebte.

»Ich werde tun, was ich muß«, sagte sie tonlos.

Caleb musterte sie scharf, denn er spürte den mühsam beherrschten Tumult hinter den ruhigen Worten.

Reno jedoch nickte nur zufrieden. »Der nächste Priester lebt in dem Fort jenseits der Wasserscheide.« Er lächelte seine

Schwester an. »Ich werde dich zur Trauung begleiten, Willy, obwohl es mich mehrere Wochen Schürfarbeit kosten wird.«

»Das ist nicht nötig«, erwiderte sie.

»Ist mir ein Vergnügen.«

»Ein Vergnügen?« Willows Stimme ließ die beiden Männer einen verunsicherten Blick tauschen. »Eine Eheschließung, die unter der Drohung eines sechsschüssigen Revolvers vollzogen wird, ist kein Vergnügen. Deshalb gibst du deine Goldsuche für den Rest des Sommers auf, *Reno*. Du willst sichergehen, daß die Heirat auch wirklich stattfindet.«

»Du irrst dich, Willy.«

Sie blickte ihren Bruder an, als hätte sie ihn noch niemals zuvor gesehen. »Wie kannst du so sicher sein? Was bringt dich auf den Gedanken, daß Caleb mich nicht einfach verlassen und sofort weiterreiten wird, sobald er außerhalb der Schußweite deines Revolvers ist?«

»Was glaubst du eigentlich, was für eine Sorte Mann ich bin?« fragte Caleb verärgert.

»Einer aus dem Alten Testament«, entgegnete sie scharf. »Du schuldest mir nichts. Ich war nur schlicht und einfach ein Mittel zum Zweck. Auge um Auge und unberührte Schwester um unberührte Schwester. Die Tatsache, daß du die Schwester des falschen Mannes verführt hast, ist ein kleiner Irrtum, den Gott dir sicher verzeihen wird. Deine Absichten waren lauter. Gerechtigkeit ohne Erbarmen. Vergeltung.«

»Ich habe dich nicht aus Rache genommen«, stieß Caleb zwischen zusammengebissenen Zähnen hervor. »Und du weißt es auch verdammt gut. Ich wollte dich!«

»Nicht so sehr, wie ich dich wollte.«

Willow. Stoß mich weg.

Die Erinnerung an Calebs Worte lag unausgesprochen zwischen ihnen. Und auch die Erinnerung an das, was als nächstes passiert war – Willows Bereitwilligkeit, die Vereinigung zu vollenden, ihr Körper, der ihn unerträglich verlockte, ihre Stimme, die ihm schmelzend gestand, wie sehr sie ihn liebte.

»Willow«, flüsterte Caleb und streckte flehend die Hand nach ihr aus.

Schweigend trat Willow einen Schritt zurück, gerade so weit, daß sie außerhalb seiner Reichweite war.

Caleb ließ seine Hand sinken und wandte sich an Reno. »Ich werde deine Schwester heiraten. Du hast mein Wort darauf.«

»Ich habe es nie angezweifelt«, sagte Reno ruhig. »Wir werden während des nächsten Gewitters aufbrechen. Auf diese Weise kann ich diesen Ort so lange geheimhalten, bis ich meinen Anspruch an der Goldmine habe registrieren lassen.«

Mondschein glitzerte in Calebs Augen, als er prüfend den Himmel betrachtete. »Möglich, daß es morgen irgendwann ein Gewitter geben wird.«

Willow schaute Caleb an, dann Reno. Sie sagte nichts, weil sie sich selbst nicht traute, noch irgend etwas zu äußern, ohne zu verraten, daß sie nicht die Absicht hatte, Caleb zu heiraten. Noch hatte sie die Absicht, durch unvorsichtige Worte das Begräbnis herbeizuführen, auf das ihr Bruder so erpicht war.

»Komm, Liebes«, sagte Caleb sanft und streckte Willow erneut die Hand hin. »Wenn wir morgen weiterreiten, solltest du jetzt besser schlafen.«

Willow trat noch einen Schritt zurück, fort von dem Mann, der ihr seine Hand entgegenstreckte.

»Willy, du bist albern«, sagte Reno ungeduldig. »Caleb hat dich verführt, er wird dich heiraten, und damit ist die Sache zur Zufriedenheit aller geregelt.«

»Nein, das ist sie nicht.« Willow blickte auf einen Punkt hinter den beiden Männern. »Eine Ehe sollte aus Liebe geschlossen werden, nicht aus Pflichtgefühl.«

Reno schnaubte halb amüsiert, halb angewidert. »Eine Frau damals in West Virginia hat mich gelehrt, daß Liebe etwas für Jungen und Mädchen ist, die nicht erwachsen genug sind, um es besser zu wissen. Caleb ist ein Mann. Er kennt seine Pflicht. Es wird Zeit, daß du auch deine begreifst. Du hast deinen Spaß gehabt, und jetzt ist es an der Zeit, die Kosten dafür zu tragen.«

»Ja«, flüsterte sie, als ihr klarwurde, daß sie die Konsequenzen ihrer eigenen Wahl akzeptieren mußte. Ein kalter Schauer überlief sie und machte ihr eine Gänsehaut. »Ja, ich verstehe.«

»Gut«, meinte Reno erleichtert. Er trat vor und versuchte, sie an sich zu drücken. Die Umarmung war schwierig, denn Willow stand nur stocksteif da und rührte sich nicht. »Nun komm schon, Willy«, neckte er. »Hör auf zu schmollen. Wenn du nicht eine Menge für Caleb empfinden würdest, wärst du nicht seine Geliebte geworden. Wenn er dich nicht gewollt hätte, hätte er dich nicht genommen. Und jetzt heiratet ihr beide. Was ist daran so schlimm?«

Willow drehte sich um und schaute ihren Bruder an.

Als er ihren Ausdruck sah, verengten sich seine Augen. »Willy?«

»Sag mir nur eins«, murmelte sie, »wie wäre dir zumute, wenn unsere Positionen vertauscht wären? Wie würdest du dich fühlen bei dem Wissen, daß deine Braut nur deshalb zu dir käme, weil die einzige andere Wahl der sichere Tod wäre?«

Reno öffnete den Mund, aber er war zu schockiert, um etwas zu sagen.

Calebs gedämpfter, wilder Fluch war die einzige Antwort, die Willow bekam. Sie genügte.

»Ja. Das ist eine zutreffende Schilderung der Gefühle, die mich bewegen.« Willow ließ die beiden Männer stehen. Sie schlang die Arme um ihren Körper, als ihr zum ersten Mal bewußt wurde, wie kalt ihr ohne die dicke Jacke war. »Entschuldigt mich. Ich muß noch Verschiedenes erledigen. Ich möchte nicht unvorbereitet sein, falls unerwartet ein Unwetter ausbricht.«

»Ich helfe dir«, schlug Caleb vor.

»Nein.«

»Verdammt...«, begann Caleb.

»Ja«, unterbrach Willow ihn trostlos. »Verdammt. Verdammt und geradewegs zur Hölle damit.«

Schweigend schauten beide Männer zu, wie Willow in die

Nacht hinausging. Als sie außer Sicht- und Hörweite war, stieß Reno den Atem in einem langen Seufzer aus.

»Nur gut, daß sie keine Waffe hatte«, sagte er. »Sie hätte sie gezogen.« Er schüttelte den Kopf. »Und es ist gut, daß sie glaubt, sie liebte dich, Yuma-Mann. Sonst würde sie dir die Kehle durchschneiden, während du schläfst.«

»Nein«, entgegnete Caleb. »Wenn sie das tatsächlich vorhätte, würde sie nicht erst warten, bis ich schlafe. Willow würde sich auf mich stürzen, wenn ich hellwach wäre, obwohl sie wüßte, daß sie den Kampf auf jeden Fall verlieren würde. Sie gibt einfach nicht auf. Ich bewundere das an ihr, obwohl es die Sache manchmal wesentlich erleichtern würde, wenn sie von der lammfrommen Sorte wäre.«

Reno schüttelte verwundert den Kopf. »Sie war so ein süßes kleines Mädchen, ganz Lachen und Schalk und goldenes Haar.«

»Süße kleine Mädchen müssen in Watte gepackt und mit Vorsicht behandelt werden, wenn sie süß bleiben sollen.« Caleb starrte in die Dunkelheit, die Willow verschluckt hatte. »Ich hätte lieber eine Frau, die nicht gleich zusammenbricht, wenn das Leben sich zum ersten Mal von der harten Seite zeigt. Eine Frau, die ihre Wahl trifft und nicht jammert, wenn sich die Dinge nicht so entwickeln, wie sie es erwartet hat. Ich hätte lieber die Leidenschaft einer Frau statt des süßen Lächelns eines kleinen Mädchens. Ich hätte lieber... Willow.«

»Du hast sie bekommen.« Reno lächelte leicht. »Im Moment ist sie fuchsteufelswild, aber sie wird sich bald besinnen und das Beste aus der Situation machen. Ihr bleibt keine andere Wahl, und sie weiß es auch.«

»Mir wäre es lieber, sie würde bereitwillig zu mir kommen.«

»Nach dem, was ich mir so zusammenreime, hat es ihr bisher offensichtlich nicht an Bereitwilligkeit gemangelt«, meinte Reno sarkastisch.

Caleb fuhr so rasch zu Reno herum, daß sich dieser instinktiv anspannte.

»Priester oder nicht, Willow ist meine *Ehefrau*«, sagte Caleb wild. »Sie ist so unschuldig zu mir gekommen, wie ein Mädchen überhaupt sein kann. Wenn du irgend etwas sagst oder tust, was sie beschämt, bekommst du den Kampf, auf den du so versessen warst. Du hast mein Wort darauf.«

Renos linke Braue hob sich in einem schwarzen Bogen, als ihm die unverblümte Drohung in Calebs Worten aufging. Dann mußte Reno widerwillig leise lachen. Er streckte dem anderen seine Hand hin. »Willkommen in der Familie, Bruder. Ich bin froh, daß sich Willow einen Mann gesucht hat, für den sie sich nicht entschuldigen muß, wenn die Zeit zum Kämpfen kommt.«

Calebs Mund verzog sich zu einem grimmigen Lächeln, und sie tauschten einen Händedruck. »Keine Sorge, Reno. Falls du jemals noch einen Schützen brauchst, gib mir nur Bescheid. Ich werde kommen, ganz egal, was passiert.«

»Also, *ein* Kampf steht bevor, da werde ich nicht extra um deine Hilfe schicken müssen. Ich hoffe nur, Wolfe ist irgendwo in der Nähe. Zwei Mann gegen Slaters Haufen sind nicht genug.«

»Könnte ausreichen, wenn du ein Repetiergewehr hast.«

»Wolfe hat mir schon von deiner phantastischen, langläufigen Flinte erzählt. Sagte, du könntest fast gleichzeitig laden und feuern.«

Caleb nickte.

»Du mußt mir auch eins von diesen Gewehren beschaffen«, sagte Reno. »Wünschte, ich hätte jetzt so eines.«

»Ich auch. Gibt es noch einen Weg hier heraus?«

»Vielleicht. Kommt auf die Pferde an, die du reitest. Schau hier...«

Reno ging in die Hocke und begann, mit einem Zweig in der erkalteten Asche zu zeichnen. Der Weg des Zweigs hinterließ eine dünne weiße Linie in der dunkleren Asche an der Oberfläche der Feuerstelle, während Reno mit gedämpfter Stimme über das Tal und den Berg sprach.

Auf der anderen Seite des winzigen Tals stand Willow wie erstarrt und lauschte angestrengt. Sie hatte nicht die einzelnen Worte verstehen können, als Caleb und Reno sich unterhielten, aber sie war in der Lage gewesen, ihre Stimmen über das unaufhörliche Flüstern des Windes und das Rauschen des kleinen Bachs hinweg auszumachen. Das abrupte Ende der Unterhaltung ließ sie fürchten, daß es nicht mehr lange dauern würde, bis Caleb zu dem Bett aus Eibenzweigen zurückkehrte. Und sie wollte weit weg sein, bevor dies geschah.

Hastig riß Willow eine Seite aus Calebs Tagebuch und stopfte sie in ihre Jackentasche zu dem Bleistift, den sie sich schon genommen hatte. Sie behielt das Tagebuch ebenfalls, weil es Calebs sorgfältig gezeichnete Karte von dem zerklüfteten Land enthielt, das sie auf ihrem langen Treck durchquert hatten, und außerdem die leichteren Pässe, die Caleb gemieden hatte. Ausgerüstet mit der Karte und ihrer Fähigkeit, die Sterne zu lesen, sollte sie in der Lage sein, ihren Weg zurück durch die Berge zu finden, obwohl sie bei Nacht reisen würde, um keine Aufmerksamkeit auf sich zu lenken.

Willow ging zu den Pferden, während sie ihren schweren Sattel und eine eilig fabrizierte Bettrolle hinter sich herzog. Eine ihrer großen Jackentaschen war mit den Resten des Rauchfleischs gefüllt – mehr würde sie nicht zu essen haben, bis sie Canyon City erreichte. Die Aussicht auf knappe Rationen beunruhigte Willow nicht annähernd so stark wie die Tatsache, daß sie ihre Stuten zurücklassen mußte. Sie besaß ganz einfach nicht die Erfahrung und Geschicklichkeit, um die Tiere und sich selbst im Fall einer Gefahr zu verstecken. Sie wären besser aufgehoben bei Caleb, dem ihr Wohl so sehr am Herzen gelegen hatte, daß er seine eigene Erschöpfung ignoriert hatte und über die Wasserscheide zurückgeritten war, um die vier Stuten zu retten.

Der Wind wechselte die Richtung und trug das Gemurmel männlicher Stimmen vom Lagerfeuer herüber. Willow entspannte sich etwas, weil sie wußte, daß ihr noch ein paar Minuten blieben, bevor Caleb zurückkam. Sie wünschte, sie könnte fort sein, bevor Caleb nach ihr zu suchen begann, aber ein zu knapper Vorsprung wäre zu gefährlich. Wenn sie nur ein paar Minuten trennten, würde er ihr nachkommen und sie einholen. Sie brauchte Zeit, um so viel Entfernung zwischen sich und ihn zu legen, daß eine Verfolgung sinnlos wäre.

Ishmael witterte Willow und schnaubte leise zur Begrüßung. Sie legte den Sattel ab und breitete hastig die Bettrolle aus, so als hätte sie die Absicht, auf der Wiese bei ihren Pferden zu schlafen. Die Decken wiesen Buckel auf wegen der verschiedenen Dinge, die sie zwischen den Schichten aufbewahrte, aber sie bezweifelte, daß Caleb es in der Dunkelheit bemerken würde. Ihre Reisetasche wäre zu offensichtlich gewesen, deshalb hatte sie sie zurückgelassen.

Willow schrieb hastig einen Brief, sagte, was gesagt werden mußte, obwohl es sie ungeheuren Schmerz kostete.

Matt, es tut mir leid, daß ich nicht mehr das unschuldige Mädchen bin, an das Du Dich von früher erinnerst. Auch wenn Du Caleb zwingst, mich zu heiraten, wird das nichts an dem ändern, was vorgefallen ist.

Komm mir nicht nach. Laß mich die Vergangenheit abstreifen und noch einmal ganz von vorn als Witwe beginnen. Ich werde nicht die erste Frau sein, die sich als Witwe ausgibt, und auch nicht die letzte.

Wenn Du jemals unsere Brüder wiedersiehst, sag ihnen, daß ich oft an sie denke und mich mit Liebe an sie erinnere.

Willow hielt im Schreiben inne, und ihr Mut schwand bei dem Gedanken an das, was sie als nächstes zu sagen hatte. Aber es mußte getan werden. Caleb sollte verstehen, daß er ihr in keiner Weise verpflichtet war.

Caleb, such Dir eine der Stuten aus als Bezahlung, weil Du mich zu meinem Bruder geführt hast. Bitte bring die anderen zu Wolfe Lonetree. Er kann eine Stute haben, wenn er für die anderen beiden sorgt, bis ich in der Lage bin, sie abzuholen.

Wenn Du das tust, hast Du keinerlei andere Verpflichtung mir gegenüber. Es steht uns beiden frei, ein neues Leben zu beginnen.

Nach ein paar Minuten trat Willow zu ihren Pferden, um still Abschied zu nehmen. Die Stuten nahmen den nächtlichen Besuch mit derselben freundlichen Sanftmut hin, wie sie alles hinnahmen, was von ihrer Herrin kam. Tränen brannten in Willows Augen, als samtige Nüstern sie beschnüffelten und weiche Mäuler sie anstupsten, mit der stummen Bitte, gestreichelt und geliebt zu werden.

Caleb wird gut für euch sorgen. Besser, als ich es könnte. Er ist stark genug, um euch auf sichere Weiden zu bringen.

Ishmael warf plötzlich den Kopf hoch, schnaubte leise und blickte aufmerksam über Willows Schulter hinweg in die Dunkelheit. Willow drehte sich langsam um, wohl wissend, wer hinter ihr stehen würde.

»Es ist zu spät, um jetzt mit getrennten Betten anzufangen«, sagte Caleb und zeigte auf die Stelle, wo Willow ihre Bettrolle ausgebreitet hatte und den Sattel am oberen Ende als Kopfstütze.

Willow zuckte nur die Achseln, weil sie ihrer Stimme nicht traute.

»Komm wieder ins Bett mit mir, Honey. Nichts hat sich geändert.«

Sie schüttelte den Kopf mit einer Mattigkeit, die selbst im blassen Licht des Mondes deutlich sichtbar war.

Calebs Hand schoß vor und umschloß Willows Arm, als sie sich von ihm abwandte. Willow gab einen verblüfften Laut von sich. Sie hatte vergessen, wie schnell er sein konnte.

»Bitte faß mich nicht an.« Ihre Stimme klang ungebeugt und kalt.

Calebs Augen flackerten bei der Kälte in ihrer Stimme, doch

er machte keine Anstalten, sie loszulassen. »Du bist meine Frau.«

»Ich bin deine Hure.«

Er holte scharf Luft. Seine andere Hand schoß vor. Er zog Willow an sich, hielt sie in seinen Armen gefangen, und er wünschte, es wäre heller Tag gewesen, damit er ihre Augen hätte sehen können.

Und dann sah er Willows Augen und wünschte im selben Augenblick, der Mond hätte weniger hell geleuchtet.

Ihre Augen waren ebenso leblos wie ihre Stimme. Ein feines Zittern lief durch ihren Körper, als sie in seinen Armen stand. Es gab eine Zeit, da hatte dieses Beben von der Tiefe ihrer Leidenschaft für ihn gezeugt. Jetzt signalisierte es eine schreckliche Kombination aus Scham und Akzeptanz.

»Du bist nicht meine Hure«, sagte Caleb wild. »Du bist niemals meine Hure gewesen!«

»Liebchen. Hure. Nenn es, wie du willst. Es ändert nichts an dem, was geschehen ist.« Willow drehte sich weg von ihm, soweit Calebs Umarmung es gestattete. »Laß mich los.«

»Nein«, erwiderte er und zog sie eng an seinen Körper.

Calebs brüske Weigerung war so unerwartet wie die harte Vorwölbung zwischen seinen Schenkeln, die er in keiner Weise zu verbergen versuchte.

Willow war schockiert. Sie hatte nicht erwartet, daß er sie in dieser Nacht – nach allem, was vorgefallen war – in seinem Bett haben wollte. Sie hatte bis zu diesem Zeitpunkt nicht wirklich geglaubt, daß er sie als seine Hure betrachtete.

Sie hatte sich geirrt. Aber es war ja nicht das erste Mal, daß sie sich in Caleb irrte.

»Ich verstehe«, sagte Willow. Sie schob ihre Hände zwischen ihre beiden Körper und begann, ihre Jacke mit zitternden Fingern aufzuknöpfen. »Du willst wieder zwischen meine Beine.«

Seine Hand legte sich hart auf ihren Mund. »Hör auf! Du bist meine Frau, nicht meine Hure, wie oft muß ich das noch betonen?«

Calebs Augen waren schmale Schlitze von Silber mit Mondlicht. Sein Mund bildete eine schwarze Linie. Sein Ausdruck war höchst gefährlich.

Willow konnte die Wut in Caleb sehen, schmecken, fühlen. In ihm kochte ein Zorn, wie sie ihn noch bei keinem anderen Mann jemals erlebt hatte. Ohne Vorwarnung zog er seine Hand weg und preßte statt dessen seinen Mund auf ihre Lippen. Seine Bewegung geschah so schnell, daß Willow keine Chance hatte. Er hielt sie eisenhart umschlungen im Käfig seiner Arme, und es gab kein Entrinnen, keine Möglichkeit, sich zu wehren, nichts als den sanften Druck seiner Lippen, die ihre auseinanderzwangen.

Wie erstarrt wartete Willow auf das intime Eindringen von Calebs Zunge. Es kam nicht. Statt dessen wurde sein Mund plötzlich sanfter, und seine Zunge liebkoste ihre in einer süßen Verführung, die bedrohlicher war, als es jede gewaltsame Inbesitznahme gewesen wäre. Es war dasselbe mit seinen Händen, die zärtlich über ihren Körper glitten, Lust in ihr erweckten und sie erschauern ließen.

Verzweiflung durchzuckte Willow. Caleb kannte sie zu gut. Hilflos gruben sich ihre Nägel in seine Oberarme, als die Wildheit in ihrem Inneren das Ventil erahnte, das Caleb anbot, und auf Freilassung drängte.

»Ja«, murmelte Caleb schonungslos und biß leidenschaftlich in Willows Hals, als er den köstlichen Schmerz ihrer Fingernägel fühlte. »Komm zu mir. Du bist verletzt und wütend und weißt nicht, was du tun sollst. Laß deine Gefühle an mir aus, Willow. Ich habe keine Angst vor der Leidenschaft in dir. Laß sie frei.«

Die Erkenntnis, daß Caleb von der Wildheit wußte, die unter ihrer unnatürlich ruhigen Fassade brodelte, entrang Willows Lippen einen Laut der Verzweiflung.

»Hör auf, bitte, hör auf«, flehte sie mit gebrochener Stimme. »Laß mir wenigstens noch ein bißchen Stolz, Yuma-Mann. Selbst eine Hure braucht ein bißchen Stolz.«

Ein eisiger Schauer überlief Caleb. »Sag so etwas nicht noch einmal. Hast du mich gehört? Du bist keine Hure!«

»Beweise es mir! Laß mich schlafen, wo es mir gefällt. Laß mich allein schlafen!«

Schweigen breitete sich zwischen ihnen aus, bis Willow am liebsten geschrien hätte. Das einzige Anzeichen ihres inneren Tumults war das leise Zittern, das ihren Körper erschütterte. Ihr Ausdruck zeigte keinerlei Emotionen. Sie beobachtete Caleb nur mit den Augen einer Fremden, während sie darauf wartete, herauszufinden, ob sie seine Frau oder seine Hure war.

Und er wußte es.

»Schlaf, wo es dir gefällt, wann immer es dir gefällt«, entgegnete er kalt. »Ich habe es verflucht satt, von dir und deinem Bruder wie ein gewissenloser Verführer behandelt zu werden.«

Abrupt gab Caleb Willow frei und trat zurück.

»Sag mir Bescheid, wenn du fertig bist mit Schmollen und wie meine Frau behandelt werden möchtest. Dann werde ich dich wissen lassen, ob ich mich immer noch als dein Mann betrachte.«

17. Kapitel

Erst als Willow mehrere Kilometer vom Eingang des engen Tals entfernt war, stieg sie aus dem Sattel und wickelte die Fetzen ihres Reitkostüms von Ishmaels Hufen. Der Hengst schnaubte, als der letzte Lederriemen abgenommen wurde und die Stoffstücke abfielen. Er stampfte ungeduldig mit den Hufen.

»Ich weiß«, sagte Willow leise und streichelte Ishmaels Hals, um das nervöse Tier zu beschwichtigen. »Die Lumpen haben dich beunruhigt, aber sie haben deine Hufe davor bewahrt, zuviel Lärm auf den Felsen zu machen.«

Unglücklich betrachtete sie den Himmel. Am östlichen Horizont zog bereits die Morgendämmerung herauf und ließ die Sterne verblassen. Willow wünschte, sie könnte einfach untertauchen und sich den Tag über verstecken, aber das würde die sichere Katastrophe bedeuten. Sie war noch viel zu nahe an dem Tal, um in Sicherheit zu sein. Sie würde den ganzen Tag hindurch hart und schnell reiten müssen und die kommende Nacht ebenfalls.

Morgen um diese Zeit würde sie in der Lage sein, Ishmael auf irgendeiner abgelegenen Wiese anzupflocken und zu seinen Füßen zu schlafen. Morgen, aber nicht heute.

Willow stieg wieder in den Sattel und ritt weiter den Berghang hinunter, ließ das versteckte kleine Tal mit jedem Hufschlag weiter hinter sich zurück. Um sie herum hoben sich die Nebelschleier, während die Nacht langsam zurückwich, enthüllten die Silhouette weit entfernter Gipfel gegen den blassen Himmel und eine Mischung von Grasland und Wald in der Nähe. Sie trieb Ishmael dicht am Waldrand entlang, wo es genügend freie Fläche gab, um schnell zu reiten, und ausreichend Deckung in unmittelbarer Nähe, falls sie sie brauchen sollte.

Das schwere Gewehr lag quer auf Willows Schoß. Es behinderte sie zwar in der Bewegung, aber sie hatte im Laufe der langen Nacht entdeckt, daß sie das Gefühl des glatten, hölzernen Kolbens mochte und vor allem das beruhigende Bewußtsein, daß die Doppelläufe geladen und schußbereit waren.

Ishmael drehte plötzlich den Kopf nach links, als er über das Grasland zu einer Stelle schaute, wo ein Bach zwischen Felsbrocken dahinter plätscherte auf seinem Weg zur Vereinigung mit einem größeren Bach. Die Ohren des Hengstes richteten sich auf, und seine Nüstern blähten sich weit, während er Witterung aufnahm.

Ohne zu zögern lenkte Willow ihr Pferd scharf nach rechts, um vor dem zu fliehen, was immer er auch gewittert hatte, und in den Schutz des Waldes auszuweichen. Mit klopfendem Herzen führte sie den Hengst tiefer in Deckung. Als sich die Bäume so dicht um sie schlossen, daß Ishmael Mühe hatte, zwischen den Stämmen hindurchzukommen – und sie selbst Mühe, sich unter tiefhängenden Ästen zu ducken –, kehrte sie um und trieb Ishmael auf einen Pfad, der parallel zu dem verlief, den sie verlassen hatte.

Ganz gleich, wie aufmerksam Willow lauschte, sie hörte nichts außer dem Knirschen des Sattels, dem gedämpften Rhythmus von Ishmaels Hufen auf Eibennadeln und dem sanften Wispern des Windes. Allmählich dünnte sich der Wald aus zu vereinzelten Wäldchen und dann zu vereinzelten Bäumen, bis schließlich nur noch Gras, Wildblumen und Weiden das Bachufer säumten. Die Lichtung war an ihrer schmalsten Stelle mindestens zwei Kilometer breit und erstreckte sich über sieben Kilometer Länge. Es war mehr ein Becken als ein Flußtal.

Die Route, die im Tagebuch verzeichnet war, führte Willow durch die gesamte Länge des Beckens. Einen Teil der Strecke konnte sie am Waldrand entlangreiten. Den größten Teil nicht. Der Anfang war das schlimmste. Sie würde vier Kilometer ohne wirkliche Deckung zurücklegen müssen.

Willow verstärkte ihren Griff um die Zügel und packte das Gewehr fester, während sie angestrengt horchte und das Grasland nach Anzeichen von Leben absuchte. Es war schwierig, in dem trüben, verschwommenen Licht der beginnenden Morgendämmerung viel zu erkennen. Mehrere Schatten von der Größe eines Rehs bewegten sich langsam an der Trennlinie zwischen Wiese und Wald entlang. Nichts sonst bewegte sich, bis auf Grashalme, die sich unter der Morgenbrise beugten. Es war so still, daß Willow den hohen, wilden Schrei eines Adlers hören konnte, der der Morgenröte entgegenflog und nach der ersten Beute des Tages Ausschau hielt. Willow inhalierte tief. Es war kein Rauch in der Luft, nirgendwo war etwas zu sehen, was auf die Anwesenheit anderer Menschen hindeutete, und dennoch fühlte sie ein unheimliches Prickeln im Nacken.

Plötzlich scheute Ishmael. Willow wußte nicht, ob der Hengst ihre eigene Unsicherheit spürte oder ob ihm der Wind den Geruch eines anderen Pferdes entgegentrug.

»Ruhig, mein Junge«, murmelte sie. »Ich mag diese weite, offene Fläche auch nicht, aber es gibt keinen anderen Weg. Laß uns die Sache hinter uns bringen, bevor die Sonne über die Gipfel steigt.«

Eine leichte Berührung von Willows Fersen trieb Ishmael zu schnellem Kanter an. Obwohl kleiner als Calebs Montana-Pferde, bewegte sich der Araberhengst mit langen, weitausholenden Schritten.

Ein Ruf kam aus dem Wald hinter Willow.

Das kann unmöglich Caleb sein. Nach seinen Äußerungen gestern abend zu urteilen, würde er mir nicht folgen. Und selbst wenn Matt Caleb gezwungen hätte, mitzukommen... es ist ja noch kaum hell. Er und Matt sind gerade erst beim Aufstehen. Außerdem kam der Ruf aus der falschen Richtung.

Ein weiterer Ruf ertönte. Willow schaute über ihre Schulter zurück. Vier Reiter kamen auf sie zu. Ihre Pferde waren große, dunkle, langbeinige Braune. Sie rückten mit jedem Schritt näher an sie heran.

Willow hob die Zügel und flüsterte Ishmael etwas ins Ohr. Augenblicklich verwandelte sich sein Kanter in Galopp. Nach mehreren hundert Metern blickte sie wieder über ihre Schulter zurück. Die Reiter folgten ihr, ihre Pferde liefen hart.

Willow umklammerte das Gewehr und beugte sich tief über Ishmaels Hals, während sie leise auf ihn einsprach und ihn zu größerem Tempo anspornte. Sein ganzer Körper streckte sich, als er ernsthaft zu galoppieren begann – eine elegante, fließende Silhouette bis auf das stolze Banner seines erhobenen Schweifs.

Gras und Büsche flogen als verschwommene Flecken an ihr vorbei. Der Wind trieb Tränen in Willows Augen und versuchte, ihr den Atem aus der Kehle zu ziehen. Ishmaels Hufe donnerten über die Ebene, machten ein Geräusch wie kontinuierlicher Trommelwirbel. Das Tempo war viel zu schnell für das unsichere Licht, viel zu anstrengend für die Kraft des Hengstes, aber Willow hatte keine andere Wahl. Sie mußte die anderen Pferde abhängen.

Sie beugte sich noch tiefer über Ishmaels Hals und balancierte ihr Gewicht über seinen Schultern aus, wo ihre Last am leichtesten für ihn zu tragen war. Das Gewehr machte die Haltung für Pferd und Reiterin gleichermaßen schwierig. Nach mehreren vergeblichen Versuchen gelang es Willow, die Flinte in die Sattelscheide zu schieben.

Nachdem sie ungefähr zwei Kilometer zurückgelegt hatten, spähte Willow erneut über ihre Schulter. Angst schnürte ihr das Herz zusammen. Die vier Pferde hatten weiter aufgeholt. Als sie sich wieder nach vorn drehte, riß ihr der Wind den Hut vom Kopf und löste ihr hochgestecktes Haar, bis es wie eine gespenstische Fahne hinter ihr herflatterte. Sie blinzelte heftig gegen die Tränen an, die ihr der Wind in die Augen trieb, und lehnte sich noch weiter vor, umklammerte die Zügel nur wenige Zentimeter hinter der Trense und vergrub ihre Wange an Ishmaels heißem Hals.

Im Laufe des dritten Kilometers begann der Araberhengst langsam Vorsprung vor den Verfolgern zu gewinnen. Als die Männer dies bemerkten, fingen sie an zu schießen.

Das rasante Tempo und das verschwommene Licht der Morgendämmerung halfen Willow. Sie hörte Schüsse über Ishmaels keuchenden Atem und das Donnern seiner Hufe hinweg, aber keine der Kugeln erreichte sie. Sie lehnte sich flach gegen Ishmaels schweißnassen Hals, während ein weiterer Kilometer unter seinen Hufen dahinflog und die Morgenröte die nahe gelegenen Gipfel mit flammendem Gold überzog.

Wie aus dem Nichts tauchte urplötzlich der Bach vor ihnen auf, versteckt in einer Bodenfalte des Graslands. Willow erhaschte nicht mehr als einen flüchtigen Blick auf die Barriere von Fels und schäumendem Wasser, die abrupt und ohne Vorwarnung Ishmaels Weg abschnitt. Willow klammerte sich wie ein bleicher Schatten an den Hals des Hengstes, als sich sein gesamter Körper mitten in der Bewegung zusammenzog, eine Drehung machte und sich dann in einem gigantischen Sprung streckte und über die Schlucht hinwegsetzte.

In vollem Tempo abgebremst, weil er ohne Warnung hatte springen müssen, stolperte der Hengst, als er auf der anderen Seite landete. Willow stemmte ihre Füße in die Steigbügel und zog die Zügel straff, riß Ishmaels Kopf hoch und zog ihn damit buchstäblich wieder ins Gleichgewicht zurück. Wie eine Katze kam er wieder auf die Füße und raste gleich darauf in gestrecktem Galopp weiter.

Willow warf einen schnellen Blick über ihre Schulter. Die Geschwindigkeit der Verfolger ließ deutlich nach. Eines der Pferde hatte völlig aufgegeben. Über die ersten zwei Kilometer waren sie schneller als der Hengst gewesen, hatten ihr Tempo einen weiteren Kilometer gehalten, aber für die lange, erschöpfende Strecke danach fehlte ihnen das Durchhaltevermögen des Arabers.

Erleichterung rollte über Willow hinweg in einer Woge, die fast schwindelerregend war. Sie drehte sich wieder nach vorn und beugte sich tiefer über Ishmaels Hals. Ihre Stimme lobte ihn unablässig, erzählte ihm, wie er die anderen Pferde hinter sich zurückließ. Ishmaels Ohren zuckten vor und zurück, horchten auf die Worte seiner Reiterin. Obwohl der Hengst hart atmete, war sein Schritt immer noch gleichmäßig. Er hatte seine Kraft noch nicht völlig verbraucht, aber es würde bald soweit sein. Willow konnte nur hoffen, daß die anderen Pferde weit zurückliegen würden bis zu dem Zeitpunkt, wo Ishmaels Energiereserven erschöpft wären.

Als der fünfte Kilometer unter ihnen dahinflog, hörte Willow eine Serie von Schüssen hinter sich. Sie spähte alarmiert zurück. Alle bis auf ein Pferd hatten aufgegeben. Das Tier hatte das elegante, rassige Aussehen eines Vollblüters. Wenn es tatsächlich ein Rennpferd war, so war es nicht an Rennen gewöhnt, die sich über viele Kilometer hinzogen. Auch dieses Tier begann zurückzufallen, wenn auch nur langsam.

Willow hob ihre Stimme über das Donnern von Ishmaels Hufen und sprach erneut verzweifelt auf den Hengst ein, forderte ihn auf, noch mehr von seiner Kraft zu geben. Seine Ohren zuckten, und sein Hals streckte sich noch ein wenig mehr. Willow preßte sich flach an ihn, und Tränen strömten über ihre Wangen, die nicht allein vom Wind herrührten. Sie wußte, sie ritt ihr Pferd viel zu schnell, viel zu hart, viel zu lange. Sie wußte aber auch, daß ihr keine andere Wahl blieb, als Ishmael um den allerletzten Rest seiner Kraft zu bitten.

Nach dem sechsten Kilometer ging der Atem des Hengstes rasselnd und keuchend, und Schaum bedeckte seine rötlichen Flanken, aber sein Tempo war immer noch hart und gleichmäßig. Aus Angst vor dem, was sie sehen würde, wartete Willow so lange wie möglich, bevor sie sich die Tränen am Ärmel abwischte und einen Blick über ihre Schulter wagte. Das andere Pferd fiel völlig erschöpft zurück und gab auf.

Willow weinte vor Erleichterung und drosselte Ishmaels Tempo auf einen langsameren Galopp. Die lange Lichtung dehnte sich auf beiden Seiten weiter aus und machte dann eine Biegung um einen großen Felsvorsprung, der aus dem Berg herausragte. Niemand folgte Willow in die gewundene Kurve. Wieder zog sie leicht an den Zügeln und verlangsamte Ishmaels Schritt noch etwas mehr.

Und dann zerrte sie so hart an den Zügeln, daß der Hengst sich aufbäumte und auf der Hinterhand rutschte.

Im ersten klaren Licht des neuen Tages tauchten fünf Reiter vor Willow auf – verteilt über die gesamte Breite der Wiese –, und sie rückten mit jeder Sekunde bedrohlich näher. Kehrtzumachen und vor ihnen zu fliehen, war sinnlos. Selbst wenn Ishmael noch ein langes, hartes Rennen verkraften könnte, würde es sie nur zurückbringen zu den Feinden, denen sie gerade entkommen war. Eine Flucht nach rechts oder links war nicht möglich, denn die Lichtung war zwischen hohen, steilen Granitwänden eingezwängt, während sich der Fluß in die Tiefe schlängelte und sich durch den Berg fraß.

Und so tat Willow das einzige, was sie konnte. Sie riß das Gewehr aus der Sattelscheide und trieb Ishmael erneut zu hartem Galopp an. Ihr Haar flatterte wie eine goldene Fahne hinter ihr, als sie den Hengst geradewegs auf die Männer zutrieb, die sie von allen Seiten zu umzingeln drohten.

Caleb sah das zerdrückte Gras, wo Willows Bettrolle gelegen hatte, zählte rasch die Pferde im grauen Licht des Morgens und fühlte Adrenalin durch seine Adern schießen.

Sie kann nicht davongelaufen sein. Wir hätten sie gehört.

Gerade als er sich abwenden wollte, fiel sein Blick auf einen hellen Fleck, ein Stück Papier, das an einen Busch gebunden war. Er riß den Zettel ab, las den Inhalt und hatte plötzlich das Gefühl, in einen Kübel mit Eiswasser getaucht worden zu sein.

Willow war lieber allein in die Nacht hinausgezogen, als sich einem neuen Tag mit Caleb Black zu stellen.

»Hast du sie gefunden?« erkundigte sich Reno, als er Caleb auf sich zukommen sah.

»Sie hat Ishmael genommen und ist noch in der Nacht davongeritten«, erklärte Caleb ohne Umschweife.

»Aber wir hätten sie gehört«, erwiderte Reno sofort. »Sie muß sich irgendwo zwischen den Bäumen verstecken.«

»Ihr Hengst ist weg und sie ebenfalls. Sie hat die Hufe des Pferdes mit Lumpen umwickelt«, gab Caleb zurück. Er ging in die Hocke, rollte sein Bettzeug zusammen und band es hinter dem Sattel fest, den er kurz zuvor noch als Kopfkissen benutzt hatte.

»Sie hat einen Brief hinterlassen, in dem sie ihre Stuten unter uns aufteilt«, fügte er hinzu.

»Aber warum?« wollte Reno wissen.

»Sie liebt die Stuten, wie eine Mutter ihre Kinder liebt, aber ihr Haß auf mich ist größer. Sie würde geradewegs durch die Hölle reiten, um von mir wegzukommen.«

»Willy ist keine Närrin«, hielt Reno dagegen. »Was glaubt sie denn, wo sie hinreitet? Sie kennt doch diese Berge gar nicht.«

»Sie hat mein Gewehr und mein Tagebuch mitgenommen.« Im Sprechen nahm Caleb zwei Schachteln Munition aus seiner

Satteltasche und schob sie in die Taschen seiner Schaffelljacke. »Falls sie sich verläuft, wird das noch das geringste ihrer Probleme sein.«

»Slater«, erwiderte Reno geschockt. »Sie weiß, daß er sich da draußen irgendwo herumtreibt. Mein Gott. Was, zum Teufel, hast du Willow gestern abend angetan?«

»Ich war ein *Gentleman*«, gab Caleb heftig zurück. »Sie hat mir gesagt, sie wollte allein schlafen. Ich habe ihren Wunsch respektiert. Aber keine Sorge, Reno. So dumm werde ich nicht noch einmal sein.«

Als Sonnenlicht die höchsten Gipfel vergoldete, durchschnitt Calebs Pfiff die frühmorgendliche Stille. Zwei dunkle Pferde trotteten auf ihn zu. Er griff sich Zaumzeug, Sattel und Satteltaschen und ging zu Trey, als Reno kehrtmachte und zu seinem eigenen Lager zurückrannte. Einen Moment später erschien er wieder mit Trense und Geschirr in der Hand, einen Sattel über die Schulter geworfen.

Kurze Zeit später kamen Caleb und Reno aus dem Dickicht hervor, das den Eingang zu dem kleinen Tal verhüllte. Reno verschwendete keinen Gedanken daran, die Fichtenzweige wieder hinter ihnen zusammenzubinden. Er schwang sich nur rasch in den Sattel und hielt dann Ausschau nach irgendwelchen Anzeichen. Caleb ritt vor ihm. Er machte eine scharfe Geste, bevor er abbog und stromabwärts am Bachufer entlangtrabte, ohne sich die Mühe zu machen, seine Spuren im Wasser zu verbergen.

Reno erhob keine Einwände. Daß jemand sein kleines Tal entdecken könnte, war im Augenblick die geringste ihrer Sorgen. Willow zu finden, bevor sie Slater in die Hände fiel, war das einzige, was jetzt zählte. Ihre größte Hoffnung war, daß Willow bei Dunkelheit geritten war und sich bemüht hatte, leise zu sein. Caleb und Reno ritten bei besserem Licht und scherten sich nicht darum, wer davon wußte. Sie sollten Willow schnell eingeholt haben.

Plötzlich zog Caleb die Zügel an und bedeutete Reno mit einer Handbewegung zu schweigen. Beide Männer richteten sich in den Steigbügeln auf und drehten langsam die Köpfe, versuchten zu entscheiden, ob sie wirklich Gewehrfeuer gehört hatten, und wenn ja, aus welcher Richtung.

Das Geräusch einer Serie von Schüssen schallte aus der Tiefe herauf, gefolgt vom Knall eines doppelläufigen Gewehrs.

Erbarmungslos drückte Caleb Trey die Sporen in die Seiten und trieb den großen Wallach in halsbrecherischer Geschwindigkeit den Abhang hinunter. Reno folgte ihm dicht auf den Fersen. Beide Männer hatten ihre Gewehre aus der Sattelscheide gezogen, hegten aber wenig Hoffnung, rechtzeitig an Ort und Stelle zu sein, um sie zu benutzen. Die Schüsse waren von einem Punkt gekommen, der ein ganzes Stück weiter den Berg hinunter lag und Kilometer entfernt war. Bis Caleb und Reno dort ankamen, würde nichts mehr übrig sein außer Hufspuren und leeren Patronenhülsen.

Wolfe Lonetree wartete am Anfang der großen Lichtung auf sie. Sein Pferd blockierte die Spuren, die Ishmael hinterlassen hatte, als Willow das Grasland nach Anzeichen von Menschen abgesucht hatte.

»Slaters Leute haben sich das Mädchen und den rotbraunen Hengst geschnappt. Ungefähr sechs Kilometer von hier«, sagte er zu Caleb und Reno. »Sie ist nicht verletzt und wird wahrscheinlich auch noch eine Weile unverletzt bleiben. Slater versucht, aus ihr herauszubekommen, wo ihr seid, aber wenn wir jetzt unvermittelt dort auftauchen, wird er ihr die Kehle durchschneiden, nur um euch zu ärgern. Ihr kennt seinen Ruf.«

»Ja«, erwiderte Caleb tonlos. »Den kenne ich. Kannst du uns möglichst nahe an die Stelle heranführen, wo er Willow festhält?«

Wolfe nickte und trieb sein Pferd in die Wiese hinein. Die Stute war ein seltener blau-grauer Apfelschimmel mit schwarzer Mähne und Schweif, eine Farbe, die sich bei Mustangs fand, bei denen das Blut ihrer arabischen Vorfahren wieder durchschlug. Kopf an Kopf galoppierten die drei Pferde über das

Grasland in einer langen Diagonale, die sie schließlich zu einem Waldstreifen brachte. Dort drosselten Caleb, Reno und Wolfe das Tempo und ließen die Pferde im Schritt weitergehen, um ihre Kräfte zu schonen für das, was ihnen bevorstand. Unauffällig lenkte Wolfe sein Pferd zwischen Reno und Caleb. Seine indigoblauen Augen wanderten forschend zwischen den beiden Männern hin und her, während er herauszufinden versuchte, ob Caleb wußte, wer Willows sogenannter Ehemann wirklich war.

Nach einer Weile meinte Wolfe trocken zu Reno: »Du mußt Matthew Moran sein.«

»Die meisten nennen ihn Reno«, warf Caleb ein, während er weiterhin aufmerksam das Land vor ihnen absuchte.

Wolfe lächelte leise und entspannte sich. »Ich übrigens auch. Wußte gar nicht, daß du verheiratet bist, Reno.«

»Willy ist meine Schwester«, erwiderte Reno. »Sie wird bald Calebs Ehefrau sein.«

Tiefblaue Augen musterten erst Reno, dann Caleb. »Ehefrau, soso«, wiederholte Wolfe versonnen.

Caleb nickte.

»Also, wenn es jemals eine Frau schafft, dir Zügel anzulegen, dann müßte es diese blonde Kriegerin sein, die ich heute morgen gesehen habe.«

»Du hast sie gesehen?« fragte Caleb scharf.

»Siehst du den kahlen Vorsprung da oben?« fragte Wolfe und zeigte nach vorn.

Jenseits der Lichtung und ungefähr vierhundert Meter höher ragte eine glatte Felsnase aus dem Berg.

»Ich sehe ihn«, sagte Caleb knapp.

»Ich habe dort oben mit meinem Fernglas gesessen, um Slaters Gang im Auge zu behalten«, erklärte Wolfe. »Das Mädchen war gerade einige hundert Meter über die Lichtung geritten, als sie Jed Slater und mehrere seiner Männer aus der Dekkung hinter sich hervorbrechen sah. Sie hat keine Zeit damit verschwendet, hilflos die Hände zu ringen, nein, sie hat diesen rostbraunen Hengst zu einem Wahnsinnsgalopp angetrieben. Slater saß auf seinem großen Rennpferd.«

Unglücklich schüttelte Reno den Kopf und murmelte etwas Unverständliches vor sich hin.

»Dann hatte sie niemals eine Chance«, sagte Caleb und sprach damit Renos Gedanken aus.

»Dasselbe hat Slater sicher auch gedacht«, fuhr Wolfe fort. »Er ließ das große Pferd laufen. Zwei Kilometer später hatte er Willows Vorsprung auf hundert Meter verkürzt. Vier Kilometer später fiel er deutlich zurück. Er versuchte zu schießen, aber es war zu spät.«

»Ich werde ihn umbringen«, knurrte Caleb.

Wolfe warf dem anderen Mann einen schrägen Blick zu. »Würde mich nicht überraschen. Gott weiß, daß er's verdient hat.«

»War das der Zeitpunkt, als Slater Willy erwischt hat?« erkundigte sich Reno. »Hat sie angehalten, als er zu schießen anfing?«

Wolfe schüttelte den Kopf. »Zur Hölle, nein. Sie ist auf Teufel komm raus weitergaloppiert, Schüsse oder nicht Schüsse. Dann sprang der Hengst über eine versteckte Schlucht, die mindestens ihre sechs Meter breit gewesen sein muß. Auf der anderen Seite stolperte er und ging zu Boden, aber sie hat ihn in Sekundenschnelle wieder auf die Füße gezogen, und weiter ging's in halsbrecherischem Tempo. Hab so was in meinem ganzen Leben noch nicht gesehen.«

»Was?« fragte Reno.

»Ein Pferd wie diesen roten Hengst. Deine Schwester hat ihn fast sieben Kilometer lang auf Hochtouren geritten. Und dabei hat sie kein einziges Mal eine Peitsche benutzt oder ihn mit den Fersen bearbeitet oder sonst irgendwas Verfluchtes gemacht. Hat nichts anderes getan, als wie eine Klette an seinem Hals geklebt. Slaters großes Pferd ist mutig und zäh, aber mit einem Teufelskerl wie diesem kleinen roten Hengst konnte er es nicht aufnehmen.«

»Wie hat Slater Willow denn eingefangen?« erkundigte sich Caleb.

»Hat er nicht. Er hatte seine Gang in zwei Gruppen aufgeteilt, um getrennt nach Hinweisen Ausschau zu halten. Die Hälfte seiner Männer befand sich vor Willow. Sie ritt auf der Wiese um eine Kurve, und da waren sie.« Wolfe blickte Caleb forschend an. »Bist du sicher, daß du sie heiraten willst?«

»Todsicher.«

»Mist. Eins muß ich dir sagen, Caleb, wenn es nicht ausgerechnet du wärst, sondern irgendein anderer, würde ich mich selbst um das Mädchen bemühen.«

Caleb warf Wolfe einen Blick aus schmalen Augen zu. »Vergiß es.«

Wolfes Lächeln blitzte hell in seinem gebräunten Gesicht. »Kann dir auch keinen Vorwurf machen. Ist wirklich schwer in Ordnung, dieses Mädchen. Sie sah die Männer urplötzlich vor sich auftauchen und zog ihr Pferd so hart an den Zügeln, daß es auf den Sprunggelenken rutschte. Bis es wieder auf allen vier Hufen stand, hatte sie ihre Chance erkannt und nutzte sie.« Bei der Erinnerung schüttelte Wolfe verblüfft den Kopf. »Sie ist mit diesem roten Teufelskerl von Hengst auf die größte Lücke zwischen den Reitern losgeprescht, hat ihr Gewehr aus der Sattelscheide gerissen und ist dann in gestrecktem Galopp auf die Männer zugerast.«

Reno sah schockiert aus. »Das hat Willow getan?«

Wolfe nickte und schaute dann Caleb an. »Du wirkst nicht überrascht.«

»Nein. Als wir von Comancheros überfallen wurden, ging mein Pferd zu Boden. Willow machte sofort kehrt, um mich zu holen, und zur Hölle mit dem Gewehrfeuer.«

»Ich kann schon verstehen, wie ein Mann durch so etwas in Heiratsstimmung kommt«, erwiderte Wolfe lächelnd. »Bin selbst auch auf die eine oder andere Idee in dieser Richtung gekommen, als ich beobachtet habe, wie sie auf Slaters Gang losging. Die Londoner Ladys, die ich damals traf, waren so lieblich wie die Morgenröte und hätten hier draußen in der Wildnis auch nur ungefähr so lange überlebt.«

»Willow hat sich wacker geschlagen, nachdem ich ihr vernünftige Kleidung besorgt habe«, meinte Caleb.

»Dachte mir doch gleich, daß mir der Wildlederdreß irgendwie bekannt vorkam«, sagte Wolfe. »Jedenfalls... Slaters Männer brauchten eine Minute, um zu erkennen, daß da ein Mädchen angeritten kam. Als sie's kapiert hatten, lehnten sie sich gemächlich zurück in der Annahme, die Sache ließe sich ohne großes Aufhebens erledigen. Bis sie ihre Waffen gezogen hatten, war Willow fast auf ihrer Höhe. Sie schossen ein paarmal, um sie aufzuhalten, das Mädchen feuerte zurück, und einer der Männer riß sie geradewegs aus dem Sattel, als der Hengst vorbeigaloppierte.«

Calebs Hand um den Gewehrkolben verkrampfte sich unwillkürlich. »Hat er sie verletzt?«

»Nicht so sehr, wie sie ihn verletzt hat«, erwiderte Wolfe, Befriedigung in jeder Silbe. »Er hätte ebensogut eine Wildkatze packen können. Bis ich von den Felsen da herunter war und bei den Männern angelangt, lag Willow mit gefesselten Händen und Füßen am Boden, und der Mann, der sie aus dem Sattel gezogen hatte, hatte nicht mehr genug Haut im Gesicht, als daß sich eine Rasur gelohnt hätte.«

Wolfe erwähnte nichts davon, daß Willow ebenfalls etwas mitgenommen aussah, den deutlichen Abdruck einer Männerhand auf ihren bleichen Wangen.

»Dann kreuzte Slater auf und fing an, Fragen über dich zu stellen«, fuhr Wolfe fort, wobei er Caleb anschaute. »Willow sagte, sie wüßte nicht, wo du wärst; sie hätte sich verirrt.«

»Hat Slater ihr geglaubt?« wollte Reno wissen.

Wolfe machte ein unglückliches Gesicht, als er seinen Hut abnahm, sich mit den Fingern durch das dichte, schwarze Haar strich und sich den Hut dann wieder tief in die Stirn drückte. »Nein. Er fand irgendein Buch, das sie dabeihatte. Schien eine Landkarte und einen Haufen Notizen zu enthalten.«

»Mein Tagebuch«, warf Caleb ein. »Sie hat es mitgenommen.«

Wolfes Augen verengten sich, er stellte jedoch keine Fragen, trotz seiner Neugier. »Slater befahl ihr, auf der Karte zu zeigen, wo sie gewesen war. Sie blickte ihm in die Augen, ohne mit der Wimper zu zucken, und erklärte, sie könne nicht lesen. Daraufhin schleuderte er ihr das Tagebuch ins Gesicht und erwiderte, sie hätte Zeit, es zu lernen, bis sich die Pferde abgekühlt hätten.«

»Wieviel Zeit bleibt uns noch?« erkundigte sich Reno.

Schweigend ließ Wolfe seinen Blick über die Landschaft schweifen und prüfte den Stand der Sonne. »Vielleicht noch eine Stunde. Ihre Pferde waren von den Fesselgelenken bis zu den Ohren mit Schaum bedeckt. Deshalb bin ich das Risiko eingegangen und habe nach euch gesucht. Wenn ich euch nach fünf weiteren Minuten nicht gefunden hätte, wäre ich zurückgeritten.«

Calebs Mund preßte sich zu einer schmalen Linie zusammen. Er wußte, was Wolfe nicht aussprach – Jed Slater war ein Mann, der es gewohnt war zu bekommen, was er haben wollte, und seine Wünsche mit höchst wirkungsvollen Methoden durchzusetzen vermochte. Seinen Ruf, Grausamkeit anzuwenden, hatte er während eines besonders harten Krieges erworben.

Wolfe sah Calebs finstere Miene und wußte sofort, was der andere dachte. Zögernd, wohl wissend, daß er besser den Mund halten sollte, ertappte Wolfe sich dennoch dabei, wie er die Frage aussprach, die ihm keine Ruhe mehr gelassen hatte seit dem Moment, als ihm klargeworden war, wen Slaters Männer verfolgten. »Wie bist du von Willow getrennt worden?« fragte er.

Caleb sagte nichts.

Reno fluchte unterdrückt und gestand: »Sie hat die Hufe ihres Pferdes mit Lumpen umwickelt und ist mitten in der Nacht aus dem Tal geschlichen.«

Schweigen herrschte, während Wolfe über Renos Worte nachdachte. »Dann ist sie vor euch beiden davongelaufen«, sagte er schließlich.

»Ja.«

»Verdammt.« Wolfe seufzte. »Irgendeine Ahnung, warum sie abgehauen ist?«

Reno wartete nicht erst, bis Caleb eine Erklärung lieferte. »Willow glaubt, Caleb hätte sie sozusagen aus Gründen der Gerechtigkeit verführt... um sich bei mir für die Verführung seiner Schwester zu revanchieren.«

»Gottverdammte Scheiße«, fluchte Wolfe so schockiert, daß er in eine Sprache zurückfiel, die zu vergessen er sich geschworen hatte. »Warum hat...«

»Die Pferde sind jetzt genug ausgeruht«, unterbrach Caleb ihn schroff. »Laßt uns weiterreiten.«

Ohne abzuwarten, ob die anderen Männer ihm folgten, gab Caleb seinem Wallach die Sporen und trieb ihn zu schnellem Handgalopp an. Eine Minute später überholte Wolfe ihn und übernahm die Führung. Sie wechselten kein Wort mehr, bis Wolfe das Zeichen zum Halten gab.

»Wir müssen die Pferde hier zurücklassen«, sagte er.

Während Reno die Pferde außer Sicht zwischen den Bäumen anband, zog Caleb seine Stiefel aus und schlüpfte in Mokassins. Wolfe kletterte als erster die steile Schulter eines Bergrückens hinauf, der in das Grasland hineinragte. Als alle drei Männer knapp unterhalb der Kuppe bäuchlings auf dem Boden lagen, nahmen sie ihre Hüte ab und krochen dann die letzten Meter hinauf.

Slaters Lager befand sich am Fuß des Abhangs, ungefähr dreihundert Meter entfernt. Der Berghang selbst bot wenig Deckung, denn er war zu steil und zu felsig, als daß irgend etwas anderes außer Grasbüscheln und vereinzelten, ziemlich verkümmerten Bäumen hätte überleben können. Der einzige andere Zugang zum Camp führte über eine Wiese, wo zehn

Pferde grasten und fünf andere langsam auf und ab geführt wurden, während Schaum trocknete nach ihrem langen, erschöpfenden Ritt. Ishmael war eines dieser Pferde. Obwohl sie bereits seit einer halben Stunde herumgeführt wurden, würde noch mindestens eine weitere halbe Stunde vergehen, bis sie sich genügend abgekühlt hatten, um zu den anderen Pferden gebracht zu werden. Dann wollte Slater zurückkommen, um mit Willows Befragung anzufangen.

Bevor es dazu kommen konnte, mußte Willow fort sein.

Vorsichtig, damit keine Sonnenstrahlen auf seinem Fernglas reflektierten, spähte Caleb in die Runde, bis er Willow entdeckte. Sie hockte ganz am Rande des Lagers zwischen den Vorräten, an Händen und Füßen gefesselt. Ihre Arme waren schmerzhaft hinter ihren Rücken zurückgezogen. Ein Lasso lief um ihre Handgelenke, dann um einen hüfthohen Baumstumpf und von dort aus um ihre Fußknöchel.

Zehn Schritte hinter ihr lag ein Mann gegen einen Sattel gestützt und schnitt seine Fingernägel mit einem Taschenmesser. Sein Gesicht sah aus, als wäre er in die Fänge einer Wildkatze geraten.

Willow richtete sich auf. Die Bewegung erregte Calebs Aufmerksamkeit. Einen flüchtigen Moment glitt der Haarvorhang auf ihren Wangen zur Seite und enthüllte die Spuren einer brutalen Männerhand. Regungslosigkeit überkam Caleb für die Zeitspanne eines Atemzugs, eines zweiten, eines dritten. Er warf einen langen, prüfenden Blick auf den Bewacher. Erst dann fuhr er fort, Stück für Stück das Gelände um Slaters Camp abzusuchen, während er die Positionen der anderen Männer ausmachte, nach vorhandener Deckung Ausschau hielt und nach Möglichkeiten für einen Hinterhalt.

Während Caleb sein Fernglas benutzte, sprach Wolfe mit gedämpfter Stimme zu den beiden Männern, die rechts und links neben ihm ausgestreckt lagen. »Wenn Slater die gleiche Taktik wie während des Krieges anwendet, wird es einen Mann zu Willows Bewachung geben und eine weitere Wache ungefähr dreißig Meter vom Lager entfernt, an einer Stelle, wo man es am wenigsten erwarten würde. Beim ersten Anzeichen von Ärger werden beide Wachen Willow erschießen.«

»Ich habe einen Mann in den Felsen weiter rechts gesehen«, sagte Caleb leise. »Ich werde mich um ihn kümmern auf dem Weg ins Lager.« Er ließ das Fernglas sinken und reichte es Reno. »Das gilt auch für den Mann in Willows Nähe, der mit dem zerkratzten Gesicht. Um den werde ich mich besonders sorgsam kümmern.«

Reno suchte den Hang ab und dann die Zugänge zum Lager, während Caleb seine schwere Jacke auszog und sich vergewisserte, daß sein sechsschüssiger Revolver griffbereit im Holster steckte.

»Du kommst nicht nahe genug an sie heran, ohne entdeckt zu werden«, sagte Reno schließlich und setzte das Fernglas ab. »Und wenn du sie erschießt, wird Willow gleich als nächste sterben. Wir werden bis zum Einbruch der Dunkelheit warten müssen.«

»Slater ist kein geduldiger Mann«, erwiderte Caleb. »Ich werde hier nicht sitzen und zuschauen, wie er Fragen stellt und Willow dann mit seiner stahlverstärkten Reitpeitsche in Streifen zerschneidet, wenn sie keine Antwort gibt. Das hat er in Mexiko mit einer Frau getan, die ihm nicht verraten wollte, wo ihr Ehemann ist.«

Wolfes kraftvolle Hand schlang sich um Renos Arm und drückte ihn zu Boden, als dieser Anstalten machte, aufzuspringen. »Immer mit der Ruhe, Reno. Cal gefällt das genausowenig wie dir, aber er hat recht. Wenn einer Willow lebend aus dem Lager herausholen kann, dann er.«

»Hier«, sagte Caleb und reichte Wolfe sein Gewehr. »Patronen sind in meiner Jackentasche. Bei dieser Entfernung zieht das Gewehr ungefähr einen halben Zentimeter nach links. Willow und ich könnten auf den ersten fünfzehn Metern in deiner Schußlinie sein. Danach führe ich sie die Schlucht auf der Rückseite des Camps hinauf. Wenn wir die Kuppe hinter uns haben, gehen wir in Deckung und warten auf euch, bis ihr mit den Pferden nachkommt.«

Wolfe nickte und spähte über den Lauf des Gewehres hinweg, um ein Gefühl für die neue Waffe zu bekommen.

Caleb wandte sich zu Reno um. »Wie leise kannst du dich anschleichen?«

»Er ist besser als die meisten und nicht so gut wie du«, erklärte Wolfe, bevor Reno antworten konnte. »Aber ich kann mich auch nicht mit dir messen, obwohl ich bei den Cheyenne aufgewachsen bin.«

Caleb knurrte. »Hör zu, Reno. Du kannst hier oben mit deinem Gewehr warten, oder du kannst mich einen Teil des Weges begleiten, und dann werden wir herausfinden, wie gewieft du wirklich mit deinem sechsschüssigen Eisen umgehst.«

Reno lächelte wölfisch. »Ich werde keine Sekunde von deinen Fersen weichen.«

Er sprach mit sich selbst. Caleb hatte sich bereits in Bewegung gesetzt. Sich an Menschen anzuschleichen, brauchte seine Zeit, und sie hatten verdammt wenig davon übrig, bevor Slater ins Lager zurückkehrte.

Willow spähte hinter ihrem Haarvorhang hervor, sah, daß die Pferde immer noch auf und ab geführt wurden, und fuhr fort mit ihrem Versuch, ihre Fesseln abzustreifen. Sie kämpfte verzweifelt darum, frei zu kommen, befürchtete jedoch, die Aufmerksamkeit der Wache zu erregen, während sie unter dem Schutz ihrer langen Haare an den Stricken zog und zerrte. Schmerz strahlte von ihren Handgelenken bis zu den Schultern aus. Ihre Angst half ihr, den Schmerz zu ignorieren. Nie wieder wollte sie das grausame Versprechen in Slaters Augen sehen. Der Comanchero Neunfinger hatte ihr das Gefühl gegeben, schmutzig zu sein.

Slater versetzte sie in panische Angst.

Trotz Willows Anstrengungen fühlten sich die Fesseln nicht lockerer an als beim ersten Versuch, als sie begonnen hatte, ihre

Handgelenke zu verdrehen, bis ihre Haut aufgescheuert war. Sie kämpfte gegen die Verzweiflung an, die sie zu überwältigen drohte, und riß erst mit einem heftigen Ruck an dem einen Handgelenk, dann an dem anderen – in der Hoffnung, wenn sie blutete, würden ihre Hände und Gelenke schlüpfrig genug sein, um aus den engen Fesseln herauszugleiten.

Ein vorsichtiger Blick auf ihren Bewacher sagte Willow, daß er seine Nagelpflege beendet hatte. Er lag auf dem Rücken, den Mund weit offen, offenbar tief und fest schlafend.

Willow machte sich den Mittagsschlaf ihres Wächters zunutze und begann, offen und mit aller Kraft an den Stricken zu zerren, mit denen sie gefesselt war.

»Beweg dich nicht, Honey. Ich möchte dich nicht schneiden.«

Einen Augenblick lang dachte Willow, sie hätte den Verstand verloren und hörte Stimmen. Dann fühlte sie, wie die Fesseln an ihren Händen nachgaben, und mußte einen Schrei der Erleichterung und der Freude unterdrücken.

»Schieb deine Füße weiter nach rechts«, raunte Caleb mit einer Stimme, die kaum hörbar war.

Man hörte ein leises Rascheln, als Willow die Beine anzog und sich vorsichtig zu dem Baumstumpf umdrehte. Einen Moment lang fühlte sie einen schmerzhaften Druck an ihren Fußgelenken, gefolgt von einem leichten Ruck. Dann fiel der Strick um ihre Füße ab.

»Rutsch langsam zurück, bis du hinter dem Stumpf bist. Nein! Beobachte nicht das Lager. Das ist mein Job. Du achtest auf das, was du tust.«

Willow glitt langsam, ganz langsam rückwärts, bis der Baumstumpf zwischen ihr und dem Lager war. Caleb lag auf dem Bauch, den Körper flach an den Boden gepreßt.

»Leg dich ganz langsam hin und krieche wie eine Schlange an mir vorbei zu der kleinen Bodenfurche im Gras. Siehst du sie?«

Sie nickte, legte sich hin und schlängelte sich an Calebs Körper entlang. Als ihr Kopf in Höhe seiner Brust war, gab er ihr präzisere Anweisungen, und seine Stimme war so leise, daß Willow sich fragte, ob sie die Worte tatsächlich hörte.

»Die Bodenfurche führt zu einer Rinne, die ungefähr vierzig Zentimeter tief ist. Biege nach links ab und krieche immer weiter den Hügel hinauf, bis du zu den Felsen kommst. Dein Bruder wartet auf der linken Seite hinter einem Felsblock. Was immer du auch tust, *bleib unten*. Reno und Wolfe werden über uns hinwegschießen müssen, falls man uns entdeckt.«

Willow wollte Fragen stellen, doch ein Blick in Calebs klare, topasfarbene Augen schloß ihr den Mund. Sie duckte den Kopf und schob sich auf dem Bauch liegend vorwärts, fühlte sich dabei so allen Blicken ausgesetzt wie ein Ei auf einem Zaunpfahl. Jedesmal, wenn sie aufschaute, um zu sehen, wie weit sie noch von der Rinne entfernt war, schien es, als hätte sie überhaupt keine Fortschritte gemacht. Aber wenn sie Anstalten machte, schneller zu kriechen, schloß sich Calebs Hand um ihr Fußgelenk und zwang sie, so langsam vorwärts zu kriechen, daß sie am liebsten vor Furcht und Frust geschrien hätte.

Als Willow schließlich die Rinne erreichte, mußte sie feststellen, daß sie so gut wie keine Deckung bot. Weniger als vierzig Zentimeter tief, mit flachen, sanft welligen Rändern war die Rinne kaum besser als Gras, wenn es darum ging, Caleb und Willow vor den Blicken der Feinde zu verbergen. Die Felsen, die er erwähnt hatte, waren mehr als dreißig Meter entfernt. Willow legte ihre Wange an den Boden und schob sich vorwärts mit Armen, die von der langsamen, höchst unbequemen Fortbewegungsart vor Anstrengung zitterten.

Sie waren noch fünfzehn Meter von den Felsen entfernt, als einer von Slaters Männern aufblickte und feststellte, daß Willow verschwunden war.

18. Kapitel

Der Ruf, der auf die Entdeckung von Willows Flucht folgte, wurde mittendrin abgeschnitten, als Wolfe mit Calebs Gewehr das Feuer eröffnete und das Lager mit Kugeln übersäte. Caleb warf sich über Willow, schützte sie auf die einzige Weise, die ihm möglich war. Fünfzehn Meter weiter die Schlucht hinauf, begann Reno seinen sechsschüssigen Revolver abzufeuern. Die Kugeln kamen so schnell, daß man die Detonationen der einzelnen Schüsse kaum voneinander unterscheiden konnte. Aus dem Lager kamen ebenfalls Schüsse, Pistolen und Gewehre, in einem tödlichen Sperrfeuer miteinander vereint.

Willow lag flach an den Boden gepreßt, von Panik erfüllt und kaum fähig zu atmen. Sie fühlte, wie Calebs schwerer Körper über ihr zusammenzuckte, und hörte ihn fluchen. Weitere schrille Rufe ertönten, noch mehr Schüsse, während Kugeln um sie herumschwirrten und mit einem pfeifenden Geräusch ganz in der Nähe in den Boden einschlugen, aber Willow konnte nichts sehen, weil Caleb sie völlig bedeckte.

Abrupt verstummte Renos Revolver. Das Repetiergewehr nicht. Es fuhr fort, einen vernichtenden Hagel von Kugeln auszuschicken.

»Los, lauft!« rief Reno.

Die Worte waren kaum in Willows Bewußtsein eingesunken, als Caleb sie auf die Füße riß und auf die Felsen zurannte, Willow halb hinter sich herziehend, halb tragend. Reno kauerte auf einer Seite der flachen Rinne und schob einen zweiten, voll geladenen Zylinder in seinen Revolver. Willow und Caleb rasten gerade in dem Moment an Reno vorbei, als das Repetiergewehr kurz schwieg.

Sofort eröffnete Reno erneut das Feuer, gab Wolfe damit Zeit, nachzuladen. Dieses Mal erfolgten die Schüsse langsamer, da Reno sorgfältig auf Männer anlegte, die dumm genug waren, die Köpfe zu heben, um zu sehen, was vor sich ging. Die Reichweite war extrem groß für eine Handfeuerwaffe, aber Reno konnte auch extrem gut mit seiner Waffe umgehen.

»Die Schlucht da vorn rauf«, befahl Caleb knapp, als er hinter Willow stand und sie auf einen ausgetrockneten Wasserlauf hinwies, der von dem Bergrücken abzweigte, wo Wolfe war. »Wenn du die Bäume erreichst, geh ungefähr dreißig Meter weiter in den Wald, such dir irgendeine Deckung und warte dort auf uns. Und jetzt lauf!«

Willow hastete vorwärts gerade in dem Moment, als das Repetiergewehr erneut zu feuern begann. Caleb wartete, um zu sehen, ob sie wie befohlen weiterlaufen würde. Zu seiner Überraschung gehorchte Willow. Beruhigt wandte er sich ab und begann, Reno genaue Anweisungen zu geben.

»Ich halte sie in Schach, während du nachlädst«, sagte Caleb, »aber es wär verflucht noch mal besser, wenn du's auf der Flucht könntest.«

»Du bist verwundet«, sagte Reno, ohne seinen Blick vom Lager abzuwenden. »Ich bleibe hier bei dir.«

»Es ist nicht der Arm, mit dem ich schieße. Beweg dich.«

Reno entdeckte den Stiefel eines Mannes, der zwischen den Vorräten im Lager auf der Lauer lag. »Alles klar. Mach dich bereit.«

Während Caleb seinen Revolver zog, zielte Reno sorgfältig auf den Stiefel. Er gab seinen letzten Schuß ab, fuhr herum und rannte hinter Willow die Schlucht hinauf, wobei er im Laufen verbrauchte Patronenhülsen aus seinem Revolver schüttelte.

Caleb hatte sich sein Ziel bereits ausgesucht. Sobald Reno auf die Schlucht zustrebte, eröffnete Caleb das Feuer. Die Kugel ließ einen von Slaters Männern hastig auf allen vieren davonkriechen und ein besseres Versteck suchen. Von der gegenüberliegenden Seite des Lagers feuerte jemand mit einem Gewehr auf Caleb und Reno. Die ununterbrochene Folge von Schüssen sagte Caleb, daß es ein Repetiergewehr war. Kugeln flogen und prallten kreischend von den Felsen direkt unter ihm ab. Augenblicklich erwiderte Wolfe von seinem Platz auf dem

Kamm aus das Feuer und zwang den anderen Gewehrschützen, den Kopf unten zu behalten.

Ein drittes Gewehr begann zu feuern. Ebenfalls ein Repetiergewehr. Caleb gab zwei weitere Schüsse ab und zählte mit, wie oft die anderen Gewehre ohne Unterbrechung schießen konnten. Das eine achtmal, das andere neunmal. Sie waren nicht das gleiche Modell oder das gleiche Fabrikat wie sein eigenes Gewehr, was bedeutete, daß Slaters Männer weniger Patronen im Magazin hatten und ihre Waffen nicht so schnell nachgeladen werden konnten.

»Fertig!« rief Reno.

Caleb machte kehrt und rannte, so schnell er konnte, die Schlucht hinauf. Er versuchte gar nicht erst, im Laufen nachzuladen, denn seine linke Hand war naß von Blut. Er überholte Reno, lief noch dreißig Meter weiter, lud seine Waffe nach und brüllte Reno zu, sich zurückzuziehen. Wie ein gut aufeinander abgestimmtes Team deckten sie gegenseitig ihren Rückzug, während sie in den Schutz der Bäume eilten.

Willow war nirgends zu sehen.

»Finde sie und bring sie über die Anhöhe«, wies Caleb Reno an. »Sie öffnet sich auf der anderen Seite auf eine Lichtung. Dann kann Wolfe die Pferde direkt zu euch bringen.«

»Was ist mit dir?«

»Ich decke weiter deinen Rückzug, bis du Willow in Sicherheit gebracht hast. Los, nun mach schon!«

Sie konnten ihre knapp bemessene Zeit nicht mit Streitigkeiten verschwenden, und Reno wußte es. Sie hatten Slater überrascht, aber dieser Vorteil schwand rapide. Slaters Repetiergewehre waren nicht so gut wie das, was Wolfe benutzte, doch es waren zwei Gewehre gegen eines. Außerdem waren die anderen in der Überzahl – zehn Männer minus die beiden Wachen und was immer Wolfe an Schaden angerichtet hatte.

Reno konnte hin und her rechnen, wie er wollte, der Vorteil blieb auf Slaters Seite.

Reno drehte sich um und rannte unter die Bäume, während

er leise nach seiner Schwester rief. Willow erhob sich dreißig Meter vor ihm aus einem Gebüsch. Er lief zu ihr und zerrte sie hastig weiter die Schlucht hinauf. Als sie den höchsten Punkt erreicht hatten und auf eine baumbestandene Wiese hinauskamen, keuchte Willow so heftig wie vor ein paar Wochen beim Aufstieg zur großen Wasserscheide. Reno atmete fast genauso hart.

»Stell dich mit dem Rücken zu mir und halte die Augen offen«, befahl er.

Mühsam nach Luft ringend beobachtete Willow die Wiese, ließ ihren Blick von Schatten zu Schatten schweifen. Nichts war zu sehen außer Grüppchen von Espen und grasbewachsenen Flecken, Ausläufern des Beckens, das bis zu den bewaldeten Gipfeln reichte. Allmählich beruhigte sich ihr Atem. Die Zeit kroch dahin, während sie sich anstrengte, natürliche Laute von jenen zu unterscheiden, die von anschleichenden Männern stammen konnten. In der Ferne hörte sie Gewehrfeuer, aber keine Revolver.

Schließlich ertönte der harmonische Ruf eines Wolfes hinter ihr aus der Tiefe.

»Nicht schießen!« sagte sie eindringlich. »Das ist Caleb.«

»Ich schieße niemals auf etwas, was ich nicht sehen kann«, erwiderte Reno ruhig. »Komm herauf, Yuma-Mann. Willy, paß auf die verdammte Wiese auf!«

Hastig drehte sich Willow wieder um und schaute auf das leere Land hinaus, fühlte den Rücken ihres Bruders wie eine Wand hinter sich.

Ist vielleicht besser so, dachte Willow unglücklich. *Ich will wirklich nicht sehen, wie Caleb mich mit diesen kalten gelben Augen anschaut und weiß, daß Pflicht ihn gezwungen hat, sein Leben für mich zu riskieren.*

Der Gedanke, welcher Gefahr er bei seinem Weg in Slaters Lager ausgesetzt war, ließ ihr einen kalten Schauer den Rücken hinunterlaufen. Sie hatte noch nicht einmal Zeit gehabt, sich bei ihm zu bedanken, aber das war vielleicht ebenfalls besser so.

Nach dem Ausdruck seiner Augen an jenem Abend in dem versteckten Tal zu urteilen, wollte er überhaupt nichts von ihr.

Sag mir Bescheid, wenn du gern wie meine Frau behandelt werden möchtest. Ich werde dir dann sagen, ob ich mich immer noch als dein Mann fühle.

»Kommt irgend jemand?« fragte Reno.

»Nein«, antworteten Caleb und Willow gleichzeitig.

»Gut. Was empfindest du beim Anblick von Blut, Willy? Wirst du davon ohnmächtig?«

»Nicht, seit ich dreizehn wurde.«

»Dann laß uns die Plätze tauschen und mach dich daran, deinen zukünftigen Ehemann zusammenzuflicken, während ich die Wiese weiter im Auge behalte.«

Einen kurzen Moment lang begriff Willow nicht. Dann wirbelte sie herum und starrte Caleb an, der kaum einen Meter von ihr entfernt stand. Ihr Atem kam in einem gebrochenen Laut, als sie sah, wie sich Blut über einen zerfetzten Ärmel ausbreitete und an seinem linken Arm herabsickerte.

»Caleb, mein Gott…«, sagte sie erschüttert.

»Fall nicht in Ohnmacht, Südstaatenlady. Du nützt mir nichts, wenn du bewußtlos am Boden liegst.«

Die unfreundlichen, abgehackten Worte ernüchterten Willow, wie nichts sonst es vermocht hätte. Sie trat einen Schritt vor und starrte auf seinen Arm, weil sie den Anblick von Blut der bösartigen Klarheit seiner Augen immer noch vorzog.

»Hier«, sagte Caleb. Er griff hinter sich in seinen Gürtel, wo er das Messer hingeschoben hatte, um besser kriechen zu können. »Du wirst das hier brauchen.«

Mit einer Hand, die zitterte, ergriff Willow das große Jagdmesser. Als sie das Blut darauf sah, blickte sie schnell zu Caleb auf, fragte sich, ob er vielleicht noch eine Wunde hatte, die sie nicht sehen konnte.

»Nicht mein Blut«, erklärte er.

Willow holte tief Luft und sagte nichts.

»Enttäuscht?« fragte er sardonisch.

Sie zuckte kaum merklich zusammen, umschloß dann den Messergriff fest mit den Fingern und schob die Spitze der Klinge unter Calebs Ärmel. »Halt still.«

»Keine Sorge, Südstaatenlady. Ich werde dir keinen Vorwand liefern, um mich noch schlimmer aufzuschlitzen, als ich bereits bin.«

Der Stoff gab mühelos unter der tödlich scharfen Klinge nach. Willow schlug die Ärmelhälfte zur Seite, um die Wunde an Calebs Oberarm zu inspizieren. Sie biß sich auf die Lippen, als sie den blutigen Streifen sah, wo eine Kugel eine Furche über seinen Bizeps gegraben hatte.

»Oh, Caleb«, flüsterte sie. »Es tut mir ja so leid.«

»Das sollte es auch«, gab er barsch zurück. »Du und deine backfischhaften Vorstellungen von Liebe hätten uns alle beinahe umgebracht, verdammt noch mal.«

Willow schaute Caleb an, blickte dann schnell weg. Seine Augen waren die eines Raubvogels, scharf und gnadenlos. Niemals zuvor hatte er mehr wie der düstere Engel der Vergeltung ausgesehen, der er war.

Nichts hatte sich geändert. Nichts würde sich jemals ändern. Es *konnte* sich auch nichts ändern. Sie hatte sich in einen Mann verliebt, der nur das kalte Gleichgewicht zwischen richtig und falsch, Pflicht und Notwendigkeit kannte. Aber Willow hatte ihre eigenen Vorstellungen von richtig und falsch, Pflicht und Notwendigkeit. Und keine davon ließ es zu, einen Mann zur Heirat zu zwingen, nur weil ihr Bruder erschreckend schnell mit seinem Revolver war.

»Du bist nicht der einzige mit Pflichtgefühl«, sagte Willow. Sie nahm sich Calebs anderen Arm vor und ließ die Messerspitze unter die Ärmelmanschette gleiten. Während sie sprach, klang ihre Stimme so rauh wie das Geräusch zerreißenden Stoffs, als sie den Ärmel mit energischen Bewegungen in Streifen zerschnitt. »Ich konnte nicht daneben stehen und zuschauen, wie du zur Heirat gezwungen wurdest, nur weil Matt zufällig so verdammt schnell mit seinem Revolver ist!«

»Zur Eheschließung gezwungen durch den Revolver deines Bruders«, sagte Caleb kalt. »Schön zu wissen, daß ich in deinen Augen nicht nur ein gewissenloser Verführer bin, der ein unschuldiges Mädchen in eine Hure verwandelt, sondern auch noch ein Feigling obendrein.«

»Verführer? Mach dich nicht lächerlich«, erwiderte Willow scharf, während sie Calebs Wunde mit einer Sanftheit verband, die so gar nicht zu ihrem Ton zu passen schien. »Bevor du mich jemals geküßt hast, wollte ich dich schon so sehr, daß ich nicht Atem holen konnte, ohne mich zu fragen, ob die Luft dich zuerst berührt hatte.«

Calebs Körper spannte sich an, als wäre er mit einer Peitsche geschlagen worden.

»Tut mir leid«, sagte Willow schnell, weil sie glaubte, beim Verbinden seiner Wunde zu grob gewesen zu sein. »Ich wollte dir nicht weh tun. Und was den Feigling betrifft«, fuhr sie fort, als sie die Bandage vorsichtig befestigte, »jeder, der den Mut hat, sich bei vollem Tageslicht in Jed Slaters Camp zu schleichen, kann kein Feigling sein. Du bist einfach zu klug, um in den sicheren Tod zu gehen, und zu sehr Mann, um wegzulaufen. Blieb also nur noch Heirat übrig.« Sie trat einen Schritt zurück. »Das sollte genügen.«

»Heißt das, du hast genug in Fetzen gerissen?« fragte Reno trocken und drehte sich zu ihnen um. »Wenn ja, dann wird es Zeit... *Slater!*«

Bevor der Schrei Renos Lippen verließ, wirbelte Caleb herum und zog seinen Revolver in einer einzigen, fließenden Bewegung, so schnell, daß das Auge ihr nicht wirklich folgen konnte. Donner krachte rechts von Willow und gleich darauf links von ihr, während Caleb und Reno ihre Revolver auf die zwei Männer entleerten, die sechzig Meter entfernt über den Rand der Wiese schlichen und zwischen den Bäumen nach einer Stelle suchten, wo sie freies Schußfeld hatten.

Die unglaubliche Schnelligkeit von Calebs und Renos Reaktion überraschte die Slater-Brüder. Ihre Absicht wurde zunichte gemacht, als sie mehrmals schnell feuerten und zurückwichen, um bessere Deckung zu suchen. Aber es gab keine Deckung in ihrer Reichweite. Caleb und Reno waren so präzise, wie sie schnell waren. Das hatte auch Jed Slater begriffen, und er fuhr herum und feuerte wild, selbst noch in dem Moment, als Kugeln ihn niederstreckten.

Er zielte jedoch nicht auf die Männer. Sondern auf Willow.

Ein greller Schmerz explodierte in Willows Kopf und ließ sie auf die Knie sinken. Dunkelheit senkte sich vom Himmel herunter und hüllte sie ein, bis ihr schwarz vor Augen war. Sie hörte Calebs Stimme ihren Namen rufen, als sie hilfesuchend die Hand nach ihm ausstreckte, weil sie ihn brauchte als den festen Mittelpunkt einer Welt, die sich in schwarzen Schleiern um sie drehte. Sie fühlte, wie seine starken Arme sie stützten, aber selbst seine Kraft vermochte die unnatürliche Nacht um sie herum nicht zurückzudrängen.

Willow versuchte immer noch, Calebs Namen zu sagen, als eine finstere Woge lautlos über ihr zusammenschlug und sie mit sich riß.

Caleb fühlte, wie Willows Körper in seinen Armen plötzlich schlaff wurde, sah das Blut, das unter ihrem hellen Haar hervorquoll, und rief ihren Namen mit einer Stimme, die als ein erstickter Laut aus seiner Kehle kam.

Er bekam keine Antwort. Er hatte auch keine erwartet. Mit zitternden Fingern tastete er vorsichtig um die blutende Wunde herum. Dann schlang er seine Arme um Willow und drückte sie an sich und trauerte mit der trockenen, gequälten Lautlosigkeit eines Mannes, der sich niemals im Leben Tränen erlaubt hatte.

Als Wolfe aus der Schlucht herauskam und in die Lichtung ritt, fiel sein Blick sofort auf Caleb und Reno, die sechzig Meter entfernt im sonnengesprenkelten Schatten der Bäume saßen. Willow lag zwischen den beiden Männern. Caleb warf einen schnellen Blick auf Wolfe und die Pferde, dann drehte er sich wieder zu Willow um, als befürchtete er, sie würde ihm entgleiten, wenn er sie eine Sekunde aus den Augen ließ. Ihre Hand lag zwischen seinen kräftigen Händen. Er streichelte die glatte Haut, während er sowohl Willow als auch sich selbst zu bestätigen versuchte, daß sie noch am Leben war.

Nach einem langen Blick auf seine Schwester erhob sich Reno und ging zu der Stelle, wo Wolfe wartete.

»Ich habe die Schüsse gehört. Ist Willow getroffen worden?« fragte Wolfe, als er aus dem Sattel stieg.

»Ja.«

»Schlimm?«

»Wir wissen es nicht. Ihr Puls ist stark und gleichmäßig, aber sie ist bewußtlos.«

Wolfes dunkelblaue Augen schlossen sich kurz. Er drehte sich um und warf einen bekümmerten Blick auf das Mädchen, das gespenstisch unbeweglich dalag, und auf den Mann, der ihre Hand mit einer Zärtlichkeit streichelte, die Wolfe nicht geglaubt hätte, hätte er sie nicht mit eigenen Augen gesehen.

»Was ist passiert?« fragte er und wandte sich ab, weil er sich plötzlich vorkam, als wäre er in Calebs Privatsphäre eingedrungen.

»Slater und sein jüngerer Bruder sind hinter uns die Schlucht hinaufgeschlichen. Sie waren sechzig Meter entfernt, als ich sie entdeckte.« Renos Stimme klang trostlos. »Willow war gerade dabei, Calebs Arm zu verbinden. Es blieb keine Zeit mehr, sie aus dem Schußfeld zu schaffen. Als Jed Slater begriff, daß er erledigt war, hat er auf sie geschossen. Möge Gott seine Seele im ewigen Fegefeuer schmoren lassen.«

»Amen.« Wolfe seufzte. »Was ist mit Kid Coyote?«

»Tot.«

Reno schaute auf die Pferde, die Wolfe mitführte. Ishmael war auch darunter. Er hielt den Kopf hoch erhoben, und sein Gang war kräftig. Außer dem getrockneten Schaum, der sein sonst so blankes Fell stumpf aussehen ließ, zeigte der Hengst keine Anzeichen der Strapazen, die er hinter sich hatte.

»Danke, daß du den Hengst geholt hast«, sagte Reno, und seine Stimme klang heiser von all den Dingen, die unausgesprochen geblieben waren. »Er ist Willows spezieller Liebling.«

»Keine Ursache. Ich hätte jeden Banditen im Camp getötet, um den roten Hengst in die Finger zu bekommen«, erwiderte Wolfe ruhig. Er wartete, aber Reno sagte nichts weiter über die Schwere von Willows Verletzung. »Hat sie zuviel Blut verloren? Ist sie deshalb bewußtlos?« erkundigte Wolfe sich.

Reno zögerte, machte dann eine seltsam hilflose Bewegung mit der linken Hand. »Es ist eine Kopfwunde. Caleb sagt, sie sei nur flach. Er sagt, er hätte Männer mit einer Kugel im Kopf herumlaufen sehen, bis sich die Wunde schloß.« Mit einem müden Aufseufzer fügte Reno hinzu: »Er gibt aber auch zu, daß er Männer gesehen hat, die gestorben sind, ohne zwischendurch zu erwachen, und ihre Wunden waren so flach wie die von Willow.«

Wolfe fluchte leise und drehte die Zügel zwischen seinen Fingern, als wären sie der Hals eines Mannes. »Sieht aus, als sollten wir besser hier unser Lager aufschlagen.«

»Hier sind wir zu nahe an Slaters Haufen.«

»Die sind erledigt«, entgegnete Wolfe unverblümt. »Calebs Repetiergewehr ist wirklich ein echtes ringelschwänziges Wunder. Man braucht es noch nicht mal von der Schulter zu nehmen, um es nachzuladen. Du schiebst die Patronen einfach seitlich hinein und feuerst weiter. Es hat die beiden Repetiergewehre, die Slater hatte, wie billige Schießprügel aussehen lassen.«

»Aber auch nur deshalb, weil du derjenige warst, der geschossen hat«, erwiderte Reno. »Ich habe noch keinen Gewehrschützen gesehen, der es mit dir hätte aufnehmen können.«

»So wie du nicht deinesgleichen mit einem sechsschüssigen Eisen hast. Außer vielleicht Caleb Black.«

Um Renos Mundwinkel spielte ein trauriges Lächeln. »Der Yuma-Mann ist schnell, allerdings. Ich mußte um Willow herumgehen, um zu schießen. Bis ich soweit war, hatte Caleb bereits seine Revolvertrommel geleert. Er ist so clever, wie er schnell ist. Er hat sofort gesehen, daß Kid Coyote langsam und verängstigt war, also hat er Jed Slater sechs Kugeln verpaßt und den Kleinen mir überlassen.«

Wolfe nickte. »Ich habe Caleb schießen gesehen. Zwar nicht oft, aber wenn er's tut, dann erledigt er seine Arbeit sauber. Bin froh, daß ihr zwei eure Differenzen beigelegt habt, statt eure Waffen zu ziehen.«

Reno nagelte Wolfe mit einem kühlen grünen Blick fest. »Caleb und ich hatten keinen besonders freundlichen Start, aber das da drüben ist ein verdammt guter Mann, und er quält sich furchtbar, gibt sich selbst die Schuld an dem, was mit Willy passiert ist. Purer Unsinn, wenn du mich fragst. Es ist nicht sein Fehler, daß Jed Slater eine elende Ratte und zäh genug war, um von sechs Kugeln durchlöchert zu werden und trotzdem noch zurückzuschießen.« Reno machte eine ärgerliche Geste. »Aber Caleb will nicht auf mich hören. Kannst du ihm vielleicht Vernunft beibringen?«

»Ich werd's versuchen, aber viel verspreche ich mir nicht davon. Ich habe festgestellt, daß Männer nicht wirklich vernünftig sind, wenn es um ihre Frauen geht. Besonders nicht Männer wie Caleb Black. Sie sind wie tiefe Wasser, die ruhig und gleichmäßig dahinfließen. Aber Gott helfe dem Idioten, der versucht, sie in eine andere Richtung zu zwingen.«

Wolfe ging zu der Stelle, wo Willow lag. Als Caleb hochschaute, schnürte sich Wolfes Kehle über Protesten zu, die er nicht in Worte fassen konnte. Caleb sah aus wie ein Mann, der an nichts mehr glaubte, noch nicht mal mehr an die Hölle.

»Was kann ich tun?« fragte Wolfe leise.

»Hol ihre Stuten«, antwortete Caleb und blickte wieder Willow an. Seine Finger streichelten ihre Wange, so leicht wie ein Hauch. »Wenn sie aufwacht, möchte ich, daß sie alle ihre Pferde sieht, wie sie neben ihr grasen. Ich wünsche mir, daß sie die Augen öffnet und sieht, wie...«

Calebs Stimme brach. Wolfe legte ihm seine Hand auf die Schulter, drückte sie tröstend und wandte sich dann schweigend ab. Es gab einfach keine Worte, die das Licht in Calebs Augen hätten zurückbringen können.

Caleb sah nicht hoch, als Wolfe davonritt. Er blickte auch nicht auf, als Reno ein breites Bett aus Eibenzweigen herrichtete. Aber als Reno Willow bewegen wollte, schob Caleb die Hände des anderen Mannes weg und hob Willow trotz seiner Verletzung hoch. Der Schmerz in seinem Arm war schlicht unwichtig, sagte ihm höchstens, daß er noch lebte und Willow nicht – nicht ganz.

»Ich werde auf diese Anhöhe da gehen«, meinte Reno. »Von dort aus kann ich die Gegend besser überwachen.«

Caleb nickte nur stumm. Sanft ließ er Willow auf das Bett gleiten, zog wieder die Decken über sie und legte sich neben sie. Seine Fingerspitzen suchten erneut ihr Handgelenk, um das tröstliche Klopfen ihres Pulses zu fühlen. Sein kräftiger, gleichmäßiger Rhythmus war alles, was zwischen Caleb und der lähmenden Dunkelheit stand, von deren Existenz er nie etwas gewußt hatte, bis er bei Willows Schrei herumgewirbelt war und sie hatte fallen sehen.

Aber Willow hatte von der Existenz dieser Dunkelheit gewußt. Er hatte sie am Abend zuvor in ihren Augen gesehen, als sie im Mondlicht stand und sich als seine Hure bezeichnete. Er war wütend gewesen, daß sie so gering sprechen konnte – von sich selbst und von ihm und dem, was sie miteinander geteilt hatten. Willows Wut hatte seiner nicht nachgestanden, ein Zorn, so tief wie die Leidenschaft, die sie einander geschenkt hatten.

Und dennoch... unter all dem Schmerz, all der Wut hatte Caleb Willow stumm seinen Namen rufen, ihn stumm fragen hören, warum etwas, was so wundervoll begonnen hatte, in so schrecklicher Dunkelheit enden mußte. Caleb hatte sich wieder und wieder dieselbe Frage gestellt, seit ihm klargeworden war, daß sie Renos Schwester war.

Er hatte jedoch keine Antwort gefunden, hatte nur einen Schmerz gefühlt, der stärker wurde mit jedem Atemzug, jeder Berührung, jedem Augenblick des Wissens, daß die Liebe schließlich enden und Haß an ihre Stelle treten würde.

Und so war es gekommen.

Caleb schloß die Augen, als könnte er so die schmerzlichen Erinnerungen auslöschen. Es nützte nichts. Immer wieder hörte er in Gedanken Willows rauchige Stimme seinen Namen rufen, quälendes Echo einer Liebe, die verloren war, bevor er sie wirklich hatte finden können.

Caleb, was ist los? Caleb? Was ist passiert? Warum antwortest du mir nicht, Caleb? Caleb!

Dann begriff er, daß es wirklich Willow war, die ihn rief, keine Stimme in seiner Erinnerung.

»Caleb?«

Langsam öffnete Caleb die Augen, voller Angst, es könnte vielleicht doch nur ein Traum sein.

Willow blickte ängstlich zu ihm auf, und ihr wurde eng ums Herz, als sie den Ausdruck auf seinem Gesicht sah. Obwohl sie zusammenzuckte bei dem scharfen, stechenden Schmerz in ihrem Kopf, der wie aus dem Nichts zu kommen schien, streckte sie den Arm nach ihm aus und berührte seine Wange mit zitternden Fingern, um die Qual zu lindern, die sie in seinen Augen sah.

»Du bist verletzt«, sagte sie erschrocken und betrachtete den blutdurchtränkten Verband, als sähe sie ihn zum ersten Mal.

»Ich wurde angeschossen.« Caleb blickte sie eindringlich an, verwundert über den besorgten, zärtlichen Blick, den Willow ihm schenkte, so als hätte es die vergangene Nacht niemals gegeben. »Du übrigens auch.«

Haselnußbraune Augen weiteten sich, enthüllten alle Schattierungen von Blau und Grün, Bernsteingelb und Grau. Caleb fühlte seine Anspannung noch mehr nachlassen, als er sah, wie sich Willows beide Pupillen als Reaktion auf das verstärkte Licht gleichmäßig zusammenzogen. Bei den Männern, die an ihren Kopfverletzungen gestorben waren, hatten nicht beide Augen auf Licht reagieren können.

»Angeschossen?« fragte sie. »Wie? Wann? Ich erinnere mich gar nicht.«

»Versuche nicht, dich aufzusetzen«, sagte er, aber es war zu spät.

Ein leises Stöhnen kam aus Willows Mund. Caleb fing sie in seinen Armen auf und drängte sie sanft auf das Lager zurück.

»Mein Kopf tut weh.«

»Das kommt davon, wenn man in eine Kugel rennt.« Er küßte sie behutsam und streichelte ihre Wange. Als sie nicht vor ihm zurückwich, sondern ihr Gesicht in seine Hand schmiegte, überkam ihn eine so große Erleichterung, daß ihm fast schwindelig wurde. Er streifte zart mit seinen Lippen über ihre und flüsterte: »Lieg still, Liebste. Du bist so schwach wie ein neugeborenes Kätzchen.«

»Wann ist denn das alles passiert?«

Caleb schaute auf seine Uhr und konnte nicht fassen, wie wenig Zeit seitdem verstrichen war. Ihm kam es vor, als hätte er Monate neben Willow Wache gehalten.

»Vor knapp einer Stunde«, erklärte er.

Sie runzelte die Stirn, versuchte, sich zu erinnern. »Matt? Ist mit Matt alles in Ordnung? Und mit dir?«

»Dein Bruder ist auf dem Hügel und hält Wache. Meine Wunde ist nicht der Rede wert. Wolfe holt gerade deine Stuten. Er hat auch Ishmael zurückgebracht. Alles ist in Ordnung. Sag mir, woran du dich noch erinnern kannst?«

Caleb konnte die Hoffnung nicht ganz aus seiner Stimme heraushalten. Kopfverletzungen zogen manchmal Gedächtnisverlust nach sich. Er hätte viel darum gegeben, wenn Willow die Ereignisse der letzten Nacht vergessen hätte.

Er wußte den exakten Moment, als bei Willow die Erinnerung zurückkehrte. Das Licht und die liebevolle Besorgnis schwanden aus ihren Augen. Langsam drehte sie den Kopf weg, bis seine Fingerspitzen ihre Wange nicht mehr berührten.

»Ich weiß noch, daß ich lieber auf Ishmael davongeritten bin, als zuzulassen, daß Matt dich mit vorgehaltener Waffe zwingt, mich zu heiraten.«

»Ja, ich sehe, daß du dich daran erinnerst. Sonst noch irgend etwas?« fragte Caleb tonlos.

Willow hob eine Hand an ihre Schläfen, versuchte, den Schmerz wegzumassieren. »Ich erinnere mich, daß ich Ishmael viel zu lange und viel zu hart geritten habe.«

»Ishmael hat die Sache gut überstanden. Jed Slater hatte keinerlei Verwendung für Menschen im allgemeinen und Frauen im besonderen, aber er war der beste Reiter, den Kentucky jemals hervorgebracht hat. Er hat Ishmael persönlich auf und ab geführt und dafür gesorgt, daß er sich abkühlt. Weißt du sonst noch etwas?«

»Ich habe mich gegen den Mann gewehrt, der mich aus dem Sattel zog. Es hat nichts genützt. Er hat mich so hart ins Gesicht geschlagen, daß mir Hören und Sehen verging.«

An Calebs Kiefer zuckte ein Muskel. »Du hast ihm aber auch tüchtig die Krallen gezeigt.«

»Ja, ich erinnere mich daran, wie sein Gesicht aussah. Er war derjenige, der mich bewacht hat.« Willows Ausdruck veränderte sich, als ihr das Blut an Calebs Messer wieder einfiel. »Ich dachte, er schliefe, aber er war tot, nicht?«

»Woran erinnerst du dich sonst noch?«

»An dich«, erwiderte Willow schlicht. »Du hast meine Fesseln durchgeschnitten, bist hinter mir aus dem Lager gekrochen, und als die Schießerei anfing, hast du mich mit deinem eigenen Körper geschützt.« Sie blickte ihn durch den dichten braunen Schleier ihrer Wimpern an. »Das war der Moment, als du verwundet wurdest, nicht? Ich habe gefühlt, wie du zusammengezuckt bist.«

»Fällt dir sonst noch irgend etwas ein?«

»Es tut mir leid, Caleb«, flüsterte sie und ignorierte seinen Versuch, das Thema zu wechseln. »Ich habe niemals gewollt, daß du verletzt wirst. Ich war die Verführerin, nicht die Verführte. Ich wußte, Matt würde es nicht so sehen, und ich wollte nicht, daß er dich für eine Verführung erschießt, die meine Schuld war, nicht deine. Also bin ich gegangen. Mein Bruder ist so schrecklich schnell mit...«

Willows Worte erstarben, als sie überrascht nach Luft schnappte. In Gedanken sah sie wieder die Szene vor sich, als Caleb herumfuhr, in einer blitzschnellen Bewegung seinen Revolver zog und losfeuerte, und alles beinahe gleichzeitig, in Bruchteilen von Sekunden.

»Du bist genauso schnell wie mein Bruder!«

»Möglich, aber nicht wahrscheinlich«, erwiderte Caleb ruhig. »Jedenfalls kommt es nicht immer nur auf Schnelligkeit an. Was zählt ist die Fähigkeit, sein Ziel auch wirklich zu treffen, und die Bereitschaft, eine Kugel des Gegners hinzunehmen.«

»Das hast du getan.«

»Jed Slater auch. Sein Glück, daß er starb. Ich hätte ihn gehängt für das, was er dir angetan hat.«

Willow seufzte und verfolgte das einzige Thema weiter, das ihr wirklich am Herzen lag. »Du hast keine Angst vor Matts Revolver... warum hast du dann lieber eingewilligt, mich zu heiraten, als dich ihm zu stellen?«

»Ich wollte nicht jemanden töten, den du liebst«, erklärte Caleb schlicht. »Du liebst deinen Bruder. Und du hast gesagt, du liebst mich. Einer von uns beiden wäre getötet worden, Willow. Wahrscheinlich sogar beide. Genau das passiert, wenn ebenbürtige Männer dumm genug sind oder das Pech haben, sich mit gezogenen Waffen gegenüberzutreten. Da ich sowieso vorhatte, dich zu heiraten, schien es töricht, deswegen mit Reno zu kämpfen. Mir war es lieber, dein Bruder lebte, um dich zum Altar zu führen.«

»Wann...« Willow schluckte trocken. »Wann bist du dahintergekommen, wie gut Matt mit seinem Revolver ist?«

»In der Minute, als Becky den Namen Reno erwähnte. Dein Bruder ist ein hervorragender Revolverschütze und hat den Ruf, ein übler Kerl zu sein, wenn es zum Kampf kommt. Er hat die Schießereien nie provoziert, aber das hat die Leute nicht vom Reden abgehalten. Wolfe hatte mich auch gewarnt. Er sagte, Reno und ich würden uns wahrscheinlich gegenseitig töten.«

»Du hast all das gewußt und hast Matt trotzdem verfolgt?«

Caleb blickte Willow stirnrunzelnd an. »Natürlich. Ich konnte mich doch nicht einfach abwenden und weggehen. Wer sonst hätte dafür gesorgt, daß nicht noch mehr unschuldige Mädchen verführt und verlassen wurden, um bei der Geburt von Renos Bastarden zu sterben?«

»Matt würde niemals so etwas tun!«

»Ich weiß. Jetzt weiß ich es. Und ich werde es auch nicht tun. Wir werden heiraten, Willow.«

»Du hast mich nicht verführt!« stieß sie zwischen zusammengebissenen Zähnen hervor.

»Pferdescheiße«, sagte Caleb barsch. Dann berührte er Willows Wange in einer stummen Entschuldigung. »Liebste, kein Mann hat sich jemals so vorsichtig an ein ahnungsloses Mädchen angeschlichen, wie ich es bei dir gemacht habe. Deine Mischung aus Unschuld und Leidenschaft erweckte ein solches Verlangen in mir, daß ich dachte, ich würde verrückt. Ich war entschlossen, dich zu besitzen, aber noch fester hatte ich mir vorgenommen, dich dazu zu bringen, um meine Liebe zu betteln. Mein Stolz konnte den Gedanken nicht ertragen, irgend jemand würde sagen, ich hätte dich gegen deinen Willen genommen.«

»Das ist also der Grund, weshalb ich dich wegstoßen sollte«, sagte Willow leise, als sie endlich begriff.

»Das ist *nicht* der Grund«, gab Caleb heftig zurück. »Ich hatte gerade erfahren, daß du die Schwester des Mannes warst, den zu töten ich geschworen hatte. Ich wußte, wenn ich dich nahm, würdest du dich selbst ebensosehr hassen wie mich, wenn du mich über Renos Leiche hinweg angesehen hättest. Ich wollte auf keinen Fall, daß es dazu kommt, aber ich begehrte dich so sehr.«

Willows Augen wurden riesengroß vor Überraschung, als sie begriff, was Caleb ihr zu ersparen versucht hatte... aber selbst seine unglaubliche Selbstbeherrschung hatte ihn nicht davon abgehalten, sie zu nehmen.

»Da habe ich dir befohlen, mich wegzustoßen«, flüsterte er, »als ich wußte, daß du Renos Schwester warst. Die Vorstellung, daß du mich irgendwann hassen würdest, hat mich innerlich entzweigerissen, aber ich wußte nicht, was ich tun konnte, um es zu verhindern. Ich hätte nicht mit mir selbst in Frieden leben können, wenn ich Reno hätte weitermachen und andere Mädchen verführen lassen. Dennoch wollte ich dich so sehr, daß ich dich nicht gehen lassen konnte. Wie auch immer ich mich entschieden hätte, ich hätte auf jeden Fall verloren.«

Verstehen dämmerte in Willow auf, als sie sich erinnerte, wie sie selbst vor der Wahl gestanden hatte, einen Mann zu heiraten, der sie nicht liebte, oder den Mann, den sie liebte, durch den Revolver ihres Bruders sterben zu sehen. Beide Möglichkeiten waren unerträglich gewesen, und so war sie einfach auf und davon gegangen, hatte sich beiden Entscheidungen entzogen. Für Caleb hatte es selbst diesen traurigen Ausweg nicht gegeben. Pflicht oder Begehren oder Tod hatten eine nahtlose, unentrinnbare Falle gebildet. Kein Raum für Bitten oder um sich zu verstecken. Keine Chance, frei zu sein. Keine Chance zu ändern, was passieren würde. Keine Chance, mit der Zukunft zu leben.

Willow wußte nicht, was sie selbst getan hätte, hätte es kein Entrinnen für sie gegeben. Sie stieß einen dumpfen Laut aus, überwältigt von der schmerzlichen Erkenntnis, daß Caleb einen hohen Preis für die Leidenschaft gezahlt hatte, die sie in ihm erweckt hatte.

Wieder berührten lange Finger behutsam Willows Wange, dann zog Caleb seine Hand zurück, weil er sich vor ihrer Reaktion fürchtete.

»Ich habe dich genommen, weil ich mich nicht mehr beherrschen konnte«, gestand er rauh. »Ich habe dir nichts vorenthalten. Ich konnte es einfach nicht. Ich bin noch niemals mit einer Frau auf diese Weise zusammengewesen... Leidenschaft und Frieden und Lachen, alles in allem. Du hast mir gezeigt, wieviel ich versäumt hatte. Und jede Minute, die ich mit dir zusammen war, wußte ich, daß ich dich verlieren würde, sobald ich Reno gefunden hatte.«

Caleb kämpfte gegen das Gefühl an, das ihm die Kehle zuschnürte und wie nackte Flammen in seinen Augen brannte. Er atmete tief durch, versuchte, die brutale Anspannung in seinem Körper zu verringern. Es war sinnlos. Die Anspannung war niemals vollständig gewichen, seit er gewußt hatte, daß Willow Renos Schwester war.

»Dann hast du dich als meine Hure bezeichnet«, flüsterte er, »als wären wir nichts weiter als zwei Fremde gewesen, die es im Dunkeln miteinander treiben. Doch für mich war das, was wir hatten... wundervoll.«

Willow fühlte die Anspannung in Calebs Fingern, ein feines Zittern, das sich von ihm auf sie übertrug, ihr von dem Tumult unter seiner beherrschten Oberfläche erzählte.

»Also habe ich dir gegeben, was du wolltest«, fuhr Caleb leise fort. »Ich ließ dich allein schlafen, eine Frau, keine Hure. Und als ich aufwachte, mußte ich feststellen, daß du trotzdem Haß für mich empfandest, obwohl ich deinen Bruder nicht getötet hatte – einen solchen Haß, daß du lieber in den sicheren Tod reiten wolltest, statt mich zu heiraten.«

»Das ist nicht wahr!« rief Willow und setzte sich auf. Es gab einen Augenblick, als stechender Schmerz sie durchzuckte, aber er ging schnell vorüber, erstickt von dem drängenden Bedürfnis, Caleb ihr Handeln begreiflich zu machen. »Ich hatte nicht vor zu sterben. Ich wollte nur nicht mein Leben mit einem Mann verbringen, der glaubte, alles, was zwischen Mann und Frau existierte, wäre ein simples Abkommen – sie stillt seine Lust, und er gibt ihr die Ehe oder eine Handvoll Silber dafür, je nachdem, was für eine Sorte Frau sie ist. Diese Denkweise macht alle Frauen gleich. Macht sie alle zu Huren.«

Als Caleb sich aufsetzte, kämpfte er um die Selbstkontrolle, die er immer als selbstverständlich betrachtet hatte, bevor er Willow Moran begegnet war. Behutsam, ganz behutsam, drehte er ihr Gesicht zu sich herum und umarmte sie, ohne ihr weh zu tun.

»So habe ich niemals von dir gedacht«, sagte er nach einer Weile gepreßt. »Als du dich mir hingegeben hast...« Seine Stimme erstarb, kehrte dann wieder, noch gebrochener, als sie zuvor geklungen hatte. »Es war das schönste Geschenk, das ich jemals bekommen habe. Ich konnte dir nichts dafür zurückgeben, bis auf die häßlichen Wahlmöglichkeiten, die mich innerlich entzweirissen. Meine einzige Hoffnung, daran etwas zu ändern, war, dir so viel Lust zu schenken, daß du nicht fähig sein würdest, mich zu hassen, ganz gleich was passierte, nachdem ich deinen Bruder gefunden hatte.«

Caleb zwang sich, tief und gleichmäßig zu atmen. Der rohe Schmerz, den er fühlte, entglitt mehr und mehr seiner Kontrolle.

»Als ich herausfand, daß Reno nicht der Verführer meiner Schwester war, dachte ich, Gott hätte meine Gebete erhört. Ich war aus der Falle befreit. Aber du hast mich trotzdem gehaßt.«

Caleb holte zitternd Luft, als seine Stimme erneut versagte. Er schloß die Augen und versuchte mit aller Macht, das zu sagen, was gesagt werden mußte, bevor er gar nicht mehr zu sprechen in der Lage war. »Du könntest jetzt mein Baby unter dem Herzen tragen. Ich kann nicht zulassen, daß du allein davongehst und dich als Witwe ausgibst. Wir werden heiraten. Wir schulden es dem Baby, das wir möglicherweise gezeugt haben. Akzeptiere es, Willow. Kämpfe nicht länger gegen mich an. Du wirst dich nur selbst verletzen.«

»Pflicht«, erwiderte Willow, versuchte vergeblich, die Bitterkeit aus ihrer Stimme herauszuhalten. »Verdammte Pflicht«, flüsterte sie verzweifelt. »Kalte Pflichterfüllung, ein ganzes Leben lang. Ich wollte das nicht. Deshalb bin ich hinausgeritten. Ich hatte mir mehr von meiner Ehe erhofft als nur Pflichterfüllung. Soviel mehr.«

Ein Schauder überlief Caleb, als ihm die Kontrolle entglitt und seine Stimme noch rauher wurde. »Es tut mir leid, Willow. Ich habe mir auch soviel mehr erhofft. Ich wollte mit dir in meinen Armen schlafen und dich beim Erwachen lächeln sehen. Ich wollte Liebe in deinen Augen sehen, wenn du mich anschautest. Ich wollte ein Haus für dich bauen und Babys mit dir haben. Ich habe mir eine Leidenschaft gewünscht, so tief, daß ich in deine Seele einsinken würde, so wie du in meine eingesunken bist. Ich wollte... alles.«

»Ich auch«, flüsterte sie.

»Wir könnten es immer noch haben«, murmelte Caleb an ihrem Haar. »Kannst du mir nicht verzeihen und wieder lernen, mich zu lieben? Ich brauche dich, Willow. Ich liebe dich so sehr, daß ich kaum atmen kann.«

Sie zuckte zusammen und hätte am liebsten laut geschrien, während sie mit anhören mußte, wie Caleb Pflicht als Liebe ausgab, aber sie hatte nicht mehr die Kraft zu schreien. Sie besaß noch nicht einmal mehr die Kraft, aufrecht zu sitzen, ohne sich gegen den Mann zu lehnen, der immer stärker gewesen war als sie, härter, nichts weiter gebraucht hatte als sich selbst und seinen Gott und Pflichtbewußtsein.

»Tu es nicht«, seufzte Willow unglücklich. »Du brauchst mir keine süßen, zärtlichen Lügen zu erzählen, um mich in dein Bett zu bekommen. Ich bin kein unschuldiges Mädchen mehr, ich bin eine...«

»Genug, Willow«, unterbrach Caleb sie. »Ich lasse nicht zu, daß du dich noch einmal eine Hure nennst. Ich weiß, du haßt mich. Ich weiß, ich hätte dich niemals verführen dürfen, aber ich kann nicht mehr ändern, was geschehen ist. Alles, was ich tun kann, ist, damit zu leben und zu versuchen, dir nicht wieder weh zu tun.«

»Pflicht«, schloß Willow mit einem Wort.

»Zur Hölle mit der Pflicht«, gab Caleb zurück, am ganzen Körper zitternd. *»Ich liebe dich.«*

Willow fühlte einen einzelnen Tropfen auf ihrer Wange und

schauderte. Sie hatte sich jenseits von Tränen geglaubt. Doch als sie die Hand hob, um den Beweis ihrer Verzweiflung wegzuwischen, erkannte sie, daß es nicht ihre Träne war, die auf ihrer Haut brannte.

Zögernd, voller Angst zu glauben, hob sie ihre zitternde Hand an Calebs Wange. Seine Tränen verbrannten sie, fraßen sich durch ihre Verbitterung und ihre Verwirrung hindurch bis auf die Wahrheit darunter. Pflichtbewußtsein konnte einen Mann zwingen, seine Schwester zu rächen, auch wenn er sein eigenes Leben dabei aufs Spiel setzte. Sein Pflichtbewußtsein konnte Caleb zwingen, sein Leben zu riskieren, um Willow zu retten. Pflichtgefühl konnte ihn zwingen, das Mädchen zu heiraten, das er verführt hatte.

Aber noch nicht einmal Pflichtbewußtsein konnte Tränen von einem Mann erzwingen, der so hart wie Caleb Black war.

Mit einem Laut der Verwunderung schmiegte Willow ihre Wange an Calebs, drehte dann den Kopf und küßte ihn, kostete seine bittersüßen Tränen, die sich mit ihren eigenen vermischten. So war es auch mit ihren geflüsterten Beteuerungen – zwei Stimmen vereint in Entdeckung und Freude, ein Mann und eine Frau, auf ewig aneinander gebunden durch die unbezähmbare Leidenschaft, die man Liebe nennt.

Epilog

Wind von den Berggipfeln rauschte kühl und süß über das Land, ließ gelbe Espenblätter tanzen. Ishmael hob den Kopf, und seine Nüstern blähten sich, als er den vertrauten Geruch des Mannes und der Frau witterte, die zusammen über die Wiese schlenderten. Hinter ihnen, am Rande des Waldes, schimmerten ein großes Blockhaus und eine Scheune in den goldenen Schattierungen frischen, noch nicht verwitterten Holzes. Fensterglas aus Denver blitzte in der Sonne, ein Hochzeitsgeschenk von Wolfe Lonetree.

Ishmael beobachtete noch einen Moment länger, wie Caleb und Willow sich näherten, bevor er leise schnaubend wieder den Kopf senkte und fortfuhr, von dem üppigen Gras zu fressen, das der Herbst dem Hochland von Colorado bescherte. Um ihn herum grasten vier Araberstuten, deren Leiber die Fohlen schützten und nährten, die im Frühling zur Welt kommen sollten. Rinder grasten am südlichen Ende der langen, gewundenen Weide, ihre Körper kräftig und glatt von der Überfülle an Nahrung. Lange Reihen von Wiesenheu lagen zum Trocknen in der Sonne ausgebreitet und erfüllten die Luft mit dem Duft eingefangenen Sonnenscheins.

Caleb hob Willow über den schmalen Bach, der von dem bewaldeten Canyon am Ende des Beckens heruntersprudelte. Lächelnd schlang sie ihre Arme um seinen Nacken und schaute in die topasfarbenen Augen des Mannes, den sie liebte. Ein goldenes Band glänzte an ihrer linken Hand. Der Ring war aus den Goldnuggets gemacht worden, die Reno in einem hohen, versteckten Tal gefunden hatte.

»Und bis zum nächsten Jahr«, fuhr Caleb fort, während er

einen zärtlichen Kuß auf die Lippen seiner jungen Frau drückte, »sollte die Wiese am Haus eingezäunt sein. Bis dahin wird Ishmael ein Auge auf seine Stuten haben müssen.«

»Bist jetzt hat er seine Sache sehr gut gemacht«, erwiderte Willow.

Caleb grinste. »Läßt sich nicht bestreiten. Meine Montana-Stuten waren vielleicht größer und rundlicher als das, was er gewohnt war, aber das hat den Burschen nicht im geringsten aus dem Konzept gebracht.«

Willow versuchte, sich das Lachen zu verkneifen, aber das Funkeln in den Augen ihres Mannes war zu verführerisch. Sie lachte leise und küßte das Grübchen in seinem Kinn.

»Wird es dich aus dem Konzept bringen, wenn ich rundlich werde?« fragte sie dicht an seinem Hals.

Caleb wurde plötzlich ganz ruhig, und sein Arm um ihre Schultern spannte sich an. »Wirst du denn rundlich werden?«

»Ich schätze, im Frühjahr werde ich so dick wie irgendeine der Stuten sein.«

»Bist du sicher?« fragte er, und er versuchte vergeblich, sich nichts von seiner Besorgnis anmerken zu lassen, als er an seine Schwester zurückdachte.

»Ich bin stark«, flüsterte Willow. »Mach dir keine Sorgen, Liebster.«

Freude und Furcht vermischten sich in der goldenen Intensität von Calebs Blick, als er die Frau anschaute, die zum Mittelpunkt seines Lebens geworden war.

»Ich werde bei dir sein«, erwiderte er schlicht.

Und das war Caleb.

Ihr erster Sohn wurde geboren, als der Frühling die Hochgebirgsbäche anschwellen und schäumend dahinrauschen ließ. Wie die Brüder und Schwestern, die folgten, wuchs er groß und stark und aufrecht heran, ernährt von dem sauberen Land und behütet von der Liebe, die ein strahlendes Band zwischen Caleb und Willow Black flocht.